索尔·贝娄
中短篇小说集
COLLECTED STORIES

〔美〕索尔·贝娄 著
脱剑鸣 蒲隆 译

著作权合同登记号　　图字 01-2019-7836

Saul Bellow
Collected Stories

Copyright © 2001 by The Estate of Saul Bellow
Published in agreement with Janis Freedman Bellow c/o The Wylie Agency (UK) LTD
Simplified Chinese edition copyright © 2021 by Shanghai 99 Readers' Culture Co., Ltd.
All rights reserved.

图书在版编目(CIP)数据

索尔·贝娄中短篇小说集/(美)索尔·贝娄著；脱剑鸣,蒲隆译.—北京：人民文学出版社,2021
（索尔·贝娄作品集）
ISBN 978-7-02-015737-2

Ⅰ.①索… Ⅱ.①索… ②脱… ③蒲… Ⅲ.①中篇小说-小说集-美国-现代 ②短篇小说-小说集-美国-现代　Ⅳ.①I712.45

中国版本图书馆 CIP 数据核字(2019)第 263079 号

责任编辑　甘　慧　邱小群
封面设计　钱　珺

出版发行　人民文学出版社
社　　址　北京市朝内大街 166 号
邮政编码　100705

印　　制　上海盛通时代印刷有限公司
经　　销　全国新华书店等

开　　本　890 毫米×1240 毫米　1/32
印　　张　20.625
字　　数　553 千字
版　　次　2021 年 5 月北京第 1 版
印　　次　2021 年 5 月第 1 次印刷

书　　号　978-7-02-015737-2
定　　价　99.00 元

如有印装质量问题，请与本社图书销售中心调换。电话：010-65233595

前　言

◎詹妮丝·贝娄

　　昨天，我和丈夫带着一岁的女儿拿俄米·萝丝到附近走了走。天冷得出奇，天气预报上只说"有风"，显然不可信。为了躲避这刺骨的寒风，我们一头钻进了布鲁克林书店。索尔一旦进了书店，什么时候能出门就说不准了。我帮萝丝脱掉防雪大衣，想让她安静一些别闹腾，便拿起一本《拉维尔斯坦》，指着封套上的照片，问道："拿俄米·萝丝，这是谁？照片上这人是谁？"萝丝转身指着索尔，稚气十足地大声喊道："爸爸，爸爸，爸爸。"那银铃一样清脆的声音整个书店里的人都能听到。爸爸戴着大棉帽子，帽檐捂到了眉毛处，脸还露在外边，朝着她绽出甜蜜的微笑。

　　今天早晨，我拿起笔，想象再过二三十年，萝丝作为一名熟悉索尔作品的读者，会对趴在书桌上的爸爸有什么样的记忆？记忆需要提示吗？需要有人创作一幅她父亲伏案工作的画像吗？我思忖，何不动笔写一篇简短的序言？为了萝丝，也为了所有未曾见过索尔伏案写作的读者，我写下了下面的文字。

　　跟他在一起当然是我的特权。他创作《贝拉罗萨通道》时，我就在他身边。

　　一切都是在不经意间开始的。一九八八年五月的第一周，我们从芝加哥出发去佛蒙特，途经费城，他为那儿的犹太出版协会作了题为《美国犹太作家》的报告。之前的几周，还有这之后的一个月，从费城开车到佛蒙特的路上，在参观达特茅斯学院（他是该校访问讲师）时，到了佛蒙特，我们在院子里驱赶黑蝇时，只有一个话题，那就是二十世纪犹太作家的命运。那时，索尔正在最后一次修改《偷窃》，也正在酝酿《一次恋爱》，本打算是一个长篇，可最终还是没有完成。他在等着《纽约客》的回复，拿不准他们会不会采用他的《偷窃》，之前《君子》和《大西洋月刊》都嫌篇幅太长而未予接受。一个人对着电话生闷气，不是索尔的性格。每天吃早饭的时候，他都会给我讲几个有趣的文字游戏，或者把能想到的故事说出来哄我高兴高兴，还常常一下楼就说《一次恋爱》有了新的灵感，是梦中得来的。应该引入一名来自巴黎的老派钢琴家，最好有些怪癖，让他教教女主角如何恋爱。《偷窃》的稿子我俩看了一遍又一遍，索尔有这习惯，到了最后一刻还在修改。结束部分不应该是这样的，观念太多，行动不足。他白天修改，我晚上替他打字，最后几页打好撕掉，撕了又打，三番五次。到了五月中旬，《纽约客》回话了，退稿！索尔当时太忙，顾不上伤心。他在思索着下一步该做什么，可天气很不争气。现在回想起来，索尔对天气极其敏感，五月下旬和六月上旬的蓝天和高气压总能让他兴奋起来。可一九八八年春天，雨下个没完没了，让他颇为沮丧。他时常在厨房里点起火，喝几杯咖啡，然后突然冲出去，走过满是黑蝇的花园，进了自己的书屋。他告诉我，他不是去写作，而是去"沉思"。他还说："我就这个做派。离编辑、律师、出版人远远的，放下所有的负担，一个人沉思。"

佛蒙特有两个邻居，也是朋友，海尔博·希尔曼和利比·希尔曼两口儿。他们发现我俩情绪不高，便邀请我们去家里吃饭。一边吃着利比亲手做的面包、烤鸡，一边谈论犹太问题，索尔又提到了费城报告之后我们一直在争论的一个想法。对于纳粹大屠杀，犹太人是否应该感到耻辱？被人如此对待，算不算一件很丢脸的事儿？我坚决反对这种说法。等待甜点的时候，我又把这话题挑了出来。巧克力的香味预示着黄昏即将到来，这一天即将结束，人们即将昏昏入睡。太过严肃的话题被搁置一边，我们开始恶作剧，讲笑话，说一些不知说过多少遍的奇闻轶事。

我俩马上要回家了，对室内涂料很在行的退休化学家希尔曼先生突然讲起了他一位同事的经历。这人四十年代初从欧洲逃难而来，从事涂料生产几十年，接触有毒物质太多得了癌症，活不了几天了。我得承认，当时我正用调羹把碟子里的最后一点巧克力吃干净，脑子里想着外面下雨，怎么才能在又湿又滑的路上走回家，所以根本没在意他在说什么。

五月二十四日，这一季第一个阳光明媚的日子。索尔从书屋回厨房吃饭的时候，眼睛里闪着异样的光，我知道他又有灵感了。他喊道："我有新东西了，现在还不想说。"第二天，开车去布拉托布罗采购的路上，他才说道："我还没想好故事的结构，但情节就是海尔博吃饭时讲的那件事儿。"你还记得细节吗？不记得。当然，索尔记得。这位避难者在意大利被法西斯警察抓获，在被投进监狱前，有朋友建议他马上给百老汇的演艺界老板比利·罗斯写信求援（索尔写好的故事里，主人公并未给比利·罗斯写信，他根本不知道还有这么一位老板）。他在监狱里等待，有人在外边制定了一个神秘的营救计划。他被告知某一天某个时辰牢房的门会开着，有人会在监狱背后某一处等他，会告诉他一切都是比利·罗斯策划的。他会拿到一笔钱，还会有人告诉他下一步该如何如何。事情发展得很顺利，他在这帮人的协助下逃到了美国。但由于名额有限，他被禁止入境，转而被运到古巴。多年后，他来到美国，想见见比利·罗斯，并当面致谢。比利·罗斯营救了不少犹太人，但不想与这些人有瓜葛，可能担心这些人会没完没了地缠着他不放，所以，那位得救者热脸贴着一个冷屁股，又是羞愧又是气愤。

那人的经历大体就是这样，索尔去采购的路上描述的就是这样一个故事，但主人公已经不是海尔博的同事了，而是一个名叫哈利·方思汀的人物，或者说"幸免于难的哈利"，这名字来源于诗人约翰·贝里曼献给索尔的一首诗《梦歌》中的"幸免于难的亨利"。事实是，索尔自己很熟悉比利·罗斯，他早年在格林尼治村时，认识一位叫贝尔尼·伍尔夫的人，伍尔夫是罗斯写作班子的成员。伍尔夫的角色正好可以充当比利·罗斯和主人公之间的桥梁。这位伍尔夫虽然脾气有些古怪，但很聪明，学识很渊博，对纽约形形色色的人物和他们形形色色的心理有异乎寻常的兴趣。这样一个人应该对于方思汀这个角色有种天然的同情。索尔还告诉我他去格林尼治村拜访过伍尔夫，出门的时候发现有位老妇人在替他打扫卫生，伍尔夫说那是他自己的母亲。他没有向客人介绍自己的母亲，甚至不在乎她的存在。为什么要坦白自己的身世？对了，在那个年代的格林尼治村，人们都有自己独特的开放方式。这是索尔后来给我讲的。他们以自己的怪异为荣，他们都担心自己的脑子有毛病。把这种低层次的美国怪人写进关于欧洲人的严肃故事中来，能达到非常强烈的对比效果。

索尔在耶路撒冷也见过比利·罗斯一面。我问他长什么模样。"个儿不高，典型的犹太人。如果不是因为他满脸的皱纹，他或许还算帅气。这人看上去神经兮兮的，眼睛里透出贪婪，永远不会满足于自己的现状。"

进了城，索尔专门跑了一趟图书馆，找到一本比利·罗斯的传记。可关于伍尔夫的资料哪儿都找不到。

第二天也是阳光明媚。索尔走出自己的书屋，回到厨房时，说："我已经想好了怎么写。"

五月二十九日，我俩一起慢腾腾地进了他的书屋，索尔给我念了开头的几页。手写的，写在黄色的加长十六开纸上。我当时很吃惊，海尔博讲述他同事的经历时，索尔竟然听得如此仔细，他还记得主人公被抓时是在意大利，这之前，他在罗马的一家酒店当差。他持有伪造的证件，加上会说多国语言，所以常常自由出入大型国际会议，甚至在希特勒出席的会议上做过翻译，等等。现在，我听别人说话都得竖起耳朵，一个细节也不放过，索尔还戏称我是一个"听觉天才"。可那次，我分心了，不过也没关系，索尔自己听得明白。他在为一篇故事打腹稿的时候，那耳朵灵敏得了得！对细节的专注程度更是成倍增长。我意识到，当个作家不一定得时时刻刻提高警惕，其实，亨利·詹姆斯所谓"当作家不能错过任何细节"的说法倒是让人分心（宽恕我，詹姆斯！）。作家需专注于内心，需沉思，需清静。一旦沉浸到一个故事当中，一切都会改变。索尔自己说过，突然间，你就会感觉你能够"眼观六路耳听八方"。

在希尔曼家餐桌上听来的这个故事，被索尔变成一缕一缕闪闪发光的蚕丝，随后的几天、几周里，我看着他把大事、小事、记忆、思考，连同他阅读到的，我俩聊过的，他梦中出现的，编织成一张精美的东方地毯，这就是中篇《贝拉罗萨通道》。但是，所有这些元素被编织成一部作品，却与事实、与某些人的个人传记并没有太大的关系。他对传记材料的运用做得如此精美、复杂、奇妙，即使我一根一根地梳理这些线索，一缕一缕地研究这些蚕丝，看它们是如何清理、如何染色、如何交织、如何绑扎的，我也很难说得清如此精美的作品是怎样完成的。

索尔心里有打算，这篇小说有两个中心人物：不只是一个来自欧洲的犹太人方思汀，还有一个土生土长的美国犹太人。他想让读者感觉到他在勾画这两个犹太人时所采用的不同笔触。美国犹太人的原型可以来自索尔自己的经历和他对伍尔夫的记忆，可谁是欧洲犹太人的原型呢？六月二日，索尔给我讲了他继母侄子的经历，一篇好长好长的故事。前一年冬天，他偶然得知继母的侄子已经过世，死了相当一段时间了，他竟然不知道，这让他很难过。他曾经对这个也是逃难而来的年轻人很有好感，这人很内向，他们还一起下过棋。在他继母招待亲戚们的乏味的星期日聚会上，两个人情投意合，竟然能够说到一起。索尔常自问，你对某个人只有零碎的记忆，还说你跟他很亲近，这到底意味着什么？索尔从沉思中得出"善意仓库"的概念：某个人在你的生活中占有一席之地，具备某种特殊的意义，只是你说不清道不明这是什么样的一席之地、什么样的意义。可你知道有一种联系，这人在你的生活中代表着某种事物。时间流逝，这人你长年未见，不知道发生了什么，甚至不知道他是死是活，但你还是忘不了他在你生活当中的重要作用。一旦发现你的记忆已经变成这个人的替身，你会感到何等的诧异！

我们讨论犹太问题时，大部分时间都围绕着记忆这个话题。这位带着一口波兰口音、说起话来有如唱歌一般、会说好几种语言、有生意头脑的移民，在索尔的记忆中扎下了根，成为哈利·方思汀角色的原型。《贝拉罗萨通道》中美国叙述者对方思汀之死的了解正好切合了索尔自己对继母侄子之死的了解。

生活中琐碎的细节进入一篇文学作品的时候，总有一种说不清道不明的魔力，正是这种魔力让过去（无论遥远的历史还是不久前的某个时候）和现时的人世升华到一种超凡的境界，各类细节被糅合、编织、改造成一段叙述。故事中主人公做过一场噩梦，这也正是索尔本人做过的噩梦。他讲过在深夜被恐惧所困，陷于深坑无力自拔的感觉。他自己的继母也像小说中的继母一样，头发从中间向两侧分开，厨艺极好，能烤出香甜美味的夹心点心。小说主人公住在一座古老的豪宅里，却时刻感到拘束，索尔在费城作报告的那天，我们的确参观过这样一座建筑。还有很多细节他没有写进小说。我很喜欢这个：欧洲犹太人哈利·方思汀向美国犹太人讲述他如何痛心疾首地把自己的母亲葬在拉文纳，还说自己很讨厌母亲下葬时裹着的蓝灰色尸布。在费城的酒店客房里，索尔对我说颜色对人有特殊的意义，就是那天他告诉我，他自己的母亲去世下葬时也裹着这种颜色的尸布。

眼看着某些细节一个个被用到这个中篇里，也眼看着另一些细节被删除，这绝不是裁缝剪剪贴贴的功夫所能达到的。传记作家们注意了！索尔手中掌握的不是一把剪刀，而是一根魔杖。他不是在收集资料、拼贴事实。想想普罗斯佩罗的神功吧！① 再想象一下，索尔深夜熄了书屋的灯，变成一个背着书包的孩子，边走边啃着一只水果。

---

① 莎士比亚《暴风雨》中的角色。

早晨起来，他用不着马上去写作，我们会先休闲一会儿。在花园里走走，看看哪些花儿一夜竞放，哪些花儿合上了花瓣。今年六月，一丛白色的银莲让索尔自豪了好几日（以前没见过它开花，后来也不曾遇上，可能有鼹鼠钻进土里，啃了它的根）。现在一树红橙正开得艳丽，牡丹也会赶上索尔的生日，紫色的波斯菊似乎也比往年来得早些。野楼斗开花的时候，一条胖乎乎的蛇会绕着它爬来爬去，我俩都很喜欢看它那调皮的样子。"整个世界就是一块蛋卷冰激凌，它可以尽情地享用。"索尔一边大笑着，一边走进自己的书屋。

想写一件事，要么轻松愉快地去写，要么就绝对不写。读索尔的小说，你不可能觉察不到每个字眼里面所隐含的笑声。轻松幽默，这是他的一贯作风。他也会板起面孔，惜墨如金。这是一个口味问题，取决于场合。有时会借来一个细节，因为这细节正好符合当时的气氛，例如叙述者家里电话上空盘旋的夏吕思的鬼魂（当然，不要考虑那时候电话还没发明出来）。索尔能很巧妙地避开各种谜语和文字游戏，他不屑于玩这些东西。喜欢文字游戏的读者可以去读乔伊斯或者纳博科夫，这两位大师将文字游戏玩到炉火纯青、无与伦比的地步，不仅充满乐趣，而且严肃庄重。在索尔的作品里，我们会发现司汤达式的活泼，有笑声，有奇思，有轻松。考虑到索尔所描写的大多是本世纪以来最严肃的主题，探索的是这世界里最黑暗的角落，他对这人世间的丑恶怀着最悲观的情绪，我用"笑声"这个词似乎不伦不类。但是读者得明白，《贝拉罗萨通道》不是在愤怒中写成的，那时所有让索尔动心的事物都悄悄地潜入了这部作品，最让他动心的，是那股能量之源、快乐之源，不管它看上去多么严肃悲情。毕竟，那时候人人都很乐观，说起这个故事，他便会回忆起新泽西、格林尼治村，当然最多的还是犹太人的历史。也有可能，那个时候，我俩还是一对年轻的情侣，所以对昔日的记忆当中没有丝毫阴影，没有黑暗。索尔这篇小说写得不轻松，甚至充满恐怖，但他能注入强烈的热情和无穷的快乐。如果说他是在画画，那么他的笔锋上挑着的就是最鲜艳最明快的色彩。

我没有说这本书来得轻而易举,也没有说他的创作一帆风顺。六月上旬,索尔那一摞黄色的稿纸就已经写得密密麻麻的了。我还记得他打字机的敲打声响了整整一个早晨,我记得我一想到他早饭时定下的计划("我觉得灵感来了")中午就能完成,不禁激动不已。那天他就在屋子里写作,我给他端茶过去,站在他身边,听着打字机的断奏音型,犹如一团火焰在熊熊燃烧。那台雷明顿打字机的键盘,仿佛有了生命,替索尔找到他需要的每一个字、每一句话。他一边打字,一边修改,会有短暂的静谧,但马上就又哗哗叭叭,节奏明快,爆发力强。他等着我给他端来一杯漂着柠檬的热茶,那是欧洲犹太人在多云天气里最喜欢喝的饮料,他第一次去波兰参观犹太人据点时就发现了。柠檬就像一轮红日,给你带来温暖。糖和咖啡因在你的早餐咖啡早已过了劲儿的时候,会给你带来新的活力。面对众多让他分心的事情,他还能坚持写下去,真是不可思议。让他分心的事儿的确很多:有邻居来访,代理人、律师、朋友的电话一个接着一个。如果听到他放开嗓子大笑,我就猜着打电话的一定是阿伦·布鲁姆①。打完电话,他的书房门又关上了,打字机噼噼啪啪的声音再次响了起来。

索尔的生日在六月十号,一周以前,他把我叫到身边,为我朗读这篇故事最前面十多页的内容。方思汀从意大利监狱逃出来那一段听得我无法呼吸,后来每次听到这里我都会感觉呼吸困难。叙述者应该是一位老者,他在重述方思定多年前给他讲述过的经历。

索尔已经很累了,但他还是加紧创作,希望能早些完工,因为我们计划六月中旬要去巴黎和罗马。什么?这时候去欧洲?对了,去巴黎看望布鲁姆,去意大利接受斯卡诺奖。奖品太诱人,哪能不去?一袋金币,一次阿布卢奇狩猎之旅。冒险之旅,无法抵抗。索尔加班工作,不

---

① 出生于芝加哥的美国哲学家、作家,代表作是《美国精神的封闭》。

是一件能让他感觉轻松的差事，他有些力不从心了。还有体力活儿等着他：山路骑车几个小时；苹果树死了，他得把它锯成小段儿；园子里不知从哪儿滚来一大堆拳头般大小的石头，他得清理；壁炉需要柴火，他得扛进来。那年春天发生了许多事儿，我感觉都够他受的。砍伐灌木时，绊了一跤，划破了脸。骑车时摔倒，伤着了胫骨。眼睛充血，鼻子也出过血。鼻子出血的那天早晨，他还在工作。一出血，他便躺在书屋的沙发床上休息片刻，好了马上起来再敲一段。到午饭时间了，还不见他进屋，我便端着饭去找他，发现他一个劲儿地敲打着打字机，脸上、衬衣上沾满了血迹。写作真像一场有氧运动，他大汗淋漓，衣服一层一层不知不觉间脱得一丝不挂。心力集中的时候，他会竖起左眼，嘴里还发出一种很奇怪的声音，像长跑运动员的喘息，又像一声口哨。"喘不上气来，只有微风一样的叹息。"

我跟他一起为他过了十四个生日了，每次生日都会遇上正合他工作的天气：蓝天如洗、艳阳如火、气压升高。可今天，他不再工作。我得补充一句，对于索尔来说，没有哪一天可以不上班。没有节假日，没有安息日。生日跟平时没有区别，也可以在打字机上敲出几段文字来。不过，他可以喝几盅，他把家庭看得很重，只要他张口，我便可以烤出香喷喷的巧克力蛋糕来。

即使有某个瞬间不写字，他的脑子也不会停止转动。过完生日第三天，索尔干完早晨的工作，回到厨房，喊道："我又从头重写了。有时候这故事会控制我的，明白吧？"饭桌上，我让他讲讲开头是怎么修改的，他一说起来竟然停不下来。故事开头的想法太多了，他怀疑读者一时无法接受。都是关于美国犹太人与欧洲犹太人的。这么多想法得慢慢展开。故事的核心是记忆，是信仰。没有哪个宗教信仰不涉及记忆的。我们是犹太人，记着几千年前就有人在西奈半岛上对我们讲话。逾越节，我们记着走出埃及的壮举。纪念日，我们记着自己的父母。从小就学会不要忘记祖先，时刻告诫自己："啊，耶路撒冷，如果我忘了你……"我们天天向神祈祷，提醒他不要忘了他与我们立下的约。所谓神的选民，记忆就是被选的证据。神挑选我们，我们便有了透视神的意志的特权。所有这一切，把我们所有人绑在一起的，就是我们的历史，我们之所以是一个民族，就因为我们有记忆。

索尔告诉我，这篇小说的叙述者马上要露脸。他不想为叙述者起名，他只是一个匿名的老者，因为他即将失去自己的记忆。他走在大街上，想起一首儿时唱过的歌，一首再也熟悉不过的歌，便哼唱了起来："在那遥远的……"什么河来着？他偏偏想不起这条河的名字，这让他备受折磨，他痛苦万分，竟然怎么也想不起这个词，他想问问路人，想豁出一切，只要有人能告诉他这个词。同样的事就发生在索尔自己身上。有一年冬天，他从芝加哥一家牙医诊所出来，回家路上一边散步一边哼唱，可就是"斯旺尼"这个词怎么也想不起来，他感觉自己疯了。索尔解释道，叙述者的失忆代价太大，因为他的整个生命就建立在记忆的基础之上。他是记忆研究所的创始人，专职帮助生意人磨炼记忆，可自己竟然会失忆！索尔把这一切融到一起，创造出一幅连贯的图景，他将身体力行，把方思汀的一生经历作为记忆对象，写出一部欧洲逃难者的回忆录。

索尔认为，尼采的权力意志是这个故事美国部分的核心，所以随后的几天里，我俩细细研究了一篇关于尼采的文章。在索尔的思想里，尼采的"石头虚无主义"已经堕落为"卑贱者虚无主义"，现在只有权力意志才有可能释放人类的创造力。难道只有比利·罗斯置身其中的好莱坞，方思汀儿子赌瘾大发不能自拔的拉斯维加斯，还有混乱成一片的美国生活才是我们能创造出来的新世界？或许《贝拉罗萨通道》的叙述者正是想对我们说明，他极力反对人类的生活因为记忆而陷入混沌的观点，这其实就是表明信仰的另一种方式。

春天的阴冷和淫雨过去了，夏天的热浪接踵而至。六月十三日，气温高达华氏九十度。中午时分，我向游泳池走去，发现索尔也穿过草丛，穿过野花，朝游泳池走来。在绿茵茵的水池边，我问："今天早上干得还好吧？"

"不错，我又开始了新的一篇。"他回答。

"什么？"

"我刚刚放松下来。才开始动手把脑子里面的内容整理出来。"

我们脱了衣服（萝丝，你的父母突然间返老还童了），跳入水中，今年第一次游泳。在凉爽惬意的池水中，索尔一直游在前面。出了水，坐在石头上，太阳在头顶烤着。索尔问道："你想听听吗？"我不知道我会听到什么，或许是《贝拉罗萨通道》修改过的开头？可当他取回本子，翻开第一页，开始朗读的时候，我发现竟然是全新的内容，他写了十年，改了十年，到现在还没完工的长篇小说《理石》。

只要想到索尔写作的样子，我就会联想到魔术师，又轻松自如，又幽默调皮，又聚精会神的魔术师，在他的手里，色彩斑斓的皮球在空中翻飞，每个球都有自己独特的颜色，魔术师用他高超的技艺将它们抛向蔚蓝清澈的天空。哪怕是在打电话的时候，在饭桌上回答你的提问的时候，跟你一起散步的时候，他永远是一副魔术师的风采。你若跟在他身后，看见在他手中翻飞的皮球，你就会发现一串串色彩斑斓的光点也在你的头顶盘旋。

（脱剑鸣　译）

导 言

◎詹姆斯·伍德

（一）

　　每个作家最终都会被贴上"优美"的标签，就像每一朵花都会被说得很"漂亮"。在这个越来越小得可怜的文学王国，只要能写出点东西的人莫不受到吹捧，"文体家"这个王冠每一天都会被戴在某个人的头上。在这个山中无老虎猴子称大王的大环境里，人们会很自然地忽视索尔·贝娄在文体方面的巨大力量。毋庸置疑，在现代美国小说史上，贝娄和福克纳的伟大是任何人都无法抹杀的。

　　不能不说，"伟大"一词已被滥用，就像批量生产的商品，无处不在。但我还得用这个词。贝娄作品的伟大体现在几个方面：数量可观，精确无比，变化多端，内涵丰富，力量无穷。他所使用的文体是生命喜悦的承载，那一串串大胆而又让人无法预测的句子就是自由滚动的快乐，这一特征在他的长篇小说里体现得极为完美，短篇中也同样熠熠生辉。手头这个集子里，每一页都散发出英语文学几百年来所秉承的庄重与辛辣，梅尔维尔与惠特曼、劳伦斯与乔伊斯的韵味无所不在，再往上追溯便是莎士比亚的如椽巨笔。有时候一串形容词像瀑布一样倾泻而下（如《陈规旧制》中那条河，"波纹涟涟、发绿、泛黑、平滑如镜"），有时候一个个机智调皮的比喻从天外飞来（"他那秃头秃得彻头彻尾，就像被泻药清理过的肠子"）。这样的语汇看似多变，但都在无与伦比的智慧掌控之中，最终无一不以咆哮之势汇于谐谑的讽刺当中。《就凭这也得记住我》里对花店老板贝伦斯的一句描写，便极具这种特性："店里百花争艳，老板是唯一一个没有颜色的东西，可能这正是他为作为人类的一分子所支付的代价。"

贝娄刻画人物外形，惟妙惟肖。寥寥数笔，人物便像一具石雕，跃然眼前，颇有狄更斯的笔法。《赫索格》中的瓦伦汀·盖尔斯巴赫，由于装着假肢，"身体一弯一伸，优雅自如，活像威尼斯水面上的凤尾船夫"。这一幕，想来读者都记忆犹新。本集中的短篇，贝娄对形式的看重尤甚于长篇，所以写人更加紧凑、明快。《今天过得怎么样?》中的文艺批评家、理论家维克多·乌尔比穿着随意，"裤子穿得松松垮垮的"，"他讲话时，尤其是需要加强语气的时候，整个脸都会突然放大，你会觉得他是某种思想上的独裁者，容不得不同意见"。《亲戚》中的丽娃舅妈，"记忆中的舅妈身材高挑、腰胸圆润、黑发飘飘、两腿板直。现在，那个体形已经不见了踪影。膝盖弯曲，像个千斤顶，整个身体像块两头小中间大的钻石"。《银盘》里，叙述者与爸爸在地上打得不可开交，停下来后，爸爸"眼球突出，嘴巴大张，阴沉着脸，像一条胖乎乎的鱼"。《狗嘴里吐不出象牙》里的基朋伯格教授，学识渊博，两道浓眉"像从智慧树上爬过来的毛毛虫"。《载特兰内传》中的爸爸马克斯，下巴上长着一道"深色的豁口"，"剃须刀无用武之地，很像一块哀婉的伤痕"。《就凭这也得记住我》的主人公将喝得酩酊大醉的迈克凯因扶回家，放到床上，"我进卧室又看了一眼迈克凯因。大衣早被掀掉，落到地上，内裤也不知什么时候被脱掉了。脸像被烤过一样，鼻子又短又尖，喉结一动一动的，显示他还活着，脖子就像断了一样歪着，肚皮上一层黑乎乎的毛，两腿中间那个短短的柱状物松弛着皮，像个螺旋，小腿白白的，闪着亮光，两只脚一副惨不忍睹的可怜相"。

这些精细、夸张的描写到底有什么用？首先，它们能为读者带来纯粹的快感。读着这些句子，你的心头便不知不觉涌出一阵喜悦。基朋伯格教授的眉毛，"像从智慧树上爬过来的毛毛虫"，不只是一个精巧的笑话，我们会心一笑的时候，能体会到那种纯粹玄学意义上的机智。那些在现实中毫不相干的意象——眉毛和毛毛虫，还有伊甸园，女人的屁股和千斤顶——被叠加在一起，形象逼真且婉转曲折，无不让读者兴奋。读了这些人物描写，我们会感觉到，其他小说家都不屑于如此精细的外表白描，而贝娄的描写并不仅仅局限于写真、写实。我们不仅仅看到了形似，更会陶醉于一种创造的乐趣，一种实现"形似"的创造过程。这些人物不只是长得这个模样，他们更像雕塑，是艺术家顽皮、好奇地一刀一刀刻进去的灵感和力量。《莫斯比的回忆录》中，有几句描写一位捷克钢琴家演奏勋伯格[①]的作品："此人，长着男人特有的秃头，奋力敲击着键盘。"我们很自然马上就能会意，这"男人特有的秃头"是个什么样子。贝娄随后又写道：他"额头上的肌肉高高隆起，似乎在抗议那块白板，那一毛不生的头颅。"读到这儿，我们会被带入超现实的境界，一种戏剧的境界：男人额头上的肌肉在拼命对抗秃顶，对抗空洞无物，对抗他光头上的这张"白板"。

当然，贝娄也让我们看清人物具体的形貌，他打开我们的五官、约束我们的情感，正如福楼拜对莫泊桑所言："每样事物都有不为人所见的一面，因为我们惯于将眼力只投射到我们目之所见中人们记忆所及的地方。任何事物，哪怕多细微，都有我们无法看清的部位。"贝娄的不凡之处在于他能将这些不为人所知的特征揭示出来，有些通过新奇机智的比喻，如千斤顶一样的屁股，有些则通过提醒我们注意到那些司空见惯所以常常被我们忽略的细节，利用我们意想不到的敏感视觉形象，如迈克凯因赤身躺在床上时"白白的、闪着亮光的"的小腿，如《银盘》叙述者记忆中爸爸的秃顶脑袋，"汗珠子从头顶上直往下流。汗珠子肯定比他的头发多得多"。

用眼睛观察自然很重要，但也能限制我们的想象。本集中的故事

[①] 勋伯格（1874—1951），奥地利裔美籍作曲家、音乐理论家。

大多是叙述者对童年，或者至少是对早些年的回忆，视觉记忆被调动起来，像魔术一般在读者眼前展现出各种人物的生动图景。细致入微的人物外形细节就像一座记忆的矿山，同时也蕴藏着伦理方面的信息：死者被带了回来，在读者脑海中获得了新生。这样说还不够准确，应该说，贝娄就像具备招魂技能的术士，让人物的记忆变成初始生命，就像一个个活人在我们眼前跳来跳去。《亲戚》的叙述者，正因为对自己家族中每个人都有记忆，而且这些记忆无时不对他的意识带来沉重的压力，这才迫使他出面，为被判刑的无赖表弟向法官求情。他说，他做这么一件本来不该做的事情，就是"为了梅茨格表叔的跳眼皮，为了三色冰激凌，为了莎娜表姑疯长的红发和太阳穴、脑门上的青筋，为了她拖地板时用力前行的赤脚，为了她把《论坛报》铺在地上时弯下的腰。我这样做，是为了尤妮思表妹的结巴，为了治愈结巴她所下的功夫，为了她为聚精会神的家人朗诵的惠特坤·莱利的诗歌"。

贝娄观察人物的方式也揭示出他的形而上观念。在他的虚构世界里，人物不是按照合乎理性的动机一步一步发展的。他是小说家，不是心理学家。他的人物更像具备形体的灵魂，更像延伸至外界的本质。身体只是他们内心世界的外延，只是他们充满缺陷、不停剥落的道德的烟幕弹，他们有什么样的内心，便有什么样的身体。维克多·乌尔比是思想上的专制者，所以长着一颗硕大无比的脑袋。马克斯·载特兰是一位苛刻至极的严父，所以下巴上长着一个剃须刀永远刮不上的豁口，抽烟的时候，"从牙缝里挤出一缕烟，貌似一丝微笑"。可能也正是因为这个，我们很少见到贝娄如此精细地描写年轻人，连那几个中年人也显得很苍老。从某种意义上说，贝娄将所有的人物都改头换面变成老人，因为只有在老人身上才能显现出人的本质，这是一种无奈，但也只能如此，人老了，道德方面的挣扎也到了尽头，自然无需装腔作势。《陈规旧制》中的萝丝婶婶的身体几乎可以说被历史摧残殆尽，"她胸大无比，臀部很宽，肥硕得惨不忍睹的两条大腿看上去很是老式，像历史上残留下来的古董"。

贝娄把个体的人看作某种主导本质或生存法则的体现,所以常常会重复提及人物的本质,像瓦格纳音乐中的"主导动机"。这一点上,他很像狄更斯,某种程度上也接近托尔斯泰和普鲁斯特。《安娜·卡列尼娜》中,奥博伦斯基脸上常挂着微笑,安娜走路步态轻盈,列文脚步沉重,每个人的动作都符合特定人物的性格。同样,马克斯·载特兰下巴上有一道看谁都不顺眼的豁口,《贝拉罗萨通道》中索莱拉长着一身泰山般的肥肉,等等,莫不是人物本质的外射。贝娄最优秀的中篇之一《勿失良机》中,托米·威尔海姆盯着纽约大街上来来往往的人群,似乎发现"在每个人的脸上都可以看见某种动机、某种本质的体现,如,我是受苦的,我是花钱的,我是奋斗的,我是设计的,我是恋爱的,我是啃老的,我是维持现状的,我是胆怯退缩的,我嫉妒,我渴望,我看不起任何人,我离死不远了,我隐而不露,我缺衣少食"。

贝娄曾指出,只要阅读"十九世纪、二十世纪最优秀的小说,我们就能立刻意识到这些小说家无不用各种各样的方式在定义人性"。贝娄自己的作品,他自己透视不同类型人性的方式,也属于这个伟大的传统。

(二)

贝娄中短篇小说可分为两类:篇幅略长、首尾比较灵活的一类,读起来有长篇小说的感觉,如《亲戚》;篇幅短小,遵循古典三一律的一类,大多只讲述发生在一天的事情,如《就凭这也得记住我》《银盘》《寻找格林先生》。虽说有这两类,但贝娄的叙述策略是一样的,那就是,以对往事的回忆为线索,以意识流为主体。《载特兰内传》的无名叙述者在回忆朋友的父亲马克斯·载特兰时,这样描写:

马克斯·载特兰体重两百磅,是个肌肉型男人。不过他除了嚷嚷、摔几个盘子，倒没有干过更暴力的事情。闹完后，第二天早上，他便一如往常，站在卫生间的镜子前，用那只黄铜吉列剃须刀费力地刮光胡子，把那副满是非难的脸弄得干干净净，再用一把军用刷子把头发梳得服服帖帖，就这样把自己打扮成一个地道的美国经理的模样。然后，又以俄罗斯人的方式，口里含着糖块喝一杯茶，瞟一眼《论坛报》，便出门去他的大环商业中心公司上班，多多少少算是"有序"，这便是正常的一天。从屋后楼梯下楼（去高架火车站的近道），他看过一楼的窗户，两个信东正教的老人正在里面忙乎着。爷爷患有哮喘，正对着自己满是胡子的嘴巴喷着药水。奶奶用橘子皮做糖果。这一堆橘子皮一个冬天放在暖气片上，烤得干干的。做好的糖放进一只鞋盒子里，留着喝茶时吃。

马克斯·载特兰坐在高架火车上，舔着手指头，翻着厚厚的一沓报纸。轨道两旁都是矮小的砖房。……高架火车站的站台有圆形的铁皮顶子，像座宝塔。长长的楼梯每一个台阶的立面上都贴着莉迪亚·平克汉姆研发的"化合蔬菜"的广告。由于缺铁，女孩子个个脸色苍白，马克斯·载特兰本人也面无血色，双颊惨白，显得尖酸刻薄，但还不至于让人看着难受。他走进华拔士大道的销售中心，端端正正地坐在办公室里……

叙述者并不是载特兰的家人，但说起马克斯·载特兰来就像站在他当面、目睹他的一举一动，或者目睹过他的日常生活，所有细节都记忆犹新。在这里，贝娄使用了乔伊斯在《尤利西斯》中用得炉火纯青的手法，即用一种充满生机的文体记录一串串杂乱无章的记忆细节、支离破碎的印象，在这个过程中，视角在不停地转换，一会儿放大，一会儿缩小，这也正是记忆本来的特征。一个瞬间里，我们看到患有哮喘的祖父正对着自己满是胡子的嘴巴喷药水，另一个瞬间，又看到祖母正用冬天放在暖气片上烤得干干的橘子皮做糖果。一个瞬间里，我们看到莉迪亚·平克汉姆牌的化合蔬菜的广告,另一个瞬间,又看到马克斯迈步走进自己的办公室。文字在不同的时空之间随时转换,眼前的、历史的,瞬间的、永恒的。《就凭这也得记住我》的叙述者说道:"在家,有古老的家规约束;出了门,却遇上形形色色的生活本相。"贝娄的文字也在"古老"的传统跟"生活本相"的瞬间性、动态感之间来回转换。

贝娄作品中的细节很有现代感,因为它不是一手细节,而是记忆中的细节"印象",经过了意识的过滤。但同时,他的细节又具有非现代的凝重感和稳固感。如果不怕听上去不敬,我们蛮可以说,贝娄将写实主义推后了整整一代,那就是第二次世界大战之后成长起来的那一代人。之所以这么说,是因为面对后现代的利刃,他紧紧保护着写实主义的脖颈使其不受伤害,他能做到这一点,就是因为他用现代主义的技巧复活了传统写实主义。他的文笔绝对"写实",可你看不到传统写实主义的惯常技法,甚至看不到传统写实主义的讲故事模式。他的人物不可能从一间屋子走出来,再走进另一间屋子。不会的。他的人物只能从一个记忆场景跳跃到另一个记忆场景。他的人物也不会有明显的"戏剧程式化"的对话。读者不可能从这些故事中读到类似这样的句子:"他放下茶杯,走出了屋子。"这些故事既传统又非传统,既古老又激进。

说来不可思议,意识流本来可以加速叙述进程,可实际上延缓了写实的脚步,让写实在记忆的琐屑片段中、在极小的细节和光斑中放慢脚步,徘徊往返。意识流成了短篇小说、奇闻录和碎片式随笔的忠实同盟。不难发现,意识流兴起之时正是短篇小说昌盛之时,那就是十九世纪末克努特·汉姆生和契诃夫创作的时代,稍后又出现了安德烈·别雷和伊萨克·巴别尔。

(三)

"在家,有古老的家规约束;出了门,却遇上形形色色的生活本相。"贝娄的这些故事基本都围绕着这个事实，这不仅体现在行文上的随意转换，也体现在更宽泛的意义层次。在这个集子里，"生活本相"暴露得最集中的就是芝加哥。芝加哥对于故事中的人物、对于叙述者，是折磨，也是激励。芝加哥是美国大都会，所以是现代的；但在家里，生活却囿于古老的传统，尤其是受人尊重的犹太传统，加上俄罗斯的记忆和习俗。马克斯·载特兰一家极具典型。有必要提一下贝娄本人的背景。贝娄差点儿就出生在俄罗斯。他父亲于一九一三年移民到加拿大魁北克的拉辛那，贝娄一九一五年在此出生，九岁时全家迁往芝加哥。故事里，贝娄会一次又一次回到他童年的芝加哥，回到那个庞大拥挤的工业城市。高架火车"就像一座桥，将神的选民举得高高的，让他们远离底下贫民窟里所遭受的天谴"。这座城市充满暴虐，却同时诗意无穷，"冬季的天蓝蓝的，傍晚一阵棕褐色，霜落下来呈现大片的晶莹"。这是一座人类幻想的聚宝盆。《寻找格林先生》中的主人公发现，这座城市代表了人类的集体意志，不可忽视，记忆中的各色人物都有记录在案的必要，需细细写来。芝加哥同时又是混乱和庸俗所在，无时不在摧残着人们的智力和想象。《载特兰内传》叙述者与小载特兰（马克斯的儿子）一起泛舟于潟湖，一起朗读济慈的诗歌。"芝加哥不乏书本。二十年代，公共图书馆沿街车线路处处都有分部。夏日里，旋转的杜仲胶风扇下面的板凳上坐着一群一群的孩子，个个手里捧着书。深红色的电车挺着肚子，摇摇晃晃地行驶在轨道上。一九二九年，国家垮了，但在公园的湖上，我们一边荡舟，一边读着济慈的诗，水草在底下纠缠着我们的桨板。"

"水草在底下纠缠着我们的桨板"，芝加哥这座城市以及曾居住在这里的家庭也无时不在"纠缠"着贝娄作品中的人物，纠缠到令人窒息的地步。这些人物时时刻刻被逃亡的幻影所诱惑，有时表现为神话，有时表现为宗教，但永远表现为一种柏拉图式的逃亡。说它是柏拉图式的逃亡，是因为在人们的感觉中，芝加哥这个现实世界，只是一个虚幻之所在，一个躯壳，一个放逐灵魂的暂栖地。《银盘》中的伍迪沉浸在"这世界注定要充盈着善，满满当当地充盈着善"的隐而不宣的信念当中，独坐在办公室倾听礼拜日芝加哥上空此起彼伏的教堂钟声，可脑子里回忆着一场可耻的偷窃和欺骗，一个与宗教精神背道而驰的世俗事件。《狗嘴里吐不出象牙》的叙述者醉心于斯威登堡的宗教教诲，对"在我们这个时代，圣灵已经从这个可视的外在世界撤出去了"的说法深信不疑，可整个故事仅仅是他写给多年前被他得罪过的一位善良女人的一封信。《亲戚》中，叙述者承认自己"从未放弃将原本的自我或原本的灵魂看作观察世界最合理的参照"（指的是柏拉图式的观点，即人有一个原本的灵魂，可已被从中放逐，所以必须找到回归的路径），可这一切解释唯一的动机竟然是为自己一位黑社会的无赖表弟开脱，一个彻头彻尾的世俗考虑。

贝娄的主旨（或许"主旨"一词太贬低作家了）似乎是说，纯粹的宗教或知识见解，纯粹心智层面的理论，如果没有具体的人的因素做支撑，便无足轻重，甚至是危险的。人的因素有两种，要么是像芝加哥这样一座实实在在的城市，要么是家庭朋友之间司空见惯的争斗和缺陷。载特兰本来对事物表象没有丝毫兴趣，可移居纽约、读了梅尔维尔的小说后，突然抛弃了分析逻辑的纯粹理论。维克多·乌尔比作为一位了不起的文艺批评家，竟然不能对自己的情妇卡特琳娜说一句"我爱你"，尽管卡特琳娜衷心期望的不过就这三个字。更有趣的，对于维克多这无所不知的脑袋，能够一针见血地指出令他痛苦不已的局限性的，竟然是拉里·蓝格尔，一个维克多根本不放在眼里的演艺界混混。

贝娄故事中的人物都渴望在自己的生活中成就一番宗教意义上的事业，但贝娄并未从宗教层面去述写这种渴望，甚至没有用庄严的笔触去述写这种渴望。相反，这种渴望是用喜剧色彩来表达的。形而上的云层又厚又黑，却没有一滴雨水，我们满怀怨愤，却只能用笨拙的手段来祈雨。这种人类共有的心态在这些故事中是通过令人捧腹的滑稽举动和令人怜悯的受难境遇结合在一起而表现出来的。在这个意义上讲，贝娄在他可爱的后期小说《就凭这也得记住我》里面做到了最温和的暗示。已成年的叙述者回忆他年轻时的一天，故事发生在大萧条时期的芝加哥。一个年轻人，满脑子柏拉图式的宗教和神秘主义思想，他常自问："创造人类形态的世界又在何方？"他课余打工，替人送花，但一路上口袋里都装着有关哲学或神秘主义的书籍。就在那天，一个女人恶作剧地将他骗到她的住处，哄着他脱光衣服，随手将衣服扔出窗外，然后逃之夭夭。没有了衣服，可必须在凛冽的寒风中回家。家里，母亲奄奄一息，父亲的巴掌拳头等着他的归来。真可谓"在家，有古老的家规约束；出了门，却遇上形形色色的生活本相"。

　　酒店老板送他一套衣服，条件是他得先护送酒鬼迈克凯因回家。他将酒鬼放到床上，进厨房为他的两个没有母亲的未成年女儿做饭，猪油受热后溅到他的手上衣服上，整个屋子充满了猪油的气味。他对读者说："我从小所受的训导，那种恐怖，突然间冒了出来，堵塞了我的喉咙，肠子也绞痛难忍。"可他还是完成了酒店老板交给他的任务。回到家后，如他所料，父亲狠狠揍了他一顿。这天，他丢了衣服倒是小事，他还丢了那本他爱不释手的书。但是，他说他还会买一本的，用从母亲藏钱的地方偷来的钱再买一本。"我知道我母亲的存款藏在什么地方。我喜欢看书，无书不翻，所以知道她把钱藏在她的《祷告书》里，就是那本在犹太新年或者赎罪日等重要节日里诵读的经书。……等她死了，我打算把这钱拿出来交给父亲，当然自己得扣下十块钱，五块给花店，五块再去买冯·胥格尔的《永生》和《作为意志与理念的世界》。"

　　多层反讽就体现在这件事上：这一天，世俗世界令他生畏的混乱（即"生活本相"）迫使他行窃，可偷来的钱只是为了购买一点也不世俗的哲学书籍，这些书反过来会在宗教或哲学意义上教导他现世的生活，即他现在拥有的生活，其实并非真实的生活。更有趣者，这孩子怎么知道妈妈的钱藏在什么地方？因为他"喜欢看书，无书不翻"，正是这种书虫精神,这种远离世俗的举动,告诉了他行窃的途径!钱藏在哪儿?一本神圣的书里(又是"古老的家规")。如此,读者会问,叙述者为我们讲得细致入微的现世生活,这充满人生尴尬、充满芝加哥庸俗堕落的生活,谁说不是真实的生活?不仅真实,而且颇有宗教韵味,因为这荒唐痛苦的一天是令人敬畏的一天,他学到了不少,可以说是一个用世俗方式度过的赎罪日,毕竟他还用非犹太人的猪肉举行了祭献仪式。

这些美丽动人的故事就像一架轰轰作响的离心机,向我们抛出既有世俗色彩又有宗教热情的问题:敬畏之日究竟以何种形态出现?我们又能以何种方式去认识它们?

(脱剑鸣 译)

目录

圣劳伦斯河畔	1
银　盘	16
贝拉罗萨通道	47
陈规旧制	121
偷　窃	159
寻找格林先生	236
亲　戚	260
载特兰内传	330
遗留黄房子	351
今天过得怎么样？	388
莫斯比的回忆录	494
狗嘴里吐不出象牙	523
就凭这也得记住我	581
后　记	613
索尔·贝娄年表	618
索尔·贝娄在中国四十年	631

圣劳伦斯河畔

不是那个罗布·雷克斯勒吧?

就是那个写了关于魏玛德国①的戏剧和电影的所有论著的人,《战后柏林》的作者,颇有争议的贝托尔特·布莱希特②研究也是他的成果。此人如今已垂垂老矣,不过你从他的著作中是猜不出来的,身体有缺陷——算不上残疾,仅仅患过小儿麻痹,年纪轻轻,走起路来腿就有点儿瘸。读他的作品时,浮现在你脑海里的是一个伟岸的大汉,实际上他身材矮小,而且弯腰曲背,着实令人吃惊。你想不到这位下笔一泻千里的作家却长着短截截的脖子,长曳曳的下巴,而且还是个罗锅儿。然而这都是些小毛病,跟他一交谈,你顿时就会忘掉他的缺陷。

因为半个世纪以来,纽约一直是他的基地,所以人们估计,他是西区人或者布鲁克林人。其实,他是个加拿大人,出生在魁北克的拉欣,对于一个写了如此多关于大都会柏林,关于虚无主义、颓废、马克思主义、国家社会主义的历史学家,对于一个把第一次世界大战的战壕描写为由各列强领袖端上来的"人肉三明治"的历史学家来说,不大可能出生在这个地方。

不错,他就是出生在拉欣,父母是基辅来的移民。他的童年是在拉欣和蒙特利尔两地度过的。就在眼下,大病一场,从鬼门关走了一回以

---

① 指 1919—1933 年间根据魏玛宪法建立起来的德意志共和国,因制宪会议在魏玛召开,史称魏玛共和国。

② 贝托尔特·布莱希特(1898—1956),德国戏剧家和诗人。

后,他有一种莫名其妙的愿望或需求,那就是,重游一次故土。出于这种原因,他接受了麦吉尔大学的讲学邀请,尽管他对贝特尔特·布莱希特的兴趣日渐索然(反而有了一种与日俱增的反感)。尽管对布莱希特和他的马克思主义——他的斯大林主义——感到厌倦,但依然对他不离不弃。他本可以取消这趟行程。他仍然处在恢复期,身子虚弱。他给麦吉尔大学的联系人写过信:"我一直在鬼门关上跳格儿,既然要单独旅行,就得安排从售票处到闸口之间的轮椅。可以指望有人在多尔瓦勒接应一下我吗?"

他还指望一名司机开车把他送到拉欣。他叫司机把奔驰客车停到他的出生地前面。街道空荡荡的。那幢矮砖房是仅存的一座。这一带的所有建筑物都拆毁了。他告诉司机,"我要沿河走一走,你能不能等半个钟头?"他心中有数,知道他的双腿很快就会走累,空荡荡的街道也会冷森森的。这一地区十月下旬差不多就入冬了。雷克斯勒穿的是深绿色的大氅式萨尔兹堡洛登缩绒厚呢外套。

乍一看,没有一点儿熟悉的东西,在这里你见不着人。你对圣劳伦斯河的广大和疾速感到惊讶。孩提时,你被那些整洁的街道包围着。现在这条河已经展开了,还有天空,展现出长长的、静止的秋云。险湍滩白花花的,河水卷过岩石。老哈德逊湾贸易站现在是一家社区活动中心。河对面,在苔藓和烟尘阴暗的画面里耸立着一座狭窄而又土气的石头教堂。难道附近不曾有过一座女修道院?他没有寻找。河下游,在远处的河岸上,他隐约看见印第安人居留地考纳瓦加。按照帕克曼[①]的说法,一大批考纳瓦加莫霍克人穿着雪鞋穿越数百英里,在法国-印第安人战争期间[②]突袭并屠杀马萨诸塞迪尔菲尔德的定居者。难道这些印第安人不是莫霍克人?他记不得了。他相信他们是易洛魁诸部落之一的

---

① 帕克曼(1823—1893),英国历史学家,主要研究美国西部和英法在北美的历史。
② 发生在1754—1763年间。

人。就此而言，他说不上他的出生地在七号路还是八号路。如此多的路标荡然无存。那座小小的犹太会堂已经成了家具仓库。街上既无妇女，也无小孩。从自治领桥梁公司来的移民劳工一度住在狭小的房子里。从雷克斯勒的母亲七十多年前用他的披巾十字交叉把它捆住、用黑黢黢的炉铲铲雪的狭窄的前院（土地肯定很贵），你可以看见宽阔的河面——一直在那里。堵在无数面包店、香肠铺、厨房和卧室的后面。

在拉欣运河旁边，水闸的"蓄"水静静的，绿绿的，雷克斯勒回归的各种理由开始成形了。当他问他要怎么办——仅仅在两个月前医生们已经把他一笔勾销了，那位专家告诉他，"你的肺白透了。你的命我是没辙了……"雷克斯勒答道："我没有力气了。我使出劲，可就是弯不下腰系鞋带。"

那他干吗还要不辞辛苦到这里跑一趟呢？是多情还是怀旧？他是不是想回味他母亲怎样爱得无言，把他绑在毛衣里，然后用一把小铲把他搁在雪地上？不，这不是雷克斯勒的风格。他是个意志坚强的汉子。几十年前把他引向贝特·布莱希特的正是这股劲。怀旧，主观主义，内向——凡此种种，现在已经自讨没趣，传为笑谈。然而，他没有向答案前进半步。在他这把年纪，死缓期限只能短，不能长了。值得注意的是，曾经把加拿大自治领桥梁公司的乌克兰裔、西西里裔和法兰西裔劳工们圈在里面的砖砌灰墁的房屋现在也把他们与将其银灰色的激流涌向北大西洋的圣劳伦斯河隔断了。为了再看一眼他们的平房，就疲于奔命地跑这一趟真划不来，机场的折腾，特邀演讲人闲聊的煎熬。

反正，他把死亡看作每个生灵必须进入的一个磁场。他已经做好了准备。他甚至认为既然他在呼吸机下整整一个月没有意识，他还不如死在医院里避免进一步的麻烦。然而他现就在他出生的地方。重病特别护理告诉他，监控他心脏的电子屏上的图像消失了。波形曲线消失了，最后连符号也消失了，崩溃了，闪现出的只有一连串问号。死机了，就说明要从无意识向完全没有意识过渡。然而事情还没有完，现在这个枯木朽株般的土生子就站在土堆上的秋绿掩映下的船闸旁边的猴园里，他扪心自问，这一切是不是对他有限精力的一种合理消耗。

> 这名厨娘叫罗茜
> 她从蒙特利尔来
> 曾在拉欣大运河上的
> 运木驳船上当招待。

雷克斯勒曾不止一次想到开一家事务所，帮助那些只记得一节歌谣或歌曲的昏蒙人物。只收二十五美元，你就可以提供全文。

他记得一艘驳船停在船闸里时，拉欣人，要么是无业闲荡，要么是消磨时光，常跟水手闲聊，开玩笑。他本人也曾到过那种场合。听了那些俏皮话，又是乱挥手，又是露齿笑。当时还是个孩子，身体是干净的。现在对那种事情加以推断，在拉欣最后的一个童年假期期间他依然是正常的。到了那个夏末，他得了小儿麻痹，身子被扭曲成了一棵缠障树①。接下来，青春发育期把他变成了一个瘸腿体操运动员，他的骨架成了正在训练的杂技演员那样运作的器械。现实就是这样因为你的天真而惩罚你的。它把你变成了一个节肢动物。然而在他的早年，直到快奔三十的时候，他的身体仍然形态端正，皮肤光滑。随后他的脑袋变沉了，下巴拉长了，连鬓胡子成了一根根粗壮的柱子。然而他下大力气锻炼身体，不让它变成畸形，避免将来成为瘸子。他的长眼睛温情脉脉。他走路带着一种强劲的颠坠。他的重量下移到前行的左脚上。"生命运作的方式本人概不负责"，就是他无声的宣言。

这或多或少就是雷克斯勒，在世纪初闹哄哄跨越大西洋、在把这条

---

① 原文为 monkey puzzle，意思是"猴为难"（这个名称汉译为"智利美杉"），这种树因为树杈交错，叶子尖利，猴子不好攀爬，故名。但无论译为"猴为难"还是"智利南美杉"，中国读者都没有概念，所以勉强译为"缠障树"。

河挡在外面的街道上发现了有限的空间的那伙人中的最后一位。他们生活在法兰西人、印第安人、西西里人和乌克兰人中间。

他姑妈罗茜十分疼爱他,七月间,一再把他从蒙特利尔的多米尼克街贫民窟里捞出来。他的拉欣的表哥们都已成年,个个面目机智,坚强,好像都喜欢跟他在一起。"把孩子领上。"罗茜姑妈打发他们出去办事的时候总是这样说。

他坐着他们的小车和卡车嘟嘟嘟跑遍了拉欣镇。

这些都是实在、详细的回想,没有一点儿白日做梦的成分。雷克斯勒因此知道多年来,他肯定反反复复这样回想过。一而再,再而三地想起这些表哥们,二十岁甚或十六岁都已完全成熟了。大表哥埃兹拉是个保险理算员。二表哥艾伯特,是麦吉尔大学法律系学生。三表哥马蒂,没有大哥二哥那么凶。最小的一个是表姐,名字叫瑞巴。她有胖女孩常有的那种气味,雷克斯勒过去常想——一种明白无误的性味儿。其实,他们都是些性感的人。当然,父母除外。然而埃兹拉和艾伯特,甚至马蒂,各有各的事务需求,要与女孩们打交道。他们在门道里跟女孩们调笑。有时是一个名叫瓦嘉的,有时是一个名叫纳丁的。埃兹拉对生意严肃认真,一丝不苟,买进和交换建筑用地——保险仅仅是一门副业——他用曲柄起动他的福特车后会大笑一通,一边往座位上跳,一边说:"你觉得那个怎么样,罗比?"而且顽皮地掐一把雷克斯勒的大腿,使他吃惊不小。埃兹拉长着一张粗糙而又讨人喜欢的脸。他的肤色,像他父亲的一样,黑沉沉的,而且每只耳朵底下都有一些垂直的沟槽,由于喝了一头患结核病的奶牛的奶,脸上起了肿块,一位乡村老医生动手术才把他治好了。然而,即使这些疤痕看上去也挺顺眼的。埃兹拉有种冷不丁地擤鼻涕的习惯。他踩着福特车的踏板。他的气息是男人特有的——咸丝丝的,或者酸唧唧的。对雷克斯勒而言,他就等于是家长——与其说是表哥,不如说是姑父。而当埃兹拉不声不响算盘着生意时,一切嬉笑都戛然而止了。他把上下两排白牙咬到一起,一脸的严肃,再不用意第绪语或者希伯来语开一语双关的玩笑了。他是个意志坚定的人，出来就是做好事的，去世的时候留下了数百万的遗产。

雷克斯勒从来没有拜谒过他的坟墓，也没有到其他亲人的坟前去过。他们一起在山坡上的某个地方安息着。瑞巴死后，埃兹拉和艾伯特吵了一架。埃兹拉不在家，艾伯特把她埋在一片遥远的公墓里。"我要把逝去的亲人安置在一起。"埃兹拉认为这是对父母的不大敬，所以火冒三丈。雷克斯勒回想起这件事，驼背动了一下，耸了一下肩，把这份虔敬排遣走了。这不是他该管的事。可他干吗这么详尽地回想它呢？

一个六月天，他曾跟艾伯特坐车横越"大动脉"轨道，父母在那里拥有租用地产。他们来这里超不过十五年，对这里的语言知之甚少，可是他们在买房产。只有直系亲属才熟悉这中间的底细。他们却守口如瓶。在雷克斯勒的年纪——七八岁——他是弄不明白的。但他在场的时候，他们还是严加防范。结果，他还是逐渐弄明白了。那样的挑战肯定会激发他。

艾伯特表哥一脸机灵有趣的神态，把你放下了车。见了女人，他的眼神就色眯眯的。在麦吉尔，他学会了一种英国派头。他说"天老爷"，他还说"呱呱叫"。乔·科恩，渥太华的一名议员，选中艾伯特当一名学生业务员。到时候，他会在科恩公司里当一名合伙人的，他就不再说"天老爷"，而改说"情况如何？"，这是埃兹拉表哥的可靠预言。然而埃兹拉有他自己的派头。譬如说，老大哥的神态。几千年的古板庄严已经在他身上扎了根了。身居遥远的拉欣的好处就是，他能随意地从《旧约全书》中做一些即兴发挥。

不管怎么说，雷克斯勒跟艾伯特坐着家里的第二辆福特沿着轨道的远边，驶向多尔瓦勒，艾伯特把车停在一座大平房前。这座平房有一个宽敞的白色的门廊，一些圆柱，还有一副用链子悬着的秋千。

"我得进去一下，"艾伯特说，"待一会儿。"

"久吗？"

"看情况吧。"

"我可以出去来回走走吗?"

"我倒喜欢你待在车里。"

他进去了,雷克斯勒记得,这种等候没完没了。阳光穿过六月的树叶。黑沉沉的长春花长满了所有阴凉的地方,年轻女人在宽敞的门廊上来来往往,她们臂挽着臂漫步,或者一起坐在秋千上,或者坐在木制的白色阿迪朗达克①椅子里。雷克斯勒挪到驾驶座上,玩弄方向盘和阻风门——也许是火花杆?他蹲着,用双手操弄那些踏板。一只豁开的牛蹄子要是踩在离合器和制动器的椭圆形踏板上,那就太对茬儿了。

后来,等烦了。

再后来雷克斯勒心情烦躁起来。

他倒可以一个人待一个钟头。

这时雷克斯勒纳闷儿,他有没有关于什么让艾伯特脱不了身的想法?他或许过。所有这些穿过纱门、款款而行、在嘎吱作响的吊链中间荡来荡去的年轻女人。

艾伯特不慌不忙地在绿色的地皮之间一步一步迈向福特车。笑呵呵地,装出一副抱歉的神态。他说,"生意比平常要多。"他提到租借。当然是骗人的鬼话了。重要的不是他说了些什么,而是他是怎么说的。他有种噘嘴的模样,不知怎么回事,在雷克斯勒看来,他的嘴已经变成了一种标识:噘着嘴,可是一双眼睛与下边的脸不一致。这双眼睛反映出一种上层权力中心的意愿。这就是雷克斯勒早期的观察方式。他对这种情况的急切、敏锐,随着时间的推移而弱化,到了古稀之年,他再也不在乎艾伯特的狡猾、他的妓院、他对抗他哥哥埃兹拉的秘密战争了。

在艾伯特停车的第一家糖果店,他给了雷克斯勒一枚两便士的铜币——一位手执三叉戟和盾牌的戴头盔的女人。用这枚硬币雷克斯勒买

---

① 主要居住在圣劳伦斯河北面的一个民族。

了两块多孔的浅黄色的蜜糖。他心里明白，这是在贿赂他，不过却说不明白到底为什么要这么做。他无论如何也不会就那座都是女孩的房子给罗茜姑妈说一个字。那种门外街道上的事情从来都不在家里讲。他把糖嚼成细末，这时候艾伯特进了一间小屋替他妈妈收房租。这不是一名大学生喜欢做的事情。尽管钱的来路无关紧要。

艾伯特出去时，情绪比较好，便让小雷克斯勒兜兜风，穿过牧场和商品蔬菜园去高兴高兴，快到多尔瓦勒才折回。返回时，他们在大动脉的道口看见了一小群人。原来出了一起事故。一个人被一列疾驰的火车撞死了。轨道还没有清理，一时间一溜汽车被堵住了，雷克斯勒站在老式福特车的踏板上就能看见——不是尸体，而是路基上他的内脏——首先是那人的肝，在白花花的卵形石子儿上闪闪发亮，再过去一点儿，就是他的肺。最令人吃惊的是，那是肺——雷克斯勒无法相信火车把那人的身体撕开，把那一对肺挤了出来。肺的颜色是粉红的，看上去仍然充满了气。奇怪的是竟然没有血，仿佛火车的高速使血消散了。

艾伯特没有好奇心去考察死者是谁。他干脆不想打听。福特抛锚了，他便打火，然后跳下去用曲柄启动，引擎一打火，挡泥板便抖动起来，随后排成一溜儿的汽车便鱼贯爬过了轨道间的垫板。火车走了——只剩下一条西去的空轨道。

"你在哪儿耗了这么长时间？"罗茜姑妈问道。

艾伯特说："大动脉道口撞死了一个人。"

这么回答就足够了。

雷克斯勒被打发到院子的菜园里摘西红柿。比起果实本身，藤蔓和叶子带的柿子味儿更浓。你在你的指头上就能闻到它。米克尔姑夫给植株栽了桩，并用从旧裙子和旧衫衣上撕下来的布条把它们绑住。尽管双手颤抖，但米克尔姑父仍然能锄草，能打结。他的脑袋也做一些无意识的动作，不过眼睛睁得老大，直勾勾地盯着你。他的脸被浓密的黑胡子紧紧地夹住。他几乎不说话。你听到的话音的时候少，听到胡子蹭衣服的刺拉声的时候倒很多。他盯着你，你等着他说些什么；可是他的脑袋不由自主地一摆，继续盯着。孩子们都非常尊敬他。雷克斯勒满怀深情地记着他。他的每只黄褐色眼睛都有一种金色的翳，就像一条熏鱼身上的鳞片。如果他的脑袋左右摆动，那不是因为他在否认什么事情，而是在避开一种震颤。

"孩子干吗不吃饭？"罗茜姑妈吃饭时问艾伯特，"他让你用糖果塞肚子了？"

"你干吗不喝汤呢，罗比？"艾伯特问道。他的笑容很勉强。艾伯特一点儿也不害怕：他，雷克斯勒，会提及门廊秋千上的女孩或他在车里长时间的等候。甚至万一什么事情顺嘴抖搂出去，也不过是他母亲已经怀疑过的事情。

"我只是不饿。"

精明的艾伯特对孩子笑得更勉强了，在给他施加压力。"我想这起事故使他没有胃口了。我们回家的时候，一个人被撞死在轨道上了。"

"天哪。"罗茜姑妈说。

"他被撞开了花，"艾伯特说，"我们只好停下来，他的内脏都出来了——心呀，肝呀……"

他的肺！肺使雷克斯勒想起孩子们学游泳时用的双翼浮水袋。

"那人是谁？"

"一个醉汉。"罗茜姑妈说。

米克尔姑父插话了。"他兴许是个铁路工人。"

出于对老人家的尊敬，再没有人说话，因为米克尔姑父曾经当过加拿大太平洋铁路的劳工。日俄战争期间，他在东方战线当过兵。他开了小差，想方设法到了加拿大西部，被铁路雇用了好多年，铺路轨。他攒下了"分分钱"，他喜欢这样说，打发人把他的家小接了过来。现在膝下儿女个个长大成人了，他是他自己的大厨房里他自己的餐桌上的老祖宗，厨房墙上挂着一幅从古董店弄来的大幅油画。上面有一筐筐的水果,满圈的羊,维多利亚女王用手腕支着下巴。

艾伯特表哥把事情运转得得心应手,成就辉煌,好像在对小雷克斯勒说:"看事情做得怎么样?"

然而,雷克斯勒被鸡汤弄得无所适从。作为照顾,罗茜姑妈把内脏端给了他。鸡已经用她的刀剖开了,这样一来它就凸显出两只被肉丝隆起的浓厚的翅膀,在盘底上棕灰棕灰的。他常常眼瞅着鸡的爪子被捆在一起,倒挂起来,先是扑腾一阵,然后在流血死去的过程中轻轻颤动几下。鸡腿也炖到汤里去了。

罗茜姑妈是他父亲的妹妹,长着全家人都有的那种脸盘,但眼神要尖锐、严厉得多。在滴水成冰的天气下,再没有像她的鼻子那样红的东西了。她的腿粗得令人难受,臀部狂风野火般地越界发展,所以走路简直成了一种折磨。她肯定不会出外招摇,妄想人见人爱,因为她对谁都很刻毒。也许只有小雷克斯勒除外。

"你看见出什么事了吗?你看见什么了?"

"那人的心脏。"

"还有什么?"

"他的肝,还有肺。"

这些软绵绵、胀膨膨的椭圆形物体补缀上了粉色和红色。

"有尸体吗?"她问艾伯特。

"也许被火车拖走了。"他说,这一回没有笑。

罗茜姑妈压低声音说了些有关死者的话。她是狂热的正统派犹太教徒。随后她告诉雷克斯勒他可以不吃饭。她不是个可爱的女人,但这孩子爱她,她感觉得到。他爱他们大家。他甚至连艾伯特也爱。他来拉欣的时候,就跟艾伯特同睡一张床,早晨,他有时候会摸摸艾伯特的脑袋,甚至当艾伯特把他的手狠狠甩开后,他还是不停止爱抚。他的头发长得成排成行,密密实实。

这些雷克斯勒要学的观察就是他的整个人生——他的存在——而

爱就是产生它们的源泉。每一种身体特色都有一种对应的情感。成双成对，它们在他的灵魂里来来回回，进进出出。

罗茜姑妈具有一位动辄就判绞刑的法官的面孔，火辣辣的面孔，她一口咬定这起故事的过错在受害者一方，死者本人。而雷克斯勒，在猴园漫步时，开始感觉出他这次旅行的劳累了，两腿发软，便带着一个瘸腿人的老练审慎，在他遇见的头一把椅子上坐了下来。

一贯乐于跟母亲顶牛的瑞巴表姐说："我们没法推断他喝醉了。他兴许一时走神儿了。"然而罗茜姑妈的脸色更加火辣了，她似乎相信，如果那人是无辜的，他死了更是活该。她就像贝特尔特·布莱希特辩论谋杀布哈林①是正义之举那样声如洪钟。按照这位剧作家的见解，值得自豪的一件事情是，自尊唯一真正的基础不是被幻想和情感打下的。规则手册里仅有的一些条目都是死条目。如果你没有合上手册，如果你仍然回到那些规则上去，你就该死。

一个现代人的生活会多么深沉啊？非常深沉，如果他心肠硬得把无辜看作过错的话。如果像布莱希特认为的那样，他消除了轻信者仍然买账的那些应尽的义务并且从政治中排除了怜悯的话。

矮砖房的毁灭展现了河流的景色，像一片平原一样浩大，但又非常迅疾，景观就跟它们被探险家们第一眼看见的时候一样了，这些景象的恢复把雷克斯勒的心扉开启到了一种异乎寻常的程度，于是他开始考虑，在附近安顿下来，每天看到这种景象是多么惬意啊——买房子也行，租房子也行，为的就是把那些险滩和钢铁色的急流一览无余……干吗不呢？他是个土生子，眼下在纽约没有什么牵挂。然而他知道这是一种不切实际的幻想。他不能仅仅由这条河陪伴着了此残生（还有多久）。既然放弃了布莱希特研究，他就成了无业游民了。布莱希特是死亡问题

---

① 布哈林（1888—1938），苏共领导人，马克思主义理论家，1938年被苏联政府以判国罪处决，1988年平反。

上的光。如果他信仰斯大林主义，这种光亮是必不可少的。因此，刀的乐趣，就像在"短刀麦基"①中那样，多少年来都在他的走红榜上。全是那种希特勒前的魏玛货色。布莱希特支持的正是斯大林，他本来应当在一九三二年获胜的。然而雷克斯勒不想把这种观点公诸于众。他病入膏肓了，行将就木了，不想树敌了。如果他变得热衷于论战，知识界肯定会说他是个刻毒的老罗锅。不，对他来说，从现在起这就成了私生活了。

他不想考虑已经使他的拉欣表亲们为他感到骄傲的那些书与文章。"看看罗比怎样战胜了小儿麻痹，成了大事。"埃兹拉表哥经常对他正在长大的孩子们说。

谁也说不清埃兹拉表哥的地产有多广。

然而到临了，患了白血病临终的时候，埃兹拉把双臂甩开向雷克斯勒致意。他在医院的病床上坐起来惊呼："死神已经走进了我的房间。"他的脸色跟他父亲的一模一样——黑沉沉的，布满了一条条顺眼的褶子，完完全全变成了《旧约》上的祖宗——亚伯拉罕祈求主饶了所多玛和蛾摩拉，或者买下麦比拉田间的洞埋他的妻子②。

"天使。"埃兹拉因为雷克斯勒背上的包而语义精微；不完全是一对折起来的翅膀。那时候的真实情况是雷克斯勒像布莱希特-库特·魏尔③演的戏中的角色：双手插在裤兜里，他那怀疑一切的脑袋——太重，歪向一边——需要巧妙地摆好双脚来支撑它。他头发花白，有点儿像正在变干的牛至。他这位奄奄一息的表哥如何对待他，如何对待身为一位学者、一位纽约剧坛要人的声名？雷克斯勒跟艺术的主流唱对台戏，他的激进的立场就是他所赢得的立场。

---

① 《三分钱歌剧》的主题曲。
② 见《圣经·旧约·创世记》第 18 章、第 23 章。
③ 库特-魏尔（1900—1950），德国作曲家，以与布莱希特合作讽刺歌剧《三分钱歌剧》和《马哈冈尼城的兴亡》最著名，纳粹执政后，移居美国（1935）。

现在雷克斯勒觉得,这些年一错再错。他背着手,一瘸一拐沿着拉欣运河步履沉重地前行,想着他行将就木的埃兹拉表哥对他跟麻痹进行的斗争给了高分。

就在拉欣,雷克斯勒有了第二个家。米克尔姑父和罗茜姑妈去世后,埃兹拉担当起了老祖宗的角色,艾伯特拒绝承认他的这种角色。"我承认,我愿意。"在这件事情上,雷克斯勒看到他已经随了大流。这是口是心非。

严格地说,这个脊柱、胳膊、双腿正常的孩子变成了穿着洛登缩绒厚呢外套的畸形大人了,道具帽子扯下来遮住了一脸密浓的连鬓胡子。

当一名革命家总比当一个瘸子强。

"我不是一直跟你讲,罗比,我们是拿弗他利①宗族的后代吗?"埃兹拉说。

"我们是怎么知道的?"

"哦,这些事情人尽皆知。它传给了我,我再传给你。"

不出一个月,埃兹拉归天了。几年前他已经把瑞巴的遗骨迁埋到父母身旁。他们都要在一起安息。又过了二十年,马蒂也入了他们的伙。只剩下艾伯特一人了。八十岁时,他仍然是个"寻花问柳的男人"。但是当她们发现他对她们有些什么指望的时候,她们就不肯就范了。现在他不再是个勾引者,而是个请求者或哀求者了。然而,卑鄙仍然如影随形。只不过他变虚弱了,无法强求什么了。他就只好低三下四。他最后的一个妻子不到一年就走了,回巴尔的摩了。

艾伯特打发人找来了雷克斯勒。他现在是雷克斯勒家硕果仅存的一个了。"现在只剩下咱们俩了,"艾伯特说,"我很高兴你来了。全家都十分疼你。"

"自从得了小儿麻痹,我儿时的魅力就一落千丈了。"

---

① 拿弗他利,《圣经》人物雅各的第六子。

"当然这很残酷。但是你杀了个回马枪。你成了个拔尖儿的人物。我经常把你的书送给我的一些有文化的客户。"

蹉跎岁月的证据,雷克斯勒想,如果有人希望拿他来说事的话。不过,你不要用揭发、坦白、否认来消磨一个垂死的人的时光。"有一天我跟你坐老福特出去,"雷克斯勒说,"你把车停到铁道对面的一座楔形板房前。然后你进去了。那是不是一个妓院?"

"你干吗问这个?"

"因为你在那里待了很长时间,我只好玩弄玩弄踏板、玩弄玩弄方向盘。"

艾伯特宽容地笑了笑。他宽容的是他自己。"是有两座房子。"

"有一座还有一条游廊。"

"我倒没有太留意。"

"在回家的路上大动脉轨道上出了一起事故,撞死了一个人。"

"是吗?"

艾伯特一点儿也不记得了。

"我们横过路轨几分钟前的事。他的肝就撂在路基上。"

"这种事小娃娃会一直记着。"

雷克斯勒正要描述他看见一个人的内脏撒落在路基的枕木和石子上时内心的惊愕,但幸好他及时打住了。艾伯特的皮肤癌细胞已经转移了,他来日不多了。他的一双仍然机灵的眼睛把这一信息传达给了雷克斯勒,雷克斯勒往后一退,想着当艾伯特和那女孩胸对胸躺着,他的心和肺压在她的上面的时候,那天下午可给他合计了一笔为数不同的金额。雷克斯勒是来向他的表哥道别的,他再也不会见到这位表哥了。艾伯特形容枯槁,两条腿在被子下叉开,活像冬天的树枝,他那洪钟般的声音现在微弱得像小孩子的玩具木琴。他打发人来找我,雷克斯勒提醒自己,不是为了谈我记得的事情的,我想,我在他眼里是个异类,看见我倒是一件令人失望的事情。

在倒挂着的静脉注射瓶里,一滴透明的液体正要滴进他腐败了的血液里。要是其他的东西能像那种液体一样清澈透明多好。也许艾伯特要他的一个女儿打电话给我,因为他记得当年的情况。无批判能力的充满爱心的孩子。他希望我可以回想起一些事情。然而他从我这里得到的无非就是一个守在他床边的瘸子。不过,雷克斯勒曾试图提供给他某种东西。咱们看看能不能逐渐激发起一些昔日的感觉。或许艾伯特已经从中得到了些什么。可是艾伯特没有有意识地留心被火车撞死的那个人。那件事从来没有谈及过,现在艾伯特也跟全家其余的人——"我家的故人",埃兹拉就是这样说他们的——埋在一起了。雷克斯勒,甚至不知道公墓在何处,而且从不想去拜谒一番,便歪着身子走在运河船闸旁边猴园洒满阳光的草地上。他嗓音低沉,要么在哼哼,要么在呻吟,把思绪又转向路基上的肺,像橡皮擦一样粉红粉红的,还有其他的内脏,光溜溜的,一副傻怪傻怪的形状,几乎有点儿小丑的模样,简直是对高级欲望和精微感受的一种否定或批驳。它们看上去多么有限。

他的畸形,他背部的突起,他的左肩的圆弧,对他的内脏提供了额外的保护。一个扭曲的笼子或骨质的盔甲,肯定是他的意志按照那天下午那起事故的场景所给的暗示形成的。雷克斯勒想,不至于一切都依赖这些貌似杂乱无章的部件——为了保护这些部件,我被变成了某种人形的双壳动物吧?

奔驰客车已经开到运河边来接他了,他上了车,把思路转向他并不特别想做的午后演讲。

(蒲隆 译)

银　盘

　　面对死亡，生者如之奈何？老父魂魄既去，儿子又能做些什么？六十岁的伍迪·赛尔普斯特，曾走南闯北，深谙世事，可事已至此，只有对天长叹。八十多岁的父亲，两目失明，心脏被扩张，肺里积满水，站不起身来，抖抖索索，浑身散发着臭味，垂死者身体里特有的那种发霉的气味。哀伤又能怎样？伍迪自己也说，得现实一点儿。想想这世道！报纸天天让你神经紧张。就说最近一桩事儿吧。曾一起作过人质、后来逃了出来的人说，汉莎航空公司的飞行员跪在地上，哀求恐怖分子免他一死，但谁听他的？还是朝他脑袋上给了一颗子弹。随后，这些恐怖分子也被射杀，再后来，又有人吃了枪子儿，还有自己把自己放倒的。报上、电视里报道的都是这事儿，饭桌上说的也都是这事儿，世界上天天发生的也就是这事儿，仿佛死亡在地球的每个角落蠕动。
　　伍迪在南芝加哥做生意，但不是那种除了生意啥都不懂的人。各方面的术语他都了解，你很难想象一个瓷砖商人（办公室、休息室、卫生间，哪儿的活他都做）能懂得这么多。他的知识不是你们用来挣文凭的那种，虽说他也在神学院里念过两年书，当时他想着毕业后要作牧师的。大萧条时期，能上两年大学，可不是所有的高中毕业生都能付得起的。自那以后，他哪方面的书都读，而且读得劲头十足，方法奇特，与众不同（他老爸壮年时期也很奇特、有干劲）。他订阅了《科学》和其他一些登载真实信息的刊物，在德保罗大学和西北大学上夜校，听过生态学、犯罪学和存在主义哲学等课程，还游历日本、墨西哥和非洲，就是在非洲他亲眼目睹过死亡，亲身体验过为死亡而悲哀。是这样的：那是在乌干达，靠近穆奇逊瀑布的一艘摩托艇上，他看见一头小水牛被鳄鱼从岸上拽进了白尼罗河里。在那条热带河流边上，有长颈鹿，有河马，有狒狒，有火烈鸟，还有一些色彩夺目的不知什么鸟，掠过清晨灿烂无比却热气腾腾的天空。就在这时，那头准备下河痛饮几口的小水牛，被咬住了蹄子，拖了下去，爸爸妈妈弄不清发生了什么事。小水牛在水里拼命挣扎，搅浑了河水。伍迪，那时还是个壮小伙儿，正驶船经过，把这一切看在眼里，记在心里。在他当时看来，那一群成年水牛似乎在互相询问到底出了什么事儿，个个一副蠢笨的模样。伍迪在这里发现了痛苦，野兽也有野兽的悲哀。朦朦胧胧中，白尼罗河上的他回到了亚当之前的混沌世界，随后他又把这一切带回了南芝加哥。一同带回来的，还有一大包坎帕拉的哈希什大麻。过海关的时候，他靠着自己魁伟的身材、老实巴交的脸蛋儿、光鲜照人的肤色骗过了关检。毕竟，他长得不像个作恶者，不像个坏蛋，他着实长得像个好人。不过他喜欢试试运气，冒险有冒险的刺激。他把防水大衣扔在海关检查口的柜台上，心里盘算着，如果关检要摸大衣口袋，他就说那不是他的衣服。他蒙混过关了！回来后的感恩节那天，他在火鸡肚子里塞进了哈希什。真是一顿美味！这也是他老爸享受过的最后一顿美味。老头子一样喜欢冒险，一样目空一切。伍迪把从非洲带回来的哈希什种子撒到后院，却没长出来。倒是在他停放林肯轿车的车库后边的一小块地上，他种的南亚大麻长势极好。他并不是存心要干什么坏事，只是不愿顺从法律。纯粹出于自尊的考虑。

那年感恩节过后，老爸逐渐体力不支，就像慢慢漏气一样。持续了好几年。住院，出院，反反复复。腰直不起来，脑子恍恍惚惚。发句牢骚也没法集中精力，只是到了星期日，伍迪照例来伺候他的时候，才偶尔会回光返照一阵儿。老爸莫里斯当年玩起桌球来，虽说是业余，也让专业的威利·霍普刮目相看，可现在一个最容易的球也打不进去。他可以在想象中进球，可以从理论上阐述三连进球技法。那位跟他同居四十多年的波兰女人海琳娜也老了，没力气来医院探望他。伍迪还有什么办法！他那位信了基督的母亲，也需要有人照顾，八十好几的人了，动不动就得住院。似乎人人都有病，糖尿病、胸膜炎、关节炎、白内障，要么就是心脏里面得放个起搏器。人人都得靠着肉体活着，可这肉体却在一步步崩溃。

　　伍迪还有两个妹妹，五十多了，没结过婚，都是虔诚的基督徒，性格固执，跟妈妈一起生活在那个基督教气氛十足的平房里。伍迪支付他们的一切费用。时不时地，他还得把其中某个姑娘（都病恹恹的）送到精神病院。不算严重。两个妹妹人都不错，年轻时也算是美人儿，可这两个可怜人哪，脑子都有些迷迷糊糊。信仰不同，就不得不分开住：妈妈皈依了基督，两个妹妹还是原教旨主义者，老爸，只要眼睛还能睁得开，只看意第绪语的报纸，海琳娜则是纯粹的天主教徒，伍迪离开神学院四十年了，宣称自己是不可知论者。老爸的宗教信仰跟那些意第绪语的报纸一样少得可怜，却坚持要让伍迪把他埋在犹太人的公墓里。他如愿以偿了，身上裹着伍迪去火奴鲁鲁参加瓷砖研讨会时为他买的一件夏威夷衬衫。当时，伍迪不愿让殡仪馆的工作人员帮忙，而是跑到停尸间里亲自把那块僵硬的躯体扣进了这件衬衣，老头子就这样像本·古里安一样躺进了简易的木头棺材，知道这样就会腐烂得快一些。伍迪就是这样安排的。在墓边，他脱掉外衣，叠得整整齐齐，撸起袖子，露出粗壮的长满斑点的二头肌，示意让停在旁边的推土机走开，自己挥着铲子把土填进墓穴。他的脸，下面宽，上面窄，活脱脱像一幢荷兰房子。用力时下牙咬着上唇，一铲一铲尽了做儿子的最后一点儿义务。他很健壮，要说他满脸通红，真不是因为用力过度，而是情绪太激动。葬礼后，他和海琳娜，还有她的儿子，一起回了家。这儿子，弥托士，跟他妈一样，正派的波兰人，也一样有天赋。在体育场每逢曲棍球、篮球比赛时，为观众弹风琴。干这活需要有煽动情绪的本事，弥托士很能胜任。一起喝了几杯酒，安抚了一阵老太太，她真的很伤心，百分之百为了莫里斯。

之后的几天里,伍迪一星期都在忙,得为生计奔波,有公司的业务,有家庭的责任。他一个人住,老婆也一个人住,情人也一个人住,每个人都有自己的住处。他老婆虽说分居十五年了,但还没有学会照料自己,伍迪每周五采购一次,塞满她的冰箱。这周,他还得带着她去买鞋。星期五晚上,他得陪着海伦,就是他实际上的老婆。星期六是他自己大采购的日子,星期六晚上她跟妈妈妹妹一起度过。太忙了,无暇考虑自己的心情,只是偶尔间提醒一下自己,"入土第一个星期四。""入土第一个星期五,晴。""入土第一个星期六,他该习惯了。"然后偶尔轻声来一句:"唉,爸呀。"

真正让他受不了的是星期日。整个南芝加哥钟声四起,乌克兰的、罗马天主教的、希腊的、俄罗斯的、非洲卫理公会的,各种教堂的钟声此起彼伏。伍迪的办公场所都在他的货栈里,楼顶上又修建了一层住处,一处宽敞方便的套房。原来每周星期日一大早他都离开这儿去陪老爸,根本不记得他的赛尔普斯特瓷砖公司到底被多少教堂包围着。现在,钟声全响了,他还在床上,突然间一种心酸涌了上来,对于一个六十岁的男人,一个讲求实际、身心健康、见多识广的男人,这突如其来的心酸的确不好受。每次心里不好受的时候,他都觉得应该往肚子里填点儿什么。他想,填点儿什么呢?能解愁的很多,地窖里一箱一箱的苏格兰威士忌、波兰伏特加、阿马尼亚克白兰地、摩塞尔白葡萄酒、勃艮第红葡萄酒。冰柜里也塞满了牛排、野味、阿拉斯加大螃蟹。他买东西时出手大方,都是成箱成打地往回搬。可是终于从床上爬下来,却只煮了一杯咖啡。他一边煮咖啡,一边穿上一件日本柔道服,然后坐下来,陷入了沉思。

任何东西,只要实在,伍迪就会深受感动。房顶上的大梁很实在,高楼里不被遮掩的水泥柱子很实在。遮遮掩掩总是不好,伪饰让他生厌。石头很实在,金属很实在。星期日的钟声很实在,突然放松,左右摇摆,四处冲撞,它们的震动和轰鸣对他产生莫名的效果——涤净他的肠胃,纯洁他的血液。钟声是一个只出不进的喉咙,只向你倾诉一件事,就这样简简单单地倾诉。他只管听。

他与钟声和教堂本来就有缘分,毕竟,他还算是个基督徒。生来一个犹太人,长着犹太人的面孔,又带着那么一丝丝易洛魁人或者切罗基人的特征。他母亲五十多年前就受妹夫考夫纳牧师兼博士的影响改宗了基督教。这位考夫纳,早年在辛辛那提希伯来联盟学院学习犹太教义,后来做了基督教牧师,建起了自己的教会,伍迪小时候跟他在一起,也差不多早早地成了半个基督徒。后来,老爸跟这帮原教旨主义者格格不入。他说,犹太人进基督教会,不就是为了蹭吃蹭喝,弄些咖啡、腊肉、菠萝罐头、隔天的面包、牛奶奶酪一类的东西。如果非要听布道,也不是不可以。毕竟,那是大萧条年代,你也不能太挑剔。但他心里有数,犹太人领了腊肉,出门就拿去卖钱。

《福音书》说得明白:"救赎只靠犹太人。"

为考夫纳牧师兼博士作后台的都是有钱的原教旨主义者,大多是瑞典人。他们迫不及待地想把所有的犹太人拉入基督的阵营,从而加速救世主再次降临。最卖力的要数斯科克伦德夫人,一家大型牛奶加工厂老板的遗孀。丈夫死后她继承了所有的财产。伍迪深受这位富婆的宠爱。

伍迪十四岁那年,他爸跟店员海琳娜混到了一起,离开了身陷困境的基督徒妻子和改信基督教的儿子,以及两个年幼的女儿。那是春季的一天,他到后院找到了伍迪,说:"从今儿起,你就是这家的主人了。"伍迪当时正在后院拿着高尔夫球棍练习清理草坪上的蒲公英,他爹穿着一身笔挺的衣服走了进来,那身衣服显得很不合时令。摘掉呢帽,头上露出一圈被帽檐勒成的印子,汗珠子从头顶上直往下流。汗珠子肯定比他的头发多得多。他说:"我要搬出去了。"他爸那时虽然心里不安,但还是决意要走。"没办法,这日子我过不下去了。"在伍迪想象中,老爸不得不去过的那种日子,那种自由自在的日子,就是台球桌上打弹子的日子，铁路桥下掷骰子的日子，或者楼上布朗考佩尔桥牌室里玩扑克的日子。"你就是这家的主人了。"老爸说道，"这没啥。我已经给你要了救济了，我刚去了一趟瓦班霞大街，就是救济所。"这衣服、帽子原来就是这样弄来的。他接着说："他们会派救济员过来的。我要买汽油，你得给我借些钱。你在球场打工挣的那些钱得给我。"

伍迪知道，没有他帮忙，他爸是走不了的，索性就把自己在落日岭乡村俱乐部打工挣的钱全倒了出来。按老爸的想法，他为儿子传授的谋生之道，价值远远超出了那几块钱。他每次骗儿子的时候，鹰钩鼻子上面、红红的脸颊上，都会有一种大祭司的表情。孩子们电影看多了，灵感上来，就喊他们的爸叫理查·迪克斯。后来看了漫画，又给他起名迪克·特莱西。

现在，伍迪耳畔回荡着轰轰的钟声，心想，那是他自己掏钱资助老爸把他抛弃的。哈哈！这事真是太有趣了，尤其是老爸当时那副神气："给你一点儿教训，以后就知道还是你的父亲信得过。"他这样做，是实实在在的生活和无拘无束的本能的体现，与宗教无关，也不是故作姿态，目的在于教人谨防变成傻瓜，告诉人们愚蠢会是多么丢人的一件事儿。老爸很不喜欢牧师兼博士考夫纳，倒并不是因为他是个叛教者（他才不在乎呢），也不是因为考夫纳创立的那个机构纯粹是骗人的（他承认考夫纳本人绝对诚实），而是因为考夫纳博士愚蠢透顶，说话傻里吧唧，行为像个江湖浪子。考夫纳习惯把头发往后一甩，活脱脱一个帕格尼尼（这是伍迪自己说的，他爹根本没听说过帕格尼尼）。他通过骗取女人的欢心让犹太女人改宗基督教，实在不是精神领袖的善举。老爸常说："他让那帮贱人神魂颠倒，自己竟然都不知道。我敢说，他自己真的不知道是咋骗取女人欢心的。"

而在考夫纳这边，也常有对伍迪的告诫："你那父亲可不是什么善人。当然，他爱你，你也得爱他，体谅他。但是，伍德娄，你已经长大了,该明白他过的是一种脆恶的生活。"①

这都不算什么大事。老爸的罪孽大不了就是男孩子的调皮捣蛋而已,也只能在一个男孩子的心里留下特别的印象。可是对于母亲呢?难道妻子也是孩子吗?母亲常说:"你祷告的时候,替那个老混蛋多说几句吧。你看他对咱们都做了些啥!替他祷告吧,但千万别去见他。"可他还是经常去见老爸。伍德娄过着一种双面人的生活,时而虔诚,时而渎神。他承认耶稣基督是他的救主,吕培卡姨妈就顺势利用这个来让他替她干活,他也只好顺从。在那个教会慈善所和活动中心,他充当杂工的角色,冬天给火炉子加煤,晚上就睡在火炉隔壁的台球桌上。他也常撬门扭锁,从储藏室里搞点儿菠萝罐头,从腊肉块上削下几片来,煮都不煮就吞下肚子。他个头大,饭量也大。

现在,他一边喝着梅里塔咖啡,一边暗自思忖。那时他真的就饿成那个样子了?没有。他只是不喜欢循规蹈矩而已。他拿着刀子、站上木箱去割腊肉的时候,其实是在跟吕培卡姨妈斗气。她自然不会知道,以后也无从证实,伍迪,这个诚实健壮的乖娃娃,平日里目光坦然率真,竟然也是个小偷儿!但他的确是个小偷儿!每次姨妈盯着他看的时候,他自己明白,她看见的其实是他那个爸。他的鹰钩鼻,他转来转去的眼珠,他健壮的肌肉,他红润的面孔,无一不是那个邪恶野蛮的莫里斯。

莫里斯早年是利物浦大街上的流浪儿。伍迪的母亲和姨妈论出身都是英国人。莫里斯父母是波兰人,在经过英国前往美国的路上,把这孩子扔在了利物浦,因为他眼睛感染,家人担心到了埃利斯岛会被全家遣返。全家人在英国待了一段时间,他的眼睛还是泪流不止,就给扔下了。父母都偷偷地跑了,十二岁的他就在利物浦开始独自为生。母亲本来也算出身于不错的家庭,老爸那时在她家地窖里借宿,竟坠入了情网。十六岁那年,正遇上海员罢工,他上船当了锅炉工,渡过大西洋,

---

① 考夫纳英语发音不准,翻译只好用错别字体现。

在布鲁克林跳船上岸,成了美国人,可美国却丝毫不知。没证件,他也参加选举。没驾照,他也照样开车。从不交税,见便宜就占。赌马、打牌、台球、女人,他一生的嗜好,当然女人为第一,台球次之,打牌再次之,赌马压底。忙忙碌碌的,他到底爱过什么人没有?他的确爱过海琳娜。他还爱过儿子。母亲至今还深信不疑,认为老爸爱的是她,会随时回到她身边。这想法让她一直装得像王后,长着浑圆的臂弯、维多利亚女王一样的老脸。"女儿们已奉命不再接纳他。"她常说,俨然一副印度女王的架势。

整个星期日的早晨,伍德娄的灵魂被钟声敲打着,恍恍惚惚转个不停,一会儿在屋里,一会儿到室外,一会儿窜到昔日,一会儿又到了货栈顶上的某个摆设别致的角落。钟声忽来忽去,像裸露的金属互相撞击,敲击声一圈一圈往外延伸,覆盖了整个中秋时节南芝加哥的钢厂、电厂、炼油厂,笼罩着那一群群前往教堂听弥撒或唱圣诗的克罗地亚人、乌克兰人、希腊人、波兰人、穿着颇上档次的黑人。

伍迪本人是位相当出色的唱诗班歌手,至今还记着那些圣诗的词儿。他还做过见证人,吕培卡姨妈常常让他站起来,为满满一教堂的斯堪的纳维亚人讲述自己一个犹太人是如何接受耶稣基督的,为此还付给他五毛钱。她是这个慈善所的出纳、会计、财务总管、总经理。牧师兼博士对这里的运作一窍不通,他只负责提供激情,当布道士他绝对在行。伍迪也有激情,他为牧师兼博士的激情所感染。牧师兼博士教导他如何看得更远,也让他过上了比别人崇高的生活。除了这崇高的生活,他也就只有芝加哥了——芝加哥的风格自然天成,没人想着要提出一点儿质疑。所以,举例说吧,一九三三年(好久远的年代),他在进步世纪国际博览会上,头戴尖顶草帽,迈开粗壮有力的双腿,做苦力拉车。他的顾客们,一个个皮肤红紫、酩酊大醉的农场主,笑得前仰后翻,喊着让他给找妓女。也有妓女们劳他拉客。他很爽快地为双方牵线搭桥并获得双份小费。虽说是神学院一年级的学生,但他并不觉得这有什么不对。有一次,他在格兰特公园跟一位身材壮实的女人亲嘴,而这女人却急着要回家给孩子喂奶。在去西区的街车上,俩人肩并肩坐在一起,她拧着他的大腿,奶水浸湿了外衣,浑身散发着奶味儿。那是在罗斯福路上的一辆街车上发生的事儿。随后到了她和她妈妈住的屋子,他不记得里面有男人,只记得满屋子强烈的奶味儿。第二天早上,他照例研读希腊语版的《新约》,也没觉得有什么不妥。光照在黑暗里(to fos en skotia fainei),黑暗却不接受光明。

他扶着两条车辕,在博览会大街上奔跑的时候,突然有了一点儿想法,这想法当然与城市里那些寻欢作乐的色鬼们没有任何关系。他想,世间的目标、宗旨、上帝的意志不就是这样的吗(他不明白自己怎么会这样想,事实与此相反):这世界应该是充满爱的世界,最终一切都会复原,世界会充满爱。自然,他不会对任何人吐露这种想法,他自己也明白,这想法好愚蠢,纯粹属于他个人的一点儿见解,愚不可及。但是,这想法却深藏在他情感的中心。差不多就在这时候,吕培卡姨妈在私下里,贴着他的耳朵,对他说:"你这个小骗子,跟你父亲没有两样。"

她说这话还真有点儿根据,至少对吕培卡那样缺乏耐心的人来说算是一些根据。伍迪是有些早熟——他能不早熟吗——但要让一个十七岁男孩子去领悟一个中年妇女(况且还是被切割了一个乳房的中年妇女)的见解和情感,容易吗?莫里斯曾对他说过,只有那些被男人冷落了的怨妇才会被切了乳房,那是个标志。莫里斯说,女人的乳房没人摸,没人亲,就会以癌症表示抗议。癌症是肉体的呼唤。在伍迪看来,还真是这样。他在想象中把他爸的高见用在牧师兼博士的身上,还真灵!很难想象牧师兼博士会去摸、去亲吕培卡姨妈的乳房!莫里斯的高见常让伍迪看见乳房就想到男人,看见男人就想到乳房。现在还这样。要说哪个男人不受自己父亲关于男女之事的理论的影响,那该是顶级聪明的人了,而伍迪的聪明程度还没到那一步。他自己也明白。就他本人而言,他的确曾经尽最大的努力让女人在这方面受益。本性使然。他,还有他爹，都是粗鲁的普通人，但再粗鲁的人，该细腻的时候，还是会细腻的。

牧师兼博士在布道。吕培卡姨妈在布道。富有的斯科克伦德夫人在布道。自己的母亲在布道。老爸也常常站在木箱子上嚷嚷。每个人都干这事儿。迪维信大街上上下下，每个路灯杆旁边，都有演说家发表意见。无政府主义者，社会主义者，斯大林主义者，单一税收论者，犹太复国主义者，托尔斯泰主义者，素食主义者，基督教原教旨主义者，应有尽有。有发牢骚的，有说梦想的，有讲生活方式的，有论拯救灵魂的，有提出抗议的。真不可思议，多少个世纪累积下来的怨气，到了美国，竟会如雨后春笋，一发不可收拾！

还是那位健美的瑞典移民阿喜（他们都叫她奥喜）一直站在牧师兼博士一边。她原先在斯科克伦德家里作厨子，后来嫁给他家大儿子，再后来成了他富有而且虔诚的寡妇。她年轻时，身材肯定像歌舞剧中的伴舞女郎，她的发髻高高拢起，做这发式的秘诀似乎已经失传，现在的女人都无从知晓。阿喜对伍迪爱护有加，还替他掏了神学院的学费。老爸还说……今天这个星期日里，教堂的钟声平息，一片祥和，秋草浓密细腻，秋色如丝如缎。秋霜未降，你肺里的血液比夏日酷暑的空气更鲜红，由于氧气充足而疼痛，似乎你身体内部的铁质渴望这一口一口的氧气，而每次呼吸带进你身体的都是寒冷……老爸，躺在六尺深的土里，再也感觉不到这令人欣喜的痛楚。最后的钟声，还将自己悠扬的震荡留在一缕一缕晴朗的空气里。

到了周末，这几十年形成习惯的空虚又回到了货仓，从门缝里潜进伍迪的住处。教堂平日里空空如也，他的住处则是周末空空如也。每天上班前，每天货车和员工开始工作之前，伍迪都要穿上阿迪达斯运动装，跑上五里多的路。可今天为了老爸，不再出门。他倒是很愿意出去跑跑，把心中的悲痛跑掉。今天早晨独自一人，让他异常难过。他想，只有他陪着这世界，只有这世界陪着他。本来在他和这世界中间，总有一些事情，干点儿闲差，访个亲朋，画幅油画（他还是个相当有创造性的业余画家），做个按摩，吃顿便饭——像一块盾牌把他和这恼人的寂寞隔离开来。这寂寞有这世界作为源泉，永无休止。唉，老爸呀。上星期二，伍迪跑到病房，因为老爸非要一次次把静脉注射针从胳膊上拔下来。护士给他扎进去后，伍迪猛地爬上床，紧紧抱住拼命挣扎的老头子。这倒让护士大吃一惊。"忍着，莫里斯，莫里斯，你忍着。"可老爸还是用有气无力的手去抓输液管。

教堂钟声彻底平息了。伍迪却没有感觉到他的王国——赛尔普斯特瓷砖公司——被笼罩在一片沉寂当中。他只看到、听到芝加哥街道上行驶的红色老街车，那颜色跟屠宰场围栏里面的肉牛一模一样。这类街车在珍珠港事件发生前就已经绝迹。笨重、宽大、藤条座位粗陋不堪，还有供站客手抓的黄铜把手。一英里停四站，走起来摇摇晃晃，散发着一股石碳酸或臭氧的气味，充气时突突乱跳。售票员手里捏着打了结的信号索，司机用他的脚后跟使劲地跺着脚铃。

伍迪回想起自己和父亲乘车在西大街的风雪中穿行，俩人都穿着羊皮大衣，手和脸冻得发红。车门一开，站台上的雪便随风冲进车厢，落到地板长方形的夹板层里，车厢里本来也不暖和，雪很难融化。线路的设计者说，西大街上的这条是世界上最长的街车线路，听那口气，似乎这也值得炫耀一番。制图员用一把丁字尺，画了这二十三英里的线路，两侧布满了工厂、货栈、机器行、煤气站、殡仪馆、旧车仓库、电车车场、六层住房、设备仓房、垃圾集中点，等等，从南郊的草场一直延伸到北郊的埃文斯顿。伍德娄父子俩正乘坐这条线往北前去埃文斯顿的霍华德街附近，去拜访斯科克伦德夫人。坐到头，下了车，还得步行五个街区。去干什么？为老爸筹款。老爸费了些口舌才说服他的。要是母亲和吕培卡姨妈知道了，绝对会大发雷霆。伍迪虽然心里战战兢兢，可也迫不得已。

莫里斯前些时候来，对他说："儿子，我遇上麻烦了，糟透了。"

"啥事儿糟透了，爸？"

"海琳娜从她丈夫那里替我弄了点儿钱，乘着布扎克老头儿还没发觉，得给放回去。不然，他会要了海琳娜的命。"

"她拿钱做什么了？"

"儿子呀，你难道不晓得赌马场那帮人是咋讨账的吗？他们会雇打手的。非砸烂我的脑袋不可。"

"爸，你知道我不能带你去见斯科克伦德夫人。"

"咋不能？你不是我的儿子？那老太太不是想收你作干儿子吗？我现在遇着麻烦了，难道不能从这当中得到点儿好处？我是谁呀？外人吗？还有海琳娜，她为我把命都要搭上了，我儿子还不愿帮这个忙。"

"布扎克不会拿她怎么样的。"

"伍迪，他会打死她的。"

布扎克会打人？脸跟工作装一样的灰色，两条短腿，全身仅有的力气就在他那双制造模具的胳膊和黑乎乎的手指头上，蔫巴巴的样子。布扎克就这副怂样儿，还能打人？！可老爸说，布扎克凶着呢，别看他身子骨不大，心里却装着个熔铁的大火炉。伍迪却永远不会认为布扎克会这样凶神恶煞。他不愿惹事。如果真有事，倒是他该害怕莫里斯和海琳娜合伙把他给弄死，他俩只要大吼一声就足以要了他的命。当然老爸不是那种亡命之徒，海琳娜也是个沉稳、严肃的女人。布扎克的钱都存放在地窖里（银行早倒闭了），他们没有把他的钱全拿走，而且打算过阵子再放回去。在伍迪看来，布扎克尽量想做得明智些，他接受了自己不幸的命运，对海琳娜也没太多的要求，做几顿饭、把房子整干净、能给他点儿面子就够了。可对于偷窃，布扎克还是有道底线的，钱毕竟是钱，那是生死攸关的大事。他们果真偷了他的存款，他绝对会采取行动的，一半为了钱，一半为了他自己，他的自尊。但说不准，老爸关于欠赌马场的债、关于打手、关于海琳娜替他偷钱这一系列的事情，会不会都是他自己编造出来的？他很擅长这行，只有傻瓜才会对他说的话深信不疑。莫里斯深知母亲和吕培卡姨妈在斯科克伦德夫人面前怎么说他坏话的。广告画上的颜色她们都能用上：紫色代表邪恶，黑色代表他的灵魂，红色代表地狱劫火。她们就是用这些颜色给斯科克伦德夫人画了一幅莫里斯的像，赌棍、烟鬼、酒鬼、嫖客、背叛者、亵渎神灵者。即便这样，老爸还是要向她伸手，很冒险的一件事。牧师兼博士的日常开销都是从斯科克伦德牛奶厂报销的，这寡妇还替伍迪掏了神学院的学费，两个妹妹的衣服也全是她买的。

六十岁的伍迪，满身的肉，个子又高，真可以充当美国物质主义成功的代言人。现在，他坐在休息室的沙发里，指头抚弄着沙发扶手的皮子，感觉比女人的皮肤还柔软。他有些困惑，在心底深处还有一阵阵不安，感觉自己身体里有成块成块的斑点，头脑里闪着光亮的斑点，胸膛里有一块结合了苦楚和开心的斑点（他不明白这一块是怎么来的）。强烈的思绪把他两眼之间的肌肉堆成深深的皱纹，紧张到近乎头痛。那天，他怎么能让老爸这样去做？他为什么会去台球室背后那个阴暗的角落与他会面？

"你跟斯科克伦德夫人咋开口呀？"

"那个老婆子？别操心了，要说的太多，而且句句真话。我那个小洗衣铺子总不能关了吧？法院不是下星期就派人来没收那里面的家具了吗？"老爸坐在街车上的时候就把要说的话排练了几遍。他把赌注压在伍迪健康的身体和青春的朝气上，利用这么一位坦诚率真的人来完成他的骗局，真是再完美不过了。

芝加哥的冬天是不是不再有从前那么大的风雪了？现在，风雪看上去弱了许多。那时候，大雪都是从北冰洋经安大略湖而来，一个下午就能落五尺厚。生锈的绿色平板车，两头拖着旋转的毛刷，从车库开出来，清扫路面的积雪。差不多一打街车跟在后面，排成行，慢悠悠的，走走停停，从一个街区到下一个街区。

在河景公园门口，街车耽误了很久。公园里所有的娱乐设施都被堆积起来、盖上帆布过冬，旋转木龙、跷跷板、跳楼机，所有玩乐器具都被像模具师布扎克那样擅长机械的技师和电工们堆到了一起。风雪在大门口肆虐，里面什么也看不清，只有栅栏后面还亮着几盏电灯。伍迪擦了擦窗玻璃上的雾气，发现玻璃外面的铁丝保护网已被雪塞满，足有他的眼睛那么高。往高处看，北风一股一股地横着吹过去。前排座位上，两个刚下班的黑人煤矿工人，头戴林德堡矿工帽，两腿间各夹着一把煤铲，身上散发着臭汗、麻布袋和煤混合在一起的气味儿。衣服上沾满煤灰，浑身暗淡，但脸上某些部位却也一闪一闪地发着亮光。

坐车的人不多。大都不愿出门。这天气，屋内屋外同样的温度，人们个个都像僵尸一样，只好两腿伸向火炉，静静地坐着。只有像老爸这样心有所思的人才会冒雪出行。这样的风雪百年不遇，只有一心想骗取五十块钱的人才不会被冻死。五十块大洋哪！在一九三三年，那可真是一大笔财富。"那女人迷上你啦？"老爸说道。

"她是个善人，对谁都好。"

"你知道她打的什么主意？你这么壮实的一个小伙子，而且也不小了。"

"她信教，真心真意地信教。"

"哎，你可不只是你妈的儿子。她、吕培卡，还有考夫纳，不能让这帮人把他们的想法塞满你的脑子。我知道你妈总想把我从你的脑子里彻底清理出去。我不教你，你对生活了解个屁。他们懂什么呀，那些信基督的蠢货。"

"嗯，爸。"

"你两个妹妹，我无能为力。都太小。我心里过意不去，可我能做什么呀！你的情况不一样。"

他是想让我跟他一样，当个美国人。

狂风一会儿轰轰隆隆，一会儿叮叮当当，一会儿呼啦呼啦。肉牛色的街车停下来等着触轮重启,他们便被扔到了暴风雪中。到了霍华德街,他们还得往北步行。

"到了你先说。"老爸说道。

伍迪天生是一个伶俐的推销员,能言善辩的贩子。当年在教堂里站起来,当着五六十个人的面作证的时候,他就意识到他有这本事。虽说吕培卡姨妈为他这事儿还给了点儿小费,他每次说起他的信仰,都把自己感动得热泪盈眶。当然,个别时候,他说起宗教也会不知不觉地心猿意马。虽说心不在焉,但他诚恳的举止倒也不会让他露馅。他的举止,也就是他的表情、他的声音,总能帮他一忙。接下来,他的两个眼珠子就会越来越靠近,而每当眼珠子互相靠近的时候,他就会意识到他是多么的虚伪,并为此深感痛苦。脸上的肌肉也开始抽搐,马上就会揭开自己的老底。而这时候,他就得使出浑身解数,让自己的脸上依然显得诚恳无比。这种玩世心态他实在无法忍受的时候,就动用邪念。老爸正好有这一手。老爸经历了各种沟沟坎坎,一路走来,到了这一步,鼻梁也弯了,面孔也阔了。你不能用真诚或者不真诚来衡量老爸,老爸就像歌里唱的那样:"想要伸手要,说来随时来。"老爸身体结实,老爸血管畅通,老爸见美味胃开,老爸见美女眼开。老爸严肃起来,也会教导你如何打理腋下、清洗裤裆,如何保持脚趾缝里干燥,如何做顿像样的晚餐,如何烤青豆、炒洋葱,如何打扑克,如何赌赛马。老爸很实际,跟他在一起你会很轻松,会不再为宗教、玄理等事情烦恼。而母亲则常常以为自己超凡脱俗,伍迪自然明白她只是自欺而已。真的,她不愿放弃她的英国口音,常用英国口音与上帝交流,或用英国口音与别人探讨上帝。哦,求你了上帝! 上帝眷顾! 赞美上帝! 事实上,她比谁都世俗,只知道吃喝拉撒,还得照料两个女儿的吃喝拉撒,保护她们,净化她们,让她们永葆纯洁。那两个受她保护的鸽子则养得腰肥腿壮,脑袋却显得又细又长。还有点儿疯疯癫癫。看上去甜蜜可爱,却都怪兮兮的——波拉乐呵呵地疯癫,约安娜阴沉沉地疯癫,还时不时地闹腾一阵儿。

"爸，我会替你出力的，可你也得保证别让我在斯科克伦德夫人面前丢人。"

"你担心我英语说得不好？让你难堪啦？我发音怪腔怪调？"

"不是这事儿。考夫纳口音很重，她也不在乎。"

"还看不起我！他们算什么东西！你长大了，你爸指望你帮个忙也不算过。他有困难。那女人肚量大，你就带你爸去她家。你还能求谁呀？"

"明白了，爸。"

到了德文街，那两个煤矿工人站了起来。其中一个穿着女人的大衣，那个年头，男人穿女人衣服，女人穿男人衣服，都是常事儿。迫不得已。裘皮翻领上沾了雪水，毛一根根都直挺挺地立了起来。还有煤灰。俩人步履沉重，拖着铲子从前门下了车。车好慢，一点点往前挪着。到终点站时都四点以后了，那是一阵灰不灰、说黑不黑的时候，雪还在路灯下扑腾、翻飞。霍华德街上，一辆辆汽车被抛在墙角，堵住了人行道。伍迪前面领路，老爸后面跟着，俩人沿着早些时候卡车碾过的雪痕走进了埃文斯顿。顶着大风走了四个街区，再蹚过厚厚的积雪，终于到达一幢被雪包围的大宅，俩人一起用力推了推被积雪拥堵的铁门。宅子好气派，至少有二十间屋子，里面只住着斯科克伦德夫人和她的仆人，赫约迪斯，跟主子一样虔诚的信徒。

伍迪和老爸站在门前等候，用手掸了掸羊皮大衣领子上的雪水，老爸还用围巾一角擦了擦他那对又浓又密的眉毛。衣服底下流着汗，衣服外边结着冰。这时候，随着一阵铁链的响声，赫约迪斯抽动木门闩，玻璃防风门上露出几个透气孔。伍迪一直说她长着一张"和尚脸"，这种脸上一点儿女人特征都没有的女人现在少见了。素面朝天，仍然是上帝造她那时候的模样。她说："哪位？什么事？"

"我是伍德娄·赛尔普斯特。你是赫约迪斯吗？我是伍迪。"

"你没打过招呼。"

"是没有，可是我们已经来了。"

"什么事？"

"来找斯科克伦德夫人的。"

"找她什么事？"

"就告诉她我们来了。"

"我得告诉她，你们不打招呼就来到底有什么事。"

"只要告诉她伍迪和他父亲来了。这么大的雪，没个急事，我们不会来的。"

女人独自住，谨慎点儿，是可以理解的。尤其是这种旧式贵夫人。埃文斯顿现在这么多的房子，再也不可能有这种尊贵了：宽敞的阳台，深深的院落，还有像赫约迪斯这样的仆人，腰带上挂着成串的钥匙，餐具室的、橱柜的、梳妆台抽屉的、地窖柜子的。属于圣公会科学妇女节欲协会的埃文斯顿，是不会有商贩前来按门铃的。只有应约而来的客人。可现在，站在门口的是两个顶着风雪从西区跋涉十多里路来的叫花子！而这大宅里，住着一位瑞典移民，曾经是厨子，现在是寡居的慈善家，被大雪封在屋里，冻僵的丁香花枝敲打着她的防风窗，她梦想着一个新的耶路撒冷、基督重降、复活、末日审判。要让这基督重降和那一切的一切早日来临，你总得深入到这两个从大雪中远道而来、心怀叵测的叫花子的心中吧。

很自然，她们让俩人进屋了。

突如其来的温暖袭上他俩人包着围巾的下巴。这一刻，伍迪和老爸才意识到风雪有多么厉害：俩人的脸颊被冻成了石板。他们站在大厅，筋疲力尽，浑身发痒，雪水淌了两大摊。这大厅，真是大厅。楼梯口立着雕花石柱，上方有巨大的彩绘玻璃窗，绘着耶稣和撒玛利亚女人。这画让人觉得，似乎外邦人①与天堂倒没有多少距离！跟老爸在一起，伍

---

① 即非犹太人。

迪观察事物可能更像个犹太人。老爸最明显的犹太特征，就是他只会读意第绪语的报纸。老爸跟波兰女人海琳娜混在一起，母亲跟耶稣基督混在一起，而伍迪只管啃着从猪肋骨上割下来的生腊肉。即使这样，他也会时不时地表现出犹太人的一些特征。

斯科克伦德夫人可真干净！那指甲，那雪白的脖子，那耳朵。老爸教给伍迪的那些关于男女之事的知识全部崩溃，因为这女人干净得超乎寻常，让伍迪联想到一片瀑布，像她一样宽大，像她一样宏伟。她的胸部好大。伍迪曾经动用想象研究过，他猜想她一定用什么把那里面的两大块紧紧地勒着，可有一天，她抬起胳膊开窗的时候，那东西露了出来，她的胸，就露在了他的面前，怎么勒也不可能勒住的东西。她的头发像那种必须浸泡才能用来编织筐篮的酒椰纤维，颜色好淡好淡。老爸脱掉羊皮大衣，便露出布衫来，他没穿上衣。他四下张望，显得鬼兮兮的。对于赛尔普斯特这家长着鹰钩鼻子和貌似很直率的大脸盘的人，最难做到的就是装出老实的样子，他们的五官上随时都会显露狡诈的迹象。伍迪老早就为此困惑，是与脸上的肌肉有关吗？还是根本上源于下巴的问题？下巴上那个突出的棱角？也许还是来自心中那时时刻刻都存在的邪念？两个妹妹把老爸喊作迪克·特莱西，可迪克·特莱西不算坏人呀。老爸能让谁相信？突然间，一个念头一闪而过，正是因为老爸这副长相，敏感的人会产生一种内疚感，也就不会对他有不公平的谴责或者不友好的评判。仅仅就因为那张脸？有些人一定尽量不伤害别人，他也就顺势利用了这一点。赫约迪斯不会被他利用的，她会当场把老爸轰出去，不管外面啥样的天气。她虽然信教，可她也磨炼得很精明。她坐着经济舱来到美国，又在芝加哥干了四十年，哪能什么都没学到？

斯科克伦德夫人，也就是阿喜（奥喜），把客人带到前屋。这是大宅里最宽敞的一间，需要多生炉子才能暖和。房间有十五英尺高，落地大窗子，所以赫约迪斯把火炉烧得旺旺的。这火炉是专为客厅用的那种，有镍制顶冠，像个头饰，漂亮极了。顶冠只要往侧面挪一下，炉子的铁盖就会自动打开。顶冠底下的铁盖已经生锈，沾满了煤灰，跟别人家的没有两样。轻轻撬一下小窗口，无烟煤块就会咣当当地掉下去，从白明胶做的小孔望进去，煤块在里面形成一个圆形或者圆顶形的火苗。前屋很华丽，三面墙壁都镶有木板，火炉的烟管通往大理石壁炉，地上是镶木地板，上面铺着埃克斯明斯特地毯，维多利亚式的坐垫椅套都是蔓越莓的颜色，大柜子里有一套衬着玻璃的中国式博古架，摆着斯科克伦德奶牛赢来的银质水壶、花里胡哨的糖果钳子和一些碎玻璃拼制的坛坛罐罐。屋子里摆放着几本《圣经》，墙上挂着耶稣画像和圣地图片，散发着一丝外邦人气息，似乎一切都在被稀释的醋酸溶液里浸泡过。

"斯科克伦德夫人，我把我爸领来了，您没有见过他。"伍迪开口说。

"就是我，夫人，赛尔普斯特。"

老爸穿着布衫站在那儿显得很矮，可也很大方。肚子挺得很高，但不显得大腹便便，而是结结实实。他就是那一类人，肚子大而不软。老爸谁都不怕，从来不会在人面前显出一副叫花子的可怜相，也不会奉承谁。一句"夫人"一出口，他就让人刮目相看，那是一个独立自主、见过世面的人。他那神态就是想让她知道，跟女人打交道，他是行家。斯科克伦德夫人头发盘成一只花篮，雍容华贵。五十多岁，比老爸可能大了八九岁的样子。

"我让儿子带我来拜见您，是因为我知道您一向对他关怀备至。您认识一下他的父亲，也是理所当然之事。"

"斯科克伦德夫人，我爸目前境况困难，我实在不知还能向谁求助。"

就这样开场了，正如老爸所愿。他接上话茬，讲述自己的洗衣店如何濒临倒闭，欠的债务如何迫在眉睫，还说了一大堆法院要没收家具的故事。又说："我是个小人物，只想着能活命就满足了。"

"你没有供养你自己的子女。"斯科克伦德夫人说道。

"的确是这样。"赫约迪斯说道。

"我没这能力,如果有能力,我还会吝惜吗?城里到处是排队等着领面包领菜汤的人,难道就我一个人这样子?我有的都给了他们,给了我的孩子。你能说我是个不合格的父亲吗?我若真是个不合格的父亲,我儿子还会领我来见您吗?他爱自己的父亲,他相信自己的父亲,他知道自己的父亲是位好父亲。可每次我只要开始做个小生意,就会被人挤掉。这次,如果我能守得住,这小生意就一定会好起来。我雇了三个帮手,给他们开工资。我要是倒闭了,他们三个也得上街乞讨。夫人,我可以给您写个借条,两个月之内一定如数归还。我虽是个普通人,可我很勤劳,您绝对可以信任我。"

老爸的"信任"一出口,伍迪就大吃一惊。就像苏萨的铜管乐队从四面八方齐声吹起一个警告:"骗子!他是个骗子!"但斯科克伦德夫人满怀宗教情操,对此警告充耳不闻。虽说在世界的这个角落里,除了脑子有毛病的,人人都会脚踏实地地过日子;虽说邻里之间所谈论的,莫不是实实在在的话题,但是,斯科克伦德夫人,尽管腰缠万贯,却是置身事外,至少三分之二地置身于这个世界之外。

"您只要给我机会,让我展示我的能力,"老爸说道,"您就会发现我为我的孩子能有多么大的贡献。"

斯科克伦德夫人犹豫了一会儿,说她得上楼去一下。她得进自己的私室做一番祷告,寻求一点儿引导,于是让他俩人在客厅坐着稍候片刻。火炉边有两把摇椅,赫约迪斯冷冷地看了一眼老爸(毕竟那是个危险人物),又不无责备地看了一眼伍迪(是他把那个危险人物兼破坏分子带到家里,特意来伤害两个好心肠的基督徒妇人),随后便跟着斯科克伦德夫人一起走了出去。

她俩一走,老爸猛地从摇椅上跳起来,怒气冲冲地说道:"这事儿还得祷告?借我五十块钱,还要给上帝通报一声?"

伍迪说:"不是你的缘故,爸。信教的人就这样。"

"才不是呢。"老爸说道,"一会儿她下楼来,会说上帝不同意。"

伍迪不喜欢老爸那样子,他觉得老爸太没教养,说道:"不会的,她很真诚。爸,你得理解人家,她这人好动感情,好激动,也真诚,她想对每一个人都做善事。"

老爸却说:"那个用人也会阻挡她的,那女人不好惹。看她那张脸,她一眼就看穿我俩是骗子了。"

"我俩争有啥用啊。"伍迪说。他拉着摇椅靠近火炉。鞋湿透了,似乎永远干不了。蓝色的火苗扑腾扑腾的,就像煤火上的一群鱼。老爸走向那个中式大立柜,那个博古架,拧了一下把手,又掏出自己的铅笔刀,只一秒工夫,就撬开了那扇有曲线条的玻璃柜子,顺手拿出一只银质盘子。

"爸,你干吗呢?"伍迪喊道。

老爸镇定自若,他知道自己在干吗。他锁上博古架,走过地毯,听了一会儿,把盘子塞进腰带,往下推了推,盘子掉进裤裆。又伸出一根又短又粗的指头,放到嘴边。

伍迪不敢高声说话,可还是惊慌失措。他扑过去抓住老爸的手,看着他的脸,感觉自己的瞳孔在一点点缩小,似乎满头的肌肉都在收缩。这叫"呼吸急促",症状是全身肌肉抽紧,双腿发软,神志不清。他无法正常呼吸,喊道:"爸,把它放回去。"

老爸说道:"这是纯银的,值钱呢。"

"爸,你答应过不让我丢人的。"

"万一她祷告完下楼说不给我借钱,咋办?算是以防万一。如果她答应借,我就放回去。"

"咋放回去?"

"一定会放回去的。我办不到的话,你把它放回去。"

"你会撬锁子,我不会。"

"容易。"

"现在就放回去。马上。"

"伍迪,在我裤裆里,裤衩里面呢。你别没事找事了。"

"爸,我真不相信你会干这事。"

"别吵了,闭嘴。不相信你的话,我就不会在你当面干。你懂个屁。你咋啦?"

"趁她们还没下来,赶紧把盘子从你裤子里掏出来。"

老爸突然硬了起来,一副威风凛凛的样子,说道:"听我的话!"

伍迪身不由己,猛地扑过去,跟老爸扭打起来。抓着自己的父亲,踩上一只脚,把他逼向墙角,这真是大逆不道。老爸也吃了一惊,大声喊道:"你想要了海琳娜的命不成?那你动手杀了她吧。动手呀,你自己得负责。"他怒气冲冲,开始反抗。打了好一阵儿,伍迪使出自己在西部片里学到一手(曾在操场上展露过),一把把他放翻在地。伍迪比老爸重二十磅,压着他的身体,倒在火炉旁的地板上。火炉底下有一个马口铁做的底座,防止火烧了地毯。伍迪趴在老爸硬硬的肚皮上,突然意识到用这个姿势跟他打斗毫无用处,他没法把手伸进老爸的裤裆里把盘子掏出来。老爸这下真的火了,儿子对老子动用武力,老子哪有不火冒三丈的!他腾出一只手,朝着伍迪的脸打过去。打了三四拳,伍迪一头顶在老爸的肩膀上,脸紧紧地贴着,避开他的拳头,嘴对着他的耳朵,说:"老天哪。爸呀,求你了。看看你这是在哪儿。她们马上就下楼来了。"可老爸还是用自己短腿的膝盖猛击伍迪,用他的下巴撞击伍迪的牙床。伍迪感觉这老头子马上要动用牙齿了。他是神学院的学生,不免联想到恶鬼附体的故事,所以就使劲抱紧他。一会儿,老爸就停手了,眼球突出,嘴巴大张,阴沉着脸,像一条胖乎乎的鱼。伍迪放开他,伸手把他拉了起来。突然间他产生了很多很多他知道他老爸从来不曾有过的痛苦心情。真的从来不曾有过。老爸什么时候失去过尊严?他只有优越感。老爸没有过伍迪现在的这种心情。他像中亚的骑士,像中国的土匪。只有来自利物浦的母亲才那么文雅,才英国淑女范儿十足。只有身着黑礼服、正在布道的牧师兼博士才有那样的风度。你文雅贤淑,你风度翩翩,可别人都在你身上踩上一脚?去他妈的!

高高的门打开了,斯科克伦德夫人走了进来,边走边说:"是我产生错觉了,还是真发生什么了?房子震得好厉害。"

"我拿铲子给炉子里加煤,铲子不小心掉到地板上了。对不起,看我笨手笨脚的。"伍迪说道。

老爸还在生气,一声不吭。他的眼睛睁得大大的,还冒着怒气,不多的几根头发散落在额头上。看他肚子硬邦邦的样子,就知道他在憋气,虽然嘴上一句话都不说。

"我祷告过了。"斯科克伦德夫人说道。

"希望一切顺利。"伍迪说道。

"我做任何事情,都需要上帝的指引。这次上帝给予我肯定的回答。我自己也觉得是件好事。所以,你两位再等一会儿,我去办公室开张支票。我已经叫赫约迪斯给你们烧咖啡去了。冒着这么大的风雪来……"

老爸真是恶性难改。那女人刚一出门,他就说:"支票?去他妈的支票。我要的是现金。"

"他们这种人是不会在家里存现金的。你明天就去银行兑换。可是,爸,万一她们发现丢了盘子,就会通知银行终止兑换。到那时你该咋办?"

老爸正打算把手伸进裤裆,赫约迪斯端着咖啡进来了。她嘴上毫不留情:"这是你整理衣服的地方吗,先生?你以为这是卫生间?"

"那,那厕所在哪儿呢?"老爸问。

盛咖啡的是厨房里最脏的杯子。咣当一声,她把咖啡放在桌上,领着老爸走向过道,还站在卫生间门口守着,免得他在房子里乱走乱动。

斯科克伦德夫人把伍迪叫进办公室,递给他一张折叠起来的支票,让他跟着自己一起为莫里斯祷告。他又一次跪下来,头顶是一排排发着霉味儿的理石纸板文件夹，旁边桌子的侧面立着一盏玻璃灯，灯罩镶着荷叶花边，跟糖果盘一个款式。斯科克伦德夫人用她的斯堪的纳维亚口音，像个动情的女中音，抬高嗓门，喊了起来，耶稣啊基督啊，赐给我们光明啊，引导着我们啊，给老爸的胸中赐一颗新的心啊。室外，大风摇撼着树木，踢打着墙壁，卷着雪片划过玻璃窗。伍迪只恳求上帝让老爸把盘子放回原处。他拖延时间，尽量让斯科克伦德夫人多跪一会儿。然后，（尽其所能）装出一副诚恳的表情，对她的基督情怀和慷慨帮助千恩万谢。又说："听说赫约迪斯有位亲戚在埃文斯顿青年基督教协会上班，能否劳驾她给打个电话，找个房间，我们今晚就不用冒着大风雪往家奔波了。从这儿到协会的距离跟去车站差不多，街车可能已经停发了。"

赫约迪斯本来就疑心重重，听斯科克伦德夫人叫进来这么一吩咐，更是怒不可遏。这两个人，不请自来，进来了就像到了自己的家，要钱，喝咖啡，极有可能还在马桶盖上留下了淋病。伍迪记得，每次客人走了，赫约迪斯都要用酒精使劲擦洗门把手。不过，她还是给协会打了个电话，给这父子俩订了一间有两张帆布床、七毛二分钱一晚的客房。

老爸有足够的时间打开那个不知是玻璃还是德国银（反正都很精巧）镶边的博古架。赛尔普斯特父子俩道了谢、告了别，走到齐膝深的雪中，伍迪问道："哎，我刚才给你打掩护，那东西放回去了吧？"

"当然。"老爸说。

他们顶着大雪来到协会楼前，一幢有铁栅栏锁起来的小楼，像个警察局，大小也差不多。门锁着，他们摇了几下铁栅栏，出来一位瘦小的黑人，把他们领了进去，又慢腾腾地带他们上了二楼，水泥地过道两侧是一扇扇矮小的房门，就像林肯公园里小型哺乳类动物的窝。他说没啥吃的，俩人就脱了湿漉漉的裤子，裹上一条咔叽军用毯，在帆布床上呼呼入睡了。

第二天一大早，他们就来到埃文斯顿国家银行，弄到了那五十块钱。也不是没有麻烦。出纳打电话给斯科克伦德夫人,很久还不见回到窗口。"他妈的,他去啥地方了?"老爸说道。

那家伙回来后,问道:"你要什么面值的钞票?"

老爸回答:"一块钱一张的。"又转身对伍迪说:"布扎克藏起来的就是一块一张的票子。"

这个时候,伍迪已经根本不相信海琳娜偷那老男人的钱的故事了。

又回到街道上,铲雪工人还在工作,太阳已经从清晨的蓝天上露了出来,好亮好亮。飞雪的美景转瞬即逝,芝加哥从暴风雪中解放了出来。

"昨晚上,你真不应该把我扑倒在地,儿呀。"

"知道,爸。可你答应过你不会让我丢人的。"

"好了,都会忘了这一切的,毕竟,你还是帮了我的。"

老爸还是把那只银盘子偷了出来。毫无疑问,因为没过几天,斯科克伦德夫人和赫约迪斯就发现了。快到周末的一天,他们一大帮人把伍迪约到了救济所考夫纳的办公室里。里面还坐着神学院校长,牧师兼博士克拉比。伍迪一路小跑,刚进门就被一阵炮轰。他对着这帮人申辩道,自己绝对无辜。就在他要被击倒的时候,也得大喊几声冤枉。他否认自己还有老爸,动过斯科克伦德夫人家的任何财产。那件丢失的东西(他甚至不知道是什么)肯定是放错了地方,等到找到的时候,他们一定会后悔冤枉了好人。别人发言结束后,克拉比博士宣布,他如果不从实招来,将会被取消学籍,况且他本来学业就不怎么好。吕培卡姨妈把他拉到边上,说道:"你这个小骗子,跟你父亲一丘之貉。从此再也不许你踏进这个大门。"

老爸听了后,反问道:"那又咋啦?"

"爸,你真不该干那种事。"

"不该?哼,你非要我说,那就听着,我才不在乎呢。你要是想回去跟那些伪君子和解,盘子就给你了。"

"我不该欺骗斯科克伦德夫人,她对我那么好。"

"好?"

"好。"

"好,也是标了价的。"

跟老爸这样的争吵永远不可能获胜。在以后的四十多年里,随着两人关系的变化、发展和成熟,他们也会在各种各样的情绪里,站在不同的高度、不同的角度,继续辩论。

"爸,你到底图什么?是为了钱吗?那五十块钱你干什么用了?"几十年后,伍迪问道。

"还了赌马的账,剩下的做生意用了。"

"后来你又去赌马了?"

"可能吧。可我那是下了双赌注的,伍迪。对我没有害处,却对你有好处。"

"对我有好处?"

"那种生活太怪异了。那不是你应该过的生活,伍迪。那帮女人……考夫纳算不上男人,不男不女。假如他们真把你整成了牧师,又能咋地?一个基督教的牧师!第一,你绝对受不了那种工作,第二,他们迟早会把你一脚踢出去的。"

"可能会是这样的。"

"你也不可能把犹太人都变成基督徒,而他们的主要目标就这个。"

"这啥年头了,还去骚扰犹太人。"伍迪说,"至少我是没有干过这事儿。"

老爸终于说服儿子站到自己这边了。毕竟是亲骨肉,跟他一样结实,一样粗陋。天生就不是来过精神生活的。没这命。

老爸没有比伍迪坏到哪里,伍迪也没有比老爸好到哪里。老爸不愿与大道理有任何瓜葛,可他还是一直为伍迪指引一个生活方向,一个乐呵呵的、想干啥就干啥、没有矫饰、讨人喜欢、不受约束的生活方向。

要说伍迪有啥缺点，那就是无私。老爸因此占尽了便宜，可还是经常为此指责他。他常说："你揽的事儿太多了。"的确，老爸太自私，伍迪对他却一心一意。往往是，越自私的人，得到的爱越多。你自己不愿做的事情，他们却会做，你也正是为了这点才爱他们，你把整个心都给了他们。

伍迪想起那张银盘的当票，竟然猛地大笑起来，引起一阵阵咳嗽。他被神学院开除，又被从救济所轰了出来，老爸竟然说："还想要吗？给你这张票。我把它给当了，没我想的那么值钱。"

"他们给了你多少钱？"

"我就拿到十五块五毛钱。你要是想把它赎回来，就自己凑钱去吧。我没钱啦。"

"那天在银行里，出纳给斯科克伦德夫人打电话的时候，你肯定被吓出了一身汗。"

"是有点儿紧张。"老爸说道，"可我知道那两个女人不会这么快察觉的。"

那次偷盗行为是老爸与母亲的一场战斗，与母亲、吕培卡姨妈和牧师兼博士的一场战斗。老爸站在现实的一方，母亲则代表宗教力量，代表多疑症。四十年了，这场战斗从未停止。渐渐地，母亲和两个妹妹变成了只能依靠别人才能活下来的人物，个性却被磨得没了踪影。唉，可怜的人哪！靠着别人，脾气也越来越古怪。伍迪，这个罪人，则成了尽职尽责的孝子和兄长。他动手维修房子里的角角落落，包括补屋顶、填裂缝、拉电线、做绝缘、装空调。而购买暖气、用电、食物、从各大商场（西尔斯、鲁伯克、维伯特）为她们买衣服，都是他掏的腰包。还买了一台电视机，几个女人看起电视来跟做祷告一样痴迷。波拉上了培训班，专修花边制作和各种针线手艺，偶尔去疗养院里干点儿娱乐工作。可她精神不稳定，什么活儿都干不长久。邪恶老爸的精力主要花在洗衣服上，他跟海琳娜在西罗杰斯公园经营一家洗衣房，生意平平常常，倒是让他有闲工夫打台球、赌赛马、玩扑克。每天早上他转到屋子隔板背后检查一番洗衣机的过滤器，时常能从别人的衣服口袋里掏出一些好玩儿的东西，运气好的话，还能捡到一串项链、一枚胸针。给水里加了从塑料盒子里倒出来的或蓝或粉的洗衣剂后，他就可以坐下来，一边喝这天的第二杯咖啡，一边看《前进》报。看完后出门，把后面的活儿全交给海琳娜。房租交不上的时候，伍迪就会送钱过来。

佛罗里达新建的迪斯尼世界开张后，伍迪掏钱让所有的亲戚都玩了一番。当然他们是分批去的。海琳娜可是玩爽了，回来后逢人就讲那台机器亚伯拉罕·林肯发表演说的情景。"美极了！还真能站起来，手也能动，嘴也能动。跟真的一样！他讲话那架势，帅极了。"这帮人当中，海琳娜算神志最健全的，最诚实，也最像个人。老爸死了，伍迪和海琳娜的儿子弥托士，就是体育场那位风琴师，一起分担她社保以外的费用，照料她的生活。老爸总说，保险都是骗人的，他死的时候，给海琳娜只留下几台淘汰了的洗衣机。

伍迪也会时不时地款待自己一番。有时候一年一次，有时候一年几次，他总会抛开生意，让银行的信托部门帮他管着那些员工，自己则远走高飞。他很会赶时髦，很有想象力，出手也阔绰。在日本，倒是东京没待多长时间，却在京都待了三个星期，住在十七世纪左右就开始营业的俵屋旅社。依日本人的习俗，躺在地板上，在滚烫的水里泡澡。参观了不少道观佛寺，也欣赏了最低俗的脱衣舞表演。去过伊斯坦布尔、耶路撒冷、德尔法，也徒步穿越过缅甸、乌干达和肯尼亚的荒野。不管见了什么人，司机、贝都因人、市场上的商贩，他都一律平等对待。开朗，慷慨，见人就熟。脱光衣服，赘肉虽说越来越多，可还算肌肉发达（他坚持跑步、举重），身材很像文艺复兴时期那些穿着朝服的王公贵族。一年年，他的脸色越来越红，脊背上长出了黑斑，油光发亮的脑门上，诚实的鼻子两侧，也开始斑斑点点，典型的户外活动者。在亚的斯亚贝巴，他从大街上领回一个埃塞俄比亚美女，一起站在淋浴下，用他温柔的大手给她搓上香皂。在肯尼亚，他教一位黑人女郎说美国脏话，她学得还真快，一边乐呵，一边就能大声喊出来。在尼罗河上的穆奇逊瀑布前，金鸡纳树从淤泥里升起，像一个个巨人。河马站在沙堤上，对着河面上驶过的游艇恶狠狠地吼叫。其中一头在沙坑里活蹦乱跳，时而跃起，时而趴下。就在那儿，伍迪眼睁睁看着一头小水牛被鳄鱼拉下了水，消失得无影无踪。

　　母亲——不久也要随老爸走了——这些日子也有些神志不清。当着别人的面，她总说起伍迪这孩子——"你看我儿怎么样？"——就像他才十岁。在伍迪面前，她的举止显得很荒唐、轻浮，甚至放荡，似乎不知道她跟伍迪到底什么关系。在她身后，其他人都在等着玩滑梯，台阶上，一个紧跟着一个，向顶端挪着步子，就像操场上的一帮孩子。

　　在伍迪的住宅兼办公场地上空，聚集着一团死寂，它覆盖的范围跟教堂的钟声一般大小。他就在这团死寂底下静静地守孝，一大早，太阳与秋色一起陷入阴郁。回顾这一辈子，看看他生活那不很光鲜的一面，再看看那还算像样的一面，尽管少得可怜。如果痛苦不减，就得再出去跑步，跑他三里，还不减，再跑两里。跑步只是一种身体的运动吗？远远不止如此。他还是神学院学生的时候，在世博会的人力车两条车辙之间他就这样跑着（很轻松，步子稳稳地），一边跑，一边接受宗教体验。天天如此，不过是单一的体验一次次的重复而已。他感觉真理从阳光里进入他的身体，又轻松又温暖的一种人神交流。这样想的时候，他身后车上的顾客，那些来自威斯康星的色鬼农场主，便显得很遥远，他们疯狂的叫喊声，他们让他找妓女的呵斥声，就几乎一个字都听不见了。太阳的强光会再次给他带来一种秘而不宣却让他深信不疑的信息，这世界注定要充盈着善，满满当当地充盈着善。当这本末倒置的世界走到尽头，当这狗咬狗的社会彻底消灭，当这鳄鱼的大口把每个生灵拖进污泥咬死。斯科克伦德夫人靠贿赂让他把犹太人聚到一起，加速基督重降早日来临。可这世界绝不会按她想象的那种方式结束，那一定是完全不同的一种方式。伍迪虽然愚笨，可这就是他的本能。没能再前进一步。结果，他这一生就这样一步步走过来，那绝对是生活本身想让他走的一条路。

今天早晨，还有一样东西，一种显而易见能让他的身体感觉到的东西，先顺着胳膊流到胸前，然后在一股强大的压力下，渗进他全身，进入他的心脏。

那就是，他走进医院病房，发现老爸病床的侧板立了起来，像个婴儿床，老爸好虚弱，牙齿掉光了，扭动着身子，像个婴儿。土色投到他的脸上，挤进他的皱纹里。他挣扎着要把针管从臂弯上拔出来，鼻孔里喘着死亡的气息。压着针头的棉花球里渗满了深色的血污。伍迪脱掉鞋，放下床边，爬进床，死命地抱住他，一边安慰，一边不让他动弹。这时候，伍迪似乎成了老爸的父亲，他对着老爸的耳朵，说道："好了，爸。爸。"斯科克伦德夫人家客厅里那一幕又一次闪过，老爸像被恶鬼附体，怒不可遏，伍迪又想安抚他，又想警告他："她们马上就要下楼来了。"煤炉子旁边，老爸用头撞击伍迪的牙关，而后便像一条大鱼，气呼呼地一动不动。而今天，医院里的这场搏斗却如此虚弱，真的好虚弱。伍迪满怀怜悯，抱着浑身哆嗦的老爸。老爸曾告诫他，从那帮人身上，你绝不会找到生活的答案，他们根本不知道生活是什么。说得对，爸。可是，爸，生活到底是什么？老爸拼了八十三年，为了活命什么都做过，今天竟然想彻底解脱，真是难以理解。伍迪决不允许老头子把针管拔掉。老爸一生随心所欲，想要什么就要什么。可今天，他最后一点儿要求，伍迪却绝不答应。世事纷更，真难以预料。

过了不知多久，老爸停止挣扎，气息一声比一声弱，小小的身体蜷曲着，靠在儿子身上。护士进来看了看，让伍迪放手。伍迪腾不出手来，用头示意她们出去。伍迪以为老爸安静下来了，谁料他竟然使出另外一招，战胜了儿子。他通过消耗体热来挣脱这世界。身体一点点地凉了下去，就像一只小动物被你护在掌中，伍迪就这样抱着老爸，感觉他越来越冰冷。伍迪用力抓着他,想着他已经抓住了,可老爸还是身魂两处了。他挣脱自己身体里的那一点儿温热,滑进了死亡。这位已年逾花甲、体态宽阔、肌肉发达的儿子,依然抱着他,用身体压着他,而这一瞬间,已经没有什么他能压得住了。这固执的男人,你永远不可能战胜他。他想走,就走了。用自己的方式。他永远、永远都有自己的鬼点子。他就是这么一个人。

(脱剑鸣　译)

贝拉罗萨通道

我是费城记忆研究所的创始人，经营该所四十年，训练了一大批经理、政客和国防部门的要人，现在退休了。能干的儿子接了我的班，我真是该忘记任何与记忆有关的东西了。这样说，有些像"爱丽丝漫游仙境"的意味。到了暮年，洗手不干，或者说宝刀入鞘，你干了一辈子的事情就不必非要继续干下去。得有个变化，变化，而且，为了这变化，你得放弃一切！律师离开委托人，大夫离开病人，将军给瓷器涂釉，外交官去甩竿钓鱼。我的情形不大一样：我之所以能做到世俗意义上的成功，全来自我天生的记忆才能。用"天生"这个不知所云的字眼，我是想说那些事关重大的事物隐秘的源泉。过去常对顾客说："记忆就是生命。"给我训练的那批国家安全委员会成员这样说，的确让他们记忆深刻，而且我自己说起来也颇方便。可现在再这样说，却令我自己极为尴尬，你的工作就是记忆，记忆又是生命，那除了死亡，就不应该还有什么退休的说法。

令人不快的还有许多。我这才能成就我商业上的成功，投入上百万，回报难以计数，还拥有一套内战前修建的宅子，我那位已经过世的妻子一手装修。她对十八世纪的家具风格了如指掌。你们有很多人固执地为自己辩护，否认自己不曾滥用才能，而且可以毫无愧疚之心地去面见上帝。我不是那种人。我随时提醒自己并非出生在费城高大宽敞的豪宅里，而是来自新泽西一个俄罗斯犹太人家庭。像我这样一个记忆的活文档，是绝不会忘记自己的来历，也不会胡乱编造自己早期的经历的。当然，在现在这样一个人人都可以随意修改自己历史的时代，要保证不被拖着远离真实，那是难上加难的事情。举例说吧。那些旅居欧洲的美国人，一旦欧化，就会竭力换上一副冒牌的英国或者法国的纯正口音，跟自己原来的朋友交往时，也会表现出一种让人生厌的自我意识。我早就注意到这一点，极不痛快。每逢我也想如此伪装一下的时候，我就赶紧告诫自己："现在新泽西情况可好？"

与我有关的一切都围绕着新泽西。这倒不能说是像电脑记忆库中的数据，我关心的是那些情感，那些渴望，一个人的情感记忆绝不像火箭学那样准确，也不像国民生产总值那样是一串串的数字。我们现在要说的是已故的哈利·方思汀和他已故的妻子索莱拉。我脑海里对这二位的记忆清晰明了，而且很让我愉悦，简直很难相信都是真的。所以我得将这些记忆以图画的形式先表现出来，再一一擦掉，然后重新组合。这都出于技术方面的考虑，只关乎记忆的事实方面和情感方面的差异。

如果你也跟我一样生活在如此宏伟的宅子里，面对着豪华的立柜、挂饰、波斯地毯、餐边柜、雕花壁炉、彩饰顶板，还拥有一大块封闭院落，院子里的花岗岩浴盆上那个出水龙头与罗马特列维喷泉上的龙头相比也绝不逊色，你就会理解我对方思汀这么一位逃难者和他的纽瓦克妻子的记忆为何如此意义非凡了。

方思汀绝不是一个可怜的土包子，他的生意做得相当出色，攒了一大笔钱。虽然不能跟我在费城赚到的相比，可对于一位战后经由古巴逃难而来的暖气行业的后起者，已是不错的收入。况且，他还是个瘸子，一只脚上穿着矫正靴，且不说他在其他方面的怪异了。头发稀疏，却很硬，黑黑的，还卷着。头很大，若不是这么一位意志坚强的人，肯定会被压垮的。深色的眼睛显得很温暖，可能是两只眼睛之间的距离让人觉得他也很精明。也有可能是他嘴角的表情，不算严肃，更不能说不够友好，但与两只深色的眼睛配在一起，让人产生这样的印象。就这么一位移民，他若要盯着你看，一定会把你看得透透彻彻。

我们之间并无血缘关系。方思汀是我继母的外甥，我喊我继母米德丽婶婶。算是够委婉客气的了，我鳏居的父亲娶她时，我已经长大了，很难出口叫她妈妈。方思汀的家人大多被德国人杀害，他自己在奥斯维辛因为穿了一只矫正靴也差点儿被送进毒气室。如果某位门格勒医生用他的短柄手杖把他往左边一指，他的靴子现在就一定被摆在集中营的展览厅里了。那地方现在还摆着一堆堆残疾人的靴子，还有一堆堆拐杖、背带、头发、眼镜，都是当时德国医院或者家里能派上用场的物件。

哈利·方思汀和他的母亲，也就是米德丽婶婶的姐姐，逃出波兰，经过几番周折来到意大利。拉文纳有几个逃难出来的亲戚，尽全力帮了他们母子。因为墨索里尼也实行了纽伦堡种族法，意大利的犹太人日子并不好过。方思汀的母亲患有糖尿病，不久就死了，他一个人拿着假证件又跑到米兰，还拼命学会了意大利语。这一切都是我那位嗜好逃难故事的父亲给我讲的。他希望我听了那些在欧洲、在现实世界里人们的悲惨遭遇后，会变得乖巧一些。

"你得认识一下米德丽的外甥，"四十年前，在新泽西的湖林，老头子这样对我说，"他还年轻，可能还比你小几岁呢。拖着一条腿逃离纳粹，刚坐船从古巴来。才结婚不久。"

又一次面对父亲的审判，罪名是美国式幼稚。什么时候我才能长大！都三十二了，举止还像十二岁，一点儿也不成熟，游荡在格林尼治村，除了与本宁顿姑娘们鬼混外，无所事事，满嘴令人费解的蠢话，一脑子的糨糊。还创立什么记忆研究所，名字起得怪兮兮的不知咋念，也绝对挣不了几个钱。父亲说这些话时显得又困惑又可笑。

我的那些格林尼治村伙伴常说，在这儿当个穷人，一年有一千两百块钱就够了。另一种美国式游戏，穷作乐。

活着来到美国的方思汀背负着欧洲所有的怒气，让我也深感不适，但这不能怨他，相反，只要他在场，我去做客还会感觉自在一些。一般都是每两周星期日，我才有机会去莱克赫斯特附近的湖林看望我的这些亲戚们。三十年代，兴登堡·齐柏林伯爵号飞艇就是在这地方的空中，还没来得及降落就在一团火焰中化为灰烬，地面上的人还能听到机上垂死者的嘶叫声。

方思汀和我轮流跟我父亲下棋，都不是他的对手。我俩无精打采，就像古代建筑石柱顶端的女像头颅一样，承受着星期日大厦一般的重量，耷拉着脑袋。索莱拉·方思汀有时会坐在覆盖着有拉链的透明塑料套子的沙发上。她是新泽西土生土长的姑娘，不，不能说姑娘，应该说淑女。体重不轻，还化了妆。脸颊上长着绒毛，头发绾得像个蜂窝。戴着一副极其夸张的夹鼻眼镜，显然是要有意识地遮挡什么，让她看上去像是化了妆要上台的演员。佩戴这些道具，她当时还是新手，她想着要显出一副拥有权威、说什么别人就会做什么的样子来。但是，你不能说她纯粹是一个傻瓜。

我猜想，方思汀应该出生在伦伯格。真希望自己能对地图有些耐心，我脑子里对每个大陆、每个国家的大致形状都有记忆，但说起某个地方的具体位置，就颇不耐烦。伦伯格现在改名叫利沃夫，就像但泽现在叫格但斯克。地理本来就没学好。我的主要精力都投在记忆上，上大学时，常以此炫耀，哪怕二十几个人同时连珠式地向我提问，我也会全部记住并一一回答。所以，对于方思汀，你想了解什么我都能告诉你，或许还比你想知道的更详尽。一九三八年，德国人没收了他的珠宝商父亲在维也纳的所有投资（很大一笔财产），他也就跟着一命呜呼了。开战后，方思汀的姐姐姐夫藏在乡下，眼看着纳粹伞兵穿着修女的服装从天而降，还是没能逃脱，后来都死在集中营里。方思汀和母亲逃到萨格勒布，又辗转到拉文纳。方思汀夫人死在意大利北部，被葬在一座犹太人的公墓里，也有可能是一座威尼斯人的公墓。方思汀的童年就完结于此时此地。一个逃亡者，还跛着一只脚，他得步步留神。索莱拉说过：

"他不可能像范朋克①那样飞檐走壁。"

不难想象我父亲为何喜欢方思汀。方思汀经受了犹太人历史上最恐怖的考验，竟然活了下来。甚至今日，他似乎也可以面对最可怕的事情而面不改色。他给人的印象是极端坚毅，跟你说话的时候，你会不由自主地盯着他，长时间地盯着他。跟他说话，不可能谈那些琐碎的事情。他的嘴角、他的眼睛周围都透露出智慧，你不可能跟他耍什么手腕。我思量过，方思汀属于中欧犹太人那一类型。我在他眼里，不过是一个幼稚而又轻浮的美国犹太人，涉世不深，见人就熟，文明史上的一个新兴人种，只是没有第一次见面时那么糟糕。

在米兰时，他为了生存，学会了意大利语，真是神速！在梦中，他也规定一段时间说意大利语，免得浪费时间。到了古巴，他又学会了西班牙语。语言方面，他堪称天才。到了新泽西，马上就能说一口流利的英语，但时不时地会说几句意第绪语来让我开心。谈起他在欧洲的经历，意第绪语再好不过了。我也曾经打过仗，小规模的，那是在阿留申群岛当公司职员时候的事儿。我听他讲述自己的经历，聚精会神地勾着脖子（就像主教大人手中的权杖，我比他高出六到八英寸），毕竟，他是真正见识过战争的。

他在米兰，去厨房打过杂儿，在图伦，干过酒店大厅服务生，给人擦过鞋。到了罗马，他已经成了酒店前台经理助理了。很快，他便到维内托大街上班了。城里到处是德国人，方思汀德语好，不时地有翻译的活儿干，甚至还引起了墨索里尼的女婿、外交部长齐亚诺伯爵的注意。

"你认识他？"

"是，可他不认识我，他不知道我叫什么名字。他办招待会缺翻译的时候，就派人找我。有一次，他宴请希特勒……"

"你是说你见过希特勒？"

---

① 美国武打片演员。

"我儿子也这么说:'我爸见过阿道尔夫·希特勒。'那天希特勒在大厅的另一头。"

"他讲话了?"

"感谢老天,我离得很远。他可能讲了几句吧。他吃了糕点,穿着军装。"

"是啊,我也见过他在公共场合的照片,表现得很可爱的样子。"

"对了,"方思汀说,"他脸上一点儿颜色都没有。"

"那天他没杀人吧。"

"他想杀谁就杀谁,不过那是个招待会。庆幸他没注意到我。"

"要是我,也会心怀感激的。"我说,"他本来能杀你,却免你一死,你甚至会爱上这个人。这种爱太可怕,可也算是爱吧。"

"他本来也许会走到我这边的。也就是这次招待会给我带来了麻烦。警察检查,发现我的证件可疑,就把我逮捕了。"

我父亲沉迷在他的棋子里,头都没抬一下。端坐在沙发里的索莱拉·方思汀(所有肥胖症女患者都这个坐姿),本来正在抄写一份菜谱,突然摘下夹鼻眼镜,似乎她的丈夫在这个节骨眼上需要她来帮一句,说道:"他只是被关起来了。"

"我明白。"

"你不明白,"我继母说道,"谁也想不到什么人会救他。"

一直在纽瓦克当老师的索莱拉,这时做了一个颇有教师特征的动作。抬起胳膊,就像要在黑板上学生的造句旁边画个对勾。"意想不到的因素出来了。比利·罗斯就是在这个时候发挥作用的。"

我问道:"比利·罗斯当时在罗马?他在罗马干什么?你说的就是百老汇那个比利·罗斯吗?就是达门·伦尼雍的哥儿们,娶了范妮·布莱斯的那家伙?"

"他都不敢相信。"我继母说道。

在法西斯的罗马,她姐姐的儿子,她自己的亲骨肉,竟然在招待会上见过希特勒。他给关进监狱,一点儿希望都没了。罗马的犹太人都被一卡车一卡车地拉到城外的岩洞里,被机枪给扫了。而他,竟然被一位纽约名人给救了出来。

"你是说,"我说道,"比利那时候在罗马指挥着一个地下行动?"

"是,有一个阶段,的确是。他指挥着一个意大利组织。"索莱拉说。我正好需要有个美国人能调和一下。米德丽婶婶的英语水平有限,而且,她说话时慢腾腾的,听着让人无趣,跟我那位快口快舌、活泼可爱的父亲没法比。她满脸的粉,跟她做的夹心卷一个模样。说起夹心卷,她做的还真是好吃。可她说起话来,总是勾着头。看样子也是头颅太大太重。几乎看不见她的脸,只能看着她梳向两边的头发。

"比利·罗斯也做善事呀。"她接着说,手指头藏进两条大腿之间。每逢星期日,她都要穿上一条深绿色、缀着珠子的长裙。

"那个人!不可思议。就是那个搞水上歌舞的人?是他把你从罗马警察局救出来的?"

"从纳粹手中救出来的。"我的继母又一边说,一边低下头。我真得从她那一头梳向两侧的染发中去琢磨她在说什么。

"你是怎么发现的?"我问方思汀。

"我一个人被关在一间牢房里。那些年欧洲所有的监狱都是满满的。一天,一个陌生人走过来,隔着铁栅栏跟我说话。你猜怎么着?我还以为是齐亚诺派来的人。我之所以这么想,是以为齐亚诺又在哪个酒店办招待会需要翻译了。他穿着华丽的军装,习惯一边来回走,一边摸着挂在皮带上的刀子,像个演员。我还是觉得他很文雅。他的确很和善。所以那天那个陌生人站在铁栏杆外看着我时,我走上去问了一句:'齐亚诺?'他摇着一根指头,说:'比利·罗斯。'我不明白那是什么意思。是一个词还是两个词?男人还是女人?这意大利人带来的口信是:'明晚,就这个时间,有人会给你开门。沿过道走,一直左转,没人会挡你。有人在车里等你,他会送你到开往热那亚的火车上。'"

"嘿，这小子！挺能策划的。比利竟然一手指挥着一个地下组织。"我说，"他一定是看过莱斯利·霍华德演的《红花侠》。"

"第二天晚饭后，狱警没给我的门上锁。过道没人了，我就走出来。我两腿发抖，像喝多了酒，可我意识到他们抓我只是想把我驱逐出境，党卫军已经行动了。我打开每一扇门，上楼，下楼，到了街上，果然有辆车在等我，里面斜坐着几个人，说话也没有特殊的语气。我刚走过来，司机就把我推到后座上。开到特拉斯铁维勒站，他递给我新的证件，说，没人会找我，因为我在警察局的档案已被人偷走。后座上还有为我准备的帽子和大衣，他又说了热那亚河边一家酒店的名字。就是在那儿有人跟我接头，我坐上一条瑞士轮船去了里斯本。"

如果不是因为方思汀，欧洲彻底灭了，我也不在乎。

父亲照例用他那双犀利的目光斜看着我们。这故事他已听过不知多少遍了。

我也一点儿一点儿地熟悉这个故事了。一小段一小段的，就像好莱坞的连续剧，每周六的惊悚片，只是角色换成了哈利·方思汀和比利·罗斯，也可以叫作贝拉罗萨。在热那亚，方思汀满怀恐惧地藏在河边那个酒店里的时候，没听过任何人的名字，一路上，难民船里也没人听说过贝拉罗萨。

女人们进厨房做饭了，我父亲钻进自己的窝里看起了星期日的报纸，我就追问方思汀，让他多讲讲他的冒险史（受难史）的细节。他自然不知道他所讲的这些细节在我的大脑里面存储了什么样的档案，也不知道这些细节与比利·罗斯复杂的交错关系。只有专门记录娱乐业的史学家或许会记住这许许多多大人物、小人物的名字，比利·罗斯肯定会在其中。这位已经过世的比利，禁酒时期私酒贩子的合伙人，阿诺德·罗特斯坦的死党；腰缠万贯的比利，伯纳德·巴鲁赫的门徒；醉心于速记的威尔逊总统曾邀请进入白宫去讨论皮特曼速记法和格列格速记法的天才速记员；制片人比利，纽约世博会美人鱼皇后埃莉诺·霍尔姆的情夫；马蒂斯、修拉等人画作的收藏家比利，拥有全国性大公司的老板比利，闲话专栏作家比利。他有一大批捉刀人为他写作，我的一位格林尼治村哥儿们就是其中之一。

就是这位比利，曾经救过哈利·方思汀一命。

我说起过那位捉刀人，他的名字叫沃尔夫，方思汀便觉得他可以通过我这个渠道找到比利。他从来没有见过比利，你知道的。他虽然通过他的百老汇地下组织救过一批犹太人的命，可显然，他并不愿意接受这些人的感谢。

意大利的特工只是把方思汀从一处转移到另一处，但不多说一句话，热那亚的接头人也只提过一次贝拉罗萨，却拒绝回答方思汀的任何提问。我猜想比利在意大利的地下组织一定是布鲁克林的黑手党帮着组建的。战后，英国人授勋给西西里的黑手党分子，就因为他们在抵抗法西斯的战争中出过力。方思汀说过，那些意大利人，如果心里有不愿意告人的事情，脸上就会堆起几小块肌肉，这些肌肉平时是看不见的。"那人举起双手，似乎要从墙上扒走某个人的影子，塞进自己的口袋。"昨天还是一名职业杀手，今天摇身一变，就可能成为一名反纳粹勇士。

方思汀属于出身好的那类人，但他也是位强悍之人。有时候他的表情让人想到百米自由泳的冠军。除非你一枪崩了他，否则他是不会认输的。在这一点上，他跟那些救了他性命的黑手党很有一比，若有秘密不愿透漏，脸上的肌肉便不由自主地抽动起来。

横渡大洋时，他想了很久，这位把他从意大利偷运出来的到底是什么样的人，想象中，五花八门的慈善家、理想主义者，都乐意倾其所有，从特烈布林卡集中营把自己的人救出来。

"我死活也想不出来，到底是怎样的一个人，干了这件事情。或者一个机构，'贝拉罗萨社'？"

没有什么机构。就是比利单枪匹马干的。他一时兴起，想跟希特勒和希姆莱较量一番，凭自己的智力把那些受害人从他们的手掌里弄出来，当然，他这样做也是出于他对犹太同胞的感情。说他一时兴起，是因为过了一天，他的心思就可能完全放在烤红薯、热狗、曼哈顿环岛游上了。比利薄情，可有时也显得情感深沉。父辈的神还在起着作用。这比利，像杰克逊·波洛克的画，看着胡乱涂鸦，可那主要的线条里都透露出他的犹太属性，只有次要的线条才流向隐秘——性无能，性屈辱。他喜欢张扬，名字常显报端。有人说过，他渴望名声，犹如飞蛾渴望灯火。但是，他对在欧洲的地下营救活动却一直讳莫如深，秘而不宣。

方思汀挤在开往纽约的难民船上，一直在寻思，这船上众多的旅客当中，还有多少人也可能是比利营救出来的。大家都不怎么说话，有点儿经历的人不知从什么时候就学会了沉默，不愿给别人讲述自己的故事。方思汀一门心思构想着自己到纽约后的宏图大略。他说，到了深夜，船在海面上颠簸的时候，他感觉自己仿佛就是一条底部系着重物的绳索，一会儿缠绕起来，一会儿散开。比利既然能把他们救出来，就一定也安排好了他们的未来。方思汀预感到，他们绝不会像约瑟和他的哥哥们一样，见面抱头大哭。绝不会这样的。不会的。他们会被安顿到旅馆里，或者某个古老的疗养院里，或者某些慈善家的大宅子里。他们当中，或许有人打算移民到巴勒斯坦，大部分人可能更乐意待在美国，学习英语，到工厂里找份工作，要么去上技校。

可方思汀还是在埃利斯岛上被扣住了。难民不许入境。"吃得不错，"他说，"我睡在钢丝床上，上铺。能看见曼哈顿。可他们告诉我，我得回古巴。我不知道比利是谁，可我还是盼望着他能再帮我一把。

"过了几个星期，来了一个女人，说是罗斯产业公司派来跟我见面的。打扮得像个小女孩，涂着口红，穿着高跟鞋，戴着耳环，一顶帽子。腿像电线杆，活像意第绪剧院里的演员，正准备上台扮演老女人的角色，极不情愿却又很无奈的样子。"她自称是戏剧家，至少五十岁了。她说我的案子被移交给希伯来移民救济协会，该协会会经办一切。"别再问什么比利·罗斯了。"

"你当时吃惊不小吧?"

"的确。但要说吃惊,我更好奇。我问她那个救我的人到底啥样儿的,我想当面对他说声谢谢。她摆了摆手,说,不可能。'除非你再回一趟古巴。'很明显,她觉得这事绝对办不到。我又问,他是不是救了很多人,她说,'他是乐于帮助,可那都是为了他自己。为了一分钱,他都会大喊大叫的。'很有名,也有钱。齐格菲尔德大厦就是他的,还常上报纸。长啥样儿? 矬子一个。贪婪,精明。常欠员工的工资,员工们都害怕他。穿得很阔气,百老汇的头面人物,整夜坐在咖啡馆里。'他要想跟杜威州长说话,随时就可以拨个电话。'

"她当时就这样跟我说的。她还说:'她只给我发二十二块钱的工资,还警告我若想加薪,趁早滚蛋。还能怎样? 第二大街已经完蛋了,意第绪语电台也人满为患。如果不是因为这老板,我早就匿迹到布伦克斯了。就这样,我至少还在百老汇混着。你刚到,说这些你也听不懂。'

"'要不是他救了我,我也就跟我的家人一起没命了。我欠他的。'

"'有这可能。'她表示同意我的说法。

"'对救你一命的人感兴趣,不是很正常吗? 见一面,握个手,说句话。'

"'本来是很正常的。'她说:'要是放在从前。'

"那时我看出来这女人有病。"方思汀说,"我猜是肺结核。她的脸很白,不是涂了粉的缘故。柠檬本来就是黄的,她的脸本来就是白的。我看那绝不是化妆的效果,那是死亡天使。得了肺结核的人往往都有急慌慌、神经质的毛病。她姓哈迈特,意第绪语中马项圈的意思。也来自加利西亚,我的同乡,说话口音也跟我一样。"

中国的青楼歌女。米德丽婶婶也这嗓音,其他犹太人听着觉得好笑,而在意第绪剧院里则可放开喉咙大吼。

"'希伯来移民救济协会会在古巴给你找份工作。对你们绝对照顾得周到。比利觉得战争到了另一个阶段。罗斯福向着沙特国王,阿拉伯人讨厌犹太人，通往巴勒斯坦的大门都给关死了。罗斯就因为这缘故改变了计划，他跟一帮朋友现在为难民筹措船只，罗马尼亚政府以每人五十块的价钱把难民卖给犹太人，七万多难民呀，一大笔钱呢。最好快点儿行动，纳粹把罗马尼亚占了就一分也赚不到了。'"

方思汀说话很有条理："我跟她说了我能派上用场，我会说四种语言。可这女人见别人求她就硬起来了。求她的人死皮赖脸，她却无动于衷。嗨，自古如此。"方思汀穿着那只鞋底有四英寸厚的花边靴子，双手插在衣服口袋里，即使说话时不停地耸肩，手也不出来。他的脸很像存放在阴暗博物馆展柜里的木乃伊，聚光灯的照射凸显出苍白皮肤上的斑点。真有一种奇异的效果，像石头上长出了鸡皮疙瘩。区别是，他虽然有精彩的业绩，却没有被展览在博物馆里。芸芸众生中，他就像一瓶矿泉水，没有一点儿出奇的地方。

比利不想任何人对他感恩戴德。一开始，有乞求者抱着你的大腿，接着便向你借钱，求你施舍，要你送他一条裤子、一张床、一张饭票，后来便要你给他投资让他创业做生意。对于施舍者，沾过光的人的感恩戴德是万万不能接受的。况且，比利看人很挑剔。原则上说，任何人都可以接受他的恩惠，但如果有人想逗他，他便会烦躁不安。

"没来过曼哈顿，我真的一无所知。"方思汀说，"但我还是满脑子的幻想。幻想有个屁用啊！纽约是成千上万个人的集体幻想，一个人的脑袋瓜子显然是不够用的。"

马项圈夫人（显然她的祖先在旧大陆是干粗活的下等人）警告方思汀："在希伯来移民救济协会的人面前，千万不要提比利·罗斯。"

"那人家问我怎么到埃利斯岛的，我该咋回答？"

"随便编呗。就说有个已婚的意大利女人爱上你了，从她丈夫那里偷了钱，替你买了假证件。关于比利，你一个字都不要说。"

他说到这儿，我父亲插话了："再走五步，我就把你将死。"老头子若不是被俗务缠身，一定会出落成一位数学家的。只是，他用心专一，不就是为了取胜。没有遇到劲敌，他是不会拼命的。

考验我的力量，我自有办法。我擅长记忆。但是我的能力也远不如从前。没患上老年痴呆症，好兆头！没想到啊！记忆细胞里还没有长上黏糊糊的东西，可明显迟钝了。方思汀在哈瓦那的老板叫什么名字来着？放在从前，这类名字瞬间就会浮出脑海，也不需要借助于什么电子设备。现在我似乎是在黑暗中摸索。啊，谢天谢地！想起来了，方思汀的古巴老板叫萨尔金，方思汀曾为他作外访记者。南美洲处处有意第绪语报纸，犹太人在整个西半球搜罗幸存下来的亲戚，得常常依靠这些报纸上刊登的寻人启事和公布的名单。大多流离失所的犹太人都被扔到加勒比海的岛上，还有墨西哥。方思汀本来就通波兰语、德语、意大利语和意第绪语，在这儿很快又学会了西班牙语和英语。他不像其他犹太人那样成天游手好闲，出入于酒吧、难民咖啡馆，而是上了夜校，学习工程方面的课程。哈瓦那是游人吃喝嫖赌的好地方，甚至还有一家堕胎中心。失恋的美国单身女郎只要到了哈瓦那，很快就会把即将隆起的肚子弄平。还有些美国人，眼光更远，飞到哈瓦那来，在成群的难民当中寻找白马王子或窈窕淑女，也就是有着稳定的欧洲血统，还在挫折中饱经风霜、死里逃生的配偶。在巴尔的摩、堪萨斯城、明尼阿波利斯没人要的女人，或者错失良机的名门闺秀，都会在墨西哥、洪都拉斯、古巴找到如意郎君。

五年后，方思汀的老板出面为他担保，并把自己的侄女索莱拉招了过来。方思汀和索莱拉被介绍见面时，那一见钟情的场面，当年年纪尚小的我是想象不出来的。后来只要在湖林遇着，索莱拉都是穿着套裙的。她翘起二郎腿坐着，露出她肥硕的大腿，像我这么一位美国观察家总能想象得出她不穿衣服的模样，而且根据自己的生活阅历和对艺术的熟悉程度，判断出她可能会属于哪位画家所欣赏的类型。在我的脑图中，索莱拉应该属于伦布朗的《萨斯基亚》一类，而非鲁本斯的裸体女子。至于方思汀，只要脱了那只矫正靴，就……不说了，他也有不完美的地方啊。既然是夫妻,就会彼此宽容。我个人的趣味更接近比利·罗斯,水中妖女,林中仙女,台上舞女。东欧男人看女人标准大都很理性。我父亲娶了米德丽婶婶,要是换了我,跟她上床前,我必须在她脸上画个十字,好好祷告一番,先驱驱邪气才行(说得有点儿过火了)。当然了,我不是我父亲,我是被他惯坏了的美国儿子。那些先辈,漠视肉欲,就让他们在床上受煎熬去吧。那个比利,裤子提得高高的,来应聘的姑娘们他都想追一追,我倒觉得他跟马项圈夫人挺合适。他若能够原谅她风笛一样的奶子、静脉江河一样凸显的双腿,她也就能够原谅他那缺乏英武之气的私处。这样,俩人也就可以把彼此人生的缺憾融到一起,风雨同舟了。

索莱拉肥硕的身体、蜂窝一样的发式、多余的夹鼻眼镜("淑女"装腔作势的道具),让我不禁纳闷:这些女人到底出了什么问题?难道是女扮男妆的同性恋?

我这种想法倒未必完全正确。我在格林尼治村混久了,受到的熏陶太深,总把自己看成是一位品位高尚的中产阶级浪子艺术家。

我对索莱拉的看法的确错了,彻底错了。但倒是有一段时间我那些怪异的想法在方思汀的历险故事中得到了证实。他给我讲了他是如何从纽约乘船来到哈瓦那去给萨尔金打工,一边学着英语,一边学着西班牙语,还上夜校学习制冷、制热技术。"直到有一天,我在那里遇上了一位美国女郎。"

"你第一次见着索莱拉,就爱上她了?"

我"爱"字一出口,他就很生硬地瞟了我一眼,典型的犹太眼神。爱、需求、策略,这三者的区别你可明白?

涉世很深的人总是不愿多说话,我对此深有体会。如果是那种仅仅满足于人生经验的人,这也就罢了,但方思汀属于更高级别的那类人,他们不愿意拘于这类限制,而认为自己有能力步向另一个境界,一个能把缺点和私密转变成可供利用的能源的境界。顶级人物就像星辰,能一边燃烧自己,一边从中获取继续生存的能量。废话少说,不再啰嗦方思汀了。索莱拉需要一个丈夫,方思汀需要加入美国国籍的材料。在我看来,这就叫"权宜婚姻"。

所以,你最得意的结论,往往是错上加错。

方思汀在新泽西一家承包制热设备零部件加工的厂子里干了起来,干得不错,很卖力,而且第六语言也长进很快。不久就开上了一辆崭新的庞提亚克,米德丽婶婶说那是索莱拉家给的陪嫁。她还说:"她家人可真正松了一口气,若再拖几年,索莱拉就老得生不出孩子了。"方思汀两口儿的确生了一个孩子,儿子,叫吉尔伯特,据说是个数学和物理天才。生下几年后,方思汀还就儿子的教育讨过我的主意。那时候他已经赚足了钱,有财力把儿子送到顶级学校。他改进了一种温控器,拿了专利,加上索莱拉必不可少的协助,变成了大富翁。家有虎妻,才会有这项专利,方思汀后来就这样说的。"公司差点儿把我骗光。如果没有索莱拉,你现在见到的我就不是这个样子了。"

他既然这么说,我就又多看了他几眼。意大利衬衣,法国领带,矫正靴也是英国造,杰明街上定制的。穿上那只靴子,他满可以跳弗拉明戈舞了。想当年,他那只波兰造的靴子,土里吧唧的,他就是靠着它一颠一簸地穿过欧洲,逃离罗马的监狱。就那只靴子,他在东藏西躲时,晚上都不敢脱下来,万一丢了,纳粹就会逮住他,把他扒光,再给他短腿的身子一顿枪子儿。党卫军绝不会费力气把他架上牛车的。

比利·罗斯,就是救他一命的那个人,若看到他现在这样子,一定会喜上心头的:粉红色的意大利衬衣,白色的领子;利沃里大街买来的领带,索莱拉亲自指导着拴在他的脖子上;进口外衣闲适轻松地裹在身上;成熟石榴的光泽和色彩挂在脸上,再也不是当初岩石一样的惨白。

其实,方思汀和比利从未见过面。方思汀一心要亲眼看他一眼,但比利毫无此意。发出的信被退了回来,偶尔还附带一句,但都不是比利亲笔:罗斯先生恭祝哈利·方思汀好运,但此刻无暇约见。方思汀曾寄去一张支票,夹在一封感谢信里,希望这笔钱能用在慈善上,可还是被退了回来,一句感谢的话都没有。方思汀又去了他的办公楼,也被挡了出去。有天在萨迪饭店,他正想过去跟比利打个招呼,饭店服务员却把他半路拦截了。在这个国家,名人是不能随便去骚扰的。

方思汀被服务员挡住了路,便用他一半加利西亚口音、一半中国青楼歌女的腔调,对比里说:"我找您,只是想当面告诉您我是您在意大利营救出来的一个人。"比利转身面朝包厢的墙壁,方思汀则被赶到了街上。

年复一年,不知多少封信发了出去。"我不为别的,甚至不求与您握手。只是想与您做一分钟的面谈。"

这些都是我去湖林时索莱拉对我说的。方思汀和我父亲趴在棋盘上,各自陷入沉思,索莱拉告诉我:"罗斯那个怪物,愣是不愿见哈利一面。"

我说:"我硬是想不通,方思汀为什么非要见他。他被拒之门外了?那就被拒之门外呗。"

"就为表达一下感激之情,"索莱拉说:"他只想说一声谢谢。"

"就这,那个野犼子也不愿意。"

"他那样子,就像没有哈利·方思汀这个人似的。"

"你觉得是什么原因?害怕动感情?这种时刻太有犹太色彩了?还是他已经完全成为美国人了,不愿意屈身低就?你丈夫什么看法?"

"哈利认为,移民的后代都有某种变化。"索莱拉说。

现在我还记得,她这句话后,我好久没有说话。我自己也常常思考犹太人的美国化,每每想来都心里不是滋味。可以从长相的区别说起。我父亲身高只有五尺六寸,我却有六尺两寸。在我父亲看来,多出来的这几寸纯粹是愚蠢的浪费。这原因大概可以从《圣经》里找到。扫罗王人高马大,站在人当中鹤立鸡群,却遭人厌恶,脑子有毛病,也没得善终。先知撒母耳早告诫过以色列人不要立王,扫罗自然没有得到神的庇护。所以，犹太人不应该长得太高大，而应该长得精巧，强健而紧凑。最主要的是应该灵活聪明。我父亲就这样，他希望我也这样。我的身高太多余，胸太厚，肩太宽，手太大，嘴太阔，胡子太黑，嗓门太高，体毛太密。身上的衬衣红灰相间的条纹也太多，显得花里胡哨，愚不可及。如果生来是个傻瓜，就应该更矬才是。儿子体格高大就对父亲形成威胁，说不准哪天就会夺走老子的命。方思汀，虽然腿短一点儿，但也长得很体面，五官端正，衣着整齐，聪明机灵。希特勒政权加速了他的成长，十五岁丧父，童年从此了结，又在异乡没了母亲，还无暇哀悼，因为假证件而被抓，在牢里耗了好一阵子（犹太人把这叫"坐"牢），总之是一个饱受痛苦的人。没工夫说废话，没工夫傻笑，没工夫虚荣，没工夫玩乐，没工夫爬墙，没工夫装娘娘腔，没工夫耍孩子气。

我当然与我父亲见解不同。我们这代人营养充足，所以长得高大。我们不受那么多约束，自然享受更多自由。成长过程中浸淫各种思想影响，民主制度下的一代，自幼熟悉平等，不受限制。上个世纪末之前，罗马的犹太人晚上被禁止出门，凭什么？教皇每年例行公事地来一次犹太人聚居区，朝着犹太大祭司的长袍上吐一口唾沫，又凭什么？说我们轻浮？的确是。可这里没有牛车等着拉我们去集中营，去毒气室。

每个人都可以这样想，想啊，想啊，可苦思冥想这些历史上的往事，一个问题都解决不了。想，没有一点儿屁用。想出来的不过是意淫，是洛斯·阿拉莫斯（新墨西哥中部城市，曾是美国核试验基地）上空的蘑菇云，从让人目眩的意识里升腾，什么也毁灭不了，什么也创造不了。

比利·罗斯个儿不高，大概跟彼得·劳雷不相上下。可毫无疑问，绝对是美国人。廉价商场里常听到一首儿歌，唱的就是比利。射击场上噼啪声，弹珠台上的嘎嘎声，时报广场壁虎机器人模拟人声的微弱叫声，杂耍剧演员像蜥蜴一样的眼睛。想见他的真实面目，你得半夜三更去百老汇白花花的灯光下，就这种地方也有它们的大腕儿，那种身体缺陷也能变成生财之道的大人物。这国家，没什么不能卖的，再怪异的东西也有它的市场，也能为你赚来大把的票子。你一旦也拥有了比利那么多的地产，那么你当年从东区流浪到市中心，像一只可怜兮兮的鹿去舔舐三明治纸盒子上的那点儿油腻的经历也就无关紧要了。要说比利？比利当年把罗伯特·摩西那样狂妄的大亨也给忽悠了，没花几个钱就买下了齐格菲尔德大楼，让埃莉诺·霍尔姆住进了豪宅，又在墙上挂满了名画。不止这些。人们说在封建时代的爱尔兰，人越骄傲就越显得可爱（像叶芝诗里的帕内尔），可是在纽约这个花花世界，只要专栏作家（诸如乔治·索考斯基、沃特尔·温切尔、"午夜伯爵"莱纳德·李昂斯）或者好莱坞的哥儿们、夜总会协会的头头们说你可爱，你就必然可爱。比利无所不在。对了，他自己也是报纸的专栏作家，文章四处转载。他有一批捉刀手不假，但他是总策划，决定一切，别人写的文章都得经过他逐字审查。

方思汀很快对比利的所作所为了如指掌，我当然做不到这一点，也不屑于干这个。毕竟，比利救了他的命，把他从监狱里弄出来，给他路费去热那亚，安排他住进宾馆，又让他登上了一条中立客船。这一切，方思汀一条也做不到，他自己也从来不会否认这一点。

"当然，"索莱拉一边说，一边做着手势。那是只有两百磅重的女人才能做出来的手势，因为她的优雅动作都得借助于她屁股上那风起云涌的肉块，"我丈夫是已经放弃跟他接触的念想了，但他没有停下来，他没发停止感恩。他自尊心强，也极聪明，所以对于救他一命的这个人，他还是很有了解的。"

"这没让他失望吗？把他从死人堆里揪出来的原来是个闲着没事瞎凑热闹的人。"

"他有时会有这种想法，会的。"

这位索莱拉还真是个健谈的女人。我开始盼望着跟她说话，一方面是很关心话题本身，另一方面也想听听她对此有什么说法。我曾经提过我与沃尔夫关系不一般,他是比利的一位捉刀手,我感觉她想让我打通关节:沃尔夫或许能跟比利谈起此事。我很不客气地对索莱拉说,沃尔夫绝不可能做这事儿。我说:"这个沃尔夫,人很怪。自己个儿不大,却专门勾引大个子女孩。很机灵,常常出没于波德兰爵士乐俱乐部,也跟百老汇的痞子们混得很熟。还是耶鲁大学培养出来的高级知识分子,至少他自己是这么看的。他很看重自己那些怪异的行为,也喜欢装得很深沉。例如,他自己的母亲也是他的清洁工。几天前,我发现有个女人跪在地上擦他卧室的地板,他对我说:'你盯着看的这老女人就是我妈。'"

"那是她的亲生儿子?"索莱拉问道。

"还是唯一的儿子呢。"我说。

"那她一定把这儿子视作宝贝儿了。"

"毫无疑问。沃尔夫竟然就觉得这很能显示他的深沉,不过,撇开这一切,他这人还是挺像样儿的,毕竟他养活着他的母亲。每周打扫卫生得花十块钱,能省下来,何乐而不为?除此之外,他还是一个名声在外的荒诞虚无主义者。他想成为科幻小说领域的托马斯·曼,他说过这才是他真正的目标,在百老汇只是混混而已。替比利写专栏文章,灵感突发,在报上登出这样的句子:'我要揍扁他那顶尖脑袋,我要把他美美地揍一顿。'他觉得挺逗的。"

索莱拉微笑着听我讲完这些,尽管她并不想听太多关于这类地下人物的故事,他们的语言、他们的习惯,她也不想多听格林尼治村里的淫乱、百老汇的污秽。她的话题又转向了方思汀遇救和犹太人历史方面。

我们彼此都觉得说话很投机,所以很快便坦率到我跟格林尼治村的哥儿们(比如在喀斯巴酒馆里的保罗·古德曼)说话的样子,仿佛她不只是从充满小资情调的新泽西某个黑夜里跑出来的巨型肥硕女人,如果真那样,她也不过就是一个科学基因的携带者或中转站,要在下一代创造出一个科学神人。她成就了一桩体面的("可耻的")婚姻,还是虎妻、虎妈。想想，能让方思汀的温控器获得专利、搞到这么一大笔钱建起他的小工厂（开初的确小），同时还培养出了一位数学神童，那该是怎样的女人哪！绝对不容小觑。这女人精力充沛，思路清晰，虽然胖得出奇，懂得却不少。我本不打算跟她讨论犹太历史（这话题让我生厌），可她竟然攻克了我的抵制情绪。对于这个话题，她了解得好详尽。再说，真他妈的！在纳粹德国发生了这等事情之后，你怎么能拒绝讨论犹太历史呢！必须听着。我后来发现，她这位犹太逃难者的妻子，曾经花了不少气力专攻这个题目，我从她嘴里听到了种族灭绝所采用的具体技术，那大型产业化的一面。每当我父亲和方思汀眼睛盯着棋盘，陷入沉思，别人说话一句都听不见的时候，她便会讲起发生在某个集中营里的荒唐可笑的事情，那些黑色幽默。她是法语老师，熟悉艾尔弗莱德·亚利的《国王于比》、超玄学、荒诞主义、达达主义、超现实主义。有些集中营管理方法可笑，让人不由得联想到这些术语。囚犯们被迫脱光衣服，钻进湿地，像青蛙一样呱呱地叫、噗噗地跳。绞杀儿童的时候，还逼着又饿又冷的劳工囚徒列队在绞架下观看，监狱乐队在旁边奏着维也纳轻歌剧中的华尔兹舞曲。

我不想听这些，很不耐烦地对她说："好啦，比利·罗斯不是演艺界唯一的人物。德国人也干得不错，他们在纽伦堡上演的，跟比利在麦迪逊广场上演的《我们将永生》节目相比，规模要大出不知多少倍。"

我明白索莱拉要干什么。她做了这么多研究，无非是要帮她丈夫一把。他之所以能活到现在，就是因为某个犹太婊子突发奇想，组织了一次好莱坞式的营救行动。这事件催促着我去思考起这类问题：死亡会不会也很好玩儿？谁会笑到最后？可我不愿意思考这些问题。那些人先把你杀了，然后再逼着你去思考他们的罪恶。一想这些问题，我就会窒息。先有"选择"、毒气室、焚尸，然后强迫你寻找理由，这真他妈的可怕！对于这些暴行、死亡室、炉子背后的心理动机和历史，我不愿想得太多。星星也是炉子，原子炉。离我十万八千里，我弄不懂，白费力气也毫无意义。

我给方思汀的劝告（当然只是我自己想想）：忘记这一切，去做你的美国人吧。专心做你的生意，推销你的温控器。理论方面的事情甩给你的老婆吧，她喜欢，而且脑子灵光，她若想整一个大屠杀图书馆，然后在里面沉思默想，就让她去干吧。或许还能写出一本研究纳粹与娱乐业关系的专著来，一本关于死亡与群体幻想的书。

我有一个推测，索莱拉肥硕的身体就蕴含着一定程度的幻想，她那波澜壮阔的肌体就是一出生物学意义上的舞台剧。尽管如此，从心底里，她还是一位颇为严谨的女人，爱着自己的丈夫和儿子。方思汀有属于他自己的才能，索莱拉也生有一副做生意的头脑。方思汀用不着别人教就知道如何去做一个美国人。夫唱妇随，小生意很快就变成了大产业。在普林斯顿东边购置了地产，离大海不远。送儿子上了顶级学校，儿子参加夏令营的时候，他们夫妻俩也外出游山玩水。索莱拉当过法语老师，对欧洲有偏好，也很幸运地嫁给了一位欧洲男人。

五十年代末期，他们来到以色列，碰巧我也因工作关系来到耶路撒冷。以色列人文化上崇尚兼收并蓄，所以请我来开一所记忆研究所。

就这样，在大卫王酒店的大厅里，我见到了方思汀。"久违了。"他说。

还真是。我搬到费城，娶了一位豪门小姐，住进一幢有封闭式花园的大宅子里，里面那截一八一七年的楼梯都被拍照，登上了《美国遗产》杂志。父亲死了，老婆搬出来住到了外甥女家里，我很少见她，只能从方思汀口里了解一点儿她的情况。十年了，我跟方思汀一家人也就见过一面，通过一次电话，还是因为他们那位天才儿子的事儿。

这年，有个理科神童夏令营，他们就把儿子送去参加了。

索莱拉见到我尤其兴奋。她坐在那儿（这体重，只有坐着才舒服点儿），能在耶路撒冷见着我，那高兴劲儿一点儿都不是装出来的。我对这两口儿的想法是，对于一个颠沛流离死里逃生的男人，能娶到这么一位底座如此稳当的老婆，真是件好事。他也很爱这女人，我对此深信不疑。我自己的老婆属于过于纤细型的。人很难长得完全如愿。索莱拉喊了我一声表哥，接着用法语说，她依然是个丰腴的女人。我心想，男人掉进这么深一层又一层的沟壑里，不迷路才怪。当然这与我无关，他俩在一起看起来很幸福。

方思汀夫妇租了一辆车。哈利在海法有几个亲戚，他俩便打算开着车去北方游玩儿。索莱拉声音压得低低的（真没必要，没什么可保密的），像在演戏，说，这地方真是奇妙！犹太人啥都能干，当电工、砌砖盖房子、当警察、当工程师、当船长。方思汀还能走路，当年他就穿着那只波兰造的矫正靴在欧洲步行了几千里。索莱拉那体型自然不是走路观光的料。方思汀去看望同乡了（早年伦伯格的邻居），索莱拉请我去喝茶。她说："我应该让轿子抬着才是，可以色列没这个行当，是不是？"

喝茶前，我上楼回到客房，想读一会儿《先驱论坛报》，出了国，能读到这报纸真是一件乐趣。但我拿着报纸坐下，其实只是为了想一想方思汀夫妇，就像一边思考一边听音乐，"二合一"习惯。这两口子不只是你的远方亲戚，可以捉摸得透，可以随意指使，身份都显示在身上的衣服、说话的方式、驾驶的汽车、常去的教堂和政治派别等方面。方思汀虽然穿着法国的靴子、意大利的套装，但他骨子里依然是在威尼斯葬了自己的母亲、在牢房里等着齐亚诺来救他出去的那个人。他脸上很安静，举止嘛，我能想到的词就是"在社交场上很时尚"，不是在新泽西的犹太人堆里学来的犹太风格，但我总觉得他时时在思考他的欧洲血统和美国转变，他人生里的上下两部。别人脸上身上所暴露出来的记忆痕迹，我一眼就能看出来。我常自问，人们怀里揣着记忆，到底有什么用？那种机械储存式的记忆，在脑海里保留事实的能力，尽管很不同寻常，但不是我的兴趣所在。白痴也可能有这份才能。怀旧，连同与其相关的所有情感，都不是我关心的范畴。我甚至很厌恶这种情绪。方思汀恰恰就在做这样的事情,他那张平静的脸上挂着的生动、活跃,正是他怀旧思绪的外现。可我绝对不可能与他讨论这些问题,有空儿还不如聊聊那只鞋底有四寸高的靴子穿在脚上会有什么感觉。

再说说索莱拉。真不是平凡女人,她身上甚至没有一点儿平凡的迹象。她的肥胖就是明证。假如在这个问题上她能有心理选择,或许她会希望自己苗条一些,她坚强的意志力能保证这一点。但是,她没有这样做,而是接受了体型的挑战,正像魔术大师胡迪尼希望打在自己身上的结越紧越好、关着他的箱子的锁越多越好、让他逃出去的河越深越好一样。用现在的话说,她这叫"超越常规",就像坐标上的一个箭头,一下子戳到顶上,占满整个墙壁。在大卫王酒店,我常常陷入沉思。在婚姻上,她本是个白痴,一个没人要的女人,所以天天盼望着哈瓦那某个叔叔能给她找个丈夫。一旦摆脱这一窘境,她便突然获得了革命性的冲动。早年所受到的屈辱,必须彻底了断,一点儿痕迹都不能留下,任何能给她带来痛苦的残留都得擦拭干净。不想要的,就得毫不留情地拒之门外。赘肉太多,显得很不健康;脂肪让你脸色惨白,身体笨重;没人来求婚,哪怕来个龌龊男人也行。现在,这种屈辱所带来的痛苦,你该如何对付?你不会将其埋到土里,你也不会把它转化成别的物质,你要彻彻底底、干干净净地让它从这个世界上消失,然后在这块空白上重新设计一个更强大的自己。有这能力了,你可以随心所欲地设计,没有什么需要你隐藏的。然而,这新设计出来的,在我看来,算不上创造。我现在面前的这个索莱拉不是崭新的创造,而只是本来面目的重现。

我放下手中的《先驱论坛报》,坐着电梯,下了楼。索莱拉在大卫王酒店的平台上坐着,穿着一件略略发白的米黄色长裙,胸前有一大块荷叶状装饰。这打扮有些像打仗时的样子,也显得颇为神秘,我想到了马耳他骑士,太怪异了,谁也不会把这跟一位来自新泽西的犹太女人联系起来。那时候,耶路撒冷老城的中世纪城墙横穿整个河谷地带。一九五九年,这里是土著人的地盘,以色列人禁止入内。可此刻,我没有思考犹太人和约旦人的问题。我一边文绉绉地品着茶,一边跟一位硕大无比却品位高雅、仪态万方的女人聊着天。蜂窝不见了,浅颜色的头发剪得短短的;小脚穿着一双土耳其拖鞋,从黄铜台面的茶几底下交叉着伸了过来,一副天真相。欣农河谷古时候曾是奥斯曼帝国的水库,现在绿叶青葱,繁花似锦。我不得不承认,这瞬间我能感觉到、能听到,索莱拉的心跳声,这颗心得为如此庞大的一个机体输送血液,可真是无比的挑战,我感觉这工程要比奥斯曼帝国的水库还要宏大。若以这工程的宏大程度来说,我这颗心脏,在她的心脏面前,只能甘拜下风。

看着索莱拉,我心中一片宁静。

"离湖林好远哪。"

"现代旅行不就这样嘛,"我说,"我们已经解决了距离问题。有变化,就有困惑。"

"你到这儿来,是要建一所分部?这里的人也有此需求?"

"他们觉得有这需求,"我说,"他们要重建诺亚方舟了,先进国家的任何东西,一样都不能少。得与世界接轨,麻雀虽小,五脏俱全嘛。"

"你不介意我给你一个小小的测试吧?友好型的。"

"好哇。"

"你还记得我们第一次在你父亲的家里见面时,我穿什么衣服?"

"灰色的定制套裙,颜色不算深,有浅色条纹,还戴着墨黑色耳环。"

"你知道齐柏林伯爵号飞艇是谁造的?"

"知道。胡戈·艾肯纳博士。"

"五十年前,你二年级老师叫啥名字?"

"艾玛·考科斯女士。"

索莱拉叹了口气,不是钦佩,而是惋惜。她很同情我,因为我的脑子里塞满了这么多没用的信息。

"不可思议,"她说,"至少,你的记忆研究所能够成功,还是有些依据的。我在想,你还记着比利·罗斯派到埃利斯岛去见哈利的那个女人叫什么?"

"哈迈特夫人呀。哈里还感觉那女人有肺结核。"

"你说对了。"

"问这干吗?"

"我跟她有几年的来往。先是她来找我们,后来我们去找她。是我培养起我们之间的这种关系的,我喜欢那位老太太,她也觉得我跟她很投机。我俩在彼此身上发现了自己的影子。"

"你说这都是从前的事儿了?"

"是从前的事儿了。不久前她在白原市一家疗养院里过世了。之前我还常去探望她。我俩之间还真有一种亲情关系呢,她没提过什么家人……"

"她是意第绪语演员,对不对?"

"对。她这人也舞台相十足,不仅仅是因为对那种已经绝迹的艺术怀有留恋,我是说维尔纳剧院,说第二大道你也明白,也因为她个性好斗,城府深,不达目的誓不罢休。也有耐心,还有,做事儿鬼鬼祟祟的。"

"她干吗要鬼鬼祟祟的?"

"好多年了,她一直监视着比利的一举一动,还记在日记里。费了心思建起了一摞子卷宗,与比利来来往往的人、电话记录、日期都标得一清二楚,各种信函的复印件。"

"是关于比利个人的,还是有关公司业务的?"

"这很难分得清。"

"搞这些材料有什么用场?"

"我也说不上。"

"这女人是不是对他怀恨在心,想扳倒他?"

"其实我自己不觉得她想扳倒比利。她生活紧紧张张,还总觉得老板对自己不公,能做到这一步已经够宽宏大量的了,我觉得她不会想着要敲他一笔。比利是名人,她也知道,她就是这么叫他的,她自己在自动售货机上买饭吃,而比利,那个名人,每顿饭都去大馆子,萨迪、丹普西、舍曼·比灵斯利。这没有什么值得她难过的。自动售货机里面的饭也是物有所值的,况且她还说过她想节食呢。"

"我记得她说过老板对她很不公。"

"老板对每个人都不公,所有人都说恨他。沃尔夫给你咋说的来着?"

"他说比利动不动就发火,还说他是个笨蛋。即便这样,沃尔夫感觉能在百老汇有这么个关系,也欣喜若狂。替比利写稿子,就能享受到格林尼治村里的花花世界,也让沃尔夫能有机会交往上来自瓦萨学院和史密斯学院的知识女郎了。他在格林尼治村算不上顶级大学出来的,本人智力也一般,但他很卖力,也就是说,能忍受屈辱,那些夸夸其谈的嘴皮客、重量级的大学者侮辱起别人来都一套一套的。他忍受了这一切,就是为了学会现代生活,学会在一句话里把克尔凯郭尔和波德兰融为一体。他喜欢追女孩子,但他并不欺负她们,也不白占她们的便宜。一开始,他会拿出一盒糖果,下一步,就是一件开司米毛衫,每次都这样。他的糖果和毛衫都是从一个专门回收倒卖盗窃赃物的贩子那儿搞来的。玩完了,他就会把这些姑娘转手送给比他低一个等级的粗人……"

她说到这儿,我脑子里突然刹住了车,我迫使自己的意识停了下来。是"等级"那个字眼让我停了下来。一个待在耶路撒冷的犹太人,一个能很明确知道我们都处于什么位置的犹太人。当年摩西把律法交给约书亚,约书亚又将其交给众术士,术士又传给先知,先知又传给拉比,这一级一级的,到了最后,就是世俗的美国社会(散居部落里面的散居部落)里的某个犹太人,厚着脸皮扯着什么五十年代格林尼治村的花花世界、什么等级、什么百老汇里面的低等生物和肮脏不堪。尤其是你脑子里很清楚,就这位犹太人,自己也说不明白,在这个历史长河中,她自己到底能有个什么位置!我早就得出结论:神的选民是被选出来解读神的心思的那群人，几千年来，这不过是一场零和游戏而已。

我倒是没有想要深入讨论这个问题。

"哈迈特老太太死了。"我颇为难过地说。我还记得方思汀曾经说过她的脸惨白惨白的，就像糖果店里的白糖，仿佛我亲眼见过她似的。

"老太太不可怜，"索莱拉说，"虽然没人请，她还是一直在演。"

"她一直拿着那些卷宗，为什么？"

"比利让她着迷，到了不可思议的程度。她总觉得他们两个人属于同类，都有些毛病，所以应该在一起。那些不合时宜的人、不为世人接纳的人，总会走到一起，同病相怜。"

"她想嫁给罗斯先生？"

"没有，那绝不可能。罗斯只娶名媛。哈迈特夫人没有公关价值，太老，没体型，没肤色，没钱，没地位。打针吃药也没用。可她还是一门心思去了解罗斯的一切。她放肆的时候可真下流，不管说起什么她都能下流到极致，那种语言她没有不知道的，简直不像个女人。"

"那么说。她觉得可以告诉你一切？把她的调查结果都告诉你？"

"是，她通过哈利找上门来的，可我才是她的朋友。他俩没见过几次，几乎一次都没见过。"

"她把材料都留给你了？"

"一本日记，还有很多支持材料。"

"嗯！"我说。茶泡得时间太长，颜色很深，加了几片柠檬，颜色显得淡了一些，又加了几勺糖，午后提神真少不了。

我问道："这本日记对你有用吗？你并不需要比利帮你什么忙啊。"

"当然不需要。就像人们说的，美国对我们每个人都好。但是，她留下来的仍然算件材料，你也会这么看的。"

"我才不感兴趣呢。"

"你只要读个开头，就会忍不住往下读的。"

她主动拿出来给我看。她竟然把这东西带到了耶路撒冷！为什么呀？当然不可能是让我看的，她原先并不知道会在耶路撒冷见到我的，好多年都没联系过了。我跟我的家人也相处得不咋样。娶的老婆是主流家庭出身的，老爸跟我也吵翻了，住在费城，跟新泽西没一点儿来往，只是我去纽约或者波士顿时经过一下而已。新泽西是我心中的一块阴影，我尽量不再想起它。所以，我也不想去读那本日记。

索莱拉问道："你就没想过我能用它干点儿什么？"

当然想过。我想过她为什么不把哈迈特夫人的日记搁在家里。老实说，我并不在乎她出于什么动机，我只知道她非常非常希望我能读一下。莫非她需要我给点儿什么建议？我问："你丈夫读过没有？"

"他不会理解那里面的语言的。"

"如果要你翻译，你会觉得很难堪？"

"多多少少会的。"索莱拉说。

"那就是说有些段落的确太可怕？你说过她明白那些字眼。某些人体器官不会吓着哈迈特夫人的吧。"

"这时代，性都成了科学研究的话题，早没什么新奇、吓人的了。"

"吓人不吓人，就看谁口里说出来的。如果是公众人物说的，那就不一样了。"

"是，我也这么想。"

索莱拉是个正派人，她并不建议我跟她一起去读那些下流玩意儿，带有邪恶意味儿的谈话，她唯恐躲之不及。她一生中没勾引过什么人，我敢拿出一年的薪水打这个赌。她的身材大而稳当，品行也正而稳当。她胸前裙子上那个方方正正的荷花边图案，足以把任何邪念拒之心外。在我看来，那一圈荷花边也是用曲里拐弯的笔画传递的一个信息，即，休要对这个女人做半点儿曲解，休要对这个女人存半点儿邪念。

她一声不吭，似乎在说：你不相信我说的？

哎呀，这是在耶路撒冷，我这个人对地方非常敏感。一瞬间，十字军、凯撒、耶稣、以色列诸王，纷纷与我神交。还有一种坚持、忠贞，使她的（还有我的）心脏突突直跳，那是一种信仰，一种对于某个深层神秘之物将永远延续下去而且必须永远延续下去的信仰。别让我说出来那是什么。

在满是蓝领的新泽西特伦顿，我绝不会有这样的感觉。

索莱拉体格肥硕，不可能玩儿那种太费神的游戏，也自然不会做出调皮捣蛋的动作来。她的眼睛像两扇通往蔚蓝色大气层的窗口，背景（照相机的暗箱）可以让你联想到宇宙空间的黝黑，没有任何物体可以发射隐形的光线。

一两天后，终于真相大白，这还是从那个破报纸《邮报》上看到的。比利·罗斯，偕同他的设计人、建筑师兼艺术策划野口勇，将造访耶路撒冷。伟大的罗斯，以色列的友人，将要捐资建造一处雕塑花园，陈列他所收集的大师名作。他力劝野口先生为他规划，或者更动听一些，为他主持这一创造性工程，因为，比利（据报道）虽然有慈善家的冲动，却缺乏必要的审美情趣。他知道他想要什么，更要紧的，他知道他不想要什么。

就这几天到达。计划与耶路撒冷城市规划局的官员会晤，总理也要设宴招待。

我没法与索莱拉说这事儿。方思汀两口子去了海法，司机还将拉着他们去拿撒勒、加利利和靠近叙利亚边境的地方。金园湖、迦百农、福音山都在他们的日程上。再不用问了，我明白索莱拉打的什么主意。从哈迈特老太太（那位挖坑者、间谍兼孜孜不倦的研究者）那儿，她早已得到情报，要确定比利和他那位伟大的野口先生抵达耶路撒冷的日期，应该也不是太难的一件事。索莱拉如果有心思，就可以拿着哈迈特夫人的日记，狠狠地训斥比利一顿，我只是不知道这事儿会怎么操作，我只能猜出她的主要动机。比利在吸引公众目光方面聪明透顶（一半靠辉煌，一半靠扯淡），野口在设计美景方面聪明透顶，现在就等着看，索莱拉会在哪方面也聪明透顶。

从严格意义上讲，她是位家庭主妇。不管填什么表格，职业栏里她都会在"家庭主妇"处打个勾。与之相联系的，如房间装饰、餐桌垫、刀叉、壁纸和餐具的挑选，食盐、胆固醇和致癌物质的控制，对理发师、修甲师、化妆品、鞋、裙子的长度的考虑，逛大商场、百货店、健身所、吃午饭、喝鸡尾酒所需时间的安排，所有这一切，这些力量，这些权力（我真觉得这都是权力，甚至是神祇），没有一样能够把索莱拉这样的女人难倒。说索莱拉是家庭主妇，就跟说哈迈特夫人是秘书一样。哈迈特夫人是位没事儿做的戏剧艺术家，肺结核患者，一脚已踏进坟墓，最终变成恶魔一般的老女人。她把那本炸药包日记留给索莱拉，也是处心积虑算过的，恰当得令人咋舌。比利和野口勇住进了大卫王酒店，而索莱拉和方思汀却在加利利海边游玩，我虽然也为记忆学院的事忙得不可开交，可还是一直在留意着那两位新入住者的行踪，仿佛我就是索莱拉安排下来专门监视、汇报的探子。不出我所料，比利一来，就在整个酒店造成了轰动，住在这儿的大多是从美国赶来的犹太人，有些人把能在大厅、餐厅或者平台目睹这位传奇人物看作是一项特权。而比利本人并不喜欢跟人接触，不想认识住这儿的任何人。跟所有受人瞩目的大人物一样，他脸上有一种特殊的红色，"名人羞色"。

他一到，就成了这个立着石柱、铺着地毯的大厅里的一大风景。以色列航空公司弄丢了他的行李，总理办公厅来了一位专员，告诉他正在追查。有可能被拉到雅加达了。比利说："你们他妈的快点儿给我找到。这是我的命令！我一路所有的东西都在里面，你让我怎么刮胡子、刷牙？袜子、裤衩怎么换？没睡衣我咋睡觉？"政府会处理此事的，但那位专员得忍着听他讲他的衬衫是苏立卡定制的，套装是第五大道定制的，温切尔、杰克·丹普西、美国广播公司的老总们，都是在这家定做套装的。衣服设计者一定是找了一只鸟做模特儿，比利的便装剪裁得像画眉或者知更鸟一般优雅，走起路来风风火火，前胸宽大，两翼上翻。相似之处也就这一点，剩下的便只有虚荣的繁复、傲慢的矫情、狂躁的冷漠，纯粹一副小人得志后的表演。当然要做这样的表演，前提是他的确是个大人物，备受重视的百老汇大腕，还有，他之所以能够又跺脚，又喊叫，又命令，又威胁，都是因为他在娱乐业不同寻常的地位。可是，你如果长时间盯着看他那张粉红色的、装模作样的东方面孔，就会发现他那片明确无误的私人小天地，有完全不同的内容：比利，这个公众目标背后的比利，心中另有秘密，脑里另有考虑。他出身下贱。当然，在美国这个充满机会的国度，出身下贱倒不是大毛病，如果身上还表现出下贱，也没必要隐瞒。在美利坚合众国，你哪怕来自最底层，也可能最终高高在上，挣了钱更是如此。你推他一把，他会反击，你若反击，就有了尊严。他甚至可能是个贱货，那也不值得费心思去掩盖。别人怎么想，关他屁事！换个角度，如果他想在耶路撒冷建个纪念馆，一个文化景点，那么，这崇高的馈赠则是比利·罗斯一手策划的，这一点，谁都不许忘了！他就这么一个混合体，真值得细细研究。梳着大背头，跟乔治·拉福特一个发型，还有早些时候那位人见人爱的花花公子鲁道夫·瓦伦蒂诺也梳这个发型。（瓦伦蒂诺正红的时候，比利在叮砰巷流行乐界拼曲子，自己写一点儿，从别处偷一点儿，还成就了不少作品，有几首他现在还拥有版权呢。）他那表情，说脆弱也脆弱，说坚强也坚强。出身优越的主流美国人可以宣称自己拥有传统，他则什么也没有。人家可以说，爷爷上的是格罗顿中学，远祖还戴过胸牌、握过宝剑，他可没什么可炫耀的。远古时期，犹太人没怎么见过武器，也没骑过良种战马，或者说，就没打过什么像样的仗。后来，如果你出身于特权家庭，你能做的不过是穿一身价格昂贵、品位极高却单调无趣的衣服，再装出一副东北婆罗门或老纽约荷兰移民的架势。到现在，就连这也显得矫揉造作了。可是，比利不能没有整整一柜子的定制服装，正如公司老板不能没有专属的厕所。不穿得漂漂亮亮的，他是不能出来见人的，所以，他才会对以色列航空公司大为光火，自己也感觉很绝望。他大摇大摆地四处走动的时候，给我留下的就这印象。野口先生始终静静的,我猜他已到了禅定的境界。比利表演他的"神经风暴"的时候,野口只是默默地看着。

比利在休息厅喝果汁、读纽约来的报纸的那些安静瞬间,似乎便长时间地陷入了对犹太人受苦受难历史的哀叹之中,不仅如此,他似乎还为自己在犹太同胞的手中备受虐待而叹惋不息。我推测,他在那些犹太女同胞面前所遭受的创伤尤其让他心头难平,对付男人,他得心应手,但是,如果我得到的消息确切,女人则让他头疼。

他如果只是东欧老一代的犹太人,那么,性方面的挫折他完全可以一笑了之。神,才是他最重要的关系,女人的力量可以忽略不计。但是,你从比利脸上能清晰看到的这种性挫折纯粹是美国式的折磨,百分之百的美国式折磨。况且,比利置身于百老汇娱乐圈里,他在纽约的大宅里,一切都可以融进表演当中,笑话、游戏、狂欢、矫情、性挑逗,无一不是表演。他在生意中付出,最终财源滚滚,没有金钱这顶皇冠,你的头颅便无处放置。比利不用为此担心。

综合起来看,你就明白残存在他心中的那种可望而不可得的焦虑,那种对自己无法控制的力量的极度无奈。他能够控制的,控制得游刃有余,但有这么多至关重要的事情,他却无能为力,他也很清楚,他的确无能为力。

方斯汀夫妇提前从加利利返回耶路撒冷。索莱拉一见我就说:"棒极了,但都是基督徒才去参观的,就像福音山。"她又说:"划艇都太小,没有我能坐进去的。哈利也下水游泳了,我没带泳装。"

说到比利行李弄丢的事儿,索莱拉说:"这下绝对把政府的屁都吓出来了,人家可是专程来为你建造一个大型旅游景点的。要是他大闹不止,我敢说本·古里安[①]本人也会爬到缝纫机上给他赶制出一套衣服来的。"

[①] 当时以色列总理。

那时候，丢失的行李已经找回来了，件件都光鲜无比，细长形的大皮箱子，箍着铜条，印着花体的姓名首字母图案。虽说不是从蒂法尼买的，但也是一件意大利进口货。如果蒂法尼也经营皮箱，他们肯定会从这家进货的。（皮箱是他托关系搞来的，就像他的捉刀手沃尔夫的糖果和开司米毛衫一样。你不能因为自己腰缠万贯就掏高价去零售店里买东西吧？）比利召集了一次新闻发布会，对以色列能跻身于现代世界表示赞赏。他脸上不久前还带着的怒气已经消失，每天带着野口勇外出为雕塑公园选址。大卫王酒店的气氛也一下子和气了许多，他不再冲着前台服务生大喊大叫，服务生也不再会惹他生气。比利刚到那天，犯了个大错，竟然问服务生得给替他拿手提箱的门童多少小费，他说他还不是很熟悉以色列货币。那位服务生当时就火了，你这么大的富豪竟然会在几毛几分钱上如此吝啬！他很气愤，自然就朝着比利发泄了一通。比利也毫不留情，让酒店老板将这位服务生美美地教训了一番。方思汀知道这件事后说，在罗马，星级酒店的服务生绝不应该跟客人发生这种冲突。

"这是犹太人的习惯思维，"他说，"不是服务生与客人的关系，而是一个犹太人对付另一个犹太人。说白了就是这么回事。"

我原以为，哈利·方思汀对于比利的出现会有强烈的反应——同住在一家只有腰缠万贯者才能住得起的酒店。方思汀，就是比利从死人堆里救出来的这个人，只是一个普普通通的美国犹太人，竟然能够与比利坐在同一个餐厅吃饭，就隔着两张桌子！但方思汀是个主意很正的人，他绝对不会走过去向比利自我介绍，也不会正面坐在他面前："我就是您的组织从罗马偷运出来的那个人，您将我带到埃利斯岛，却甩手不管，根本没有考虑这个逃难者日后的命运。在萨迪斯饭馆还让我难堪。"不会的，不会的，方思汀不会这么做的。他明白，每个人都有自己的命运，不可强求。况且，这年头，人们也不会出风头去掺和任何一个偶然相遇的陌生人的命运。

"罗斯先生，我就是您不愿意见的那个人，排不到您的日程里面。"

方思汀面带报复性的尖刻和嘲讽,"可现在,在神的裁决下,我们俩人在圣城面对面站到了一起……"

也不可能有这话,不可能出现这一幕场景。没人会这么说话,即使说了,也不可能有人会听。

方思汀不会这么做,他只满足于观察。比利一边跟野口说话,一边从他身边走过,方思汀眼睛里闪着一种奇异的光。在我的记忆里,野口勇一句话都没说过。方思汀一次也没跟我讨论过比利出现在大卫王酒店的事。我又一次深深感到缄口不言是多么的重要,感到闭嘴会产生什么样的效果。紧锁的双唇有着种种隐而不宣的优势。

但我的确问过索莱拉,方思汀从北方旅游回来后看见比利住在这酒店是什么感受。

"大吃一惊。"

"你没吃惊吧?"

"你猜着了?"

"对啊,用不着太聪明。"我说,"我现在也能猜得出,每当福尔摩斯了结了一个案子,做最后推论的时候会对华生医生大加称赞,华生医生听了会有何等感觉。你丈夫知道不知道哈迈特夫人留给你的那些材料?"

"我给他说过,但我没提我把日记本带到耶路撒冷来了。哈利贪睡,我却得了失眠症,所以半夜我都会醒来,翻翻那个老女人的记录,这些记录足以把楼上套间里那家伙整死。即使我没有失眠症,这本日记也会让我夜夜睡不着觉的。"

"都是关于他的交易的?关于他犯下的罪孽的?这些材料会毁了这个人吧?"

索莱拉耸了耸肩,又点了点头。我相信她自己也颇为困惑,下不了决心。

"他如果想竞选总统,就不会愿意让这些材料曝光的。"

"当然啦。可他也没有竞选总统,他连个候选人都不是。他是百老汇的比利,甚至不是某个女子中学的校长,也不是河滨教会的牧师。"

"话是这么说,可他也算个公众人物。"

我没继续说这事儿。比利绝对是个奇葩。要从身体角度说(性格上也是),索莱拉也是个彻头彻尾的奇葩。她比当年我在湖林初次见面时的那个新娘子肥硕多了,我不由得纳闷她是怎么膨胀起来的。看见她,你会身不由己地多看几眼门道的宽度,她进出的时候,身体充满整个空间,仿佛一艘货轮驶过运河的闸门。人们的意识(我是说我自己的意识)也是另一桩奇葩,但人类灵魂的怪异在现在这个时代已经不算新闻。

方思汀爱自己的老婆,这很明显。他尊重自己的老婆,我也尊重她。我说起她的体格的时候,绝对没有嘲笑他俩任何一个人的意思。方思汀的经历,或者说,作为大灾难的幸存者意味着什么,我一直牢记在心。或许,索莱拉一直试图在自己的脂肪组织里融入方思汀所丢失的东西,他那几位死去的家庭成员。她长这身脂肪到底想做什么,谁也说不清,可我敢说,她的脂肪(还有脂肪底下的什么东西)绝对长得很有派头、很有品位。高雅的歌唱家会让你忘记她的臀部堆积着多少块板油。在我们装腔作势地陶醉于瓦格纳歌剧的时候,那些女高音神志恍惚地给我们劈头盖脸一阵旋风,索莱拉能够神志清晰地做到同样的效果。

她跟比利的交往,却远远谈不上神志清晰,话说回来,任何神志清晰的行为在比利身上也绝不会派上用场。她从那位因肺结核而故去的可怜的哈迈特老太太的日记里摘抄了三四段,给比利送过去。她确保服务生把那几页纸放到了比利的信箱里,因为她知道,这材料具有爆炸性,一旦落到不该落到的人手上,后果将不堪设想。

已经生米做成熟饭了,她才告诉了我。要告诫她别这样也为时太晚。"我还邀请他过来一起喝一杯。"她说。

"不会是你们三个人……"

"不会的,哈利忘不了在萨迪饭店吃了闭门羹那件事。你还记着吧?比利竟然背过身去,面向包厢的墙壁。哈利从此不再会强迫自己向比利或者任何名人低三下四了。"

"比利也许也不会理你的。"

"算是一次实验吧。"

我们当中有很多人都擅长戴上一副"社交容忍"的面具跟人交往,可我这次再也戴不住这个面具了!我直截了当向她表明了我对她这个"实验"的看法。她可以对着她那位未来的物理学家神童儿子大谈"科学",我可不是孩子,你不能用你那些冠冕堂皇的屁话来忽悠我。实验?这女人点子多,很强势,能设计出精巧、耀眼,又像针一样戳得人毛骨悚然的计谋来。她脑子里想的是一次对峙、一次面对面的格斗,"实验"只是个骗人的字眼。说"胆量""谋略""激情""制裁"才对。她自己也许还没有意识到这措辞上的问题。还有(我后来才想到的),她的对手是百老汇大腕比利·罗斯,哪能她说在哪儿对阵就在哪儿对阵?比利哪会明白她的那些胡说八道?他完全可以说:"我不知道你他妈的都说些什么屁话,我根本无所谓你说什么,女士。"

真是太有趣了,至少在美国人的头脑看来妙趣横生。

我去忙我的记忆研究所的事儿了,参加了一次讨论会,给这帮以色列人详细阐述我的方法。结果,记忆研究所并没有在特拉维夫生根,倒是在台湾和东京茁壮成长起来了。

第二天在酒店平台上,索莱拉兴高采烈,看着她我也心情极好。她一边喝茶一边说:"要见面了。他让我五点钟去他套间里。"

"不想在大庭广众之下讨论这等事……"

"正是。"

她还真行!当时没有趁机读一下哈迈特夫人的日记,现在想起来还有些后悔。(那里面该有多少热情、恶意、愤怒和温柔,我都错过了)我甚至没敢去问索莱拉为什么会觉得比利同意跟她见面,他肯定不会在楼上讨论关于道德的理论,也不会有任何启示、忏悔和期望吧。比利这种人不会为自己的行为担心的,没这习惯为自己所做的事情负责。这年月,想着为自己行为负责或者求个心安理得的人实在没有几个。

下面要讲的有些是索莱拉自己说的,有些是我亲眼观察的。我用不着说"如果我记性好的话",因为我的记性没有问题,况且她说话的时候我还做了点儿笔记,记在我的记事本的后面几页(那是费城银行每年送给客户的礼物)。

比利态度先是很生硬,后来就恶狠狠的。他显然很不高兴,谈话一开始就很消极。大卫王酒店的套间不合他的标准,在耶路撒冷也只能将就着住了。毕竟是个年轻国家,会慢慢赶上的。他为索莱拉开门的时候就这样说的。他没有请索莱拉坐下,但索莱拉体重异常大,脚却异常小,站着说话不大可能,就自己坐在一张有条纹布的沙发上,坐下的时候还发出了一阵自然的声响,坐垫出了一股气,她也顺势出了一股气。

这是她第一次近距离观察比利,有些印象还真是意想不到的。这就是明星世界里的比利:穿着非常时尚,衣服都是他精心挑选的,有时你会觉得他的袖子里塞满了高级洗衣店里的纸巾。我原来说过他的大衣剪裁得像只鸟,索莱拉说还真是,只是我觉得像画眉鸟或者知更鸟,在衬衣下鼓鼓囊囊的,而她说更像蜡嘴鸟,颜色也像。索莱拉在新泽西安装过养鸟箱,自然看得更准确些。他的一只眼睛离鼻子很近,使他的五官看上去带有明显的犹太人的悲怆。索莱拉还说,他跟哈迈特夫人还有些相像的地方,那老太太由于肺结核病,惨白的戏子脸上也有一只颇为悲怆的眼睛。比利的头发梳得油光发亮,但似乎不在应在的位置上,跟蜡嘴鸟的毛一样,有些乱七八糟。

"一开始,他还以为我是来敲他的。"她说。

"你是说要钱?"

"是,可能是来要钱的。"

我让她一个人讲述他们见面的情境,我只是时而点点头,时而说个只言片语。当然属于敲诈。像比利这样老谋深算的人有着多年的实战经验，对付起那些企图从他身上占便宜的人来，简直不费吹灰之力，不管他们是大骗子，冒牌艺术家，还是疯子。

比利说："你给我的那几张纸我大致翻了翻。有多少？我应该感到很难过，是不是？"

"黛博拉临死的时候把那一摞子全给我了。"

"死了？她死了？"

"你知道她死了。"

"我啥都不知道。"比利说。言下之意，这类消息不属于他关心的范畴。

"你明明知道，"索莱拉还在争辩，"那女人为你发狂。"

"她那是作态，关我屁事。她只是在我办公室工作，拿她该拿的工资。她病了，我们也往白原医院送过花的。我要是知道她是在偷偷整我的材料，就不会对她那么关怀备至了。那个老巫婆竟然给我身上堆屎。"

这是索莱拉告诉我的，我都信。我相信她去找比利不是为了威胁他，而是商榷、试探、探他的口气。她不想卷入一场争执，她可以凭借自己无比肥硕的体魄给比利一个泰然自若、心平气和的印象。比利的脑子对量化的事物极为敏感（生意人都这样），这儿女人也多，他连那些最苗条的女孩子都对付不了，甚至个头最小的也有力量在他那件器物上注入一种晦气（就像土著人的咒语）。索莱拉也看出来了。"如果他能把我变成一个男人，那他就可以跟我大战一场了。"她说这话，言下之意就是她庞大无比的身体里可能蕴含着一种男子汉气质。可她手腕细得出奇，脚也好小，声音更是柔弱而抒情，身上还洒了香水，她的女人特性被她一股脑儿地暴露在比利眼前……方思汀的妻子可真是威风凛凛、聪明绝顶。他从希特勒的魔爪下逃出来的时候所缺乏的保护，却在大西洋的这一边找到了。

"罗斯先生，您连我的名字也没叫一声呢，"她对比利说，"您读过我的信了吧？我是方思汀太太，您能想起来吗？"

"为什么非得……"他说，似乎不愿意承认他已经认出是谁了。

"我丈夫叫方思汀。"

"我脖子的尺寸还是十四码呢①，那又怎样？"

"就是您从罗马救出来的那个人，其中一个。他给您也写过很多信，您不会都忘了吧？"

"记着，忘了。对我有什么区别呢？"

"您还派黛博拉·哈迈特去埃利斯岛跟他谈过话呢。"

"女士，我生活中经历的事情不计其数，我为什么非得记得这些呢？"

为什么非得记住这些呢。我明白他的意思了。这类琐事犹如挤满鱼的大海里无数鱼群中的几个鳞片，犹如黑洞里连光也要吞噬干净的密度物质中的小小的粒子。

"就算我派黛博拉去了埃利斯岛，好吧……"

"还让她转告我丈夫别再找您。"

"一概不记得了。那又怎样？"

"对您救出来的人，一点儿关心都没有啦？"

"我尽力了。"比利说，"那个时候，大多数人说都不会说这事儿。你找斯蒂文·怀思去大喊大叫吧，你对着山姆·罗森曼发飙去吧。那些人才不会管呢。找罗斯福、考戴尔·赫尔去吧，你以为他们会在乎犹太人吗？可这帮犹太人竟然因为能靠近白宫而沾沾自喜，甚至听到几句敷衍的屁话就引以为荣。一帮赫赫有名的犹太拉比去见罗斯福，罗斯福几句就把他们骗得晕头转向，那天才瘸子只需动动脚趾头，就会把他们忽悠得忘乎所以。丘吉尔也跟他一丘之貉。白皮书就他妈的一张纸，能怎样？成千上万的难民一船一船地被送到巴勒斯坦，没这事，就没有现在

---

① "十四"发音很像方思汀。

这个国家。就因为这儿,我放弃了我的徒手营救行动,开始筹措资金用锈迹斑斑的希腊垃圾船冲破英国人的封锁……你还想要我做什么?说我没接见你丈夫,怎么啦?我看你们日子过得不错呀,还想捞点儿什么特殊待遇不成?"

如索莱拉所描述的,谈话急转直下,那些丰功伟绩远远超出了任何人的个人范围……她时不时地会用这样的言词。

"好了,"比利接着说,"那老婊子收集起来的一摞流言蜚语,你打算用来做什么?想在耶路撒冷给我难堪吗?我到这儿来可是要启动一个大项目的。"

索莱拉说她举起双手示意比利别这么激动,她说她来是想很理智地讨论讨论,没有威胁的意思……

"没有威胁的意思?哈迈特老婆子收集了一瓶子毒药,现在全在你手中。想把这些材料登到报上去?你是不是疯了?如果你真想这么做,这些东西会马上飞回来,像屎盆子一样扣到你自己身上。你看看这些指控,什么我给罗伯特·摩西行贿,想要在博览会上表演我的爱国题材的水上节目;什么我为了报私仇雇佣纵火犯,烧了一家商店的门面;还有,我因为嫉妒范妮的成就而拆了斯诺克丝宝贝的台,甚至想给她下毒。听听吧。我们还是有诽谤罪这一条的吧。哈迈特真是病得不轻,你呢,你也得静下心来,好好想想。要不是我,你这种女人,还在哪儿呢……"他的意思是,索莱拉这种因为肥胖而彻底变了形的女人。

"他说出这种话了?"我打断了索莱拉。让我吃惊不小的倒不是因为这话是比利说出来的,而是索莱拉让我停下了思路。还真没见过说起自己来如此坦率的女人,她完全可以作一个纯粹客观和真实表现自我的表率了。我们这个时代,人们尽其所能,进行各种伪装和欺骗,来麻木我们的意识,能够如此坦率地承认自己缺陷的人,一定具备非凡的个人魄力。她说:"的确,我长得就像马可牌大货车,肉太多,我是脂肪堆起来的一座高山。"她还承认了一点,只是没有说出口:她承认自己有自我欣赏的毛病。这变形的身体,这骇人的个头,对于爱我如此之深的方思汀实在是欠公平的强人所难。还会有谁要我?她说话时口气平淡,从容自如,你能感觉到那虽然没有说出来却显而易见的意思。能如此坦然地、不加粉饰地承认自己的缺陷,只能用一个词概括,伟大!在这个满是撒谎者和胆小鬼的世界上,竟然有索莱拉这样的人。人们还盲目地等待着,这种人的确存在。

"他还提醒我说,他救了哈利,纯粹是为了我。"

这一句得我翻译一下:党卫军本可以让他马上消失,多亏从纽约东南区来了这么一位耗子,由于他的干预,那位只靠吃熏牛肉调料渣和烂苹果才活了下来的饿死鬼孩子才可以……

索莱拉继续说:"我对比利说得很清楚,真是靠着黛博拉的日记本,我才跟他接上了头。他本来根本不理我们的。他回答说:'我不想多纠缠,我做过的已经做过了,我只想让跟我来往的人关系越少越好。我为你们所做的,你们只管接受,但不要再与我有任何其他的关系。'"

"我能理解。"我说。

索莱拉能与我分享她跟比利见面的这些情景,我不知有多么高兴,不禁细细聆听。她透露出来的这一切,还有她时不时的点评,都精彩异常。比利的谈话,回响着乔治·华盛顿当年的离职演说。"不想多纠缠!"比利得腾出手去做他的交易,全身心地投入到他那几桩闹得沸沸扬扬却不欢而散的婚姻;还有他那肮脏不堪却装饰得富丽堂皇的大宅;还有,他那些专门刊登小道消息的专栏,那一队队歌舞女郎;还有那些将他挑逗一番就转身而去让他紧追不舍,而停下来脱光衣服等他的时候他却无能为力的鸡崽子。他得有时间去摆脱强加在他身上的诅咒。现在,他来到耶路撒冷,就是为了给他那被鸡崽子抓得伤痕累累的事业根部追上一层富含犹太光辉的肥料,因为他在纽约的这片土壤已经过于贫瘠。(我说的是曼哈顿中心那片专门种树种草的狭长地带、那几行黑色的木头栅栏、那几处像监狱一样的圈地)在耶路撒冷,野口勇将为他创造一处布满雕塑的蔷薇园,在离死海不到几公里的沙漠斜坡边缘,建起一座艺术的角落。

"索莱拉,你告诉我,你想要什么?目的是什么?"

"想让比利约见一次方思汀。"

"可方思汀早就放弃这打算了呀。况且他俩人几乎每隔一天都在大卫王酒店迎面而过。很简单,他只需站住说一句:'您是罗斯吧?我是哈利·方思汀,是您用强有力的手①把我从埃及领了出来。'"

"那个字什么意思?"

"用强有力的手。神说起以色列人逃出埃及时就用这个词,小时候基础教育中,我学过一点儿意第绪语。方思汀躲开了,你却……"

"我铁了心,得让比利不要辜负了哈利。"

当然啦,知道了,我明白你的意思。人人都欠着别人的债。可比利没听说过、也不想听你说这些理论。

"如果你能跟我一样,体会到哈利的心情,"索莱拉说,"你也就会同意,他该有个机会了了这个心愿。一了百了,圆满了。"

深受这种高级别谈话的影响,我对她说:"嗯,是个好主意。只是现在已没几个人指望着能够了结自己的心愿。圆满?都已经放弃了。这世界上就不存在什么圆满。"

"可对有些人,圆满还是存在的。"

我不得不再想想。对了,索莱拉自己的情感历程该怎么讲呢?本来是纽瓦克一位法语教师,没人要,多亏哈瓦那的那位叔叔突发奇想,看中了方思汀。他俩结婚了,而且幸亏有了方思汀,她才圆满了:作了虎妻虎妈,身材也变成一座生物纪念碑,性格也变得威风凛凛。真算个人物!

可比利的回答却是:"那与我有个屁关系?"

---

① 原文为意第绪语。

"给我丈夫十五分钟时间,跟您单独待会儿。"

比利拒绝了:"我从不干这种事。"

"就握个手,让他说声谢谢。"

"首先,我警告过你不要诽谤我,至于其他的,你觉得你抓着我不放还有意义吗?我不会做的,你没有足够的理由让我这样做,我不想让过去的事情缠着我,那都十多年前的事了,与现在有什么关系?都一九五九年了。如果你丈夫的经历是一篇精彩的故事,那算他运气好,就讲给爱听故事的人听去吧,我不感兴趣。我自己的故事我都不感兴趣呢,非要听,也会冒出一身冷汗。我又不竞选市长,为什么要到处跟人握手?不愿意跟人握手,所以我也不参见竞选。我只是做完交易才会握手的,其他场合,我的手都揣在衣兜里。"

索莱拉对我说:"黛博拉·哈迈特把那些针对他的材料都交给了我,最糟糕的后果想都能想出来。他站在我面前,暴露出他最为恶劣的一面,他的名誉早已千疮百孔,他像受到了诅咒一样,龌龊、脆弱、掉价、变态。他那举止让我看到他的真面目,十足的骗子,变态的侏儒,一个犹太怪胎,一生恶迹斑斑。瞧瞧这个人:没参加过一次飞行任务,没猎获过一只动物,没踢过足球,没去过太平洋,甚至没有尝试过自杀。就这么一个下贱货还是名人……你知道,黛博拉说起这个字眼,千变万化,大多数时候,都没一句好听的。但名人还是名人,没法否认。美国犹太人决定要就对犹战争发表声明的时候,他们跟那些大腕明星们一起站满麦迪逊广场,一边唱犹太歌曲,一边唱'美丽的美利坚',好莱坞的明星们吹响犹太羊角号。而策划这壮观场景、安排媒体报道的,就是比利。大家都转向他,他顺势接受这一切……麦迪逊广场能站多少人?反正站满了,都穿着一身黑,我敢说个个都泪流满面。《时报》有报道,这是权威的记录,这记录表明美国犹太人的方式就是两万五千人的大集会,以好莱坞大片的阵势,为所发生的事情公开痛哭。"

索莱拉继续讲述她与比利的会晤。她说,比利采取商人常用的一种姿态，讨价还价。他那举止，似乎表明他有理由对自己以往的历史感到自豪，为自己所经办的一切交易感到骄傲。我猜想，在那自豪的面具背后，他依然固守着自己的阵地。索莱拉还没有真正出手，那只马尼拉麻纸大信封还放在（他也看见了）她身旁一张被装潢师称作情人座的椅子上，里面就是黛博拉整理的材料。她还能把什么带到比利的客房呢？他想抢走那个信封显然是不可能的，"我离得近，我还比他重。"索莱拉说，"我可以抓他的脸，我还可以大声喊叫。这种情景，让他丢脸的事，他绝对会吓得病倒。其实他那脸色跟病了没有两样。他一心想着要在耶路撒冷干番大事，在犹太人的历史上留下大名，那比在娱乐行业所成就的高出不知多少。他见到的哈迈特（马项圈）档案只是一小部分，可你想象一下，报纸，大大小小的报纸，会怎样炒作。"

"他等着听我的提议。"索莱拉说。

"我倒是正在纳闷你会有什么提议。"我说。

"给哈利人生的一章一个完满的结局。应该有个结局，"索莱拉说，"那是犹太人灾难的一部分。在大西洋的这一边，我们没有受到威胁，所以我们有责任学会面对……"

"学会面对？谁？你说比利·罗斯？"

"对呀，他不是积极参与了吗？"

我记得我当时摇了摇头，说："你这要求太高，跟他不可能有什么结果。"

"他的确说过，跟别人相比，方思汀受的罪轻多了，他撞上了好运，没被送往奥斯维辛，没被刺上号码，也没被拉去火化那些在毒气室里被整死的人。我告诉比利，意大利警方把犹太人交给党卫军，肯定是上面有命令，迫不得已的。我还告诉他，很多人在罗马被枪毙，就在阿迪安丁的洞子里。"

"他咋说的？"

"他说：'女士，你听着，我为什么非要想这些呢？我不是那种人，想这些我会受不了的。'我说：'我不是要你费多大的脑子，只是跟我丈夫坐十五分钟。'他说：'假如我照你说的做了，你给我什么好处？''我会把黛博拉所有的材料交给你，都在这儿。''如果我不接球呢？''那我会把材料交给第三方，或更多的人。'他突然暴跳如雷：'你以为你抓着我的 × 了？你这是敲诈我。我不想对一个正派人动粗口，可你非逼着我这样做。我现在很敏感，我到耶路撒冷来是有事做的，我要捐资建一所纪念馆。或许我没必要非要在这世上留下什么，人们应该把我忘得一干二净才好。这关节眼上，你来替一个躺在墓坑里的醋罐子女人复仇。我猜都能猜出来那疯婆子都写了些什么，我做过的每笔生意，她全他妈的想错了，还有什么行贿、纵火，一概站不住脚。剩下的就是满嘴喷粪的戏子们说我的 × 如何如何， × × 如何如何。我告诉你，女士，就是不长 × × 也是享有人权的。最后，你听着，我也没有多少隐私了，该说的都说出去了。''大部分吧。'我说。"

我说："你真把他逼疯了。"

"是，的确，"她说，"可他反击了。他威胁要告我诽谤，只是吓唬我而已，我也这样跟他说了，我明确说我要的不多，都不用他动手写个字，打个电话说几句就够了，再给十五分钟时间聊一会儿。他又想了想，眼睛看着地板，一双小手被动地搁在沙发背上。他不愿意坐下来，坐下就意味着让步。他还是拒绝了我的提议。他口气很坚决，说他不会跟哈里见面的，'我能为他做的都做了。'我说，'看来你不给我选择余地了。'"

在比利套房里那把带条纹椅套的椅子上，索莱拉打开她的手提包，掏出一块手巾，擦了擦太阳穴，又擦了擦胳膊弯。白色的手巾就像白菜上的蛾子一般大小。她又擦了擦下巴底下。

"他对你大喊大叫了？"我问道。

"我预料到了，他对我大喊大叫，一阵歇斯底里的发作。他说不管你做什么，有人正拿着折叠刀等着割你的喉咙，有人端着硫酸等着往你脸上泼，有爪子等着撕光你的衣服，让你裸着身子。那个狗日的哈迈特疯婆子，他出于可怜收留了她，似乎她那双眼睛还不够怪异，竟然戴上一副特大无比的眼罩。她找到那帮臭戏子，让她们说他的性发育还抵不上一个十岁的孩子。去他妈的，他才不在乎呢，一辈子都受屈辱，还能再屈辱到什么程度。隐私一点儿都没了，那才让他松了口气呢。他不在乎哈迈特写了些什么，那个狗杂种木乃伊，血口喷人，临死还要往他身上再喷一口。他还骂我，说我只是一堆臭肥肉。"

"那些话，你不用给我重复了，索莱拉。"

"那我不说啦。我当时的确火冒三丈，一点儿尊严都没了。"

"你是说你想揍他？"

"我拿起那一摞子材料，就朝他的脸上甩了过去。还说：'我才不让我丈夫跟你这种杂种见面呢，你不配……'我瞄得准准地扔了过去，可我投掷技术不高，那一摞子纸竟然一下子飞出了窗口。"

"过瘾！比利咋做的？"

"他竟然怒气全消，抓起电话，要了前台。他说：'有件非常重要的文件从我窗口掉落了，你们马上把它捡回来拿给我。明白了吗？马上！就现在。'我朝门口走去，我不是说我想摆个什么姿态，我毕竟还是纽瓦克的名门闺秀，所以我说：'你这垃圾。再也不想见到你。'我学着意大利人在大街上打架骂仗时惯用的动作，一只手的下沿搁在另一只胳膊的中间，表示一刀两断。"

她一只小拳头捏得紧紧的，搁在另一只胳膊的二头肌上，若无其事地哈哈大笑着。

"这结局还真有些美国风格。"

"啊，"她说，"自始至终，这件事都具有百分之百的美国风格，我们这一代美国人的风格。我们的孩子们不这样做，就像我的吉尔伯特，参加过数学夏令营的，你还记得吧？他一辈子，除了数学，别的事一概不用操心。纽约东区的破房子里，还有纽瓦克的偏僻巷子里，都不会发生类似这样的事情。"

这一切都发生在方思汀夫妇在耶路撒冷的最后几天,很遗憾,我因为事情繁忙,没能腾出时间带他们去大金·本尼海鲜酒店吃一顿。本来,取消几次预约不是很麻烦的事情。就为了能够在耶路撒冷与来自新泽西的方思汀两口子多待一段时间?是。现在,只有后悔的份儿。越想索莱拉,越觉得她可爱。

我还记得对她说过:"你那一摞子材料没有击中比利,我真替你感到难过。"

我当时想(现在也这样想),就是因为她胳膊底下肥肉太厚,才影响了她的命中率。

她还说:"信封刚一出手,我就意识到我巴不得与它一刀两断,还有与它相关的一切破事。可怜的黛博拉,你总叫她马项圈夫人,我现在才发现我把自己跟她的事业、她那悲剧性的一生拴在一起,真是一大错误。这事儿让人不得不去思考人里面的高低贵贱。爱情,应该是很高贵的吧?可你想想,她竟然爱上比利那样的狗杂种。他能给哈利和我什么东西?我一概不会要。黛博拉拉我入伙,我就继续替她与比利作战,让坟墓里的复仇之火烧得旺旺的。他说的那句话没错。"

这是我俩最后一次谈话。就在大卫王酒店门口的车道上,我俩等着方思汀下楼。行李已经被放到了奔驰车上(那时候,耶路撒冷出租车有一半都是奔驰),索莱拉对我说:"你是怎么看我们跟比利的这段事情的?"

那些年代,我依然没有摆脱格林尼治村里的人喜欢抽象理论的嗜好,那是浪荡艺术家流行时代中产阶级男男女女们喜欢玩儿的一种深沉游戏。不管按谁的门铃,他都会打开窗子朝你的头上泼下满满一脸盆的思想。

"比利把一切都看作是演艺生意,"我说,"没有表演就没有这世界。

他不愿意跟你玩儿,就是因为他觉得自己是制作人,而制作人是用不着参加演出的。"

对索莱拉来说,我这句话似乎意义不大,所以我就进一步说:"或许在比利这件事情上,最有趣的莫过于他不愿意与哈里见面。在哈利这个案例中,比利没有能力充当一个反例,甚至不能跟哈利平起平坐。"

索莱拉说:"你说得可能有道理。你要想知道我的意见,就听着:无论欧洲甩给犹太人什么样的命运,犹太人都能从中活下来。我说的是那些活下来的幸运儿。现在又有了新的一轮考验:美国。他们还能不能继续坚守阵地?美利坚合众国会不会让他们吃不消?"

这是我们最后一次见面。从此,我再也没有见过哈里和索莱拉。六十年代,哈利有一次打电话问我有关加州理工学院的事,索莱拉不想让儿子跑那么远去上学。那是他们唯一的孩子,当然还有其他因素。哈利总是不停地讲儿子考试门门满分,我却对神童的父母热情不起来,所以反应很冷淡。父母吹嘘自己的孩子是冒风险的,很少有什么好的结果,我一点儿都不喜欢,这样一来,我对方思汀也就不大可能很热情。回想起来,那时候我的时间很宝贵,不寻常的宝贵。事业在发展(起步)的过程中,总有几段不如意的时候。

也不是说我跟方思汀夫妇彻底中断联系了,只是除了在耶路撒冷那段时间以外,平时的确来往不多。整整三十年,我盼望着能再见到他们。他俩都很优秀,我敬佩哈利,他很实在,很勇敢,索莱拉智商极高。在目前这样的民主社会,不管你是否意识到,你都在不懈地追求更高的目标。我没必要给你画图说明,每个人都懂得标准产品和可更换零部件意味着什么,懂得在这个社会风景线上,冰川的作用有多大,可以削平山头,磨掉一切不规则的地形。我不想啰唆这个问题。索莱拉的确与众不同(我的一个孙子说她"鹤立鸡群"),我自然也想再见到她,可没有机会。我有满满一屋子的打算,见她也在其中,我一直想方设法去联络他们，写信、打电话、请他们来过感恩节、圣诞节，兴许还有逾越节，但是，正如现在的逾越节一样，这事儿从来没有实现过。

这也许得怪我记忆力太好，既然记忆如此清晰，还有必要亲眼看见吗？让他们一直悬在我的脑海里，就已经足够了。他们永远缺席，但永远属于我人生戏剧演员表的一部分。他们什么也不需要去做。

在这一系列事件中，随后的一幕发生在今年三月。费城的冬季哼哼唧唧地松手了，踩着肮脏的泥水逐渐走远，满城的尘土里开始孕育一个春天，在我家豪宅背后的私人花园里催生了大片的番红花、雪花莲和各种嫩芽。我推着梯子在书房里取下乔治·赫伯特的诗集，寻找那首"你的归来，如此洁净，如此清纯"（记不大清原话，就这意思）。我正准备从梯子上下来，在那张只有主流美国大富翁才配拥有的书桌上，电话突然响了起来。对方是犹太人："我是某某拉比（名字没听清楚），我的教区"（"教区"？这是基督教新教的术语，他肯定是属于改革宗的，最多是个保守派，正统派拉比不会用这个词）在耶路撒冷。有一位姓方思汀的求助于我……"

"不是哈利吧？"

"不是。我给您打电话就是想知道哈利的住处。耶路撒冷这位方思汀说他是哈利的叔叔，生于波兰，现在寄住在精神病院。他脾气怪异，活在幻想里，整天胡言乱语，很难对付。习惯不好，很脏，满身臭气。被送到医院之前，一点儿生活来源都没有，一直要饭。还在大街上发表预言演讲，这里的人都认识他。"

"明白了。就跟我们这儿的流浪汉差不多。"

"正是。"某某拉比说道，那种人情味儿十足的口气让人难以忍受。

"能否直截了当地说？"我问道。

"耶路撒冷这位方思汀非要说自己是哈利的亲属，还说哈利现在是大富翁……"

"我可从来没见过哈利的财务报表。"

"您可以帮这个忙。"

我继续说道:"那只是您想的。有些危险……"人有时候就会变得傲气十足,尤其像我,一个人住这么大的宅子,周围还都是名流富豪,我总不能低人一等吧!我还是换了个口气,不说"危险"了:"我和哈利有好多年没有联系了。您不知道他在哪儿吗?"

"我找过。我在这儿只有两周时间,目前在纽约,目的地是洛杉矶,要做几次演讲,给……"(他说的机构名字是个缩略词,我也不知道是什么)他继续说耶路撒冷那位姓方思汀的人需要帮助,可怜人呐,完全疯了,身心都垮了(原话记不清了),可毕竟是个人哪!迫害、失落、死亡还有残酷的历史,已使他完全丧失理智。整天疯疯癫癫,喊着要救助,一会儿要人来帮助他,一会儿要神来拯救他,再一会儿就分不清人还是神。这位拉比听起来像个冒牌货,可他所说的那种人我见得多了,绝对货真价实。

"您也是他的亲戚吧?"他问道。

"远房亲戚吧。我父亲娶了哈利的姨妈。"

我没喜欢过米德丽婶婶,也对她不敬。但是,你也明白,在我的记忆里还是有她的一席之地,这也是有原因的。

"能否劳驾您帮我找到他,把我洛杉矶的电话号码也给他?我随身带着他一家人的名单,哈利·方思汀会认出他的,会从这里面找出他的。如果这人不是哈利的叔叔,哈里也就认不出来了。算是做个善事[①]吧。"

天哪!去他妈的"善事"吧。

我说:"好吧,拉比。我找一找,算是为了那位可怜的疯子吧。"

耶路撒冷这位姓方思汀的人为我提供了联系方斯汀夫妇的借口,也算是个动力。在我笔记本里方思汀上一次地址的下面,我记下了拉比的电话号码。这个时候,我一方面要忙很多其他的事情,一方面还没有打

---

① 原文为意第绪语。

算跟索莱拉和哈利说话。得准备准备。我一边用圆珠笔在本子上写着号码，一边思忖，这不就是斯坦尼斯拉夫斯基那本书的名字吗？《演员得做好准备》。这又是与我记忆相关的一个事实，一份资源，一份职业，我为此献出了一生的努力，老了，还得受它折磨。

就在那时（我是说此刻，"此刻，此刻，就是此刻"），我开始遇到记忆方面的困难。有天早晨，我突然感觉记忆衰退，差点儿要疯了（如此要紧的事我不想隐瞒）。本来要去市中心一家牙医诊所的，已经晚了，也不能指望计程车按时到，我便自己开车去。车停在离诊所几个街区外的停车场上，早上车多，附近的车位都满了。从诊所出来后，我走着走着，突然脑子里冒出一段旋律（我猜这与我步伐的节奏有关），歌词是这样的：

  在那遥远的……
  在那遥远的……
  在那遥远的……河边……

什么河来着？从小唱到大的一首歌，唱了七十年的一首歌，沉淀到每个人心底的一首歌。美国人（我是说我们这一代美国人）谁都会唱的一首经典。

我站在一家体育用品店橱窗前，此店专营马靴，男人的、女人的都有，亮闪闪的发着光。还有格子图案的马鞍坐垫、紫红色大衣、猎狐用具，甚至还有铜号。橱窗展示的所有物品都格外醒目，马鞍坐垫的格子布尤其色彩鲜艳，图案齐整，对于一个突然间脑子出了毛病的人来说，这格子布的图案齐整得让人嫉妒。

这河叫什么名字来着？
其他几句歌词都能想起来：

> 我的心永远渴望那条大河，
> 那是我家乡亲人的居所。
> 整个世界（我？）都倦怠忧伤。
> 无论我流浪到何方，
> 我黑皮肤的亲人哪！
> 我的心止不住彷徨……

等等等等。

整个世界都一团漆黑，倦怠忧伤！真他妈的准确！脑子里某个芯片、某个开关失灵了。不祥之兆？终结的开端？人们健忘都是有心理原因的，我曾经就此做过讲座。不用说，大多数人对出现这种症状都不会太在意。桥断了，过不了河。我真想用雨伞打碎马具店橱窗玻璃，如果有人出来抓我，我会大喊："天哪！告诉我歌词，在那遥远的……什么河边？"他们一定会（我能想象出来）把那块红色的马鞍布、那团鲜艳夺目的红色、那熊熊大火织成的线，一股脑儿地包在我头上，把我抓进去，再打电话叫救护车来。

到了停车场，我出于绝望，打算问问收费员。我正准备朝那个圆圆的玻璃窗口唱一句这首歌的开头，她却说："七块钱。"收费员是黑人，我想如果我唱到那句"我黑皮肤的亲人哪"，她肯定会觉得我是在故意冒犯她。还有，她会不会像我一样，是听着斯蒂文·福斯特的歌长大的？我没把握。同样的原因，我也不能问泊车员。

坐到方向盘前，那个出了故障的芯片或者开关竟然自我修复了，我一边砸着方向盘，一边大喊："斯旺尼河，斯旺尼河，斯旺尼河。"坐在车里面，你做什么都没关系。汽车私有能够带来的好处之一就是这点儿自由的特权。

毋庸置疑，就是斯旺尼，南方人喜欢念作苏旺尼。这件事是我精神生活中的转折点。我找乔治·赫伯特的诗有两个目的，不仅是因为春天到了需要应景,更重要的是想考验一番自己的记忆。我对方思汀-罗斯事件的追忆也有一半原因是为了测试自己的记忆,同时也是对记忆本身做一次概括性的研究,因为如果再去思考那句话,记忆即生命,忘却即死亡("仁慈地忘却",作家们常常这样说,反映出很多人都认为人生大抵都是绝望),这至少说明我自己还有能力为生存而坚持战斗。

希望获得胜利?啊,胜利又是什么?

某某拉比的电话让我明白方斯汀夫妇已经搬家,找不到了。或许跟我一样,退休了。我还在费城,像俗话常说的,赖着不走,可他俩极有可能已经放弃了这块他们曾经挣扎过的地方,阴冷的北方,去了萨拉撒托或者棕榈泉,他们掏得起这笔钱。毕竟,美国对哈利·方思汀还是不错的,履行了它那些辉煌的诺言。这国家最糟糕的,例如没完没了的工厂苦力、日复一日的教会操劳、枯燥乏味的行政杂务,他都躲过了。我祝福他们,也为他们高兴。这两位虽然无法见面却异常喜欢的朋友,已牢牢扎根到我意识的深层。

三十年没见,也没有我的音信,我猜他俩已经彻底放弃我了。弗洛伊德有个理论说,无意识不能识别死亡,你瞧,意识也照样不能。你说怪不怪?

我开始从我的大脑这块土豆地里挖掘已经忘记的那些亲戚的姓名,罗森伯格、罗森塔尔、索尔金、斯威德罗、布莱斯蒂夫、弗拉德金……犹太人的姓氏是一门很有趣的学问,大都是德国、波兰和俄国政府强加给他们的(申请姓氏者得掏钱行贿),还有一些是犹太人自己胡思乱想出来的。常常有人拿玫瑰(罗斯)作姓,就像比利。当年犹太人的围栏里没几个花名,雏菊(玛格丽特卡)算一个,但没人用它作姓。

米德丽婶婶,就是我的继母,最后几年由伊丽莎白镇的亲戚罗森萨福特一家人照顾,我的调查就从他们开始。我没有看望过米德丽婶婶几次,所以在电话里那家人对我极不友好。我推测她肯定给人们说是她把我养活大,而且送我上大学的(其实我上大学的费用来自我自己的母亲在保诚公司投的保险）。这不算什么大事，但正好让我有理由离她远点。我也不喜欢罗森萨福特一家，我爸死的时候，他们拿走了他的手表和表链，但没有这些让人看着就伤感的物件，我也活得好好的。罗森萨福特老太太告诉我她也不知道方思汀一家的去向，她建议我去问问莫里斯镇的斯威德罗家。

从电话问询台知道了斯威德罗家的号码。拨通了，可对方是留言电话。斯威德罗夫人的声音，装腔作势的，不用家乡纽瓦克的口音，却模仿莫里斯镇上流社会的腔调，那声音要我留下姓名、号码和拨电话的时间。我讨厌留言电话，就立刻挂断了，而且我也不想把我的号码随便留给别人。本来就没有登记过。

那天晚上，我手扶费城古典式栏杆，爬上二楼办公室的时候，心想，这豪宅的富丽堂皇与我有什么关系，不禁感到有些恶心，又向往起了萨拉撒托，还有佛罗里达群岛。南方冬季游乐场的大象、杂耍、马戏，应该比这更有趣。搬家到棕榈泉可能性不大。佛罗里达群岛虽说是同性恋者云集之地，但由于我在格林尼治村生活过，跟同性恋者在一起，远比跟加利福尼亚的商人们在一起要自在得多。说实在的，住在这三丈高的天花板底下，被红木家具围着，这种孤独感我真的无法忍受。大宅子对我要求太高，我明显感到压力重重。我早就说得很清楚，我能买得起这样的豪宅，住在里面，还能很时尚。现在，谁要谁拿走吧。有首歌大意是："我已厌倦玫瑰，请你把它带走。"我准备跟儿子亨利商量一下这个事儿，可他的妻子一点儿都不喜欢这房子。她喜欢现代化的东西，说起那些美国暴发户与维多利亚时代伦敦贵族气息之间的跨洋攀比，她一脸的嘲讽。我刚提了一句要把房子送给他们，她便一口回绝。

我想如果能找到哈利和索莱拉，我会跟他们一起过退休生活。不知他们会不会要我做伴（得请他们原谅我多年没有联系）。我一直在考虑我记忆深处的索莱拉是不是被我夸大了（源于我对深沉女人的渴望），我觉得这样考虑也无可厚非，所以我对她这个特殊的人物开始了新一轮的思索。我忘不了她关于美国生活会考验犹太人品性的观点，而且她与比利那次见面的确是一种美国方式。又是比利：软弱？是软弱。虚荣？非常虚荣。还小人气十足。甚至恶心。话说回来，应该还是心胸宽广，虽然有些孩子气。"宽广"，不仅仅是《美丽的美利坚》里的一句歌词（宽广的天空），更是在耶路撒冷这座犹太历史的中心和地球的"肚脐"上，抛下一千五百万到两千万美金建造一座休闲文化公园的气概。这种奇异、宏伟的姿态难道不是一种美国方式？确切地说，是美国与东方方式的杂交。

虽说我住的地方离方思汀一家不近，但我完全可以去看看他俩的，真不明白是什么让我疏远了这两个非常优秀的人物：胖得有些神秘的索莱拉和皮肤微红（曾经石头般惨白）、脸蛋儿像石榴一样的方思汀。不妨也算我一个，第三个优秀人物：一个高个子老头，顶端发生了结构性弯曲，像一颗蕨菜的头或者主教的拐杖。

我开始寻找哈利和索莱拉的下落，不是为了我对某某拉比的承诺，也不是为了耶路撒冷那位潦倒的疯老头儿。如果他只是需要钱，我可以开张支票或让我的银行寄给他，只收八块钱的手续费，打个电话就万事大吉。但我还是想亲自解决，亲自从我豪宅的办公室打电话，不想让记忆研究所和所里的秘书插手。

翻开多年前的电话号码本，我开始到处打电话。（公墓如果有接线员，我也会拨过去："你好，请给我接区号000。"）我真的不愿意让研究所里的姑娘们插手，我做调查的时候尤其不愿麻烦别人。打通一个电话，谈话内容都会无一例外地显得极其怪异，这会让研究所创始人的记忆经受很大的考验。"怎么？您还好吗？"三十年没见的人或许会问道，"您还记得我丈夫麦克斯吗？还有我女儿祖伊？"我该怎么回答？

我应该知道怎么回答。可再一想，为什么我非得记着这些？遇到这种场合，健忘更合适。我会说："麦克斯？祖伊？我真不记得了。"跟那些远亲或者长时间没联系已经迟钝了的社交圈子里的人偶尔接触，这种时断时续的记忆真让人折磨。回头再看,你第一眼见到的都是些什么人?精神病人、丑八怪、贱货、小气鬼、臆想狂、烦人的亲戚、畜生、虐待狂,个个都死缠着你的记忆不愿离去。而那些能逗着你乐、让你摆脱烦恼、不向你索要任何回报的人,他们和善的目光、温柔的面容,却几乎被忘得一干二净,一个也回想不起来。我训练记忆,有一个很重要的方法,那就是根据主题建立记忆链条,主题消失,与它相关的记忆就不复存在。举例说,比利,也就是我们的朋友贝拉罗萨,回忆不起方思汀,就是因为他纯粹人性的主题淡薄得可怜,他的记忆主题主要是生意、名声和性。再举一个极端负面的例子,有些杀人犯回忆不起自己所犯下的罪行,就是因为他们对受害者存在与否没有丝毫兴趣。各位同学,只有与你息息相关的主题才能确保完整的记忆。

有些老年人,我一拨通电话,就让我彻底绝望:"你既然把我记得这么清楚,怎么朝鲜战争之后就再也没见过你……"

"我对萨尔金的侄女索莱拉一无所知。萨尔金在卡斯特罗掌权后回到了新泽西,六十年代末就死在一家破破烂烂的养老院里了。"

有个人说得倒好:"日历一页一页地被撕掉,他们就像时光的头皮屑。您想问什么?"

坐在费城豪宅里拨电话,让我处于劣势。像我这样地位的人,跟帕萨伊克、伊丽莎白、佩特森等镇子上的人通话,会构筑起道道防线,来抵御庸俗和低级趣味。我从来不跟他们谈及医疗保险、社会安全保障、助听器、心脏起搏器、血管支架等玩意儿。

有几次,我听到对索莱拉的批评之声:"萨尔金一辈子打光棍儿,没儿没女的,那女人却从来没见来帮他一指头的。"

"他没结过婚?"

"没有,"电话另一头是一个刻薄的女人声音,"可他给索莱拉找了个好丈夫,就是因为她是自己亲哥的女儿。说这干吗呀!都已经离开人世了,有啥两样呢?"

"您不知道索莱拉目前在哪儿?"

"关我啥事儿?"

"当然了,"我说,"这与您无关。"

这么说来,撮合这桩婚姻的人却一辈子打光棍儿。他为自己哥哥的女儿找到了一个丈夫,把两个同样命运不济的人撮合到一起,却没有一点儿私心。

还有个女人是这样说索莱拉的:"她高高在上,她看不起我们这种人。我看她是个势利眼儿。有次,想拉她入伙一起去欧洲旅游,教会的姊妹会包了一架飞机,索莱拉竟然给我说她懂法语,在巴黎不需要翻译。我真该回她一句:'我认识你的时候,没一个男人愿意看你第二眼,看你第一眼都有些后悔。'就这样。索莱拉太优秀了,没人配得上她……"

我看得出来这些女人什么意思(给我提供消息的都一个口径)。他们都说方思汀夫人太清高,傲气十足,几乎所有的人都被她得罪了。她只喜欢跟一个人在一起,就是那位脸白得像石蜡一样的痨病患者,哈迈特老太太。索莱拉在比利面前不也是傲气十足吗?拿着哈迈特夫人的卷宗向他砸过去,这难道不是一个高人一等的女人、一个又聪明又有品位的女人的姿态吗?像皇后一样,高高在上,能不被人孤立吗?我从费城这栋与世隔绝的大宅里打通电话的那些老女人,个个都是这样说的。

方思汀两口子天生只能跟我来往,但他们不会因为自己而强我所难。他们总觉得我能住在费城的上层人社区,地位高于他们,不需要非得跟他们做朋友。我觉得我已故的妻子迪尔得蕾也不大能看得上索莱拉,她肯定不喜欢索莱拉那副夹鼻眼镜、那副洋洋自得的神气、那种智商,还有她那堆积如山的脂肪。当年她硬挤着坐进我家那把海波怀特椅子的时候,迪尔得蕾是看在眼里的。比较起来,我妻子对方思汀感觉还好一些。我是一个很有亲和力的人,否则我绝不会把彼此看着极不顺眼的几个人拉到一起的。结果呢,陪我的只有这二十间我无法摆脱的空屋。

我记得有一次开车载着我的父亲经过宾夕法尼亚西部,他被杳无人烟的大片土地震撼了。这么大的一块地方!就像坐在棋盘边陷入沉思一样,他半天没说话,然后说:"这地方能住得下多少犹太人呀!每个人都有地方住。"

有时候,我真有一种牙洞思念被拔掉的牙的感觉。

我一个电话接着一个电话地打,边打边想象着与方斯汀夫妇重聚的场面。在我脑子里,他俩应该住在佛罗里达的萨拉撒托,我们见面后,应该一起漫游在林林马戏团或者哈根贝克动物园的阳光下,聊着多年前在大卫王酒店所发生的一切:比利·罗斯如何弄丢行李,野口勇如何设计东方花园。在几个马尼拉糙纸信封里我找到了一沓耶路撒冷拍摄的彩色照片,其中一张就是方思汀和索莱拉,背景是尤迪安沙漠,远处是以西结火红的岩石,至今不曾冷却,当年天使们在岩石间穿梭而过。沙漠依然酷热,但站在上面的是两个现代人,一对夫妇,男的穿着正装,女的披一身飘扬的白纱,手握着手,她胖乎乎的手掌捏在发明家的指头缝里。我不由得思忖,索莱拉在哈利走进她的生活之前,竟然没有留下任何确切的事迹,而哈利留下来的,也只有零星的片段,希特勒想干掉他,做好了记号,打算把他灭了,他逃出魔掌,比利救了他的命,来到美国,发明了优质温控器。在这张彩色照片上,夫妇俩背倚着尤迪安沙漠,就像在从前的科尼岛上,背倚着油画布景、手扶着一弯新月,摆出各种拍照姿势。我一直在想,这两位漫游在圣地上的过客,若以一生的旅程计算,这些日子到底会有什么意义?这次旅行他们到底能记忆多久?又想到了我自己,我也会用同样的问题来质问自己,答案竟然又是一个问题,一个典型的犹太问题:到底有什么值得记忆?

爬上楼梯(那是前天晚上的事),我竟然不想去睡觉。照料一位退休老人,一个跟活人一般大小的玩偶,喂他吃药,替他穿袜子,为他做早餐,给他刮胡子,还得安顿他上床睡觉,这一切会让你厌烦透顶。所以，我没去卧室，而是走进了二楼的起居室。

我有个习惯，不同的工作在不同的办公室里完成，免得分心。一楼是我处理业务的场所，账单、银行报表、法律函件，等等，级别高一点儿的工作，我会在二楼去做。迪尔得蕾生前很赞同我的这个做法。这要求每层楼、每个屋子都得有不同风格的布置。我还有个爱好，逛古玩店。找找与我各个屋子已有的相仿的古玩，细细鉴赏，估估价格，就可判断迪尔得蕾生前在这方面有多么精明。我不由得讨厌起费城来，一个人在这么个无聊的下午，除了这些，竟无所事事。

二楼的电话是一件由法国造的，架着一副蓝白相间的坎佩尔瓷质话筒。那是迪尔得蕾在豪斯曼大街买的。这电话，夏吕思男爵（普鲁斯特《追忆似水年华》里的人物）若看见，定会买回去与他的男伴娓娓低语以示他的浪漫情怀。现在如果他的魂魄就缠在这件什物上，看着我又在拨斯威德罗家的号码，询问方思汀夫妇的下落，他一定会觉得好笑。

手里握着这件新潮艺术品——那些见识过高雅玩具从而不再对科学一无所知的人（他们常问"电话到底是什么原理？"）就是这样看的——我再次拨通莫里斯镇的电话，这次接电话的是怀曼·斯威德罗本人。刚一开口，他的形象就出现在我眼前，他妻子也立刻在我的记忆中重现。斯威德罗是方思汀的近亲，早年作投资顾问。先在华尔街积累了经验，后来搬到新泽西的高档区住了下来。人很体面、和蔼，举止文静，用室内装潢界的行话说，"很淡雅"。他神情阴沉却很坦然，或许对自己的生活状态不很满意，但想改变也来不及了，只好满足于做个谦谦君子。他待人和气，说话随意，常穿布鲁克斯兄弟牌子的灰色衣服和棕色皮鞋。人跟人还是可以融合的，不用非得改变信仰，在耶和华和耶稣之间，你也没有必要非此即彼。我认识斯威德罗时间长了，他儿子从他身上继承了一副犹太面孔，黑魆魆的，棱角分明。但是，怀曼却发现了一种从这种五官上清除犹太特征的方法，即利用一种让人觉得能完全靠得住的表情去弥补。他很健谈。你可以委托他保管你的退休金，他不会拿着做任何风险投资。有两个孩子,一个是生物化学家,一个是分子生物学家。妻子无所顾虑,一心一意地画她的水彩画了。

"我真不知道方思汀的情况,"斯威德罗说道,"已经失去联系……"

我意识到,斯威德罗跟方思汀夫妇一样,过着与世隔绝的日子。倒不是有意识地选择这种生活,你走着自己的路,发现身处大纽约,可社交圈只在你舒适的卧室周围。你的历史也可有可无,历史要不要也属于可以"考虑"的范畴,完全由着你自己。

斯威德罗很冷静,他自然记得我(我有钱,如果有机会,可以成为他的客户;但他没有一丝责备的口气),他问我找哈利·方思汀有什么事情。我告诉他耶路撒冷有位姓方思汀的疯老头需要他帮助。斯威德罗马上就不再问了。"我们之间本来就不是很熟,"他说,"哈利人不错,可他老婆嘛,有些过于强势。"

这话说白了,就是艾德娜·斯威德罗不喜欢索莱拉。人们说话都是说一句吞一句,就像斯威德罗现在这样,可听话听音,不直接说出来,我还是能明白的。人们都喜欢遮遮掩掩,避免(甚至厌恶)心理分析。

"您最后一次见方思汀夫妇,是什么时候?"

"那还是我们都住在湖林那一阵子的事儿了。"他说话很讲策略,不愿提到我父亲的死,可能觉得这会让我难受。"就是那阵儿,索莱拉天天啰唆着比利·罗斯的事情。"

"他们想跟他接触,可人家死活不愿意……那么说,您也听说过这事儿?"

"连聪明人都会在攀附名人这点上昏了头脑。哈利向比利·罗斯提什么要求了?比利做得已经够意思了,还得咋样?像罗斯那种人,交往谁不交往谁,都是要仔细挑选的。"

"就像电梯里面的提示:'最大运载量两千八百磅'?"

"随你说。"

"每次想到方思汀和比利之间的这件事儿,"我说,"我似乎就看到了欧洲犹太人这个群体。说到底是什么问题？我看，用个能说清楚的字眼，就是伸张正义。曾经，人们以为盼望或者依赖这个没有什么基础，伸张什么正义，还是忘了的好……这么多年人们都在认真思考这个，现在还有没有人继续认真思考。"

斯威德罗没让我继续说下去，他是不会跟别人谈论这类问题的。"你怎么说都行。可与比利有多大关系？他会怎么做？"

我并没有期望比利把这一切都揽在自己身上。从怀曼·斯威德罗的谈话中我感觉到，讲什么伸张正义，不仅与这场合格格不入，而且纯粹是痴人说梦。如果夏吕思男爵的鬼魂真的趴在我的坎佩尔牌子的电话听筒上，他会不屑一顾地转身离去。我不能只怪我自己，也不能就觉得自己是个蠢货，说得再不好听，也只是我这电话没有打对人，再进一步说，我千不该万不该在没有丝毫准备的情况下，偏离话题，还想让人家听我的观点。这些事情我私下里想了许久，一个人待在费城的大宅子里，感觉人和房子也格格不入，还分不清苦思冥想和随意谈话之间的区别，所以才有这种主观性极强的偏执。我哪有什么资格跟斯威德罗讨论伸张正义、荣誉、柏拉图的理念、犹太人的梦想等话题？他现在的口气已经很明显，不想跟我说下去了，我便说道："耶路撒冷来的某某拉比，英语说得很不错，我已答应他要找到方思汀。他说他也找了，没找到。"

"方思汀的号码查询台没有吗？"

我真不知道，我就没想到要查询的。我就这号人！"我以为拉比查过，"我说，"您这一说，真让我豁然开朗。我不该听他的话，他本应该查一查呀，我竟然理所当然地以为他查过了。您说得对。"

"那我还有什么可以帮上的……"

斯威德罗向我指出，换了他，他会怎么去找方思汀，这不明显是说我脑子不够用嘛！的确，我没有到电话号码本上去查一查，是有些愚不可及。方思汀家的号码登记过的，查号台给了我。找到了，在那一行行密密麻麻的成千上万的人名字里面，我找到了他家的电话。

拨了号码,准备着如何开口。先得说些什么,得找个理由,为什么这么多年没联系?口气得热情一些,还得是从心底里透出来的热情。万一他们会怪罪于我,是啊,当然是我的错了。

没人接。或许线被拔断了。老年人嘛,早早就睡觉了。响了十几声,我只好放弃,上床准备睡觉。钻进被窝,那种独守大宅的恐惧感不很明显,倒不是因为这城市入室杀人的强盗都绝迹了。随手拿起一本书,打算在被窝里打发这漫漫长夜。

迪尔得蕾摆在床头的书,现在归我了。我很好奇,她当年是怎么靠着读书入睡的。折磨她脑子的是什么我也得了解了解。她最后几年里读的书有,牛津出版的《对话集》中的《宇宙女神》和《光明集》选段,这偏好很像爱伦坡短篇小说《莫蕾拉》的女主人公。很奇怪,迪尔得蕾很少说起。虽说算不上遮遮掩掩,可她也不愿向任何人透露自己的思想和宗教信仰。我喜欢看她靠在这张古董床的一角,用书遮着脸,像个木乃伊,静静地沉浸在书里。床的两侧各有一盏灯,青铜材料,造型像荆棘树。我常常催着她去买两盏像样的读书灯,可她不听(越是挑战她的品位,她越是倔强),她过世已经三年了,我去过灯具店多次,可这两丛荆棘还是没有被换掉。

有些人饭后躺在沙发上睡觉,这会导致失眠。我讨厌夜里起床,所以常常在床上看书直到深夜。我习惯把迪尔得蕾标注过的段落仔仔细细地反复阅读,也喜欢看她在书后做的笔记。这已经变成一种仪式,我表达伤感情绪的一种仪式。

可今晚,刚读了几页就昏昏入睡了,而且很快就做起梦来。

我做的梦五花八门。晚上就从没有闲过,有的梦让人不安,有的梦觉得好笑,有的梦是我的欲望,有的梦颇有象征。然而,我还做过正儿八经上班的梦。每个梦都是应该梦的,可能还是早就悄悄地预备好的。

这次,没有任何预备动作,我就掉到一个洞里。深夜,漆黑一片的大平原,一个坑。一开始我就试探着往上爬,其实,我已经试探了好一阵儿了。这是人工挖成的一个洞,不是墓穴,而是陷阱,是我的某个熟人挖的,他早预料到我会掉下去。我能看见洞的边缘,可就是爬不上来,我的腿被绳子或者树根缠得死死的。我在土里乱抓,想揪住某个东西。我只能靠着两条胳膊。如果能举身到洞的边沿,下半身就会自由。只是,我已经没有丝毫力量,直喘着粗气,即使勉强爬上来,也动弹不了,不能作战。那个给我布置陷阱的人就在旁边看着我挣扎,我能看见他的皮靴。不远处,另一个人也跟我一样正在耗尽自己的气力,他也上不来。我感觉到的,不是绝望,也不是对死亡的恐惧,真正可怕的是我意识到我犯了大错,我错误估计了自己的体力,我承认我的力量已经到了谷底。整个身体都垮了,我调动每一块肌肉,第一次感觉到这些肌肉的存在,哪怕最微小的一块,可它们也无能为力。我召唤不起来我的身体,我无法满足挣扎的需求,我甚至无法用力。我没有理由要求你来体验我的这种感觉,你不愿意我也不会怪你。都是我自作自受。我不想走极端,哪怕在梦里也尽量避免。而且,我们都能看得见我的梦所带来的重负:生命如此复杂,肉体的假面舞会,尽管轰轰烈烈,也不过是地里的一个洞。我这么说,并没完全说清这个梦的意义,而剩下的,则是理解我为方思汀、索莱拉,甚至比利所做的记录必不可少的准备。除此之外,我不知道还可以怎么说。这不是梦,而是信息。它告诉我(睡着的时候我也知道)我犯了大错,一辈子的错误,彻头彻尾的错误,现在昭然若揭。

老了才悟出人生的真谛,可这真谛却会彻底摧毁早年形成的一切:一辈子的专长、一辈子的辛苦换来的智慧,一次又一次去解释你多年加固的幻觉——你的自卫"奇袭部队"所构筑的工事,这些幻觉又反过来设置更多变态(或疯狂)的障碍。在类似我刚刚做过的梦里,你会绕过这一切,如果你也做过这样的梦,你随后能做的只有一件事:向那绕不过去的结局低头弯腰。

你对于力量的想象与你对于那种公然、绝对的暴力的恐惧有直接关系。我的真实世界是新大陆的真实世界，它让我假定这世界上的确有真实之物。在新大陆，你的力量不能衰竭。所以，你来自欧洲的父母，那些守旧的人，在这块充满青春朝气的土地上，把你喂养得人高马大。他们一辈子顺从，而你却在自由中长大，平等、健壮，没人会置你于死地，不像在欧洲，犹太人难逃劫数。

可你的灵魂迫使你面对事实，你醒来后，发现躺在一张一半犹太人、一半主流美国人的床上，多亏你还没有健忘，你知道自己是费城一幢豪宅的主人（这宅子对你一个犹太人过于奢侈）。就在这儿，你刚刚做完你的梦。一个老人，回到正常的意识，睁开依然惊恐的双眼，看见那盏荆棘树一样的灯，灯泡在里面发着幽幽的光。睡前为了读书，两个枕头摞在一起，现在，他的脖子搁在上面，弯曲得像牧羊人手中的拐杖。

让你担惊受怕的，不只是梦境，尽管梦境的确面目可憎。让你担惊受怕的，还有梦醒后随之而来的启示。死亡并不可怕，可怕的是它所揭示的真相：我非我心中之我。我还弄不清无情的暴力在这里面起了什么作用。我能跟谁探讨这些问题呢？迪尔得蕾不在人世了；也不能跟儿子说这事儿，他只会当官。只剩下方思汀和索莱拉俩人了。可能吧。

我记得索莱拉说过，方思汀穿着那一只矫正靴，不会像范朋克那样飞檐走壁、越墙逃走。电影里，范朋克总是让他的敌人一筹莫展，谁也抓不住他。《黑海盗》中，他徒手弄沉了一艘船。手持一把刀，从主桅杆滑下，把它劈成两片。这样的人，牛车里是锁不住的，他一定会破车而出。索莱拉不是特意要说范朋克，也不是只说方思汀，她的话最终竟然是对我说的。的确，她是在说我，也在说比利·罗斯。方思汀就是方思汀，来自欧洲中部的方思汀，而我则来自美国东海岸——生在新泽西，上的是华盛顿广场学院，事业（我的记忆研究所）建立在费城。虽说也是犹太人，但我是完全别种的犹太人，所以与比利·罗斯以及他那个从好莱坞大片《红花侠》（本来好莱坞是属于范朋克的，莱斯利·霍华德主演《红花侠》后,好莱坞便成霍华德的天下了)得到灵感而建立起来的地下救援组织关系更为密切。方思汀与罗斯这宗案子我至今不知道真正的细节,也没有理解其中的要害,我迫切希望跟哈利和索莱拉说说我这想法。在新大陆,太孩子气,就是要付出点儿代价的。

那盏荆棘树模样的灯又让我联想到先祖亚伯拉罕在一片荆棘丛中发现的那只被缠了角的公羊。你看,我的脑子被狂轰滥炸,犹太历史中那些闪闪发光的尘埃又向我袭来。我赶紧关了灯。

老年人到了夜里便神经过敏,要学会控制得花一辈子的时间。不管我是什么(到现在我还没弄清楚),我都得养精蓄锐,早晨起来才能继续调查,所以晚上一定得避免焦躁不安。伟大的思想家喜欢失眠,因为他们要在夜深人静的时候去思考上帝或者科学,可我没那本事,我只要受一点儿骚扰,思绪就乱了。记忆系统学有一条很重要的原则,即你得学会让自己的大脑处于一片空白,用你的意志力强迫自己什么都别想,把所有烦人的思绪都驱逐出去。今晚这烦人的思绪却如此厉害。我意识到我长期以来都在设法躲避无法承受的想象,不,不是想象,是承认,承认谋杀、承认酷刑中的快感、承认暴力这种通奏低音,少了它,人类就无法奏出音乐。

我把这条著名的原则用在我身上,我用我的意志力强迫自己什么都别想。我关闭了思绪。不想的时候,意识就被逐出大脑。意识走了,便可以入睡。

还真就睡着了。谢天谢地!

早上起来,发现自己超级正常。只是嘴干得厉害(人老了都有这毛病),便趴在卫生间的面盆上,漱了漱口、刮胡子、刷牙。跑步机上活动了一阵儿(不能让肌肉太松弛),穿上衣服,在电动擦鞋机上蹭了蹭脚。又变成了这所豪宅的合法主人,弗朗西斯·X.彼得尔曾是这豪宅的邻居,艾米丽·狄金森还来喝过茶(名人一长串呢)。下楼吃早饭。管家从厨房给我端来燕麦榛子粥、草莓、黑咖啡。先喝咖啡,今天比平时多喝了一杯。

"睡得可好?"我的老派管家萨拉问道。这位体格健壮的黑女人满脑子的谨慎、睿智和对人生的感悟。我俩用不着用言语来交流,而是用一种更为高级的方式默默地交换信息。看着我喝了这么多咖啡,她就明白我是在强装超级正常。从我的角度看,我意识到我为萨拉赋予了神通广大的力量,因为我思念我的妻子,渴望与女人的智慧沟通。我也意识到,我把希望、需要都寄托到索莱拉·方思汀身上,我迫切地想见到她。我的大脑固执地认为方思汀夫妇一定就在萨拉撒托的冬季休养所里,有汉尼拔大象的子孙陪着,周围是大片的棕榈树和芙蓉花。理想化了的萨拉撒托,我比任何时候都渴望去那儿。

萨拉又端了一杯咖啡,送到我的书房。或许这一夜我的脸上又多了几条皱纹,标志着我这个多年不倒的躯体正在轰然坍塌。(我怎么会变成这么一个可怜虫!)

终于接通了电话。我把通话时间设置为半小时。

一个小伙子的声音:"你好,哪位?"

斯威德罗建议我查查电话号码簿,他可真是聪明。

"请问是方思汀家吗?"

"是。"

"你肯定是方思汀的儿子吉尔伯特吧?"

"我肯定不是,"小伙子口气活泼、友好。很轻松,一点儿感觉不到我打扰了他(索莱拉喜欢说这个字,她很喜欢在英语、法语之间玩双关),"我是吉尔伯特的朋友,替他看房子。遛狗、浇花、开灯关灯。您是哪位?"

"一个老亲戚,他家的朋友。看来我只能留个口信了,请告诉他们我打电话是关于耶路撒冷跟他们同姓的一个人,他说他是哈利的叔叔或者堂兄。某某拉比给我打电话,说那个人需要帮助,他情况很不好。"

"怎么不好?"

"他人很怪,状况一天不如一天。说话像先知,显然是精神出了问题。人老了,走下坡路。但很亢奋,时不时地抗议……"

我略作停顿。不管是当着面还是通过电话,你在跟什么人说话,你自己也永远搞不清楚。况且,我这人有自知之明,别人稍有点儿提示,我就知道该怎么跟着他的语气说话。现在,我能感觉到电话的另一头那个年轻人有种率性的魅力,我自然也得用同样的率性与他交谈,我还想进一步激发他的兴趣。一句话,想模仿他,投他所好,从而探得一些消息。

"耶路撒冷那个人物说他姓方思汀,是想要点儿钱花吧?"他说,"听起来您本人完全可以帮上忙的,您为什么不给寄点儿呢?"

"的确是。可是哈利可以认一认,看看他到底是不是方思汀家的人,自然也很想知道有这么个亲戚还活在世上。他也可能是上了死亡名单的。你就为他们看房子?听着像他家的朋友。"

"我看咱俩人要说会儿话了。您等会儿,我去找我的头巾,最近过敏得厉害,我头还光着……您是他们的什么亲戚?"

"我在费城经营一所研究院。"

"啊,对了,就是那个研究记忆的?听说过您的大名。您跟比利·罗斯算是同时代的人吧?那个怪物。哈利不愿意说起他,可索莱拉和吉尔伯特常常提起他……您稍等会儿,我找一下头巾。用纸巾擦头,满头都是纸屑。"

他放下了电话,我利用这点儿工夫想象他什么样子。他一定是一个很壮实的年轻人,浓发,啤酒肚,穿一件印着字或者什么图案的T恤,会不会是"奋斗"?这字眼现在很时髦。我想象中,这是一位全国大小城市各个角落条条街道上年轻一代的典型,穿着磨砂皮靴、水洗牛仔裤,两颊留着硬硬的胡子茬儿,像上个世纪莱德维尔或者西尔维拉多的矿工,只是现在的年轻人不用去干那些力气活儿,不用扛着镐头干苦力。跟我这么一个稍有些名气、颇有些资产的费城老绅士聊天,肯定让他很开心,他没法想象我住在什么样的豪宅里,坐在什么样的屋子里,手里捏着什么样的法国话筒。他无法想象,这么昂贵的电话原本属于墨洛温王朝某个贵族后代。(夏吕思男爵的影子很难从我的脑海里抹去。)

这年轻人不会是个游手好闲的嬉皮士,聪明才智是不会找到这类人的门上的。这一点我敢肯定。他讲了很多,我说不清他是不是故意捉弄我,但他的确会控制局面,我们谈话的基调都是他定的。到了后来,他终于给了我一些有关方思汀一家的信息,正是我想要的东西。

"我的确是上一代的人了,"我说,"跟方思汀一家失去联系很多年了。他们退休后咋生活的?是不是新泽西住一段时间就去暖和的地方了?不知为什么,我总觉得他们住在萨拉撒托。"

"您需要一位新的占星师。"

他不是挖苦我,应该是一种爱护。他开始把我当年长者对待了,想安抚我。

"我算了一下时间,真不可思议,我跟方思汀夫妇在耶路撒冷最后一次见面,已经是三十年前的事儿了。可在情感上,我一直跟他们保持联系,真是这样。"我想让他相信我,我自己也深信,我说的是实话。

说来奇怪,他竟然同意我说的:"可以写篇博士论文了,眼不见不等于心不想。有些人不与外界来往,却在想象中培养情感。这在美国太常见了。"

"因为美利坚横跨一大洲,距离太遥远了?"

"宾夕法尼亚和新泽西紧挨着呢。"

"我的确跟新泽西疏远了,"我承认,"听上去,你是学……"

"我跟吉尔伯特是同学。"

"他去加州理工读物理了?"

"改学数学了,概率论。"

"我对此一窍不通。"

"我跟你一样,"他说,接着又加了一句,"发现跟您谈话非常有意思。"

"人们都是在找能谈得来的人。"

他似乎也同意，说："只要有机会，我都会抽时间来跟人聊天的。"

他只说自己替人看房子，并没有提自己是干什么的。我自己何尝不也是替人看房子的呢？区别只是这房子归我所有。我儿子、妻子极有可能也是这样看我的。再往下推论，我的灵魂不也是在我的身体里替人看房子吗？

有一个念头突然一闪而过：这个年轻人不完全是个旁观者，他在测试我、评估我。到现在，除了说方思汀夫妇不在萨拉撒托过冬，吉尔伯特在学数学以外，我想知道的他什么也没有说。他也没说自己是加州理工的学生。他说眼不见不等于心不想，我猜他的博士论文（如果他真的在读博士）应该是在心理学或者社会学领域。

我突然意识到我有些害怕直截了当地询问方思汀夫妇的事儿。多年没有主动联系，我感觉已经没有权利想怎么问就怎么问了。有些事我想知道，有些事我不想知道。看房子的年轻人觉察到了我的想法，他觉得好玩，就诱着我往别处说。他很轻松，说起话来很随意，可我开始觉得他的话里有一丝不祥之兆。

我想该直来直去地问了，就说："我从哪儿可以找到哈利和索莱拉？或者是不是你不方便把他们的电话告诉别人？"

"没什么不方便的。"

"别让我猜谜语了。"

"您找不到他们。"

"你怎么能这样说话！是我很久不联系的缘故？"

"我想是吧。"

"莫非他们死了？"

我很震惊。我心中有种说不清却实实在在的东西突然塌陷、粉碎。我这般年纪的人应该不会为听见死亡而措手不及。就在这一瞬间，我深切地感觉到，我抛弃了两个我一直很欣赏、很看重的非凡人物。我不由自主地在脑子列了一个名单：比利死了，哈迈特夫人死了，索莱拉死了，哈利死了，所有重要的人物都死了。"是因病过世的？索莱拉得癌症了？"

"他们是半年前在泽西高速公路上出事的。据说，一辆带着拖斗的大卡车失控了。我真的不想跟您说这事儿，先生。您是他们的亲戚，听了会难过的。当场就没救了。天哪，他们自己的车把两个人完全夹到里面，工人把车用电焊切割开，才把身体拉出来的。对他们的熟人说这事儿真有些残忍。"

他就这样随意地让我承受这一切，不过也是我自找的。话说回来，在这三十年里，我们当中的任何人都可能在某一瞬间死去，我也有可能。这年轻人想错了，以为我是老派犹太人，会对这样的消息过于伤感。

"您也是位长者，您说过的。看您的号码，也一定是。"我声音很低，说我的确是，"方斯汀夫妇当时打算去哪儿？"

"他们从纽约开出来，准备去大西洋城。"我看见那两个血糊糊的身体被从车里拉出来，横躺在斜坡草坪上，警车刺耳地鸣叫，疏散交通时的混乱，黑压压、充满汽油味的气流，救护车让人颤抖的嘶鸣，提着尸体袋的医护人员。今年夏天奇热难忍，死者身上的血似乎都是从汗腺冒出来的。

美国哪条高速最让人心酸？名列榜首的莫过于泽西路。索莱拉怎么能死在这条路上？她一生都向往着欧洲。哈利的家人在波兰遇到灭顶之灾，他逃到美国后这四十年的补偿也突然到头。"他们去大西洋城做什么？"

"儿子在那儿遇上了麻烦。"

"他赌钱？"

"大家都知道，所以我也就不隐瞒了。他写了一篇论文，研究怎么赢二十一点。数学专家说那文章写得非常好。可在实际的赌场上，却很不顺手。"

他们就是在急着去帮助自己美国儿子的路上惨死的。

"听到这消息您很难过吧？"

"本来一直想再见他们一面，给自己说了好多遍，一定要恢复联系。"

"我倒不认为死亡是最糟糕的……"他说。

我不想在电话里跟这年轻人探讨来世，描绘各种各样的邪恶，但是，上天哪！电话能催促人们说出许多本来不想说的话，而且，通过电话，你完全听得出来一个人灵魂深处的声音，绝不会比面对面交谈差多少。

"当时谁开的车？"

"方思汀夫人，可能她有些分心。"

"我懂了。有急事，当妈的很焦急。她还那么胖吗？"

"多年没啥变化，身体都贴到方向盘上了。但是像索莱拉·方思汀那样的人这世上没几个，您不能责备她。"

"我没有责备，"我说，"应该去参加他们的葬礼的。"

"很遗憾您没来说几句，仪式办得太简单了。"

"我可以在礼拜堂里给大家讲讲比利·罗斯的事情。"

"没有大家，"年轻人说，"您不知道，人们都在传，比利死后，好久下不了葬，原因是得等法院对他遗嘱里有关墓葬的条款做完裁定，那可是百万元的一大笔钱，为这事官司打得很凶。"

"我没听说过。"

"因为您不看《新闻》、《每日新闻》，您也不看《邮报》。"

"竟会发生这等事情！"

"他被冰冻了起来。方思汀夫妇就这事儿讨论过，他们不知道犹太人的葬礼规矩。"

"吉尔伯特对他的犹太血统有没有兴趣？比如，他父亲过去的经历？"

吉尔伯特的这位朋友稍稍犹豫了一会儿，他这一犹豫，让我突然感觉他自己或许也是犹太人。我不是说他否认自己的犹太身份，很明显，他只是不愿意多想这个问题，他只想过一个美国人的生活。美国生活方式包容性太强，一个人的生存在它面前显得微不足道，不管你有多少生存方式，尽管拿出来，美国都会把它们吸得干干净净。

"您的问题，我可以换个说法吗？您想知道，吉尔伯特是不是那种一点儿人性都没有的科学狂人，"他说，"您得记着，赌博对他来说有多重要。我永远不会粘上这事儿，您倒给我钱，我也不会去大西洋城，尤其是出了那起两层公交车车祸以后。去赌场的人太多，他们放了一趟两层公交车。太高，过天桥的时候，车顶被揭掉了。"

"死了很多人吗？是不是头都被削掉了？"

"您自己去看《时代周刊》吧。"

"不想看。吉尔伯特现在在哪儿？他继承了大笔遗产吧？"

"当然啦。他目前在拉斯维加斯，领了一位年轻女子，她受吉尔伯特训练，记忆力也好极了，上了桌，每一轮都记得很清楚。谁出什么牌，你得脑子里有数，还得从概率论角度去考虑所有的可能性。他们告诉我，这里面的数学真是天造。"

"这系统得依赖记忆？"

"那自然。是您的专长。吉尔伯特是不是那女人的情人倒不是首要问题。对了，没有性方面的考虑，这也不大可能，光靠赌博，不能把一个女人抱得太久。她喜欢不喜欢拉斯维加斯？咋能不喜欢？这是全世界最大的娱乐城，美国娱乐行业的心脏。现在能够称得上圣城的有几个？拉萨？加尔各答？沙特尔？耶路撒冷？在咱们这儿，若论金钱，圣城就是纽约，若论权力，圣城就是华盛顿，若论吸引力，只能是拉斯维加斯。全世界，从古到今，哪个地方能跟它比？"

"哦，"我说，"这孩子更像是继承了比利·罗斯的血脉，而不是哈利·方思汀的。他现在到底怎么样？"

"我还没说完性这事儿呢。"年轻人口气又机灵又尖酸，"是赌博激发性欲，还是性欲刺激赌博？算是升华吧。假设对于吉尔伯特，最最重要的是抽象，但是抽象过了头，那就叫疯狂。"

"可怜的索莱拉，可怜的哈利！是不是因为他俩的死，吉尔伯特才变成那个样子的？"

"我没有责任去诊断他的状况。我自己也患了自恋症，相当严重。我承认我曾期望能象征性地得到一笔遗产，我差不多跟他们成一家人了，照看过吉尔伯特。"我明白了。

"您不明白。这事儿让我对于情感的信仰与生存现实之间产生了矛盾。"

"你对方思汀和索莱拉的情感？"

"索莱拉引导着我让我相信她对我所怀有的情感。"

"指望着你能够好好照顾吉尔伯特。"

"唉……咱俩这次谈话真是干净利索。您对方思汀夫妇这么好，您还是过来人，跟您这一席话我受益匪浅。我们都会想念他们的，哈利很有自尊，索莱拉精力充沛。能看得出，您为何这么沮丧。您定的时间到了。别太伤心。"

听完这句同情的话，我放下了听筒。就这机器，伏在高高的座子上，另一个时代遗留下来的通话机器，面对着一位迫切想交谈的人。看房人的话让我深受刺激。我也在想，正是因为吉尔伯特，方思汀夫妇才有意躲着我。他们有幸生下一个前途无量的神童，可现在由于神秘的原因（方思汀会认为都是与美国有关的神秘因素）导致他走上了邪门歪道，他们自然不愿意让我知道。

至于伤心，唉，那个年轻人一直在玩弄我。这社会如同大地，每个小孔都会钻出几个妖魔来，他定是其中之一！你只需踩一踩这片土壤，他竟然笑话我，笑话我的犹太情结。天哪，三十年的沉默之后，我正准备张开双臂，去拥抱两位老朋友，不料他们竟然已撒手而去。本来打算对他们说：坐会儿吧，想想过去，聊聊比利·罗斯，聊聊"君王之死这些悲惨的故事"。可那位"看房者"就像一位存在主义者，逼迫我去思考：什么人销声匿迹会让你满怀绝望？什么人你会不离不弃？你渴望与谁朝暮相处？谁的幽魂会缠着你不放？死亡会在什么场合，如何让你粉身碎骨？你的伤口在哪儿？你会越过死亡的门槛，去追随哪些人？

白痴！他难道不明白我知道一切吗？

本可以把电话打回去，狠狠骂他一顿，指出他的那种虚无态度何其低廉。可我知道，如果只是为了提高思维能力（他的思维能力），这样做便太过荒唐。这一代人的思维结构你是无法拆毁的，它们数也数不清，就像一座无边无际的城市。

设想一下，我会对他说到情感中的记忆根系，即那些将记忆分类收集并永远保存下去的众多主题，如果我想告诉他保留过去的记忆意味着什么，诸如"若睡眠就是忘却，忘却便是睡眠，睡眠对于意识，正如死亡对于生命。犹太人甚至要求神也得有记忆：'请神永记'"。

神不会忘记，可你在祷告中却请求他记着你死去的亲人。这话，我如何去向一个孩子说？所以，我决定，采用记忆研究所的恢弘笔法，把这一切与贝拉罗萨通道有关的人和事全部记载下来。

（脱剑鸣　译）

陈规旧制

对布朗博士而言，这是浮想联翩的一天。冬天。星期六。十二月短暂的末尾。他独自一个人住在公寓套房里，醒来得很晚，赖床一直赖到中午，在遮得很暗的屋子里浮现出了一种思想———一种感觉：时而你看见了它，时而你又看不见。一会儿充实，一会儿空虚。忽而是一个重要的个体，一种势力，一种必然的存在；突然又化为乌有。一个没有图画的画框，一面缺失玻璃的镜子。那种必然存在的感觉也许是我们与一条狗或一头猿共同具有的那种积极进取的、本能的生命力。区别就在宣告"我在"的那种心智的或精神的力量上。再加上那种必然的推论"我不在"。布朗博士对于在与不在一视同仁，都不感兴趣。对他而言，一个平衡均势的年龄似乎正在来临。多好啊！不管怎么说，他没有把世界引进理性秩序的计划，没有什么特殊的理由，他起床了。拧开水龙头，用冰水洗了洗他那张布满皱纹却不显苍老的脸，这样便把他夜间的煞白变成了一种较为悦目的颜色。他刷牙。站得笔直，刷着牙，仿佛他在关注一尊偶像一样。然后他给那老式大澡盆放满了水，用海绵擦身，后背挺进罗马式水龙头里冲出的那股粗大的水流下，用过会儿刮胡子还要用的那块肥皂抹身。在他鼓起的肚子下面，他的××尖儿，就在两个脚后跟中间的某个位置上。他的脚后跟需要搓一搓。他用昨天穿过的衬衣把身子擦干，一种节约举措。反正它要进洗衣房。是啊，带着人类从祖先那儿继承来的那种自尊自重的表情。因为对人类的祖先而言，沐浴是一种庄严行为。一种可悲的表现。

然而，今天每个文明人都养成了一种不健康的自我疏离心态。从艺术中学到了那种开心的自察和客观艺术。既然非要点儿看起来开心的东西，这就要求一个人的行为艺术，为那样的做法而存在似乎不值当。人类处在一种它的意识进化中的令人迷惑的不舒畅、不可心的阶段。布朗（塞缪尔）博士不喜欢它。觉得伟大传统的思想、艺术、信仰竟然被如此误用，他便黯然神伤。崇高？美？被撕成碎片，撕成女孩子套装上的彩带，或者像偶生艺术①上的一只风筝尾巴一样飘着。柏拉图和佛陀遭到打劫贼的劫掠。法老的陵墓被沙漠破坏成颓垣断壁。布朗博士往他那整洁的厨房里走时，真是百感交集。看见了挂着的蓝白相间的荷兰盘子、杯子，立在槽子里的茶碟，他又止不住喜形于色了。

他打开了一罐新鲜咖啡，喜滋滋地闻着开口的罐子里溢出的香气。不过一眨眼的工夫，但不会让它白白溜走。接下来他把面包切成片放进烘烤机里，再把奶油拿出来，然后嚼起了一只橙子；他欣赏着巷子对面洗衣房红红的、圆圆的屋顶大水箱上长长的冰挂，那片明朗的天，渐渐地有了一种触景生情的感受。人们偶尔说到他，说他谁也不爱。这不是实情。他没有坚定不移地爱过任何人。但他还是摇摆不定地爱着的，他估摸达到了平均水平。

他嘴里喝着咖啡，心里惦记着纽约州北部莫霍克谷地的两个堂兄妹。他们都已故去了。艾萨克·布朗和他妹妹蒂娜。蒂娜先走。过了两年，艾萨克也离世了。布朗现在发现，他和堂兄艾萨克是相亲相爱的。不管用意如何，这种事实在特殊的光照体系内或许有他试图从中发现坚定性的行动、接触和消亡。对于蒂娜，布朗博士的感情就不是那么明朗了。一度更加热烈，目前则比较冷淡。

艾萨克死后，他的妻子告诉布朗："他为你感到骄傲。他说，'在

---

① 一种大型拼贴艺术。

《时代》周刊,在所有的报刊上,都刊文赞扬萨米的研究成果。但他对自己的科研声誉却三缄其口!'"

"我明白。嘿,其实是电脑在干活儿。"

"可是你得知道给电脑里输入的是什么呀。"

情况大致就是这样。可是布朗没有把谈话继续下去。在他的领域内,他不大喜欢当"第一"。在美国,人们爱吹牛。马修·阿诺德①,一个本身并不完全对人脾胃的人物,在美国明白无误地注意到了这种现象。布朗博士想,这种美国本地人的吹牛习气已经加剧了犹太移民中的某些弱点。然而,一种旗鼓相当的自我抹杀的反制措施并不值得称道。布朗博士对这个问题没有一点儿发生兴趣的意向。不过,他的堂兄艾萨克的见解对他还是有一些价值的。

在斯克内克塔迪,这个布朗家族中还有两位健在的成员。这天下午喝咖啡的布朗博士是不是也爱这两位?他们没有引发出那样的感情。这么看来,他之所以爱艾萨克,更因为是艾萨克已经作古了吗?在这些地方一个人也许会有点道理的。

小时候,艾萨克已经对他表现出无微不至的关爱。其他人就不十分显著了。

现在布朗回想起了某些事情。莫霍河畔有棵悬铃木树。那时候河水不可能如此臭气熏天。至少颜色是绿的,而且气势磅礴、阴沉昏暗,一股平易的力量——波纹涟涟,发绿,泛黑,平滑如镜。一棵大树像一件错综复杂的大事,有很多劈叉,有粗大的粉笔状的延伸。它肯定统治了一英亩的地盘,棕褐褐,白花花。从浓密的树叶间远远伸出一根枯枝,上面蹲着一只灰蓝灰蓝的鱼鹰。艾萨克和他的小堂弟坐着马车从旁边经过——匹粗尾巴老马蹀躞着,戴着眼罩的脑袋不摇不摆,奋力前行。七岁的布朗,穿件灰衬衫,上面钉着骨质大扣子,留着夏季小平头。艾萨克穿一身工

---

① 马修·阿诺德(1822—1888),英国诗人、评论家。

装,因为当年布朗家在做旧货生意——家具呀,地毯呀,火炉呀,床呀。艾萨克由于年长十五岁,所以有一张成熟的生意脸。天生的一个直接《旧约》意义上的男子汉、就像那棵悬铃木树上的那只鸟天生就捕捉水中的鱼一样。艾萨克来到美国的时候,还是一个小娃娃。然而他的故国固有的犹太人的尊严却是根深蒂固的。他具有新世界老前辈们的观点。帐篷,母牛,妻子,女仆,男仆。艾萨克一表人才,布朗想——黑黝黝的脸膛,乌溜溜的眼睛,浓密刚劲的头发,还有面颊上长长的一道疤。因为,他告诉他的科学家堂弟,在故国时,他母亲让他喝了患结核病的母牛的奶。这时候日俄战争爆发,他父亲正在前线卖命,远在天边,用那句意第绪语比喻说,就在地狱的盖子上。仿佛地狱是一口大锅,一口盖着的锅。那些老派犹太人鄙视外族人的战争,他们好大喜功,顽劣愚蠢。征兵,检阅,行军,射击,尸骸蔽野。掩埋了的,暴露着的。两军对阵,打得你死我活。歌革和玛各①。沙皇,那个身心软弱、长着络腮胡子、专横跋扈却受制于女人的男人,下诏将布朗叔叔发配到萨哈林。这样,遵照这一昏诏,就像《天方夜谭》中的那种情况,布朗叔叔穿着长大衣,迈开一双丢脸的短腿,蓄着小胡子,睁着大眼睛,抛妻离子去吃生蛆的猪肉。战败后,布朗叔叔逃往满洲。搭乘一艘瑞典船来到温哥华。在铁路上当苦力。他不像布朗记得他在斯克内克塔迪时的那么强壮。他胸膛深陷,胳膊瘦长,两条腿像毛毡,软塌塌的,仿佛逃离萨哈林,又在满洲跋山涉水,弄得他疲于奔命。然而,在莫霍克谷地,却在旧火炉和烟熏床垫上称王称霸——亲爱的布朗叔叔啊!他蓄着一撮尖尖的小胡子,活像乔治五世,又像俄国的尼克②。然而他那张干瘪脸上的一双隐忍的大眼睛填满了留给眼睛的全部空间。

---

① 见《圣经·新约·启示录》第20章,第7—8节:"那一千年完了,撒但必从监牢里被释放,出来要迷惑地上四方的列国,就是歌革和玛各,叫他们聚集争战。"

② 分别指英王乔治五世(1865—1936),1910—1913年在位,俄国沙皇尼古拉二世(1868—1918),1894—1917年在位。

星期六下午，布朗坐着品味咖啡的时候，人类的一幕景象在脑海里展现出来。从一九二〇年的那些犹太人开始。

小小年纪，布朗就受到堂兄艾萨克的特别呵护，艾萨克摸着他的脑袋，把他抱到马车上，后来就抱到卡车上，领他到乡下去。布朗的母亲要生他的时候，萝丝婶婶打发艾萨克赶紧去找医生。他是在酒馆里找到医生的。那些移民尚未培养出自己的医生的年月，跟跟跄跄的醉汉琼斯就在他们中间行医。他叫艾萨克用曲柄启动老式福特。然后他们驱车赶来。到了，琼斯把布朗妈妈的双手绑在床柱上，当时的一种习俗。

作为一名学科学的学生，在实验室和养狗场工作过，所以布朗博士亲手给猫狗接过生。人，他知道，像这些其他动物一样，是在一个透明的袋子里或大网膜里成活的。是躺在一个充满透明液，也就是一种紫微微的水的袋子里的。一种使最理性哲学家大惑不解的颜色。这个在自己的薄膜和清澈的液体里为出生而奋斗的动物是个什么东西？在囊里对自己的出现感到盲目恐惧的狗崽，从这种亮闪闪、貌似纯洁、微微发蓝的透明体闯进外部世界的小耗子！

布朗博士出生在一座小小的木头房子里。他们把他洗了一下，然后就用蚊帐盖了起来。他躺在他母亲的床脚旁。固执的艾萨克堂兄深爱布朗的母亲。他对她怜恤备至。身为一个犹太商人忙里偷闲，屡屡回想起他的那些亲人的动人身影。

萝丝婶婶是布朗博士的教母，是她抱着他行的割礼。大胡子、近视眼的老克里格，由于杀鸡指头污迹斑斑，把那层包皮割掉了。

萝丝婶婶，布朗觉得，就是那原生的硬脑脊膜——始祖严母。她不是个身材高大的女人。她却长着丰乳阔臀，还有一双现在已属于历史陈迹的那种走形变样了的老八辈子大腿。凡此种种，就给她的行动造成严重障碍。雪上加霜的是，脚又偏偏不争气，被她那超负荷的女人体重压折了。她那张脸红扑扑的，一头黑发浓密粗硬。她长着一只直楞楞的尖头鼻子。她像剪断一根棉线一样断绝仁慈。在她的目光里，布朗看得出来她是以严为乐的——计算严，手段严，做事严，言谈也严。她正在用布朗叔叔的劳苦和乖儿子们的力气建造一个王国。布朗家有自己的商铺，有自己的地产。他们有一座红砖建的状貌狰狞的犹太会堂，那个时代充斥着一种维护美国丑陋的魔鬼精神，那种红砖好像就在这种精神意愿的支使下在纽约州北部雨后春笋般长了出来——它保证让一种特定的喜剧性丑陋影响人的灵魂。在斯克内克塔迪，在特洛伊，在格洛弗斯维尔、梅卡尼克斯维尔，向西远至布法罗。在这座会堂里有一股湿纸的霉味。布朗叔叔不仅有钱，而且也有一定的学问，所以备受人们尊敬。那是一群好抬杠的会众。一有问题就争得脸红脖子粗。互相敌视，动辄发火。扇耳光者有之，家族间不说话者有之。本是一伙贱民，布朗想，却耍起了王侯的威风。

布朗博士默不作声，默不作声的眼睛上下左右打量着被绕来绕去的缆绳绑住的红色水箱，从上面挂下来七长八短、奇形怪状的冰挂，却升腾起白色的雾气，他抽出四十年前的一个瞬间，艾萨克堂兄用他常有的一种食古不化的神态说，布朗家族是拿弗他利[1]宗族的后裔。

"我们是怎么知道的？"

"大家——各家——都知道。"

布朗博士，即便才十岁，还是勉强听信了这种说法。不过，几乎年长得可以当布朗的叔叔的艾萨克说："你最好不要忘记这件事。"

一般来说，艾萨克对年轻的布朗十分放肆。不顾那道疤硬生生地把他的嘴扯歪，还是纵声大笑着。他的眼睛，乌黑、柔和，却也充满怀疑之情。他的气息有种苦艳艳的香味，布朗觉得它把自己转化成了男性的认真和忧郁。这一家的儿子们笑起来都是一个样儿。星期天，他们坐在露台上，布朗叔叔高声朗读意第绪的征婚启事，大家笑得前仰后合。"艳

---

[1] 雅各的第六子，见《圣经·旧约·创世记》。

丽迷人,寡居少妇,华年几何?三十有五,皮肤浅黑,魅力夺目,绸缎生意,在哈得孙,自主经营,独家资本,厨艺精湛,钢琴能弹,正统教徒,教养非凡,若问举止,优雅如仙。孩儿一对,八岁六岁,脑瓜伶俐,行为得体。"

除了胖姐蒂娜,大家都参与了这种冷嘲热讽型的周日乐事。隔着纱门,她在厨房里站着。下面就是院子,长着粗放的花草——百日菊,玉簪花,鸡棚上还有凌霄花。

此刻村舍浮现在布朗的脑海里,在阿迪朗达克山里。一条溪流。好美!树木,劲头十足。草莓,但是你必须当心气根毒藤。排水沟里,蝌蚪成群。布朗和马特堂兄睡在阁楼上。一大早,马特穿着背心手舞足蹈,光着屁股,嘴里唱着一支黄色小调:

> 我把鼻子顶到母羊屁眼上,
> 臭气足以熏得我眼盲。

他光着脚丫子上上下下跳蹦子,他那玩艺儿就在胯间左右前后乱甩一气。由于常到酒馆里收空酒瓶子,所以,他学会了这种唱词。一种从锅炉舱里传出的小调。起源,利物浦或者泰恩河畔,机器时代劳动阶级的艺术。

一座老磨坊。一片长着红花草的牧场。布朗,七岁,试图做一个红花草花环,于是在草秆上抠出一个洞,好让别的草秆穿过去。他打算把这个花环送给胖蒂娜。把它戴在她那香喷喷的脑袋瓜上,圈到她的一头烟黑、毛糙的头发上。后来在牧场上,小布朗踢翻了一根朽树桩。大黄蜂群起追赶蜇他。他尖叫着。他全身上下布满了猩红的疙瘩,痛得要命。萝丝婶婶把他抱到床上,蒂娜赫然来到阁楼上安慰他。一张气哼哼的胖脸,两只乌溜溜的眼睛,张大的鼻子把气喷到他的脸上。小布朗,被蜇得身上火辣辣的。她撩起连衣裙和衬裙用身子贴着他,让他凉快凉快。肚子和大腿隆在他面前。他觉得太渺小、太脆弱，应付不了这种迷醉恍惚的场面。床边有一把椅子，她顺势一坐。在木瓦屋顶令人发晕的暑热下面，她把两条腿搭到他身上，叉得越来越开。他看见了那野扎扎、煤黑煤黑的毛。他看见里面红滋滋的。她用手指头把那些皱褶分开，分着分着，她那黑洞洞的鼻孔也张开了。脑袋上的眼睛看上去白刷刷的。她示意他把那孩子的鸡鸡顶到她肥肉平沓的胯间。带着无能的苦恼和莫名的快乐，他照办了。万籁俱寂。夏日的寂静。她的性气味。蚊虫受到可喜的暑热或者香气的刺激。他听见一群苍蝇嗡的一声冲出了窗玻璃。一种剥离橡皮膏的声音。蒂娜没有亲吻，没有拥抱。她的脸恶狠狠的。她摆出一副目空一切的架式。她在拉他——把他带到什么地方去。但她什么也没有许诺，对他没有说任何事情。

布朗的蜇伤好了，又在院子里玩起来，这时他看见艾萨克和他的未婚妻克拉拉·斯滕伯格在林间散步，甜蜜拥抱。布朗想跟他们一起走，但艾萨克堂兄把他支开了。他仍然紧跟不舍，艾萨克堂兄把他粗暴地向小屋推过去。当时小布朗恨不得杀了他这位堂兄。他一心想用一块木头砸艾萨克。他想起那种嗜杀的无比欢愉，那种杀人不眨眼所得到的千金难买的快感，就不禁怦然心动。拼命冲向艾萨克，艾萨克则一把掐住他的脖梗子，扭过他的脑袋，把他按在水泵下面。他然后责令小萨姆·布朗必须回家，到奥尔巴尼去。他实在野得太出格了。必须调教调教。蒂娜堂姐私底下说："你真棒，萨姆。我也恨他。"她用她那只胖得起窝儿的不灵便的手牵着布朗，在扬起的阿迪朗达克山的灰土中一路走去。她那与方格布相得益彰的块头。她的肩膀弯弯的，斜斜的，活像劈山修成的道路上的土坡。各种情况加在一起，使她走起来更不方便。她的超常的体重使她的脚吃不消。

后来她节食了。有一阵子瘦了点儿，文明了一点儿。人人都文明了一点儿。小布朗变成了一个知书达理的乖孩子。学习成绩很突出。

全清楚了？对于成人布朗而言，十分了然，因为他不考虑别人的命运,同样也不考虑自己的命运。在他平静的目光下,事实都做自行安排——问题出现了,再做一种新安排。在既定的状态下维持一阵子,随即又变了。我们总有所进展。

布朗叔叔是萝丝婶婶气死的。最后一息他脸对着墙指责她的严厉。所有的男人,他的儿子们,都放声痛哭。女人们的眼泪则有所不同。后来,她们的热情也采取了另外一些形式。她们为争得更多的财产而讨价还价。萝丝婶婶公然违抗布朗叔叔的遗嘱。她从他留给儿子们的房产,奥尔巴尼和斯克内克塔迪的贫民窟似的房屋中收租金。她穿着老式服装去找黑人房客或者裁缝、鞋匠之类的犹太贱民。对她而言,这些行当的犹太老字眼——Schneider,Schuster——是贬义词。基本属于艾萨克的租金,她用自己的名义存入银行。由于一直乘坐工厂贫民区的老有轨电车,她就用不着买寡妇装了。她总穿套装,而且总是上下一身黑。她戴的是三角帽,活像城镇公告宣报员戴的帽子。她让那根黑辫子吊在后面,仿佛她就在自家厨房里一样。她的膀胱和动脉都有毛病,但是小病微恙不能阻止她窝在家里不出门,她没有看医生、吃药的习惯。她责怪布朗叔叔死就死在吃止痛药上,她说这就扩大了他的心脏。

艾萨克没有和克拉拉·斯滕伯格结婚。尽管她父亲是个制造商,但经过打听他当初是个裁剪工,她母亲当过女仆。萝丝婶婶容忍不了这样的亲家。她不远千里,专门跑去查人家的祖宗八代。年轻女子她统统一棒子打死,她的判语严苛得离谱出格。"狐狸精。""蜜糖皮儿砒霜心。""臭水沟。污水管。天生的臭婊子!"

艾萨克最终娶来的是个可爱、温柔、丰满、体面的姑娘,一个犹太农夫的女儿。

萝丝婶婶说:"愚昧无知。俗人一个。"

"他为人诚实,是个勤劳的庄稼人,"艾萨克说,"他赶车时还背诵《诗篇》呢,他把诗篇存放在车座下面。"

"我就不信。那样的一个含①的后人。一个与牲口打交道的人。他身上一股子粪臭味。"她又用意第绪语对新娘说,"你行行好把你父亲洗干净后再把他带到会堂去,弄一桶滚烫滚烫的水,二十头骡车牌硼砂肥皂和阿摩尼亚,一把马刷子。脏东西很难消除。一定要把他的手洗刷干净。"

正统派泥古不化的疯狂。他们颐指气使、旋转忽悠的疯狂精神。

蒂娜没有把她的年轻男人从纽约带来让萝丝婶婶审查。反正,他既不年轻,又不帅气,也不富有。萝丝婶婶说他是个小瘪三,一个出冷拳的主儿。她到科尼岛考察过她的出身——一个推着小车卖椒盐卷饼和栗子的爹,一个给筵席做菜的娘。至于新郎官本人——又粗,又秃,又无情,她说,他的手太俗气,背和胸像毛皮,一张兽皮。他是头野兽,她告诉年轻的萨米·布朗。布朗当时是伦斯勒工艺专科学校的学生,到老厨房里来看望他婶婶——那里立着巨大的黑色镍炉子,安在橡木底座上的圆桌,深蓝和白色相间的花格子油布。从旧货铺子淘来的桃子和樱桃静物写生。萝丝婶婶脱去了紧身胸衣,穿着厚实的维多利亚式背心、无袖内衣和灯笼裤,外面罩着一件俗丽的宽大长衣,多了几分女人味。她的长袜用袜带在膝下系住,膝上的宽大部分是为大腿制作的,却翻垂下来,薄亮亮的,几乎盖到了拖鞋上。

当时的蒂娜如果算不上俊俏,倒也端庄顺眼。在中学里她掉了八十磅。随后上了纽约市立大学,却没有拿到文凭。她干吗在乎那种玩艺儿呢!萝丝说。她自个儿怎么去的科尼岛?因为她要对着干。她天生就好出怪招。在那里她遇到了这么一头野兽,北纽约州谋杀公司的这名职业

---

① 《圣经》故事人物,挪亚的小儿子,是传说中非洲种族的祖先。《诗篇》中数次提及含。《圣经·旧约·创世记》第九章有如下描述:挪亚做起农夫来,栽了一个葡萄园,他喝了园中的酒便醉了,在帐篷里赤着身子。迦南的父亲含,看见他父亲赤身,就到外边告诉他两个弟兄,于是闪和雅弗拿件衣服搭在肩上,倒退着进去,给他父亲盖上,他们背着脸就看不见父亲的赤身。挪亚醒了酒,知道小儿子对他所作的事,就说:"迦南当咒诅,必给他弟兄做奴仆的奴仆。"

杀手，这第二个杀人魔王莱普克①，这位老太太读了意第绪语出版的传奇剧，她就用自己的一些邪念加枝添叶。

蒂娜把她的丈夫带到斯克内克塔迪，把他安顿在父亲的旧货铺里，事实证明他是个清白无辜的大男人。如果他有过欺诈表现，他已经把它跟头发一起脱掉了。他的秃是光溜溜的全秃，像经过了一次洗涤。他有一种脉脉含情、仰人鼻息的目光。蒂娜呵护着他。在这里，布朗博士产生了一些性方面的考虑，想到儿时的自己，想到她的稚气未脱的新郎，双眉紧蹙、激情郁积的蒂娜，她在阿迪朗克山的娇嗔。在阁楼上，她是怎样躺在下面，怎样喘着粗气，还有她那卷曲的黑毛的猛劲和顽强。

谁也摆布不了蒂娜。这，布朗想，也许就是个中秘密。她只考虑自己的意愿，长期坚持自己的意见，所以对别人的指导听不进去。好像她认为，谁听别人的话，谁就是个软蛋。

萝丝婶婶一死，蒂娜就把艾萨克多年以前给她的那枚戒指从她手上抹了下来。布朗记不得那枚戒指的来龙去脉，只记得艾萨克把钱借给一个移民，此人后来不见踪影了，倒是留下了这颗珠宝，当时被认为一钱不值，可结果证明价值不菲。布朗想不起它是红宝石还是绿宝石了；也想不起镶嵌式样。然而它是萝丝婶婶戴的唯一的一件女性装饰品。它是应当交给艾萨克的妻子西尔维娅的，因为她想要得要命。蒂娜却从死人手上摘下来戴到自己的指头上了。

"蒂娜，把戒指给我。把它放到这儿，"艾萨克说。

"不行，它原先是她的。现在是我的。"

"它不是妈妈的，这你知道。物归原主。"

她当着萝丝婶婶的遗体跟他撕面皮。她知道他是不会在死人床前跟她大吵大闹的。西尔维娅火了。她不依不饶。也就是，她咬着耳朵说："收拾她！"但没有用。他知道他追不回来了。再说，还有别的许多财产

---

① 莱普克（1887—1944），著名的黑帮头子，杀人凶手。

争执。他的房租都存在萝丝婶婶的储蓄账户上。

但是只有艾萨克成了百万富翁。其他的则是单纯地攒钱,老移民的作派。他从来不是坐等遗产。萝丝婶婶去世的时候,艾萨克已经身价很高了。他在奥尔巴尼建造了一座不雅观的公寓楼。对他而言,也算一件成就。天麻麻亮,他就与伙计们出门去。已经大声祈祷过,这时候他妻子一头的卷发夹,人还算标致,但睡觉后脸有点儿浮肿,仍然睡眼惺忪,但总是百依百顺,在厨房里准备早餐。艾萨克的正统观念跟着财富与日俱增。他很快变成了一位老式的犹太家长。他跟家人通常说意第绪语,夹杂着大量斯拉夫和希伯来词语。不说"重要人物,头面公民"而说"Anshe ha-ir"、"市中人"。他也把《诗篇》放在更近便的地方。就像积极活跃、处世有方的犹太人几百年来一贯笃行的那样。一本搁在他的凯迪拉克车的贮物箱里。他那体形硕大、面色阴沉的妹妹,提及这件事就把脸一拧——自打阿迪朗达克的那些日子以来,她又长胖了,更宽、更高了。她说:"当一长列货运列车在交叉道口通过的时候,他却坐在空调凯迪里朗读《诗篇》。这个贼骨头!他会扒上帝的口袋的!"

人们会情不自禁地想到,布朗家的人个个都咳唾成珠,比喻连连。布朗博士本人也不例外。尽管二十五年来他专门研究遗传化学,但怎样解释这种现象,他却说不清楚。一个源于一种隐形发酵的蛋白质分子怎么可以携带那样的灵巧习性,创造恶意和消极能量,怎么能够把一种才干、或缺陷印到亿万颗心灵上呢?难怪艾萨克·布朗封闭着坐在他的黑色大轿车里,运货列车在这一度美丽如画的河谷遭污染的闪光中隆隆驰过时,他向上帝呼喊:

> 我求告时回应我吧,
> 我公正的上帝哟。

"你是怎么想的?"蒂娜说,"有一笔交易的时候,他还记得自家的兄弟们吗？他给不给自己唯一的妹妹参与的机会？"

并不是说有什么迫切的需要。马特堂兄在硫黄岛[①]受伤后，回来重操设备生意。阿伦堂兄是一名特许专利代理人。蒂娜的丈夫，秃头芬斯特在他的旧货店里另开分店，专营家用器皿。当然，蒂娜是后台老板。没有一个贫困户。让蒂娜生气的是艾萨克没有把一家人带进房地产交易，因为房产税便宜最大。大幅度的折旧补贴，她理解为法律认可的收利侵渔。她把钱存到储蓄账户，利息是难以启齿的二厘五，却按全率上税。她信不过股票市场。

其实，艾萨克在罗布斯敦修建购物中心时，曾力图把布朗一家人都包罗进去。但到了该担风险的时刻，他们却把他甩了。铤而走险的当口，只有违法乱纪。一次家庭会议，布朗家一致同意每人拿出两万五千美元，总额打算私底下交给伊尔金顿。老伊尔金顿是罗布斯敦县俱乐部董事会的头头。由于被工厂包围，俱乐部要向乡下搬迁。艾萨克是从那个老球童师傅口中得知这一消息的。因为一个大雾漫天的早晨，他搭了艾萨克的顺车。马特·布朗二十年代初曾在罗布斯敦当过球童，给伊尔金顿背过球杆。艾萨克也认识伊尔金顿，而且跟他有过一次私人交谈。此人不是犹太人，这时已是古稀之年的老者，正打算退休，去英属西印度群岛颐养天年，他对艾萨克说："不得外传。十万。我可不想操国内税收这份子心。"他身材瘦长，作风质朴，面孔铁板。一九一〇年前后的康奈尔毕业生。冷峻，但爽快。在艾萨克看来，公道。开发成一个购物中心，如妥善规划，罗布斯敦高尔夫球场对布朗家每人值五十万。城市在战后经济腾飞中快速扩展。艾萨克在城市分区规划委员会有个朋友，他愿意拿五千元把一切都搞定。至于立约承办，他提出全包在他身上。蒂娜坚持布朗家成立一个独立公司以确保建筑利润均分。对此艾萨

[①] 西太平洋的一个日本岛屿，第二次世界大战后期，日美两国在此进行过惨烈的战斗。

克表示同意。作为一家之长,他挑起了这个担子。他得把方方面面都组织起来。只有特许专利代理人阿伦能够帮助他建账。会在阿伦办公室从中午开到下午三点。所有的难题都经过一一审查。四个演奏者,不和谐金钱音乐的专家,研究出了一个总谱。最后,他们一致同意上演。

但星期五上午十点,时间到了。阿伦却成了缩头乌龟。他打起了退堂鼓。蒂娜和马特也变卦了。艾萨克把事情经过告诉了布朗博士。按照安排,他把要给伊尔金顿的两万五千块钱装在一只老公事包里拿到阿伦的办公室。阿伦年当不惑,衣着光溜,办事精明,皮肤浅黑,他有一边跟你说话,一边在记事本上写细小工整的数字的习惯。浅黑的手指头飞快地翻查最近的税收行情。他把声音压得很低,在内部电话上和秘书讲话。他白汗衫上套白衬衫,系着锦缎领带,标牌为"马拉伯爵夫人"。他们一家人中,阿伦的样子最像布朗叔叔。不过没有胡子,不戴貌似国王实为贱民戴的圆顶礼帽,在那只棕色的眼睛里没有金色的细丝。在很多外部特征上,科学家布朗想,阿伦和布朗叔叔是从一个基因池里捞出来的。从化学成分看,阿伦就是他父亲的弟弟。内在的差异可能归因于遗传。或许归因于商业美国的影响。

"嗯?"艾萨克站在铺地毯的办公室里说。气派的大办公桌明光锃亮,一尘不染。

"你怎知道伊尔金顿靠得住呢?"

"我认为他靠得住。"

"你认为。他能把钱拿走,却说他一辈子都没听说过你。"

"对,他可以这么做。可是我们商讨过这事呀。我们只好赌一把了。"

也许按照阿伦的授意,他的秘书给他打电话了。他弯下腰凑近话机,用嘴角对她说话,语言非常谨慎,声音十分低沉。

"喂,阿伦,"艾萨克说,"你要我担保你的投资?嗯?有话直说嘛。"

阿伦老早就克制了他细声细气的腔调,用一个总是底气十足的男人的粗声大嗓风格讲话。然而,二十五年前就受到控制的突然停顿依然冒了出来。他双拳支在办公桌的玻璃板上站起来,力图控制自己的声音。

他从紧咬着的牙缝里说:"我没有睡觉!"

"钱呢?"

"我没有那么多的现钱。"

"没有?"

"你一清二楚。我是有执照的。我是个执业会计师。我不能……"

"那么蒂娜——马特呢?"

"他们的情况我一无所知。"

"捣鼓他们撒手不干了,对吧?我必须在中午与伊尔金顿见面。突然来这一手。干吗不早点儿告诉我?"

阿伦一声不吭。

艾萨克拨通了蒂娜的电话,让电话铃一直响着。肯定她在那里。大模厮样地听着电话钻钢、凿珠般的声音。他让电话铃响了,他说,五分钟左右。他犯不着给马特打电话了。马特会如法炮制蒂娜的一套做法。

"我只有一个小时的筹款工夫。"

"在我这个档次,"阿伦说,"两万五对我比一般人的五万还值价。"

"这种打算你昨天可以告诉我呀。明明知道这对我意味着什么。"

"你要把十万块钱交给一个素昧平生的人?连收条也不给?瞎了吧你?这事干不得。"

可是艾萨克已经下定了决心。在他们这一代人中,布朗博士想,已经涌现出了一种花花公子式的资本家。他乐此不疲地在为巴西改造的办公机器上、在东非的汽车旅馆上、在泰国的高保真度电子元件上冒险投机。十万元只不过是毛毛雨。他与一个小娘儿乘喷气机看景色。一个省的省长在雷鸟车里恭候贵宾,把他们带上用不义之财和印第安劳工修的丛林高速去度玩冲浪、喝香槟的周末,在那里,与年已半百、青春犹在的高管达成交易。然而艾萨克堂兄的股本却是一分钱一分钱攒起来的,老作派,小时候从拣破烂、拾瓶子开始,然后收火灾中抢救出的残物破件；再往后倒腾二手车；最后才学建筑行当。运土、地基、混凝土、下水道、装线、盖顶、供热系统。他挣来的是辛苦钱。现在他去银行按全息借了七万五千元。没有担保，他就在伊尔金顿的客厅里把钱交给了伊尔金顿。外族老人情趣的陈设，散发出一股腻人、傻气、体面物体的非犹太老人的气味。这些东西，伊尔金顿显然是非常引以自豪的。苹果木、樱桃木、翼状桌、陈列柜，有股子干糟糊味的室内装潢，斯文的猪肉白颜色。伊尔金顿没有碰艾萨克的公事包。显而易见，他不想点这些钞票，甚至连看一眼的意愿都没有。他给了艾萨克一杯马提尼。艾萨克由于不是好酒之人，只把清亮的杜松子酒喝了。中午。像外部空间蒸馏出的什么东西。没有颜色。他坚强地坐在那里，但有种失落感——失落在他的民族、他的家庭之外，失落在上帝之外，失落在美国的空虚中。伊尔金顿喝了一搅和器鸡尾酒，绅士风度，石头神态，俨然是一块高高的人样石条，却很少有艾萨克熟悉的人的特质。在门口他没有说一言为定的话。他只是与艾萨克握了握手，看着他上了车。艾萨克驱车回家枯坐在他的平房窝里。整整两天。后来到了星期一，伊尔金顿打来电话，说罗布斯敦的董事们决定接受他的财产出价。一阵停顿。然后伊尔金顿补充说任何文书都无法取代君子之间的信任与正派。

艾萨克购得了乡村俱乐部，把它填充成了一家购物中心。这一类地方个个面目丑陋。布朗博士说不明白为什么这个地儿给他的印象不仅丑陋，而且狰狞。或许是他记得罗布斯敦俱乐部的缘故吧。当然，供非犹太白人专用。不过犹太人从马路上可以瞅瞅它。榆树本来就可爱——百年老树。光线，柔和。柯立芝[①]时代的小轿车一拐弯就进去了，后窗挂着小帘子，还有插假花的托子。哈得孙牌的，奥伯恩牌的，熊猫牌的。全是机器。没有引发怀旧情绪的东西。

尽管如此，布朗看见艾萨克的劳绩时仍然惊讶不已。也许处在一

[①] 柯立芝（1872—1933），美国第 30 任总统（1923—1929），任内美国经济繁荣。

种对飞黄腾达无意识的张扬之中——处在胜利的鲜活生动之中。原来保留下来供人消闲、供人用杆子击打小球的数英亩绿地,现在却供人停放五百辆汽车,从而被瘫痪掉了。超市、必胜客、杂碎馆、自助洗衣店、罗伯特·霍尔服装、一家一毛店。

这仅仅是开始。艾萨克变成了百万富翁。他用房产开发填满了莫霍克谷地。他开始说"我的居民",指的就是居住在他修建的楼盘里的人。他寸土必争,他把房子建得过于密集,真的,不过他是怀着善意建房的。早晨六点,他就领着伙计们出门了,他生活非常简朴。如同拉比所说,随着他的上帝谦恭地行走。到这个时候,是一位麦迪逊大道①上的拉比了。那座小会堂已荡然无存了。它就像那些欣赏它的幽暗和它的蓬头散发、沿街叫卖的老货郎的荷兰画家一样作古了。现在有一座像世博会展馆一样的"圣殿"。艾萨克把一个著名的流氓,一度是东北部犯罪集团掌握生杀予夺大权的元凶的父亲压倒之后,就成了总裁。那位老于世故的拉比说话声音训练有素,穿一套量身定做的西装,除了脸上漾着犹太人的聪明外,极像一位基督教牧师,他向会众中的老派成员暗示,为了年轻人,他不得不与时俱进。美国,非同寻常的时代。如果你想让年轻女子称颂安息日蜡烛,你就得花两万元,起用她们的拉比,另加一座房子和一辆捷豹。

在此期间,艾萨克堂兄则变得更加守旧。他开的还是十年前的老车。但他是个性格坚强的人。自信,一头黑发几乎没有谢顶的迹象。北纽约州的女人说,他发出的那种男人的正能量是她们开始在男人们身上求之不得的东西。他身上有。它表现在他吃饭时拿起叉子的风度上,表现在从瓶子里往出倒酒的方式上。当然,世界完全满足了他的要求。这就意味着他的要求是正当的、恰如其分的。这也意味着他对人生的解读正确到富有哲理的程度。或者意味着《旧约全书》、《塔木德经》、波兰

---

① 美国广告中心。

德系犹太正统是不可抵抗的。

然而,那也不见得完全畅通无阻,布朗博士想。不止是虔诚。他回想起他的堂兄开玩笑时露出的一嘴白牙齿和伤疤扭曲的笑容。"我在多条战线上作战。"艾萨克堂兄说,言外之意是指女人的肚子。他常有一种传神的美国式的叙事状物手法。在斯克内克塔迪已经熟悉那些通往女工的被单、紧拥的胳膊和展开的大腿的后楼梯。老式福特停在下面。更早一些,有套好挽具的马等着。他从关于男情女意的种种回忆中得到了极大的快乐。他回想起德沃拉那个雏儿,双膝跪着,脑袋杵进枕头里,屁股却撅得老高老高,一团拳曲的黑毛从两堵白墙中间一下子突现出来,她用有气无力的声音喊道,"别价。"但她这是忸怩作态,言不由衷。

马特堂兄弟却没有这一类的风流韵事。在硫黄岛头部中弹后,他住了一年的医院,从医院回来他就销售"天顶"、"摩托罗拉"、"威斯汀豪斯"这些品牌的电器设备。他娶了一个体面姑娘,在他的出生地令人困惑的扩展与改造中平平静静地过日子。一个电脑中心取代了那个二流棒球队的球场,在战前一个球探认准他就是主力球员的料。在最要紧的事情上,马特就去找蒂娜。她给他支招出点子。每当有可能通过马特为自己的房产开发购买电器设备的时候,艾萨克总去找马特。然而马特一有问题就去向蒂娜讨教。譬如说,他老婆和小姨子玩赛马。她们一捞到机会就开车到萨拉托加去,参加快步马驾车赛。或许干这事无伤大雅。两姐妹涂着鲜艳的口红,穿着迷人的衣裙,露出一嘴漂亮的牙齿,笑个不亦乐乎。还把折篷车的车顶放下来。

蒂娜对此抱宽容态度。她们干吗不上赛道呢?她把一肚子的气全撒到百万富翁布朗身上。

"那个老嫖客!"她说。

"噢,不。多少年都不干这种事了。"马特说。

"得了吧你,马特。我知道他一直在×谁。对这个正统派我一直盯着呢。相信我,我不含糊。现在州长已经把他安置到一个委员会里了。

哪个部门来着?"

"污染。"

"水污染,对了。洛克菲勒的小伙伴。"

"嘿,你何必呢,蒂娜。他毕竟是咱们的老哥嘛。"

"他怜恤你。"

"确实如此。"

"一个亿万富翁——让你一直苦哈哈地做点儿小买卖?他狼心狗肺。一个六亲不认的家伙。"

"这么说就不对了。"

"什么?只有刮大风他眼睛里才会被刮出一滴泪来。"蒂娜说。

夸张是蒂娜最大的弱点。他们个个都是这个样子。当妈的调教出来的。

除此之外,她只不过是个闷闷不乐、肥胖臃肿的女人而已。头发梳得严整规矩,从脑门向后扯过去、绷得紧紧的,这样一来发际线就成了一道作战屏障。她有一种唯我独尊的派头——不仅针对别人,也针对自己。专注于对自己硕大的躯体的独裁专制。一袭白衣,手指上戴着她从去世的母亲手上抢来的戒指。全靠卧室里的一次暴动。

在她这一代人中——布朗博士把他的一个下午沉浸在恋念死去的亲人的无望的欢乐中——在她这一代人中,蒂娜尽管满口时髦俚语,但还是一个老派人物。她这类人,不仅仅是女人,都讲究魅力。然而蒂娜一贯无欲无求,没有吸引力,没有魅力。绝对没有。她从来不想取悦人。她的目标必定是威严。以什么为基础?她没有崇高的思想。她以自己的天性为基础。以一种被吹起来显得很大的原始念头为基础。有点儿像若干年前布朗堂弟最后一次看见的她白绸衣裙里面的那身肉,被风吹起来了。脑子里有个焦躁不安的精神,目不暇给地忙合,脑子的一扇小门后面有个人格分理处,它指令这个巨大的女性形体方方面面都要变显豁。前臂上生黑毛,白脸盘上长一对扎眼的鼻孔,两只瞪着的黑眼睛。她那双眼睛有种遭人冒犯的表情：有时候是一种硫火神态，一种聪明神态，也是一种恶毒神态——种种神态应有尽有，甚至还有布朗叔叔传下来的和善神态。那位老人的甜美温馨。有人试图通过眼睛阐释人类，这种人注定会觉得莫名其妙———一头雾水。

蒂娜和艾萨克之间的争吵持续了很多年。蒂娜指责他凡有发财的机会时，总把一家人甩开。他曾经拒绝过他们插足占便宜。他说在紧要三关他们全都抛弃了他。最后俩兄弟捐弃了前嫌。蒂娜没有。她想跟艾萨克断绝关系。在结怨的初期。她一定要艾萨克完完全全地知道她对他的看法。兄弟，姑婶，老朋友都告诉他，她是怎样编派他的：他是个赖皮，妈妈给他借过钱；他不肯还；所以她就把那些房租收了。还有，希腊人扎伊卡斯是从特洛伊来的骗子，艾萨克却一直是他的隐名合伙人。她说扎伊卡斯给艾萨克顶过包，因为艾萨克被卷进了州立医院的丑闻中。扎伊卡斯栽了跟头，可是艾萨克必须把五万美元存入扎伊卡斯在银行里的保险箱里。蒂娜说她连箱号都知道。艾萨克对这些谣言很少表态，过了一个阶段，它们也便消停了。

正是谣言消停的时候，艾萨克才真正开始感受到他妹妹的气愤。他是作为一家之主，在世的最年长的布朗感受它的。两三年没见过妹妹的面后，他开始让自己想起布朗叔叔对蒂娜的疼爱。独养女。老么儿。咱们的妹子。旧日的思想触动了他的心。他想要的都有了，蒂娜对马特说，他可以带着感情色彩重温过去了，艾萨克常记起一九二〇年，萝丝婶婶要喝鲜奶，布朗家在河畔的牧场上养了一头奶牛。多美的地方。用曲柄起动老福特，在暮色中开过去在绿水边挤奶多有味儿。开着车，唱着歌。蒂娜当年才十岁，肯定重达两百磅，不过嘴形甜甜的，挺有女人味——或许肥肉的压力，加快了她的成熟。不管怎么着，童年时代的她比以后较为阴柔。实有其事，十来岁的时候，一屁股坐到摇椅里的小猫身上，没有感觉出来，把它闷死了。女儿站起来时，萝丝婶婶发现它死了。"你这个肥东西。"她对女儿说，"你这个畜牲。"即便这件事，艾萨克回想起来也真有种啼笑皆有之感。由于艾萨克不参加任何社团,从不打牌,从不喝酒消夜,从不去佛罗里达,从不去欧洲,从不去看看以色列国,所以他有大把大把的时间回忆往事。他房子周围可观的榆树陪着他怀念过去。松鼠也是正统派。它们挖洞,储备。艾萨克·布朗太太不敷粉施朱,只有去公开场合时才淡淡地涂点唇膏。没有貂皮大衣。只穿一件舒适的哈得孙仿海豹皮外套,是的。腹部钉着一颗大皮毛纽扣。为了让她保暖,也深得他的喜欢。金发,白肤,圆溜,一副稳重纯真的神态,一头短发对称匀整。浅棕,纠结夹杂着金黄。一只灰眼睛或许表现出,或者近乎表现出狡黠之情。那肯定是纯粹的无意表现。至少没有一点哪怕是最轻微的批评或反对的迹象。艾萨克是一家之主。煮,烤,洗衣,一切家务必须达到他的标准。如果他不喜欢女清洁工的气味,她就得走人。这是按一九三九年被希特勒彻底摧毁的东欧模式过的一种富裕、老式、体面的家庭生活。这俩人料理了旧环境的灭绝,确保让某种现代种族观念变成社会现实。或许西尔维娅嫂子的一只眼睛里那种最轻微的令人烦恼的含糊就是一种遭到压制的历史评论的后果。作为一个女人,布朗博士考虑,她对这种现代变革具有的不光是一种若明若暗的感觉。她丈夫是一位亿万富翁。这种状况可以买到的生活在哪里?房屋,仆人,衣服,车?在农场上她开过机器。作为他的妻子,她只得忘记如何操作。她是个温顺贤惠、人见人爱的女人,她在厨房里烤松糕、剁肝脏,就像艾萨克的母亲做过的那样,或者应当做过的那样。没有母亲红彤彤的脸、严厉紧蹙的眉、尖厉的鼻子和搭在脊梁上的那根棒子似的大辫子。没有萝丝婶婶的咒骂。

在美国,旧世界的种种弊病陋习反而被视为是宝贵遗产。美国被确定为补救历史的福地。然而,布朗博士反思道,新的骚动充斥着灵魂。物质细节至关重要。但最大的举措仍然是精神做出来的。必须如此!说这话的人是正确的。

艾萨克堂兄的思绪:一张计算网,一张临街空地、电梯、下水道、抵押、周转资金的网。加之,既然他曾经是个身强力壮好拈花惹草的年轻男子,而且这种情况从来没有完全杜绝(现在仅仅作为俏皮话存留着),所以他的虔诚还真像惺惺作态。装点门面。建筑工地上有《诗篇》语句摘录。我观看你指头所造的天……人算什么,你竟顾念他?① 不过显而易见,他是真心实意的。在犹太新年前夕,他一连几个下午都不工作。而他的脸面白皙的妻子,由于烧烤食品搞得满面通红,她带着他期望她具有的那种恪守《圣经》的神态,注意他在楼上沐浴、更衣。他拜谒了父母的墓,一回来就宣布:"我去了一趟公墓。"

"哦,"她满怀同情地说,一只漂亮的眼睛充满坦诚,另一只稍带一点狡黠,扑闪了一下。

父母双双掩埋在泥土里。两只板条箱,并排齐放着。苍翠的劲草在上面迅速蔓延,艾萨克向慈悲的上帝一再重复一句祷辞。用的是带有一种波罗的海口音的希伯来语,现代以色列人对此有所诟病。九月的树木,经受过一两个冰冷的夜晚后变黄了,既然天空蓝汪汪、暖洋洋的,这些树木提供的不是阴影,反而是亮光。艾萨克惦念着他的父母。在下面那个地方,他们过得怎么样?潮湿、阴冷,尤其是虫子,使他愁肠百转。天寒地冻的时候,他的心就为萝丝婶婶和布朗叔叔发憷,尽管身为一名建筑商,他知道他们在冰冻线之下,然而一种人性的力量,他的爱,影响了他的实际判断。这种判断力突然间逃之夭夭了。或许作为建筑商和造房专家(是州长的两个委员会的成员,不是一个)他尤其觉得他死去的亲人是处于暴露状态。然而蒂娜——他们也是她死去的亲人——觉得他仍然在盘剥爸妈,而且他也会盘剥她的,如果她让他这么做的话。

好几年来,在同一个时节,他们总要大吵大闹一场。赎罪日前的虔敬活动就是拜谒死者和宽恕生者——宽恕和请求宽恕。因此,艾萨克

---

① 见《圣经·旧约·诗篇》第 8 篇 3—4 节。

每年都去老家一趟。停好他的凯迪拉克。按铃，他的心狂跳不止。他在长长的、圈住的楼梯脚下等候。那座小砖楼，一九一五年布朗叔叔买下的时候已经是老楼了，传给了蒂娜，她试图把它改造成现代式样。她的主意出自《美丽房屋》。她用来遮掩楼梯斜墙的纸不对头。这没有关系。蒂娜在上面，把门一开，看见她哥那个雄赳赳的身影和那张疤子脸，说道："你要干吗？"

"蒂娜！看在上帝分上，我是来讲和的。"

"讲什么和！你骗走了我们一大笔钱。"

"别人并不这么看。喂，蒂娜，咱们是兄妹。记着爸和妈。记着……"

她向下对他喊道，"你这狗崽子，我记着呢！从这里滚开。"

砰的一声把门关上，她拨通了她哥哥阿伦的电话，点着了一支长长的香烟。"他又到这里来了，"她说，"什么屁事！他并不想在我身上搞他妈的宗教活动。"

她说她就恨他这种正统派的点头哈腰。她能把他扳直，搞交易也行，来场骗局也好，她可受不了他打感情牌。

至于她自己，她或许发出的气味像个女人，但行为处事却像个男人。衣裙在身，尽管收音机放的音乐如泣如诉，低回缠绵，但他走了以后，她抽起了烟，内心里却雷声隆隆，电光闪闪，百感交集，情不自禁。要不然，就没有这么做的机会了。她可以咒他，布朗博士想，但她欠他的却很多很多。萝丝婶婶，曾经是那样一个对钱充满苛刻想象的人，给她的女儿留下了种种需要——那样的一些需要！平静的中年人的家庭体面（丈夫、女儿、家具）对她那样的需要不起任何作用。

所以艾萨克·布朗告诉妻子他去过坟上的时候，她就知道他又去见蒂娜了。这种事屡屡发生。艾萨克用一种属于历史陈迹、在工业化的北纽约州不再出现或无与伦比的声音和姿态在上帝眼前并以离去的灵魂的名义求他的妹妹息怒。可是她从楼顶上喊道："决不！你这狗崽子，决不！"于是他走开了。

他回家寻求安慰，随后又带着一颗受伤的心走向会堂。一位会众的领袖，承受着悲痛的重压。以老式的悔过方式捶胸，新的方式就是不动声色的陈说方式。盎格鲁-撒克逊人的克制。拉比，端出他的麦迪逊大道公关的神态，并不赞同这些欧洲犹太人歌剧式的握拳方式。泫然泪下。他让祈祷文领诵者将声音降低。然而艾萨克·布朗，披着他父亲的有黑色条纹和脱落穗饰的祈祷披巾，磨着牙在约柜附近哭泣。

这种对蒂娜的年访一直继续到她生病。她住进医院以后艾萨克给布朗博士打电话，要他查明真实的情况。

"我不是医生。"

"你是科学家呀。你总比一般人懂得的多呀。"

谁都会弄懂的。她要死于肝癌了。钴射线试过了。化疗。两种办法使她病情严重。布朗博士告诉艾萨克："没有希望了。"

"我知道。"

"你见她了吗？"

"没有，我听马特说的。"

艾萨克让马特传话他想到病床边探视她。

蒂娜拒绝见他。

马特长着一张斜坡状的黑脸，不漂亮，但挺斯文的，一副哀求的眼神，柔声劝她："你应当见见他，蒂娜。"

可是蒂娜却说："不见。有什么应当不应当？一幕犹太人的弥留场面，他要的就是这个。不行。"

"行了，蒂娜。"

"不，"她说，语气更加坚定。随后她又补充说，"我恨他。"仿佛在解释马特不应当指望她放弃对这种情绪的支持似的。过了片刻，她用低一点儿的声音说，好像在做总结："我帮不了他。"

然而艾萨克天天都给马特打电话，说："我必须见我妹妹。"

"我说不动她。"

"你得向她解释解释。她就不知道对错。"

艾萨克甚至给芬斯特也打电话,尽管大家都感觉出来,他看不上芬斯特的智力。芬斯特却回答:"她说你欺骗了我们大家。"

"我?她害怕了,打了退堂鼓。我只好一人单干。"

"你把我们甩开了。"

本来头脑简单,又有《圣经》上傻子的那种直筒子脾气(这就是艾萨克对他的看法,芬斯特也心知肚明),他说:"你想一人全吞,艾萨克。"

他们会二话不说让他去享受他的巨额财富,艾萨克告诉布朗博士,这未免太奢望了。他承认他非常富有。他没说他有多少钱。这对全家人都是一个秘密。老人们说:"他自己都不知道。"

艾萨克向他的堂弟布朗博士坦言:"我从来都不理解她。"他非常动情,即便是一年以后的那个时候。

蒂娜堂姐发现一个人用不着被陈规旧制捆住手脚。艾萨克痛切地渴望见他妹妹一面遭到拒绝,于是一切都被置于一种截然不同的先进理解的范畴,尽管痛心,但比旧的真实。她似乎从床上指导着这种研究。

"你应当让他来。"马特说。

"就因为我要死了?"

马特,面目平常、浅黑,直勾勾地盯着她,他的一双黑眼睛在他选择一种回答时一时间显得茫然。"人会好起来的。"他说。

然而,她对这一事实显出奇异的冷漠:"这一回不行了。"她已经面目憔悴,肚子鼓得老高。脚脖子肿了。这种情况她在别人身上看见过,所以明白这些症候。

"他每天都打电话。"马特说。

她叫人把她的指甲染了。一种深红色,几乎是褐紫红。一种需要或欲望的怪癖。她从母亲手上抹下的戒指现在戴在指头上已经松松的。她靠在摇起的床上,仿佛找到了片刻的轻松,她把双臂抱在一起,指尖压着短罩衣的饰带,说道:"那就给艾萨克捎句话,马特。我要见他,对,但见面要他掏钱。"

"钱？"

"如果他给我两万的话。"

"蒂娜，这不合适吧。"

"有什么不合适的？为了我女儿，她用得着。"

"不，她用不着这种钱。"他知道萝丝婶婶留下了什么，"钱有的是，这你知道。"

"如果他非来不可，这就是见面礼，"她说，"只不过是他从我们手里骗走的一星星而已。"

马特坦率地说："他从来没有从我手里骗走过任何东西。"说来奇怪，他把布朗家的精明挂在脸上，却从来没有将它实施过。这并不是因为他在太平洋受过伤。他向来就是这副模样。他把蒂娜的口信写在一张印着"布朗电器，克林顿街42号"的商用信笺上。像是承包索价。没有一个字的说明，连个签名也没有。

拿两万现金蒂娜说行否则说不。

在布朗博士看来，他的堂姐蒂娜利用了死亡的力量来创造一种歌剧情景，同时也是一种戏拟情景。正如他向自己陈述的那样，存在着一种嘲弄的反馈。死亡这个令人讨厌的新郎，怀着一种生活从来没有提出过的圆成在等待。于是乎，生活，由于她贬低了价值，便用肥胖的畸形、积怨、失败、自我折磨填满了剩余的明亮（它应当是留给美、奇迹、崇高的）。

艾萨克在收到蒂娜的条件的当天，按计划要与州长的治理污染委员会成员到河上巡察。渔猎部派了一条船把五名委员送到哈得孙河上。他们要南下到德国镇，在那里，河西是崇山峻岭，河面似乎宽达一英里，然后返回奥尔巴尼。艾萨克本来可以取消这次视察，他有满脑子的思绪要理，手头事务又满满当当。"挤破头"是布朗选用来形容这种情况的古怪字眼，它似乎把艾萨克的状态表现得最为传神。然而，艾萨克不能从这次官方巡察中开溜。他妻子让他戴上他的巴拿马草帽，穿上一套轻便服。他双手紧紧抓着深红色的有黄铜接头的栏杆,身子弯到船舷上。他通过牙缝呼吸。腿后面,脖子上,脉搏突突狂跳;头上有一块动脉隆起,他由此片面地感到了气流和宏伟的水势。两位从伦斯勒来的年轻教授,一个讲哈得孙河上游的地质和野生动植物状况,一个讲该地区的工业和社区问题。这些城镇正在把未经处理的污水排进莫霍克河和哈得孙河。你可以瞅见从巨形管道里流出来的东西。下水道,长着红胡子和糟牙齿的那位教授说。他嘴里就有好多暗金属,一道道齿棱都是白镴的,而不是骨头的。还有他用来指那些把河水弄得黄垢垢的屎疙瘩的一柄烟斗。一座座城市,泼洒着它们的污泥浊水。如何处置?讨论过种种方法——处理厂。原子能。最后他提出了一个巧妙的工程计划,把一切废物送进地球内部,远在地壳下面,数千英尺进入更深的地层。然而就算污染今天停止了,要恢复河水的原状还需要五十年工夫。鱼坚持来坚持去,最终还是放弃了它们原来的产卵场。只有一种野蛮的食腐动物河鳗在水里称王称霸。河又大又蓝,尽管有一片又一片的粪池和成群河鳗在盘绕扭动。

　　州长的委员会里的一名委员有副似曾相识的面相,长脸高额,嘴如门闩,两颊深陷,鼻梁翘起,头发零落。举止文雅。身材瘦溜。艾萨克的心思全在蒂娜身上,所以忽略了此人的姓名。但是看了看工作班子所准备的印刷材料,他看见姓名为小伊尔金顿。这位文文静静、讨人喜欢的人从白色舱壁边意味深长地审视着他,扶着身后的金属栏杆,微风把长裤子吹得卷了起来。

　　显而易见,他知道十万美元的事情。

　　"我想我认识令尊大人。"艾萨克说,声音很低。

　　"你还真认识。"他个头很高,相形之下,就显得有点弱不禁风的样子;他的皮肤紧绷着,鬓角上亮晃晃的,颧骨上布满淡红的血丝、毛细管,"老爷子挺好。"

　　"好。我高兴。"

"是的。他好倒是好，却非常虚弱。他过了一个阶段的糟心日子，你要知道。"

"我从未听说过。"

"就是，他投资拿骚的酒店建设，赔了。"

"赔光了？"艾萨克问。

"他合法的钱赔了个一干二净。"

"非常遗憾。"

"幸好他还有点儿可以依靠的小本。"

"是吗？"

"那还用说。"

"对，我明白了。那就是幸运。"

"这就会使他坚持下去。"

艾萨克很高兴知道这些情况，并感谢伊尔金顿告诉他的这番美意。此人也知道罗布斯敦乡村俱乐部对艾萨克的价值何在，但并不眼红，反而表现得谦恭有礼。艾萨克对此是感激涕零的，本想表示一下感恩戴德之意。但众目睽睽之下，你的心意，只好无声地表示了。艾萨克似乎开始欣赏起了办这件事的聪明之处。非犹太人天生的另类的聪明，他们要说的话很多，但就是忍住不说。这位小伊尔金顿是何许人物？他又查了一下印刷材料，发现了一段生平简介。保险公司总裁。好多政府委员会委员。或许艾萨克可以跟这样的人探讨探讨蒂娜。是的，在天上。在地上他们永远不会探讨一件事情的。无声的意会也就足矣。千般思虑，万难沟通，友善但又无言的接触。人们头脑里的想法越多，似乎越不知道怎样诉说。

"你给令尊写信时，代我问候一声他老人家。"

沿河的社区，教授说，不肯为任何种类的污水处理厂掏钱。联邦政府只好想办法料理。这才算公平，艾萨克考虑，既然国内税收将亿万税款拿到华盛顿去，给地方只留下小小的零头。所以他们将粪便泵入水道。艾萨克由于在莫霍克河沿岸建房，所以认为这是理所当然的。建造脏乱差的居民小区，他为此感到自豪……一直很自豪。

船系好以后，他走上码头。那位州渔猎委员会委员从水里捞出一条河鳗让视察团过目。它快速有力地绕圈子朝河扭动过去，在船板上把皮都蹭掉了，鳍崤夈起来了。Treph①！黏不拉唧，黑不溜秋，令人难受的嘴大张着。

微风减弱了，宽阔的河水臭气熏天。艾萨克驱车回家，把凯迪拉克的空调打开。他妻子说："有什么情况？"

他无话可说。

"蒂娜的事你要怎么办？"

他还是一言不发。

不过由于知道艾萨克的脾气，看见他是多么焦躁不安，她预计他会去纽约市听取高见。后来她把这事告诉布朗博士，他也看不出怀疑的理由。聪明的妻子有预见性。幸运的丈夫的可预知性会得到宽恕。

艾萨克在威廉斯堡有个拉比。此人对这个问题有非常正统的见解。他没有坐飞机去。二十世纪号列车刚好在破晓前离开奥尔巴尼，他包了一间卧车包房。天色灰塌塌一片，借助露出来的蒙蒙的亮光可以看见河。但看不见西岸。被烟云笼罩的一艘油轮破开了沥青似的河水。不久群山显现了出来。

他们想把这种老旧的高档车淘汰。地毯脏兮兮的，厕所臭烘烘的。餐车里的服务生懒散邋遢。艾萨克吃的是烤面包，喝的是咖啡。借助呼气冲走火腿和熏肉的气味。戴着帽子就餐。种族特性，布朗博士熟知这一点。一种典型的东地中海血型。指纹印属于一种异乎寻常的家族。鼻子、眼睛长而鼓，皮肤浅黑，嘴巴附近被一名从前的俄国郎中拉过一刀，疤痕犹存。列车从莱茵崖飞驰而过，艾萨克向窗外望去，以老江湖

---

① 原文为意第绪语：不洁净食物。

的熟络看着壮阔的河水、茂密的树林——晨光熹微的原野。在卧车包房里，像个囚徒，百无聊赖，被臭烘烘的装潢、嘎嘎作响的门关闭起来。老军火库，旗手岛，玩乐堡，被黄绿色的杨柳掩映着，水亮闪闪的、绿汪汪的，跟他记得的一九一〇年的状况一模一样——四千万来到美国的外国人中的一员。钢轨，还是老样子，蜿蜒的激流，浑圆的峰峦，陡然弯进浩瀚的河中的石壁。

从中央大车站，夹着装有他需要的全部材料的公事包，艾萨克乘地铁赶去约会。他在候见室等候，拉比的大胡子追随者们穿着长礼服进进出出。艾萨克则穿着便装，似乎跟其余的人一样古板。光地板。木凳子，毛糙白墙。不过窗子挺脏，仿佛外面无关宏旨。这些人当中，很多都是德国大屠杀的幸存者。拉比本人小时候就是从这场劫难中死里逃生的。战后，他先后生活在荷兰和比利时，在法国学过科学。在蒙彼利埃。生物化学。然而他被召唤——吁请——到纽约履行精神职责；艾萨克说不清这中间的来龙去脉。现在他留着大胡子，坐在办公室的小桌边，桌子上放着一个绿色的吸墨台、一支钢笔和一沓便笺纸。谈话用切口——意第绪语。

"拉比，我叫艾萨克·布朗。"

"从奥尔巴尼来的。对，我记得。"

"我们兄妹四个，我是老大——我妹妹最小，老么儿，快死了。"

"你能肯定？"

"得的是肝癌，疼得厉害。"

"这么看，确实如此。对，她快死了。"从那张白煞煞、圆团团的脸上，拉比的胡子长出来，直撅撅、密匝匝的，又粗又硬。他是个膀大腰圆、朝气蓬勃的男子，被紧绷绷地扣住的壮实的身体在黑亮黑亮的教士服里苦撑苦拽着。

"战后不久，发生过一件事情。有一次购买一块昂贵的建房地皮的机会。我要求我的弟弟妹妹跟我一起投资，拉比。可就是在那一天……"

拉比听着,他那张白煞煞的脸朝天花板的一个旮旯儿仰起,但还是全神贯注,两只手紧紧按到腰上方的肋条上。

"我明白了。那一天你想找他们。可你觉得被人遗弃了。"

"他们把我抛弃了,拉比,是这样。"

"但那也是你的福气。他们翻脸不认人,反而让你发了财。你就用不着让他们利益均沾了。"

艾萨克承认这一点,但又补充了一句:"如果这笔买卖不成,还会有另一笔。"

"你注定要发财?"

"我十拿九稳。机会多了去了。"

"你妹妹,可怜的东西,非常刻薄。她错了。她没有道理抱怨你。"

"我听到这话很高兴,"艾萨克说。然而"高兴",只不过是嘴上一说,他心里十分痛苦。

"你妹妹不是个穷苦女人吧?"

"不是,她继承了财产。她丈夫也干得挺好。不过我估计久病花销大。"

"是的,一种消耗性疾病。不过活着的只能决意活下去。我说的是犹太人。他们想把我们灭绝。表示赞同就等于背离上帝。至于你的问题:你想到你的弟弟阿伦了吗?他劝别人不要冒险。"

"我知道。"

"她生你的气,不生他的气,对他有好处。"

"这我意识到了。"

"他是有过错的。他违误了你。你的另一个弟弟是个好人。"

"马特?是,我知道。他为人正派。他在战争中死里逃生。他头部中过弹。"

"但他是不是一切正常?"

"是的,我相信如此。"

"有时候会产生这种情况。一颗子弹穿透脑袋。"拉比停顿了一下,把他那张圆脸一转,羽翮似的黑胡子弯到那亮闪闪的教士服的褶子上。然后,艾萨克讲了他在犹太新年前去看蒂娜的情况,拉比显出一副不耐烦的神色,把脑袋向前一移,眼睛也斜着。"对。对。"他肯定艾萨克做事正确。"对,你有钱。她眼红你。没有道理。可她就是这么看的。你是个男人。她只不过是个妇道人家。你是个有钱的男人。"

"可是,拉比,"艾萨克说,"现在她躺在床上等死,我要求见她。"

"是吗?嗯?"

"她要见面钱。"

"啊?她要这么做?钱?"

"两万美元。这样才能让我进屋。"

伟岸的拉比纹丝不动。白煞煞的手指按在木椅的扶手上。"她知道她要死了,我估计?"他说。

"是的。"

"对了。我们犹太人临死时好开玩笑。我知道的事例很多。呃。美国并没有把一切都彻底改变,对吧?人们想当然地认为上帝有种幽默感。临死的人在痛不欲生的时候开那样的玩笑,展现出一个坚强勇敢的灵魂,但又怀疑一切。令妹是个什么样的女人?"

"强壮。大块头。"

"我明白了。一个胖女人。就像人们常说的,两只眼睛,一堆肉。瞪着眼睛看有福之人。或许像笼子里的动物。干瞪眼,无奈何。贪心未改,希望已绝。那样的一个胖娃娃——人们有时候表现出有他没他都无所谓的态度。所以这些小小的畸形灵魂都有一种奇怪的命运。在没有人看他们的时候,他们反而看清了人的真面目。人类的阴暗面。"

艾萨克敬重拉比。崇敬他,布朗博士想。不过,或许艾萨克觉得他还不够老派,尽管戴着礼帽,蓄着胡子,穿着长袍。他有犹太贤士高人的那种古腔古调，那种神采风度，那种伟岸姿态，那种统括全局的冷静的判断力，足以让人人满意。但他身上也有一些异味，那就是，当代味。时不时地有一种理科学生、法国南部、蒙彼利埃来的生化学家的征象。他说英语也许还带种法国口音，而艾萨克讲话跟北纽约州的任何人都一样。说意第绪语，他们用同一种方言——白俄罗斯方言。明斯克地区。波列西耶沼泽，布朗博士想。然后又回到莫霍克河畔棕褐褐、白花花的悬铃木枝头的鱼鹰上。是的。很可能。在这些全新世的鸟儿、燕雀、歌鸫中间，存在着翅膀上鳞多毛少的艾萨克堂兄。一个更古老的类型。棕红棕红的眼睛，下巴上粗壮的肌肉在皮下抽动。即便伤疤对布朗博士而言也弥足珍贵。他了解这个人。或者不如说，他有已经了解他的渴望。因为这些人都已作古。一种于事无补的爱。

"你掏得起这笔钱？"拉比问。艾萨克还在迟疑，他说道，"我没有问你钱财的数目。这不是我所关心的。可是你能不能给她两万？"

艾萨克一副尽力而为的样子，说："如果非给不可的话。"

"这不会对你的钱财造成巨大的差额吧？"

"不会。"

"要是这种情况，你干吗不给呢？"

"你认为我该给？"

"给出去这么多钱，不该由我告诉你，但是你给过——你赌了一把——你信任那个人，那个非犹太人。"

"伊尔金顿？那是一次商业冒险。可是蒂娜呢？如此说来，你相信我应当给了？"

"让步吧。有其兄必有其妹，所以我说，再没有别的办法。"

于是艾萨克感谢他腾出了时间并提了建议。他走进街道敞亮的天光下，闻到的却是一股粪臭味。经济公寓单调乏味的灰泥没有墁成直线，楼房中间凹陷，煤灰盖了一层又一层，仿佛是用扔掉的烂鞋而不是用砖头修建的。承包商在观察。糖和烘咖啡的发酵气味浓烈。然而夏天的空气在机械践踏的巨型桥梁下的潮湿中流动迅速。正在东张西望寻找着地铁入口时,艾萨克看见的却是一辆有黄颜色顶灯的黄颜色出租车。他先告诉司机"中央大车站",但在拐头一个弯时又变了卦,说道:"送我到西区航空集散点。"响午之前没车去奥尔巴尼的快车。他不能在第四十二街干等着。今天绝对不行。他肯定始终明白他得给钱。他就是借助请教拉比来鼓劲的。陈规和古训都向着他。可是蒂娜死到临头的时候却出了一步狠着。如果他拒绝接着,没有人会指责他。但他会觉得太伤颜面。他怎么能堂堂正正地活人呢?因为他现在赚这么一笔钱是件唾手可得的事儿。无非就是买进卖出几块市区地皮而已。如果价位是五万,那蒂娜就等于在说他再永远见不到她了。可是两万——这个数目是个精明的选择。正统容不得修正。这就全看他的了。

既然下定了屈从的决心,他就有一种不顾死活的感觉。他以前从来没有悬空游移的情况。不过或许是就到飞行的时候了。每个人都活够了。不管怎么说,当出租车爬过夏天午饭时二十三号街的人潮时,那里似乎已经有很多人了。

坐在机场巴士上,他打开了他父亲的一本《诗篇》。那些黑色的希伯来文字瞪视着他,像一张张张开的嘴巴,里面的舌头有耷拉下来的,有向上翘起的,热烈却喑哑,他努力——强逼着。无济于事。隧道,沼泽,汽车骨架,机器内件,垃圾场,鸥鸟群。在火热的暑天里颤巍巍的纽瓦克轮廓,凡此种种,一直吸引着他的注意力,细枝末节都不放过。仿佛他不是艾萨克·布朗,而是一名摄影师。随后,在憋足劲狂奔着要起飞——挣脱具有磁力的大地的力量——的飞机上,还有:当他看见地面向后倾斜,飞机从跑道上腾起的瞬间,他心里清清楚楚地念叨着,"Shema Yisroel,"听着,以色列啊,只有上帝才是真神!右边,纽约硕大无朋地向大海倾斜,随着收回的轮子的一颠,飞机便朝河飞去。哈得孙河绿透了心,因涨潮刮风而波涛汹涌。艾萨克一直在敛息屏气,现在总算舒放开了,但安全带系得紧紧地坐着。在一座座雄伟的桥梁上方,一层层云海上面，航行在大气层中，这时你比以往更加明白，你绝对不是天使。

航程很短，从奥尔巴尼机场，艾萨克就给他的银行打电话。他告诉给他在那里办理业务的斯平沃尔，他需要两万现金。"没有问题。"斯平沃尔说。"我们有。"

艾萨克向布朗博士解释："我的保险箱里有储蓄账户存折。"

或许在受联邦存款保险保护的万元额度的个人账户里。这种东西他肯定成沓成捆。

他穿过保险库的圆形入口，那扇巨大精致的门，呈圆形，宛如宇航员看见的靠近的月亮。他取钱的时候，一辆出租车等着，把他和装在公事包里的钱送到医院去。医院里，无望的肉体与可悲的溃烂以及药物的气味，斑驳陆离的花和皱皱巴巴的衣服。在可以容纳整张整张的床、成套成套的人工呼吸机和实验室器械的巨大的笼式电梯里，他的眼睛死死盯着那位在控制器旁边做白日梦的沉默、美丽的黑人女子，电梯从大厅慢悠悠地升到夹层楼面，再从夹层楼面升到二楼。只有这两个人，既然电梯运行没有加快，他不知不觉地观察着她的两条健壮、漂亮的腿，她的胸，她的眼镜的金丝和闪光，以及下巴下面喉部性感的凸起。他慢慢地向他妹妹的病床上升过程中，不由得为这些怦然心动。

电梯门开启时，门前站着他弟弟马特。

"艾萨克！"

"她怎么样？"

"很不好。"

"嗯，我来了。带着钱。"

张皇失措，马特不知道如何面对他。他似乎害怕了，蒂娜对马特的统摄力一向是巨大的。尽管他比她大三四岁。艾萨克有点儿明白是什么触动了他，于是说道："好啦，马特，如果我非得出钱的话。我准备好了。按她的条件。"

"她也许还不知道呢。"

"拿上。说我来了。我要见我的妹妹，马特。"

由于没法正视艾萨克，马特接过公事包，便进去见蒂娜。艾萨克从她的门边走开，没有向门缝里再瞭一眼。由于他不能静静地傻站着，便顺着走廊信步走去，背着双手。经过那排空着的轮椅。对这些为扶弱助残而制造的东西很反感。他憎恨这一类东西，憎恨医院里的臭味。他六十岁了。他知道这条路他也得走，而且很快。但仅仅是知道，尚未感觉到。死亡还有一段距离。至于交这笔钱的事，马特感到不好意思，因为违心地参与到某种不公荒唐的事情中来——对，牵强，就像女人们想象她们怀孕时想要的东西，嘴馋要吃桃子，要喝啤酒，或者吃墙皮。但对他本人而言，钱一交出去，就感到无所谓了。不值一提。他还乐得甩掉这个累赘呢。他简直弄不懂他自己的这种感觉。钱一给出去，折磨就消停了。什么事也没有了。做这件事是为了惩罚，为了凸显他的性格特征，为了使他认识到什么问题，为了把他归入一个范畴。但结果适得其反。什么范畴？它在何处？如果她认为这样做会使他难过，它却没有达到目的。如果她认为她比别人更了解他的灵魂——他的将死的可怜的妹妹呀；没有，她不了解。

而布朗博士，由于跟他们一起感受到了这种机智与绝望的作用，这种互换用意的最后一次努力，便起身，站着，注视着那一串串的冰挂，染上冬日蓝色的蒸气破烂。

随后，蒂娜的私人看护把门打开向艾萨克招手示意。他赶忙进去，却又怔着眼睛愣住了。她的上半身耗完了，黄蜡蜡的。她的肚子胀得很大，腿、脚脖子都肿了。两只变了形的脚从被子底下硬挺出来。脚底绝像泥巴。皮紧绷在脑壳上。头发白煞煞的。一根静脉注射管用胶布粘到一条胳膊上，其他的管子从她的身体接到床下面的排泄物罐里。马特把公事包放在她面前了。它的带子都没有解开。身上没有肉，毛发粗陋，她那双黑眼睛里的意思不可能弄明白，她盯着艾萨克。

"蒂娜！"

"我纳闷儿。"她说。

"全在那里了。"

然而她把公事包从眼前往开一扫，声音哽咽着说道，"不，把它拿走。"他过去亲她。她的那只能自由活动的胳膊被举了起来，想拥抱他。她太虚弱，麻醉药上得太多。他感觉到了他这个胖妹的骨头。死亡。坟墓。他们在哭泣。而马特，在床脚下背过身去，嘴巴拧开，泪水从眼睛里奔涌而出。蒂娜的眼泪则混浊、缓慢得多。

那枚从萝丝婶婶手上抹下来的戒指被人用洁牙线扎在蒂娜枯槁的指头上。她把手向看护伸过去。这都是事先安排好的。看护把线剪断。蒂娜对艾萨克说，"不是钱。我不要钱。你把妈妈的戒指拿上。"

布朗博士感动之余，心中却有一丝苦涩，他极力要弄明白感情为何物。它们有什么好！它们为何而发！现在没有人想要它们了。也许冷眼更好。看生活，看死亡。不过话又说回来，眼睛的冷跟内心的热在程度上总成比例。然而人类一旦掌握了自己的观念：它是有人情味的，由于那些激情才有人情味，它便开始为激动人心的滋扰而利用，而游戏，而滋扰，而制造一种喧闹，一种生硬的感情马戏。所以布朗一家为蒂娜的死哭泣。艾萨克手里捏着他母亲的戒指。布朗博士也眼里含着泪水。啊，这些个犹太人——这些个犹太人啊！他们的感情，他们的心！布朗博士常常只想终止这一切。因为它有什么结果？你接二连三地放弃了你垂危的亲人。他们一个接一个地走了。你也走了。童年，家庭，友谊，爱情都在坟墓里窒息了。这些泪水！当你从心里哭他们的时候，你觉得你伸张了某种正义，明白了某些道理。可是你明白什么了？又是，什么也没有明白。那只不过是一种明白的提示。人类可以——注意，可以——最终通过它的可以——又是可以——成为一种神圣天赋的天赋，领悟它为什么活着。为何活，为何死。

又是，为什么要这些特别的形式——这些艾萨克和这些蒂娜？当布朗博士闭上眼睛时,他看见上红下黑,有点儿像分子突起的东西——唯一存在过的痕迹。后来,当短促的白天结束的时候,在一团漆黑中,他走向黑糊糊的厨房窗户要看一看星星。这些几十亿年前的一次巨大的生发痉挛抛向外边的东西。

(蒲隆 译)

偷　窃

先从最醒目的地方说起：克拉拉·维尔德一头金色短发，剪得很入时，下面裹着一颗硕大无比的脑袋。要是长在别人的肩膀上，长在那些生性懒散的人的肩膀上，这种尺寸的脑袋就会显得畸形。但是，克拉拉个性刚毅，这脑袋倒让她看上去又粗犷又帅气。她需要这么大的脑袋，只有如此的空间才能容纳如此的思想。她骨架很大，肩膀虽不宽，却架得高高的。蓝色的眼睛出奇地大，她一旦陷入思索，这双眼睛更会与众不同。鼻子很小，遗传了她祖先的北海款式。嘴巴长得很秀气，只是笑的时候、哭的时候，显得很宽大。脑门显得很有力度，进入中年后，添了几道颇能显示她纯真妩媚的皱纹，这几道皱纹似乎永久刻在那儿再也消除不掉。说真的，醒目的不只是她脑袋的尺寸和样式，她全身每处都引人注目。一定是早年她就发现，像她这种人绝对无需掩饰，她也不会将精力花在遮遮掩掩上。她就这样，典型的美国女人，没有一点儿赘肉。两条腿也非常漂亮，她知道新潮女人穿着超短裙的时候，你们的眼睛都会往哪儿看的。衣服都是从最好的店里买的，化妆品她也很精通。即使这样，她依然无法消除身上穷乡僻壤的气息。你一眼就可以看得出，她来自乡下，她的父母要么是印第安纳或者伊利诺伊的农夫，要么是小镇子上的商贩，而且都是虔诚的教徒。克拉拉从小熟读《圣经》，早饭时少不了祷告，正餐前必有感恩，圣诗篇篇牢记在心，福音书每章每节都一清二楚，都是老一代人的宗教教化。父亲在南印第安纳有几处不大的百货店，孩子个个都上了顶级学校。克拉拉先在布卢明顿学习希腊语，后去卫斯理学习伊丽莎白-詹姆斯一世时期的英国文学。在坎布里奇失恋一次，差点儿自杀。父母决定不让她回印第安纳老家。又一次服用安眠药自杀，父母便不得已又送她去哥伦比亚大学，并安排严格的监护，让她在纽约住了下来。可她依然我行我素，虽然惧怕地狱的劫祸，却毛病不改。

哥伦比亚大学只学了一年，她就去路透社工作，不久又去一家私立学校教书，再后来又开始为英国和澳大利亚的几家报纸撰写美国特写。不到四十岁便有了自己的公司，一家专门从事推介妇女高档时装的新闻机构，可时间不长，就把公司卖给了一家国际出版集团，自己在里面当了高管，开董事会时大家都称她"好董事"、"时装作家中的女皇"。现在她已经是三个女孩儿的妈妈，尽心尽力。怀第一个的时候费了一番周折（是妇科医生帮她怀上的）。孩子的爸爸是她的第四任丈夫。

四任丈夫中，三任可以说可有可无，只是偶然当了她的丈夫而已，只有第三任还像那么回事儿：史庞蒂尼，石油大亨，左派巨富，恐怖分子江加科莫·F的铁杆儿朋友。这位江加科莫在七十年代的一起爆炸中一命呜呼，有意大利人说他是上了政府的圈套才被炸的。麦克·史庞蒂尼远离政治，他也并非生来有钱，就跟那位崇拜菲德尔·卡斯特罗的江加科莫一样。史庞蒂尼的钱是他自己奋斗得来的，他那长相、豪宅、别墅、游艇，足以让他成为电影《甜蜜生活》里的主角。追他的女人不计其数，克拉拉打赢了这一仗，嫁给了他，可她第二仗打输了，没能把他守住。意识到她要被蹬掉，她便毫不犹豫地放弃了那位专横跋扈、难以驾驭的男人，也放弃了对任何财产的要求，就这样不了了之。史庞蒂尼夺回了原来给她的所有礼物，连一只手镯都没给她留下。离婚官司打完不久，史庞蒂尼就两次中风，身体彻底完了，现在半身瘫痪，话也说不清楚，由一位塞蕾·甘普类型的女人陪着住在威尼斯。克拉拉偶尔还会去看他一眼，只是这位前夫见了她就会像野兽一样对着她狂吼，发一通火，然后又恢复他的呆相。他宁愿在威尼斯大运河边上做个白痴，也不愿意在纽约第五大街当个丈夫。

其他几位丈夫——有一位还是穿得整整齐齐地在教堂举行婚礼的,另二位就只是在市政厅走个过场而已——唉,说白了,只是装装样子罢了。王尔德高个子,很帅,但好逸恶劳,一点儿本事都没有还傲气十足。不管干什么,都不超过半年就被炒鱿鱼了,还惹得所有的同事恨不得把他宰了。

王尔德工作换个不停,他还有个理由,说自己的天赋只在拉选票决策方面,只有选举才能把他的潜力尽情发挥出来:他有能力让他所支持的候选人获得媒体的关注,但连最初几次投票也难以入围。他又说,他讨厌离家出行,可选举的事儿又必须到处游走表演。克拉拉对他的知心朋友劳拉·王,一位华裔美国服装设计师这样说:"他很可爱,只要孩子们不缠他,他也算是个很有爱心的爸爸。王尔德最喜欢一件事,就是读流行书籍、惊悚小说、科幻故事、大众传记,等等。我看他只要能一直坐在沙发上就会感觉万事大吉。对他来说,懒惰就是稳当。我一个人操持家务,抵押贷款、维护房屋、聘请换工。换工一般都是法国或斯堪的纳维亚来的姑娘,最近一位是奥地利来的。孩子的作业都是我梦里给做的,还有学校里的事儿,还得领着她们去看牙看病,帮她们找玩伴儿,带着出游,做心理测试,给她们的布娃娃做衣裳,到了情人节,还得又剪又糊地做卡片。还多着呢……看她们心里想什么,她们吵架我得去调解,鼓励她们坚强起来,替她们擦眼泪。一句话,得爱她们。可王尔德只是在读他的 P.D. 詹姆斯,还有那些我叫不上名字的,我恨不得一把夺过来扔到大街上。"

一个星期日下午,她还真这样做了——打开窗户,把他的书扔到了公园大道。

"他是不是吓了一大跳?"王女士问道。

"还不至于。他明白我发火都是他惹的,他只是不愿意我竟然有理由让他一惹就发火。他不就在那儿好好地坐着吗?我还要他做什么?我火冒三丈,他还静若止水!我虽然经历了那一场又一场疯狂而悲惨的恋爱游戏(他什么都知道),他是最终结果。一个性感的女人无处发泄她的情绪,想求助于优秀的男人,可这些男人一个都不能如她所愿。"

"他可以如你所愿?"

"他是主儿,目空一切,可是除了床上功夫,再没有一点儿能让他骄傲的理由。他自信过头,不就是这点儿种马的本事嘛。这种人什么都想不出来,思考也是我的活儿。性感女人可以靠着精神生活的满足来欺骗自己,可他说,能够解决一切问题的是男人的体魄。就他那表达能力,我知道他的意思是我把时间都浪费到捷豹这类破汽车上了。其实我很幸运,我搞到一辆真正的劳斯莱斯。是他开错车了,"她一边说,一边阔步走进厨房,把烧开的水从炉子上取下来。她走起来步子迈得很大,很有力量,速度也快,显得两条直愣愣的腿很是笨拙,似乎两只脚跟不上腿的节奏,"或许得搞一辆林肯大陆才像个样子。不管咋说,没有哪个女人愿意把自己的床变成一个车库,更不愿意让一辆不上档次的车停在里面。"

像劳拉·王这样教养很深的女人听到如此私密的话,会是什么反应?那中国式的高颧骨,颧骨上面那中国式的眼睛,略为厚重的内眦皮在黑色的眼珠陪衬下显得更白,还有从那眼珠射出来的光,明显具有异域特色,同时又显得如此熟悉……还有什么会比承认这种熟悉更有人情味儿的?但劳拉·王在明白事理方面完全是一位地道的纽约淑女,克拉拉可以毫不保留地向她吐露心声,她却不一定能向克拉拉敞开胸怀。可谁又能做到这些呢?王女士富有表情的双眼无不是在说,克拉拉说话虽笨,却也是想说,还是一吐为快。

"是啊,那几本书,"劳拉说,"你不能不好好说说。"她也见过王尔德·维尔德在健身脚踏车上锻炼,电视机音量大得惊人。

"他不明白问题出在哪儿,我挣的似乎足够一家人花了,其实远远不够,三个孩子都上私立学校,家里该花的必须花。还有我上了年纪的父母,两个可爱而又虔诚的山里人。我没法让他明白我养活不起一个没有工作的丈夫,纽约任何一个猎头只要看了王尔德的简历和工作记录,谁还愿意来找他!这儿混三个月,那儿混五个月。我为他的事儿情绪很不好,所以我的老板们,看在我的分上,都帮着为他找差事,我在公司算个要人,大家才愿意出这把力。他既然这么喜欢选举,为什么不去为自己竞选个位子?他那模样像个议员,如果他有一天真能钻进国会,我也不会太在乎。我见识过不少议员,还嫁过一个呢。王尔德跟他们比起来,也没有笨到哪里。可他还是不愿意承认出了问题,他对自己太自信了,甚至对跟我有关系的男人也感兴趣,他把那些男人看做是与他竞争而输给他的人,他自己则赢了大奖,他甚至感觉能与那些名人扯上关系是值得引以为荣的事情,我去威尼斯看望麦克的时候,他也跟我一起飞了一趟。"

"他一点儿都不吃醋?"劳拉·王问道。

"相反。跟我亲密过的男人,在他看来都是历史书上的人名。假设你的老婆年轻的时候,理查三世或者梅特涅钻进过她的裤裆,那又会怎样?王尔德就爱靠这个抬高自己的身价,喜欢吹嘘他跟我以前的丈夫是哥儿们,尤其是那些上了报纸头条的人物……"

劳拉·王自然明白自己不好去提那个最最重要的名字,那个在克拉拉每次聊起私密话时都会出现的名字,那应该由克拉拉自己说出来才合适。到底是否合适,她是否有勇气去面对那些萦绕在她脑际、永远挥之不去的事情,她会不会再次让劳拉硬着头皮去听她讲述……你得耐着性子等她去做出明智的选择。

"哥伦比亚广播公司或者麦克尼尔·雷勒节目采访他们,他给录音的时候,第一个毫无例外是泰迪·雷格勒。"

对,就是这个名字。麦克·史庞蒂尼也算要人,但依然属于丈夫范畴。易西尔·雷格勒在克拉拉心中显然比任何一任丈夫都更重要。"如果用十分制,"她喜欢对劳拉这样说,"他就得过十分。"

"现在还是十分?"劳拉曾经替她说过。

"要说泰迪现在还是十分,我是不是就显得不仅不够理性,甚至有些疯疯癫癫了?"克拉拉以前这样回答劳拉。这种否认含含糊糊,王尔德·维尔德到现在还是按照易西尔·雷格勒的标准去评判的。还说什么不理性,说什么疯疯癫癫,纯粹毫无意义,永远也不可能有什么意义。克拉拉说话从不考虑安全、慎重,她也永远不会彻底消除易西尔的影响,哪怕上帝的使者给她这个选择她也不会接受。她会这样回答:你不妨试试看,我自己的触感能不能换成别人的?这事儿就再也谈不下去了。

维尔德去替她录制易西尔的节目之后,更加确信自己作为最后一任丈夫地位无懈可击,而且,就现在这情形来看,无人能比他更好。"他能这样想,我也很高兴,"克拉拉说,"对谁都是件好事。他不会觉得我有二心,你得佩服他!这对夫妻构成了双重神秘,哪个更神秘?王尔德真心喜欢看着这位来自华盛顿的易西尔如此专业、如此精干,而我呢?劳拉你听着,我对于自己的不忠没有丝毫负罪感,我想都不想,脑子里就没有这些念头。王尔德和我在性方面,即使世界上最能干的婚姻咨询师也找不出毛病了,我们生了三个孩子,我这慈母,一心一意把她们拉扯大。可只要易西尔来,我在午饭时只要看见他,我就会不由得湿了内裤。他只要碰一下我的脸颊,我就会感到高潮。他对着我说话,甚至在电视上看见他或者听见他的声音,我都会情不自禁。他不知道,我猜他不可能知道这些。易西尔不可能心怀恶意,他不会干预、主宰或者利用我的,他不是那种人。我们之间这种关系很彻底,让我很陶醉,可也是一种灾难。话说回来,我虽然从小熟读《圣经》(这在现在的纽约可谓罕见了),可你不能责备我,不能认为我的这种依恋是邪恶的,是死后要下地狱遭受熬煎的罪孽。你若要挑我的刺,不能拿性过错做借口,这世道,谁也分不清哪些性行为是正常的,哪些是不正常的。你不能因为一个女人得了癔症,就把她打下地狱吧?要下地狱,也是因为别的……"

"别的什么?"劳拉问道。克拉拉没回答。劳拉思忖着是否应该去问问泰迪·雷格勒,克拉拉心中那不可饶恕的罪孽到底是什么。他认识克拉拉这么多年了,关系这么熟,或许应该能够解释清楚她到底想说什么。

这位来自奥地利的换工女姓魏格曼。克拉拉兴致勃勃地打量着她,一点儿一点儿地看她的得分:来面试时衣着得体,刚洗过头,指甲剪得短短的,未涂太刺眼的甲油。作为女主人的克拉拉,也穿着齐整,一件饰有龟壳图案的套裙,外加一件白色上衣,脖子底下半圈飞边。从当教师的那些年起,她就学会了提问的方式("威利,翻到《喀提林》,西塞罗演说第一句中的 abutere 是什么时态?"):看似文文弱弱,身上却有一层纪律严明的盔甲。这位来自奥地利的小女生看着让人心悦。父亲是维也纳一位银行职员,孩子被管教得乖巧、可爱、懂礼貌。你千万不能再以为维也纳只有精神病患者和希特勒崇拜者,你忘不了那位可爱的美人儿和皇储双双自杀的凄美故事。这孩子叫吉娜,妈妈是意大利人。英语说得极好。她答应一定会对三个孩子负起责任来,听着绝不是装腔作势。她不会暗中算计别人,不会厌恶那位因为肥胖需要帮助却淘气倔强不服管教的露西(克拉拉的长女)。心怀叵测的女人往往会对露西这样的姑娘造成终生难愈的创伤,就连她的两个瘦削的小妹妹也常常笑话她。露西端起自己的身板来,活脱脱一个罗马战士,两个妹妹便双手捂着脸蛋,偷偷地笑个不停,每逢这时候,她的脸上便会堆起一团厌恶和委屈。

这位外国妞儿每个举止都恰到好处,每个问题都回答得异常得体。怎么不可能呢?那些问题的答案本来就太明显了。克拉拉也知道,她那些"负起责任来"的一类想法跟现代的"生活现实"、当代历史都太遥远,责任心只是她自己乡下那些周周去教会的共和党人的做人原则,只是她那位在一分一毛钱上都严格要求、所有的零花钱都是从公交车售票员胸前的钱盒子里扣出来的母亲的做人原则。印第安纳州的生活现在离她如此遥远，简直就是古埃及一般，那里的"正经人"成了电视传教士的摇钱树，他们从这些乡巴佬口袋里掏了钱，再去享受豪华轿车和迈阿密的花花世界。这些"正经人"现在回想起来，倒成了克拉拉的亲人，她小时候感觉跟他们在一起憋得慌，现在却觉得有一种无限的思恋。她在露西身上看到了老家人的种种禀性，大骨架、犟脾气、少言寡语，她甚至看到她自己的影子。这样的开端或许前途无量，可是要教养这样的孩子你得使出什么样的招数来？在纽约这样的大都市里，你能为她做些什么？

"对了，我叫你吉娜你不见怪吧？你当初来纽约，有什么目标？"

"提高英语水平。我报了哥伦比亚大学音乐系。再有，就是想了解了解美国。"

教养好却未涉世的女孩子应该去明尼苏达的贝米吉，而在纽约，他们会遇到什么样的爆炸性的危险，没想过吗？她们会从体内爆炸。克拉拉小时候（不仅小时候）做过一些不计后果的实验——那些偶遇，说不清会发生什么，不过的确发生了不少，都为了冒险的虚荣。自己的亲身体会让她对魏格曼小姐有一种新的认识，她心里捉摸着，那张脸、那头秀发、那身材、那胸脯，样样都像《天方夜谭》里的宝贝，已经成熟却依然天真的魏格曼小姐像位守护者坐在这些宝贝上。什么样的灾难会降临在这一切上？诱惑充满危险，她却一无所知！克拉拉自然觉得她有义务尽一切力量来保护来到她家的这位年轻姑娘，所谓尽一切力量，就是动用她作为过来女人的所有经验。同时，克拉拉又深信，对待身体成熟却涉世不深的女人不能过于认真。这么说来，那位维也纳的魏格曼太太，吉娜的母亲，竟然能允许女儿到这个邪恶之乡来生活一年，是不是过于轻率？也有可能是吉娜反叛性格作怪，自己选择了这条路。总之，也是为了冒险的虚荣。

克拉拉一边这样想着,一边对自己的想法点头,但作为这家的女主人,她这一点头,让那姑娘看来就是同意雇用她了。她从此可以享用这幢公园大道套房中一间不错的屋子、一笔不菲的工资、房子里的所有物件,还有两个傍晚的空闲、两个下午的音乐课时段,另外每天早晨孩子们去上学她也有半个上午的自由。来自奥地利的熟人,如果资格合格,可以来访,但美国的朋友若想来访必须经过克拉拉严格审查。吉娜甚至可以在家里举办小型聚会,但必须有严格的安排。民主归民主,纪律是纪律。

前几个月,换工女的一举一动都在克拉拉的严格监视之下,不久,她便可以对一起用餐的朋友、办公室的同事甚至她的精神医生格兰斯通大夫,得意地夸耀这位她有幸雇佣的魏格曼小姐了。她真是一位称心如意的榜样,对三位孩子的高度兴奋症起到很好的抑制作用。"大夫,您说过,兴奋症状是互相传染的。"

对于这类问题,大夫不会做什么回答,这是意料中的。你给他们付钱,他们倾听你的唠叨。克拉拉见了易西尔·雷格勒也是这么话多。他们一直保持联系,时不时地打打电话,偶尔还会写封信,易西尔从华盛顿过来还会一起喝茶吃饭,虽然这样的机会不是太多。

"如果你真觉得格兰斯通医生有用……我看他们当中有些人还真不错。"易西尔说道,口气不温不火。跟他说话,没必要啰嗦琐事,他从来不会建议你应该怎么做,家务事他不感兴趣。

"主要是让我心里平静一些,"克拉拉说,"如果咱俩结婚,就没这必要了。我就不会负担这么重。不过就现在这样,我俩不是还光明正大地来往着吗?我看你也有过一段不痛快的经历。"

"当然有过,但我感觉我的医生毛病比我更多。"

"严重吗?"

"还行吧。不过有一天我突然发觉,他不知道该怎么教我做我自己泰迪·雷格勒了。我若不做泰迪·雷格勒,一切都会出问题的,这倒不是因为我为这个宝贝儿泰迪规划了多么宏伟的抱负,而是除了做泰迪,我什么人都做不了。"

他事事精推细敲,所以能自信地发表见解,也正因为这种自信,他说起话来洋洋得意。但易西尔的自负真没有别人说的那么严重。作为对他颇有了解,而且了解还远非寻常的一个人(她从来不忌讳这一点),克拉拉跟别人在一起时,只要提到易西尔的名字,只要某个不知天高地厚的人贬低他,她就会说,易西尔·雷格勒对自己的缺点毫不保留,在这一点上,他比任何想对他评头论足的人都做得更磊落。

这阵儿俩人谈起精神医疗,克拉拉做了一个动作,易西尔再也熟悉不过:她坐在椅子上,身体向着易西尔的方向前倾。"你告诉我!"她说。她这一开口,易西尔就仿佛又看见了一位乡下妞儿,一脸的无知,迫切等待着他的教诲。他回答问题的时候,克拉拉微微张着嘴,一眼盯着他,专心致志地听着。"告诉我!"是她特有的口头禅。

易西尔说道:"有天晚上我在电视上看到一个关于虐待儿童的节目,看完后我开始想,他们在那个标题底下植入了多少内容,就差一点儿没说性骚扰、虐杀、肢解和谋害等字眼了。他们在电视上放的,在我那个时代,不就是很正常的惩罚措施嘛。我的遭遇放到现在,就是一桩虐待儿童案,我父亲就得为此坐牢了。他一生气,人就彻底变了一副模样,就像后山的月光突然变成了酒铺里的烈酒。他打起我们来,两只手一起上,左右的耳光,毫不留情。你看咋啦?四十年后,我在电视上才知道,我那时候竟然遭到家暴,只是我依然爱着我那已经过世的父亲。他打我根本算不了什么,只是我俩之间的一件小事。我现在还爱着他。我给你讲这些,只是想说明一点:每逢我试图把现行的某些术语用在我自己身上,就必定会有损于事实。我父亲打我也是因为他爱我。他打我那阵儿,我恨得要死,可我也非常爱他,我从来没有,也永远不会觉得自己是被虐待过的。我猜你的那位心理医生肯定会鼓动我去恨,而不会鼓励我把恨转化成接受。同理,他会从他自己的理论高度告诉我泰迪·雷格勒如何才能成为泰迪·雷格勒。但是，真正的泰迪绝对不愿意对一位死去的人怀恨在心，而是对他满怀憧憬，希望在另一个世界能与他相遇。如果真能相遇，那就是因为我们彼此爱得很深，都希望能够再次聚在一起。况且，人过四十，或许可能的话还更早一些，人就应当宣布休战，你不能永远记住自己受过虐待。我对于精神医治就持这种观点：它鼓励你永远不要忘记所遭受的虐待，从而永远也长不大。目前这整个国家都为自身而备受煎熬，也有可能是某种神秘的政治因素使然，这是这个超级大国命运的不祥之兆……"

克拉拉说罢"告诉！"就一直在倾听，像个乡下妞儿一样。易西尔暗自思忖，老天哪，她永远摆脱不了这种乡村气息；克拉拉也在暗暗地出神，我俩真是一对知音，可恨没有早二十年相遇。

这样说，并非意味着早些年她听不懂他的话，易西尔说话，她一直听得明明白白。她若听不懂，易西尔就没必要费这口舌——浪费词语有何意义？但克拉拉也意识到，作一个半张着嘴巴的乡下妞儿有着多么大的喜剧性和吸引力！哎呀！这是自然的了！我竟然没有想到这一点，真是该死！不管咋说，大都会的克拉拉一天比一天出息，她在为能够在邪恶之乡生存下来而积累思想。

"你听我告诉你，"她说道，"我俩初次见面时我很吃惊，都不敢提这事儿……我俩一丝不挂地躺在切尔西的床上，你的思想飞扬，可最后还是回到了我们两个人身上，回到了床上。床上，的确！在我的脑子里，床上可以休息，可以做爱，可以读小说……回到我的身体上，你的思想可以天马行空，可你从来没有忽视过我。"

这易西尔，当年还是满头黑发，现在已经两鬓斑白，也发福了许多。脸也胖了，两边腮帮子鼓鼓地垂着，像个花瓶。除此之外，他变化不算太大。他说："我那时候对这世界可没有想得那么好。我猜你那时候是在我所说的各种含含混混的话里寻找突破口，引导我回到你唯一关心的话题：爱情、幸福。我现在有点儿像当年你听我没完没了地说话的那个时候，也对爱情和幸福充满好奇之心。"

易西尔在工作之余，会抽空跟克拉拉厮混，不是在华盛顿他的总部，就是在纽约的南塔基岛或者蒙托克岛上。三年之后，她正式提出要一枚订婚戒指。她自己常说，那时候她心情非常迫切（似乎现在就不迫切一样）。"至少得给我一个象征性的表示。我对他施加了一点压力，说从我还是个女孩子起，他就拖着我，这么多年了，是女朋友还是性伴侣？最终他还是投降了。"他带着克拉拉去了钻石区的麦迪逊·哈密尔顿专卖店，买了一枚绿宝石戒指，货真价实，质地透亮，色泽完美，后来几位珠宝估价师告诉她那是顶级品。他花了一千两百块，在六十年代可是一大笔钱，况且他那时候还是个穷光蛋呢。他就这性格，不容易说服，但既然决定了，就绝不会吝啬到买个便宜货。"其他那些破烂货你还是收起来吧。"他说这话时声音不大，但绅士般的哈密尔顿先生肯定是听着了。在那个年月，声誉、尊严还是挺值钱的，麦迪逊·哈密尔顿正是一位声誉很高、颇有尊严的老绅士，"美国同胞们那时候还没有撒谎到陶醉于幻觉中不可自拔的地步，也没有扯淡到愚不可及的程度。"易西尔说道。提起卖珠宝的哈密尔顿，他还说："我猜我父母给我起这么一个奇怪的名字，就注定我一生特别喜欢哈密尔顿这样的快要绝迹的人种，举止文雅的主流美国白人……不过，就我所知，他极有可能是个亚美尼亚人，被当成美国人了。"

克拉拉伸出无名指，易西尔把戒指给她戴上。开完支票，哈密尔顿先生要求查看身份时，易西尔不仅拿出自己的驾驶执照，还出示了五角大楼的通行证。这可了不得！那时候，易西尔是核战略方面的神童式人物，正仕途在望，要不是他生性怪异，早就爬上去了，或许这时候正坐在日内瓦的谈判桌前跟俄国人针锋相对呢。握有大权的某些人很看重他的聪明才智。对了，只要看看他的那双黑色的眼睛，大而平静……克拉拉说过："我学《荷马史诗》基础课的时候，赫拉的眼睛就这个样子，只是易西尔的眼睛少了那种女人味儿。一点儿脂粉气都没有。"她是想说,他的眼睛平直,颇有古希腊男人的韵味儿。

"那天下午,在哈密尔顿珠宝店,我穿着一件超短裙,两个膝盖碰在一起,露在外面,我不是X腿,只是小腿肚子有这么一点点与众不同……要说这也算是畸形,它倒是对我有利,易西尔喜欢得不得了。"

后来,她说这是"畸形之不可预测之用途",还把这几个字写在一片纸上,与其他纸片一起散放在屋子地板上,若有人捡起来,问这几个字什么意思,她便回答说,忘了。

易西尔时常提到"博弈"、"确保相互摧毁"等名词,但他从不透露任何机密信息,而克拉拉也从不过问,也无心了解他在华盛顿到底做什么工作。有时他的名字会以国际安全顾问的身份出现在《时代周报》上,还有几年他为参议院某个机构的主席做幕僚。她远离政治,从不过问政治问题。他的活动越隐秘,克拉拉对他感觉便越好。权力、危险、秘密,都让他显得更具性感。这绝不是胡言。跟易西尔这样的男人在一起,女人会备感安全。

切尔西街离宾夕法尼亚车站很近,这是件好事。易西尔风风火火来到纽约,先打电话,不到十五分钟就会提着公文包站在她面前。易西尔习惯一进门就把领带解下来,塞进公文包里,而克拉拉习惯一放下电话,就把戒指从紧锁的抽屉里取出来戴在指头上,仔细端详一番,亲一口,再去开门。

易西尔在仕途上并没有任何进展,他不擅长跟人合作,也没有管理才干。思维与众不同,没有机会爬进内阁。作为一个自由代理人,他得心应手,而对结交那些有抱负想当总统的政客,他却毫无兴趣。人太聪明,反而干不成事。"何况,"他说,"我喜欢自由自在。"想呼吸新鲜空气,他就换一个洲。他喜欢干幕后工作,所以接的活儿基本都这一类,他一会儿现身在波斯湾,一会儿帮助日本威士忌公司开拓南美市场,一会儿协助意大利警方抓获黑帮分子。所有这些活动都不会影响华盛顿对他的信任,他时常以专家证人的身份出席各种国会调查委员会的听证会。

　　在这些亲密无间的日子里，克拉拉不止一次地协助易西尔按期完成任务。泰迪-克拉拉搭档，堪称超级组合，常常夜以继日地工作。易西尔知道她绝对可靠，干起活儿来像个苦行僧，掌握新思想快得出奇，而且非常讲究策略。而在克拉拉心目中，易西尔分析问题透彻深刻，掌握情报信息量大，写的报告精彩异常。总之，她觉得易西尔胜过任何人。有次他俩在科迪纳的克里斯塔罗酒店一起起草一份文件，楼下是网球场，击打网球的节奏配合她打字的节奏。那是一份需要发往大西洋彼岸的电话稿，他一页一页地念，她一字一字地打。有时她甚至能在他念出来之前把字打上去，他相信她可以把他的话组织得条理清晰，措辞造句也能跟他的一模一样，虽然华盛顿方面并不在乎文体。当然机密文件除外。她任劳任怨，在那架轻巧的锡制奥利维蒂牌打字机上干得眼花脑涨，只为能跟他在一起。

　　她对王女士说过，有一次在哥伦比亚大学图书馆的书架上，她发现一本书，书名与众不同，引人注目：《人间伴侣》。这位大骨架金发女生正在做研究，看到这书名情感澎湃，像火山爆发一样（虽然当时她并未意识到），她马上屏住呼吸，再看一眼书脊上那几个烫金的字，才又开始呼吸。她深深吸了一口气。然而她并没有把书拿下来，她不想读。"我不打算读这本书。"

　　她把这一切告诉劳拉·王。王女士懂得礼貌，所以不去打断她，也很谨慎，所以没有把她的私密话题引向她认为恰当的方向。克拉拉只要打开话匣子，满脑子的奇思怪想从嘴里一涌而出的时候，你只有洗耳恭听的分儿。王女士将克拉拉所揭秘的个人生活与自己的生活经历联系起来。其实听别人的，想自己的，人之常情。她也结过婚，做过五年美国人的妻子，或许也恋爱过。她不说，你咋能知道。

　　"书的全名是《托马斯·哈代小说的人间伴侣》，我上中学时就喜欢哈代，可现在我所需要的只是那本书的一个名字而已。在科迪纳，这书名又出现了，易西尔和我就是一对'人间伴侣'。我们去克里斯塔罗酒店背后的林子里野餐，有奶酪、面包、冷盘、腌菜、红酒。我趴在易西尔身上，一边打滚儿，一边给他喂吃的。后来我自己平躺在地上，才发现那种姿势饭是很难咽下去的。

"现在回想起来，那时候我的精力过于旺盛。仿佛世界之灵只会附体于女孩子，并让她们做代言者。不久前我把这想法告诉了易西尔——现在我俩都这般年纪了，完全可以讨论这些话题——他说，他有一位持不同政见的俄国朋友，曾经给他用过这么一个词，'超文学'。文学指个人的悲喜剧，超文学指世界的末日，超越个人历史。在科迪纳那些日子，我感觉我的所有行为都出于个人的情感，可这些情感火热、吞噬一切，可以看作'超个人'情感，一位身心健全的年轻女性堕入情网，用行为来表达末日即将来临的世界的悲喜剧。一种狂热，利用爱情作为自己的载体。

"假日结束后，我们开车南下，来到米兰。我就是在那儿遇上史庞蒂尼的。那是在一个饭后的化妆舞会上，他对我说：'我开车送您二位回酒店吧。'就这样，易西尔和我便坐上了他的猎豹，一路上，警车前呼后拥。他为自己的保安措施自豪，那阵儿正是赤色军团行凶作乱、绑架有钱人的年代。当个富人不容易，有钱了就会有绑票的盯上。麦克说：'我就知道，我最亲密的朋友，江加科莫，正打算绑架我呢，当然不是江加科莫亲自动手，是他那个团伙。'

"就在那一次旅行中，易西尔和我还跟江加科莫共度过一段时光呢，就是那个百万富翁革命家。他很和善，好相处，长得也很帅，只是那身菲德尔·卡斯特罗服装看着不伦不类，就像纽约女王区长大的孩子穿着一身牛仔服。他戴了一顶军帽，华丽的办公室角落摆着一挺机关枪。他还邀请易西尔和我去了他那座八十公里外的城堡，十八世纪洛可可风格，做《费加罗婚礼》的外景场地正合适，只是山脚下花园湿地中间的那个长满水藻的游泳池和旁边的桑拿浴池极不搭配。吃午饭的时候，管家端着从江加科莫私人领地上采集来的块菌,弓着身子,想要把它撒在他的奶油汤里,可是一直没有机会,因为江加科莫自始至终挥舞着胳膊,大谈阔谈他的革命起义,他正在写一本有关革命的书。易西尔说卡尔·马克思的著作里没有他的那些论点,江加科莫回答道:'我从来没有读过马克思的书,现在读已为时太晚,最迫切的是行动。'下午他开车送我们回米兰,时速五百公里,给你说,太刺激了,我右手捂着左手,紧紧抓着绿宝石戒指,万一出了车祸,也得把戒指保住。

"第二天,我们搭飞机离开,江加科莫穿着作战服,领着一帮穿超短裙的时髦女郎,到机场跟我们送别。一两年以后,他在引爆电力线路的时候把自己给炸飞了。这事儿很让我伤心。"

在闷热的八月,俩人回到了纽约,回到了切尔西大街的公寓里。克拉拉为易西尔做了一顿意大利饭,柠檬酸豆炖小牛肉,味道跟米兰大饭馆做的、江加科莫可爱的玩具城堡里大厨子做的相比,绝不逊色,甚至更可口。在纽约那间狭窄的长条厨房里做饭的时候,克拉拉一丝不挂,只有脚下蹬着一双木屐。为保证鲜嫩,她拿起那只红色的平底铁锅打碎牛肉。那几年她一直留着长发。无论穿着衣服,还是光着身子,她走起路来都风风火火的,似乎不知道时光缓流是什么意思。

克拉拉做饭的时候,音乐响着,易西尔平躺在床上,研究他那些危险四伏的档案(不敢公开的事实)。窗帘都拉了下来,灯开着,俩人享受着隐秘的快乐。"我小时候,还在打仗的那几年,假期里去泽西海边,"克拉拉回忆道,"我们的窗帘都是黑色的,害怕藏在大西洋水下的德国潜水艇察觉,但收音机开得很大声。"她喜欢想象她是在掩护易西尔和他的那些机密档案,倒不是说那一摞一摞的致命文件可以让易西尔改变他轮廓如刀削一般的脸上的表情。"他专注起来,就像亚沙·海菲茨[①]。"会有人盯梢?或者,切尔西大街某个屋顶上,会有人拿着变焦望远镜正

---

① 亚沙·海菲茨(1901—1987),20世纪前半期美国小提琴家。

盯着他？易西尔只是笑笑，对克拉拉的那些想法不予理睬。他还没有那么重要。"我又不是大富翁，像史庞蒂尼。"他说，这些人盯着的极有可能是克拉拉，望远镜的镜头正对着这位一丝不挂的"阿尔比安的女儿"。

那些日子，他常常从华盛顿赶来看望他的小儿子，他跟他妈妈住在东十街。易西尔的前妻，现改用娘家姓，叫艾塔·沃尔芬斯坦。她极力想跟克拉拉套近乎，时不时打电话过来。艾塔在华盛顿有线人，替她盯着易西尔。易西尔才不在乎，他对克拉拉说过："我不是总统，报纸怎么会登载我的喜怒哀乐和行踪？"

"易西尔在华盛顿常常带着女人去吃饭，我真不应该生他的气。他需要安安静静、平平常常的日子，而我那时候太亢奋，尤其过了午夜，那是我最喜欢的时辰，我会细探我的灵魂深处，什么是爱情，什么是死亡，还有地狱、末日审判；我在这个世界上一旦闭上眼睛，在上帝的最终审判时刻，易西尔会让我付出多大的代价。凌晨一点过后，我意识深处那些宗教情感便会纷至沓来，整夜泪流不止，极度痛苦，歇斯底里，快把他逼疯了。他必须马上跟我结婚，否则这种状态永远不可能结束，他也必须永远忍受这种焦灼。只有结婚，我胸中魔鬼般的力量才可能听他使唤。可就在这时候，如果他还能睡一个小时，起床后赴约之前还有时间挂胡子，他便会一边喝着咖啡一边说，他那模样简直就是裹着尸布的拉撒路。他竟然还炫耀自己长得漂亮，就因为这个，他美美地尝到了我惩罚的滋味——我让他两眼底下多出了两圈黑影。有次他说他得为菲亚特公司起草一份立法文件（他们想设法让国会通过一条议案），他们若看见他的眼圈，可能会以为他一夜狂欢，所以没把心思放在工作上。"

克拉拉没打算告诉泰迪，在米兰那天，麦克·史庞蒂尼邀请她到前面坐在他身边，她发现那男人的一只手就在座位上等着她的屁股，她马上起身，把手包放到他的掌上。光线很暗，他的手还是伸到了她的大腿上。她又把一只打火机塞到他的手下，他马上明白这意味着什么，很知趣地缩回了手。这类鸡毛蒜皮的事情没必要一一向她的男人汇报，他可是心怀天下、日理万机的大人物，怎么会在意这个！

王女士听着她的叙述（王女士自己虽然有种东方人特有的矜持，也穿着一身中式服装，但不缺乏美国式的敏感），简直不敢相信克拉拉竟然坦率到如此地步，根本不像个美国人，她的开放程度远远超越了美国惯例。那枚绿宝石戒指对克拉拉来说像一颗定心丸，可易西尔似乎没有继续往前走的打算，克拉拉变得更加难缠，她说她已经下定决心，不求同年同月同日生，但求同年同月同日死。"我宁愿与我所爱的人一起踏进坟墓，也不愿与某个麻木的人同眠一床。真的，我觉得我俩应该睡在一口棺材里，两个棺材也行，但后死者得摆在上面，并排放着也可以。如果有可能，最好让我俩手握着手。"谈得最多的另一个话题就是他们的第一个孩子，男孩还是女孩？起什么名字？她喜欢从《旧约》里找个现成的，西布伦、迦特、亚设、拿弗他利。如果是女孩，就起米加，或者拿俄米。易西尔说他绝对不同意用米加，因为大卫王裸体起舞的时候，米加竟敢嘲笑他。随后，易西尔再也不愿意说起这事儿了。他不想制定任何乐观的计划。克拉拉说在印第安纳老家有一片非常优美的墓园，里面长满了高大的马栗树，他听着脸色马上阴沉了下来。

他去南美洲出差，克拉拉从艾塔·沃尔芬斯坦口里得知，他带着一位女秘书，一方面协助工作，一方面（因为她了解易西尔）就不便多说了。克拉拉以牙还牙，也挂上了刚从巴黎来的一位让·克劳德，不到一周就住到了一起。他长得不错，可懒得洗澡，污垢渗到皮肤里，她在淋浴间使出全身力气替他搓，还是搓不干净。没办法，她只好在广场酒店包了一间有浴盆的客房，强行把他塞进浴盆。就这样，好不容易她终于可以忍受他的体味了。这位克劳德请求克拉拉为他弄一个工作许可证，她便去求易西尔的律师施泰因萨尔兹。后来，克劳德拒绝交出克拉拉房子的钥匙，她不得已又去求了一次施泰因萨尔兹。"换锁吧，好姑娘！"施泰因萨尔兹说。又问道，她是否愿意让易西尔支付这两笔咨询费。他是易西尔的朋友，易西尔是他的偶像。

"可易西尔说过你从来不让他掏钱的呀。"

克拉拉发现这些纽约人真能拿她的无知逗趣。

"你跟那法国货整到一起，没丢什么东西吧？"

她似乎半天没听懂，其实只是装模作样而已。她早早就把那枚绿宝石戒指锁在保险盒里了（这玩意儿又让人联想到棺材）。

她嘴很硬，说："让·克劳德绝对不是流浪汉。"

施泰因萨尔兹也很喜欢克拉拉，欣赏她那种激情四射的性格。他不知从哪儿得知她家有钱，从地产上发了一大笔，所以便对她另眼相待。让·克劳德跟施泰因萨尔兹不是一号人，他建议克拉拉最好跟易西尔重归于好。"不要拿性来伤害别人。"他说。克拉拉身不由己地瞅了一眼律师的大腿间，因为太胖，他厚厚的脂肪压迫得让他阳具的轮廓一目了然，令她想到了艺术爱好者跪在教堂地板上使劲儿擦洗时显现出来的那些玩意儿，其中就有死去几百年的骑士的画像。

"可易西尔为什么不能一心一意待我呢？"

施坦因萨尔兹教名鲍比，钱财方面堪称高手，经营着上百万元的生意，却一分钱的成本都不用掏，他从一位土豪式的会计那儿转租了一个角落作为自己的办公室，为他提供法律咨询，作为租金。

施坦因萨尔兹曾说："泰迪真是天才。他若不那么吊儿郎当，华盛顿的官职由他挑选。他看中自由，若想去非洲奥杜威峡谷采访理季先生，立刻便可动身，说走就走。他去伊朗就跟我去科尼岛一样方便，伊朗国王喜欢跟他聊天，有一次甚至请他去就为介绍介绍基辛格。克拉拉，我给你说这些，就是想让你明白，不要把易西尔拴得太死。他真的很欣赏你，只是脾气不好，你只要能对他的需要表现出一丝体贴，他就会对你万分感激。你在他面前千万不要姿态太高。听我的，我们人类彼此之间甚至都没动物园里有些饲养员对一只蝙蝠的体贴程度。"

克拉拉回答道："动物也是一对一对的，如果某个雌性的动物害相思,你说该怎么办?"

俩人谈得很投机,克拉拉想起施坦因萨尔兹就会满心感激。

"给相思病人出谋划策,人人都是行家,"施坦因萨尔兹说,"但唯有病人自己明白病在何处。"

施坦因萨尔兹只会读书,至今未婚,跟八十岁的母亲住在一起。老母亲行动不便,上厕所也得有人用轮椅推着。他常常喜欢说起中学同学当中的名人——某个霍尔兹是哲学家,某个布坎南得了诺贝尔物理学奖,某个拉肖夫成了水晶学家。"还有在下,处理过的上诉案件开辟了法律史的新时代。"

克拉拉说:"对施坦因萨尔兹,我也有些爱恋了。他就像圣诞老人,从你的烟囱里钻进来,一件礼物都没带,却把你家偷了个精光。这是易西尔的俏皮话,就是说施坦因萨尔兹和财产的关系的。这人虽说不靠谱,可毕竟还算大方。"

克拉拉听了律师的话,易西尔一回来她就跟他和解了。可是,俩人的旧毛病还是改不了。"我他妈的就是个惯犯。让-克劳德走了,我松了口气。在广场酒店包房里一起泡澡纯粹就是闹着玩儿的,外出野营时的一夜情而已。都说太阳王①也满身臭气,如果真是这样,让-克劳德便可以高坐凡尔赛宫了。可是,我家的人个个都有洁癖,我奶奶坐我的车,必须让我把车座掸扫得一尘不染,车厢垫的底下也得整干净,害怕哗叽裙边粘上尘土。"对了,克拉拉把戒指锁起来,真不是因为她害怕让-克劳德会偷走,而是害怕她在床上的淫荡举止把它给弄脏。

但是,易西尔回来后,他跟克拉拉的关系明显不是从前的样子了。各自都有外遇,尽管易西尔并不把让-克劳德放在心上。克拉拉却满怀醋意,备感委屈,她无法原谅华盛顿那个呆子,艾塔·沃尔芬斯坦有眉有眼地给她描述过那女人的模样。虽说有些呆,却长着一对巨无霸的

---

① 指法国国王路易十四。

波波。易西尔说准备去委内瑞拉采访贝坦库尔特总统,克拉拉竟毫无反应。堕入情网的美国女人要比南美洲的任何显赫人物更重要。"你是不是打算把你的小帮手也带到总统府,去炫耀她发达的胸脯?"

易西尔很理智,说:"咱俩还是别这样打打闹闹了。"克拉拉马上表示悔罪,也答应了,可她立刻又竖起另一道障碍,又是考验,又是规则,来势凶猛,且蛮横无理。易西尔理了发,克拉拉说:"我不喜欢你那发式,你是不是故意整成这样子惹我生气的?"她会这样说:"你原来不是这样爱打扮的呀。我敢说亚沙·海菲兹也不会这么看重自己的双手的。"她错了。哪怕你看到地毯上的指甲屑会吓得灵魂出窍,也不必派一位长着希腊神眼睛的人进卫生间替他修剪指甲吧?她忘了,她和易西尔只是一对凡人。

可她不知道易西尔在"是否凡人"这问题上是不是跟她想法一致。她想试探一下,便假装自己对政治感兴趣,引着他探讨非洲、中国、俄罗斯问题,结果却几乎谈不到任何个人因素。克拉拉不停地说着类似"克里姆林宫"、"卢比扬卡"等她能想到的词儿(没有比这更好的词儿了),可易西尔只是说有人不明不白地进了监狱,满身染上了虱子臭虫,还得了腹泻、痨病,最终胡言乱语尽说疯话。她想,有人拿这些人作例子,想说明谁都不是什么要紧的人物,谁都可有可无。克拉拉让他别说得太远,他只好承认,即使在这儿,在美国,个体的状况也在恶化,或许在不可逆转地沉沦。最明显不过的迹象就是穷凶极恶的坏人越来越受重视。他可以对这样的判决置若罔闻,就像坐在陪审席上听证的那十几个人一样:判我们无罪非常好,判我们有罪也无伤大雅。克拉拉觉得易西尔已经道德沦落到无以复加的地步,只有她才能把他挽救回来。这"一对凡人"同时构成了一个对另一个的营救行为。

"我俩遇到了可怕的危机,这会置我们于死地。"

当时,她还没那水平,不可能想得很透彻,也无法得出什么结论来。若放到几年后,她就会说:爱情与存在不可分割。即使你孤单一人,你依然"存在",不过你所爱的只是你自己,故而,别人都是幻影。以此推之,世界政治也不过是一出影子戏。她,克拉拉,才是易西尔走出这政治迷宫所能依赖的唯一钥匙;没有她,易西尔便没必要在诸如博弈论、意识形态、条约等等那些稀奇古怪的玩意儿中耗费心思了。世人都是幻影,何苦与其周旋?

可那还不是事情往好的方向发展的时机。克拉拉认为是天大的事情,易西尔却视而不见。俩人争得很厉害——"不让他睡觉实在是一大错误"——吵了几个月,他便决定再次出国,走时还带着一位助手,他那一大群异国情调十足的女友当中的又一位。

克拉拉还是从艾塔·沃尔芬斯坦口里得知,易西尔住进了西百老汇四十几街处的某个廉价旅馆,没人知道具体在哪儿。"艾塔说:'躲在肮脏处,安全百分百。'这艾塔可真是能说会道。"第二天下午他就要去肯尼迪机场跟一位新女友会面了。

克拉拉立刻动身,乘出租车北上,走进了那家旅馆,大厅逼仄,地砖脏得像公共厕所。她双手扶在前台,谎称易西尔是自己的丈夫,是他叫她来退房取行李的。"他们相信了。真是,你火气十足的时候竟然表现得如此冷静!我给他们每人五块钱的小费,是现金,他们竟然没要我出示身份证件。我上了楼,进了房间,发现他竟然能够容忍自己坐在那样一张床上,还能睡在如此肮脏不堪的床单上。太平间也比那好多了。"

她拎着他的公文箱回到自己的房子。还是那个公文箱,那个去意大利科迪纳时用过的公文箱。科迪纳的快乐时光怎能忘得了!她在家等到天黑,大约七点钟,他来了。他也很冷静,这只能说明他已经火气十足了。

"你对我来这一手,到底想干什么?"

"你没说过你已经回纽约了。你不是偷偷溜出国了吗?"

"我什么时候开始进出都要打卡?我是你的员工吗?"

克拉拉一点儿也不害怕,其实,她已经豁出去了。她对着易西尔大呼那还未出生的孩子的名字,那些她从《旧约》里搜罗出来的人名。"你对得起米甲吗?你对得起拿俄米吗?"

易西尔跟往常一样,表现出不可思议的冷静。克拉拉是这样描述的:"除非在做爱的时候。一开始是愤怒和冷漠,他说话时一板一眼,就像在什么正式场合。我警告他说,我们两个种族的命运都寄托在那些孩子的身上,我还说两个高贵的血统即将在孩子身上融为一体。我不是歧视其他种族,毕竟他们都实实在在地存在着,数量更多——我不是种族主义者。"

"我没让你去替我退房,还拿走我的箱子。谁也不可能对我指手画脚。我猜你是不是翻过我箱子里面的东西。"

"才不会呢。我那是在保护你。你要毁了你的生活。"

那瞬间,克拉拉脑子里空空的,你能看得见她脸上的骨头,尤其是眼窝周围的骨头。她两眼怒火如炬,只是易西尔铁了心一定要好好教训她一次,换了别人早就惊恐得不知所措了。该把话说清楚了,他那时就这样想的。

"不许你再回到那肮脏的旅馆了!"易西尔提起了箱子,她马上说道。

"我订了另一家旅馆。"

"泰迪,把大衣脱了。别走,我心里很难过。我一心一意爱着你。"他已经迈出了门,门在他身后咣当一声关上了,她还在大喊。

他暗自思忖,让她这烂脾气控制自己,那将是开了一个绝对错误的先例。

公园大道这套房子的豪华并不适合他的口味——镀金的墙壁装饰,带条纹的椅套,令人头皮发麻的壁画,床体翻立起来仿佛一个彩色相框,两片薄荷巧克力躺在床头小桌上,浴室四面都是镜子,不锈钢器具闪闪放光。被包围在这当中,他感觉自己的灵魂都要出窍。他上了床,只是坐在床边,无心躺下。这一夜,他不可能睡个好觉。电话响了,铃声尖细尖细的,是艾塔:"克拉拉喝下了整整一瓶的安眠药。她给我打电话,我已经叫了救护车。你赶紧去靓景医院,或许还有用。你现在一个人吗?"他冲进医院,穿过灰蒙蒙的过道,边走边问,来到探视大厅,透过一个狭长的窗户,他看见不少人躺在担架上,只是没一个像克拉拉。一位穿着白色圆领衣服的年轻人走了过来,说他是克拉拉的牧师。

"我不知道她还有牧师。"

"她常来找我谈心,是啊,她就在我这个教区。"

"洗胃了没有?"

"那个,哦,洗过了。药量很大,还不知道什么结果。您是易西尔·雷格勒吧?"

"是。"

年轻牧师再没问任何问题,也没再跟易西尔说什么。他这处事策略你不能不感激万分,当然你也得感激他从护士那儿得来的消息。第二天早上,有消息说,她有救了,被转移到楼上一间女病房里了。

她能开口说话的时候,就让牧师朋友传出话来,说她再也不愿见到易西尔,关于他的情况,她一句都不想再听了。永远不想!易西尔在公园大道豪华宾馆里自我折磨了整整一天,放弃了去欧洲的计划。艾塔·沃尔芬斯坦满口同情,迫不及待地想听听他有如何痛苦,他速速挂了电话,回到华盛顿。牧师坚持要去宾夕法尼亚车站为他送行,还真来了。身着假衬衣、白色圆领外套,显得更高大。头上开始露出谢顶的迹象,但也不肯戴帽子,一只手时不时地去摸摸露出来的头皮或者稀稀疏疏几绺头发。牧师越是安慰,易西尔越是不自在,因为他除了一遍又一遍地说不要自责,再便无话可说。他还不如这样说:"你这狼心狗肺的,罪孽呀罪孽!忍受去吧,就像我要忍受我的秃顶。"当然这话没有说出来,但他那副端庄的脸上带着的无声的迫切之情,似乎就这意思。他说:"她已经可以下床走动了。还帮着其他病人用胶带固定松动的针头。有些老病号没有家属照顾,她当帮手了。"

有病必有方法医治，悲伤必有人来抚慰，思想问题必有解决途径。美国就是这样，在这些方面慷慨大方，连空气中都弥漫着有益的劝诫。易西尔自尊心太强，不愿意接受这些随手能抓一大把的大道理。就像："自杀是一种权利。""自杀具有惩治性。""那些可怜的孩子，绝不是真要这么做的。""拯救，那只是一场戏。"你满可以对自己说这些，可一点儿屁用都没有。在这个世界上，就现在，没有一块地方文明到有一个女人发自肺腑地对你说，"我全心全意地爱着你"。只有这位来自偏远乡村的女孩儿才会傻到这地步。如果说这世界上已经没有神圣的东西，至少她现在还被蒙在鼓里。鼻梁挺拔的易西尔朝着象征世界霸权的华盛顿、国会山走去，感觉在这个地方，或者在任何地方，没有一样东西能比克拉拉更重要。他思忖着，这是我的选择，这是我的报应。我一旦走进凯悦大酒店的包房，我便会尝到自己收获的苦果。

这之后，克拉拉便迈向了婚姻。第一次婚礼是在教堂举办的。她穿着奶奶当年的婚纱，婚礼很有排场，蒂法尼的雕版画，利摩日的瓷器，勒力克的玻璃器皿。爸爸妈妈觉得，女儿自杀过两次，这次必须全力以赴为她安排一桩稳稳当当的生活，他们倾其所有，不再考虑节约。一号丈夫是位教育心理学家，专门从事中小学学生的心理测试。名字也好听——蒙塞拉特。克拉拉的信笺上印着"德·蒙塞拉特夫人"。但她后来对易西尔说："这场婚姻就像一只感恩节火鸡。一个月过后，火鸡肉都干了，你还得把那块胸脯肉吃下去。得不停地往上面撒上俄罗斯调料，可全城最锋利的刀子也切不动它了。"要说克拉拉哪件事做到极致，就是她发明的这比喻恰当得无人能出其右。"过不了多久，你就得忍着一丝一丝地咀嚼鸡肉干了。"

第二任丈夫来自南方，进了国会，还几次预备竞选总统之位。他们在弗吉尼亚住了大约一年，还偶尔能在华盛顿见到易西尔几面。见了面也没给个好脸，有天午饭时间，她对着易西尔说："老实说，真想不出，我那时候竟然想拥抱你。现在看见你，只想说一个字，呸！"

"你呸我一下也是正常的，我活该。"易西尔非常平静地说道，"知道你也有令人讨厌的一面，也没坏处。"

她没想要扇他一耳光，她瞅了他一眼，眼神里还透出一丝敬仰。

"我那时真是疯了。"她后来说。

那一阵儿，她和那位南方丈夫正打算生个孩子。她打电话找到易西尔，说他们遇上了一些麻烦。"我还想过你也许能帮上忙。"她说。

"不可能。那样的话，不就太奇怪了吗？"

"长着一对希腊式眼睛的孩子，你听着。泰迪，我就坐在这儿，你猜我现在对我自己做什么？你猜我的手在哪儿放着？你猜我正在摸什么？"

"我为了这个物种已经尽过力了，"他说，"为什么还要繁衍更多的罪人？"

"你想说什么？"

"这些纯粹实用性的丈夫并不是解决问题的办法。"

"可对你我二人，这事儿那时候是不可能发生的。你凭什么勾引那么多的女人？"

"你不也是勾引了好几个男人吗？可能是民主的缘故吧。配得上你的人很多呀，那么多供你选择。你就跟你匹配的人一起过吧。为什么要限制自己呢？"

"好了，结果并不让我快活……难道我不应该怀上你的孩子？艾力斯泰尔跟我可没有那么合得来。我那天呸你一口，你原谅我了吧？我那天真是太反常了。易西尔，要是你现在在这儿……"

"我不会有这打算的。"

"就算为了传宗接代吧。现在不是有代理母亲吗？"

"我看见有位黑皮肤的快递帅哥儿，脚蹬皮靴，头戴帽盔，腰里还系着一根皮带。等着一直热乎乎的箱子，里面有个装满精液的避孕套。

'快点，比利，把这给那位女士送过去。'

"你别开玩笑。还记得那位老斯多葛信徒吧？他的朋友发现他在做爱，一起起哄，他说：'别闹。我正在播种。'哎，我给你说这些，想让你好好想想。其实没那回事儿。我现在是认真的，我问你，我该怎么办？"

"你要怀，也得怀上艾力斯泰尔的种啊。"

可她已经把艾力斯泰尔蹬了，现在嫁给了麦克·史庞蒂尼，就是在米兰时她打算用打火机好好惩罚一次的那家伙。她说，对史庞蒂尼她还真动感情了。"虽然就在我们结婚前不久，我发现他让另一个女人的肚子挺了起来。"

"他那种人还能做丈夫？"

"我以前想过他一旦认识到我的价值，就会知道我对他更重要。他最终会明白这一点的。我不是说我比别的女人更优秀，我不优秀，我也很笨。可我是真正的我自己，对于我一旦爱上的男人，我会付出一切的。麦克，他怎么会跟那样一个破烂女人搞到一起，就在我的床上，门都没关，而且我还在家里？你告诉我。"

"人们得与无序状态有个了断，可一旦真的了断，他们也就彻底完蛋了。回过头来，想重新起步，才会意识到他们的脚筋大部分都断了。一切都完了。"

麦克·史庞蒂尼本打算善待克拉拉。他在康涅迪克为她买了一处海景房。他只要投资，就一定会发财，一分钱都丢不了。在康涅迪克，他的投资翻了一番。第五大街的套房也为他赚了一大笔。克拉拉在乡下的院子里养起了花，她一定是指望着那些花儿、那些植物具有一种同情人的魔力，或者，那种气味、那里的土壤可以让麦克躁动的灵魂平静下来，让他的高烧冷却下来。这桩婚姻持续了三年。他为他的不幸付出了代价，用犯人的话说，他活得很窝囊，随即打官司离婚，清算房产。让发疯的麦克停下脚步的，竟然是一场中风。左半边脸完全变形，（克拉拉的原话）成了对他人生战略——"他垮掉的人生观"——永恒的注脚。不过克拉拉颇有忠心，对这位中风的前夫也忠心耿耿。一日夫妻百日恩嘛，亲密几年哪能一刀两断？他中风后，克拉拉还在医院为他举办了一次生日聚会；她往病房送去一块蛋糕，只是医生没让她进去。

你倒了，破产了，枯萎了，快死了，烧成灰了，这时候，你就会发现克拉拉有多好。

所以，她自己竟然也当了经理，拿上了高工资，还颇有势力，这不能不算一桩奇事。说起话来很前卫，穿着打扮很新潮，深谙颓废派的生活，且有亲身体验，随时可以放下女王的架子，变成一个村姐，一个可以被任何坐贾行商、江湖骗子随便忽悠到干草垛里面诱奸的天真姑娘。在她身上，你可以突然发现一位来自偏远小镇的女孩，来自那种被现代科技和城市发展忽视了的小村落、单间教室、治安室、简易餐盘等等快要灭绝了的社会里的女孩。你得记着，她父亲还是一个教区委员，她母亲还不停地给电视上做讲座的原教旨主义布道士捐款。在这间布置得精美绝伦的董事会办公室里，克拉拉显得普普通通，就像一碗玉米粥，你有了这种想法，一旦看见她张口，就会不知道她到底是要说话还是要吹泡泡糖，可你若想不理她，你就得准备着受罪吧。

她每时每刻都预备好要坦承自己的无知，总是把"告诉我！"几个字挂在嘴边，就像当年常常对易西尔·雷格勒说的一样。这林中少女也摆脱不了思旧情怀；手边常有各种纪念品、家庭照片、情人节花边绣，易西尔给她买的那枚戒指尤其是她掌中之宝，虽然结过四次婚，可这枚戒指永远没离过身。她拿着戒指去估价，想为它买个保险，才知道这东西货真价实，保险金额高达一万五千块。易西尔在钱财方面是个白痴，运气不好，自己也马虎，每次投资都泥牛入海。二十年前，在四十七街的珠宝店里，老板麦迪逊·哈密尔顿弄错了这枚绿宝石的标价，绝对是个意外，克拉拉也是个马虎人，怀帕西的时候竟然把它弄丢了，或许是自己搁在卫生间的洗手盆边上了，或许是在网球俱乐部的凳子上被谁顺手牵羊了。丢了戒指,她沮丧透顶,而在一遍遍翻腾手包、抽屉、沙发缝隙、粗毛毯、药瓶子时,她更是垂头丧气。

劳拉·王还记得克拉拉当时那副垂头丧气的模样。"这事儿又让你一蹶不振了。"她带着一副典型的东方温柔腔调说道。

克拉拉一直希望摆脱她的心理医生格兰斯顿。她说过多次。"我怀着第三个孩子,总该让我自己对付了吧。情绪低落的时候,只要跟易西尔喝一杯,比任何心理治疗更顶用。哪个女人有过我这么多的医生?格兰斯顿会问我,这个符号一般的易西尔为何至今力量还如此之大?我该怎么回答?吸尘器袋子满了,就该换个新的。这感情的吸尘袋也该换换了吧。可是……就连像格兰斯顿这样的机械脑袋也明白。他想让我麻木。我那些时候简直可以为爱而赴死。唉,现在不活得好好的吗?有了丈夫,怀了孩子。用神学家们的话说,用那些神圣的胡言乱语来措辞,我现在已经'禅定'了。既然已经禅定,为何还要为一枚戒指郁郁寡欢?"

最后,她还是打电话把戒指的事儿告诉了易西尔。"这是我俩之间的纽带,"她说,"现在还拿这事儿来烦你,我深感内疚,尤其是这阵子你和法兰欣的关系也出了问题。"

"还没糟糕到这地步,跟你说几句鼓劲儿的话还是能办到的。"易西尔说起话来,有一种很可以信赖的口气。他厌恶闷头生自己的气。一切都井井有条,似乎就是为了配得上自己那副希腊式的面孔;那一对眼睛似乎也在要求你得有特殊的克制,哪怕这克制出于装腔作势。易西尔对自己未免过于苛刻,对于克拉拉,对于自己的几次失败的婚姻,还有现在正在维持的一次,他总觉得都应该归罪于他自己。可他每做出一个决定,都荒唐无比。他一心向往文明、结构和秩序,可他在对待女人上总是冒险行事,纯粹一个赌徒,一个无政府主义者。双方都有无政府主义的嫌疑。即便如此,他那种牵挂,对她的那份情,却始终深藏在心里,这不能不让他自己吃惊。还有一种对她的敬仰,一点儿一点儿地积累,犹如一轮月亮从天际缓缓升起，一寸一寸，几十年才能步过天顶。

"我俩之间牵扯进了七场婚姻，可我们还是彼此相爱。"她说。十年前说这话可是要冒些风险的，会让易西尔惊惧得魂魄出窍。现在，她已有信心，他肯定会同意她这样说的。他的确同意。

"真是这样。"

"那你如何解释我弄丢戒指这件事？"

"没必要解释，"易西尔说道，"该发生的都发生了，你使劲儿地想从其中挤出那么一点一滴的意思，这没多少好处。人们把情感看作洗衣盆里的一堆衣服，使劲儿拧呀拧呀，拧出来的不过一点儿脏水，这是靠不住的。我，我倒不觉得你弄丢戒指就是对不住我。你说买过保险的？"

"买过。"

"那就索赔呗。保险公司都收费很高，你一定交过可观的一笔钱吧？"

"为这事儿，我的心都碎了。"

"那是你一千年前的那颗心吧。你的心理医生能帮你这个忙。"

"能帮上，也就一点儿。"

"那帮人！"易西尔说，"如果有一只千足虫进了他们的办公室，出来的时候，肯定每条腿都瘸了。"

克拉拉把这段对话详详细细地转述给王女士听，又说："的确有效果。易西尔灵魂中的那个无政府主义者竭尽全力了，我跟他哪怕只说五分钟的话，也会深受鼓舞。"

保险公司付了她一万五千块钱。不过，一年后，戒指失而复得。

那是一年春季她心血来潮，要做一次大扫除的时候发现的。戒指就卡在床脚轮上面的一个连带着制动杆的木头框子里。就在她睡觉的那边。肯定是她摸着黑找纸巾的时候从床头柜上碰落的。至于当时为什么要摸纸巾，既然戒指已经找到，她也就不必多想了。她将戒指举到脸上，深深吸了一口气，似乎在感觉这绿色的冰块释放出来的精髓。不，还不能说是冰块，钻石才是冰。不过，不妨说，绿宝石也算是冰吧。易西尔的誓约就冻结在那里面，或者说，那里面凝结了她自己对这男人的无限热情。热情应该是红色的，就像人体上的某个节点，性器官上某一部位。那是你在红宝石上才能见到的。这颗翠绿的形态应该代表冷静。这不是她的遐想，而是像蔚蓝色大海一样、像这宝石原来的藏身之地——大山一样，实实在在。她想象着那些遥远的地方，大西洋、安第斯山脉，犹如探索着她自己身体的内部。她说话喜欢概括，这次她说："说到底，我的身体也是一座矿山，一座孕育婴儿的矿山。"生了三个女儿，便是明证。

克拉拉没有向保险公司说明情况，她不打算把钱还回去，反正这钱早没了。她用这笔钱买了一架钢琴、一块地毯、又买了一套利摩日瓷器，鬼知道剩下的钱花到哪儿了。戒指不能再次投保，不过她也不在乎。她欣喜若狂，打电话给易西尔："真不可思议。你猜它掉哪儿了？就在我身子底下，硌得我没法睡觉。本来一伸胳膊就能摸到，手指头都能抠出来的。"

"有几个人能这样说？"易西尔说，"你的灵丹妙药就在伸手便可拿到的地方，而你自己却躺在床上忍受痛苦。"

"只是你不明白……"克拉拉说，"我还以为你会高兴呢。"

"我是很高兴。大好事啊！找到戒指，你可以多活十年了。"

"我往后得多加小心，好好保管。现在不能给它买保险了……我没法确定，像这枚戒指一类的东西，对于一个天天想着大西洋联盟、威慑、核武力等鬼才明白的事情的男人，到底有多重要。"

"如果答案就在我床底下，那就好了。"易西尔说："但是你如果认为我不在乎戒指，那就太不应该了。同样，如果你觉得我只考虑世界大事、'具有决定性的力量关系'等事情而看不起你，把你视作小孩子，像老爸对待女儿一样对待你，那你就错了。我喜欢你，我还没有这样喜欢过总统呢，国家安全顾问也轮不到。"

"这一点我看得出来。跟人打交道,你宁愿就只有我一个。"

"想想,如果没有那次大扫除,戒指极有可能就到你的那位换工手里了。"

"我的换工绝对不可能,做梦也不可能去打扫我床下那个位置。就因为这,我才请了假回来自己干。我得围着王尔德干活儿,他坐在那儿看勒·卡里的小说。要说一个男人坐在女人当家的屋子中间,真是跟印第安西坞部落的人坐在茅草棚子里差不到哪儿去。他就是那个酋长坐牛。不过,他这人还算温顺,即便举止有时像个称王称霸的男人,也不失可爱。他呀,绝对会像条船沉到海里,如果我没有……不说了。"

"如果你没有为这条船找到船员。"易西尔接过话头。

的确,这是个女人做主的家庭,也正因为这,吉娜在纽约才不那么觉得背井离乡。她说过很爱这座城市,女人在这儿生活很便利。任何人到纽约之前,就对它有所了解,毕竟有那么多的电影、杂志都在宣扬纽约。当年约翰·肯尼迪说他是柏林人,柏林所有的人都回答道:"那又咋样?我们还都是纽约人呢。"在吉娜看来,纽约的确没有让她见外的事情。

"那是你想的,孩子,"克拉拉回答道,不是当着吉娜的面说的,而是后来对王女士说的,"但愿她不会看穿这城市会怎么对待一个年轻人。你想她多么漂亮的一个女孩子,脸上一副意大利式的魅力,而且那么单纯——当然,单纯不单纯很难证明,只凭周围这危险四伏的环境,你很难期望她能够忘记自己是个女孩儿。"

"你让她坐地铁吗?"

"让?"克拉拉说道,"年轻人出了门,你还能管得了她们?我只能为她的安全祈祷。我给她说过,如果穿短裙出门,最好外面再套一件长衫。可对于这些没有见识过贫民窟的孩子来说,我们的警告只是耳旁风。现在的女人都应该到贫民窟里去体验体验。自然啦,我还是有义务盯着这孩子,她很单纯,我必须保证在高峰期乘车,她不会愿意让色鬼们在她身上蹭来蹭去。"

"做个有责任心的长辈可真不容易。"劳拉说。

"那是老式的宗教情结在我心里作怪,监护人的责任啊。"克拉拉说这话时有一半是在开玩笑。可当她提起过去,提起她的成长岁月,她又变回了当年那个宽额头、大眼睛、小鼻子的姑娘,那个被父母逼着大段大段地背诵《加拉太书》和《哥林多书》的小女孩儿。

"她对孩子们倒很合适。"王女士说。

"孩子们跟她在一起很自在,露西也没感觉到压力。"克拉拉一直觉得露西是最让她头疼的一个。她整日里闷闷不乐,太胖,不愿交朋友,嫉妒心重,叛逆心强,时时感到有困扰。让她动一动都很难。克拉拉建议她剪剪头发,浓密的鬈发把整个脸都遮住了。"这孩子头发长得就像朱庇特,"克拉拉有次跟劳拉聊天时说,"有时候我甚至觉得她跟砖瓦厂里的工人一样健壮,或许以后再长一长真会呢。"

"她会不会喜欢像你一样的短发?"

"我不想因为这事儿而大吵大闹。"克拉拉说。

这孩子的确有些笨手笨脚(尽管她的双腿,就像你看到的一样,会越长越美),但她笨手笨脚背后却有着无比的力量。露西常常抱怨说几个妹妹合伙儿欺负她。克拉拉说,似乎真有这事儿。帕西和塞尔玛体型优雅,相比之下,露西就显得粗壮,还没到尴尬的年龄,就已经很是尴尬了。她以后过了尴尬的年龄,也会尴尬的,就像她妈妈一样,浑身是刺儿,动辄火冒三丈,谁都不服。有一天,克拉拉终于打通了关节(她瘦削的脸上那双超大号的眼睛彻底制服了这孩子:"有话尽管跟妈妈说,到底发生了什么事?你心里有什么烦恼?")露西哭了起来,说班上的女生都不理她,还拿她当笑柄。

"一帮小婊子,"克拉拉对王女士说道,"小小年纪,就开始欺负人了,真让人惊讶。就连塞尔玛和帕西,本来也是充满爱心的姑娘,竟也从露西的受难中得到好处了。露西'粗壮'——你该知道'粗壮'这个字眼在孩子心里意味着什么，倒显得帕西和塞尔玛是窈窕淑女了。两个妹妹也不笨，但我感觉露西真正有脑子。露西身上有种大气。吉娜·魏格曼也这样说。露西的举止有些像一只母兽，不仅仅是因为她的罗马式发型，她还有种贪欲，对别人记恨。天哪，她真的记恨呢。吉娜在这方面就可以起上作用了。吉娜很有品位，而且很喜欢露西。我自己虽然公司里事务繁杂，家里有事我首当其冲，但我还是这些孩子的妈妈呀。我还去跟学校里的心理辅导员谈过（我曾经还嫁过一位心理学家呢），也跟其他学生的家长谈过。或许当初把孩子送到'顶级'学校就是个错误，那里面尽是些大商人、大律师的公子小姐，首先得克服这些人的影响。我实话实说……"

　　克拉拉跟劳拉·王出身差异太大（克拉拉自己的出身倒像一个异邦人），所以有句话她没有说出口。这句话与《马太福音》十六章十八节有关："地狱的大门不能战胜它"，"它"就是爱，也就是说，任何门在爱面前都是敞开的。这是克拉拉从乡下老家带来的最原始质朴的信念，也是一直困惑她心灵的一个因素。向自己的知心朋友解释这些似乎有些吃力不讨好的味道，毕竟，你说来说去，劳拉·王还是一头雾水，越解释越无法弄清楚，所以，在此，克拉拉便无法实话实说了。

　　"这孩子身上有一股成年女人的气质，还是一个漂亮、强有力的成年女人。吉娜·魏格曼直觉里也意识到了这一点。"克拉拉说。

　　她喜欢吉娜，只是靠得太近也不明智。太近了，就像干妈干女儿一样，会在几个孩子中间挑起嫉妒。得有距离，避免过分亲密，尤其避免交心。可偶尔给点特殊待遇，只要目的在于教育，也未尝不可。例如，你让这位换工把报纸拿进办公室，你可以领着她到处转转，给她沏杯茶。有次她带着吉娜参加了一场关于肩衬的新闻发布会，听了听对于不同款式的肩衬、肩耸的高低、衣服挂起来要不要有种直线等问题的种种意见；还有，阿玛尼、克里斯汀·拉克鲁瓦、索尼娅·里基尔等品牌设计的最新潮流。她还带着吉娜看了一场来自意大利的春季时装表演，聆听专家们讨论靴子要不要超过膝盖、季安尼·维萨斯灯笼裤上面要不要加一层裙边等问题。推销人员推出绉绸短裙、以假乱真的仿豹皮夹克、人工海狸皮披肩，等等，都是腰缠万贯的工艺大师们、身价数亿的设计大亨们的天才制作。吉娜着装得体、年轻貌美、楚楚动人。克拉拉说不清楚这次时装展对她有多大印象。克拉拉想，最好不要把这一切说得天花乱坠：豪华的布置、意大利来的璀璨群星、专家们的夸夸其谈，所有这些，在颇为低调的女皇面前都显得黯然失色。

"唉，对这些玩意儿，我能说些什么呢？"克拉拉对劳拉·王推心置腹地说道，"这种耀眼夺目的东西就是我们的生活，本来很可爱的女人，在这些令人眼花缭乱的皮草、丝绸、化妆品等等等等生意当中，个个都变得又老又丑，还这也看不惯，那也不满意。我最看重的其实是家庭责任，怎样爱护我的几个孩子。"

"你想给你那位吉娜特殊的待遇。"王女士说。

"高兴高兴我也很乐意，"克拉拉说道，"我们得找找乐子，但那得花多少呀！谁又能得到什么呢？况且，劳拉，如果要挥霍在女人身上……某个女人已经够漂亮了，还要给穿一件漂亮的衣服，一回事，那叫锦上添花。可如果只有外在的加工，那效果就不伦不类了。大多数情况下，就这么回事。当然也有厚颜无耻之徒，也有深陷绝望之人，表面看起来也光鲜无比。但大多数的修饰，效果都极其恶心。奥登有一句诗我很喜欢，'狂人决意于受难'，就是我刚说的意思。"她说完这句，突然显得莫名其妙的暴躁，她说过头了，远远超出自己的预想，也远远超过王女士的理解。在这儿，她不妨也可以援引《马太福音》十六章里的那句。

这位华裔美国密友已经习惯了她的这种神情突变。克拉拉说起自己对衣服的见解时不会表现得像在舞台上一样；她大声说话时也多半是在沉思，只是把所思说出口来而已，而且，在这种场合，她的脑子里也多半是易西尔·雷格勒和跟他私奔的那一个又一个女人，还有陆续成了他妻子的那些女人。这里面，有几个被她称作"花瓶女人"——浓妆艳抹的狐狸精，华而不实，愚不可及，"将奶子拖在地上"。这号人，易西尔这么优秀的男人就绝不应该在她们身上浪费精力。他竟然还结过三次婚，生了两个孩子。多大的浪费！为什么要有七桩婚姻、五个孩子！就连麦克·史庞蒂尼也是个浪费，他有权有势、相貌出众又能怎样？不就是一个来自地中海、来自意大利的丈夫，生意做烦了、花天酒地玩腻了才偶尔回家见一面妻子，这还得看他高兴不高兴。全都一丘之貉！其他几个勉强算个丈夫，严格说算不上人，从他们身上，你得不到一丝一毫男人的感觉。

真可惜啊！劳拉·王思忖。泰迪·雷格勒真应该娶了克拉拉才对。可以不择手段，需求也罢，怜悯也罢，感情也罢，随你说，反正这"两堆卷宗"（劳拉的措辞）完全吻合。易西尔现在活得也不顺当。在吉娜做了她家寄宿帮工后，克拉拉就从沃尔芬斯坦那个老女人（泰迪的第一任妻子，华盛顿有她安插的线人）嘴里了解到，第三任雷格勒夫人有一天一大早，泰迪前脚出门去上班，她就后脚雇了一辆篷车把房子拉了个干干净净。泰迪晚上下班进门，发现除了一张床，就是前一天晚上俩人一起睡过的那张床和几件不值钱的餐具，屋子已经空无一物了，床上的被褥也被揭走了。法兰欣，也就是他的第三任妻子，没有生育，也就没有抚养孩子的顾虑。她虽说嫁给了雷格勒，可整日里都在百货店里打发时日，这一点绝对是真的。泰迪没能让她感觉到她在分享着他的生活。即便如此，这男人也吃惊不小，彻底垮了，情绪低落，一时卧病不起。本来那几天他就在为母亲的离世而悲伤呢，他母亲葬礼办完刚刚一周，法兰欣就把他的家整了个精光。

克拉拉和劳拉一致觉得法兰欣知道了易西尔悲痛欲绝，肯定会内疚得要死，可法兰欣自己一点儿这样的想法都没有，不仅没有，还厌恶这类情绪。"有些人就是不明白悲痛为何物。"克拉拉说。也有可能这当中另有一个男人，跟这个男人浪漫一个下午，回家后发现自己的丈夫闷闷不乐,还需要安慰,这会让她极其不快。"从一个妻子的角度看,这很容易想象得出来。"劳拉说。她自己一场离婚官司就闹得非常不快。丈夫叫奥多·风歌,是位皮肤科医生,一头金发,红红的、胖胖的娃娃脸,眼睛时而蓝得像婴儿,时而蓝得像威士忌酒,这种男人会把你死死地卷进他的情感之中,所以分手便万般痛苦。真还不如雇一辆搬家公司的大篷车,让它把一切都径直搬到未来。未来,也就是遥遥无期(这一生永远不再),永远不再见到对方。"法兰欣感情已毁,却没想着把他看透。这种事情,每个时代都有各自的解决方法。记得你说过,文艺复兴时代,毒药是最好的方法。感情毁了,另一方的身体也就无法再忍受了。"

克拉拉并没有用心听劳拉这些话,只是随口说道:"毕竟还是进步了。搬家总比杀人好,至少双方都活着。"

王女士到了这一步,不想要丈夫,也不想要孩子,她退缩了。她只对克拉拉·维尔德仰慕有加,或许她的好奇心要比仰慕更重,她对克拉拉和易西尔·雷格勒之间的关系兴趣大得了得。报上只要有雷格勒的新闻,她都要剪下来存着。电视播放对他的采访,她也会像克拉拉·维尔德一样,只要可能,一分钟都不会错过。

克拉拉听说法兰欣把易西尔的家搬了个精光,立刻动身,赶着最早一班飞机,飞到华盛顿。孩子有吉娜看着,只要吉娜在,克拉拉满可以放心把孩子交给她。除了吉娜,克拉拉还有一位后备帮手,佩拉尔塔太太,清洁工,也是多年的好友。

克拉拉发现易西尔虽然痛苦难支,却依然自尊不减。他对克拉拉很亲热,却话不多说,只是对她的来访表示感谢,而且语气很正式。他说他不愿意再提他与法兰欣之间的往事了。

"随你吧,"克拉拉说,"可你这儿一个帮手都没有。只要我还在纽约,如果你需要,我会照看你的。"

"你能来我自然高兴。这些天我丧气透顶了。可是,我听说了,人一旦讲起自己的不幸,就会啰嗦不止,各种关系一个接一个,说个没完没了，听的人会被烦死。我保证我会恢复过来的。"

"当然，你能屈能伸，"克拉拉很为易西尔自豪，"咱们就不多说这事儿了。只是，那女人也没有必要非得等着你母亲过世才动手啊。她完全可以早些时候行动。她专等着你倒了，再踩你一脚。"

"一起好好吃一顿如何？中东餐？中国餐？意大利餐？还是法国餐？我看你戴着那枚绿宝石戒指。"

"我本希望你会注意到。告诉我，易西尔，你是不是打算搬家？她把一切都拿走了，屋子全空了？"

"先凑合着住吧，等有了钱在起居室里添几件家具。"

"得有人照顾你啊。"

"如果说有什么东西可有可无，那就是现在这可怜巴巴的我，垂头丧气，来了一位忠心耿耿的女人，让我感恩戴德。"内心里还这么强大，这让他很满意。

"人类的家庭是什么样子的，他不想自欺欺人。"克拉拉后来解释道。

"你不能因为某个女人看重你的价值，就娶了她。"饭桌上，克拉拉这样说，"就像格鲁丘·马克斯说过，他不能就因为某个俱乐部愿意接受他，就加入那个俱乐部。"

"我告诉你吧，"易西尔说。克拉拉明白，易西尔说话，喜欢先旁敲侧击，然后再从某个角度出其不意地转入核心，"总统要去沃特尔·立德医院就医，各大报纸马上就会有他的膀胱和前列腺的图样。我记得艾森豪威尔的回肠炎那幅图画得实在令人恶心。还好，没人把我的那几处重要器官画出来登到报上去，伟大的人民也没有盯着我的肛门看热闹。同理，关于我的内心活动，我不愿听到闲言碎语。法兰欣不看重我的价值，也是很公平的。她不看重我，我也会跟她活一辈子。我一直很有耐心……"

"你是说你早放弃了？听天由命？"

"我一直充满爱心。"易西尔很倔强。

"那是你装出来的。你知道你的弱点,心甘情愿付出代价。你的爱心?她一点儿也不在乎。"

"我没有不忠。"

"错了。你输了。"克拉拉说,"你钻到办公室躲了起来,研究俄罗斯啦,伊朗啦,还有那些利比亚、黎巴嫩的疯子,追踪这些人给你带来乐趣。可你知道什么能给她带来乐趣?"

"我想她每天早上起来,拿着信用卡,都得想想去哪儿购物。她喜欢各种拍卖会,喜欢家具展。她买过一件鸵鸟皮外衣,还带着靴子和手包。"

"还有什么能给她带来乐趣?"

易西尔不说话了,用刀刃把面包屑推过来推过去。克拉拉想,这女人对他不忠。可爱的法兰欣不知道她嫁给了怎样一位男人。可是像她那样的女人,挺着一对大波,在外头到底做了些什么见不得人的事儿,又有什么关系呢?克拉拉带有暗示性的问题并没有让易西尔生气。不妨说,她对面坐着的,只是埃文斯或者施黎曼,或者不管什么人,在米诺斯岛上挖掘出来的远古人化石,或者,只是无声电影里面某个眼睛被画得长长的角色。要说克拉拉是从中世纪来的,那么,易西尔无疑就来自上古。想想,一个下等女人感觉这样的男人看不起她!易西尔无疑就是美利坚帝国里的吉本或者塔西佗。他本人自然不会有这种想法,但克拉拉至今记得他是如何评说凯因斯对克莱蒙梭、劳合·乔治和伍德罗·威尔逊三位人物的描述的。凯因斯对相聚于凡尔赛宫的几位领袖评头论足,易西尔如果愿意,也完全可以以同样的方式对尼克松、约翰逊、肯尼迪,还有基辛格,甚至伊朗国王、戴高乐等人进行如法炮制。国际人物绝对会认同易西尔对他们的评价的。有时他会在不经意间说出一句评语或者判断:"俄国人、美国人都无法掌控这个世界,他们无力规划世界的未来。"克拉拉有时想,如果有一天她发迹了,一定要资助易西尔把这些想法写成著作。

她说:"你若想让我在这儿多待一段时间,王尔德去明尼苏达会见一位小政客了,那人想弄几篇演讲稿。吉娜在家里跟几个朋友一起玩儿呢。"

"你觉得我需要友情救助吗?"

"你倒大霉了。承认这一点难道有损你的面子吗?"

易西尔还是把她送到了机场。机场外的主道暂时没有车辆,灯火通明,飞机歪着身子载着成千上万的旅客进进出出。

克拉拉问他在做什么工作:"我不是问你为谁干活儿,我问你手头具体做什么。"

但在去机场的路上,有更要紧的事情需要说说。时间足够。易西尔开得很慢,下一班飞机九点才起飞。克拉拉很高兴他们没必要太急。

"我今晚戴这戒指你不介意吧?"克拉拉问道。

"你是说因为它会让我回想到它本来会让你我处于什么样的关系,所以不合时宜?我不介意。你是来看我倒了什么霉、如何帮我的。"

"易西尔,下一次,如果还有下一次的话,让我帮你把关选女人吧。在分析政治问题上,你很拿手……这后半句我就不必说了。况且,我的判断一直不是百分之百的……"

"克拉拉,如果有人会问我,我肯定会说,你是个奇人。没有被玷污、有自己的道德逻辑、靠自己强大的力量、凭着自己女人特有的判断,独立将其实施。你听说我倒了霉,便立刻坐飞机来看我。有几个人会仅仅为了看望某个人而乘坐这班华盛顿飞机?坐这飞机的无不是为了办事。有观光的,有去国立艺术馆看画儿的,大多数是来跟人上床的。有几个人来是为了深谈的?"

他停下车,好跟她一起步行到门口。

"你真可爱,"她说,"我们得互相照应着才是。"

坐在飞机上,她把安全带勒得紧紧的,好把满腔激情控制在体内。

打开一本《时尚》杂志，只是为了把脸埋在书页间。杂志里任何内容都与她无关。

回到公园大道，公寓楼管的妻子，一位拉美籍女人，等着她。佩拉尔塔夫人也在。克拉拉早先时候请这位清洁女工帮着吉娜招待（也算监视）客人。电梯工兼门房也跟这两个女人在一起，仨人都在门篷下等着。公园大道的人行道比其他地方的都宽，路中间的隔离带整整齐齐地种着这个季节的花儿。门房扶着克拉拉下了黄色出租车，两个女人便迫不及待地讲起了吉娜举办的大型宴会。"各色人种都有。"佩拉尔塔夫人说道。

"三个姑娘怎么样？"

"啊，姑娘们我们看管得很好，没让她们跟东哈莱姆的那帮人在一起。雷格勒先生打电话来，说了您乘坐的班机，我们就都来了。"

"是我让他打的。"克拉拉说。

"吉娜自己也许不知道会来这么多人，她男朋友的朋友，朋友的朋友，我猜。"

"她有男朋友啦？什么样的人？这倒是件新鲜事儿。"

"我让玛尔塔·艾尔维亚来亲自看看。"安东尼娅·佩拉尔塔说道。这位玛尔塔·艾尔维亚就是楼管的妻子，跟安东尼娅也沾点儿亲戚关系。

电梯拉着她们上楼。玛尔塔·艾尔维亚怀着八个月的身孕，几乎占满了电梯。她说，来了一大群人，都不是什么好货色。这个家似乎谁都可以自由出入。

"快告诉我，她的男朋友是什么人？"克拉拉问道。

她们描述道，那个男人来自西印度群岛，说法语，皮肤黑黑的，长得还很帅。"有点儿目中无人。"佩拉尔塔夫人说。

"他到家里来有多少日子了？"

"就几周吧。"

克拉拉进了家门，第一印象是：这家还能被搞成什么样子。我自己从没有这样用过。她一直把起居室用作行为得体的场所。

聚会到了尾声，只有大约四五对人还在。克拉拉后来跟别人说，那几个年轻女子个个艳俗不堪。"房间被整成了西区地铁车厢。小伙子个个浑身肌肉，就像练过体操。我对大麻的气味还是很熟悉的，但新式毒品我一无所知。霹雳我当时听都没听过，不知道具体是什么，更不知道有何性能，什么气味儿。整个场景，加上他们身上那怪异的服饰，简直就像一个虚幻世界。吉娜那位特殊的朋友，弗列得利克，长得的确很帅，皮肤黑黑的，说起话来带着一副很诱人的法国调。吉娜试图在我面前表现出什么都没发生过的样子，可又很难装得出，虽说我也没打算对她发火。三个孩子当时就在靠里面的屋子里睡觉。遇到这种事，历史教科书上学过的东西就记起来了：当年闯西部的女人，丈夫不在家的时候，是怎么教训那些印第安战族的。所以我尽量不让大家难堪，把音乐拧小，打开换气扇，客人就慢慢散去了。"

佩拉尔塔夫人收拾屋子的时候，克拉拉找吉娜·魏格曼谈了一会儿。她说她没想到会有这么多人，几个熟人在家聚聚没问题，怎么会有这么多不明不白的人。

"弗列得利克问我能不能带几个朋友来。"

克拉拉很乐意相信这是欧洲人对纽约式的聚会有种误解。无所顾虑的年轻人，什么民族的都有，踏着雷鬼音乐狂舞。在维也纳，还有其他任何地方，这种美国生活场景只有在电视里才能看到。这就是美利坚，一个任何人都可以放纵自己的国度。

"吉娜，我得告诉你，不管怎么说，我不允许这种事情发生，这只是那种低级下流的电影才有的情景。"

"对不起，维尔德夫人。"

"你在哪儿认识弗列得利克的？"

"奥地利的朋友介绍认识的。他们在联合国工作。"

"他也在联合国工作?"

"我没问过。"

"经常见面吗?你不用回答。我看得出来你很喜欢他。你从来没问过他做什么工作?他不是学生吧?"

"没有想过要问。"

从吉娜的脸色可以看出,她"想过"的只是撩起裙子。克拉拉很明白这一点,都是过来人了。来到异国他乡,体验体验这种从来没有过的经历,不是再自然不过的事情吗?否则,为何要远离家乡?

克利福德,阿提卡的那位服刑犯人,至今还年年寄来圣诞卡,从不间断。二十五年没见过了,也没有其他的联系。弗列得利克连一张卡片都用不着寄吧。一代人一代人差别就这么大。克利福德可是个乡下小伙子。

克拉拉暗自思忖,一定得留神,不能让事情越来越糟糕。

但她也想,得搞清楚吉娜到底是什么样的一个人。是什么把她勾了起来?这是不是她所想要的一切?我从来没想到她属于那种骚女人的类型啊。

"我猜在维也纳不会是这样的吧,"克拉拉说,"不至于把陌生人带到家里……"

"没有啊。您自己不是也对那位黑人女士很友好的吗?"

"佩拉尔塔夫人可不是陌生人。"

"感恩节那天,她把自己的孩子带来,跟姑娘们坐在一张桌子上吃饭。"

"这有什么不对的?对啦,"克拉拉说,"对第一次到美国的欧洲来人来说,黑人白人坐一起的确会有些不可思议。我丈夫和我绝对不是种竹主义者……"(她把"族"念成"竹"多年了,怎么也改不过来。)"但是,佩拉尔塔夫人已经成了我们家可靠的一员。"

"可是,弗列得利克的朋友难道会偷……"

"我没有指控谁,但你也不能为任何人担保,是吧?你也是刚刚才认识他们的。你没有注意那些安全措施吗?门、警报,每个人都检查了?"

吉娜声音很轻,也很平静:"我注意到了,我还以为这些都与我无关呢。"

与她无关!吉娜也觉得这一切跟弗列得利克没有什么关系,他甚至不能容忍有人怀疑他。克拉拉就忠诚这一点对吉娜百分之百放心,这样一想,便不禁又热心起来了。"这不是肤色的问题。我们公司在南非还有分部呢。"说这话其实没多少分量。在克拉拉看来,南非跟大都①没多大区别。但她想,她们两个人都被引入荒唐的境地,互相说的都是毫无意义的废话。这姑娘大老远来到纽约不就是为了了解像弗列得利克这样的人的吗?可又有什么可以了解的呢?小事一桩,无足轻重,还无聊透顶,一堆让人头脑发热的烦心事儿。她把这事儿记在心里,想着见了易西尔告诉他,再征求一下他关于南非分部的意见。

"这样吧,"她说,"恐怕我还得对你在家里招待客人的人数作个限定。"

姑娘点了点头。这就对了,她怎么可能反对呢?

不必再责备了。一边强硬,一边抚慰,足矣。若把她打发掉,她肯定会哭的。而且,我也会想她的,克拉拉不得不承认。她站起身来(她觉得这是女主人结束一场不愉快的谈话的最好方式。她越来越意识到,她得依靠那种大家主妇所惯用的姿态)。吉娜进了自己的屋子,克拉拉开始到处检查:颜森牌烟灰缸、银质开信刀、壁炉上的摆件。她已不止一次想着有人能够与她分担这些琐事。王尔德是指望不上的。即使他承接了五十份演讲稿的写作工作,他也赚不够在矿业股票里——"家庭理财"和"阳光投资"——丢进去的钱。据说稀有金属可以保值,可是能

---

① 即元朝首都北京。这里代指遥不可及的地方。

保值的越来越少，本金也越来越小。

　　检查结束后，克拉拉趁着安东尼娅·佩拉尔塔还没有打开那台轰轰作响的吸尘器，问了她几个问题。吉娜的男朋友多长时间来一次？安东尼娅用一只僵硬的指头戳了戳自己的脸，意思是还得提高警惕。她说："维尔德夫人，你可以相信我。"对了，这女人属于那个极度机灵的亚文化圈。私下里说，她和玛尔塔·艾尔维亚可以盯着这个家。至于吉娜·魏格曼，安东尼娅没说什么。又说，她也不是天天在家，她也有休息的日子。还记得吧？安东尼娅从来没有打扫过床底下。如果她打扫得彻底，就一定会发现那枚丢失一年的戒指的。如果她发现了，会不会交给克拉拉？这女人很诚实，克拉拉自己这么判断的，可她的判断会不会也有万一走神的时候？保险公司已经给她赔偿了，即使安东尼娅私自把戒指装到自己口袋里，对克拉拉来说也不算损失。不会！这些说西班牙语的女人们绝对诚实。玛尔塔·艾尔维亚交了担保金的，三重保险。安东尼娅·佩拉尔塔连她的一条手巾都没有拿过。

　　"在我自己的家，"克拉拉后来说道，"我反对把贵重物品锁起来。连最起码的信任都没有的家，那不叫家。我无法容忍拿着一串钥匙生活，就像个法国人、意大利人。有女人对我说珠宝没有锁好，就无法入睡。而我正相反，珠宝锁起来，我就无法入睡。"

　　她对吉娜说："你说以后不会发生让人不愉快的事儿了，我相信你。"她必须把这话说清楚，可也意识到，这样说不可能不惹吉娜生气。

　　吉娜没有显出异常的脸色，也没有不快的神态，只是简单地问道："您意思是，不让弗列得利克来了？"

　　克拉拉的反应是，去他那儿，还不如到这儿来。她在想弗列得利克的窝会是什么样子。其实不难想象。她自己就曾经是混迹于纽约的一位年轻姑娘。吉娜的处境其实也是她自己的女儿们长大后她必须面对的情形。除非老天降旨，说这邪恶之乡已经作恶多端，急需阻止这沉沦，该削削这浮华，引来大西洋的洪流将其冲刷干净。只是不大可能，没有指望。

"绝不是这意思,"克拉拉说,"我想请求你,安东尼娅不在的时候,你要好好管好几个孩子。"

"您是说我跟孩子在一起的时候,不要让弗列得利克到家里来?"

"对。"

"他不会伤害孩子们的。"

克拉拉不想再多说。

克拉拉下班路过王女士家,喜欢顺便去喝杯茶,歇歇脚。一天,克拉拉对她提到了这件事。王女士住在麦迪逊大道的一套公寓房里,房子装修得不伦不类。大多为斯堪的纳维亚设计,没几处东方的痕迹,只是墙上挂了几幅金黄色木框装裱起来的中国书画作品。克拉拉手里端着一杯冰镇威士忌,杯子上裹了一层湿乎乎的纸巾,说:"我很不愿意强行对那姑娘规定什么。我一切都为她着想,虽然不是事事都情愿。"

"你可算是同情她同情到极致了。"

"当然了,她还得学,"克拉拉说,"我年轻时也一样学过。成熟女人不愿考虑这么多,我不以为然。我们被迫接受的教育都太粗糙。"

"现在,你觉得是……"

"不是现在。对年轻女孩子,这代价的确太高。"

"你是在想你自己的三个女儿吧。"王女士说,还真说到要害处了。

"我是在想,如何熬过二十年才能明白——才可能会明白——需要保护的是什么。"

或许对自己去劳拉家不是很顺心(毕竟这是纽约),她开始步行回家。回来后,佩拉尔塔夫人就立刻告诉她,她发现吉娜和弗列得利克直挺挺地躺在起居室的沙发上。干什么?哦,只是亲热亲热而已,可那位年轻人竟然穿着皮靴,脚下踩着她家的真丝枕头。克拉拉明白安东尼娅生的什么气:那年轻人不把维尔德一家人放在眼里,精致的丝绸枕头也不在话下,还平躺在沙发上,一副目中无人的姿态。或许还不是那样的，他还没有到达故意伤害人的那个水平。

"你要去跟那姑娘说说了吧？"

"我想我还不会。不去。"克拉拉回答道。她这样说，在佩拉尔塔夫人眼里，很容易被看做一个可怜的美国人的典型，一个在家里心甘情愿地被驯化得服服帖帖的人。克拉拉似乎只是对自己解释道："我宁愿让那小伙子到我家来，也不愿意让这姑娘去他的窝。"她刚说完这话，就马上很肯定地意识到，不管是在这儿还是那儿，谁也没有办法阻止吉娜干他们想干的事情。她或许会对吉娜说："尽情享受纽约吧。还有这些维也纳无法容忍的行为。在维也纳你妈妈的家里，不会有哪个男人趴在你身上的。"

"充满机会的国度。"她或许还会说。但这一切都是她自己思想过后自言自语的。她一边沉浸在梦幻一般的静寂中思想着这些问题，一边用舌尖舔着自己上嘴唇的中间位置。为什么就是中间这一点如此干燥？幻想做爱的情景往往会让她上嘴唇的这个部位干燥难耐。她不是嫉妒吉娜，像她这样一位在王女士面前能如此袒露自己性生活的女人，不会嫉妒任何人。不会的。她只是对这个胖乎乎的小美女感到好奇。她能感觉得到，这姑娘好深。克拉拉安静下来的时候，就会去猜测她到底有多深。

就这样，她静静地合上双眼，开始打盹。突然，本来常常在过厅里等着她的玛尔塔·艾尔维亚挺着大肚子来到她面前，肚皮差点儿顶到她脸上，说弗列得利克一点钟来过，她回家前刚离开。

（从前面看，克拉拉的面庞有些古怪。从侧面看，你会不由自主地去想象，哪位佛兰德斯画家给她画像最合适。）

"谢谢你，玛尔塔·艾尔维亚，"她说，"我已经控制住局面了。"

她本不应该如此自信，因为就在那天傍晚，她准备去赴宴（公司里一年一度的正式宴会），站在卧室的长镜子前打扮自己时，突然发现戒指失踪。戒指是放在梳妆台最上层的抽屉里的，当然没有上锁。现在那个位置上放着让-克劳德当年送她的一只盘子。那个法国年轻人，本来只是她一怒之下仓促间找到的易西尔的替代品，送给她这盘子，称其为"空口袋"，即睡觉前将你口袋里的所有东西掏出来放在上面。本来是男人的物件，女人从来不会用这种玩意儿，不料却成了克拉拉难舍难分的一件信物。还有几件是她上中学时的情人节卡片，存在一只盒子里。她往盘子里细细看了一遍，戒指不在里面。她知道不在里面，她知道那里面什么都没有。她说，突然意识到戒指不见了，那一瞬间就像死亡降临一样，她感觉生命腾空而去，自己只剩下一具空壳。

王尔德已经穿好了礼服，在钢琴背后的一个角落里津津有味地读起了惊悚小说。克拉拉一副决策者的神态，面无表情，很麻利地走进厨房，孩子们正在里面用餐呢。吉娜教导有方，孩子们吃饭时举止文雅。"我想跟你说件事儿。"克拉拉说，吉娜立刻站起来，跟着她走进主卧室。克拉拉关上两扇门，低着头，似乎要看穿吉娜的眼睛。"听着，吉娜，出事儿了，"她说，"我的戒指不见了。"

"你是说那只绿宝石戒指？那只丢了又找到的戒指？我很难过，维尔德夫人。不见了？你肯定找遍了？维尔德先生帮你找了没有？"

"我还没告诉他呢。"

"那咱们一起找找吧。"

"好，一起找。可它就一直在一个地方，就这间屋子里。我袜子底下那个柜子的最上面抽屉里。那次找到后我倍加小心。自然了，我想在长毛地毯里摸一摸，得趴下去仔细摸，可我这紧身裙子，我跪不下去。头发都做好了，准备出门的。"

吉娜跪在地上，把梳妆台底下的地毯摸了个遍。克拉拉不说话，只是让吉娜在那儿找，自己眼睛瞪得大大的，嘴紧闭着，盯着她看。最后，她开口了："白找，没用的。"她只是让吉娜跪在地上像她一样做做动作而已。

"要不要报警？"

"不用报警了，"克拉拉说。她不至于笨到告诉吉娜保险的事儿，"警察不来，或许你感觉好一些。"

"维尔德夫人，我看您早就应该把您的东西锁起来才是。"

"在我自己的家里，没这必要。"

"这话也对。可是您得为其他人考虑。"

"吉娜，依我看，女人有权独享自己的卧室……只有她一个人有权让谁进来不让谁进来。这家里规矩我早就说得很清楚了，我为你担保了，可你也得为你的朋友担保。"

吉娜震惊了。两个女人都在发抖。克拉拉想，毕竟，一个人，三四笔就可以画好，可那空荡荡的眼眶，多少聪明才智都无法点上，不管是她的棕色还是我的蓝色。

"我懂您的意思，"吉娜说话时一副被自己所信赖的好心女人凌辱了的感觉，"您肯定没有放在别的什么地方吗？"

"您肯定……"克拉拉回答道，"站在我的角度想想吧。那是一位爱着我的男人送给我的订婚戒指，不仅仅是一样值几块钱的东西。也是我生命的支撑，亲爱的！"她差点儿就要说她之所以还能活到现在就全靠这枚戒指了，可忍了忍，不想大声哭出来，也不想让别人发觉自己对于情绪失控的恐惧。她转而说："戒指昨天还在。有个我不认识的人在我家转来转去——干脆，也转到我卧室里来了……"

"您为什么不直说呢？"吉娜说道。

"我不说那就纯粹是傻瓜了。对这种事还好心相待，那我真成了白痴了不是？弗列得利克今天一下午都在这儿。他到底有没有事干？"

姑娘无言以对。

"你没话说了吧？你不相信他是个小偷，你觉得他不可能让你陷于这种窘境。别跟我说他受到怀疑是因为他的肤色。"

"我用不着这么说。人们本来就对海地人很不客气。"

"你最好还是去跟他谈谈。如果戒指是他拿走了，让他还回来。我要你明天就拿回来。你今晚去找他的话,玛尔塔·艾尔维亚可以照看孩子。他住哪儿?"

"一百二十八街。"

"有电话吗?天黑了,你不能一个人去那么远的地方。白天也不行。不要一个人去。他平时在哪儿溜达?我可以让安东尼娅的丈夫跟你一起坐出租车去……王尔德过来了,我得走了。"

"我就在这儿等楼管。"

"至于玛尔塔·艾尔维亚,我出门时跟她说。你不会偷东西的,吉娜。佩拉尔塔夫人在我这儿干了八年了,连个咖啡勺子都没丢过。"

后来,克拉拉倒责备起自己来了:我怎么能这样对待这姑娘呢!竟然让她去哈莱姆,就因为我他妈的一只戒指,万一她被强奸或者谋害,那可是这城里最烂的地方,又是最烂的深夜。我这样疯狂说到底还不是因为易西尔吗?那个二十年前畏畏缩缩、不愿跟我结婚的男人!真正的人懂得如何尽量减少损失,不会让她的整个生活无休止地纠缠在一个欲望上,因为这种一生摆脱不了的欲望背后隐藏着的只有丑恶。结了四次婚、生了三个孩子,竟然也没有把我对易西尔的这块心病治好,这枚绿宝石戒指,不过就是爱情游戏中的一个道具而已,说好听点儿,也只是自我感伤的一点儿诱因,也竟然逼着我对这位奥地利姑娘大发雷霆。她会想,我是对她跟那位专搞女孩子的恶心男人谈恋爱怀有嫉妒,把他说成了利用她作掩护,混进别人家顺手牵羊,却把麻烦惹到自己身上的那类坏男人。

尽管这样,对于家庭责任、作母亲的责任,克拉拉有着始终如一的信念。在吉娜把弗列得利克带回家、散布色情、影响全家生活这件事上,她感觉自己宽容得有些过头。不仅如此,现在竟然还牵连到了犯罪。在美国,短暂的风流韵事对于来自维也纳中产阶级家庭的年轻女人来说,再也合适不过了,就像那位可怜的俄罗斯嬉皮士,那位爱上米克·嘉格的外交官员的公子。他临上飞机,还说:"代我向米克·嘉格说句再见。"这座城市已经变成了全世界青年叛逆的中心和象征。

公司宴会刚到中间,克拉拉的偏头痛突然发作。像她这样一位显赫的人物,起身冲出宴会大厅的时候,全场都站立了起来。夫妇俩人急忙回家,克拉拉从药箱里搜出一把白色药丸,几口吞了下去。她走进吉娜的房间,发现她在屋子里,躺在床上,便大大松了一口气。床头灯亮着,可她并未看书,只是坐在床上,双手若有所思地抱在一起。

"你没去哈莱姆,我就放心了。"

"我给弗列得利克打过电话了。他跟几位联合国的朋友在一起。"

"那你明天会去见他……?"

"我没提戒指的事儿。我打算要搬出去住了,你不是说过,要么我明天把戒指拿回来,要么就滚蛋吗?"

"去哪儿……"克拉拉真是大吃一惊。很快他就觉察到这姑娘棕色的眸子直愣愣地盯着某个地方,显得不同往日。那是强忍的眼泪在折磨着她。"可是,如果弗列得利克把戒指还回来,你就尽管住在家里。"克拉拉说出这句话的时候,意识到自己多么愚蠢,这让她很是羞愧。这不是她在说话,而是她身体里面乡下人的遗传因子在发声。那小伙子肯定会否认行窃,即使最终承认了,也不可能把戒指还回来的,这会儿,他或许已经拿它换到一千块票子了。这号人是在热带的贫民窟里长大的,脑子绝对管用,即使到了纽约也是精明透顶的。在纽约,是非观念已荡然无存,这跟其他地方没有什么两样,他们便可以无所顾忌,想干什么就干什么。

依然存在的只有财产权。列居第二的是谋杀。被盗的戒指。无人认领的尸体。除了这些人人默许的普遍真理,还能剩下什么!爱情的位置在哪儿?爱情只存在于幽暗冰冷的地下墓穴里;而这时候,这些地下墓穴,正是像克拉拉这类人经受过损伤的神经系统。

"你打算怎么办?"她对吉娜说,那语气就像某个偷情者对另一个偷情者的临别告语。

"我说不上来。我只有几个小时的思考时间。有几处地方。"吉娜说道,口气里没有怨愤,没有指责。

克拉拉猜想,她也许会搬到她的海地朋友的住处,极有可能。可这话她说不出口。克拉拉学会了克制,不是每句话都可以说出来的。她告诫自己:"得学会闭嘴。"

第二天下班后,她急忙打车回家,发现玛尔塔·艾尔维亚守着孩子。克拉拉跟家政事务所联系过了,明天会再来一个姑娘。时间这么紧,她也只能这么做了。露西有些沮丧,情有可原。克拉拉把她带到一边,好说歹说,解释了半天。她说:"吉娜突然得走,有急事儿。她并不想走。如果有可能,她还会回来的。这事儿不怪你。"说不清露西心里有多恼火,她只是一声不吭,似乎什么都忍着。

克拉拉把这一切都在电话里向格兰斯通医生细细描述了一番。

"父母都忙于工作,这类事情是免不了的。"她对露西说。

"可爸爸现在没有工作啊。"

你还真是提醒了我,克拉拉寻思道。他正忙着为新汉普郡的初选做规划呢。

她第一时间来到格兰斯通医生的诊所。医生正准备外出度假,三周以后才能回来。上次见面时,他们说起过他要外出这件事情。在候医室,克拉拉又仔细过了一遍她准备好的笔记:吉娜去了什么地方?我怎么才能找到她?怎么才能了解她的行踪?怎么才能保护她?

她对格兰斯通医生说,戒指第二次失踪,这次纯粹是被盗,她感觉已经近乎崩溃了。她发现自己的精神状态已经与这枚戒指息息相关,这种依赖让她深感恐惧。医生问她如何看待这个问题,易西尔在这当中充当什么角色。她回答道:"我现在见到的男人似乎都不算是真的人,个个都是虚幻的影子。可能像样的男人是不少,可我看不见。我倒不是想把我们这个物种里的一半都彻底抹杀掉,可这么多年把欲望集中在一个人身上,已使我失去了不偏不倚的判断。总之,在我眼里,评判任何一个男人,都得拿易西尔作为标准。况且,我也是他最忠实的朋友。他明白这一点,而且充满感情地回报我。"

克拉拉已不由自主地跟着格兰斯通医生的话语思维了。她对自己绝对不会用"充满感情地回报我"这样的字眼。跟医生会面的时间很有限,所以为了节省时间,她便采用了他的说话方式,顾不了措辞是否恰当。她满怀希望来到这里,必须全力以赴,可当她看着格兰斯通医生、使劲儿地盯着他看的时候,却不知道是否应该相信他那副日本武士式样的胡须、被胡须包围起来的两排牙齿、时尚的大圈眼镜和对自己行当那种毫无根据的自信。可是要另找一位心理医生,再让他熟悉自己的情况,少说也得大半年时间。还是别另外找人了吧。

"我很担心吉娜。我怎么才能知道她到底发生了什么?要不要雇一个私人侦探?那么一个小姑娘要在哈莱姆的拉美人堆里生存?咋可能呢?"

"这想法成本太高,"格兰斯通医生说道,"有没有其他办法?"

"王尔德指望不上。他本可以派上用场的,就像跟踪她,把他从惊悚小说里读到的方法用到实际当中。可他整天跟一个梦想着打进白宫的人鬼混,那是个废物,一点儿希望都没有的。"

"咱们还是说说偷窃这件事儿吧,先假定这就是一件偷窃案。"

"不是偷窃还能是什么?我不会再把它放错地方的。"

"可是你整天恍恍惚惚。这么一件小东西,为什么会对你如此重要?"

"上次我们讨论它的时候,我是咋说的?戒指找到了,保险也拿上了,我那是欺骗保险公司。你可以说那是一种白领犯罪。这么一来,我的绿宝石戒指就显得更有价值了,真没想到,丢了它对我会是如此巨大的打击。"

"给你说一个巧合吧,"医生说,"你正倒霉呢,我却要出门度假。

我帮不上你的忙了。你丢了宝石，而我姓'欢喜石'①，是不是因为这原因，你觉得这笔损失无法忍受？"

克拉拉显得很吃惊，狠狠地瞪着他，这一眼很不合时宜，也让人难堪。她说，你也许是块石头，但不是宝石。

她回到办公室，便拨通了易西尔的电话。那是她唯一可以信赖的顾问。

"真希望你能到纽约来一趟，"她说，"过去，有个急事儿，我只能去拜访施坦因萨尔兹。"

"对我，他也算是一个巨大的损失了。"

"他对人感兴趣。当然不会给别人借钱的。他或许会请你吃一顿，但一分钱都不会借给你。当然了，他会听你说话。"

"恰好，"易西尔说道（他只要表现得正儿八经，说话就会断断续续，平淡无味），"下周二我要到纽约跟一个人吃顿午饭。"

"那咱们说好三点半吧。"

他们惯常的见面地点是圣帕特里克大教堂，离克拉拉的办公室很近，正好在市中心，也是避风躲雨的好去处。"真像特务们接头的场所。"易西尔说。离开大教堂，又来到赫尔姆斯里宫大酒店，时间尚早，酒吧角落处还空着。"用我的金卡付吧。"克拉拉说，"好了，看看你这模样，像个西班牙贵族，又像是个门诺派修士。"

接着，她拿出公司主管的干脆利索，把事情的来龙去脉说了一遍。

"你怎么看弗列得利克的？是个顺手牵羊者，还是个惯犯？"

"我觉得他就是一念之差干了这事儿的，"克拉拉说，"吸毒？极有可能。"

"你可以查查他的警局记录，或许会有。再问问奥地利领事处，让他们查查那姑娘的情况。不要给维也纳她的家人打电话了。"

---

① 医生姓 Gladstone，即欢喜石。

"我就知道,跟你说说这事儿,我就放心了。现在,你告诉我……这枚戒指……"

"要我说,算个损失。不过,别再想了。"

"我也这么想,只能这样了。这戒指我喜欢得不得了,你看,它给我带来多大的烦恼。什么都显得不合时宜了。就说这间豪华的酒吧,对你不合适,对我也不合适。我真实的想法是,你和我就像亚当与夏娃,一丝不挂。我没别的意思,没有性方面的暗示,只是打个比方。"

这种谈话,夹杂一些野性的暗示,往往让易西尔变得很拘谨。克拉拉看得出,在对待他的困境时,易西尔很是理智,就像酒吧外边某个人,额头贴着玻璃,想看清里面都是些什么。

在她看来,易西尔正在设法让作为公司主管的克拉拉打败意气用事的克拉拉。她的确有能力把自己的家收拾得井井有条,但是易西尔还是非常懂得这位常常意气用事、个性十足的女人。克拉拉的烦心事儿要比他多得多,相比而言,处理事情却比他周到得多。就是到了今天这一步,克拉拉的生活也比他的有条不紊。

"花几百块钱,就能找到那姑娘的下落。私家侦探不难找。"

"你告诉我!我明白了,海格将军那伙人为什么会在伊朗和俄罗斯问题上找你讨主意。哦对了,王尔德觉得上上周那个节目里,你跟多布里宁出来时,你的表现棒极了。"

易西尔张口一笑,露出两排漂亮得无以复加的牙齿。你以为那是好莱坞的化妆术?不,他天生一口好牙。

"多布里宁很有些天分,虽然不大上档次。他让美国人相信苏联人跟他们没有两样。有些时候,他说话的方式让人怀疑他是来自美国第五十一个州,一个满是苏联人的州里的资深参议员。口音倒不是很重,南方腹地来的人不也有口音嘛。他让戈尔巴乔夫接受这一点,而戈尔巴乔夫也正想让整个美国接受这一点。美国巴不得这么想呢。你会说,他们上当了。"

"有点儿像我,在人间伴侣这个问题上,我不也上当了嘛。"

"看得出来,你跟那姑娘很亲近。"

"非常亲近。你也许会把她看成一个有教养却在性生活上没有品位的孩子,跟我一样,那你就错了。很遗憾,你没能亲眼见见她,我很想听听你对她的评价。"

"那么说,她跟你不一样?"

"我希望不一样。"克拉拉做了一个手势,似乎是在说,别让赫尔姆斯里宫大酒店里的豪华环境迷惑了你,你好好听我说。"别忘了我自杀过两次呢。我这混乱的身体里有一勺子狂野的成分,我的感觉……"

"对生活的感觉……"

"听我说。你不明白我的生活有多么狂野、多么混乱,你不明白它拥有多大的一块领地。这片领地一直往前延伸,延伸到死亡。每次心情烦躁不堪的时候——就像喝醉了酒一样,我身体里就会有一种搏动,死亡节奏的搏动,诱惑我与死亡亲密接触,似乎在说,还等什么?我的情绪到了这一步,生存便不再有力量留住我。这便是事情内在恐怖的一面。我无法抵御死亡的诱惑。你是不是准备说我得为三个孩子考虑?"

"我正想这个呢。"

"这世界上除了你,我还能对谁说这些话呢!心里的话只能对你一个人说,你有秘密也只能对我说。你或许不承认,可我看得出来。"

"克拉拉,你是看出来了。"

"可我俩永远不会成为夫妻。啊,你什么话也不用说。你爱我,其他一切,现象与事实都是相反的。这就是他妈的人生中没完没了的矛盾吧。在你那个领域,我说政治当中,也有类似的东西吧。我们有足够的力量自行毁灭,也有足够的欲望自行毁灭,可我们还是这样无休止地悬着,等着,这不也是很狂野的一件事吗?你可以告诉我呀,你是专家。你可以就这问题写一本巨著。"

"你这是在笑话我吧。"

"没有,易西尔。如果在这个问题上真能写成一本巨著,就快动笔吧。只有你能写这样的书,我不是开玩笑。如果换成了我,那就可笑了。想象你面前坐着一位宫女,裸着身子,美艳无比,再想象一下,她还戴着一副眼镜,腿上放着一块写字板正在写一本书。"

他们隔着桌子面对面相视而笑。

"我还是想再说说吉娜的事儿,"克拉拉说,"你去替我找个可靠的私人侦探,查查弗列得利克,还有其他的一堆事情。我不觉得那姑娘像我,只是有一点,爱冒险,跟我差不多。但那天我告诉她戒指是一个爱我的男人送给我的礼物,一下子说到她心上了。我没告诉她是我吵着闹着让你买的。别否认。我扭着你的胳膊你才买的。然后我便把它当成了一种寄托,想着你仍然爱着我,爱着我,因为我们没有结婚。可现在,戒指竟然⋯⋯那姑娘明白戒指的含义,她明白那里面所蕴含的爱。"

泰迪心里有些触动,脸转向一边。他没有任何继续往前发展的心理准备,也许永远不会有这种准备。不会的,他俩永远不会成为夫妻。站起身来说再见的时候,他们像朋友一样吻了一下。

"你会替我找个稍微像样一点儿的侦探吧⋯⋯别太臭了。"

"我让他去你办公室,你自己考察一下。"

"也得为你自己做点儿什么吧,"克拉拉说,"那个法兰欣把你整成这副模样,遇上这种事,看你脸色好阴沉哪。"

"就因为这脸色,你说我像门诺派修士?"

"印第安纳州门诺派教徒可不少呢。我敢说你今天到纽约来,没别的事儿,就为了我吧。"

不到十天,她就找到了吉娜的住址,东一百二十八街一套没电梯的公寓房,房主叫弗·魏聂隆。还有电话。打不打?先别打,现在打电话时机还未成熟。作为公司主管,她有明智的判断,她知道什么该做什么不该做,现在最好的方式是写封简短的信。她在信里说,孩子们不停地问吉娜怎么不来了，露西尤其想念你。即使出了这事儿，你对露西还是帮了大忙，你可以看得见她有多大的进步，她的女性气质越来越明显。说起克拉拉自己，她说她很后悔，真不该在那件事上对你如此苛刻，这事儿现在就没必要再提了。她没有给你更多的选择，你离开也是迫不得已的。她不理解的是，你为什么要去北区，你本可以有其他更好的去处的。当然，你不必做任何解释。克拉拉希望你不要有这种想法，一辈子都不再见面，或者把她视作敌人。克拉拉绝对没有敌意，克拉拉只是尊重你的荣誉感。

如果有人能接通克拉拉头脑中那根未经登记的电话线来询问她对吉娜的看法，她会这样说：娇嫩的脸蛋，娇嫩的前胸，中产阶级闺秀的棕色眼睛，决策时却坚定无比的眼神。可以打满分。

但在写给吉娜的信里，克拉拉表现得又像淑女，又像主妇，心平气和地祝她一切顺利。信的结尾处，她写道："本应该给你更宽裕的时间，至少应该把这个月按照足月给你付费。我不能保证我拿到的是你的准确地址，只能把二百元现金装在信封里留给玛尔塔·艾尔维亚。"

弗列得利克·魏聂隆如果得到风声，肯定会指使她来取钱的。

私家侦探哥特肖珂工作着实卖力，不过要夸他也就只能夸到这个地步了。或许他只长了一只眼睛，耳朵并不怎么好使。即便这样，克拉拉想要的信息，他基本都弄到了。谈起东哈莱姆区的那幢楼，他是这样说的："当然啦，市政府不可能四处跑着去责备那么多应该受到责备的地方，否则，流浪街头、在西客站过夜的人就更多了。可我绝对不会让我自己的侄女儿住在那种地方的。"

做完你该做的事情，便接着过你该过的生活：早晨起来梳洗干净，扑上粉，穿上内衣长袜，挑选一件裙子一件上衣，画好脸，取回报纸，如果王尔德还没起床（他常常起得很晚），还得亲手磨制咖啡，这片刻当中，再不无认真地翻翻《时报》，然后准备出门上班。公司发行多种期刊，克拉拉负责所有有关女人事务的栏目，责任重大，几乎没有时间考虑个人生活；处在权力的顶层，你即使没有个人生活也情有可原（她对王女士这样说过不止一次），"这种选择，大多数人都乐于接受。"

没人来取那笔钱。克拉拉给玛尔塔·艾尔维亚的命令是只能给吉娜本人。开始关心了一阵儿，时间长了，她就不再理会这件事。哥特肖珂没出太大的力，偶尔发来一句夹杂着拉丁词的便条："情况（status quo）没有变化。"克拉拉想（也夹杂两个拉丁词），吉娜与那位海地男友已经达成了默契（modus vivendi）。一周又一周，克拉拉被压得喘不过气来，你在等待的时候，得知道在等待什么，可这段时间，克拉拉感觉她不知道在等待什么。而且，"我还从来没有过这种令人沮丧的感觉，我的生活不再属于我自己，我似乎在过着另外一个人的生活"。她后来对王女士这样说道。

有天下午，她从格兰斯通医生那里出来后（情绪糟糕透了，又不得不定期去看心理医生了），进了自己的卧室，趁着孩子上芭蕾课还没回家，想休息一会儿。脱了鞋，爬上枕头，由于太累嘴巴半张着，情绪已经陷入低谷。突然间，她发现那枚戒指就放在床头柜上，底下垫着一条手巾，她没见过这手巾，显然是从高档铺子里买的。她马上戴上戒指，扑到电话近旁，拨响了玛尔塔·艾尔维亚的电话。

"玛尔塔·艾尔维亚，"她问道，"今天有人来过吗？有人来给我送过东西吗？"玛尔塔·艾尔维亚在美国生活十五年了，说起英语来还没有个完整的句子。"你听我说，"克拉拉接着说，"吉娜今天来过吗？是你或者谁让吉娜进了我的家……没有？的确有人来过。吉娜走的时候把钥匙交回来了呀……她肯定是配了一把，或许是她男朋友……我真应该换锁……没有，没有拿走什么。倒是这个人送回了一样东西。幸亏我没换锁。"

现在轮到玛尔塔·艾尔维亚沮丧了，竟然有外人闯进了家！保安设施应该百分之百没问题。她让丈夫马上上楼查看有没有撬锁的痕迹。

"没有，没有！"克拉拉说，"没有非法侵入的痕迹。你怎么会有这么荒唐的念头！"

她自己这阵儿的念头也何尝不荒唐！她拨通了吉娜在东哈莱姆的电话，只是一台留言机，机器里是弗列得利克的声音，那油滑的法国腔调让人生厌。（克拉拉痛恨那种留言电话，里面的信号声音也随之变成了她憎恶的对象，今天这一声真像猪叫。）"我是王尔德·维尔德太太，找魏格曼女士。"如果吉娜用理智说服了弗列得利克，克拉拉也就打算重新评价他，从零分调高至一分。

随后，克拉拉又拨通了哥特肖珂的电话，同样是留言机，她说了一句请他打回来。又拨了劳拉·王的电话，最后还试着给远在新汉普郡的王尔德通话。正是初选时期，他的候选人票数远远落后于别人，所以王尔德不可能待在酒店房间里。易西尔在中美。戒指失而复得，却找不到人分享这消息。房子里灯光最亮的屋子是浴室，她打开灯，趴在面盆上，仔细查看那块绿宝石和它的底座，想看看周围的钻石是否都完好无损。佩拉尔塔夫人应该在家，所以拨了她的号码——现在克拉拉迫不及待地想找人说话，这次终于打通了。"今天有什么人到家里来过吗？"

"只有送货的来过，是坐运货电梯上来的。"

克拉拉跟佩拉尔塔夫人的通话并不让她满意。她一边说话，一边走到门厅处，在镜子里端详起自己来——一个骨瘦肉少的女人，上了年纪，金色偏黄的头发，略显憔悴的长脸，两颊深陷。没有欣喜，戴着戒指的手放在握着电话的手臂底下。两只大眼睛有些发痛，看上去也很明显不太正常。本应感到高兴，可她为什么如此沮丧？戒指失而复得会不会让她年轻几岁？

她的确相信，不只是相信，而且是充满一种胜利感，一定是吉娜·魏格曼进了屋子，把戒指放在床头柜上的。

吉娜是怎么拿到戒指的？她对弗列得利克承诺了什么？牺牲了什么？或者说，付出了什么？也许是她的父母从维也纳给她电汇了钱过来？难道这四个月来，她唯一的目标便是赔偿，她住在东哈莱姆区也不为别的？克拉拉突然意识到，如果是吉娜从弗列得利克屋子里偷了戒指并跑了出来，那她打电话留言就大错特错了。他会猜出发生了什么，揣着枪去找吉娜报复。这故事情节发展得很快，甚至会有私人侦探卷进来，只是哥特肖珂并不是雷蒙·钱德勒小说中的大侦探菲利普·马娄。不过他怎么说也是个有持枪证的侦探吧。每个人的思想都会跟随电视频道里疯狂的闹剧，想象着一摊摊血迹，孩子们的血手印，或者只是普通的一摊血，而天真的人们会把它看成是手印。克拉拉幻想着（或许是盼望着）哥特肖珂会在一阵乱枪中将弗列得利克击毙，这情节虽说荒唐，却也让克拉拉镇静了许多。

第二天，她在办公室接待了哥特肖珂，把指头上的戒指让他看了看。他说："真是件宝贝。我想您不会乘坐公共交通上下班吧？"她露出一脸的鄙视。她有包车的。这人似乎不明白她在公司里担任多高的职务。可他还是坚持说："有些身居高位的人天天坐地铁出行。我知道有个华尔街女要人，每天上下班都打扮得像个流落街头的，这样就没有人费工夫去骚扰她了。"

"我确信吉娜·魏格曼昨天进了我家，把戒指放到床头柜上。"
"肯定是她。"
哥特肖珂注意到维尔德夫人前一天晚上绝对一夜没合眼。
"不应该是那个男人，"她说，"您调查过了，对他有什么结论？"
"小偷小摸而已。到大街上行凶，他没那胆量。"
"那姑娘没有嫁给他吧？"
"我可以再去查查。我猜没有。"
"你能为我查的，就是她是否还住在一百二十八街。如果是她把戒指偷出来的，那男人肯定会报复，会伤害她的。"
"是这样的，夫人，他的确因为小偷小摸蹲过几次牢，但他不会犯什么大案子的。"弗列得利克几年前撞上了好运，在佛罗里达上岸。克拉拉就了解到这些。

"他偷了您的戒指,可不知道如何销赃。"

克拉拉说:"我一定要找到这姑娘住哪儿,我得见见她。你替我找到她。我要给她付报酬,当然是在合理的范围内。"

"把她送到您家里?"

"这会让她难堪的。孩子们、佩拉尔塔夫人、我丈夫都在。告诉她我想跟她吃顿午饭,再问问她收到我的信了没有。"

"这事儿就交给我吧。"

"快点,我不想让这事儿拖延太久。"

"当务之急。"哥特肖珂说。

她想着这套办公室的豪奢足以给侦探留下深刻的印象,而且,给他支付酬金时她毫不迟疑,她为此也颇感自豪。给他留下好的印象,尽量作一个让他满意的客户。至于哥特肖珂本人,他也正好就是她让易西尔替她介绍的那种类型——不算太差,将就着能用,别无任何优点。

"我希望您赶星期五给我一个进度汇报。"她说。

就那天下午,她又见到了王女士。一聊起来,她就激动。手舞足蹈,就像刚刚订婚的女人。她说话时,伸手把戒指露出来:"戒指回来了。我还以为进了垃圾堆,再也找不到了呢。它成了一件颇具传奇色彩的物件了。我感觉就像那些带特技的儿童电影,先看见一座楼被炸毁,然后慢慢倒着放,楼便又复原了。这效果真是很好玩儿的。"

"真是靠着魔戒的神力了。"王女士说。

克拉拉突然觉得,这劳拉·王也是个很神秘的女人。虽然从外表看很有异国特征,但说话却很传统。你心里激动万分,她却依然慢条斯理。要是你上前告诉她,你想自杀,她会有何反应?也许她不会有任何反应。可人总得说话呀。

"很难说我现在处于一个什么样的境况,"克拉拉说,"到底是将被炸毁,还是已经被炸毁,总之我觉得自己看上去还没有彻底完蛋。"

"当然没有。"

"可我还是感觉有些不对劲儿。有变化。举例说吧,我把吉娜请进家帮我带孩子,没多说一句话,我对她与那位加勒比海男人的浪漫关系、他们之间的性实验,没有好感。文化在崩溃,我们身处其中无能为力,我也算一个典型的例子吧。怎么听起来,我跟易西尔没有两样了。其实,我不大相信文化崩溃这种说法。我是这样看的,所谓文化崩溃,不过是人们的一种生活方式,只是这种生活已经没有灵魂给注入力量了。人们最基本的方方面面要么被错置,要么被挤了出去。你别让我具体说了,我无法说出来。它们总是从我身旁飞逝而过。我刚才准备说的是,我不由自主地喜欢上了那个姑娘。就像她来到我家后立刻喜欢上了露西,知道露西多么需要帮助,她也在一瞬间明白了这戒指意味着什么。她是决定了要将这戒指弄回来才离开我家的。搬到了东哈莱姆。"

"如果她维也纳的家人知道……"

"我决定为她做点儿什么。这姑娘很特别。我一定要做点儿什么。我得想想我能为她做什么。我不指望她对我说她经历了什么,我也不打算问。我自己也有很多不想别人来打问的事情。"克拉拉说,脑子里想着阿提卡的克利福德。关于这事儿,她总是尽量让它远离自己,但若有人问起来,便会立刻从记忆当中大片大片地呈现。

"你想过没有……"劳拉·王问道。

"关于她,我还没有想法,我得先跟她谈谈。可是关于我自己,自从出了这件事之后,我倒有一些不同的看法。戒指两次失而复得,绝对是个征兆,肯定蕴藏着什么信息,它迫使我从中得出结论。比如,法兰欣雇了篷车把易西尔的家清理得干干净净——那女人简直不是人,纯粹是厕所里的马桶拔子——易西尔没有向我求助。他没有来对我说:'你跟王尔德在一起不快活,我俩加起来七场婚姻。你和我现在是不是应该……'"

"克拉拉,你不至于这样吧?"劳拉说。这次她的腔调显得比较真实，克拉拉立刻就听出了这种不同。

"我说不准还真会这样做。到现在，一次又一次的变化，有些变化让人愉悦，有些变化让人贪心，还有某种动力……啊，我不知道咋说，可能是追求权力的动力吧。难道没有一个让人休息下来的终点吗？难道这动力永远不会松手放开你？我感觉在易西尔身上我可能会找到这种终点，也可能他会在我身上找到，可那简直是痴心妄想啊。我性格当中就没有终点这个元素，我整个内心最基本的就是永无休止的混乱。"

"这么说来，戒指代表着你对泰迪·雷格勒的希望。"劳拉·王说。

"唯一能排除在外的一个人吧。泰迪，多次证明都是个外人。肯定有其他人，只是我还没遇着。"

"你是不是觉得……"

"他能否实现他的目标？我不敢保证。他自己也拿不准。他说过，任何一个受过专业训练的历史家都不可能做到，只有那种具备独特眼光的特立独行的人才行，得用他那与生俱来的独特眼光，加上他洞悉政治的天才，去审视这个世纪：他就是这样说的，大体是这意思。也许有一天，等他站稳了脚跟，便会对这个世纪做一番总结，那将是一次前无古人的总结。至于我，"克拉拉说，"我有三个孩子，王尔德加进来算第四个孩子吧。这最后一个我一直无法接受。我现在只想过清静的生活。"

"是你说的那个能让你休息下来的终点吧？"

"还不是，我不期望有终点。应该是一种能够代替终点的清静的生活。真正的终点只有与易西尔一起时才会有。我得接受我现有的——清清静静的傍晚时刻。希望有一种修道院似的环境，孩子们都入睡了，我掐断电话线，沉浸在叶芝或者任何一个跟他类似的人的作品中。也不能有太多的奢望；只要能够驱走心中的恶魔，那一个个像频繁出入于精神病院的病人一样的恶魔，便足矣。简言之，安然接受我生来就没有终点的性格。"

"这么多年过去了，你还没有放下与泰迪·雷格勒一起的希望……"

"最终了，跟他一起生活……"克拉拉说。有一种说不明的东西让她犹豫了片刻。每逢困境，她的眼珠都要转向侧面，寻找出路，那张乡下妞儿的嘴巴微微张开，却无话可说。

沿着麦迪逊大道一路走来，克拉拉边走边想，用女中音低沉的嗓音嘟哝着，这纯粹是胡思乱想。怎么一点儿底线都没有？她巴不得我说易西尔与我之间已经没有瓜葛了，这样她好插一杠子进来。每个人都有自由想象自己喜欢的人，我把易西尔多夸几句，她就忍不住想拥有他，不知道这小婊子想入非非、梦中跟他一起有多久了。没门儿！克拉拉又气又觉得好笑。我竟然一直是这样选择朋友，选择情人，选择丈夫、银行家、会计师、心理医生和牧师的！就在刚才，我最要好的知心朋友也没了，但要跟她断绝来往还得悠着点儿，说断就断，她便可以趁机搅和我和王尔德的关系。别忘了，还有保险公司，他们才是这枚戒指的真正主人。况且，在专业上她可是一流的，我们还需要她的设计样式呢。

与此同时，她在脑子里酝酿着一场行动，别出心裁、慷慨大方的行动。

第二天她坐在办公室里，抓起专线电话，拨通了刚从中美洲回来的易西尔，把自己的行动计划初步描述了一番。她自然还不能告诉易西尔她的最终目标是什么。先说了说找到戒指的事儿和与其有关的那些稀奇古怪的情况。"我这阵儿就盯着它看呢。戴着它，我便不感觉自己幼稚得像个傻丫头。更像是对它做一番苦思冥想。"

她似乎能看见易西尔正在试探她的这种变化，把现在这位沉浸于苦思冥想之中的克拉拉与以前那位用长指甲在他胳膊上留下深深划痕的克拉拉进行对比。他肯定在海格将军或者亨利·基辛格面前卷起袖子，展示那几道划痕，来说明当今的女人有多么暴力。易西尔幽默感十足，一点不假。他曾很兴奋地向她描述过，在白宫的卫生间里，阿曼德·哈默先生和他并排站在小便器跟前，如何在拉开裤子的拉链和拉起裤子的拉链之间这段时间，讨论苏联人的意图。

也可能他正在回忆那位激情四射的克拉拉,也可能正在回忆那位想跟他躺在一口棺材里、或至少坟墓挨着坟墓埋在一起的克拉拉。这些都让他觉得很开心。

她坐在纽约的办公室里,对着电话说个不停。易西尔除了对那枚富含象征意味的麦迪逊·哈密尔顿戒指失而复得表示祝贺外,没说太多的话。"这吉娜的确是个很特别的年轻人,易西尔,"她接着说,"你或许会认为只有西西里或者西班牙的女人才会这么做,而且也不是一个当代人,而是司汤达作品中的某个浪漫角色——那种'快乐的少数',或者威尼斯编年史书中所记载的意大利文艺复兴女郎,伊丽莎白时代的英国人都拿她们作楷模呢。"

"你认为库尔特·瓦尔德海姆治下的维也纳人不会有此风范?"他说。

"你说对了。像她这样高风亮节的年轻人不应该在邪恶之都纽约给人家当保姆。我是想说,她应该到华盛顿来。"

"你想让我替她找份工作?"

"不太容易。她只持有学生签证,没有绿卡。我得把她从纽约弄走。"

"从那位海地男人手上拯救出来,我明白了。可是,如果她不愿意接受你的拯救呢?"

"我得弄清楚她是怎么想的。直觉告诉我她跟那个海地男人之间已经结束了,她正在考虑继续进修学业呢……"

"在这个关节眼上,就需要我出力了,对不对?"

"别贫嘴了。我要求你认真考虑我的想法。你还记得不久前你说过,我靠自己的力量,凭女性的智慧,得出一套道德逻辑?我还从来没有见过你在讨论正事儿的时候胡说八道的。"

易西尔对她的评价,让她感觉自己一心一意,处于他的核心地位,也备受鼓舞,像找到了正确的方向。她绝不允许他在这问题上打一丝折扣。

"我看到的我都说了，多年的观察是最有力的依据。她自己想来华盛顿吗？"

"哎呀，易西尔，我还没机会跟她直面问这事儿呢。可是……你会理解我的。我开始喜欢上这姑娘了，我对所有可能发生过的事情，方方面面，都做了仔细的考虑，我确信那个男人因为意识到他们之间的关系维持不下去了，才偷走了戒指。那时候，他们之间的恋爱关系就快要完蛋了，他偷走戒指，让那姑娘也背口黑锅。随后她追上去，只是为了把戒指弄回来。"

易西尔说："你怎么会相信这些？这不都是你自己写出来的脚本吗？她跟那男人关系已经断了，那男人这么狡猾，这姑娘好有荣誉感，说责任感也行。这些你都相信？这一切听上去更像你自己，而不是普通大众里面的任何一员。"

"我不是在给你说嘛，"她加强语气，继续说，"吉娜不是普通大众里面的一员，而且我喜欢她。"

"你想要我俩见面，她会进入我的势力范围。她会爱上我，你我身边都会多出一个人来。她会同时争取我们两个人。她和我会彼此珍爱，你会心安理得地看着我被安安稳稳地捏在别人手中，这就是你向我们两个人同时施加的恩惠。"

"泰迪，你在取笑我，"她嘴上这么说，可心里很清楚易西尔没有取笑她，要是说笑话，他不会是那种口气，而且就目前看，他的理解多多少少还是很准确的。

"我们再也无法从烦心事中脱出身来，至少不会比现在的烦心事更少。"易西尔说道，"即使那样也不算很特别。我们都明白接下来会发生什么。能够持续战斗的只有个别不按常理出牌的人，我说的就是你。我倾向于认为我这个人还是更适合现实，而你对于现实的看法却不一样，或许你的看法更深刻吧。话说回来，你那位年轻姑娘如果真有自己的原因想到华盛顿来，我倒可以看在你的面子上见她一面。可那些对你的孩子最为理想的安排——幼儿园啦、聚会啦、关怀备至的老师啦，等等，绝不能把我们其他人牵扯进去。"

"啊，泰迪，你把我看成傻瓜了。我不是傻瓜。"克拉拉说。

打完电话，克拉拉拿起一本便笺，在上面概括了易西尔谈话的要点：我们每个人对彼此的动机所做出的猜测都受到各种条件的制约，我们对宇宙及其力量的理解都充满错误，所以分析得越多，对彼此造成的伤害就越深。她也知道，这张便笺纸，跟其他一页一页撕下来的纸一样，终会消失得无影无踪。她会问自己："跟泰迪通完电话后，我都想了些什么？"而这张便笺纸她再也不会见到了。

现在必须跟吉娜·魏格曼安排一次见面，可没想到这事会这么难办。她真的没有想到这事儿会这么难办。她跟哥特肖珂通了好几次电话，侦探说他已经与吉娜取得了联系。虽然还没见面，但他有吉娜在市中心的电话号码，时不时地能跟她说几句。"你跟她说过没有，我想见她？"克拉拉说。她想，是因为羞耻，这可怜的孩子因为羞耻而不愿见她。

"她说她很忙，我确信她打算回家。"

"回奥地利？"

"她英语说得不错，只是电话信号不很清楚。"

不可能。克拉拉自言自语道，如果他把眼镜擦干净，他就会看得更清楚。还有，他想让自己显得更重要，想提高自己的收费标准，肯定有事儿瞒着她，或者假装获得了很多信息，其实不然。"你给我她的电话号码，我自己打，"她说，"那个小伙子还跟她在一起吗？在市中心？"

"我猜没有。我想她跟朋友、亲戚在一起，而且马上就要回维也纳了。我可以给你她的电话号码，只是你先别急着打，容我几个小时再查一查，看还有什么情况。"

"好吧。"克拉拉说。哥特肖珂刚挂了电话，她就拨通了吉娜的电话。一拨就通,就这么简单。

"啊,维尔德夫人,本打算给您打电话的,"吉娜说,"只是那位哥特肖珂先生让我不大舒服。他是侦探。我担心您的态度,担心您觉得这事儿需要报警。"

"他不是警察,他是我私人雇的。我需要他为我调查。我不会威胁谁。我想知道你在哪儿。那个人是个白痴,别介意。你要回维也纳,是真的吗?"

姑娘回答说:"乘今晚汉莎航空的飞机,在慕尼黑转机。"

"跟我不见一面?那怎么可能。一定是我让你生气了。可我没有生你的气。恰恰相反。你走前我们一定得见一面。你现在肯定是匆匆忙忙地做准备着吧?"要失去吉娜,克拉拉感到恐惧。加上天热,喘气很厉害,她的心脏似乎在膨胀。一阵情绪卡在喉咙里,她说不出话来。"你不能给我抽出一点儿时间吗,吉娜?我俩之间有好多话,有好多事还没讲明白。为什么急着回家?"

"本来很乐意见见您,维尔德夫人,可我得急着回家订婚、结婚。"

克拉拉胡乱猜测着。她怀孕了。"你要嫁给弗列得利克?"她问道。这问题充满能量,几乎是一句祷告:绝不能让她疯狂到这地步。吉娜不会马上回答,肯定是在思索。可她的确立刻回答道:"要是他,我就不用回维也纳了。我的未婚夫在我爸爸的银行工作。"

到底做不做进一步的解释,看样子是件难事。克拉拉想,必须做出解释。吉娜有些犹豫,可现在同意见克拉拉一面。好的,她会来见见她。"一帮朋友为我举办了一场告别酒会。在麦迪逊大道南段,七十几街。在这之前半个小时……您有您自己的方式,不过您待我的确很好。"克拉拉听见姑娘这样说道。

"咱们就在西百里酒店见吧。几点?四点。"待她很好,我自己的方式……什么意思?她觉得我粗暴。不过这些小事儿以后再想。现在首先得取消她与格兰斯通医生的会面。不会面,钱还是得付的。他可以多出一个小时的时间来分析更深刻的想法，思考人格问题。克拉拉这样想，心里不由得充满怨愤。难道真的有人不知道自己是谁吗？格兰斯通这号人懂个屁！易西尔把这类人称作管道工。他喜欢提醒克拉拉，他已经不再分析问题，因为没人能告诉他做易西尔·雷格勒得付出什么代价。这话听上去目中无人，可这才是唯一合理的说法。只是说对了而已。用在克拉拉身上也未尝不合适。

知道自己处在狂热之中，五味杂陈的情绪泛滥而出，急需调整，在这样的时刻，她竟会如此坚定，如此自信，连她自己都深感异常。成千上万的汽车往北爬行，她坐在一辆出租车里，长脖子后仰，脑袋的重量支撑在靠背顶部，也可稍稍控制一下她脑袋中因恐惧而狂野的思想。麦迪逊大道拥挤不堪，一堆一堆的毫无必要来此的人群，一辆接一辆的多余的汽车，载着无事可做的购物者、老人，他们本没有迫切的目的非要挤到这条街上来，不就是为了摆脱家庭的羁縻，或者出来骂骂人而已。堵车、延误让克拉拉喘不上气来，大脑里的引擎轰轰作响，像要爆炸了一样。在一个街角，她下了车，狠狠地拉倒一个停车牌。吉娜给她三十分钟，五分钟已经被污水冲进了阴沟，离西百里还有两个街区，她无法忍受车流，急速步行了过去，走路时两只膝盖互相磕碰。每次快速行走，都会这样。

她穿过旋转门，走进大厅。吉娜·魏格曼从高椅子上站了起来。她真漂亮！头戴一顶亮闪闪的黑色圆帽，一条面纱遮到鼻梁中间，一条长裙紧裹着身体，胸部臀部线条异常凸出。显然，她站起身来并非为了悔过。她也没有倨傲的神态。很活泼，是，也很耀眼。她非常热情地拥抱着克拉拉，互相亲吻面颊时，克拉拉有一种男人热烈亲吻漂亮女孩子的异样感觉。

克拉拉一边为高峰期堵车迟到而道歉，一边说今天竟然穿了这么一件衣服出门——那两朵花太大，真是个错误，想得不周到，真该扔到那个缺乏品位的衣橱里。

刚坐进酒吧，一位纽约常见的那种令人窒息的侍者便走了过来。克拉拉没有在他身上多花一秒钟。点了一杯金巴利，一边写着饮料的名字，一边说："把酒端上来，你就站一边去吧。我们有很多话要说。"她靠向吉娜。两头金发，各有各的发式。吉娜掀起面纱。"好了，吉娜……你告诉我。"克拉拉说。

"戒指戴在您手上美极了。我很高兴看见它。"

不再是那位听人使唤的换工保姆，现在似乎换了个人——彼此平等，甚至更高。她在美国可真是学到了不少。

"你是怎么把它放回我家的？"

"您在哪儿找到的？"吉娜问道。

"你这话什么意思？"克拉拉问道。吃惊不小，她突然间又露出了乡村姑娘那副简单而直白的挑衅和怀疑的口吻，"在我床头柜上。"

"是吗？那就好。"吉娜说。

"我心里最不好受的是我给你下了这么艰巨的一项任务。几乎是不可能完成的。"克拉拉说，"换种方式，就是直接报警。我猜你已经知道了，弗列得利克有前科，不是什么大案子，可他的确在莱克斯岛被捕，在布伦克斯坐过牢房。如果报警，就更麻烦了。警方的调查会让你更难受，我不会那样做的。"她一边说，一边伸手摸了摸膝盖上凸出的几块肌肉。

吉娜没有因为她提到了莱克斯岛而显得局促。她肯定是早就下定决心不露声色的。

克拉拉永远不会知道吉娜与弗列得利克之间到底发生了什么。吉娜只是承认的确是她的男朋友拿走了戒指，除此之外没说太多。"他说他在家里来回走了走……"想想吧，那样一个男人，一个色眯眯、贼溜溜的男人，无拘无束地在家里走了走！"他看见那枚戒指，想都没想就装到口袋里了。我说那是你爱的人，也是爱你的人，送你的礼物"——这么说她还知道什么是爱——"我觉得这事儿都怪我，是我把弗列得利克领回家里来的。"

"我猜他肯定是一脸的茫然。"

"他说住在公园大道上的人什么都不懂，都嫌麻烦，只靠保安系统保护自己。你只要过了门厅处的保安系统，他们就会像小鸡一样束手无策，不被人谋害了算他们运气好。没有一点自我保护意识。"

克拉拉的眼神清晰、冷静，上翘的鼻子更为她的表情增添了一份淡漠。她说："我得同意他说的。在我自己的家里，我觉得没有必要把值钱的东西锁起来。可他对公园大道上的人的看法还是很正确的。这里住的都是一个不愿动脑筋、不愿承认自己弱点的阶层，所以进来的只是弗列得利克，而不是更可怕的恶人，真是我的运气。看来海地人要比哈莱姆或者布伦克斯的某些人活得轻松些。"

"您说公园大道的你们那个阶层？"

"对，"克拉拉说。她的眼睛又睁得大大的，一副严肃的思考状。天哪，我的几个孩子面对的都是些东西人哪，"我看我该谢谢那个人才对，他只是偷窃而没干别的。"

"咱们没有时间谈这问题了。"吉娜说。

酒吧里的这几分钟时间恰好就是按照吉娜的精心安排度过的。不可能有工夫谈弗列得利克。克拉拉突然有种冲动，想狠狠地申诉一番吉娜。她就像《箴言录》中的那位荡妇，又吃又喝，然后用一纸餐巾把嘴边的贪欲之痕擦拭得干干净净。这事关要紧的冲动没有持续几秒钟。谁能说清这姑娘是如何被迫卷进来，又如何想方设法，甚至付出代价，才把戒指从那种人手里夺了回来。我该感谢她才对！况且，她在照看孩子方面还是非常可靠的。那我们现在在这儿看什么呢？吉娜身上有种自尊，一位来自维也纳上层社会的女孩儿，能够抵御纽约的浮世百态，尽管也免不了偶尔露出一丝虚荣和自负。给她贴上荡妇的标签显然是错误的，还是忘掉《旧约》中那老一套东西吧。从阿提卡寄来的圣诞卡从不间断。在跟老爸银行里的某个人结婚之前，先跟另一个人乐一乐，这邪恶之都是再也合适不过的地方了。格兰斯通医生可能会指出克拉拉这会儿已经满脑子的敌意——或许是对年轻女子的嫉妒。她才不这样想呢。任何人，对，任何人都无法抵抗现代社会的诱惑。（试着印制一批私人钞票，看看会得到什么。）她依然觉得自己对吉娜的喜欢之情没有错。

"你真的要飞回家——不考虑留下来？"

"留下来做什么？"

"我只是在想。如果你想体验不同的美国生活，可以去首都华盛顿。"

"我去哪儿又能做什么？"

"干点儿正经事儿。别觉得'正经'不好听。会很有意思的。我自己多年前曾在意大利科迪纳待过一段时间，那是我一生当中最难忘的一个夏天。那时跟我在一起的那个人，一位朋友，现在也在华盛顿，他极有可能在美国思想史上出人头地。他才华横溢，能够把一切都理得有条不紊，不管什么。你要是见他一面，一定会同意他是极其迷人的一个男人……"克拉拉再没往下说。没有任何预感，她便闯进了一个复杂的十字路口，一个没有任何信号灯的交叉公路。她强制自己刹住车，在不同级别的静默之中，她开始思考，她对这位奥地利姑娘、这位又漂亮又理智（基本理智，可能吧）的姑娘的热情会带她到何方？她真的要把易西尔献给这姑娘吗？她想报答吉娜。好了，这样说吧，她想为易西尔找到一位合适的女人。他自己找的那几位老婆，个个都不堪忍受。（我的几任丈夫呢？也好不到哪儿去。）好了。那位弗列得利克呢？这姑娘到底做了什么，她竟然一句也不肯提她的那位海地相好？她将与克拉拉的会面时间压缩在二十分钟，又为了什么？为什么不邀请她去参加告别酒会？出席酒会的都会是些什么人？

克拉拉的脑海里浮起种种可疑的揣测：吉娜父母亲自到美国来，把她拽回家。他们给弗列得利克一笔钱打法了事，条件是他得把戒指交出来。克拉拉很容易想象得出这笔交易。吉娜有足够理由不让克拉拉见到她的任何朋友和家人。克拉拉生就一副乡下人的坦率，加上性格鲁莽，如果见了她的父母，极有可能把这事儿和盘托出，而那两位中欧文化（易西尔会称其为狗屎文化）中成长起来的绅士淑女听了肯定会极为难堪。还是不去打搅的好。现在她不打算把吉娜送往华盛顿，再把包装得很精美的一件礼物（只是丝带裹起来的是易西尔）拱手奉送给她。绝不！克拉拉铁定主意不能这么做。她不是认为我粗陋吗？就让我这么粗陋吧。绝不能促成一桩婚姻而让我自己一辈子怨愤不已。她开初心软善良，还想着撮合他俩成一对儿呢，现在已不想做这个媒了。吉娜的确是个好女孩儿，现在我依然这么想，只是要把泰迪·雷格勒赔进去，那绝对不可以。

"我没见过他，对吧？"吉娜问道。

"没有。"

永远休想。

"您是想帮我一个忙，是吗？"吉娜颇为认真地说道。

"是这样的，就看有没有合适的事儿可做。"克拉拉说。

"您很慷慨，非常慷慨。只是我没有理由去华盛顿，否则我也很乐意去一次。马上要跟您说再见了，很抱歉，真的很抱歉。没时间继续讨论这个问题，但我会一直记着您的。"

克拉拉想，话是这么说，可是你一直会记着的人，却没有时间跟她说说话。"我很快跟你再说几句吧，"克拉拉说，"时间急迫，我就说说像我这样的女人一生中经历了几个阶段。第一阶段：所有的人都心地善良，对你和和气气。你好心对待他们，他们也好心对待你。这属于婴儿期。第二阶段：每个人都是禽兽、屠夫、野人、强奸犯、撒谎者、骗子、杀手、恶魔。第三阶段：既然玩世不恭也是无法让人接受，你便根据零碎的线索和有选择性地挑出来的几个事实构建起一种改进了的判断。我不知道你明白我这句话的意思了没有……你要走了，走之前请你满足一下我最后一点儿好奇：你是怎么把戒指放回来的。如果你是花了钱才办到的，我愿意支付所有费用。我一定要付。告诉我多少，给谁了。还有，你是怎么进入我家的？没人看见你，还没有钥匙。"

"别提钱。没欠谁的钱，"吉娜说，"我只告诉您一件事，就是我是如何把戒指放回去的。我去了露西的学校，让她带回来的。"

"你把绿宝石戒指交给露西？交给一个孩子？"

"我是在新保姆到学校接她之前到她学校的。我给露西讲得很清楚：这是你妈妈的戒指，把它拿回去放到床头柜上。还有一条马迪拉牌子的手巾，我让她把戒指放到上面。"

"你还说了什么？"

"再没什么需要说的。她知道戒指丢了。好了，找到了。我用手巾包好戒指，塞到她的书包里。"

"她明白？"

"她跟您一样。"

"怎么个一样法？你告诉我。"

"跟您一个类型。您自己也跟我说过几次。您问我是不是也这么想，我立刻就觉得的确如此。"

"你相信她就会照你说的做，而不声张，不告诉任何人。我发现手巾上的戒指后，情绪有些失控。从哪儿来的？谁放在这里的？我甚至怀疑有人雇了撬锁子的惯犯进了我家，把戒指放回来。这孩子竟然一个字都没说，她眼睛盯着前方，就像罗马军团的步兵。是你让她不要说的？"

"是的。这样更合适。难道你自己就没想过问问她？"

"怎么会这样？"克拉拉说。从来没有过。我自己的孩子，竟然学会了这一手！

"我还让她事后沿街跑回来，向我作个汇报。"吉娜说，"放学后，露西和那位新来的姑娘前面走，我后面跟着。那姑娘不认识我啦。十五分钟后，露西跑过来说戒指已经放到我说的地方了……您很高兴吧？"

"我糊涂啦，我很感动，说真的，吉娜。不知道你我以后还有没有机会见面……"吉娜没肯定也没否定。克拉拉接着说:"我就说说我的心里话吧。你从来不愿意跟我说你在纽约、在哈莱姆的经历,我想你有你自己的主意,所以很坚定。你跟什么人交往,那是你的私事。可我还是想用一个词来描述你的态度,'虚荣',从欧洲来到纽约,遇上这么一团糟的事情,很自信能够从中脱身,所以很骄傲。可事实远非如此。"克拉拉一把抓住吉娜的手,泪流满面。"我看得出,你通过我的孩子,把事情解决得妥妥当当。你给她布置了一件重大的任务,她竟然完成了。让我更吃惊的是,她竟然一声不吭,只是看着。十岁的女孩儿竟会有如此的观察力和克制……你觉得我发现这一点会有什么感触?"

吉娜本来准备起身,可又坐了回去。她说:"我觉得您找到了一个极其恰当的词,对你我都适用。我当时来你家面试的时候,就感觉到那种虚荣无所不在。您对我就表现出这种虚荣。我当时想,这位家庭主妇是不是跟别的美国女人一样,可发现您不是美国式的家庭主妇。您举止不同寻常,就像交警在指挥过往车辆。'左转,右转,这样,那样。'您主意很正。"

"你感觉我很挑剔,是吗?"克拉拉说,"我是不是伤了你的面子?"

"如果您的意思是专横,我觉得那倒不是。跟您熟了,我不再觉得伤了面子。您有自己的主意,很坚定。您是一个完整的人,不管下达什么命令,都有根有据。"

"等等,完整的人我倒没见过。我确信,曾经有某个时候,完整的人的确存在过。可是现在?现在这就是问题,你四面寻找,想抓住一样东西,可它在哪儿呢?"

"它就在您自己心里。"吉娜一边说,一边掏出钱包,"由于失望,由于困惑,您也许不愿意相信。哪些人是迷失了方向的人?大家都很难确定,自己是不是都没有把握。时装展那天,我们一起吃午饭的时候,您说,'每个人都只是他自己',您声音很低,是在说那位心理医生吧。可您刚才谈起华盛顿那个男人,就不存在这个问题。戒指被盗,让您沮丧的不是丢了财物,而是一个失去方向的人丢了真正'值钱'的东西。您只是丢了这枚戒指。"说着,她把手指放在了绿宝石上。

两个年龄相差很大的女人,有这么一次心灵相通的交谈,真是一件奇事!也许纽约的生活教训了吉娜这样的姑娘,迫使她深入到人的心灵。克拉拉这样想。"再见,吉娜。"

"再见,维尔德夫人。"克拉拉站起身来,吉娜搂住她,俩人互相拥抱,"世界一团混乱,我不知道您如何看清面前的路。可您还是看清了。我相信您明白自己是谁。"吉娜匆匆离开了酒吧。

几分钟前(好似几个小时以前),克拉拉还对那姑娘怀恨在心。她甚至想跟随她去告别酒会,跟她的父母摊牌,在她的朋友面前好好羞辱她一番。在她知道了吉娜的所作所为,戒指如何失而复得之前,她的确有这样的想法。现在,她走出旋转大门,脚踩着人行道上的石板,突然放声大哭起来。一边哭,一边沿着麦迪逊大道南下,似乎她的家不在这里,她像个无家可归的流浪汉,在众目睽睽之中干着怪异的事情,又像一个精神病人,被从精神病院赶了出来,混迹于大街小巷。泪水不可遏制。她掏出手帕,用那只戴着戒指的手捂在脸上,迈着大步,晃晃悠悠地走着。她感觉自己行走在纽约港的水面上,脚下踩着水,而不是人行道的石板,尽管费尽了力气,使劲儿迈着脚步,可她并没有走多远,她在原地踏步。她想,在华盛顿,易西尔向我描述我的状态的时候,我真应该认真听听。易西尔明白那大幅图画,那很大很大的一幅画是什么。他不奉承,很现实,不说假话。我似乎真正明白了,居于我生活中心的人是谁。芸芸众生,能明白这一点的寥寥无几。如果真有很多人明白,那倒是件憾事。现在,我自己的孩子应该是其中之一。

(脱剑鸣　译)

寻找格林先生

> 凡你手所当作的事，
> 要尽力去作……①

苦活儿？不，其实不咋苦。他不习惯走路爬楼梯，不过乔治·格里布感受最深的倒不是他那份新工作的吃力费劲。他在黑人区给人送救济金支票，尽管他是个土生土长的芝加哥人，但这一带可不是他非常熟悉的那一部分市区——要把他引进到这么一个地方，倒是需要来一次经济萧条才行。不，这确实不是个苦活儿，不是用英尺-英磅来计算的那种，但他渐渐开始感到干这活儿挺伤脑筋，开始逐渐意识到了它的特殊困难。他能找到街道和门牌号，但是救济对象往往不在他们应在的地方，他觉得自己像个对猎物的伪装不知就里的猎人。这也不是一个良辰吉日，——寒秋天气，阴冷多风，不过，无论如何，他的军装式防雨大衣的深兜里装的不是弹药，而是支票本，支票还专门为票据收插扦打了孔，这些孔洞使他想到自动钢琴纸卷上的孔洞。再说，他也没有个猎人样儿；穿着这么一件爱尔兰阴谋家的大衣，腰带扎得规规正正，完全是一副城里人派头。他个头不高，但身材苗条，腰杆挺得硬撅撅的，由于穿的旧花呢裤子，裤脚已经磨通，吊着穗子，所以两条腿看上去怪寒碜的。腰杆硬挺，脑袋前倾，这样一来，他那张脸就顶着凛冽的寒气，被

---

① 见《圣经·旧约·传道书》第9章第10节。

刺得通红通红的；那是一种未经风吹日晒的面孔，一双灰眼睛总是专注于某种思想，但似乎又避免下明确的结论。他那一脸的络腮胡子未免使你有点儿吃惊，因为那金黄的毛发又粗又卷，而且大有不往长长誓不休的架势。他是个外柔内刚，面相更具青春活力的人；不过，他并没有劳神费劲地想展示真实的自己。他是个受过教育的人；他是个单身汉；在某些方面，他为人简朴。他喜欢喝几口小酒，但从不会贪杯烂醉；他总是流年不利。没有什么要处心积虑藏着掖着的东西。

他觉得他的运气今天比往常好。那天早晨报到上班的时候，他本以为会被关在救济事务所里干办事员的工作，因为他曾经在闹市区受雇当过办事员，使他喜出望外的是，他竟然能享受到走街串巷的自由，所以至少一开始他对这种寒气逼人，甚至劲风扑面的状况持欢迎的态度。不过，另一方面，他的支票分发得并不顺利。说实话，这是一件市政工作；没有人指望你要在一件市政工作上埋头苦干。监管他的那位年轻的雷诺先生，实际上已做过这样的交代。不过，他还是想好好表现一番。因为，首先，要是他知道他能多快把一次派定的支票送完，那他就会知道他能指望给自己匀出多少时间。再说，救济对象正等着自己的钱呢。这不是他要考虑的头等大事，不过肯定还是与他息息相关的。不，他想好好表现，单纯是为了好好表现而好好表现，想体体面面地做好一份工作，因为他很难找到一份需要用这种劲头去做的工作。至于这种特殊的劲头，他现在绰有余裕；一旦开始外流，就滚滚而来，势不可挡。不管怎么说，就眼下而言，他遇到了障碍。他找不到格林先生。

所以，他穿着下摆很大的军装式防雨大衣站着，手里拿着一个大信封，衣兜里露出一些文书材料，心里直犯嘀咕，为什么这些身体太弱或者病得过重无法到站上领取自己的支票的人这么难找。不过雷诺已经跟他说过，一开始找到他们还真不容易，而且给他支过几招，要他如此这般行事。"如果你能看见邮递员，他就是你第一个该问的人，最可靠。如果你联系不上他，就到附近的商铺和零售商那里试试。接下来就是看门人和街坊邻居。不过你会发现,你离要找的人越近,人们愿意告诉你的信息就越少。他们什么都不想告诉你。"

"因为我是一个陌路人。"

"因为你是白人。我们应该找个黑人做这事,可是眼下没有合适的人,当然,你也得吃饭,这是公开招聘。得创造就业机会嘛。噢,这也可以用到我身上。挑明了,我不想出去东跑西颠。我比你早干三年,就这么回事。还有一个法学学位。要不然,你可以坐到办公桌后面,我可能在这大冷天出去跑外勤呢。咱们俩拿的钱一样多,理由也一模一样。法学学位与这有什么关系?不过,你得把这些支票分发出去,格里布先生,如果你有股子韧劲,事情就好办,所以我希望你有。"

"是的,我挺有韧劲的。"

雷诺用一块橡皮在他办公桌的陈垢上使劲画着草图,左撇子一个,边画边说:"当然,对这么一个问题,你还能有什么答案。反正,你要遇到的麻烦就是,他们不喜欢提供任何人的信息。他们认为你是个便衣侦探,或者是个分期付款的收款人,或者是送传票的,反正就是诸如此类的人。等你在这一带被大家看见过几个月了,才知道你只不过是从救济站来的。"

正是阴沉沉的、地冻天寒的感恩节前的天气;风在戏弄烟,把它向下赶,而格里布却忘了戴手套,被他落在雷诺的办公室里了。没有一个人肯承认认识格林。三点过了,邮递员送完了最后一趟信。离得最近的一家杂货铺老板,本人就是个黑人,连塔利弗·格林这个名字听都没有听到过,或者说他从未听过。格里布倒是有意认为这是真的,因为他最后让此人相信他无非是要送张支票而已,但他还是不能打保票。他需要察颜观色的经验,更需要不能被支开或谢绝的决心,甚至需要必要时进行诈唬的气势,如果杂货铺老板真知道,他早就把他轻而易举地甩开了。可是既然他的买主大部分都是救济对象,他干吗还要阻止送达一张支票呢?或许,格林,或者格林太太,如果有个格林太太的话,惠顾的是另一位杂货商。有没有一个格林太太呢？格里布的一大缺陷就是他干脆没看过任何救济对象的情况记录。雷诺应当让他阅读几个钟头的档案材料的。不过他显然看不出这么做有什么必要，指不定还认为这项工作就无关紧要。不就是发送几张支票的事儿嘛，干吗还要有条不紊、按部就班地做准备呢？

不过，现在只能找一下看门人了。格里布在十一月末的寒风和阴暗中把这幢楼房仔细端详了一番——一边是饱经踩踏、冻得硬梆梆的地块儿；一边是报废汽车堆放场，然后就是没有尽头的高架铁工程，一副单薄悬乎的模样，豁口吐露出焚烧垃圾的火光；两套倾斜的砖砌游廊有三层楼高，一段水泥楼梯通到地下室。往下一走，他就进了地下通道，他在那里试着推了几扇门，最后把一扇门推开了，他发现自己进了锅炉房。有个人朝他站起身，脚趾着煤末在帆布裹着的管子底下弓着身子走了过来。

"你是看门人吗？"

"你要干什么？"

"我在找个人，他应该住在这里。格林。"

"什么格林？"

"噢，你们这里兴许不止一个姓格林的吧？"格里布燃起了新的希望，顿时欢欣鼓舞，"这个叫塔利弗·格林。"

"恐怕我没法帮你，先生。我什么都不知道。"

"一个瘸子。"

看门人弓着身子站在他面前。会不会他就是个瘸子？上帝啊！如果他就是，那会怎么样？格里布的一双灰眼睛铆足劲儿想看个究竟。可是不对，他只不过是个矬子，罗锅儿。一个从白日梦中惊醒的脑袋，一脸毛烘烘的大胡子，宽阔的溜肩。一股汗和煤混杂的臭味儿从他黑黢黢的衬衫和权当围裙系着的麻袋上升腾起来。

"瘸得怎么样？"

格里布想了想,然后纯真坦率地轻声答道:"我不知道。我从来没有见过他。"这一下可砸锅了,可是除此之外,只能胡编瞎猜,他又做不到。"我是给出不了门的病残人员送救济金支票的。如果不瘸不拐,他会亲自来领的。所以我说是个瘸子。卧床不起的,常坐轮椅的——有这样的人吗!"

这种直爽是格里布最老的本领之一,可以追溯到儿童时代,但它在这里却不中用。

"没有,先辛(生)。我有这样子的四座楼房要照看。不可能认识所有的房客,更甭说房客的房客了。房间倒手很快,天天都有人搬进搬出。我还真说不上来。"

看门人把两片脏不拉唧的嘴唇咧开,但在阀门和向炉膛猛烈鼓风煽火的一片尖叫声中,格里布听不见他的话音。不过,他知道他说了些什么。

"好啦,还是得谢谢你。对不起,打扰你了。我再上楼踅摸踅摸,看看是不是能碰见认识他的人。"

再次置身于寒气和薄暮之中,他从地下室入口就近绕到挤在砖柱之间的正门上,开始往三楼爬。一片片的墙皮在他的脚下研磨成了粉末;中间的地毯已经扯走,两边的一根根铜条标明了从前的边界。他觉得过道里比街上还冷;冷得彻骨。过道的厕所像泉水一样长流不息。他听见风在楼房四周怒吼,活像锅炉的声音,不禁惨然想道,这可是一大块建造好的庇护所。于是他在幽暗中划着一根火柴,在墙上胡写乱画的秽杂中寻找姓名和房号。他看见"胡狄·杜狄去见耶稣",还有锯齿形图案,漫画、性涂鸦、骂人话。原来这些金字塔的密室也是装饰过的,这些人类黎明期的洞穴。

他的卡片上的信息是,"塔利弗·格林——3D公寓楼。"然而,这里没有姓名,没有房号。他的肩膀耸了起来,冻得眼泪直流,呼出的是雾气。他把这条走廊从头走到尾,心想,如果他走运,是个火暴性子,他就会随便找一扇门咚咚咚狠砸一通,并且扯着嗓子喊"塔利弗·格林!",刨不出根儿来誓不罢休。然而他身上没有这种兴风作浪、大吵大闹的火气,所以只好一根接一根地划火柴,点着亮儿把一堵堵墙仔细看一遍。在后面,走廊附近的一个旮旯儿里,他发现了一扇先前没有看见的门,他想最好还是调查一番。他敲了敲门,没有任何动静,显示是间空屋子,可是一个年轻的黑人女子却应门了,简直是个小姑娘。她把门只开了个缝儿,唯恐把屋里的热气放出去。

"啥事,先辛?"

"我是从大草原路区救济站来的。我在找一个叫塔利弗·格林的人,给他送支票。你认识他吗?"

不,她不认识。不过他认为他说了些什么她一个字都没有听懂。她有一张梦魂萦绕、迷迷怔怔的脸,非常温柔,黝黑黝黑的,一副与世隔绝的神态。她穿着一件男人的短外衣,在她喉部她把领头扯到一起。她的头发向三个方向分开,两侧横着向两边耷过去,前面的竖成一个笨嘻嘻的蓬松发卷儿。

"这一带有没有可能认识他的人?"

"我向(上)周在(才)住这屋子的。"

他注意到她在打冷战,然而她的冷战也是梦游式的,她那张漂亮脸上那双滴溜溜的大眼睛中没有痛切的寒冷感觉。

"好吧,小姐,谢谢你。多谢了。"他说罢就到另一个地方尝试去了。

在这里,他获准进门了。他万分感激,因为屋子里暖烘烘的。满屋子的人,他进去时都一声不吭——有十来个人,也许不止,坐在板凳上,像议会开会。严格说来,没有亮光,只有窗户给的一种变淡了的幽暗,他觉得人人都是大块头,男人们被厚重的工作服和冬大衣填裹得鼓鼓囊囊,女人们穿着毛衣,戴着帽子,还有穿旧毛皮外衣的,也显得格外肥大臃肿。此外,屋子里还有床和寝具,一台黑色的炉灶,一架钢琴,上面的报纸堆得顶到天花板上,一张芝加哥兴盛期的老式餐桌,格里布走到这些人中间，由于冻得肤色鲜嫩，个头又较小，所以进来时活脱脱像个小学生。即便遇到了笑脸和善意，但还没说一句话，他就知道，他这是在逆水顶风，不会有任何进展的。不过，他还是先开了口，"这里有没有人知道我怎样才能把一张支票送给塔利弗·格林先生？"

"格林？"搭腔的是让他进来的那个人。他穿着短袖衫，穿一件花格子衬衣，挑着一个古怪的高脑袋，大得出格，长得像顶筒状军帽，脑门上一条条青筋暴起，直往脑袋里面钻，"我从来没有听人提到过他。这是他住的地方吗？"

"这就是救济站给我的住址。他是个病人，需要支票。有人能不能告诉我在哪儿能找到他？"

他坚守阵地，等待着回答，他那条缠着脖子的羊毛红围脖吊到他的军装式防雨大衣外面，衣兜里沉甸甸地塞着一沓支票和正规表格。他们肯定认识到他不是一名由收账员雇来每天下午顶缸代劳却诡称是救济站办事员的大学生，所以承认他是个岁数较大的人，自己知道什么是需要，经过的艰难困苦不是一般的酸甜苦辣。如果你瞧瞧他眼睛下面和嘴巴两边的印记，这就一目了然了。

"有没有人知道这个病人？"

"没有，先辛。"往四周一望，他看见个个摇头，报以否定的微笑。没有人知道。也许这是实情，他考虑，默默地站在这个地方充斥着泥土气和麝香味的众人攒簇的幽暗中，与此同时咕哝声不绝于耳。然而他永远都心里没底。

"这人是咋回事？"筒状军帽脑袋问。

"我从来没有见过他。我能告诉你的无非就是他不能亲自来领他的钱。这是我到这个区来的头一天。"

"兴许他们给错了号码？"

"我想不会。还有什么地方我可以打听到他？"他觉得这种死心眼儿把大家逗乐了，而且在某种意义上，他也与大家同乐，因为他竟然敢如此硬气地面对他们。尽管个头小,尽管体重轻,但神气十足,毫不退缩,一双灰眼睛逼视着他们,带着乐趣,也带着勇气。凳子上有个男的喉咙里咕哝了一句,话不可能听清楚,一个女的回了一声野喳喳的尖笑,但很快就戛然而止。

"呃,这么看来,谁也不肯告诉我了?"

"谁也不知道呀。"

"起码,要是他住在那里,他总得给某人缴房租吧。谁管这座楼来着?"

"格雷特厄姆公司。在三十九号街。"

格里布把它写到拍纸簿上。然而,又到了街上,他正在寻思下一步朝哪个方向走,风吹过来一张纸贴到了他的腿上,它好像是个可以遵循的浮泛提示。很有可能,这个格林租的不是一套房子,而是一间屋子。有时候,一套公寓房里住的人多达二十个;房产代理只认识承租人。即便代理也无法告诉你租户都是谁。有些地方,连床铺都倒班使用,值夜班的,开小巴士的,夜宵摊的快餐厨子,白天睡过觉后出去干活,就把他们床铺让给一个姐妹,或者一个侄子,或者指不定还是刚下公交车的陌生人,在农舍园和阿什兰之间该市可怕的破败地区,有大量的新来人口,居无定所,房子、房间换来换去。就算你看见他们了,你怎么能认识他们呢。他们没有背行李,面目又不特别出色。你只看见一个人,一个黑人,在街上行走,或者坐着电车,跟别人没有两样,大拇指掐着一张转车票。因此你应当怎样说呢?格里布想,格雷特厄姆代理听了他的问题,只会哈哈大笑。

然而,如果能说出林格老了、瞎了,或者患了肺痨,那这件工作不就简单多了。要是看上一个钟头的档案,记上几点笔记,他就不至于坐蜡到如此地步。雷诺把那沓支票给他时,他就问过,"这些人的情况我该了解多少?"当时雷诺显出一副似乎准备要责怪他小题大作的样子。他笑了笑,因为到这个时候他们关系已经相当好了,不过当站上因为斯泰卡和她的孩子的事开始出乱子时,他一直准备说类似的话。

格里布等了好长才找到这份工作。这全靠市政务委员会一位老同学的拉扯才到手的。这位老同学从来就不是一个密友,但突然大发悲天悯人之心,——加之,也乐得炫耀他多有出息,即便在这种艰难时世也干得风生水起。是啊,他跟着民主党政府就是一路顺风。格里布曾经到市政厅去找他,有一年光景,他们至少一月吃一顿柜台午餐或喝一顿啤酒,最后才有可能操弄这份工作。被定为等级最低的办事员,哪怕是个通信员,他也无所谓,不过雷诺认为他还是有所谓的。

这个雷诺是个所谓的那种独出心裁的人物,格里布一下子就和他亲近起来。按头一天上班的老规矩,格里布来得很早,但等了很久,因为雷诺迟到了。最后他一个箭步钻进了办公室里他的小隔间,仿佛他刚刚从一辆轰隆轰隆在印第安大道上疾驰的红色电车上跳下来似的。他那张干瘦粗糙的脸,被风刺得生疼,他咧着大嘴,喘着粗气,嘴里还念念有词。戴的帽子是顶小小的浅顶软呢帽,外套,天鹅绒领子,在脖子周围非常合贴,他那条丝围脖把下巴神经质的抽搐衬托得越发醒目,他双脚离地,身子在转椅上摆动旋转,这样一来,坐着的时候,有点儿跃马腾跳的架式。与此同时,他也斜着眼睛打量着格里布,一双垂直距离宽得非同寻常、有点儿冷嘲热讽意味的眼睛。于是俩人坐了片刻,相对无言,这会儿,监管把帽子从梳得乱糟糟的头发上举起来,放到膝上。他那双冻青了的手并不干净。一条钢梁穿过小小的更衣室,这原来是悬挂机器传送带的。这座建筑原来是一家老工厂。

"我比你年轻;我希望你接受我的指令不会觉得难堪。"雷诺说,"不过这些指令不是我作出的。你有多大岁数,大概?"

"三十五。"

"你本以为你会在室内做文秘工作。可是到头来,我却把你派到外面去。"

"我无所谓。"

"咱们在这个区的工作主要是针对黑人的。"

"我也是这么想的。"

"那敢情好。你会想办法对付的。C'est un bon boulot.① 你懂法语吗?"

"懂一点儿。"

"我原以为你是个大学生呢。"

"你去过法国吗?"格里布问。

"没有,这是伯利兹学校的法语。我在那里学了一年多,我相信,全世界的人都上过这所学校,中国的办公室小厮呀,坦噶尼喀②的勇士们呀。实际上,我是深通法语的。这就是文明的吸引力。这未免估计过高,可是你要什么呀? Que voulez-vous? 我订阅 Le Rire③ 和所有这一类风味小报,就像在坦噶尼喀一样。那里一定使人感到神秘。我的理由是我瞄准的是外交部门。我有个当导游的亲戚,按他的说法,那可有意思到家了。他坐在火车卧铺上看书。而我们——你以前搞什么工作?"

"我搞销售。"

"在哪儿?"

"在'留步光顾'卖罐装肉。在地下室。"

"在这以前呢?"

"在戈德布拉特店卖窗帘。"

"固定工作?"

"不,周四,周六。我还卖过鞋。"

"你也是个鞋狗子。好啊。再往前呢?这都在你的材料夹子里。"

---

① 原文为法语:这是个好工作。

② 这篇小说发表于1951年,所以提及的事情肯定早于这个年代。当时非洲的坦噶尼喀(今坦桑尼亚的一部分)还在为独立奋斗,新中国尚未成立,后面的那句法语与前一句译文意思相同。

③ 《笑》,法国滑稽刊物。

他打开履历,"圣奥拉夫学院,古典语言讲师。研究员,芝加哥大学,1926—1927。我也学过拉丁文。咱们互换互换语录——'Dum spiro spero.'"①

"'De dextram misero.'"②

"'Alea jacta est.'"③

"'Excelsior.'"④

雷诺哈哈大笑,其他工作人员从隔板上探头瞧着他。格里布也大声笑了,感到又高兴,又轻松,一个紧张的早晨的开心享受。

笑完之后,在没有人盯着或听着的时候,雷诺挺认真地说:"你起初为什么学拉丁文?是不是想当教士!"

"不是。"

"仅仅是为了好玩?为了文化?啊,这些人们认为自己能玩得转的东西!"他发出了那种悲喜交集的呼叫,"我拼上血本才得以学习准备当律师,我通过了律师职业资格考试。所以我一周比你多拿十二元,算是直面人生、经多见广的红利。我作为一个文化人告诉你,即便没有一件事物看上去是实在的,而且每件事物代表着另一件事物,那另一件事物又代表另另一件事物,而另另一件事物又代表更进一步的事物——但一周二十五元和三十七元之间没有任何可比性。且不管最后的实在。难道你不认为这对你的希腊人是一目了然的吗?他们是个富有思想、推己及人的民族,但他们并没有放走自己的奴隶。"

格里布第一次同他的监管见面,这番宏论完全是他始料未及的,不知如何应对。他不好意思显露他的惊讶之情。他干笑了两声,振作起

---

① 只要我呼吸,我就有希望。
② 把你的右手伸给可怜人。
③ 骰子已经掷下。
④ 再高一点儿。

来，把用尘雾盖住他的脑袋的阳光抹了抹。"你认为我的错误就这么可怕？"

"完全正确，就是可怕。你现在要知道艰难时世的鞭子已经抽到你的脊背上了。你应当一直作好准备应付麻烦。你们家人肯定生活宽裕，能送你上大学。尽管堵住我的嘴，要是我冲撞了你的话。你母亲是不是娇惯了你？你父亲是不是放任了你？你是不是娇生惯养大的，可以随便盘根问底，查明其他每一件事物所代表的终极事物，而其他的则在这个沉沦的表象世界里苦苦劳作？"

"呃，不对，情况并非完全如此。"格里布笑了。沉沦的表象世界！居然还是。现在是轮到他送惊讶了，"我们家并不富有：家父是芝加哥最后一位真正的英国管家……"

"你在开玩笑吧？"

"我干吗要开玩笑？"

"穿号衣？"

"穿号衣。在黄金湖岸。"①

"所以他想让你像绅士一样受教育。"

"他没有。他送我到装甲学院学化学工程。可是他一去世，我就转了学。"

他主动住口了，心想，雷诺怎么这么快就牵动了他的心。他把你的包刚往桌子上一放，你的货就全掏了出来。后来走到街上，他还在回想，如果不是斯泰卡太太大吵大闹把他们打断，他还会走多远，他还会被套出多少情况。

但就在这当口，一名年轻女子，雷诺手下的一名工作人员，冲进隔间大声嚷道："闹翻了天，你们难道没有听见？"

"我们什么也没有听见。"

---

① 滨湖大道，芝加哥最富的地区之一。

"是斯泰卡,声嘶力竭地叫嚷,记者们就要赶来了。她说他给各家报纸打电话了,你要知道,她还真打了。"

"她要干吗?"雷诺问。

"她把洗好的衣物带到这里来熨,用我们的电,因为救济金不会给她交电费。她在接待台旁支起了熨衣板,六个孩子都带着。他们一周只上一次学。为了自己的声誉,她走到哪儿都要拖儿带女。"

"我不想错过这样的场面,"雷诺说着就跳起身来。格里布随着秘书一起跟过去,说道,"这个斯泰卡是什么人?"

"他们管她叫'联邦街的血妈妈。'她在各家医院当职业供血者。我想一品脱给十元。当然这不是闹着玩的,但她说得天花乱坠,她和孩子们一直上报纸。"

一小群人,有员工,也有领救济金的,被一条胶合板挡板隔开,站在入口处狭小的空间里,斯泰卡扯着粗哑的男人似的嗓子大喊大叫,突然把熨斗栽到板子上,又砰的一声扔到铁座上。

"我的爸妈是坐统舱来的,我是在休伦湖畔的罗贝自家的房子里出生的,我可不是龌龊的移民。我是美国公民。我丈夫是在法国中过毒气的退伍军人。肺虚弱得连纸都不如,几乎自个儿连厕所都上不了。我这六个孩子,我得用自己的血给他们买鞋穿。哪怕就是一条劣质白色圣餐小领带,也要几滴血;为我的瓦嘉弄一块网眼面纱,好在上教堂时见了别的女孩不会显得寒碜,他们抽了我的血才在戈尔德布拉特商店买到它。我就是这样过活的。如果我非得靠救济,那倒是好事一桩。因为名册上的人多了去了——都是冒充的!没有他们弄不到的事情,他们可以随时到'快而坚'商店去包火腿。他们在没完没了地找事情。他们绝不是铁定要失业。只是他们宁肯躺在自己的破床上睡懒觉,白吃公家的钱罢了。"她无所畏惧,在一个黑人为绝大多数救济对象的站里,这样子排揎黑人。

格里布和雷诺挤向前去要仔细看看这个女人。她怒火万丈,却又自得其乐，膀宽腰圆，高头大马，一个金发女人，戴着一项镶着粉红丝带边的棉布帽子。她不穿长筒袜，只穿一双黑色运动鞋，胡佛牌围裙敞着，一对大乳房一件男式汗衫约束不紧，所以当她在熨衣板上熨孩子的衣服时妨碍了胳膊的活动。孩子们不声不响，纯真无邪，带着一种坚定不移的倔强，有穿羊皮袄的，有穿短夹克的，站在她身后。她已经占领了救济站，这一战果使她乐不可支。然而她的委屈倒是真委屈。她在实话实说。不过她的表现却像个说谎的。她的一双小眼睛的神色隐而不露，就是她发怒时好像也在进行着编排谋划。

"他们打发穿绸裤子的大学社会工作者们来，劝我不要来找麻烦。他们比我有能耐吗？谁告诉他们的？炒掉他们。让他们结婚去，这样你们就用不着把电费从大家的收支预算中扣除了。"

监管主任尤因先生制止不了她，便双臂交叉站在员工前头，怪显豁的，脑袋也光秃秃的，端出他从前当过的中学校长的架子对他的下属说："过会儿她累了就会走的。"

"她不会走，"雷诺对格里布说，"她会得逞的。她的救济知识比尤因还丰富。她是多年的老在册户，她总能得逞，因为她会闹乱子。尤因也知道。他很快就会屈从的。他只不过是要保全面子而已。要是张扬出去造成不良影响，主管官员要当此刮他的鼻子的。她已经把他摁到水底了，到时候她会把人人都摁下水的，包括各个国家和政府。"

格里布报以他典型的微笑，心里却完全不以为然。谁会听斯泰卡的指令，她的叫嚷会带来什么变化？

不会，格里布在她身上看到的东西，那股子使人们听闻的力量，就是她的叫嚷表达了那种血与肉的斗争，或许在这个地方，在这种环境中，变得有点儿疯狂，肯定显得丑怪。起初，出来的时候，他觉得斯泰卡的精神有点儿掌控全区的意味，整个地区染上了她的颜色；他在道牙旁零零星星的火中、在高架铁下面的火里、在火焰似的昏暗的巷子里，看到了她的颜色。随后，当他进入一家酒馆喝一小杯黑麦威士忌时，啤酒的水气,与西区波兰人街道的联想,使他又想到了她。

他用围脖抹了抹嘴角,因为手绢掏起来很不方便,便又出门发送支票去了。寒气凛冽,他附近出现了一些雪花。一列火车突然驶过,在框架里留下了一丝寒颤,在路轨上留下了毛糙的冰釉子的嘶声。

过了街,走下一段木阶梯,进入一家地下室杂货铺,一枚小铃铛丁零了一声。那是一家又暗又长的商铺,熏肉、肥皂、桃干、鱼类混杂起来的臭烘烘的气味扑鼻而来。小小的火炉里火苗扑闪扑闪的。老板等着,一个意大利人,长着一张瘦长脸,上面有坚挺的胡茬。他把双手插到围裙底下取暖。

不,他不认识格林。你认识人,却不知道姓名。同一个人也许不会把同一个姓名用两回。警察也不知道,多半也不在乎。有人被枪杀了,或者被刀捅死了,他们就把尸体弄走,也不追寻凶手。首先,没有人肯告诉他们任何情况。于是他们就给验尸官编个名字,就此了结。其次,他们才不管他妈的三七二十一呢,即便他们想弄个水落石出,也没法儿弄。这些人中间有些什么状况,人们连十分之一都打探不出来。他们捅刀子、偷东西,无恶不作,骇人听闻,男人和男人,女人和女人,父母和子女,连猪狗都不如。他们为所欲为,恐怖的阴影立马烟消云散。这在世界上也是史无前例的。

说来话长,由于想象奇特、激情四射,言辞愈加深刻,而且越来越变得没有道理,阴森恐怖;由暗示和捏造堆积起来的一群,一个抱成团儿的绝望的大疙瘩,一个有无数的脑袋、腿、肚子、胳膊的人轮,滚过了他的铺子。

格里布觉得必须把他的话头打断。他厉声说:"瞧你说些什么呀!我问的无非是你认不认识这个人。"

"这还不到情况的一半呢。我到这里六年了。这种情况你兴许不想相信,但假如这是真的呢?"

"无所谓,"格里布说,"要找到一个人总是有办法的。"

意大利人的两只离得很近的眼睛一直奇怪地聚集到一起,就像他的肌肉一样,身子却从柜台上探过来极力要让格里布相信。这会儿他放弃了努力,便在凳子上坐下。"哦——我想也是。偶尔。不过,我一直在告诉你,连警察也没有什么进展。"

"他们说在追寻什么人。这不是一回事。"

"好啦,你硬是要不碰破脸不回头,那就一直往前碰去吧。我帮不了你。"

然而,他没有一直往前碰。他再没有工夫往格林身上花了。他把格林的支票滑到那一沓的背后。名单上的下一个姓名是菲尔德,温斯顿。

他没有费一点儿事就找到了后院的平房;它跟另一座房子共用一块地皮,中间相隔几英尺。格里布熟悉这些一院两房的布局。它们是在填沼地、建街道之前的年月成批连片修建起来的,千篇一律——沿围栏有一条木便道,比街面低很多,三四根拉晾衣绳的球头杆子,生材,枯木墙面板,一段很长很长的阶梯通到后门上。

一个十二岁男孩把他领进厨房,那位老人正坐在桌旁的一把轮椅上。

"噢,这是政府里的人,"格里布把支票掏出来时,他对男孩说,"去把我的证件盒拿过来。"他在桌子上清出一块空地方。

"哟,你不用麻烦了。"格里布说。然而菲尔德还是把他的证件摊开来,有社会保险卡,有救济证,有曼蒂诺的州立医院寄来的信函,还有一九二〇年在圣迭戈发的一张海军退伍证。

"这就够多的了,"格里布说,"签个名就行了。"

"你得知道我是谁,"老人说,"你是从政府来的。这不是你的支票,这是政府的支票,等一切都核实了,你才有权把它交出去。"

他喜爱墨守成规,格里布就不再反对了。菲尔德把一盒子东西都倒出来,把证卡和信函摆成一圈。

"我的所作所为全在这里了。如果再有死亡证书,他们就能给我销账了。"他是怀着一种踌躇满志、顾盼自雄的心情说这番话的。他仍然不签字；只是把那支小小的钢笔竖直握着，摁在穿着金绿色灯芯绒裤子的一条大腿上。格里布没有催他。他感受到了这位老人对交谈的饥渴之情。

"我不得不弄点儿好一些的煤，"他说，"我打发我的小孙子拿着我的定单到煤场去，他们却给他装了一堆车筛出来的煤末子，这炉子就不是烧煤末子的。煤末子全从炉箅子中间掉下来了。我定购的是富兰克林县的鸡蛋大小的块煤。"

"我把这事汇报上去，看看有什么办法。"

"我看未必有什么办法。小打小闹，小恩小惠，于事无补，唯一大显神通的法宝就是钱。钱，那是唯一的阳光，它照到的地方，没有黑东西，你看见的唯一的黑窟窿就是它照不到的地方。我们黑人非有不可的东西就是我们自己的有钱人。再没有别的办法。"

格里布坐着，发红的脑门跟他剪得很短的头发平连在一起，腮帮子缩在领片里——在白云母薄片和铁制造的炉膛里，一团火亮闪闪地刺眼，但房间里并没有融融暖意——坐着，听老人家大展宏图。那就是用赞助的办法每月打造一名黑人百万富翁。每月推选出的一位聪明、善良的年轻人要签合同用这笔钱创办一家雇用黑人的工商企业。这件事要借助投送连锁信件和口口相传的办法做广告，搞宣传，每个有工资收入的黑人每月捐一元。不出五年，就会有六十个百万富翁。

"这就会引起重视，"他用一种嗓子受到壅塞的声音说话，听上去像一种外国腔，"你得把扔到博彩和赛马上的钱统统拿来加入组织。只要他们能把你手里的钱弄走，他们就把你不当回事了。钱，那是人类的太阳！"菲尔德是个混血黑人，或许有彻罗基人的血，或许有纳齐兹人①的血，他的皮肤，黑中透红。他在这间昏暗的屋子里说到金色的太阳，

---

① 都属于北美印第安人。

乱蓬蓬的头发、方墩墩的脑袋，混血脸，厚嘴唇，小小的钢笔仍然直直地握在手里，他的声音，他的面相，绝像神话里的地府王，老判官弥诺斯①本人。

这时他总算收下了支票，并签了字。为了不弄脏那片纸头，他用指关节夹住把它放下。桌子晃晃悠悠，咯吱作响，厨房的这个阴沉、粗野的垃圾堆的中心堆满了面包、肉、罐头、散乱的报纸。

"你认为我的计划行不通？"

"值得考虑。应当有所作为，我同意。"

"要是人们愿意干，就行得通。就这么回事。任何时候，这是唯一的大事。就等于他们一致了解了，他们大家。"

"这是实情"，格里布说着就站起身来。他的目光与老人的相遇了。

"我知道你得走了，"他说，"好吧，上帝保佑你，小伙子，你没有跟我耍鬼心眼子。我立马就能肯定这一点。"

他穿过低凹的院子往回走。在一个棚子里有人守护着一支蜡烛，那里有个人从一辆婴儿车上往下卸柴火，两个人进行着一番重要的谈话。当他走上有遮掩的过道时，他听到风在树枝间、冲着房屋正面一阵紧似一阵地猛刮，随后，走到人行道上，他看见高出河面和厂房几百英尺、直冲冰霄的电缆塔上针眼似的红光——那些亮点。从这里开始，他的视野被挡住了，最后才看到南支流和它的林木萧森的河岸，以及水边成群的野鹤。大火②后重建的这一部分市区，过了不到十年，又成了断壁残垣。工厂用木板封堵起来，建筑物有的被废弃，有的已坍塌，中间露出荒草丛生的空隙。这使你感觉到的不是荒凉，而是一种组织的优柔疲软，它从这个广袤的原生地释放了一种巨大的能量，一种脱逃出来，没

---

① 希腊神话中的克里特王，宙斯和欧罗巴的儿子，秉公治国，死后为阴曹地府三判官之一，在克里特岛建造迷宫并将牛头人身怪物弥诺陶关了进去。

② 芝加哥大火发生在1871年10月8日至10日，死亡300多人，近9万人无家可归，17450所建筑物被烧毁，损失约1亿9600万美元。

有着落、未加管控的力量。不仅人们必须感觉它,而且格里布觉得,他们还迫不得已要适应它。就在他们的体内。他也不比别人强,他意识到。如果说他的父母生前当过仆人,却指望他不要子承父业。他认为他们从来没有干过这种受人役使的差事,这种差事明摆着没人想干,或许一般有血有肉的人也干不了。也看不出干这种事会有什么下场。这并不意味着他想撒手不干这种差事了,他意识到了,一脸的愁闷。恰恰相反。他有事要干。被迫感受到了这种能力,但又无事可干——这就十分可怕;这就是活受罪;他深知个中滋味。现在该下班了。六点。他想回家就能回家,回到自己的屋子里,也就是,用热水冲洗冲洗,倒上一杯酒,往被褥上一躺,看看报,出去吃饭前先吃几块涂肝泥酱的饼干。然而,想到这种情况倒是使他觉得有点儿恶心,仿佛吞下了一股酸气。他手里还剩下六张支票,他下定决心至少再送一张:格林先生的支票。

于是他又出发了。他还有四五个黑暗的街区要走,经过一片又一片空地,一幢又一幢宣告拆除的房子,一块一块旧地基,一所又一所关闭的学校,一座又一座黑人的教堂,一个又一个土墩,他寻思,肯定有很多仍然健在的人曾经目睹过这一带的重建翻新。现在这是第二层遗迹了;几百年的历史就是通过人的聚集完成的。众多人口给了这个地方强制性的发展;过多的人口也使它土崩瓦解。有些事物一度显得如此新颖,如此实在,所以谁也不会想到它们代表着另外的事物,现在却分崩离析了。因此,格里布反思,它们的秘密便彰显出来了。这秘密就是,它们约定代表自己,而且约定是自然的,不是不自然的,但当事物本身土崩瓦解了的时候,约定便昭然若揭了。否则,使一座座城市不显得奇特的东西是什么呢?罗马,那几乎是一成不变的,却没有引发出这样一些思想,可它是不是永久实在的呢?然而,芝加哥循环如此迅速,熟悉的东西死而复生,却改头换面了。过了三十年,又死了,你看到那共同的约定或契约,你身不由己地思索表象和实在。(他想起了雷诺,不禁莞尔。雷诺是个聪明的小伙子。)你一旦抓住了这一点,许多事物便迎刃而解了。譬如说，为什么菲尔德竟然构想出这么一个计划？当然，如果人们一致同意造就一个百万富翁，一个实实在在的百万富翁就会产生的。如果你想知道菲尔德先生怎么就灵感勃发想到这一点，嘿，他透过厨房窗户看到了那幅图表，一个成功的计划的骨架——具有蓝色和绿色信号灯花彩的高架铁。人们同意掏几毛钱乘坐这种哗啦哗啦的箱子车，于是它成功了。然而一开始，它看起来多么荒诞不经；多么不着边际。不过建造它的大金融家耶基斯①知道他是能够使大家同意做这件事的。就其本身来看，真可谓空中楼阁，玄之又玄，简直像件工程。那么干吗要对菲尔德先生的想法大惊小怪呢？他掌握了一个原则。格里布还记得，耶基斯先生建立了耶基斯天文台，给它捐赠了几百万。他在自己纽约博物馆似的豪宅里，或者在驶向爱琴海的游艇上，怎么会产生给天文学家捐钱的念头？难道他被自己怪诞的事业成功搞得心里发憷，因此乐意花钱探明宇宙里本质与表象相同在哪里？是的，他想知道什么永存常在；血肉是不是《圣经》中的草，②所以他拿出钱来把它在群星之火中烧掉。好啦，那么，格里布进一步思忖，这些东西之所以存在，是因为人们同意与它们一起存在——我们已经走了如此之远——而且还有一种不取决于同意，而同意只是其中的一场博弈的实在。而需要呢，那种使千千万万人固守岗位的需要呢？你告诉我，你这隐微居士，正人君子——他用这种词语聊以自嘲。为什么把同意给了苦难？为什么丑恶得令人痛心疾首？因为有些事物是悲惨的，而且是一成不变的丑恶吗？想

---

① 查尔基·泰森·耶基斯（1837—1905），美国金融家，他到1886年控制了芝加哥西区和北区的铁路线。通过金融操作和贿赂手段，他获得了运输特权，建造了一个帝国。1892年耶基斯给芝加哥大学的捐赠修建了耶基斯天文台，于1897年在威斯康星的威廉湾开放。大小说家德莱塞的《金融家》、《巨人》、《斯多葛》就是以耶基斯为原型的。

② 见《圣经·旧约·以赛亚书》第40章第6—8节："凡有血气的尽都如草，他的美容都像野地的花。草必枯干，花必凋残，因为耶和华的气吹在其上；百姓诚然是草。草必枯干，花必凋残，唯有我们神的话，必永远立定！"

到这里，他叹息一声，就此拉倒。接着又思量，他口袋里有一张实实在在的支票要送给毫无疑问是实实在在的一位格林先生，眼下这就足够了。只要他的街坊邻居认为他们不必隐藏他就好。

这一回他在二楼停下来，他划了一根火柴找到了一扇门。他一敲门很快一个人就应声而出，格里布把支票准备好了，没等他开口就出示给他。"塔利弗·格林住在这里吗？我是从救济站来的。"

那人把门缝收窄了点儿，对背后的一个人说话。

"他住在这里吗？"

"唔——唔。不。"

"要么在本楼的什么地方？他是个病人，不能来领钱。"他把支票展示到灯光下，灯光下烟雾腾腾——空气里弥漫着一股烧焦的猪油味儿——那人把帽檐儿扶起，把支票仔细端详了一番。

"唔——唔。从来没有见过这个名字。"

"这一带没有拄双拐的吗？"

他似乎在想，不过给格里布的印象是，他只不过是等一段合适的时间过去，再说。

"不，先辛。我没见过那样的人。"

"我找这个人整整找了一个下午。"格里布突然脆快了当地说，"那我只好把支票带回站上去了。你好心好意要找一个人，目的是给他一些东西，可就是踏破铁鞋无觅处，这未免有点儿奇怪。我想如果我给他带的是坏消息，那就得来全不费功夫了。"

那人的脸上有一种回应的动作。"就是这个理儿，我估摸。"

"你有一个姓名，如果凭这个姓名又找不到你，那这姓名几乎就是一块空招牌。它不代表任何东西，他兴许也没有任何东西。"他继续往下说，本来是要大笑一场，现在只好淡然一笑了事。

"噢，对了，有个罗锅小老头儿，我偶尔看见过。他兴许就是你在找的人。在楼下。"

"哪儿？右边还是左边？哪个门？"

"我不知道是哪个门。瘦脸小罗锅，拄一根拐棍。"

然而敲遍了一楼所有的门，都无人回应。他走到走廊的尽头，借火柴的亮光寻找，只找到一个没有阶梯的通往院子的出口，一段六英尺的陡坡。不过巷子附近有一座平房，一座菲尔德先生住的那样的老房子。跳下去不安全。他从前门跑出去，穿过地下过道，进了院子。那个地方住着人。一线灯光从上面的窗帘里透过来，勺子形的破邮箱下面的标签上的姓名是格林！他大喜过望，按了铃，把锁着的门扛了一下。门锁咔嚓一声轻响，一段长楼梯展现在他面前。有人慢慢地往下走——一个女人。灯光微弱，他的印象是她边走边整理头发，把自己弄得体面点儿，因为他看见她的两条胳膊抬了起来。然而抬胳膊是为了找依托；她一路深一脚、浅一脚顺着墙摸下来。随后他对她脚踩踏板时的轻飘感到纳闷；她似乎没有穿鞋。楼梯冰冷。或许他按门铃把她催下了床，所以忘了穿鞋。随后他看见她不仅没有穿鞋，而且赤身裸体；她全身上下一丝不挂，边往下爬，边自言自语，一个臃肿女人，光身子，喝醉了。她向他撞过来。她的乳房的触碰，尽管只碰到他的大衣上，但还是使他暗自震惊，便连忙往后躲闪，身子顶到门上。瞧他打猎找到了什么！

那女人正在喃喃自语，由于受到侮辱而怒气冲天，"我不会挨尿，嗯？我要让那母狗养的看看我会不会。"

现在他该怎么办？格里布问自己。嘿，一走了之呗。他应当扭头就走。他不能跟这个女人说话。他不能让她光着身子站着挨冻。但他试图扭头走时，他发现自己动弹不得。

他说，"这是格林先生的住处吗？"

但她仍然喃喃自语，没有听见他说什么。

"这是格林先生的家吗？"

她终于把狂怒的醉眼向他转过来。"你要干吗？"

她又把目光从他身上游离开。怒目的亮光中有一个血点。他心里纳闷她为什么不觉得冷。

"我从救济站来。"

"好,干啥?"

"我有一张塔利弗·格林先生的支票。"

这一回她听清了他的话,便把手伸了出来。

"不,不,是格林先生的。他得签个字。"他说。今儿晚上他怎么能拿到格林的签字!

"我来。他签不了。"

他绝望地摇了摇头,想起了菲尔德先生关于身份的警惕。"我不能给你。这是给他的。你是格林太太吗?"

"也许是,也许不是。怎样?"

"他在楼上吗?"

"对。你自己拿上去吧,你这该死的傻瓜。"

确实,他是个该死的傻瓜。当然他不能上去,因为格林很可能也喝醉了,光着身子呢,说不定很快他就会出现在楼梯平台上。他急切地向上看。灯光下是一堵又高又窄的棕色的墙。空着!依然空着!

"见鬼去吧,你!"他听见她嚷嚷。送一张支票为了买煤买衣服,他反而让她挨了冻。她倒是不觉得冷,但他的脸被严寒和自嘲刺得火辣辣的。他往后一退躲开了她。

"我明天再来,告诉他。"

"啊,见鬼去吧,你。永远别来。你深更半夜跑到这里干吗来了?再别来了。"她大喊大叫着,所以他看见了她的舌头的宽度。他双腿叉开站在这个又长又冷的箱子似的门道里,两手紧紧扶住栏杆和墙壁。这平房本身的形状就有点像箱子,一个又笨又高的箱子,连同它刺目、冷酷的灯光戳进了寒空。

"如果你是格林太太,我就把支票给你。"他又改变了主意说道。

"那就给我好了。"她把支票拿过去,同时把给她的钢笔拿到左手里试着贴在墙上签收据。他四下环顾了一遍,简直好像要看看是否有人一直在观察他的疯狂,而且近乎相信有人正在隔壁那家汽车废品铺的一座旧轮胎的山上站着呢。

"可是,你是格林太太吗?"他现在才想起来问。但她已经拿上支票在爬楼梯了,如果他出了差错,万一他遇到了麻烦,想反悔已经来不及了。但他不想为这犯愁。尽管她兴许不是格林太太,但他相信格林先生就在楼上。不管那女人是谁,她这一回代表的就是他见不着的格林。好啦,你这傻瓜蛋,他对自个儿说,这么说你认为你找到了他。那又怎么样呢?兴许你还真找到了他——那又有什么关系呢?然而重要的是,倒是有一个实实在在的格林先生,他们不能让他找着,因为他似乎是从敌对的表象世界来专门充当密探的。尽管这种自嘲减弱得很慢,因此他的脸还是火烧火燎的,但是他还是有了一种得意扬扬的感觉。"因为毕竟,"他说,"他是能够被人找到的。"

(蒲隆　译)

亲　戚

坦克·梅茨格被判刑前，我给联邦法院的艾勒法官写了一封信。坦克的案子只有他自己最亲的亲戚们才会关心，而我写信，也是迫于压力，应该说，是被扭着胳膊不得已而为之的。坦克是我的表弟，他姐姐，也就是我的表妹尤妮思·卡格尔，知道我与艾勒相识，便三番五次央求我出面说情。我认识艾勒是多年前的事了，那时，他是法律专业的大学生，我在第七频道主持一档子有关法律中的棘手问题的电视节目。后来在芝加哥外交委员会的一次宴会上，我作了祝酒词，还跟他合了影，照片上了报纸，我穿着礼服，跟他握手，俩人都笑容可掬。

就因为这层关系，坦克的上诉被驳回后，尤妮思马上打电话给我，先是一阵大哭，哭得让人动心，哭完了，情绪稍稍稳定下来，便说，我必须动用我的关系。"大家都说你跟法官铁得很。"

"法官不是那样的人……"我想打消她那错误的念头，"有些法官可能这样，但艾勒不是那号人。"

尤妮思不听我说的，继续对我施加压力。"艾嘉，求你了，你得帮我这个忙。坦克有可能会被判十五年。具体的原委我就不给你啰嗦了，但他的那几个伙伴，你明白……"我自然明白她想说什么。她是说坦克的那一帮同伙。坦克要是不把嘴巴闭得紧紧的，那帮人一定会把他给弄死的。

我说："我大致知道你的意思。"

"你不同情他吗？"

"咋能不同情?"

"艾嘉,你跟我们其他人生活完全不一样,可我一直说,你对梅茨格家的人有很深的感情。"

"这话不假。"

"那些年,你对我爸我妈都感情很深。"

"我不会忘记两位老人家的。"

尤妮思再次失控,哭得哗啦啦的,她能哭得如此伤心,再敏锐的专家也听不出其中的真正原因。我敢保证,她这样哭,不是出于软弱,尤妮思不是那种动不动就哭鼻子的娘儿们。跟她已过世的妈妈一样,尤妮思也是个具有钢铁意志的女人,遇事沉着,坚韧而固执。她妈当年就因为说话坦率、头脑简单、举止原始而受大家尊敬。

我说"我不会忘记两位老人家的",其实不大合适,因为尤妮思总把自己看作她妈妈在这个世界上的代表,她哭得死去活来,也大半是替她妈妈莎娜洒眼泪的。我的办公室平时没有多少人的声音,这时候她这哭声显得格外刺耳。莎娜若知道她儿子被判重刑,一定会觉得是奇耻大辱。老太太怎么能承受得了如此的创伤!尤妮思至今不愿相信妈妈已不在人世,便独自一人垂泪不止,似乎莎娜必须忍受的痛苦现在只能让女儿来忍受了。

"你别忘了我妈当年多么宠爱你,艾嘉。她常说你是个天才。"

"的确是这样的。我是什么天才? 不过是咱家人自己的看法罢了。出了咱家有谁知道我呀。"

不管怎么说,今天尤妮思就是要为弟弟拉斐尔(坦克的真名)求情。而坦克对自己的姐姐,却从来没有关心过。

"你俩有联系吗?"

"我给他写信,他从来不回。打电话也不接。艾嘉,我是想让他明白,我这个当姐姐的很在乎他。"

往事一幕幕在我眼前闪现,可我现在心情却亮堂不起来,总觉得心里沉甸甸的。真希望尤妮思不要说这种话。太伤人,我接受不了。"我们在乎你",这种废话是超级市场和借贷公司的惯常用语,墙上到处都是。会不会是因为她妈妈不会说英语,她自己小时候口吃,她现在才醉心于如此流利,话说得就像个上等美国人一样?

我真想说"看在老天的分上,别扯淡了",但我说不出口。相反,因为她有心脏病,我还得好言宽慰。她那心脏,就像一块夹层蛋糕,说碎就碎。所以我说:"你放心,他知道你这番苦心。"

虽然他是个恶棍。

还不能说拉斐尔表弟(坦克)真是个恶棍。绝不能让他姐姐一席话把我逼得昏了头,说出这种夸大其词的话来。只能说,他跟恶棍们鬼混在一起。这世道,谁不跟恶棍鬼混?议会里的参议员、市政厅的官员、记者、建筑公司的大老板、慈善机构的募捐者,等等,没有不跟恶棍鬼混在一起的。毕竟,恶棍大都出手大方,而且也算不上最坏的人渣,比他们坏出多少倍的大有人在。我要是但丁,就会在《地狱篇》里详细地列个单子出来。

我明知故问,尤妮思怎么会找我出面的。(肯定是坦克让她这样做的,傻瓜都猜得出来。)她说:"你是公众人物啊。"

她说这话,显然是指多年前我在电视上开辟的那档著名审判节目,我是主持人,说老板也未尝不可。那时候,我的生活还处于一种与现在完全不同的阶段。以优异成绩从法学院毕业,自视甚高,觉得自己年轻、精力充沛(超级充沛),拒绝了好几家著名律师事务所的邀聘。若受聘于那几家声名显赫的律师事务所,我很难保证我的行为不会出格。所以,我灵感一动,干起了《法庭》,招来芝加哥大学、西北大学、德保罗大学和约翰·马歇尔大学法学专业的学生,在银屏上重新审理那些已经审理过的重大案例,尤其是一些曾经臭名昭著、轰动一时的案例。我挑人选的标准不是看他有多高的地位,而是看他脑子是否机灵,所以几位舌头最毒辣的辩论者都是夜校来的。很明显,这些人有能力展示出司法过程中常见的如簧巧舌、奸诈狡黠、厚颜无耻、怪癖、自恋、疯狂等必不可少的品质。我作为主持人，专事挑选最具娱乐性的参与者（原告被告都有），把他们介绍给观众，把握辩论进程，换句话就是确定基调。我妻子（准确地说是前妻，是一名律师）帮我挑选案例。她倾向于那种涉及民权的刑事案件，而我更喜欢怪异的性格、神秘的角色和阐释中的歧义，当然可看性不如她选的案例。但我有我的本事，我能够把这些戏剧性的案例导演得让观众如醉如痴。开播前，我少不了把他们全部请到华拔士大道的弗利泽餐厅美餐一顿。每次都点同样的菜：特大号牛排，五成熟，浇上洛克福尔牌沙拉酱。甜点是大杯圣代，我一边吮吸巧克力，一边抽烟，不知道有多少烟灰掉进冰激凌里边被我吞下了肚子。我在节目里没有特意渲染自己，早期的那种热情和鲁莽慢慢地淡下去，而且很快得到遏制，要不然，就会有人给我贴上"滑稽人物"的标签了，那是《杂艺周刊》常用的一个词儿，说穿了就是小丑。可我很快发现我培养的这几个小家伙（大多急于参加律师证考试，好尽快有资格招揽顾客、出人头地）竟然很喜欢我的怪异行为。弗利泽餐厅的美味让他们大为放松，做节目的时候，我便可以引导、鞭策、刺激他们，让他们针锋相对，吵得不可开交，然后我再将他们全部收编。节目最后，我的妻子"黑妞"（本名伊莎贝尔，因为一头黑发，我叫她黑妞）宣读陪审团的裁定和法庭的判决。参与我们节目的学生后来大多成了法律界的大佬，又有钱又有名。我们离婚后，"黑妞"嫁给了其中的一位，不久离婚，再婚，还是其中的一位。再后来，她自己在通讯圈里干大了，混进了国家公共广播公司。

艾勒法官当年还是个初出茅庐的律师，不止一次出席我们的节目。在我的这帮亲戚看来，即使《法庭》节目过去了三十年，我依然是一位媒体人物，仿佛有魔力一般，达到了不朽的境界，腰缠万贯，俨然某位外来的大亨。我发现在尤妮思眼里，我不仅是位媒体人物，还一身神秘的光环。"有几年时间，你不在芝加哥，是不是去中央情报局工作了，艾嘉?"

"哪里!有五年时间,我在加利福尼亚的兰德公司上班。那是一个搞特殊研究的智囊团体。我负责数据整理、写报表分析材料。跟现在干的没有太大区别……"

我本打算消除她脑子里对我的神秘感,打破"艾嘉·布罗兹基神话",可"数据"、"分析"等字眼反倒让她觉得我是个做间谍的。

几年前,尤妮思做完手术出了院,曾对我说,世界如此之大,竟没有一个能跟她聊天的人。她说她的丈夫厄尔"感情上靠不住"(言下之意,他把钱捏得太紧),女儿都远走高飞,一个参加了和平队,另一个学医,正逢毕业前最忙的时候,也没时间回家看她。我请她出来吃了一顿饭,先在湖滨大街我的公寓喝了几杯。她告诉我:"屋子一间比一间黑,墙上挂满了黑乎乎的画,都是些古董,地上一层摞一层地铺着东方地毯,成堆的书,还都是外语写的。你就孤零零地住在这样一个环境里(言下之意,我不会因为八块钱的燃气费而跟妻子吵架)。你一定有女朋友吧?"

她这话一出口,我就知道她想问什么,不就是想知道我是不是个同性恋者。我这么阔绰而庄重的住处,不正好掩盖我已经变成了同性恋者的事实吗?

可是,没有。我不是那样的。我只是有些古怪而已(当然是在尤妮思眼里),连与众不同都算不上。我才不会标新立异呢。

还是言归正传吧。从她的电话里我才明白,是坦克的律师建议她给我打电话的。她说:"坦克今晚从大西洋城赶过来(又去赌博了!),想跟你一起吃顿晚饭。"

"这没问题。你告诉他,我在门罗街意大利村等他。让他七点钟到二楼包厢找我。问前堂经理就可以了。"

坦克一九四六年退伍后,我俩还能聊到一起,说过几句话。从那以后,就再也没有正儿八经说过话了。大约十年前,在欧哈雷机场,我正准备登机,他刚从飞机上下来,见了一面。那时候他是他们联队的主力(我后来从报纸上才明白这什么意思)。他从人群里认出了我,把我介绍给一位同行者。"我想让你见见我这位赫赫有名的表哥,艾嘉·布罗兹基。"他说。那时候,我还颇有些能够看穿别人心思的天赋。如果有位不具形体的神灵飘浮在我俩头顶,细细端详着我们,我们彼此是个什么模样,他一定看得一清二楚。坦克体魄雄健,像个专业橄榄球队员,运气好,到了中年,拥有自己的俱乐部。当然,只是像而已。方方正正的大脸,像一件粉红色的迈森牌瓷器。胡子卷卷的,向上翘着。一口大板牙。那时候的坦克我不知道该用什么言词来形容,大块头?肌肉男?富含维生素?雄性十足?阔绰?傲慢?他拿自己的表哥开玩笑,从中取乐。艾嘉,头顶光光的,长着一对猩猩的眼睛,扁扁的大圆脸,瘦长的胳臂,橘黄色的头发,一脸天真无邪的样子,只有动物园里的禽兽才会如此天真无邪!看看这个人,浑身散发出来的没有一丝值得你认真对待的东西,脑子里全是些荒诞不经的胡言乱语,与这世界任何一个工种都不相干。我突然想到,世纪之初,有人问毕加索,法国的年轻人都在做什么,他回答道:"La jeunesse, c'est moi.①"可我自己从来就没有资格说什么什么就是我这样的话。坦克把我介绍给他的同行者时,是把我当成一个知识分子来对待的,他从这当中得到了不少的乐趣。别人说我聪明,我可以不在乎,可要说我是知识分子,那绝对是奇耻大辱!

　　看看坦克吧,跟我全然不同。他在自己那一行干得轰轰烈烈,出人头地。要说阔绰到哪个地步,做一件外衣,需要半公顷的布料;吃纽约牛排,非伊莱级别的馆子不去;生意场上,超不过百万的单不做;坐着飞机天南地北地旅游,一会儿棕榈泉,一会儿维加斯,一会儿百慕大。坦克见人就说:"艾嘉是我家的天才,确切地说,是天才之一。我家天才不止一个。"

---

① 原文为法语:青春,就是我!

我已经不再是法学院的那个天才少年,不再有光明前程等待着我。这是事实。我在家中享有"希望的玫瑰"已成历史,坦克话中有话,挖苦挖苦我也是情有可原的。

至于坦克的幕后伙伴,我说不准具体是谁,也许是托尼·普洛文查洛,也有可能是萨利·布里古里奥(外号虫子),或许还是国际工会保险集团的多夫曼。不可能是吉米·霍法,霍法已经在牢里面了。况且,如果是他,我也能认出来,没人不认识他的。我见过他本人。战后,我和坦克都在我们的另一位表哥米尔蒂·里夫金经营的旅馆干过一阵子,霍法常常落脚于此。他和他那帮人只要来芝加哥,就住在那儿。当时,我给米尔蒂的儿子哈儿辅导功课,这孩子太活泼、太淘气,不愿在书本上花气力,一心想干实事,所以刚十四岁,米尔蒂就让他分管宾馆里的酒吧。有年夏天,米尔蒂两口子觉得好玩儿,让儿子临时当当经理,卖酒的找上门来,米尔蒂说:"你去找我儿子哈儿吧,他负责采购。就是那个长得像埃迪·坎特①的小伙子。"卖酒的进了办公室,发现一个十四岁的孩子坐在那儿。我当时正辅导他拉丁语语法中的离格规则(哈儿上的是拉丁学校)。我盯着他。有这么一个优秀的儿子,做父母的自豪得不得了。

因为这个缘故,我常常待在酒吧,也因此认识了霍法那帮人。都是些粗人,只有一个叫哈罗德·吉本斯的例外。吉本斯举止优雅,也很健谈,至少跟我谈得很投机,还有读书的嗜好。其他人就粗陋不堪了。米尔蒂表哥还想与这些人较量,男人对男人,真是天大的错误。他有点不自量力。虽然也野性十足,虽然也是个虚无主义者,但他绝对不是那种能够掌控一切的权威派人物。他不是那块料。当年一名小卒挡住了恺撒的路,恺撒说:"杀了你,我只需动动一根指头,何苦跟你争辩!"米尔蒂没胆量放这话,可霍法的人绝对做得出来。

---

① 埃迪·坎特(1892—1964),20世纪前半期美国著名表演艺术家。

坦克刚退役不久，米尔蒂把他招来替他查处逃税者的财产，这是米尔蒂的一项副业。逃税司空见惯。就是通过米尔蒂·里夫金，坦克表弟（也就是拉斐尔）才认识雷德·多夫曼的。这人当过拳击手，这阵子充当霍法和芝加哥另一个黑社会之间的掮客。雷德·多夫曼的儿子，也就是我们这位多夫曼，是一家健身房的教练，从拳击手父亲手里接过了坦克。就这样，黑社会的人脉关系也传到了多夫曼手中。

当时主宰这个世界的就是这批人。我虽生在同一个世界，却胸怀大志，想干一番"崇高的事业"、"渴望着一个美好的世界"。这绝对不是嘴上说说而已的事情。不是从课堂上学来的，这是我本能的需要，出于我的体质，我的脾性，建立在人与人之间不易获得的同情之上。我本性中固有的对脸面、身体、行为的全神贯注将我引到形而上的境界。我拥有这些形而上的怪癖，就跟长翅膀的生物拥有雷达系统一个道理，天生的。我在成长的过程中，发现我脑子里就有这东西。这与上学没什么关系，我给你说过。当年上大学时，天天上学放学都得坐着咣当咣当地高架列车尖叫着、颠簸着穿梭在芝加哥南区的贫民窟里，一路上，我的头脑里只有佩里教授课上的柏拉图、亚里士多德、圣托马斯。

不说这些烦人的事儿了。坦克如期来到意大利村。他是花了五十万保释金，才出来的，现在等着宣判。看上去气色不大好，圆圆的大脸浮肿得厉害，没有一丝血色，这都是多年从事他那一行野蛮的勾当导致的恶果。我也算半个内科医师，一眼就看得出来他得了高血压，高压250，低压165。就他这身体状况，即使不坐牢，中风也会要了他的命。为了打起精神，他留着一副爱德华时代的细胡子，就在这天早晨，还跑了一趟理发馆，把头发染成金色，他可能觉得在这种场合，露出白发不大体面。不过，不管怎样打扮，都掩盖不了他日薄西山的颓势。当然，坦克并不在乎我会不会同情他，他有思想准备，愿意接受一切厄运。如果发现我表现出哪怕一丝的怜悯，他也会怒不可遏。如果我说包间里他坐的那一边有成堆成堆的愁苦，经验丰富的同情者便会理解我的意思。

那一堆堆的愁苦发射出某种信号，我找不到合适的言词来描述它。

意大利村是一家老字号的酒馆，坐落在国家第一银行大楼的对面，我就在大楼的第五十一层办公（一圈一圈的弧线向上弯曲，一层又一层）。这是市区为数不多的几个能为诱骗和欺诈提供隐秘场所的酒馆之一。建于二十年代的小意大利区，里面装潢得像圣日狂欢节，空中悬挂着数不清的小灯泡和灯光盘绕而成的车轮。有练靶场的感觉，也有表现主义舞台设计的气氛。禁酒令渐渐形同虚设，原先的大环商业区也被改造成了办公区域，所以，意大利村也随之名气越来越大，音乐界明星大腕儿常常云集于此。来芝加哥访问演出的歌剧明星们，女高音、男中音，在抒情歌剧院演出结束后，都会慕名而来饱餐一顿意大利美食。艺术家的签名照片贴满了墙壁。即便这样，这酒店依然保留着"疤脸大盗"艾尔·卡波内活跃时期的氛围：菜汁鲜红如血液，干酪散发着脚臭，海底泥浆里捞出来的无脊椎动物一盘一盘地端上桌子。

没说什么有关我们个人的事情。坦克问道，你就在对面上班？我说，是的。如果他要问起我这一天天都是怎样度过的，我或许会说，六点起床，打一会儿室内网球，促进血液流通。再去办公室，翻阅一遍《纽约时报》《华尔街日报》《经济学人》《巴伦财经周报》，再扫一眼秘书送过来的各种打印材料、信件，等等。主要的问题弄明白以后，我就会把这一切扔到一边，早晨其他的时间都是玩我自己感兴趣的事情。

坦克表弟并没有问我的日子是怎么过的，他只提到我俩的年纪——我比他大十岁，然后说，我越老声音越低沉。是啊，我的庄严男低音只能在女人面前献献殷勤，除此之外没有任何用处。宴会上，我为某个女士让个座位，我深沉的低音便会萦绕在她头顶，久久不会散去。要么，我安慰尤妮思表姐时（老天知道，她真的需要有人安慰！），我那些用深沉的低音构筑起来的语无伦次的胡说八道倒真可以让她的情绪稳定不少。

坦克说："艾嘉，你跟咱这些亲戚还一直有来往。"

我用深沉的低音所做出的回答没有一丝表情。我一点儿也不想提到他在"联队"里所做的一切,也不想提到最近对他的审判,真的一点儿都不想说,哪怕一点儿暗示也觉得不应该。

"艾嘉,给我说说,米尔蒂·里夫金到底出了什么事?我退役后,他竟然跟我断了来往。"

"米尔蒂已经搬到南方了。娶了一位宾馆电话接线员。"

我倒是很想从坦克嘴里了解一些关于米尔蒂的有趣信息,因为我知道米尔蒂表哥当年恨不得把霍法拉进他的宾馆经营中去。霍法掌握着成亿的养老金资金,钱多得没处花。米尔蒂身材壮实,甚至有些肥胖,长着一张帅气的鹰脸,他本人尤其以自己的侧面模样引以为自豪。吃饭没有节制,肚皮越来越大,穿得花里胡哨,俗不可耐。眼神里透出一股不可一世的挑衅。会挣钱,也挣了大钱,所以脾气也随之大了起来,动不动就对别人拳脚相加,嗜好打架已经到了疯狂的地步。他的前妻利比,体重超过二百五十磅,还天天穿着高跟鞋在宾馆忙里忙外,正是我们常说的那号"不怕死的金发女郎",只是她的金发是她自己动手染的。利比穿得像个日本歌舞伎,宾馆里的一切事务都得她操心,端盘子、订桌子、算账、骂人、对着食品采购大喊大叫、炒总管的鱿鱼、雇新的招待,真是无所不能。米尔蒂与利比更像是生意伙伴,而不像是夫妻,利比为了限制米尔蒂,尽量把一切工作包在自己身上。有几次,米尔蒂向霍法抱怨,他的几个粗野的同伙赖账不还。其中一个(我忘了他的名字,但我记得他开了一辆克莱斯勒,因为停车的缘故我记得他的前玻璃上贴着一张神职人员免费标签)把米尔蒂打翻在地,掐着脖子,差点儿没捏死。这事儿还引起了罗伯特·福·肯尼迪的关注。他那一阵儿正发愁找不到抓捕霍法的理由呢,所以给米尔蒂表哥发了一张传票,让他到麦克克里兰委员会出庭作证。谁都知道,为霍法那帮人的罪行出庭作证,只有疯子才敢。利比听说传票将至,大哭了一场,边哭边骂:"看看你都做了什么!他们会把你碎尸万段的。"

米尔蒂只好出逃。先开车到纽约,再把她的卡迪拉克塞上一架伊丽莎白女王号飞机。他不是一个人跑的,那位电话接线员也跟着他。到了爱尔兰,他们成了美国驻爱尔兰大使的座上客(是参议员德克森和他的特别助理朱力乌斯·法尔喀什牵的线)。在美国大使馆避难时,米尔蒂购买了一大块地,他知道这片地后来要成为都柏林机场。可他这笔生意做错了。之后,他带着未婚妻又飞到欧洲,他的凯迪拉克也在飞机上跟随他们到了欧洲。一路上,俩人玩着拼字游戏。飞机降落到罗马……

这些细节我没有对坦克说,或许他早就知道。况且,坦克见过太多的世面,经历过太多波澜壮阔的场面,米尔蒂那点儿鸡毛蒜皮的事根本不值得一听。说起霍法,或者说起逃避传票一事,简直就是犯了禁忌。坦克理所当然的被迫拒绝了联邦政府的豁免权,这本来是一件再寻常不过的事,他还是拒绝了,因为他觉得要是接受了,就等于自己找死。现在,联邦调查局威廉-多夫曼案审理中拿出来的窃听记录和其他证据都已公诸于世,坦克当时的想法就更加可以理解了。证据中有这样的话:"你告诉默克尔,如果他不把他公司中的控股按照我们的条件转卖给我们,就等着有人来收拾他吧。不止他一个人,告诉他,我们也会剁了他的老婆,掐死他的孩子。也告诉他的律师,我们也会搞掉他的,还有他的老婆孩子,一个也别想活着。"

坦克没有亲手杀过人。他只是替多夫曼处理生意上的事情,解决一些法律和财务方面的问题。但是,他也出面威胁过那些不愿合作或者掏钱太慢的人。他曾用烟头在人家精美的桌面上留下烫伤的痕迹,也曾打碎人家老婆孩子的照片玻璃来威胁(我觉得他这办法有时候真顶用)。毕竟都想着大笔生意,为一点儿小钱,他划不来动用暴力。

当然了,说起霍法也是一件禁忌,因为坦克兴许知道霍法是怎么失踪的,知道这事儿的人为数不多。我常读报纸(出于对自家亲戚的关心),所以知道,有一天霍法坐上车,打算去底特律"和解",突然头上挨了重重的一击,就在后座上一命呜呼了。尸体在一辆车上被肢解,又在另一辆车上被烧成了一堆灰。

坦克的神情和浮肿的脸庞（太多恐怖的秘密导致的水肿），都透露出他对所发生的一切了解得太多。知情让他陷于危险之中，所以必须进监狱里躲躲。黑帮知道他倔强，肯定会对他下手。需要我做的其实很简单，就是给法官写封私信。"法官大人，我冒昧给您写信，实为替拉斐尔·梅茨格一案的被告代笔。被告家人求我以法庭朋友的身份出面调停。我之所以动笔，源于我对法庭秉公办案的信心。我仅恳请大人在判刑时以慈悲为怀，手下留情。梅茨格父母均为善良之辈……"或许再加上"他本人尚在襁褓之中我便与之相识"，或者"我亲眼目睹他的割礼"。

下面事实倒也不必非得向法庭陈述：拉斐尔小时候便体态不凡，坐在高脚童椅里尤显身高。几十年过去了，他的脸上还带着婴儿时的表情，那种沉着自若，那种愉悦的傲气。西班牙有句古谚，对他颇为贴切：

> 性情容貌终身相随，
> 从摇篮直到坟墓。

神赐的特征，或者按照大多数人的说法，基因中遗传而来的特征，即使到了腐朽衰败的时期也还显而易见。我和他拥有同样的基因，只是遗传程度略有差异。我的体型偏小，但其他方面的相似之处却很明显：脸颊上的褶痕，鹰钩鼻子，尤其明显的莫过于饱满的下唇，那是这张嘴面对红尘世界所做出的姿态。遥远故土上的祖先们属于正宗，跟身处美国的我们格格不入，但你仔细看看他们的肖像，这些面部特征依然清晰可辨。祖先们蓄着大胡子，颧骨突出，头盖骨宽大无比，额头也比他人宽阔，充满神秘的眼睛执着而令人胆颤，这些特征都遗传到后人身上，活灵活现。

表兄表弟面对面坐在意大利饭馆，你看着我，我看着你。坦克看不起我这个表哥，那是再明显不过的事实。这不是明摆着吗？艾嘉·布罗兹基表哥满嘴胡言乱语，不知所云，行为诡异，动机荒唐，彻头彻尾一个怪物。学过钢琴，被吹成神童，曾在欧洲逃难而来的音乐大家云集的金八大楼里轰动一时，为《康普顿百科全书》写过条目，编过一本杂志，精通多种语言（希腊语、拉丁语、俄语、西班牙语），还研究过语言学。

我过去曾错误地理解了美利坚。对于注重实际的人来说，美利坚只有一种语言，那就是霍法语。从各种条件来看，坦克属于霍法派，几乎等同于肯尼迪派。你要么说实话，要么说假话。你要么硬，要么软。别忘了，坦克的老板们蹲班房的时候，他一个跑腿的就独自经营着一个公司，拥有比柴斯银行曼哈顿分行还要大数倍的地产。

再回过头来说说表哥艾嘉。音乐上，他没有出人头地；语言学上，他也没有出人头地。倒是在芝加哥大学法学院混得风生水起。那是他对芝加哥大学那帮形而上学的专家们彻底失望以后的事儿了。可他也没有去当律师，那跟在大学作法学教授不是一个级别的工种。生就一颗明星，却没有熠熠生辉。爱上了一位双手加起来只有八根指头的交响乐队竖琴演奏员，只是单相思，毫无结果，人家忠于自己的丈夫，不愿墙外开花。艾嘉的妻子主持着一档电视节目，脑子活得像个鬼精灵，可她也拿丈夫没办法。她怀有远大的抱负，可发现艾嘉生来无法跟人相处，而且缺乏进取精神，便一脚把他踹开了。跟米尔蒂的妻子利比一样，她也认为自己有女王特质，可独当一面。

坦克的眼里，艾嘉这号人是个什么样子？不能说艾嘉不求上进，也不能说他生活没有目标，只是他的生活目标他的同代人无法理解。他有同代人吗？他只是跟活着的人有点儿来往，仅此而已。这不是一回事。

人类生存的基本常态是"悬而不决"。谁也说不清最终会有什么样的结局，没人能说得清。

让坦克无法理解也让他觉得好笑的是，艾嘉竟然备受推崇，还有如此众多的关系。这个说话瓮声瓮气的艾嘉，竟然会是那么多上层人物组成的联谊会、协会的成员，会是一位绅士！坦克有个表哥竟然是绅士！他那顶秃头、那副没有表情的脸，竟然会出现在报纸上！还能挣钱（当然，他那点儿钱对坦克来说微不足道）！或许他不愿意对联邦法官说出这个实情：他的一个亲戚竟然是重刑犯。坦克如果有这种想法，他显然错了。

多少年前，艾嘉就是一头野驴。他主持的电视节目像"第二城"① 的演出，像马克斯兄弟② 的保留节目，红火到了不可思议的地步。

艾嘉变了。现在的他不是多年前的他，现在他变得文静安详，现在他是绅士。怎样才能成为绅士？几个世纪前，你得有祖上传下来的地产，得有血统，得有教养，得有能言会道的口才。到了上个世纪末，你得会说希腊语、拉丁语。恰好我也会说。要说作绅士，我还有一个优势，我用不着对闪族人怀有偏见，我也用不着通过打倒犹太人才能获得文明人的头衔。好了，这些话还是不说为妙。

"法官大人，您有必要听听我对您审理的案子的某些具体事实作一番陈述。坐在法庭上，您很难听到人类生存的普遍状态。我是梅茨格的表哥，我可以作广义上的'法庭之友'③。

"坦克还是个婴儿、坐在高脚童椅上的时候，我就认识他。'坦克'是他在舒尔茨高中橄榄球队时同学们给他起的绰号。她母亲只是个村妇，不识字，喊他叫路福尔，有时叫福利亚或者福尔卡。坦克刚出生就大得出奇，被绑在椅子上的时候手脚乱动，拼命挣扎。哭声很大，面色红润。跟当时所有的婴儿一样，吃的是当时流行的宝宝乐，一种谷粉。他妈妈莎娜，就是我的表姑，有时给他喂一些营养更丰富的东西。她常

---

①② "第二城"为芝加哥著名演出团体；马克斯兄弟为纽约著名的喜剧班子。

③ 法律术语，指法院的临时法律顾问。

做一些很原始的菜肴,像牛蹄筋,我记得吃过她做的炖肺片,海绵一样的,放到嘴里有股怪味儿,很耐嚼,像什么软组织。全家人住在霍鹰街一幢砖房里,屋前有白色和灰绿色相间的条状遮篷。莎娜表姑是位硬汉式的女人,把家收拾得井井有条,上几代人几百年来的传统还一目了然。她体型宽大,像座鼓风炉,说起话来尖声厉气,总是要用意第绪语先喊几次"听着!听着!听着!听着!"然后才入正题。或许因为莎娜表姑这种女人在美国已经绝迹,我对她印象极其深刻,至今难忘。我爱她,她也爱我,我常去她家做客,就像回自己家一样,还能听到、看到原生态的家庭生活。

"莎娜是我祖母的娘家侄女。那时候,能把整本巴比伦《塔木德经》(也许是耶路撒冷《塔木德经》,我分不清)倒背如流的人实在寥寥无几,我祖父便是其中之一。我一生都在问,背那东西有什么用?可他就是能背下来。

"梅茨格的父亲在大环商业区的波士顿商场里卖男人服饰。奥匈帝国时期,他做过几年男装设计剪裁的学徒。心灵手巧,百般手艺样样精通,穿着打扮也很精心入时。个儿不高,很壮实,头顶差不多全秃了,只有一缕头发,斜斜地朝右梳过去,盖着额头顶端。大多男人都悄悄地秃顶,他的秃顶却极有表现力。紧张时头皮上会出现几个肉疙瘩,平静后慢慢复原。话不多,只是笑,各种各样的笑,有时咧着嘴笑,有时笑得满脸红光。如果说老天赐予性情温和的人某种祥瑞的图案,这图案就是他脸上的道道线条。连他那两排缝隙很宽、短短的牙齿也露出一副诚实相。还有呢。他要求别人尊重自己,容不得任何人把他的善意不当回事。发脾气的时候,一时说不出话来,脸上显出快要窒息的样子,头皮底下爆出大块的疙瘩。但是,这种情况并不常见。还有跳眼皮的毛病。他特别喜欢孩子,尤其是男孩儿,见了面总要用意第绪语说几句脏话,当然都是些无伤大雅的话。对你说脏话,那是信任你。你如果稍大一点儿,一定会跟他交上朋友。

"法官大人，还想跟您说一件事。这事与被告个人背景有关。被告的父亲，我的梅茨格表叔，当年每天傍晚都要外出，到我家来与我父亲和继母打牌，冬天一起喝树莓茶。夏天，我替他们跑差，去杂货店买香草、巧克力、草莓三色冰激凌。只要给店主说一声'那不勒斯冰砖'。他们玩一种小赌注游戏，常常玩到深更半夜。"

"我知道你跟杰拉德·艾勒是朋友。"坦克说。

"熟人而已……"

"去过他家吗？"

"大约二十年前去过。那房子早没了，他老婆也走了。那时候我们常常在晚会上见面，举办晚会的人也过世多年了。我那时交往的人有一半都已入土了。"

不经他问，我又给他说了许多对他没有一点用的事情。我就这毛病，跟我父亲一样，一有机会便教导别人如何生活。这毛病会惹人讨厌。坦克并不在乎什么人已经入土。

"艾勒在当法官之前你就认识他？"

"比那还早……"

"这么说来，你给他写信说我的事，就再也合适不过了。"

只要我抽出一个钟头趴在办公桌上写封信，就可以免掉坦克好几年的监禁。为什么不呢？看在多年世交的分上，看在我爱戴的表叔表姑的分上，我若还想在记忆中保存早些时候合家融融的欢乐，就必须写这封信。如果我让莎娜的儿子失望，我的一切美好记忆都会一刹那变得奇臭无比。我没有工夫去思考做出这种决定究竟是出于道德，还是出于情感。

我给艾勒写信，也可以趁机向我的亲戚们炫耀一下我的影响。坦克如何理解我的动机，是很有趣的一件事，可以好好研究一番。在他看来，我纯粹一个蠢货，可我的一封信竟然能够对艾勒那样的老牌联邦法官施加如此巨大的影响，他会作何感想？是不是也可以证明我这种活法并没有什么错?他才不会对我公开他的想法呢!不管咋说,面临着可能会有很多年的牢狱生涯,他现在没有情绪来研究我的真实动机。他病得厉害,心情也很沮丧。

"对面第一银行那座楼很阔气嘛。"

楼前面的广场上,是一幅摹夏加尔作品的巨型马赛克壁画,制作花了几百万,题目叫《美利坚民族之魂》。我常想,夏加尔老头儿才不会去做这种现实的解读呢。他有太多的幻想,脑子常在云里雾里飘着。

我解释道:"我们公司专为银行家们提供外国贷款方面的咨询。我们专长国际法、政治经济学等等。"

坦克说:"尤妮思可为你自豪啦。你在外交委员会作报告的照片一上报纸,她就剪下来寄给我。还有你跟州长坐在一个包厢看歌剧的照片,你陪着安瓦尔·萨达特夫人[①]接受荣誉学位的照片,你跟一帮政界要人在室内网球馆打网球的照片……"

艾嘉表哥兴趣怪异神秘,竟然会跟那么多的显赫人物来来往往,有艺术赞助人、政治家、社交名媛、独裁者的遗孀,不一而足,他是怎么做到的?坦克痛恨政客,他对政客的了解比我多得多,因为他与政客有实实在在的交往。他跟实权派人物有生意往来,都是钱来钱往的关系。他可以告诉我谁拿了谁的钱,哪一帮独占着哪一行,什么人为学校、医院、各县监狱等机构提供资金,谁在公共住房建设中捞油水,谁签发特许令,谁非法获利。不长期跟实权人物有深厚的关系,哪个人能知道黑帮与政客之间的那些龌龊勾当!不过偶尔会有揭露出来的见诸报端。最近就有职业刺客企图暗杀一名日本毒品大枭的报道。此人名叫江渡东京,在自己的车里被人连击三枪,三颗子弹都射进了脑壳,可没有一颗子弹伤及大脑,连武器专家都感觉不可思议。已经一无所有,江渡东京豁了出去,说出了杀手的名字,其中一个竟然是县政府的官员,政府还

[①] 埃及总统萨达特的妻子。

给发工资呢。其他城市、其他县会不会有类似情况？会不会也有政府官员暗地里替黑帮干活？没人提议做这方面的调查。坦克表弟在这方面事事了如指掌，这才会在吃饭的时候对我露出一脸的嘲弄。不过，他面临牢狱之灾，身体也不大好，所以这种嘲弄的表情也显得力不从心。我们家族里干坏事的人不少，但还没有哪个坏到要坐牢的地步。当然了，他不会跟我探讨这些事情的。他只一心想要我利用我的影响替他写封信。试一下倒也无妨，就算我又多了一件差事罢了。至于我出于什么动机帮他这个忙，真是太复杂，一时说不清，也不值得他来细究。说感情也行，说怪癖、愚蠢也可以，说虚荣也未尝不可。

"就这样吧，拉斐尔。我给法官写封信试试。"

我这样做，为了梅茨格表叔的跳眼皮，为了三色冰激凌，为了莎娜表姑疯长的红发和太阳穴、脑门上的青筋，为了她拖地板时用力前行的赤脚，为了她把《论坛报》铺在地上时弯下的腰。我这样做，是为了尤妮思表妹的结巴，为了治愈结巴她所下的功夫，为了她为聚精会神的家人朗诵的惠特坤·莱利的诗歌，为了她在朗诵《霜降南瓜上》时费力的"啊——啊——啊——啊"。我这样做，因为我亲眼目睹了坦克表弟的割礼，因为我亲耳听到了他呱呱坠地时的哭声，因为他肥硕笨重的身体被失败所困扰，因为他胡子两侧上翘的小卷已经失踪，因为死神已经与他交过手，因为他浮肿的眼睛下两片脸颊已没有一丝血色。他如果还认为他自己已经胸中无物而我仍被世俗情感所困，那他就大错特错。我也经历过邪恶，经历过从古老的生存束缚中解脱，经历过人类血肉之躯所迸发出来的苦痛。这一切，我都将用我自己的手——拂过，并将其抚平。

我写了这封信，因为我的这些亲戚们是我记忆当中永远的"选民"。

"法官大人，拉斐尔·梅茨格双亲一生勤奋、守法，为人规矩，甚至不曾犯过交规。五十多年前，布罗兹基一家初到芝加哥，梅茨格将其收留檐下，悉心照顾。移民初来乍到，身无分文，我全家人以他家为家。梅茨格夫人为几个未成年人做衣、洗澡、喂饭。那时被告尚未出生。拉斐尔·梅茨格性情暴烈,勿用隐瞒,但他并未犯下十恶不赦之罪。况且,有如此之家庭背景,他悔自自新、重新做人,亦未尝不是可行之事。预审听证会上,医生作证,他患有肺气肿、高血压。若置其于环境恶劣的监狱,他的身体便会被彻底摧毁,永无恢复之可能。"

最后一句纯属扯淡。联邦监狱好得了得,进了这样的监狱几乎等于进了疗养院。不止一个犯人对我说过:"我在监狱里真正的是'焕然一新'了。他们治好了我的疝气,白内障手术做得妥妥帖帖,还镶了一口假牙,配了助听器。让我掏腰包,我哪付得起这些?"

艾勒当法官多年,类似这样的求情信收到过不知多少了。政府官员、国会议员,当然了,还有他的同行都给他写过这种信,摞起来该成千上万了吧。这些人的信中,都用同样的策略,低劣的言辞包装起来的道德说教——某个亲戚、某个同行、某个政界伙伴犯了事,一封信写来,满篇甜言蜜语,可哪个不是贿赂?艾勒法官只需大概扫一眼,就明白其中的用意。

或许我还真的有用。坦克刑期缩短了。艾勒知道,坦克无论做什么都是受老板的指使。即使有酬金,他自己也留不了多少。坦克或许真的靠干坏事挣了些钱,但绝对不足以买得起四套大宅,而他的老板们个个都有多处房产。我还感觉到,艾勒法官知道有人在做秘密调查,大陪审团也在草拟起诉书,因为政府要钓更大的鱼。这些事,艾勒不可能对我说。我们见面时说的都是音乐啊、网球啊、外贸啊等等不沾边的事情。也说说大学里面的事。但是,艾勒意识到对坦克判刑太重就会危及他的生命。有人会怀疑坦克为了减刑会出卖自己的同伙或者老板。大家都明白,坦克的原老板多夫曼就是因为在内华达贿赂案中被判终身监禁后,有可能与当局达成某种交易而被杀害的。去年冬天,两个杀手在停车场朝他脑袋开枪,他当场毙命。监控录像里有很多近距离细节,血淋淋的,极其可怕。地上的血迹没人清理。我想象中,到了晚上,老鼠会一群群地窜出来舔舐。多夫曼意识到活不久了,所以没采取任何自保措施，保镖也没有。职业杀手和保镖之间打起来极有可能对他家人不利。他就这样默默地等着躲不过的死亡，忍受着将死之人必须承受的痛苦。

我再啰嗦几句，说说芝加哥人如何对待这类事件，如何对待人人都不得不默认的生存方式。生意的灵魂是贱卖贵买，政治稳定、民主的基础是欺诈和阴谋，就连倡导民主最得力的某些哲人都是这么说的。目前，诈骗只要做得不露痕迹便无可指摘。身居高位者、混迹于权力中心的律师、布设最致命的圈套的政客，这些人绝不会被肢解、被焚尸，也不会在停车场上喷洒脑浆和鲜血。这样一来，芝加哥人觉得，那些拥有四处豪宅的流氓能够冒着生命危险从事他们的勾当，甚至不惜抛头颅洒热血，该有多大的勇气，所以对他们佩服得五体投地。我们惯于以面对死亡的恐惧大小来衡量一个人是否真君子。芝加哥的公众对自己这种态度从不加以反思，所以才会有这样的情形：黑帮老大从容赴死，眼睛都不眨一下。他必须这样！正义或许会迟到，但从来不会缺席，他的死足以证明这点，所以平头百姓们为此感激不尽（我对此只有愤怒，却无能为力。所以这事儿就不说了）。

但我必须说明一点，就在审判之前，我收到一箱拉菲红酒，这让我很难堪。我写给法官的信还没有寄出去，就有人送礼了！作为一名不太热心的法庭工作者，对此不恰当的行为，我深感不安。用不着告诉任何人，谁也没有必要知道这事儿。齐默曼快递公司的卡车送来十几瓶香喷喷的美酒，可这酒玷污了我的良心，怎能喝得下去？我把它们作为礼物送给了邀我去参加晚会的女人。坦克至少还是懂酒的。

在意大利村吃饭时，我点了一瓶诺索乐酒庄生产的基安蒂，坦克一口没喝。他竟然如此克制，滴酒不沾，真是扫兴。我本可以趁这机会把他当作我的表弟，好好叙叙旧，乐一乐（毕竟，我俩一生中能坐在一起吃顿饭的机会实在难得）。我的工作与放贷有关，但坦克过手的都是数百万的大生意。我趴在纸上写文件，涉及的就是向墨西哥、巴西、波兰等等落魄国家贷款。就在那天吃饭前，有位西非国家的政府代表被送进我的办公室,来与我讨论他们国家硬通货短缺所带来的种种问题。他最关心的是因为国库缺钱,他们无法从欧洲进口奢侈品,尤其是德国、意大利的高级轿车。他说,领导们没有这种车是万万不能的。每逢周末,各层领导都要开着这样的轿车,载着自己的妻小,去各大刑场观看枪毙犯人,这种壮观的娱乐场面一周仅仅一次,绝对不能错过。这位代表说起这事来,一口索邦大学口音的英语,迷人极了。

自然,坦克对我不可能敞开胸怀,把他那一帮人的秘密告诉我。所以两个犹太人,表兄表弟,都是经手大笔大笔钱财的,却没有机会开诚布公地谈一次心。

只要彼此各想心事,就会出现一段难堪的沉寂。沉寂过后,我深沉的男中音就会再次打开话匣子,滔滔不绝地讲起来。

我得说,我办公室里的公事并没有占据我太多的时间,我的精力差不多都花在各种业余的兴趣和热情上了。后面我再慢慢说。

坦克表现积极,刑期减了不少,只需在南部某个条件很不错的狱中蹲够八个月。他学过会计,在监狱里还可以兼职干些操作电脑一类的活儿。你或许会说他该满意了吧。没有,他还是不安分,频频对我施加压力。显然,他觉得艾勒法官有块软肋,只要这个瓮声瓮气、神经不太正常的表哥艾嘉动动指头,他就会心慈手软。他甚至会认为艾嘉握着法官的什么把柄,芝加哥的人大多都是这种思维方式。

反正,没过多久,尤妮思表妹电话又打了过来。"我得见你。"如果是为了自己,她会说,"我想见你。"所以我明白又是坦克。可还有什么要说的呢?

我意识到没法拒绝。我被套死了。库里奇当总统那些年,布罗兹基一家睡在莎娜表姑家的地板上,我们饥肠辘辘,莎娜伺候我们吃喝。耶稣和先知们的教导已经融进了某些人的血液,怎么也清除不了。

听我说,黑格尔一八〇六年耶拿演讲中指出,延续至今的所有观念,"这世界的枷锁",正在消解、崩溃,就像一场梦。新的精神开始出现，也应该出现。我完全赞同他的说法。另一位思想家、幻想家也说过，人类长期为某种听不见的音乐所支配，这种音乐为人类提供支撑和逻辑，使之延续。可这种人文主义的音乐已经消失，代之而起的是一种完全不同、蛮性十足的乐音，另一种自然之力在逐渐呈现，只是它还没有形成具体的形象。

这比喻十分恰当。向人间演奏天籁的宇宙乐队突然取消了演出。这让我们这些亲戚何去何从？我来往的人只局限在这帮远亲当中，我自己虽说也有兄弟，但一个作外交官，一次面都见不着，另一个在洪都拉斯特古西加尔巴经营着一个出租车公司，早把芝加哥忘到九霄云外了。我自己在一座历史的小港口搁浅了，永远也走不出去，我甚至无法摆脱这帮犹太亲戚的纠缠。是不是"这世界的枷锁"在犹太人中有着另一套运行方式？延续至今的所有观念，这世界的枷锁……

在坦克眼里，"枷锁"、"联系"会意味着什么？常年混迹于黑社会，瞧不起自己的姐姐，视艾嘉表哥为怪物。大家对面，是所有人都默许的一种生活，只有艾嘉表哥拒不认同。他为什么要固执己见？他以为自己来自另一个星球？他如果不愿加入众人去满足位高权重者的欲望，他又如何能够满足他自己的本能？

我们坐在意大利村，各自端起一杯诺索乐。饭馆有三层，三间餐厅，我给起名叫地狱、炼狱、天堂。我们坐在天堂吃柠檬汁小牛肉。坦克只有遇到麻烦，才会想起这位表哥。犹太人的血亲观念，一种延续了不知多少世纪的陈腐观念，在这世界上独一无二，犹太人一直在挣扎着要抛弃它，可这个世纪所发生的事件让他们改变了主意。这世界在崩溃，废墟压在他们头顶，抛弃古老观念的脚步不得不停了下来。

好吧。我把尤妮思带到国家第一银行大楼的顶层餐厅共进午餐。这摩天大楼是现代社会最奇异的纪念碑（现代社会还能奇异到什么地步？），我领着她观赏四周景致，就在这楼下，一直往下看，再往下看，就是意大利村，童话时代遗留在这块现代世界上一小片建筑。它被夹在两个庞然大物之间，一边是施乐总部富丽堂皇的绿色大楼，另一边是贝尔储蓄公司。

我知道她做过乳腺癌手术，我很伤心。她的衬衣底下有一块粉红色伤痕，至今隐隐作痛。上次见面时她说胳膊底下有痛感，担心复发，很害怕。她对医学术语的了解让我吃惊，你永远忘不了她从疾病当中学到了多少行为科学方面的知识。我不想被当年的情感和怜悯所左右，为了自卫，我尽量多想起梅茨格一家人不好的方面。第一个能想到的自然就是坦克的野蛮行径。第二个想到的，是老梅茨格当年常去光顾色情场所。我记得他只要能从波士顿商场抽出空来，哪怕只有一个钟头，也要往那种地方钻。我还记得我逃学出来，发现他溜进南州大街黑乎乎的下流地方。不过这都不算什么大事，说是罪过，倒不如说让人动心，这是他接受现实生活的独特方式，是一种人为的复活。任何一个性敏感的男人，在低矮的平房里履行过夫妻之责后，都会感觉到自己的裆下像被木板抽打过一样。莎娜表姑非常可爱，但绝对不是图片里画的那种淫欲横流的女人。怎么说呢，芝加哥就这么一个低级趣味的城市，南州大街也就这么一个低级趣味的小区。高雅的东方，即使在圣城，也充斥着各色糜烂下流的表演，而且还堂堂正正地面向公众。

接下来我开始想莎娜表姑身上有哪些让人难以肃然起敬的毛病，这样我便可以连她也彻底否定。快到晚年，已经是一家大型百货商店的老板了，她还在谢立丹路上搭便车，就为节省那几毛钱的公交费。为了留给尤妮思更多的钱，她自己甚至饿肚子。几个亲戚都是这么说的。他们还说，尤妮思之所以需要那么多的钱，是因为她那位在大公园上班的丈夫厄尔把他所有的工资都放在储蓄所，一分也不愿拿出来。家里面任何与钱有关的责任，他都推得干干净净。几个孩子上学的费用，全由尤妮思一个人负担。她在教育委员会担任心理咨询，具体工作是心理测试（坦克不说"工作"，他喜欢用"行当"一词。）。

我和尤妮思在国家第一银行楼顶餐厅预定好的桌位上坐定，她便开始向我传达坦克的指示。她为了弟弟真是费了苦心，什么都能做得出来。自己做了母亲，跟当年她的母亲一样，为了孩子可以奉献一切。作为姐姐，为了弟弟也是不顾一切。坦克过去五年才回家见姐姐一面，现在竟然天天联系不断。他的话，尤妮思再传达给我。我就像格林童话中那条鱼，渔夫将它放回大海之前，它答应渔夫三件事。现在到了第二件了。在这间公司高管专用的餐厅里，这条鱼静静地洗耳恭听。坦克还要什么？再给法官写封信，让他通知监狱当局多为他体检，提供一名专业医师，饮食也得特供。"伙食太差，他都给吃病了。"

大鱼会说："当心！"

可他说："我可以试试。"

他说起话来声音低沉而洪亮，妙不可言。"我可以试试"五个字就像五个音符，很奇妙的中音，从低音提琴的弦上蹦出来。那是一种已有千年历史的弦乐器，像吉他，又像大提琴。海顿最喜欢中音音域，几首动听的三重奏都是为这音域写的。

尤妮思说："我个人对你的要求是，把他从那鬼地方活着弄出来。"

活着弄出来，好让他继续在非法敛财的陷阱里陷得更深，好让他继续经营类似赌场一样的宾馆，好让他在光鲜悦目的环境里装得像一个健康无比的美男子！

尤妮思情绪激动，她自己都不知道该用什么样的言词来表达，所以只好把她的语言才能用到可以说得清楚的话题上。我俩的交谈有时候会陷于僵局，因为她所掌握的专业词汇让她自己引以为荣。她在教育心理学专业拿到的学位让她激动不已，而且时时流露出来。"我很专业。"她说。只要有机会，她就会强调这一点。她母亲一生强势，却默默无闻，她则满足了母亲的愿望，雄心勃勃，真是后代的典范！尤妮思不算漂亮，可在莎娜眼里自然是可爱无比。小时候，莎娜把她打扮得楚楚动人。印花小裙，底下还有一层印花短裤，这是二十年代有钱人家女孩子的标准装扮。她个子比同龄女孩高出半头，可口吃的毛病常让她的脸憋得发红。后来专门学习一字一顿地说话,口吃引起的紧张慢慢得到控制。经过强化训练,她口才猛涨,这可怕的毛病终于让她给制服了。

她接着说:"你一直乐于助人,给了我不少金玉良言。我也觉得有事只能求你。艾嘉,你这么热情,我真得好好感谢你。谁都知道,我丈夫是个靠不住的人。不管我说什么,他都拒绝。钱,各管各的。他说,'我的归我,你把你的守好就行。'姑娘上高中后,他一分钱没掏过。他说他自己也没上过高中。我把妈妈的房子卖了,我自己做的抵押,那时候抵押低得可怜,现在都涨到天上去了。这桩买卖,我亏得厉害。"

"那时候,拉斐尔没拦着你?"

"他骂我疯了,竟然把父母留下来的钱都花在几个姑娘身上,我自己老了怎么办?厄尔也是这话,他说谁也不能等着别人养活,每个人都得靠自己。"

"你对几个姑娘可真是尽力了……"

我认识那个小的,卡洛塔,长得像爱斯基摩人,乌黑的刘海,结实的身材。我这样说绝无贬义,我对北极的环境和那里的人一直怀有好感。卡洛塔指甲又尖又长,还涂了彩,面色红润,说话很激动,缺乏连贯。记得有次在她家吃饭,她弹钢琴,本为了助兴,可她把琴键砸得叮叮咚咚,其他人说话都听不清楚。珠儿表妹让她温柔一些,她竟然哭了起来,钻进卫生间,反锁上门,谁叫都不出来。尤妮思说,卡洛塔马上要从和平队退出,准备到约旦河西岸的犹太武装定居点去工作。

大姑娘安娜璐一直很有志向,可高中学习成绩不是很好,没能上得了好些的医学院。尤妮思表妹说起大姑娘的教育情况让我很吃惊。"我得多掏钱,"她说,"是啊,我得想办法为学校捐一笔款子。"

"你是说塔尔博特医学院吗?"

"就是。你想见见校长,也得掏钱。得有可靠的人给你推荐。我不得不答应沙佛……"

"哪个沙佛?"

"就是咱家搞集资的那个沙佛。得有人牵线。沙佛说只要我能够向他的机构捐点钱,他就可以安排我见一面校长。"

"医学院,还得搞这种名堂?"我问道。

"否则,我连校长办公室的门都进不去。我给沙佛捐了一万两千五百块钱,这是他说的价。然后,我还得承诺给塔尔博特医学院再捐五万块。"

"除了学费?"

"对,除了学费。你总知道医学院拿到一个学位该值什么价钱吧?有了学位,就保证你财源滚滚。像塔尔博特那样的大学,如果没有捐赠,就不可能有财政,当然就雇不起像样的老师。想要有好老师,就得有高工资。没有好老师,大学自然就不可能有高水平。"

"看来这笔钱你掏定了?"

"我当场交了一半的现款,剩下的一半,我答应毕业前交清。不交钱,拿不到学位。这些交易非常隐秘,普通人都不了解。"

"你能拿得出这么多钱吗?"

"安娜璐是班长,也没用。他们通知她剩下那笔钱快点儿交上来,我当时真的不知所措了。你还记得我给你说过,当时抵押房产时是百分之五,现在涨到百分之十四了。厄尔提都不提这事儿,我跟我的心理医师商量了一下,他建议我给校长写信。我俩一起打了个草稿,说保证把那两万五交上。我还说我这人'绝对诚实'。我拿着信找到律师,他说'绝对'两个字多余,'诚实'就够了。后来这句话是这样说的,'大家都知道我很诚实,我向您保证。'多亏了这封信,安娜璐总算顺利毕业了。"

"后来呢?"我问。

我这一问她倒糊涂了。想了想,说:"一张两毛钱的邮票,省去了我一大笔钱。"

"不用付了?"

"那封信我都写了……"她说。

我俩说话各有侧重，似乎一下子拉开了距离。她挺挺地坐着，整个脊椎从下到上直直的，脊背都没有挨着椅子。尤妮思身材矮小，现在更是显得清瘦，纯粹一个老女人的模样，只是身上那种高贵的气质依然引人瞩目。从侧面看，她高翘的鼻子，突出的五官，还是那样楚楚动人。脸色红红的，跟她妈当年一样，一半因为血色，一半出于激动。如果你能想象得来，祖先们的那种眼神依然闪烁在尤妮思的眼睛里，她为现代人的"聪明才智"感到自豪。

如果说我俩当中有谁还活在过去，那一定是我。艾嘉表哥，又是他不懂得与时俱进！出于什么动机？我自己也不明白为什么，我竟然没有为尤妮思表妹的成功说句祝贺的话。她心里肯定在盼望着我能夸她几句，说她多么有智慧，说她这件事办得多么漂亮，可我知道我一定会让她失望。我长这么高的身材，除了让人疑虑，到底有什么用！

"就那几个字，'绝对诚实'，省了你两万五……"

"就'诚实'两个字。我给你说了，艾嘉，我把'绝对'两个字删掉了。"

这么美妙的字眼，尤妮思为什么就不拿来用呢？字就是供人用的。她对政治的理解比我深刻得多。我可不愿看到"诚实"二字被糟蹋了，我能提出的最好的原因就是为诗辩护，考虑到她是在为自己只有一个乳房的身体辩护，我这原因就显得又迂腐又愚蠢。

我们换了个话题。先说了说她的丈夫，他在湖滨大公园忙着。由于犯罪率急剧上升，公园办公室决定砍掉所有可供坏人隐蔽的灌木，拆除所有的老式厕所。强奸犯往往利用灌木丛作掩护，女人时不时地被人在厕所里刺伤身亡，所以老式厕所全部被改造成罐头瓶子式的单间厕所，一次只容一人进入。尤妮思的丈夫就负责厕所改造工程。她说起来很自豪的样子，可我没有听到任何能让人感到自豪的理由，哪怕把她说的所有话加在一起，也没有什么能够给我留下深刻的印象。她丈夫话不多，也不想跟人说话。有什么好说的？或许他是对的，我看得出来。从好的方面讲，别人对他什么态度，他毫不在意。他就是他，就这么与众不同。他说的那句"谁也不能等着别人养活"，我很赞同。他一点儿也不装腔作势。

"我得支付一半的房租，"尤妮思说，"还有水电煤气等各种费用。"

她的这些悲惨故事我不可能完全相信。"那为什么还生活在一起？"

她解释道："我享受着他的蓝十字会医疗保险……"这倒像是一句实话。可我还是不动声色，她说的每句话，我都得仔细琢磨琢磨。

吃完饭，她说想看看我的办公室。我办公室的宽敞让她大开眼界。"我表哥真是天才，名不虚传。"我能在这栋摩天大楼的五十一层占据如此大的空间，足以说明我不是凡夫俗子，"这一堆堆机器、文件、书本，那本绿皮子的书可真大，我就不问你具体做什么工作了。让你细说，会把你烦死的。"

她提到的那本绿皮书，封面颜色都快褪尽了。这本书有几十年的历史，是本世纪初出版的。其实那本书跟我的本职工作没有任何关系。我只要翻开那本书，就等于下班了。那是美国自然历史博物馆早年出版的一系列《叶素普北太平洋探险实录》中的两卷，内容为西伯利亚民族志，很有看头。这两卷大部头的书可以减轻我的痛苦（相当的痛苦）。乔克尔森和波格拉斯两位探险家所描绘的两个部落，科利亚克和楚科奇，让我神往。当年老梅茨格擅离岗位，逃出波士顿商场，着了魔一样地钻进脱衣舞场，我现在丢开本职工作，身不由己地钻进这两本书里，大概一个道理吧。十九世纪八十年代，瓦德马·乔克尔森和瓦德马·波格拉斯（俄国的犹太人，竟然起了这么奇怪的名字）两位政治激进分子被流放到西伯利亚，这片荒凉之所在后来成了苏维埃政府的劳改营，最臭名昭著的有两处，马加丹和克雷马。两位瓦德马就是在这里投身于土著部落研究，一研究就是多年。

书里记载着这片被冰雪严霜所净化的北极荒漠，我读得入神，仿佛那是一本《圣经》。在冬季的长夜里，即使在有人居住的地方，你也会在一阵狂风过后迷失方向。有时大雪袭来，你来不及抬脚，就会被雪覆盖。要是你把狗拴在桩子上过一夜，第二天早晨就会发现狗被捂死在雪中。在这样一片只有黑夜的地方，要进屋子，得搭着梯子爬上房顶，再从烟囱里溜下去。雪越积越深，狗也会爬上房顶，站在烟囱边上，闻闻你在屋子里做什么饭菜。它们会为抢夺烟囱旁边一块温暖而撕咬得不可开交，时不时会有一条狗掉下去，正好掉进你的大锅里。书里有照片，可以目睹狗被勒死的情景，那是最常见的牺牲场面。黑暗包围着你，无边无际，就像一股无比的力量。一位楚科奇人向波格拉斯汇报，常有隐形的敌人从四面八方围拢过来，那是一群大张着口的鬼，向人索要生命。人类只能畏畏缩缩，献出赎物，向这些恶鬼们讨要保护。

　　人类的脑力旅程时时在变化，黄金时代浮游到过去，一去不返。每当我沉浸在这些部落中，迷醉于他们的鬼魂、巫师，我的办公室都会突然被一团莫名的沉寂所包围，这沉寂一层又一层扩展、延伸，变成十倍于普通静谧的死寂，盘旋在大环的中央。我办公室的窗子面对着大公园，我会不时地抬眼望出去，让我的目光落到湖滨。尤妮思的丈夫正在砍掉一片片已经开花的灌木丛，好让色鬼们无处藏身，又在原地上盖起一个个单人厕所。这是一片巨大的公园，有游艇、有小船浮在水面上，那是律师们、公司老板们休闲养性的去处。平时，这些停泊在湖面上的游艇、小船都是大色鬼们施暴的场所，而到了周末，还是这些大色鬼们，却挟带着自己的老婆孩子悠闲自在地游曳在粼粼波光中。我们到底是在走向灵魂的再生，还是陷入世界消亡前的痛苦（前面说的"悬而不决"就这意思），完全取决于我们自己对于这世界可观表象的思想、感受和意志，也取决于你在阐释现代世界所呈现给我们的所有形态时培养起来的神秘技能。我本能地感觉到，科利亚克和楚科奇正引导着我走向一条光明大道。

我就这样沉浸在波格拉斯和乔克尔森创造出来的梦幻之中。没人来打搅我。快开会了,我便从梦幻中回到现实。会场上,我会像先知一样思维敏捷,我的同事们听得如醉如痴。不管说巴西,还是伊朗,我都会说得头头是道。我能预见到毛拉革命①,而总统的顾问们却没有丝毫预感。但是,我的观点没人接受,必须没人接受。借贷公司利润庞大,还有政府承诺的支持,我当然不指望他们会接受我的建议,他们只会口头上说我的看法如何"深刻"、如何"精彩",仅此而已。当年在洛根广场上,一群小孩在我的脸上看到了大猩猩的眼睛;现在,在公司的会议室里,我的同事们在我的脸上看到的是一双阴阳先生的眼睛。没人会看懂我的分析,可每个人都会翻阅我的分析报告,最终,只剩下我一个人孤零零地钻研我自己的灵魂。我长时间盯着一张照片,那是西伯利亚纳伦河畔的一群尤卡基尔部落的女人。远处,河的两岸一片荒芜,只有无边无际的积雪、岩石、又细又长的树木。这些女人蹲在地上,用线绳把面前的一堆白鲑鱼串起来,一针一线,聚精会神。这里的气温在华氏零下三十度。劳作让她们大汗淋漓,不得不脱去毛皮上衣,半赤裸着身体,"甚至将一团团雪块塞进胸脯"。原始部落的女人在零下三十度的环境中挥汗如雨,用雪块为自己的胸口降温。我一边读着,一边自问:在这座大楼里,在这座容纳着成千上万的人的摩天大厦里,有哪个人会有如此的想象?谁会知道彼此心里都隐藏着什么样的秘密,这些银行家、律师、白领女人,各自怀有什么样的梦?什么样的幻想?什么样的期望?他们为自身极度的疯狂而恐惧不已,哪能将自己的梦想和愿望表达出来?人类,就其本质而言,有一半时间处于疯狂状态。

所以,即使我把这几本书吞进肚里,又有谁会在乎?说真的,我在反复阅读。首次遇到这些书是多年前的事儿了,当时我在威斯康星麦迪逊州府附近一家酒吧弹琴,还能唱几首特色小调,其中一首名叫《公主

---

① 指霍梅尼领导的伊朗伊斯兰革命。

爱木瓜》。我的堂哥伊泽吉尔（泽克）和我在麦迪逊贫民区共住一间屋子。家里人把泽克喊作赛克尔，他在州立大学讲授原始语言，每周都要开着那辆破破烂烂的普利茅斯汽车去北方的森林，笔录莫希干人的民间传说。他找到一批幸存至今的莫希干人，就在半岛的最北端。他的工作跟乔克尔森夫妻俩在西伯利亚东部荒原上所做的同一种性质。十九世纪末，乔克尔森夫妇来到纽约的美国自然历史博物馆，跟随弗朗茨·博阿斯一起搞研究。乔克尔森的妻子蒂娜也姓布罗兹基，我堂哥很肯定地说她是我们本家，他还说，这位布罗兹基博士在纽约工作期间，还曾来过我家。

为什么犹太人都是热情极高的人类学家？人类学的奠基人，涂尔干、李维-布吕尔、马赛尔·毛斯、弗朗兹·博阿斯、爱德华·萨丕尔、罗伯特·洛伊都是犹太人。我猜，他们相信自己是本着科学精神的解密者，目标是实现世界大同。我自己并不这样看。更准确的解释应该是，犹太人聚居区与神启最为接近，思想从腐臭的街巷、从令人作呕的碗碟出发，直接便可以进入超验状态，这不能不说是一条捷径。当然这只是东方犹太人的处境，西方犹太人跟博学的德意志人一样昂首阔步，洋洋自得。波兰、俄罗斯的犹太人（不是肺结核患者，就是红眼病患者，总之是失宠于文明世界的评判的）是否真的远离野人的想象？他们用不着动用象征主义就足以让自己神经错乱。他们天生这样。本来就是些怪异的人，对另一类怪异的人进行科学研究，再也合适不过了。这种科学以希伯来-日耳曼形式呈现，或者以笛卡尔-塔木德形式呈现，也是自然而然的事情。

对了，泽克堂哥不以理论见长，他的才能表现在稀有语言学习上。他曾去了路易斯安那的牛轭湖，向那里唯一幸存的印第安人学习他们的语言，这人已到暮年，活不了几月了，可泽克竟然能够在几个月之内流利地使用这种语言。这位老印第安人死前还会有人跟他说话，也算一件幸事；他死了，能说这种话的也就只剩下泽克一人了。整个部落就活在泽克的身上。我还跟着他学会了一首印第安爱情歌曲呢。"嗨嘿，伊嘿嚯——你走了，请留下一吻。"有一次在鸡尾酒会上，他坚持让我弹了一遍那个旋律。他还向我传授了克里奥尔什锦饭的制作方法（火腿、大米、龙虾、胡椒、鸡肉、番茄整在一起），可惜我一个单身，从来不做饭，没有机会尝试。泽克堂哥还会玩翻绳儿，玩得很溜，为此写过一篇颇有见地的论文。我跟着他也学会了翻绳儿，有小孩儿在我身边的话，我还可以带着一起玩儿。

泽克年轻时，身材结实，背阔腰圆，只是脸色有些苍白，像个哈西德教派的修士。脸圆圆的，线条中透露出真诚，抬头纹像乐器上的音品。一头男子汉气十足的鬈发，因为每周得去一趟五百里开外的印第安部落，总显得土苍苍的。泽克不常洗澡，内衣也懒得换，这对于爱着他的那个女人似乎都不是什么缺陷。那女人名叫珍妮·布斯马，来自荷兰，常常背着一个帆布背包，里面装满了书。在我的记忆里，她一直戴着一顶尖顶帽，穿着齐膝袜，上半截腿一年四季都裸露在外边，在威斯康星的冬日里更显得像一团火。俩人在床上的时候，这女人喊起来声音大得吓人。我们的屋子都没有门，只挂张门帘。泽克进进出出，腿肚子和屁股又白又结实，我一直不明白我们家族里怎么会有这样的肌肉。

那时候我们租住在一个火车司机的寡妇家里。那是一栋破旧的木头房子，我俩住在一楼。

泽克那一年只读一本书《最后的莫希干人》，读完第一章就昏昏入睡了。他说从理论上讲，他是一个多元主义者。他也不相信历史是一门科学，在这一点上不是一般的固执。他把自己称作文化扩散论者，说全世界的文化就在某一处、某个时间被创造出来，然后向四周扩散。他读过艾略特·史密斯的著作，坚信世界万物都源自埃及。

泽克的双眼常常像没睡醒一样，其实那是假象。他蒙眬的眼睛是他孜孜不倦研究语言学的窗口，他嘴巴两侧的酒窝有两大功能，有时候流露出刻薄（我是说，他对现代危机，也就是"悬而不决"的来源，持一种很刻薄的批判态度）。一九四七年，我在墨西哥城还见过他一面，随后不久他就死了。那年，他率领一批不懂西班牙语的印第安人上访。墨西哥政府里没人会说印第安土话，泽克为他们做翻译。当然，除了做翻译，他还是印第安人上访的主要教唆者。印第安人不说话，戴着宽檐帽，穿着宽筒裤，黑发一直长到嘴巴两侧，走出他们世代居住的荒野，走出阳光，第一次来到政府大楼辉煌的廊柱之间。

这些我都记忆犹新，只是我想不起来，当时我自己去墨西哥为了什么。

就是通过泽克堂哥，我知道了蒂娜·布罗兹基博士，通过蒂娜，我了解到瓦德马·乔克尔森（他既然娶了蒂娜为妻，也就算是个亲戚了）在科利亚克的研究工作。在一次妇女用品展销会上，我买到一本很有魅力的书，《走天涯》（约翰·珀金斯著，美国自然历史博物馆出版）就在那本书里我读到专论西伯利亚东部原始部落的一章。随后，我把先前在威斯康星麦迪逊见到的那些专著又搞到手，还从雷根斯坦图书馆借出《叶素普北太平洋探险实录》中的这两大卷。书里面说，科利亚克部落的女人能把自己的阴部从身体上分离开来，挂在树上。传说中，这部落的祖先雷文，一个不食人间烟火的戏子，从他妻子的阴户进入她的身体去考察她的内脏，发现自己站在一间宽敞无比的房子里。研究科利亚克部落这些奇闻趣事，你得记着他们过着怎样一种艰苦的生活，怎样为了生存而拼命挣扎。冬天，渔民得在厚厚的冰层上凿开六尺深的洞才可能布线钓鱼。过了一夜，这些洞口又被冻得结结实实。科利亚克部落的房子都很窄小，一个女人的体内却宽敞无比。传说中的部落之母就是一座宫殿！

一天，我的助手罗丹森小姐走进我的办公室，一副同情的神态（我敢说她不只是好奇），问我，为什么蜷着身子伏在窗沿上，整整一个小时一动不动的，就像一眼盯着楼下的门罗大街。其实那是因为我从雷根斯坦图书馆借出来的这本大部头绿皮书实在太重，我只能把它放在窗台上。罗丹森小姐满怀同情,又那样急切,似乎渴望着能进入我的思想,这样她自己也感觉有了用武之地。可她对我能有什么用呢?她最好还是不要进入这片幽暗的绿色海洋,不要涉足这块已经不复存在的西伯利亚蛮荒之地。

两周后,我要去欧洲出差,参加一个关于推迟债务偿还日期的大会。罗丹森小姐已经替我做了行程安排,拿进来想让我看看。您要不要先在巴黎停一站?我模棱两可地说了句可以。要不要在蒙塔伦贝尔酒店住两个晚上?再去日内瓦,然后途经伦敦返回。这都是些惯常的日程,没什么需要我批准的。她意识到我的心思不在她说的话上。我以前跟她讲过渡江东京的事儿(自从坦克的老板多夫曼被暗杀后,我对这类案子的关注多了起来),她递给我一张《论坛报》的剪纸,上面说,杀了渡江东京的那两个人也被干掉了,尸体在那波维尔小区里的一辆别克车里被发现。车里散发出一股浓烈的臭气,苍蝇围着车飞来飞去,比节日里红场上的人还密集,这才引起了人们的注意。

尤妮思又打电话了。这次不是为他弟弟的事儿,而是关于她的舅舅,就是我父亲的舅舅的儿子,莫迪凯,我们都叫他莫迪。如果这帮人还算是一个家,如果这个家还有个家长的话,他算是这家的家长了。尤妮思说,舅舅出了车祸。对于一个快九十岁的人来说,车祸可不是闹着玩的。她就为这事儿给我打来电话,我窝在我那个幽暗的公寓最幽暗的角落跟她说话。我真的说不清我为什么要把屋子整得如此幽暗。本来我很喜欢光亮、喜欢简洁的线条,可现在这片幽暗却正合我的心境。要放在以前,这样的环境我肯定不习惯,活像一座墓穴,耶路撒冷耶稣的墓穴!铺满了东方地毯,都是我从马歇尔商场海灵先生的店里购置的(海灵已退休,到乡下养马去了)。满屋子的书,古时候的装帧,我早就不读了。这几个月来,除了经济学和国际金融方面的东西,我唯一的读物是《叶素普北太平洋探险实录》,还有海德格尔的几本。当然,海德格尔太艰深，不是一两下就能读完的。我还会抽空儿读几首奥登的诗和他的传记。都是些东拉西扯、无关紧要的东西。我怀疑，我把屋子整得这么暗，让人感觉极不舒服，会不会是因为我想从根本上改造我自己，或者说重新安排我的生活（来消除那种"悬而不决"）？基本的东西还是那些，没有变化，我要做的只是对其进行恰如其分的排列。

在美利坚这个超级大国的大都市里，竟然有人从事这样的事情，真是有趣！我没跟任何人说过，但有几个同事（似乎感觉到我在思考一些稀奇古怪的问题）曾对我讲，在芝加哥这样的大都会里，在这个"外部"世界里，大事天天发生，一波一波让人应接不暇，它为人们提供着"真正"发展的机会，财富、权力、戏剧性场面，应有尽有；杀人放火、奸淫盗窃，层出不穷；疾病肆虐，恶行猖獗。在这样一个地方，你竟然有闲工夫思考那些纯粹个人的问题，真是无病呻吟、愚蠢透顶！百姓的日常生活比任何人的内心世界更加惊心动魄。好了，你们说得都很对。但我觉得跟大多数人比起来，我并没有完全沉浸在所谓"内心世界"的浪漫幻影当中。细究起来，意识中的"内心世界"其实都是些朦朦胧胧的幻影，对人类来说，这是至幸。况且，我时时警惕，远离任何"远大抱负"。我顾影自怜，也绝非出于本意。问题是，我找不到我需要的同代人。

这事儿随后再细说。莫迪凯舅舅与此有关。

尤妮思在电话里详细说了一番车祸的经过。开车的是莫迪的妻子，就是丽娃舅妈，莫迪自己的驾照几年前就被吊销了。太糟糕了，开了五十年的车，他才知道后视镜是派什么用场的。尤妮思一直不喜欢这个舅妈（莎娜和丽娃这一对姑嫂从来不和，她俩之间的敌意也传了下来），她说，她的驾照早就应该被吊销。丽娃任何人的话都不听，坚持不愿放弃那辆克莱斯勒。她个头太小，不适合开这么大的车。好了，这下终于报废了。

"伤着了吗？"

"丽娃啥事儿没有。可舅舅,唉!他的鼻子、右手都伤得很厉害。在医院里还染上了肺炎。"

我听了,感觉心头突然一震。苦命的莫迪!本来身体就弱不禁风,竟然还出了车祸。

尤妮思说个不停。科学的前沿领域传来的消息说:"肺炎已经不是不治之症。过去,它会要了人的命,速度之快,让你防不胜防,医生们都称它叫'老人之友'。现在他出院回家了……"

"哦。"又可以多活一阵儿了。但延缓不了多久,一次延缓就会松一口气。莫迪凯是他那一辈中最年长的人,死期不远了,得做些心理准备。

尤妮思表妹说个没完没了:"他不愿下床。车祸前就有这问题。吃完早饭就又钻进被窝。丽娃受不了这一点,她是个闲不住的人。当年,舅舅上班,她天天跟着。她说,莫迪躺在被窝里,像个幽灵,她都害怕了。她说这样活着很不正常,有时候会强行拉着舅舅去斯科基见见他们的家庭医生。这女人还真不赖,她说舅舅这一生,一直是五点起床,起来后就去商场。看样子是这一辈子睡的觉太少了,现在要补回来。"

我不同意她这种解释,但也没有回嘴。"给你说说最近的情况吧,"尤妮思接着说,"他肺里有痰,必须坐起来。他们把他强行支起来,不让他躺下。"

"怎么做的?"

"他被绑在椅子上。"

"我看我还是不去的好。"

"你不能不去。你小时候,他多爱你呀。"

还真是。过去那一幕幕又在眼前晃来晃去。自己对莫迪又爱又敬,还死缠着讨要莫迪的宠爱,他过生日,我必有礼物相赠,我对父母的爱都分了一半给了他。我这样做,显然有悖于几个世纪思想界的革命,有悖于道德解放者的高深理论。塞缪尔·巴特勒用风趣尖刻的语言宣扬背叛父母,他说,人生来孤独,但第一张尿布上就贴着两万块钱的钞票。我的行为与巴特勒的理论背道而驰。米拉波父子、腓德烈大帝、高老头和他那几个忘恩负义的女儿、陀思妥耶夫斯基书中的骨肉相残,都是道德教育的绝好材料,可我并没有读进去。海德格尔也在我们面前举起"恐惧"大旗,他借用两个希腊词,deinon 和 deinotaton,说,"恐惧"是进入"崇高"的大门,可我还是没当一回事。大众正在背弃家庭。莫迪太天真,不知道这世界在变化。因为这些原因,或许还有其他原因(说来复杂),我很不情愿去探望莫迪舅舅。尤妮思说,我不去就说明我的感情都是假的,她这话还真说到点子上了。我左右为难。这种亲戚关系一旦确立,就得坚持下去,我不能背叛他们。可是,坦克作为莫迪的亲外甥,竟然二十年没去见过他一面,似乎也完全合理,毕竟他始终如一,不像我这样左右徘徊。我最后一次见他时,他就不会说话了,也许是不愿说话了。他躲着我,见了我转过身去。

"他一直很爱你,艾嘉。"

"我也爱他。"

尤妮思说:"他什么都很清楚。"

我说:"我担心的就是这个。"

任何虚的因素都可以撇开不说,我细细想来,还是觉得我真的很爱这老家伙。我承认,不是百分之百的爱,但那还是爱。一直在我心里。尤妮思发现我心中的亲情根深蒂固,便使劲儿说服我。这不,我正开着车,拉着她,向莫迪、丽娃的农场林肯伍德一路驶来。

到了他家门口,丽娃舅妈举起已经伸不直的胳膊,大叫一声,说:"莫迪会高兴死的……"

丽娃舅妈虽然这样亲切地欢迎我们,但她那眼神,那副精明的蓝眼睛所放出来的光,却不是兴高采烈的样子。她对尤妮思没有好感,对我,这五十年来也是半信半疑,虽说也不乏同情,可她一直在等待着我拿出明确的实际行动,来证明关系正常、相互信任。在我眼里,丽娃舅妈已经变成一个尽管可爱却倔强古板的老女人了。记忆中的舅妈身材高挑、腰胸圆润、黑发飘飘、两腿板直。现在，那个体形已经不见了踪影。膝盖弯曲，像个千斤顶，整个身体像块两头小中间大的钻石。但她走起路来依然脚下生风，似乎要跟当年那个丽娃赛跑一样。事实是，她已经不再是当年那个丽娃了。圆脸变成了长脸，就像画像中的伏尔泰，表情也是一副伏尔泰般的严肃。那双蓝眼睛直直地盯着你，似乎在说：跟我说说，这可怕的变化当中都隐藏着什么样的秘密。那一头白发、那沙哑的嗓子。我是变了，你不也变了吗？你的头发哪儿去了？你的腰、你的背为什么也直不起来？这当中可能有一个共同的前提，就是身体的老化或许能够解放你的思想。在我看来，还有更多的解释。社会在崩溃，多少个世纪延续下来的约束在瓦解，用两个比喻，历史的针脚在开线，墙壁在拐角处坍塌，各种联系在解体，我们得到了解放，可以自由思想，可以为自己思想，只要我们还有力气能利用这个机会，便可以从裂缝中逃出去，不在悲叹中屈服，而在废墟上歌唱。

他们已经儿孙成群，丽娃舅妈很是满足，这一眼都能看得出来。但她不是你的奶奶。她一生都在生意场上，跟着莫迪舅舅驾着两辆货车，把生意从一爿小店发展成一个大公司。六十年前，莫迪舅舅、他的弟弟西蒙、他的表哥（就是我的父亲），加上一群波兰来的面包师，为几百家移民商店供应面包、蛋卷和蛋糕。油煎蛋糕、夹心蛋糕、咖啡蛋糕、奶油泡芙、德式饼干、奶油松饼……只有三个炉子，烧火用的是木工厂废弃不用的边角料，树皮都没有剥下来，墙根里堆得像小山一样。成袋的面粉、白糖，大桶大桶的果酱、油脂，成箱的鸡蛋，揉面棒大得像灰浆桶，铲子有一丈多长，在火里进进出出。大伙儿都被面粉糊成了花脸，只有丽娃舅妈一人干干净净。她在楼梯底下的办公室，算账、付款、发工资。我父亲的头衔是经理，似乎那几个冒着火的炉子、满街区的面包香味儿也需要"经理"一样。他什么也经理不了，"神经紧张中心主任"倒是很恰当，因为半夜里都是他在值班，神经高度紧张，生怕哪里出了问题，经常急得他额头中间蹙起一个大包，仿佛第三只眼睛。生意越做越大，只是我父亲没能继续干下去，他想另起炉灶，结果一事无成。但是，新的时代到来后，这生意也就到头了，超级市场的兴起，远距离冷冻运输的出现，对食品形态的统一性和数量猛增（光蛋卷一天就需要上千万个）的需求，他们的作坊已经无法满足。公司清算倒闭。命该如此，谁也怪不上。

生活进入一个新的阶段，退休。光荣退休，不光荣也得装出一副光荣的样子来。有人去了佛罗里达，还有一些我叫不上名字的地方，只要气候温暖都可以躺着做梦。这些人，只要不再焦躁不安，只要不被折磨得扭曲了心理，应该都可以过上跟往日一样兴高采烈的日子。可我们都知道，这不大可能。莫迪尽力想做一个模范美利坚公民。模范公民自然要大张旗鼓地为当下的生活方式喝彩，不管这种生活方式把你变成什么样子。莫迪每天要去芝加哥市中心的一家俱乐部游泳，还成了那里的"名人"，几十年如一日地为俱乐部的成员讲笑话，都是些高品位的笑话，大部分我父亲后来给我讲过。要听懂，得有一定的背景知识，得知道很多希伯来文本、寓言、谚语。都已成为经典，如果你不知道在犹太人的聚居区，正统派在工作之余时时都在默诵《大卫王诗篇》，那你只好靠注释去理解了。莫迪渴望自己被周围人尊为一个举止优雅、乐观向上的老人，一个曾经有过辉煌事业的巨富，芝加哥最杰出的面包师，慷慨大方、人品高尚的君子。莫迪的确如此，实至名归。可是，俱乐部的老人们一个个都入了黄土，年轻的一代不屑于听他讲那么费解的故事。快九十岁了，还死皮赖脸地见人就缠着不放，非要给人家讲几段笑话不可。他擅长这个。有时候一个笑话能讲几遍，来俱乐部健身的商业掮客、官员、受理个人伤害的律师、推销员、毒贩子，等等，都被他重复来重复去的笑话逼得失去了耐心。尤其是在更衣间，披着一条毛巾给人讲笑话，大家都烦透了。他引经据典，之乎者也，没人能听得懂。后来，俱乐部出面要求丽娃舅妈把他关在家里。

"他在那个俱乐部都四十年了。"丽娃舅妈说。

"是啊,他的同代人都死光了,年轻的一代不理解他呀。"

我一直觉得,莫迪是在用那些讲不完的笑话,恳求别人对他的接纳,引起别人对他的关注,在更衣室里取悦于别人简直是糟蹋自己的天性。他小时候可不是这样的,一天说不了几句话。在俄国人的公共浴室里,他一个小孩,混在大人堆里,蹲在蒸汽中,那个头、那力量,都让我不得不服。一丝不挂的时候,活像一名印第安勇士。乌黑的鬈发从头颅中间向两侧生长,他的威严气度是他天性的自然流露。可现在,头发彻底脱光了,身材也缩了,脸也小了。十多年里,他天天游泳,神采奕奕。心中充满爱,见了我乐不可支。他常说:"我已到了耄耋之年。耄耋,明白不?就是八十多了。一天还可以游他二十几个来回呢。"然后便说:"这个听过没有?"

"肯定没有。"

"你听着。有个犹太人走进一家饭馆。都说这馆子好,可他发现很脏。"

"然后呢?"

"没有菜单。桌布上有图片,就从桌布上点。可那桌布太脏了。你指着这个,问:'这什么?胡萝卜泥?就给我来这个吧。'"

"然后呢?"

"招待也不写账单,客人直接去找收款的。收款的是个女的,她抓起客人的领带,看了一眼,说:'你吃的是胡萝卜泥。'突然,客人打了一个嗝,收款的马上说:'哦,还有一个水萝卜。'"

这已不再是个笑话了,它成了你精神生活的支柱。听过一百遍,就成了神话,就像雷文钻进自己老婆的体内,发现自己站在一间宽敞无比的房子里一样。可现在,所有的笑话都停了下来。

上楼前,丽娃舅妈说:"看得出来,联邦调查局对你的整个职业生涯产生了很大的影响嘛,你可以比得上一个格雷洛德卧底了。有几百个案子等着你吧？"

没有什么恶意。丽娃舅妈就是想开个玩笑，展示一下她的聪明才智。她明知我不是律师，还这样说。她也知道我不弹钢琴，不从事任何我当年闻名遐迩的事情（闻名遐迩是夸张了，就是在自己家里出名而已）。接着，她拉着惯常不紧不慢的腔调，说："我们不能让莫迪躺下，得强行让他坐起来，要不肺里面就会积满痰。医生要求我们把他绑在椅子上。"

"他不会接受的。"

"可怜的莫迪，他恨死了。挣脱过几次，我很难过。我们都很难过……"

莫迪被绑在椅子上。扣环在身后，他自己够不着。我一见，就想先把他解开。去他妈的什么医生！医生只管延长你的寿命，至于他的医疗手段你是怎么想的、有什么感觉，他才不在乎呢。莫迪舅舅见了我们，只是轻微点了点头，算是打了个招呼，然后便又转过头去。被人看到自己成了这个样子，肯定是一件让他难堪的事情。我突然联想到，我在给艾勒法官的信中，提到坦克婴儿时期也被绑在椅子上，只是那是一张高脚童椅，他也挣扎过，也想挣脱那根绳子。

莫迪不打算说话。他也说不成话。所以谁也没说什么。我们是看望病人来的，就站在病人面前，看一看，望一望。我能指望莫迪做些什么呢？我为什么要大老远地从大环一路赶过来，难道就是为了骚扰他一番？他的脸比我上次见到时更小了。性情和容貌，无一不是回光返照，生命的元件已锈迹斑斑。他已半身入土，现在正与死神交头接耳。前来目睹这一瞬间，并不是什么善意之举。

在我最早的记忆中，尤妮思还是一个点儿大的孩子，不停地嘬着自己的指头。现在，尤妮思个头高了，丽娃舅妈反倒变得很矮。她脸上的肌肉缩得紧紧的，你看不出她有什么表情。电视没开，往外突出的屏幕就像某个不速之客探头探脑的前额。这不速之客心怀鬼胎，钻进发亮的银灰色屏幕里。窗帘遮着阳光,外面是里士满北街,空空荡荡,死气沉沉,跟其他任何一处富人小区一样,某种巨大的力量,某种重大的事件将这里个人的趣味消除殆尽。任何不入大流、不与重大事件相关的人或物都会如秋末衰草,被死神一一干掉。莫迪公司关门后,做了家长,做了专讲笑话的娱乐者,可现在,少了家人,少了听众,他的生命便没了着落。

还得再说几句。尤妮思这时突然鼓足了劲,那是一股科学精神和助人为乐精神结合起来的力量,而且,这也更像是出于她乐观的本能,她说:"你得给莫迪舅舅的手做一番理疗,要不然,那只手就彻底废了。我真的很吃惊,你竟然把这么重要的事给忽略了。"

丽娃舅妈听了这话,几乎气疯了。早就有人告诫她不要开车,可她还是开了,结果出了这档子事,她已经为此自责不已。把莫迪绑在椅子上,她更是难过极了。尤妮思竟然用这种责备的口气对她说话,她哪受得了!"我认为我知道怎样照顾我自己的丈夫。"说完,便出了屋子。尤妮思紧跟着走了出去,我能听见她在不停地对一个"外行"大讲特讲科学知识,一副不达目的誓不罢休的架势。五十年前,她治好了口吃,从此对专业治疗深信不疑。"找最好的医生"成了她的口号。

我坐在床边,顺手翻起了丽娃舅妈的书籍杂志。我突然回忆起,早年她常读艾德娜·费伯[①]、范妮·赫斯特[②]、玛丽·罗伯茨·莱因哈特[③]的书。一次,在伊利诺伊苏黎世湖畔,她让我读莱因哈特的小说《旋转楼梯》。这么一想,当时的情景一幕幕浮现在我眼前,连一些毫无必要的琐屑细节也栩栩如生。有年夏天,全家开着三辆车出游,出城的路上,莫迪舅舅在米尔沃基大街一家五金店里买了一条挂衣绳,把野餐菜篮子全部固定在道奇车顶上。他一会儿踩在保险杠上,一会儿踩在脚踏板上,把几个篮子一圈又一圈缠得结结实实的。

---

①②③ 均为美国20世纪前半期女作家。

苏黎世湖就像洗画笔的水盆子，五颜六色。软泥积得很深，芦苇密密麻麻，空气湿热，林子里散发出来的不是泥土的气息，而是三明治和熟香蕉的香甜。野餐桌上，几个人正在玩扑克，庄家是丽娃的妈妈，她将大帽子上的纱网拉了下来遮住脸，为了挡蚊子，更是不想让对家看清自己的表情。坦克刚两岁，光着身子从妈妈的怀里挣脱，妈妈想喂他土豆泥，他总是躲着不吃。莎娜的两个兄弟，莫迪和西门，走过来走过去，说着面包房的生意。西门长得像座山，还有些驼背，但他那种驼背不是因为身体畸形，反而让他显得更加魁梧。两只大手从袖筒里伸出来，身上那件皱纹布夹克穿得歪歪扭扭的。衣服是他买的，属于他，所以怎么糟蹋都由他，真算得上一场反对美国价值观的玩笑。走起路来下脚很重，被他踩过的花草没有不即刻毙命的。他精明得了得，只要被他盯上几眼，你心中那点儿青春期的小秘密就会即刻化为一股蓝烟。西门不大喜欢我。他嫌我脖子太粗，嫌我眼睛像猩猩，嫌我看起书来太专心，嫌我看问题太不切合实际。但莫迪舅舅会替我说话。现在想来，他说得也并非全对。莎娜表姑提起我来，常说："这孩子的脑瓜子简直就是敞开着的。"她是说我读书过目不忘，什么都会装进脑子里。比较起来，西门的直觉还是更准确一些。在苏黎世湖畔，我本应该跟其他孩子们一起在泥浆里翻滚喊叫，而不该抱一本玛丽·罗伯茨·莱因哈特的什么愚不可及的故事书（棕褐色的封面、书脊上还有单色浮饰）。我竟然不愿意把灵魂交付给"现实"，就是眼下联邦调查局卧底揭露出来的那种现实。（虽说格雷洛德贿赂案曝光了，但也不过如此，最坏的坏人用不着太担心。）

莎娜表姑其实说错了。她只是把抽象的想法打了个比方而已，真正敞开的并不是这个"脑瓜子"，而是另一种东西。我们进入这世界，并未有提前告知；我们还未意识到表现，就被表现出来。存在一种原本的自我，你或许更喜欢说，一种原本的灵魂。歌德曾说，灵魂是舞台，本性是演员，这演员也只有这一个舞台。你只要尝试着解释某些你充满激情地观察过的事物，就像你的亲戚，歌德这话便一目了然了。普通意义上的观察毫无价值可言。如果这样表述："存在如此，眼力如此；眼力所及，力量所及"，观察则有了另一番意义。当年我在欧哈雷机场遇到坦克和他那个流氓同伙，心中寻思，威廉·布莱克的灵眼就在我们头顶，他会看到什么样的情景？我这样想，其实是在唤起我个人最本质的观察，具备这种观察力的人一般都深知我们日常两眼所见都是被扭曲的现实，却从未放弃将原本的自我或原本的灵魂看作观察世界最合理的参照。

我确信，莫迪尽管一声不吭，却在自我的静默中探寻那个"原本的人"，而被扭曲的人尽可以不怀一丝遗憾地离开这世界，或许他已经死去。

针脚已开线，各种约束在崩溃，生存无从把握，你已被投进那个原本的自我。你可以自由地踩在现代观念的废墟上搜寻真实的存在。如果你有这愿望，便可以在这被魔法施咒的恍惚当中，或者在极度清醒状态里，在一种与公认的现成知识体系完全不同的清醒状态里，去搜寻真实的存在。

就是大约在这个时候，莫迪舅舅朝我点了点头，算是打个招呼。他想对我说点儿什么，可几乎什么也没说。可以肯定，他想说的并不是我打算听的。我没期望他会求我把他从椅子上松绑。我弯下腰，一手扶在他的肩上，想用手去感觉他会不会有这种愿望。肯定有。在这样的特殊时刻，应该用我们母语对他讲话才对，正如泽克当年面对那位即将死去的印第安老人，用老人自己的语言向部落最后一个人告别。莫迪嘴唇动了动，似乎是说"沙洛姆"[①]。这怎么可能？他怎么会在这样的时刻用一个惯常的招呼语？他发现我没有听懂，狠狠地瞪了我一眼，眼睛睁得大大的。他嘴唇又动了动。

[①] 意第绪语打招呼用语。

我问丽娃舅妈他怎么会在这时候朝我说"你好",舅妈说:"哦,他是说,'邵莱姆'。他说过多次,邵莱姆·斯塔维斯一直给你写信,却寄到了我们这儿。"

"邵莱姆表哥?他不是说'沙洛姆'……"

"他肯定没有你的地址,才把信寄给我们的。"

"我没登记过。况且,我俩三十年没见过面了。你咋不告诉他我的地址呢?"

"孩子,你看我有多忙!你赶紧把它们拿走吧,我的餐柜抽屉都给塞满了。信没有转给你,都成了莫迪一块心病了。你拿走,他就会好一些。"

她说"你赶紧把它们拿走"的时候,还朝尤妮思瞥了一眼,那一眼显得心事重重,似乎在说:"把这十字架从我肩上拿走吧。"她一边叹着气,一边带我进了厨房。

邵莱姆·斯塔维斯是布罗兹基家的外甥,跟西门和泽克一样,属于这家族里蓝眼睛的一类。当年坦克在机场说"我家天才不止一个"的时候,指的就是邵莱姆。他把我们两个人放在一起,作为嘲弄的对象。他话中有话,"你俩都是天才,可怎么都穷得叮当响?"老式的移民都渴望着自己家里能培养几个天才出来,我们家没有天才,大家都很失望,坦克拿我俩出口气也是情有可原的。

邵莱姆和我小时候住得不远,上的同一所小学,换着看书。邵莱姆的兴趣从来不在鸡毛蒜皮的事情上,所以关心的一直都是康德、谢林,有个阶段还喜欢过达尔文、尼采,后来又有陀思妥耶夫斯基、托尔斯泰,到了高中最后一年,又好上了奥斯瓦尔德·斯宾格勒。他花了整整一年,钻研斯宾格勒的《西方的没落》。丽娃舅妈递给我整整一塑料袋(金银岛商场购物袋)的信,让我情不自禁地想起了小时候我俩共同的爱好。他措辞典雅,现在已没人这样之乎者也地写信了,不过我倒很喜欢他这种老派做法。他的文笔很类似康斯坦斯·加奈特翻译的陀思妥耶夫斯基，称呼我只用姓氏而不带名字。翻译陀思妥耶夫斯基的人很多，我觉得加奈特的译笔无人能够超越。如果没有这样的措辞，"正是，鲍菲力·彼得洛维奇"，"可以说，我崇拜丹尼娅"，那就不是陀思妥耶夫斯基了。跟邵莱姆相比，我做事往往草率鲁莽，喜欢现代化的快节奏，有时候甚至会满嘴脏话。奥登评价里尔克的这句话可以拿来说我的风格："他是萨福以来最伟大同性恋诗人。"正好说明我们不敢忘记约束力的崩溃（黑格尔一八〇六年在耶拿说过的话）。我当然不敢否认陀思妥耶夫斯基和贝多芬的伟大，邵莱姆总是把这些人称作巨人，而且他自己历来是一个崇尚巨人的人。我从丽娃厨房里拎回家的这一摞信让我彻夜不眠。

邵莱姆坚信他在生物学上的发现意义重大。他的发现相对于达尔文，就像牛顿的发现相对于哥白尼，也像爱因斯坦的发现相对于牛顿。他还深信，他的发现如得到运用，得到进一步发展，就可能成为康德《纯粹理性批判》以来哲学上最伟大的突破。我对他小时候的记忆犹新，可以毫不迟疑地预测，邵莱姆不会在自己"发现"的路上半途而废，他的意志是钢铁炼成的。会消沉吗？哪个人不会消沉？这是自然规律。我们都会被生活击垮，但他不会。记得当年我俩在莱文斯伍德散步，他一口气可以说出几十个字，这谁能做到？而且，他还认为换气会打断思路，所以尽量不呼吸。他脸色苍白，身材瘦小，大拇指一直放在裤兜里，走起路来步子很有弹性，我只能跟在他后面一路小跑。他激动起来，脸色也不会发红，还是那一副苍白模样。对着我说话时，我能闻到他呼吸里带出来的热牛奶味儿。话说得停不下来，嘴角会出现两堆白沫。他沉浸在自己的幻想中，你说什么他都听不见，而你的耳畔永远回响着他又低沉又急切的声音，就像宇宙外层传来的钟声。后来我在阅读兰波的诗，尤其是《醉舟》时，不由得想起了他，一样的迷醉，一样的来自宇宙的狂暴，只是兰波太重感性，而邵莱姆却偏向玄奥。我们一路走来，一路探讨康德的死亡范畴，常常不知不觉间就会走过西区的福斯特大道，南下到波希米亚公墓，一圈又一圈绕着北公园学院，再顺着排洪沟的几座桥不知几个来回。到了劳伦斯大道的汽车展览馆前，我们的谈论还是没完没了、停不下来，展览馆橱窗玻璃上映出我俩怪异的动作，当然我们自己肯定意识不到，只有里面的人看得清清楚楚。

其中的一封信里夹着一张彩色照片，他的模样跟我见他时已大不一样了。眉毛又浓又黑，神色冷峻，眼睛变成了两道缝，嘴巴抿得紧紧的，周围布满了深深的皱纹。他没垮掉，但你看得出来他经受了多大的磨难。脸上刻着一道道皱纹、头发无精打采地贴着头皮，哪个不是磨难的痕迹？我蜷身在墓穴一样昏暗的家里，细细端详着这张照片。就这个人，我最钦佩的表哥，钢铁般的斗士，最值得我认真研究的汉子。

跟他比，我显得渺小而又微不足道。我明白了我为什么只能在娱乐界一试身手，只能在七频道"第二城"这样的闹剧中丢丑，跟一帮无赖半无赖在弗利泽饭馆啃牛排，甚至到库普其内科那样无聊透顶的脱口秀节目上大放厥词。多亏自尊让我收手！现在我可以不偏不倚地评判自己，但还是觉得在智力上我永远赶不上邵莱姆·斯塔维斯表哥。他脸上那坚定的神情，宽大的鼻孔里那喷火的呼吸，都在告诉你，他是多么一个非凡的人物。照片是在他家附近拍的，很明显能看到他所面对的巨大挑战：他身后是芝加哥典型的住宅区，一条街道，两边延伸着六层排房，二十年代的房屋设计者所能想到的一切都派上用场，才创造出中产阶级欣赏的各种雅致，这在六十年前，真算得上是一处小康之地，可对于邵莱姆这样品位的人，无疑是一座地狱。置身于这样的街道，能写出哲学著作来？历史进化论者认为，人类在趋于完美之前，必须在一个又一个枯燥乏味的阶段一代代地死去。看到照片里邵莱姆身处这样的环境，我还能赞同这种说法吗？我只有痛恨！

然而，正是在这样的街道上，邵莱姆表哥潜心撰写他的哲学著作。还不满二十五岁，就有了突破性的理论，他告诉我他的理论是十八世纪以来哲学史上第一次真正的发展。遗憾的是，著作还未成形，日本人袭击了珍珠港,他自己在生物学、哲学和世界史中的革命性发现让他深信,他必须投笔从戎,而且作为志愿者加入战斗的行列。我细细研究他写给我的每封信,希望能从生物学和世界历史的层面来理解他这一决定的真正动机。配子和合子的进化,单子叶植物和双子叶植物,脊椎动物和非脊椎动物的分化,这些我都很熟悉。可是,当他开始谈论现代政治的生物学基础时,我只能祝他好运,却无能分享他的成果。大国土地广袤,却逆来顺受;小国缺乏资源,却孕育着巨大的力量,横行四方。他信中写道,一两句话说不清楚,我得通读全文。他说,不管左派右派,都是副现象,主流将作为一种无所不包、自由演进的核心力量持久地主宰这个世界,这种力量已经在西方几个民主国家初现威力。邵莱姆投笔从戎,动机一目了然。他扛起抢来,不只是为了捍卫民主,更是为了捍卫自己的理论。

他是步兵,在法国和比利时前线作战。美军和苏军在易北河畔会师,将德军切割成两半时,邵莱姆表哥就在过河的巡逻队里。苏联和美国的战士们会师后,纵酒狂呼、又哭又跳。一个芝加哥西北出生并成长起来的俄罗斯犹太移民的儿子,来到这个既是康德和贝多芬的家乡,又是对犹太人进行种族灭绝的国度,不难想象,他穿梭在托尔高枪林弹雨之中时,会是怎样一种心态。我突然意识到,一个名叫艾嘉·布罗兹基、醉心于楚科奇和科利亚克原始部落、每天置身于国家第一银行这个美国现代资本主义最前沿的男人,这一瞬间忽然思绪纷乱,竟然不知道自己脑子里那一团团想法多么奇特、多么怪异。再回头看看托尔高。战士们拥抱、大哭、痛饮,随军女郎跟着他们一起欢腾,年长的女人坐在河边,赤脚伸进湍急的河水。人群里,有一个青年正在苦苦思索着艰深的生物和历史理论。有谁能想得到?这就是邵莱姆表哥,他的思绪沉浸在……对了,肯定是斯宾格勒,怎么能忘了斯宾格勒?正是斯宾格勒的古今平行理论把莱文斯伍德的两个少年搅得心神不宁。邵莱姆表哥不仅在参军前熟读世界历史,潜心钻研历史中最难解的谜团,而且在参军后还亲身经历着人类历史上最让他困惑的事件。美军、苏军混在一起,发誓将永远作为朋友,永远互不相忘,共同创造一个美好的和平世界。邵莱姆当时就置身于这样一群人当中。

战后,邵莱姆表哥投身组织工作,奔波于各国政府之间,参与联合国各类行动,召集各种国际会议。曾随美国代表团访问苏联,在克里姆林宫,亲手将他横渡易北河时揣在身上的地图交给赫鲁晓夫,那是美国人民赠予苏联人民的一件礼物,一件和平相处、世代友好的定金。

虽然他认为他投入多年心血的著作是二十世纪对纯粹哲学最有价值的贡献,可还是不得不停了下来。

随后的二十多年,邵莱姆表哥在芝加哥做了一名出租车司机,现已退休,住在北区,靠出租车公司发的养老金生活。但他生活并不安宁,刚刚在退伍军人医院做了癌症手术,医生说他活不了多久。就因为这个,他才不断向我写信,累积了这么多,里面还夹有《星条旗永不落》隔页,有托尔高苏美军人拥抱时的照片,有官方文件影印件,有关于政治和个人生活的遗嘱,等等。我再三端详他那张近照,细长的眼睛眯成两道缝,脸上透露出强大的情感力量。他深信他的死也将是件大事。我有时候也想起死亡,对我的死,人类将不会有一丝关注,我的死也不会对这世界产生一丝影响。邵莱姆表哥不同。在他情感深处,他坚信自己已成就了一番事业,他的影响将作为人类的荣耀和尊严而延及后世。我翻到了他的遗嘱。有很多具体要求,有些甚至说到仪式。他想死后葬在易北河畔的托尔高,墓址选在战胜纳粹纪念馆附近。他要求葬礼开始时,得有人朗诵加奈特翻译的《卡拉马佐夫兄弟》最后一章;葬礼结束时得播放贝多芬第七交响乐的第二乐章,还必须是肖尔第指挥维也纳爱乐乐团的那个录音。墓碑上刻什么字,他也写得一清二楚。这段话明确记述他留给人类的永不磨灭的知识财富和他在重大历史关头所许下的诺言。最后以《约翰福音》第十二章二十四节作结语:"我实实在在地告诉你们:一粒麦子不落在地里死了,仍旧是一粒;若是死了,就结出许多子粒来。"

遗嘱还附有一封信,是陆军部人事局办公室来的。信上说,斯塔维斯先生必须查阅德意志民主共和国(东德)的官方政策,得提前了解这国家对于在他们领土上埋葬外国人遗体有何规定。可以去东德住华盛顿领事馆咨询。至于费用,很遗憾,美国政府财政紧张,不能承担邵莱姆遗体的运输,更不能支付邵莱姆家属的旅费,但可以向退伍军人管理局申请一笔公墓占地费用。信写得很得体,言语间流露出同情。当然,签发这封信的长官不可能知道邵莱姆·斯塔维斯是多么了不起的一个人物。

还有一封信,是关于第二年(即一九八四年九月)在巴黎召开纪念马恩河战役七十周年聚会的通知。会议将专设一项内容,表彰当年为保卫城市运送士兵奔赴前线的出租车司机。会议邀请世界各国出租车司机代表,连东南亚国家的人力车车夫也没放过。壮观的游行队伍将从拿破仑陵墓出发,沿一九一四年的行军路线前行。伤残军人协会展览着不多几辆那时候留下来的出租车,都是珍贵的文物了。邵莱姆将要对着它们行军礼。他是这次活动的发起人之一,过几天就要去巴黎商谈筹备事宜。回来的路上经过纽约,得去见见安全委员会的五位常务委员,要求他们对托尔高那次具有历史意义的日子做点什么,然后跟他们一一告别。早晨九点会见法国驻联合国代表,十一点会见苏联代表,十二点半会见中国代表,下午两点会见英国代表,三点半会见美国代表,五点接受联合国秘书长的接见。之后回到芝加哥,开始他的"新生活",就是《约翰福音》第十二章二十四节所承诺的那种生活。

他以人类的名义,再次强调为本世纪人性尊严着想,希望能够获得经费上的赞助。

还有几个不算太重要的文件,是呼吁销毁核武器、敦促超级大国和解的,自然也是打着托尔高精神的旗号。我一页一页翻阅这些信件,头脑发昏,到了凌晨三点,再也坚持不住了。

睡不着觉，我只好煮了一杯浓咖啡。即使躺在床上，脑子也会转个不停。

"失眠"这个词还不能说得清深夜里我这种异常的清醒和激动。白天，一生中所形成的吹毛求疵的习性让我无法静下心来去思考、去发现。现在，夜色分分秒秒折磨我的神经，撕裂我的血管，我"躺在永无休止的狂喜之中"，① 反而感到欣喜若狂。要达到这种境界，要忍受这种痛苦，你得有一颗坚强的心。

我蜷身在这间叙利亚风格的屋子里（我并没有有意营造这种东方气氛。它是从哪儿来的），一边喝着咖啡，一边思考如何出手，帮他一把。窗外的环城大道在月光下明亮平滑，空空如也。为什么非要让我出面？我完全可以把这种事情推给慈善部门。邵莱姆表哥只要到慈善机关跑上几趟，我就算尽力了，便可以心安理得。可是，对待别人的这种逃避方式，决不能用在邵莱姆表哥身上。邵莱姆表哥的父母都是犹太移民（父亲早年在富尔顿市场上做鸡蛋生意），他自己却立志要在自然和历史当中寻求自由，立志将笼罩在人类头顶的死亡阴影彻底消除，他知道，死亡的恐惧多么可怕地扭曲着人类的性格，所以他自己须战胜死亡。邵莱姆表哥还是一位爱国主义者（这情感现在已经少见），一位世界公民，他想证明这世界是美好的，想为这世界做一番贡献，想祝愿人类永远生活在幸福当中。邵莱姆为此所做的一切，符合散居犹太人最根本的道德规范。可现在的芝加哥，不管公共场所还是私人领地，都充斥着欺骗、纵火、谋杀，到处是职业杀手、毒品贩子，道德法则比蒜皮还弱，比手纸还薄。在这样的环境里，正气微不足道，像空中的惰性气体，稀缺而无力。想想吧，哪里的出租车司机会有他那样伟大的脑袋？就这样一位思想者，却天天为魔鬼的子孙充当车夫。混迹于史无前例的堕落和腐朽之中，他的思想却也史无前例的清纯，不染一丝尘埃。可上天不公，他

---

① 莎士比亚《麦克白》第三幕中的台词。

的努力却为他带来如此顽疾！我一直想，开着出租车，每日穿行在喧闹的车流里十个钟头，这样的压力足以让最健康的人得上癌症。你被迫一动不动地坐着，情绪越来越坏，还有源源不断来自机体、来自机械的愤怒，哪一样不会引发你体内的癌症？

我能为邵莱姆做些什么？三十年没见过面，我总不至于突然去敲他家的门吧？我也拿不出这么多钱为他赞助。光印传单就得花一大笔。他需要的不是一个小数字，他或许会觉得他的表弟艾嘉能变个戏法，从大环荒凉的空气中抓到几百万钞票。艾嘉不是跟着一帮金融界的精英们共事吗？可惜，艾嘉表弟没那个本事。他不会运筹帷幄，不会大把大把地从各种"学术"项目或机灵的改革措施中捞钱，他也不是能够拿到各种财政拨款的政客，没有上百万的资金供他随意挥霍。

我或许能去他家，坐在他那幢六层排房的客厅里，跟他探讨他毕生的著作？还是免了吧，我没那个胆量。我已不再具备跟他讨论的语言，大学里学到的那点生物学知识不可能派上用场，我对斯宾格勒的兴趣也一如波希米亚公墓，死寂沉沉。想当年，两个意气风发的少年就是在这公墓里大谈特谈斯宾格勒等重大问题，周围墓碑高大、残花遍地，一片凝重的气氛。

跟莫迪舅舅聊天，也不再具备互通的语言，我无法向他敞开心扉，无法对他讲述我心中所思。邵莱姆表哥也不指望能从莫迪舅舅身上得到我能给与的支持，要明白他的哲学思想，那得花上多年的苦学！可我们都没有时间去学习了。我现在唯一能做的，便是到处求情，集一笔款子，好把他葬在民主德国的土地上。民主德国政府急需硬通货，跟他们商量商量，这事儿应该不难办到。一大早我洗脸刮胡子的时候，突然想到还有一位亲戚，住在伊利诺伊的埃尔金，不算近亲，但我们私人关系向来不错。或许他能助一臂之力。世道如此，感情需要经营。换句话说，感情存起来才能保鲜，人们常常看不清投入感情的目的，但是感情就像水栽法培植的生物，虽说代价高昂，却能长久地生长。几十年不见面的人，似乎还能在心里惦记着对方，这种分离更像是一种永恒的联系。说某某"不拥有同代人"，似乎是在说他所有的联系，所有他很看重的联系，都被时间锁了起来，见不着面的人似乎也能感觉到他们依然在你的心里。就像演奏一曲音乐，整个乐队响了起来，某个乐器尽管不为人察觉，却依然缓缓地奏出它沉迷于自我的悠长乐音。人与人的关系大概就是这种情形。

我说的这位亲戚，还住在埃尔金。门迪·艾克斯汀，做过自由新闻人，也干过广告，现在半退休状态。跟邵莱姆·斯塔维斯属于完全不同的两个世界。当年跟我一起游泳，一起看拳击，一起听爵士乐，典型的当代美国人，并为此感到自豪。门迪出生在俄亥俄州马斯金格姆，父亲经营一家男卫生间用品商店，他自己在芝加哥上的高中，性格活跃，一口的俚语，喜欢结交垒球运动员、杂耍演员、小号手、爵士乐手、赌棍、骗子、市政府里的混混，尤其对那种长着乡巴佬模样却机灵透顶的人情有独钟，就是《销魂花月夜》①男主角那号人。一头鬈发梳得高高的，突出的颧骨本来很帅气，可让密密麻麻的粉刺给毁了，粉刺脱落后留下了大块的白癜，跟毁了容没多大区别。甩头的动作很潇洒，似乎在告诉你接下来他要干出一番大事来。当年在威斯康星大学的拉斯凯勒活动中心打台球时，把半截香烟搁在台球桌的边沿，再将脑袋这么潇洒地一甩，随手拿起球杆，研究击球的方向。我说过，我跟着泽克学过唱歌，这个门迪也曾教我唱会了好几首。他常哼唧一些土里土气的爵士乐调子，像《看他那个傻样儿》，尤其是这句：

啊，只要他把那支破烂的短号吹起，
母鸡便停止下蛋，奶牛也断了奶水。

---

① 1952年派拉蒙出品的电影。

活脱脱一个美国青年,模样像,想法也像,好似一件艺术品,让我们大家佩服不已,另眼相看。在他面前,他曾效法的美国榜样也相形见绌。三十年代后期,我俩一起去看拳击赛,一起去丽萨俱乐部听爵士乐。

邵莱姆需要一笔钱,看样子只能求助于门迪表哥了。好多年前,他那一门的某个人没有子嗣,死前留下一笔款子,设立了一项基金。据我所知,这项基金明文规定要用于家族内部,为穷亲戚的子女上学做学费的,当然有个前提,就是这些孩子必须有天赋。也可以用于这些孩子更高层次的文化活动。具体用途我还是不太明了,但我想门迪肯定什么都知道,所以拨了一个电话找到了他。他说,他第二天正好要进城一趟,很高兴跟我谈谈这事儿:"多年不见了呀,老弟!"

这项基金的设立者是艾克斯汀家的人,名叫阿凯迪乌斯,大家都喊他阿迪。他家的人谁也没有指望他能成大器。他一辈子没系过鞋带,倒不是因为他长得太壮实弯不下腰(其实就是略胖而已),而是因为他向这世界宣布过他是一个讨厌拘束的逍遥派。好在快死的时候意外得到了一大笔财富。十月革命前夕,他带着一本供俄国小学生读的《普希金传》来到美国,还常常为我们朗诵普希金的诗,对我们来说,就像天书一般。现代生活对他没有一点儿影响。阿迪的圆脑袋从上面看纯粹一个男孩子的模样,长着棕色的头发,梳得天真烂漫。后来,眼皮有些耷拉,脸颊上的肉也显得松弛。眼珠子是猕猴桃一样的绿色。一九一七年在铁丝网制造车间里丢了一个指头,或许是为了逃避征兵故意把自己弄残的。我记得见过一张袖珍型画像,是阿迪和他守寡的母亲的合影,七十多年前照的。照片里,他的大拇指藏在上衣的翻领底下,他的母亲丹妮娅身材矮小肥胖,有东方人的特征。虽然姿势看上去很拘谨,可她脸上却露着笑容。笑什么?她的腿太胖太短,坐在椅子上,脚够不着地面,这不能怪她。要怪就得怪这个可笑的物质世界,难道这世界就不能改变它自己的尺寸来迎合丹妮娅大婶的身体需求吗?丹妮娅后来再嫁,丈夫是位腰缠万贯的回收旧货商人，长得普普通通，思想保守，但在教会里有一定的来头，算个名人。丹妮娅爱看电影，崇拜克拉克·盖博，只要《乱世佳人》上演，她一次不会错过。"哦哦，克拉克·盖博，我爱死你啦！"

丈夫先死，她自己五年后过世，活了八十五六岁。那时，阿迪在推销脱水苹果酱。他正在一家百货商店里展示自己的产品，母亲的死讯传了过来。他和妻子两人（没有生育）立刻宣布退休，他说他要继续研究哲学。早年，鬼知道多少年前，他在安·阿伯大学读书时学的就是哲学，可毕业后多少年来，经营生意，管理钱财，忙得他再也没有翻过书本。他常问我："艾嘉，你对药汉·杜威是个撒看法[①]？啊？"

艾克斯汀家的那几个老人死后，留下一大笔遗产，遗嘱里说，这笔钱只能用于本家族子女的教育和高等研究。门迪说，就算一项基金吧。

"花过没有？"

"几乎没有。"

"能不能拿点儿出来，帮一下邵莱姆·斯塔维斯？"

"看情况吧。"他说。言下之意这事儿他可以办妥。

我早列好了邵莱姆所需费用的清单。门迪看了立刻明白其中的主要意思。"只是要出版他的书，就是你说的他终生为之奋斗的著作，恐怕没有那笔钱。而且，我们怎么能确定，他对于达尔文思想的贡献就等同于牛顿对于哥白尼理论的贡献？"

"这不是你我两个人能说得清的。"

"那该问谁呢？"门迪问道。

"我们得花钱找几个专家。我对现在的学术界不抱太大的希望。"

"你是说咱们这位非专业天才手无寸铁，那帮人会偷走他的成果？"

"一个受灵感启迪的人，常常会让那些平庸之辈手足无措……"

[①] 阿迪发音不准，应是"你对约翰·杜威是个啥看法？"

"且说邵莱姆的确受了灵感的启迪。阿迪老两口早过世了,享受不到他们的遗产。我要是把他们的钱白白浪费在胡说八道上,真有些于心不忍。"门迪说,"邵莱姆如果没有那么高大的形象,我倒或许会相信他的能力的。"

这个世道,如果你不表现得谦卑寻常,如果你不显得跟普通人一样,谁也不会相信你。列奥波德·布鲁姆①正因为使用室外厕所,正因为他起身时也有臭味儿,正因为他老婆长着一对耷拉的山羊奶子,才显得了不起。现代人看重人性当中最普遍的特征,所以最低贱、最琐屑的事情便被看作衡量人的标准。

"况且,"门迪说,"那里面的基督教内容又该如何解释?他一个犹太人,为什么要援引福音书里最具有反犹特征的句子?我们经历了这么多的事情,他怎么能这样做呢!"

"依我看,他是伊曼努埃尔·康德的传人,不大可能接受纯粹的犹太世界观。他也是一个美国人,有权在知识领域占据自己的一席之地。"

"就算你说得对,"门迪接着问道,"他为什么非要把自己埋在铁幕背后?他难道不知道俄国人跟德国人一样,也是仇视犹太人的吗?他以为自己死了躺在那儿,就可以像海绵一样把那种仇视吸得干干净净?他能治好那些人的病?也许他以为他真有那个本事。只有他才会这样想的。"

门迪一个劲儿地暗示邵莱姆只是一个自大狂。像"自大狂"这类心理学术语现在到处泛滥,诱惑着大家把它们挂在嘴边,这本身就是很可怕的一件事。这种词汇应该被铲上卡车,拉得远远地,丢到垃圾堆里才是。

看看门迪自己的成长史,也是很有趣的。他很聪明。只是如果你听到他大言不惭地把自己看作胡佛时代或者罗斯福时代的中产阶级美

---

① 乔伊斯小说《尤利西斯》中的主人公。

利坚公民,你就会对这个说法大打折扣。他以基督教新教徒为自己的榜样,①追求一些新奇古怪的玩意儿,甚至甘愿接受痛苦,如夫妻分居,如性自虐。他会像美国人一样,在大环把自己灌得酩酊大醉,坐在回家的火车上也不省人事。他还像美国人一样,买了一条英国牛头犬养在家里,差点没把老婆气疯。他跟岳母之间的关系也完全处成了美国式的互相厌恶,真是不可思议。门迪在家时,岳母蹲在地下室不出来。门迪睡着了,她才上到厨房来为自己冲杯可可粉。门迪常对我讲:"我搞不清,我这个丈母娘只吃甜面包,只喝可可粉,竟然能把自己养得红光满面,精力充沛!我真该送她到营养师那里让做做检查,看看她是咋做到的。"(我猜,她擅长表演,才会保持得这么好。)门迪跟自己的小儿子是一对联手。一起去钓鱼,一起参观内战战场。他从小到大生活在中西部,就像威·克·菲尔兹②脚本里的角色。可是在那顶软呢帽的帽檐底下,依然闪烁着一双犹太人的眼睛,过了六十,他脸上的犹太特征越发明显。我前面说过,他的那帮美国榜样已经绝迹,《旧约》中的先祖们甚至比《看他那傻样儿》里的美国人更现代。门迪不愿意回归他先祖的宗教,一丝一毫也不。生活在埃尔金,几乎没事儿可做,也没有几个人能听懂他的话,这境况跟俱乐部更衣室里的莫迪舅舅不相上下。

正因为这样,看到我对亲戚们如此关心,他不觉得有什么意外。我俩一席话竟也勾起了他自己对亲戚们的关注。如果我没有看错他那张松弛得变了形的脸上的表情,我敢说他真心希望我也关注关注他。他也想亲近。

"艾嘉,你对邵莱姆感情这么深,不会是因为你俩小时候常一起散步的缘故吧?你读了他那本了不起的书,肯定有你自己的看法。我相信,兰德公司不会雇个傻瓜的。关于那个超级智囊公司,我倒很想你改

---

① 20世纪美国有一种基督教新教和犹太教折中的趋势,鼓吹者多半为美国犹太人。
② 威·克·菲尔兹(1880—1946),美国喜剧演员兼作家。

天给我讲讲。"

"感情深？我倒觉得同情更准确。"

从道德层面上说，这是彻头彻尾的无知，百分之百的混乱。

门迪说："你想跟他对话，可他会高高在上地教训你，对吧？你不明白他的配子和合子，所以只能洗耳恭听⋯⋯"

门迪言下之意，无非是想说，他和我，我俩之间能够互相理解，因为我俩是同类。我俩虽为犹太人，但都是在美国的街边长大的，算不上外国人，我们对于美国生活方式都倾注了同样的热情、同样的活力、同样的爱，最终都同样变成了美国生活的一部分。奇怪的是，我们在这个令人敬仰的民主国度自我完善的过程中，美国生活方式却慢慢地被遗忘。我们理解中的民主已经一去不返，新型的民主，连同它新型的意义，让人痛苦，让人绝望。当一个美利坚子民只是一个抽象的概念，让人捉摸不透。初到之时，你只是一个移民，他们给你建议，合情合理，你毫不犹豫地接受下来。你被"找到"。现在，新的民主有了新的含义，你又"迷失"。你不能理解他们为何会要求你放弃个人的判断。尤妮思给医学院写的那封信很能说明问题。用了"诚实"一词，你便可以问心无愧地骗人。受训于这种新型的民主，你不必分清是非，不必明辨善恶，只要你努力去接受这种训练，善恶之分便不再让你操心。学业有限，但不要紧，只要你学，只要你学会了，你便永远清白。你可以对自己说："负罪感该一去不返了，人类应该享受无忧无虑的快乐，而不应承受负罪感的压力。"学会了这一课，掌握了这一门价值无上的技巧，你便可以父女乱伦，而不会像古人那样望之生畏。这一课学起来也许费力，但学会了就会让你受益匪浅。你还有另一面，苦思冥想。我们之所以能生存下来，极有可能源于我们苦思冥想的机能，即我们凭借理性所做出的所有决策。注意听我说，我没有偏离主题。邵莱姆表哥—高贵君子，生活在苦思冥想的"老式"丛林里。他堪称世间尤物，只是往往身处云雾之境。门迪表哥对此表示否认。门迪表哥想让我明白，他和我才是这个奇异的犹太美国社会最成熟的代表（这个社会要被历史淘汰了）。他和我本为同类，任何迂腐的天才都无法理解这一点。

"门迪，我想帮他一把。"

"我不敢说，阿迪表叔留下来的这笔钱，能不能拿来把他埋到东德。"

"没任何问题。如果你掏钱出了他的著作，有了读者……找个生物学家审一下，也得有位哲学家、历史学家。"

"也许吧。我得先跟主事儿的商量商量，再给你回话。"门迪说。

我猜，他本人就是主事儿的。

"我得出国一次，"我说，"极有可能会在巴黎见到卲莱姆。他在遗嘱里提到，要去巴黎筹备纪念马恩河战役的出租车司机大会。"

我把罗丹森女士的电话号码留给了门迪。

"一定是乘坐协和飞机，我猜。"门迪说。一点儿没有嫉妒的意思。如果能跟他一起走，我会很高兴的。

我在华盛顿停了一站，专门去见国际货币基金组织的官员，讨论商业银行重新给巴西贷款的事宜。抽空去了国会图书馆，想找一找有关波格拉斯和乔克尔森的资料，又去了民主德国领事馆，问了问我这些天正在操心的那个问题。还给国家公共广播公司的前妻打了电话，伊萨贝尔现在已经成了这家电台最常听到的声音。嫁了三次，离了三次，现在她又启用自己的娘家姓氏。广播里，一段带有标志性的音乐过后，就会听到："现在请听我台记者伊萨贝尔·格林斯班从华盛顿的报导。"我想请她吃晚饭，她拒绝了。是不是因为我没有提前在芝加哥打电话预约，我拿不准。她建议去海亚当斯饭店喝杯酒。

见了面，伊萨贝尔三番五次地暗示说，人类是一群思想极不稳定的禽兽。具体说来，人类不仅浑身的缺陷、疾病，发育不完善（伊萨贝尔没缺陷也没病），而且永远达不到心理上的平衡，天生好挑剔，易烦躁，过敏，觉得这也不好那也不好，总是在渴望从劳顿中解脱出来，达不到这目的便大发脾气。像伊萨贝尔这样的女人，决意要给人一种已臻完美平衡的印象，总是在思考折磨着人类的不稳定状态。她认为她自己想摆脱的正是我身上所有的缺陷，觉得我们之间的隔阂越大，她的进步就越大。智商高，入了门萨协会。做节目时，声音迷人。对待我，总是一副冷冷的态度，似乎觉得选了我是她自己缺乏"透视力"，昏了头。天天出现在广播里，成了全国的公众人物，为上百万的听众排忧解难，开启智慧，的确做到了"一心一意"、"全力以赴"，但私下里，她总为自己"开启智慧"的工作抑郁寡欢。

她跟我聊起了芝加哥。在她心目中，芝加哥就是我，我就是芝加哥。"市议会的参议员都是一帮白人，市长是个黑人，一帮白人绑架了一个黑人，把这城市的所有钱财都装进了自己的腰包。你什么都看见了，看得一清二楚，可你装作什么都不知道，只鬼迷心窍地做你自己的梦。"这天下午，黑妞有些不同寻常。喝酒的时候，她脸上画得像黎明，黝黑的面孔像即将消失的夜色。跟黎明相比，她香气四溢，除此之外，她简直就是黎明，光彩照人。不可否认，她是一个极具魅力的女人。身着深茶色丝裙，上面印有深红色图案。以前我俩见面时，她很少会打扮得这么精细。

说我"什么都看见了，看得一清二楚"，显然有些夸张，我不敢装作我有如此眼力。但她说我"鬼迷心窍地"做我自己的梦，意思再也明显不过。有两层意思，彼此有关。第一，我特殊的爱好，第二，我对维尔吉·丹顿（原姓米雷塔斯）的痴迷。丹顿就是我说过的那位八指竖琴手。虽然先天有这缺陷，她却掌握了所有的竖琴曲目，演奏事业如日中天，当然她不得不放弃那些实在难以用八根指头演奏的曲子。说真的，我对维尔吉的迷恋怎么也丢不掉，那黑黑的眼睛、圆圆的脸蛋、白皙的皮肤、突出的额头，无不流露出十足的女人气息，无不在对着我说，她是人性的体现、善良的承诺。就连那残缺的小鼻头（车祸致残的，她拒绝了整容手术）也含情脉脉，让我望而难舍。说真的，要说"女性美"在哪儿体现得最完美，我看只有维尔吉的身体了。她的演奏会，我差不多一场不漏。我常在她家附近散步，希望能偶然见她一面，也幻想着能在商店里与她不期而遇。不期而遇的确有过，三十年中出现过五次，每次我都记得清清楚楚，一个细节也不曾放过。她那酒鬼丈夫借给我一本书，盖布雷斯①的《印度纪行》，我竟然也逐字逐句读了一遍。这只能用情感贯注、爱屋及乌来做解释了。黑妞说"你还是继续做你自己的梦吧"，她指的就是维尔吉·米雷塔斯，大拇指没有长出来却拥有电光一样吸引力的维纳斯！对米雷塔斯-丹顿夫人的单相思让我充满无限的快感，就像阿里斯托芬爱情神话中被神分开的男女渴望重逢时的幸福。我不敢招惹苏格拉底描写的爱神，那会让我无法自控。我，一个受神启智的哲学系学生，天天往返于范布伦大街到六十三街的高架列车上，穿梭于吸食大麻的人群中间，心里就这样翻江倒海地思念着她。纯粹一场假得不能再假的爱之梦！黑妞嘲弄我完全是有理由的。

　　坐在海亚当斯饭店的餐厅里，我俩喝着杜松子酒，黑妞语出惊人，她平时可没有这番功夫。她说："说你鬼迷心窍只顾做梦不太恰当。准确地讲，你情感丰富，满腔热情，可只是憋在你的'胸腔'里而已。你那股疯狂劲儿也只有你这种人才有。正因为你有这满满一腔的情怀，你才能藐视让如此众多的人痛苦难当的醒醐现实。艾嘉，怎么说你呢？情感囤积者，对不对？你就靠你囤积起来的那一腔热情活着。如果少了这股热情，如果你突然沮丧起来，你也就一命呜呼了。"

　　真是一语中的！太有道理了。她能说得如此精辟，我不得不佩服。但是，我没有当场回话，我觉得还是应该等着闲下来后反复咀嚼才是。所以我压下了这话题，开始跟她谈起了邵莱姆表哥。我把他的情况细细说了一遍。如果国家公共广播公司能采访他，引起公众对他的关注，

---

① 美国驻印度大使。

（他理应得到关注，战斗英雄、哲学家、出租车司机集为一身）他肯定会激起人们的兴趣，或者调动起公众猎奇的慷慨之情。黑妞一口拒绝。她说卵莱姆会受伤害的。如果他宣称自己是康德和达尔文的传人，听众就会讥讽道，这傻子是谁？黑妞承认纪念马恩河战役的出租车司机集会的确有益于人类，但那将是一年以后的事儿，一九八四年，还是太遥远了。她还指出她的节目不能带有募捐性质。"你肯定这人马上会死？你只听到他一面之词。"

"你问这问题！太没心肝了。"我说。

"可能是吧。你向来对你的那些八竿子打不着的亲戚心慈手软。你自己的家人你不在乎，却对这些人，表哥呀，堂弟呀，念念不忘。我过去常想，如果有人对你说，太平间里躺着你的一位亲戚，你也会一个格子一个格子拉出来认亲的。你自己想想吧，你这些亲戚，哪一个曾主动找过你？"

我笑了。黑妞总是那么幽默。

她接着说："现在，最亲的家人都四分五裂，各走各的路，你那些远得不着边际的亲戚还让你激动不已。有意思吗？"

我只能跟她抬杠了。我说："一战前，整个欧洲不是就靠着一群亲戚统治着吗？"

"是吗？好处大大的，是不是？"

"有人认为那是人类历史的黄金时代，还有人说那是古老的'甜蜜生活'的最后一轮。还有呢。"

我嘴上这样说，心里并不这样想。一千年的虚无主义于一九一四年达到高潮，可没有终止，凡尔登、坦能堡的惨状只是一个开端，更可怕的毁灭于一九三九年接踵而至。这种"悬而不决"无孔不入，按黑格尔的说法，历史的针脚再次开线，传统的联系再次分崩离析，多少世纪的约束转眼便杳无踪影。不够坚强的人会感觉到头晕目眩，你若能熬过这一劫，便会获得自由。混沌虽惨不忍睹，但你只要能活着度过，便会给你带来无尽的机会。你很难想象得到,我一个人蜷身在墓穴一样昏暗的家里(尤妮思看了觉得不可思议,她问过:"怎么会有这么多东方地毯、落地灯、成堆的书?"),沉浸在世界崩溃所带来的自由当中兴奋不已。的确,我屋子里到处都是书,但真正有用的只有半个书架。知识越多人就越善良?未必。我常读的一位作家醉心于激情,他引导着你去思考爱与恨。他不承认有无缘无故的恨,相反,他说恨,莫不简单明了。让恨随意滋生,它就会蚕食你的内心,消耗你的人性,也会敦促你做更深层次的思考。恨,不会蒙蔽你的双眼,只会让你看得更清。它会让你敞开胸怀,让你放眼世界,再让你集中思考你自身的存在,如此,你便有能力把握自身。爱,也非无缘无故,它也会让你心明眼亮。真爱不会让你误入歧途,真爱是一种原始动力,与恨并无二致。但是,爱,太稀有。恨,则货源不断,应有尽有。你半生死守,等待那种稀有的激情,只会置你于穷途末路。所以,若想保持头脑清醒,还不想冒太大风险,只有依赖恨,倾你全副身心去拥抱这源源不断的激情。

我不想跟黑妞探讨这个话题,尽管要讨论起来,她也会妙语连珠。她还是不停地唠叨我对亲戚们过分关心。她说:"你要是能拿出你对待那帮傻瓜亲戚和其他人的一半心思来对待我,我俩也不至于离婚。"

"其他人",当然是指维尔吉。

黑妞是不是有意破镜重圆?她今天脸上画得像黎明一样光彩夺目,衣服穿得像即将消失的夜色一样美丽,会不会是这个意思?我有些受宠若惊,飘飘然了。

一大早,我就赶到杜勒斯机场,乘坐一架协和出发了。国际货币基金组织在等待巴西议会做出最后的决定,我在记录簿上匆匆写下几处要点,便心猿意马想其他事儿了。我想,黑妞是不是在暗示我,催促我主动提出复婚。我很欣赏她说我"囤积热情",她的意思再明显不过,她想说我在这些亲戚身上,在维尔吉身上,培养出一种较为简单的情感,我缺乏现代人真正的严谨。她或许是想说,我像一个无能的艺术家,只需到画廊走走,只需去博物馆瞅一眼别人创作的那些美,便可以让我心满意足了。我喜欢跟那些八竿子打不着的亲戚来往,就像只满足于博物馆里的彩绘古董,而在真正汹涌澎湃的激情面前退避三舍,面对可能毁灭一切的爱情之火畏缩不前。

说起婚姻……单身生活的确枯燥,但是结婚后又不可避免会遇到许多烦心之事。我去华盛顿能做什么?黑妞来芝加哥又能做什么?不会的,她才不愿意搬家呢。难道天天坐着飞机在两地之间奔波?话说白了,黑妞已成为一名公众舆论制造者,公众舆论便是权力,她已跻身权力阶层,可对这种权力我一点儿兴趣都没有。各种党派,各种群体,莫不是一伙又一伙的蠢材,跟她的保守派对手相比,她这一伙略好一些,但还是蠢材。各行各业都有蠢材,她这一行蠢材济济,人数之多,影响之大,真让我难过。

我到了巴黎,住进了蒙塔伦贝尔饭店。本来还有一家很喜欢的,可前次竟然在行李中发现几只黑黑的蟑螂,随我横越大西洋,定居到芝加哥,极有可能已在新世界的大都会里繁衍子孙了。

我仔细检查了一番蒙塔伦贝尔饭店的客房,然后沿着巴克大街步行到塞纳河畔。旧世界都城的宏伟气势对一个美国人还能产生如此吸引力,真是奇迹。我感觉巴黎的太阳也比美国的有气势,就像墨西哥阿兹特克人的日历石,照在圣路易礼拜堂上,照在裁判所监狱上,照在新桥上,照在所有中世纪遗留至今的古迹上。

吃完晚饭,回到饭店,发现罗丹森小姐从芝加哥打来的电话留言:"艾克斯汀基金会已为斯塔维斯先生拨款一万元。"

门迪表哥真是好样儿的!我有好消息送给邵莱姆表哥了。几十年没见过面,如果他还活着,能如期来到巴黎,明天我就可以在伤残军人协会纪念馆见到他了。到时,我给与他的就不仅仅是同情。门迪拿出这笔款子,是想知道,邵莱姆基于现代科学的纯粹哲学会不会如他所言,成为继康德《纯粹理性批判》之后的一大进步。我立刻着手想办法说服门迪，要让他深信邵莱姆的能力。我可以选择邵莱姆的读者群，我可以在他们身上花点小钱——不必花大价钱，这帮学术界的白痴不值大价钱的（你看得出来，我对这些人已经深恶痛绝了。美国在堕落，他们竟然没有任何阻止的策略；事实上，他们不仅没有阻止，还加速了美国堕落的步伐。）。只需请来五位专家，每人付两百块，这钱我自己掏。门迪赞助的一万大洋全部花在邵莱姆身上。我得动用我在华盛顿的关系，打通东德领事馆，便可以弄到一张把邵莱姆葬在他们国家领土上的准许证，这需花上两千到三千块，包括贿赂费。剩下的钱足以支付遗体运输费和葬礼上的各种花销。如果按照邵莱姆天眼所见，把他葬在托尔高，就可以让这世界业已膨胀的疯狂缩小到屎壳郎的粪球大小，那何乐而不为呢？如果把他埋在芝加哥的瓦德海姆公墓，哈莱姆大街上来来往往的大卡车整天轰轰隆隆，你就休想会有这等效果了。

为了倒时差，我睡得很晚。独自玩单人扑克，扑克牌上的字很大，无需戴眼镜。玩过一阵后，我的思绪宁静了不少，竟然能够不受激情的困扰而安然入睡。静下来，感觉思想也平衡了许多，我终于可以明白我的处境了。手里捏着扑克牌，脑子思前想后，我开始理解黑妞为什么抱怨说我毁了俩人的婚姻。她说我不愿意把婚姻看成激情的释放才导致婚姻破裂，还真有些道理。说到我对亲戚们的感情，她拐弯抹角地指出，这都是我作为一个犹太人骨子里剔除不掉的怪毛病。黑妞自己也长着一个犹太人的鼻子，很漂亮，可能犹太味儿比我还夸张。她还把自己的美腿有意露出来让我看，她知道我一直很喜欢她的腿，当年在卧室踢来踢去，我给起了个外号叫"跳绳腿"。她还有匀称的胸部、光滑的脖颈、翘翘的屁股。是经历三次婚姻后，反过头来还是觉得我是她唯一的、真正的丈夫？还是因为那位（埃及）亚历山大城的情敌而豁出去报复一番？维尔吉很无辜，却成了她一辈子痛恨的对象，这种恨让你头脑清晰，不再对爱存有幻想。海德格尔应该在这一点上持同样的观点。事实上,他的理论的确传染给了我。我开始痴迷于两种激情,这两种激情都会让你头脑清醒。爱,没有多少;恨,无所不在。会不会是因为在这世间物质的内部,恨为固有的成分,已侵入人的骨髓?我们血管当中流淌的或许就是恨。我在西伯利亚科利亚克和楚科奇冰冷的部落里,发现了极地道德冷漠的现实图像——亚寒带的荒漠上,冰霜如火,真是建立劳改营的理想之地。这么说来,我对维尔吉·米雷塔斯的幻想可以看作是一颗脆弱的灵魂逃避无所不在的冷漠的一点儿尝试。

对了,我可以告诉黑妞,她的敌人并非实体,而是一种长年累月积聚起来的单相思,一段未曾实现的爱,这样的敌人她是无法击败的。你不曾占有的女人,她的力量却能战胜一切。

然而,我承认真正的挑战来自捕获和驯服邪恶。做不到这点,你永远"悬而不决",面对新的精神,你永远处在"悬而不决"的魔掌之中……

想到这里,我昏昏入睡了。

早晨起来吃饭时,我发现碟子上有封特快信,罗丹森小姐写来的。我一点儿拆封的情绪都没有。肯定是关于事务性约见一类的琐事,我不想知道。我出发去伤残军人协会,如果邵莱姆到了巴黎,肯定会在那儿见到的。我在《世界报》上看到,将有来自五十个国家的二百名代表出席世界出租车司机大会的筹备会,十一点开幕。我把罗丹森小姐的信连同我的钱包、护照一起揣在衣兜里。

出租车拉着我来到圆顶楼下,下了车便急匆匆地走了进去。这是一幢富丽堂皇的宗教建筑,有十七世纪的布吕昂①,也有十八世纪的芒萨尔②。我时不时地被它的壮观所吸引,激动异常,甚至神情恍惚,透过屋顶的缝隙,大圆顶就像一只鸡蛋杯。腋下汗流不止,脱水让我口干舌燥。我去问询台说了一声马恩河战役和出租车司机,便被指向一个角

---

① ② 两位法国建筑师。

落。参会的司机们还没到,我随意走了走,爬上二层,往下可以看到圣哲罗姆礼拜堂的地室。哇!真是又壮观又漂亮!那拱顶!那廊柱!那雕像!那祥云飘飘、骏马奔腾的壁画!那大理石镶嵌而成的精美地板!我真有心趴下去亲吻一番。拿破仑在圣海伦娜仰天长叹:"愿我的骨灰能安葬在塞纳河畔,我祖国的中央,安葬在我挚爱的法兰西人民之间。[①]"他如愿以偿,现在就躺在三十五吨重的茜红磨光板岩下,岩石宏伟壮丽,散发着罗马昔日的荣光。

下楼时,我掏出罗丹森小姐的信。信封里竟然是尤妮思的亲笔信。我读着,脑袋里昏昏沉沉,有如烈酒下肚。信里转达坦克的第三个愿望:劳驾你再写信给艾勒法官,请求他安排将他的最后几个月监禁改迁到拉斯维加斯的过渡教习所。尤妮思说,过渡教习所里没有那么严格的监控。早晨签字出门,晚上签到回营,一整天都可以在外面,想干什么就干什么。尤妮思还写道:"我觉得监狱对我弟弟来说真是一个改过自新的良好场所。他很聪明,所以几年的监狱生活已让他学会了他应该学会的一切。你再给法官写封信,用你自己的措辞。"

好哇!用我自己的措辞。大鱼在这美轮美奂的楼梯上已经步履蹒跚,满眼昏花,耳朵里充溢着大海的咆哮。有个声音在心底喊道:"得寸进尺!"他真想张开血盆大口,将信嚼得粉碎。

我想给回一句:"我不是你们的傻瓜表弟。我是一条大鱼,能为你们许愿、能施展无穷力量的大鱼!"

但我还是让自己冷静了下来。我把尤妮思的信撕成六片、八片、十片,克制着自己,找到一个废纸篓,扔了进去。回到集合地点,我的情绪已稳定了许多,尽管依然不太正常,心里还有些翻来覆去。

一百多个代表团已经聚集到出租车司机角落。看到这乱混混的、操着不同语言的一堆人,感觉"聚集"这词太不恰当了。哪儿的人都有。

[①] 原文为英语、法语混用。

戴着军帽的、穿着军服的、别着军功章的,还有穿蜡染短裤的、穿马裤的、穿苏格兰格子短裙的、穿希腊宽松衬衣的、披印度百褶裨的、戴大檐草帽的、套非洲长袍的、顶锡克盘头的。这阵势让我联想起赫鲁晓夫、卡斯特罗出席过的联合国大会。我还记得看见尼赫鲁穿一身白色长袍,翻领上别着一朵红玫瑰,头上顶着面包师的帽子。赫鲁晓夫脱下鞋子,满脸怒气地敲打桌子的时候,我就在场。

我突然又想起当年芝加哥小学里是如何学地理的。老师发给我们一摞小册子:《我们的日本小表弟》《我们的摩洛哥小表弟》《我们的俄罗斯小表弟》《我们的西班牙小表弟》,等等,我一本一本地读完了这些柔情蜜意的描写,里面有小伊凡、小孔奇塔,我那颗好奇的心向他们所有的人敞开。是啊,我们都这么亲,归根结底是一家人哪(就像坦克"归根结底"是个聪明人)。我们不是意大利鬼、西班牙佬、德国鬼子,我们都是亲戚。这想法真不错,那时我们幼小的心灵充满快乐,向全世界各个角落的亲戚们奉献自己大公无私的爱。二十年代日本地震后,我们把自己口袋里的零花钱全部捐献出来,为重建东京添砖加瓦。珍珠港事件后,我们又全力以赴,把那地方炸成一片瓦砾。可以想象,日本的小学生不会有《我们的美利坚表兄》这类教材的。当然,芝加哥教育委员会从来没有想过要在这方面去调查一番。

出席集会的有两个九十多岁的法国老兵,那是一九一四年战争的幸存者。大家都围着他们两个人,异常激动。我会觉得,这真是一场令人身心愉快的盛会!要不是我自己这阵儿情绪如此糟糕,我真会这样想的。

我四下里找遍了,没有见到邵莱姆。本来打算让罗丹森小姐给他打个电话,她有邵莱姆芝加哥的号码,可又一想,万一打过去,对方会问你是谁?什么事儿?还是别自找没趣了吧。来到这富丽堂皇的古建筑里面,不能说后悔,说实在的,这么好的地方我真是不应该不来。但从心底讲,我来这儿只有一个目的,那就是见见邵莱姆。见面说什么话,我脑子里早酝酿好了。万万没有想到会见不着他，这真让我难过。我走出闹哄哄的人群，围着外围转了一圈。有专人带着一个个代表团进入会场，我灵机一动，守在一个门口。各种花里胡哨的服饰在这喧闹声中又平添了一种混乱。

老实说，不是我发现邵莱姆的，我哪能认出他来！他变化太大了，瘦成了皮包骨头。是他认出了我。一位年轻女郎（后来才知道是他女儿）搀扶着一个老人走了过来，他抬起头，使劲儿盯着我的脸看，突然停在我面前，说："我没瞌睡，所以从不做梦。可是如果这真的不是幻觉的话，我肯定你就是我的表弟艾嘉。"

是啊是啊，是艾嘉！邵莱姆就站在我面前！他已经不是那张傻瓜相机拍的照片上的邵莱姆了，不是那个浓眉下眯缝着双眼的邵莱姆了。他消瘦得很厉害，整个脸都塌了下去，皮肤紧贴着骨头，倒是很像他年轻时候的模样。照片上的邵莱姆像一个先知，口里吞吐着火焰，因为预知这世界的末日而充满狂热，现在站在我面前的不是那个邵莱姆。站在我面前的，是一个一脸纯真的男人，眼睛大得出奇，就像刚出生的婴儿，那神态，那形态，无不让人油然生畏。我突然觉得，我做了什么？我如何在他面前开口？我怎么能说我为你搞到一笔钱款？难道要我对他说，我已经弄到了钱，你可以把自己埋到土里了？

邵莱姆对着他的女儿说："这就是我的表弟！"再转过头来对着我，说："你一直在国外，对不对？收到我的信了没有？我明白了，你不回信是想给我一个惊喜，对不对？我要去发个言，对所有代表致欢迎词，你就和我女儿坐在一起。等会儿我俩再聊。"

"自然……"

我得靠这姑娘传话了。我得告诉她我为邵莱姆申请到了艾克斯汀基金。这消息得让她转达给她的父亲。

我突然觉得浑身乏力。是生存的压力太重，我无法承受？我一直在回忆、在观察、在研究我的这些亲戚，结果却让我自己的本性显露得确切无疑,让我一直保持我本来的面目。我把我自己当作局外人,当作跟他们不一样的人,为这失误,我得付出代价。终于付出了代价,我两腿发软,像要突然倒地一般。那姑娘觉察到我站立不稳,扶了我一把。我真想说:"什么意思?我不需要搀扶。我还有力气呢,我能每天打一场网球。"可我什么也没说,身不由己地伸出胳膊,让她搀扶着,走向过道。

(脱剑鸣 译)

载特兰内传

是的，我认识这人。我们在芝加哥一块儿度过童年。人很好。十四岁那年，我们做了朋友，那时候，他就什么都懂了，而且很乐意给你讲世间万物的来龙去脉。他是这样说的：开初，地球是一团熔化的元素，在太空里光芒四射。后来，热雨从天而降，形成热气腾腾的海洋。地球前半期的历史中，海洋里死寂沉沉，接着便有了生命。换言之，先有天文，再有地理，慢慢地，便有了生物。紧跟着，就是进化。史前史、历史随之而至——史诗、史诗英雄、大时代、大人物；接着便是小时代、小人物；再接着是古典时期，希伯来、罗马、封建、教权、文艺复兴、理性主义、工业革命、科学、民主，等等等等。身处中西部的载特兰早在二十年代就从书本里明白了这一切。他很聪明，那股书呆子劲儿人见人爱。硕大无比的眼镜圈底下长着一双浅蓝色的眼睛，偶尔间会显得有些紧张。嘴唇很厚，大板牙，牙缝很宽，土黄色的头发梳向脑勺，露出宽阔的额头。脸圆圆的，面部肌肉似乎时常绷得很紧。个儿不高，挺敦实，但算不上健康。七岁那年同时得了腹膜炎和肺炎，紧接着又是胸膜炎、肺气肿，还有肺结核。虽然已经痊愈，但小病不断。他的皮肤常常过敏，不敢在阳光下太久。太阳一晒，就会出现成片棕色的皮下淤血，像一道道浅棕色的彩虹。不得已，他看书的时候，也得拉紧窗帘，只开着一盏电灯照明。即便这样，也绝不能说他是个残疾人。阴天外出打网球，打得相当专业。游泳也很像回事，蛙泳的动作优美，一伸胳膊一踢腿，都像深思熟虑过一样。还拉小提琴，读谱能力非常人能比。

周围住的大都是波兰人、乌克兰人，有天主教徒，有东正教徒，也有福音派路德教信徒。犹太人不多。街道坑坑洼洼，两边建筑以平房和三层排房为主，楼梯、门廊都用灰不溜秋的未经细加工的木头做成。街边栽着榆杨臭椿，树下长着马唐草，灌木多为紫丁香，花草大多是向日葵、秋海棠。热起来晒死人，冷的时候寒风刺骨，尤其当你站在街边等电车的时候，更是难耐。家里这几口人，父亲脾气倔强，两个没出嫁的姑姑差不多就是保姆了，看着几个无力走出家门的垂死病人，还常常读一些俄文小说和意第绪文诗歌，一头埋进书里的时候显得颇有文化的样子。全家人都眼巴巴盼着这小子在读书方面出人头地。所以，他还穿着短裤的时候，就俨然一副伊曼努埃尔·康德第二了。他很有音乐天赋，就像腓德烈大帝或者埃斯特哈齐家的人。机智，快赶上伏尔泰了。偏执而多愁善感，活脱脱一个卢梭。不信神不信鬼，尼采的哥儿们。凡事随心、执着于博爱，明显托尔斯泰的信徒。正儿八经，绝对是自己那位老古董父亲的嫡传。但同时也喜欢开人玩笑。不只是研读休谟、康德，在他嗓音开始变化的时候，又喜欢上了达达主义和超现实主义。有时心生奇想，竟然想拿一块亚麻毯子把巴黎全城的著名历史景观全给罩住。他说荒诞之事其实非常重要，游戏与崇高也是二元对立。他常教导我说，陀思妥耶夫斯基说得好，知识分子，也就是那些小布尔乔亚市民，都是一些不知天高地厚的自大狂。他们足不出户，却胸怀宇宙，所以才会有那些可笑的苦闷。别忘了，他还是尼采，快乐的智慧。还是海涅，还是"天堂里的阿里斯托芬"。真是一个博学的少年。他就是载特兰。

芝加哥不乏书本。二十年代，公共图书馆沿街车线路处处都有分部。夏日里，旋转的杜仲胶风扇下面的板凳上坐着一群一群的孩子，个个手里捧着书。深红色的电车挺着肚子，摇摇摆摆地行驶在轨道上。一九二九年，国家垮了，但在公园的湖上，我们一边荡舟，一边读着济慈的诗，水草在底下纠缠着我们的桨板。芝加哥已虚无缥缈，没有支点，它被肢解，散落在美利坚杳杳的空间。只有火车过往，只有订单发出。庞大而乏味的加工业中心力衰气绝，骤然停歇，不再有浓烟滚滚，不再有厂房轰轰，工业的萧条倒成全了一片洁净。湖面上，游船绕着圈儿，湖水衬着蓝天，载特兰大声吟诵着"在那蜜汁一样香甜的子夜……"，岸边，波兰孩子们捡起石块、烂苹果，朝着我们扔了过来。

又是法语、德语，又是数学、音乐。屋子里摆着一尊贝多芬胸像，一幅舒伯特版画。舒伯特坐在琴前，也戴着一副圆圆的眼镜，用音符敲击着朋友们的心弦。窗帘遮着外面的光，只有一盏灯整日里亮着。连小巷里商贩的马也戴着草帽，以免被日头晒伤。载特兰的窗帘则将他与芝加哥的大草原、房地产、买卖、苦力分隔开来。载特兰为康德而憔悴，又以同样的刻苦，研习布列顿、崔斯坦·查拉。他摘录下这样的句子："地球蔚蓝，犹如一只橙子。"脑子里充塞着五花八门的问题。列宁真的认为民主集中制适用于布尔什维克党内？杜威在《人类的本质与行为》中所提出的观点真的无懈可击？"意义形式"真的对绘画有益？艺术中的原始主义将向什么方向发展？

载特兰也写一些超现实主义的诗句：

绛紫色的嘴唇吮吸着沉睡的山峦中的绿色……

还有，

满口唾沫的拉比们揉搓着带电的鱼……

载特兰家的套房很宽敞，方便，标准的二十世纪初流行的沉郁风格。嵌入式的餐具瓷器柜，餐厅有护壁板，荷兰进口的浅盘，壁炉里有煤气管道，壁炉上方两扇彩绘玻璃窗。胜利牌手摇唱机播放着"神啊神啊"和《培尔·金特组曲》，夏里亚宾的《浮士德》唱段"跳蚤"，嘉利-库尔奇的《拉克梅》唱段"银铃之歌"，还有俄罗斯军人合唱团的录音。显然，马克斯·载特兰为他的家人备齐了"一切"，他就是这样说的。老载特兰移民到美国，起步很慢，先在富尔顿大街的鸡鸭市场学习贩卖鸡蛋，很快就到市中心一家百货大楼里当上了采购助理，负责进口奶酪、捷克火腿、英国点心果酱，等等，都是些奢侈品。他长得像足球队的后卫，下巴中间有道深色的豁口，嘴也很大。嘴上永远挂着一副看谁都不顺眼的非难表情，你想让它稍稍有所缓和，可能也得拼上命才能办到。他之所以事事非难，是因为他看穿了人生。第一任妻子，就是伊利亚斯的母亲，一九一八年死于流感。第二任妻子为他生了一个智力不健全的女儿，自己后来死于脑瘤。第三任妻子是第二任的堂妹，年轻许多。纽约人，曾在第七大道工作过，还有一段婚史。就因为这段婚史，马克斯·载特兰耿耿于怀，常常醋意大发，干些摔盘子动嗓子的蠢事。"有婚史的女人，"他常用法语说，正好是他学习法语的日子。马克斯·载特兰体重两百磅，是个肌肉型男人。不过他除了嚷嚷、摔几个盘子，倒没有干过更暴力的事情。闹完后，第二天早上，他便一如往常，站在卫生间的镜子前，用那只黄铜吉列剃须刀费力地刮光胡子，把那副满是非难的脸弄得干干净净，再用一把军用刷子把头发梳得服服帖帖，就这样把自己打扮成一个地道的美国经理的模样。然后，又以俄罗斯人的方式，口里含着糖块喝一杯茶，瞟一眼《论坛报》，便出门去大环商业中心公司上班，多多少少算是"有序"，这便是正常的一天。从屋后楼梯下楼（去高架火车站的近道），他看过一楼的窗户，两个信东正教的老人正在里面忙乎着。爷爷患有哮喘，正对着自己满是胡子的嘴巴喷着药水。奶奶用橘子皮做糖果。这一堆橘子皮一个冬天放在暖气片上，烤得干干的。做好的糖放进一只鞋盒子里，留着喝茶时吃。

马克斯·载特兰坐在高架火车上，舔着手指头，翻着厚厚的一沓报纸。轨道两旁都是矮小的砖房。高架火车就像一座桥，将神的选民举得高高的，让他们远离底下贫民窟里所遭受的天谴。在这些破房子里，波兰人、瑞典人、爱尔兰人、西班牙人、希腊人、黑非人，过着他们浑浑噩噩的戏剧人生：酗酒、赌博、奸淫、乱交、梅毒、死亡前的咆哮。马克斯·载特兰用不着特意去看，《论坛报》天天就登着这些。小火车上安置着黄色的藤条座子，齐腰高的金属门由手工操作，乘客上上下下。高架火车站的站台有圆形的铁皮顶子，像座宝塔。长长的楼梯每一个台阶的立面上都贴着莉迪亚·平克汉姆研发的"化合蔬菜"的广告。由于缺铁，女孩子个个脸色苍白，马克斯·载特兰本人也面无血色，双颊惨白，显得尖酸刻薄，但还不至于让人看着难受。他走进华拔士大道的销售中心，端端正正地坐在办公室里，对着电话口齿伶俐，说话流畅，只是还改不了俄语发音习惯，首字母 h 总让他费一番周折，只好发出一声圆润的咕哝。他记忆力极好，价格、合同烂熟于心，脑子就像一张图表，所有的数据都清清楚楚。他站在桌前，口里含着烟卷，身体笼罩在从他鼻孔里慢慢游离出来的烟雾里。他低头四顾，用他犹太人所特有的愤怒和势利去责备那些懒散、愚笨、除了打高尔夫球外一无是处的异邦人，他们竟然穿着短裤在"闲人免进"的球道上晃来晃去，竟然打扮得跟他一样，竟然没有深藏在心底的愤怒，竟然没有娶纽约的骚女人为妻，竟然没有生下弱智的孩子然后死了老婆，竟然没有住在充满死亡气息的屋子里。马克斯·载特兰硬邦邦的大肚子在他特制的外衣下并不显得突出，可裤腿却不能遮掩小腿上紧绷绷的肌肉，还有，那两个吞吐浓烟的鼻孔，那被沉默所掩盖的怒气——对了，生意场上，你得装得人模人样才是。毕竟，他还是一家有相当规模的零售公司的经理，而且，也自然是一个人模人样的好人。他的头长得很平，颅骨缺乏足够的深度，但那张脸够宽大，男子气十足，很自信地架在两个肩膀中间。头发从中间分开，平平顺顺地梳向两侧。两颗门牙中间缝隙很宽，那是遗传。只是他父亲遗传给他的下巴中间那道皱褶太深，剃须刀无用武之地，很像一块哀婉的伤痕，就他身上这一丝的哀婉也为他那俄罗斯军人结实的体魄所不容、为他吞云吐雾的吸烟姿态所不容、为他喝茶喝酒时发出的吧嗒吧嗒声所不容。他儿子在朋友面前会用很多不同的称呼来喊他：将军、政委、奥希波维奇、奥西曼迪亚斯,等等。"我名叫奥西曼迪亚斯,王中之王:万能的神,你看看我的杰作,绝望去吧!"①

第三次结婚前,鳏夫奥西曼迪亚斯从大环商业中心下班回来,总要带一份印在桃色纸上的《美利坚晚报》。晚饭前灌了一杯威士忌,看了一眼女儿,或许她还不算弱智,只是发育迟缓而已。他那聪明绝顶的儿子曾对他说,卡萨诺瓦八岁以前患有脑积水,被人看作白痴,爱因斯坦小时候也很迟钝。马克斯希望她能学着当个裁缝。他先尝试从饭桌礼仪训练起。有一个阶段,她吃饭的样子太可怕了,怎么教也教不会。在她眼里,全家人的脸都是经过压缩的,变小了,浓缩成猫脸。她说话结结巴巴,走路摇摇晃晃,腿很长,可发育不全。当着人的面拉起裙子,卫生间的门都不关就哗啦啦地撒尿。这家人的所有缺陷都叫她暴露无遗。亲戚们都深表同情,可七大姑八大姨们的同情,在马克斯看来,只是暗自庆幸,他一概淡然拒之,眼睛望着前方,本来就很宽的嘴巴显得更宽。不管谁,只要在他面前对她的女儿表示同情,他都恨不得用什么方法马上将其置于死地。

老爸喜欢阅读俄文和意第绪文诗歌,喜欢交往音乐家、画家、前卫服装设计师、托尔斯泰主义者、艾玛·戈德曼和伊萨贝拉·邓肯的崇拜者,还有戴着夹鼻眼镜、蓄着列宁或者托洛茨基的胡子、穿着俄罗斯大褂儿的革命者。喜欢去听各种讲座、辩论、音乐会、朗诵会。乌托邦分子让他兴高采烈,聪明人他会崇拜得五体投地,精英文化让他神魂颠倒。那些年头,这些东西在芝加哥应有尽有。

加利福尼亚大道上的洪堡公园对面,是芝加哥无政府主义者和世界产业工人工会聚会的场所。斯堪的纳维亚人有属于自己的兄弟会、教堂、舞厅。乌克兰加利西亚的犹太人有他们的礼拜堂。"锡安山的女儿们"协会有她们的慈善保育院。一九二九年后,迪维信大街上的储蓄银

---

① 雪莱的诗句。

行相继倒闭，其中一个被用作鱼肆，原来银行里的一块大理石被做成了储存活鲤鱼的鱼缸，金库被改造成了冷库。一家电影院被改修成殡仪馆。不远处，杂草丛中建起了一个停车库。素食者在托尔斯泰素食餐厅的橱窗里挂了一大幅老托尔斯泰伯爵的照片。看那胡子！看那眼睛！看那鼻子！大人物都讨厌日常事务和凡人身上的琐屑之处，即便他们自己身上的也不例外。鼻子是什么？软骨而已。胡子是什么？纤维而已。什么是伯爵？等级社会的产物，压迫时代的产物。唯有爱、自然、上帝，才是至善至美。

这个百分之百工业化的现代芝加哥，只是一具泄了气的破轮胎，荒凉、干旱，毫无可爱之处。像载特兰这样聪慧的孩子，虽然也热爱着尘世，却不再为它表面的现象所羁绊。没人带他去钓鱼，他也不去林中散步，也没学会射枪、清洗汽化器，甚至不会打台球、不会跳舞。载特兰只一心读书，天文学、地质学，五花八门。开初，熊熊火光中的物质，随后，没有生命的海洋，再后来，黏糊糊的生命体爬上海岸，单一体，复合体，没完没了。再后来，希腊，罗马，阿拉伯代数，历史，诗歌，哲学，绘画。还穿一条裤衩的时候，附近的街坊读书会便邀请他去讲授生命冲动，讲授康德与黑格尔的异同，俨然一个教授、条顿巨人、神童。马克斯·载特兰的秘密武器。老载特兰是家中丈夫，小载特兰是家中天才。

载特兰曾说："他想要我成为约翰·斯图亚特·穆勒，或者缩小版的神童伊茨科维奇。八岁就掌握希腊语和微积分。去他的！"载特兰确信自己上当被骗，被剥夺了童年，剥夺了天使般与生俱来的权利。他对那些老一套的说法，童年遭难、失落的天堂、无罪者被钉上十字架，等等，深信不疑。为什么老是病恹恹的？为什么得了近视眼？为什么一脸菜色？为什么？不就是因为古板的老爸要他头悬梁锥刺股，老爸用不作声的责难和惩罚将他关进笼子，老爸要他出人头地，老爸从来没有、从来没有给过他一副好脸。

作个知识人是人类发展的第二个阶段，也许你更喜欢这样措辞，这是人类的历史命运。载特兰深信，大众开始阅读，开始四处流荡，人类思想发展的早期阶段免不了走极端、犯罪、发疯。载特兰说，诸如《卡拉马佐夫兄弟》这类书里面所写的不正是封建时代俄罗斯农民的理性主义所造成的堕落？残杀父母兄弟不正是革命的最直接恶果？是对现代事态和现代主题的公然抵抗？罪孽与自由之间的角逐？先驱者的狂妄自大？做一位知识者便是成为一名新贵。这些新贵的使命就是涤荡自身体内最初涌现出来的野性、疯狂和卑劣，洗心革面，与世无争，热爱真理，从而成为伟人。

很自然，载特兰被送往大学。大学也在期待着他。诗歌、散文写作比赛中，他屡次获奖，还加入了文学社，成为马克思主义学习小组的成员，也加入了斯巴达青年团，但他远远谈不上是一名革命者。他追随卡尔纳克学习逻辑学，随后又师从伯特兰·罗素和莫里斯·科恩。

上大学最让他称心如意的莫过于离家远走，寄住在出租屋里，越脏越好。乌德伦大街上早先的一幢煤仓被粉刷一遍后作了出租屋，他觉得这是再好不过的安乐窝了。隔壁还是一家煤仓，黑色的粉尘从被粉刷过的木板缝隙中缓缓渗进来。没有窗户。水泥地板中间铺着一块旧地毯，似乎随时会散成碎片、线条。房东提供了一张古旧的橡木书桌，桌面上布满了被烟头烧灼的痕迹，还有一盏没有灯罩的落地灯，房子里的各种仪表都在他床头的墙上。租金是每周两块五。真是一块福地！有前卫艺术家的品位，又有欧罗巴的格调。最让他倾心的，是弥漫在屋子里的俄罗斯气息。房东佩尔契克说他曾为基里尔大公当过狩猎扈从，日俄战争打响后被遗弃在堪察加半岛，独自长途跋涉，横穿西伯利亚，才捡了条命回来。跟他在一起，载特兰便可以用俄语交谈。佩尔契克年纪很大，留着稀稀疏疏的一撮胡子，一元店里买来的弯腿眼镜架在鼻梁上。他用自己推着小车走街串巷收集来的汽水瓶子在屋后搭建了一个小屋。破布垃圾都被塞进了炉子里，热风口一股一股地冒出浓烟。老房东时常嘴里哼哼唧唧，不是古老的歌谣，就是赞美上帝的圣歌，竟然还用假声。说真的，这地方再好不过了。凌乱、肮脏、没有规矩、自由自在，可以整夜瞎聊，可以贪睡不起，可以尽情思考，可以随意感受，可以敞开心扉，任凭奇思异想滚滚而来。载特兰兴致来了，便可以滔滔不绝，用他的谜语、演讲、笑话和歌声让佩尔契克家满屋子充满快乐。他是洗衣机、钟表、拖拉机、望远镜。他可以表演《堂·乔万尼》中的各种角色、各个声部——"刽子手，你休想走开①（安娜唱词）愚蠢的女人，你快点放手②（堂·乔万尼唱词）。"他可以一边演唱骑士长遇刺身亡、灵魂出窍，一边模仿宣叙调里的古钢琴通奏低音和双簧管模拟的哭声。然后，再来一段斯大林在党代会上的演讲，或者用德语推销福乐牌拖地毛刷，或者当一回德军潜水舰队的队长击沉"美国佬"③的货轮。载特兰在现实生活中也颇能派上用场。帮人搬家，替已婚研究生看孩子，为病人做饭，帮着出城的人家遛狗喂猫，下雪天为行动不便的老女人采购吃喝。他又是体魄健壮的劳力，又是满脑子奇思异想的近视眼。像方济会的修士一样充满爱心，却又缺乏心眼，常常上当受骗。一个少不更事者。不到十九岁，便颇具狄更斯心肠。在比灵斯医院拖地板，挣了几个小钱，便拿出来与住院病人分享，给他们买香烟抽，买三明治吃，接济他们车费，搀扶他们过马路。对别人的苦难、甚至苦难的一丝表露都非常敏感，所以进了萧条的商店总是满眼的泪水，干瘪的土豆、长了牙的洋葱、店主满脸的忧愁，都会让他软了心肠。他养的猫流产了，猫妈妈伤心欲绝，他也陪着涕泗纵横。我将那几只流产的猫崽子从地下室肮脏不堪的厕所里冲了下去，他竟然悲痛不已，让我很是恼火。我说，你这是逢人便练习你的情感。他反击道，不要这么铁石心肠。我说他言过其

---

① Non sperar, se non m'uccidi...
② Donna folle, indarno gridi.
③ 原文为德语。

实,他说我麻木不仁。两个年轻人中间发生这样的争执,旁人看了都觉得古怪。我想这是因为大萧条期间美国精神的力量弱不禁风,大家都垮了,只要抓住机会,都会尽量装成外国人的模样。我们成了校园里一对遭人嘲笑的阳春白雪,张口便是威廉·詹姆斯、卡尔·马克思,要么便是维列尔·德·里勒-阿当、怀特海。我俩自认为是我们分别时威廉·詹姆斯的软硬两面。可詹姆斯早就说过,知道了一座城市里一天内所发生的所有事情,足以让最坚强的大脑轰然坍塌。没有哪个人能够坚强到可以应付世间的一切。"稍不当心,你就会尽失同情。"载特兰这样说道。他就这样说的,咬文嚼字,一如往常。鬼知道他这贵人腔是从哪儿学来的! 或许是培根爵士? 还有休谟, 再加一点儿桑塔亚那。就在这间粉刷过的地下室里,他跟朋友们谈天说地,出口总是那么温文尔雅、悦耳动听。

他乐感十足。走在大街上,无时不在哼唱,一会儿海顿,一会儿鲍罗丁,一会儿普罗科菲耶夫。大衣领子扣得高高的,一手拖着公文包,毛皮双层手套里的另一只手做出小提琴上按弦的动作,旋律从喉咙挤出来,把两颊憋得鼓鼓的。情绪好的时候,面色犹如黄葡萄,胸腔里翻腾着大提琴的低沉,鼻孔里涌动着小提琴的高昂。堆起来的雪,夹着灰尘,裹紧一棵棵树干,树根深深地扎进人行道边缘的泥土里,阴沟里流淌的污水滋养着它们的枝枝叶叶。载特兰由一群松鼠陪着,尽情享受着这运动带来的特权。

载特兰走进柯布大楼,立刻被一股热浪包围。大楼内一片棕褐色,古朴无华,漆面光洁,俨然一座历史悠久的浸礼会教堂。暖气极好,他能感觉到热浪迎面袭来,打在脸颊上。眼镜片罩上了一层雾,模模糊糊。他停下鲍罗丁弦乐四重奏的慢乐章旋律,叹了一口气。这一声轻叹过后,他那副音乐家的表情即刻让位于学问家的表情。他开始沉浸于符号学,符号逻辑学,脑子里充盈塔尔斯基、卡尔纳普、费格尔、杜威等人的著作。这时候的他,一个胖乎乎的小伙子,脸色苍白,黄色的头发梳得平平整整，闪着绿莹莹的光，他坐在课堂硬邦邦的板凳上，掏出一盒香烟。他能扮演多重角色，这一刻，他是"大脑"。在那件满是毛球的毛衣里面，在那排掉了门牙的白齿后面，隐藏着斯基尼·琼斯，还有眉毛曲里拐弯的提斯维奇，还有可爱、尖刻、苍白的黑妞杜侬，还有说话结结巴巴的红发克莱海音女士……载特兰已是头号逻辑实证主义大师了。

但也就这么一会儿。在智力的世界里，载特兰无所不能，可这会儿，他还不想变成一个逻辑学家。但理性分析还是占了上风，人性当中的情感挣扎永远不能一劳永逸。一次又一次的反复，激情，由激情而引发的灯蛾扑火般的愚蠢，现实中，同样的情感挣扎反反复复，有冲动，有力量，有欲望，有自卫，有狂妄，有对快乐的追索，有对自我理由的寻求，有成长的体会，有死亡的恐惧，一切的一切，无不源自虚无，归向虚无。无聊透顶！恐怖！末日！好了，数学逻辑可以让你彻底摆脱这毫无意义的存在。载特兰坐在满是污渍的包豪斯牌帆布靠椅里，眼镜耷拉下来，本来就短小的鼻子显得更加短小，他说："看看吧，命题有对有错，凡存在皆合理。莱布尼茨可不是弱智。你若明白凡存在皆存在，便足矣。只是对于宗教问题，我还没有明确的立场。大凡真正的实证主义者，在此问题上决不含糊。"

那些日子里芝加哥治理得井井有条，冬季的天蓝蓝的，傍晚一阵棕褐色，霜落下来呈现大片的晶莹。工厂里的汽笛声渐渐消隐。五点钟。积雪像灰鼠的皮毛，房舍像低矮的笼子，炉子里大火熊熊，佩尔契克的铁锹在煤仓里沙沙作响。广播声穿透地板，传到我们楼下，合并[①]，舒什尼克，希特勒。维也纳不比芝加哥暖和多少，但更加阴沉。

"绿蒂在等我呢。"载特兰说道。

绿蒂长得很标致。也很有表演天赋，自然是她自己的风格了。常常

---

① 原文为德语。

出入社交场合，牙缝里叼着芙蓉花，地道的异教美人儿。年轻，聪明，喜欢跟有趣的男人来往。她常来载特兰的煤仓，载特兰也常去她的宿舍。俩人找了一间英国式的地下室，配了一张橡木桌子、一块玫瑰色的天鹅绒旧毯子。养了几条狗、几只猫、一只松鼠、一只乌鸦。俩人吵过一架，绿蒂在自己的乳房上涂满蜂蜜，算是和解的姿态。将近毕业时，她买了一辆汽车，俩人开着去密歇根市玩儿了一趟，回来就结了婚。载特兰拿到去哥伦比亚大学深造哲学的奖学金。在金巴克大街的一套老房子里举办了婚礼，又开了一场告别聚会。俩人不见面刚五分钟，载特兰和绿蒂便从长长的过道两头冲向对方，又是拥抱，又是亲嘴，激动得浑身发抖。"亲爱的，我找不着你了。"

"宝贝儿，我在呢，我一直都在呢。"

两个来自小地方的年轻人，秀恩爱绝不马虎，也不管周围有没有旁人。但你不能说他们只是在表演。他们的确彼此爱慕，况且也已经像夫妻一样，跟他们的狗啊猫啊鸟啊鱼啊花啊草啊琴啊书啊一起生活过一年多了。载特兰模仿各种动物，惟妙惟肖。像猫一样洗脸，像狗一样抓腰间的虱子，像金鱼一样做鬼脸，像鱼鳍一样摇摆指尖。去东正教堂做复活节弥撒，载特兰学着跪在地上，在胸前划着东正教模样的十字。他拉琴的时候，夏绿蒂点头打着拍子，活脱脱一架洋溢着爱意的节拍器，只是微微打不到点子上。载特兰事事都能表演得很到位，绿蒂也不甘示弱。载特兰说过，人这东西免不了要表演，谁也挡不住。只要知道自己的灵魂在哪儿，装作苏格拉底又有何妨！找不到灵魂，扮演别人的角色便是荒唐至极了。

就这样，载特兰与绿蒂不是简简单单地结婚了，而是兴高采烈地结婚了。载特兰娶到身边的不是那个可怜兮兮的马其顿女孩——移民到美国的妈妈整天咕咕哝哝，对着载特兰施加咒符，爸爸摇着铃铛转街串巷，替人磨刀磨剪子。不，不是这样的女孩。他娶到身边的是浮士德所说的"永恒女郎"，具有一种纯粹天然、无所不在、绚丽夺目的力量。

绿蒂自己也说:"这世上,载特兰无人能比。"她又说:"方方面面,无一例外。"然后,压低声音,用芝加哥人特有的生硬的口气,带着些迪特里希的怪异腔调,从嘴角说道:"我可不是那种没见过世面的女孩儿,你记着。"这其实不算什么秘密。她跟一位名叫呼兰的教育心理学家住过一段日子。呼兰天生兔唇,做过手术,留了一道小胡子遮住了疤痕。呼兰之前,还另有别人。不过,往事已成昨,现在她是一位妻子,一位对丈夫爱慕有加的妻子。为他熨衣服,给他的面包上涂黄油,为他点烟。盯着他看的时候,宛若西班牙处女,眼睛里熠熠生辉。有人看见这如胶似漆的温存会兴奋异常,有人看见这目中无人的放荡会火冒三丈。载特兰老爹自然是怒气冲天。

  两口子从拉萨勒车站坐上日间的火车,向纽约进发。车站像具巨大的古董,又像一口矿井。蒸汽裹着尘渣,冲向满是煤灰的天际。范布伦大街上,高架列车的柱子晃晃悠悠,两旁布满当铺、军用品商店和廉价发廊。红帽子替他们扛走了行李,载特兰对着奥西曼迪亚斯议论着那帮黑人搬运工傲气十足的姿态。几个姑妈也在场,可他们听不懂载特兰关于灰蒙蒙的车站和黑乎乎的红帽们大大咧咧的非洲气派的古怪言论。老姑妈们挤眉弄眼的,似乎都在说这小子,可怜的伊利亚斯,胡言乱语,已经无药可救了。她们还把他的怪异归罪于绿蒂。载特兰,新婚宴尔,又要去哥伦比亚大学,人生似乎刚刚开始,踌躇满志,激动异常,可又觉得老爹把自己的忧郁本性投射到他的身上,所以不免也跟着心事重重。载特兰嘴唇上边长出浓浓的一排胡髭,可那一嘴大板牙,缝隙宽宽的,跟腮边的胡须一点都不搭配,倒让他看上去像一个没长大的孩子。个子不高却很敦实,胸脯很厚,简直就是老爹小号的翻版。奥西曼迪亚斯长得一副俄罗斯军人的身板,从不咧嘴大笑,也不跳上跳下,更不小丑一样地模仿别人,他只是直挺挺地站着。绿蒂身穿一件苹果花的裙子,脚蹬一双苹果花的高跟鞋,窄檐帽也配得恰到好处,她见谁都是亲亲热热的一番甜言蜜语。火车哐哐当当、轰轰隆隆,可还是压不住绿蒂艳丽的高跟鞋叮叮当当的节拍。她的眼睛泛着东方人的光芒,她的鼻子翘着农家少女的顽皮,她的胸脯颠簸得让人迷醉,她的屁股始终被捏在载特兰的掌中,这一切,老奥西曼迪亚斯都看在眼里,虽然啥话没说,可心里很不是滋味。她喊了一声"爸",他只是从牙缝里挤出一缕烟,貌似一丝微笑。的确,他不管什么心情,脸上都装得和颜悦色。马其顿的亲家们一个也没到车站送行,他们坐在电车里,被拥挤的交通堵在了半路上。

这是一个悲喜交加的日子,奥西曼迪亚斯克制着自己的情绪。虽然戴着一顶红白蓝三色条纹的大平遮阳帽,可他还是不失欧洲人的派头。常年在闹市做买卖,学会了和解,所以心头偶尔冒出来的咆哮也会被压了回去,只要那个有黑色豁口的下巴略微下沉,多大的火气也会被熄灭。他要失去儿子,至少暂时有一阵儿会见不到他。绿蒂吻了一口公公,又逐个吻了一遍那几位常年在轮椅边病床边一手捧着罗曼·罗兰、沃维克·迪平的著作,一手服侍垂死病人的老姑妈。老姑妈们一致认为,绿蒂在妇女卫生方面大可指摘。玛莎姑妈觉得绿蒂身上散发出来的那一阵阵类似于鲱鱼的气味儿肯定是月经不调引起的。她一辈子单身,不熟悉女人在大热天做爱后身上会有什么样的气味儿。年轻人,只要一有机会,便会互传体液,增加力量。

老姑妈模仿他们的大哥,用她们毫无经验的嘴唇装模作样地与载特兰和绿蒂吻别。绿蒂激动得大喊大叫,终于要离开芝加哥,离开这座沉闷无比的城市,离开这位天天板着面孔的奥西曼迪亚斯,离开自己巫婆一样的妈妈,离开只会替别人磨刀磨剪子的爸爸。她已经嫁给了载特兰,这世界上独一无二、魅力无穷、柔情似水、聪明绝顶的男人。

"爸,再见了。"载特兰把铁一样的老爸抱在怀里,动情地说道。

"干点儿正事,好好学习。得出息得像个样子。没钱了打电话。"

"好爸爸,我爱你。玛莎、杜尼娅,我也爱你们。"绿蒂两串眼泪挂在红扑扑的脸蛋上,说道。她一边哭,一边与大家逐一吻别。上了车,坐在窗边,挥挥手,两个年轻人又抱在了一起。火车慢慢开动了。

标兵号慢慢开出了车站,载特兰老爹对着尾车又是挥拳头,又是跺脚。绿蒂,这臭娘儿们要毁了自己的儿子!他大声喊道:"你等着,我非揍扁你不可。五年、十年,我会等到那一天,我要揍扁你。"又喊了一声:"臭婊子,你这可恶的臭批!"

他一生气,俄罗斯腔就出来了。他把"臭逼"喊成了"臭批",几个老妹妹恁是没有听懂。

标兵号在日出时分沿着哈德逊河冲进了纽约市,载特兰和绿蒂直感觉在空气中游泳。第一眼,蓝莹莹的树枝倒悬在水面上。第二眼,一片蔷薇色融入了河水。第三眼,河水在初升的太阳照耀下波光粼粼。他俩坐在餐车里,形形色色的景象看得他们眼花缭乱。火车上一夜没睡个好觉,现在已筋疲力尽,脑涨眼花。喝了几杯咖啡,咖啡里有像皂石一样的颗粒,锡制的咖啡壶上印着"纽约中央车站"的字样。终于到了东部,一切都那么美好,一切都像新的一样,连空气里也蕴含着深刻的寓意。

在哈蒙站,火车换上了电动车头,他们的旅途变得更快、更迫切。树木、河水、天空,天空往后疾闪而过,又似漂浮在水面。一座座桥梁、一幢幢楼房、隧道,气闸嘶嘶作响,长龙被制服,停了下来。密密麻麻的电线上闪烁着黄色的灯,地下的气流从通风口涌了进来。门开了。旅客整整衣服,携着行李缓缓流出。载特兰和绿蒂走到四十二街上,就像两个从芝加哥逃难而来的流民,远离了荒漠,站在街边,忘情地抱在一起,口对着口,大肆亲吻起来,一遍又一遍,没完没了。这是世界之都,任何行为都更有意义,更能引起彼此的共鸣,他们可以毫不掩饰地做自己想做的事情,想怎么表演就怎么表演。智力、艺术、超越,都无需任何理由便可自在自为。出租车司机都明白这一点。载特兰就是这么想的。

"啊,宝贝儿宝贝儿,感谢上帝,"载特兰喊道,"总算到了这个能像人一样活着的地方了。"

"哦，载特兰，阿门！"绿蒂喊道。浑身发抖，脸上挂着泪珠。

起初，俩人住在城北西区。百老汇大街上还咣当咣当地跑着不大的电车。绿蒂选了一间被当地人叫作工作室的屋子，就在一幢褐色砂石大楼的后身处。工作室就是卧室、卫生间兼厨房。一块又重又亮的木板搁在浴缸上便成了灶台。坐在浴缸里，泡着澡，一伸手就够得着煤气炉。载特兰就喜欢这个。坐在水里煎鸡蛋！喝着咖啡，聆听浴缸排水时悠悠的"广板"，看着蟑螂在餐柜周围来来往往。烤面包机弹簧很有力量，面包片会被弹得老高老高，有时还会带出一只烤熟了的蟑螂。屋顶很高，但光线极暗。壁炉由小块瓷砖砌成。从百老汇拿回一只装过苹果的柳条箱子，便可点燃十分钟的火焰。火灭了，除了一摊灰烬，还留下一堆带钩的铁钉。这间工作室就这样成了载特兰的窝，载特兰和绿蒂共有的一片天地：又黑又脏的门帘，廉价店淘来的地毯，套着布的椅子，扶手被磨得光秃秃、亮闪闪的，按载特兰的说法，这地方跟大猩猩的窝没啥两样。窗户正对着通风口。在芝加哥，载特兰甚至住过粉刷过的煤仓，从来不开窗帘。绿蒂买了一盏有粉红色瓷罩的台灯，罩子还有花边，活像古时候盛黄油的碟子。屋子里一片昏黑，像个礼拜堂，有神殿一般的幽暗，正对载特兰的胃口。我曾经在南斯拉夫参观过几座拜占庭时期的教堂，感觉那氛围正是典型的载特兰模式，莫非他是从那些地方学来的？

载特兰夫妻俩住进了这样一间屋子。面包渣、烟头、咖啡粉、狗食、书籍、杂志、乐谱架、马其顿饭菜的气味儿（羊肉、酸奶、柠檬、大米）、装在大肚玻璃瓶里面的智利白葡萄酒。载特兰把哲学系翻了个遍，抱回成摞成摞的书，然后便埋头工作。他那刻苦劲儿一定会让奥西曼迪亚斯心满意足，但载特兰还是说，那老家伙，没什么能真正让他动心，他最大的乐趣是什么，或许没人能够满足。绿蒂有社会学专业的硕士文凭，很快找到了一份文秘工作。载特兰说，看看她那模样，多任性，多能干，当个经理秘书那是顶呱呱的。这个来自巴尔干半岛的吉卜赛女郎起早贪黑，毫无怨言，俨然一位稳重、可靠的办公室职员了。看到她如此卖力的样子，载特兰又是吃惊，又是伤感。办公室的工作，如果让他来做，一定会要了他的命。他曾经试过的。奥西曼迪亚斯过去替他找过这方面的活儿，可千篇一律的文案工作把他折磨得人不像人。那是一家公司的仓库，他帮着一位动物学家调查榛子树、无花果和葡萄干的病虫害，防止寄生虫繁衍。开始很有趣，可时间长了就索然寡味。他还在一家野生动植物博物馆干过一星期，学习制作塑料树叶。他发现，动物的尸体都被泡在某种毒药水里保存，他还说，受雇于人跟这没有任何异样，简直就是活在有毒的环境里。

所以只有绿蒂上班。午后时分漫长难熬，载特兰跟那条狗一起苦苦等着她五点下班。好不容易，她回来了，怀里抱着刚买来的吃喝，从百老汇大街匆匆忙忙往西区赶来。载特兰带着喀秋莎小姐朝她迎了过去。他大喊一声："绿蒂！"褐毛狗喀秋莎爪子刨着水泥地，哼哼唧唧地叫着。绿蒂刚从地铁出来，面色苍白，浑身发热，载特兰亲她的嘴时，她喉咙里发出阵阵类似女中音的声响。她买回了汉堡肉片、酸奶，还为喀秋莎带了几块骨头，为载特兰带了几样礼物。还在蜜月期。住在纽约让他们兴奋异常。夸张也罢，比喻也罢，他们兴奋得简直像两条狗。还跟楼上的一对流行作家夫妇季定思、格特鲁，交上了朋友。季定思专写西部小说，载特兰戏称他为"罪孽国的巴尔扎克"。季定思也给载特兰起了个绰号"西区的维特根斯坦"。这样一来，载特兰满脑子的奇思异想就有了倾诉的对象。他大声朗读《一体化科学百科全书》里面那些古怪的句子，还将季定思最喜欢的作家莱德·哈加德的小说搞成符号逻辑学的语言。到了夜里，绿蒂又变回马其顿吉卜赛女郎，妈妈的宝贝女儿。载特兰说，妈妈是斯科普里的巫婆，用猫尿和蛇的肚脐下咒语，还对古代的春宫秘术了如指掌。显然，绿蒂也精通此术。确切无疑，绿蒂作为女人，她身体中那些女性特质极为丰富，深刻而又甜蜜。满脑子奇思异想的载特兰对她这些特质赞不绝口，感激不尽。

虽说这巧克力一般的生活甜甜蜜蜜，俩人神经都如日中天，可还是不免有些焦虑的痛楚，但载特兰依然说，这焦虑也有属于它自己的美味。他说有两样东西让他销魂，一是感官，一是病痛。刚到纽约那几个月让他备受煎熬，肺病复发，高烧不断，浑身疼痛，撒尿也有困难。躺在床上，褪了色的酒红睡衣从大腿根处和胳膊弯底下把他绑得死死的动弹不得，皮肤过敏症也让他苦不堪言。

几个星期，童年时的病痛又回来了，对于这个结婚不久的成年人，又是可憎，又是可喜。他还记得小时候医院里那一幕，麻醉时脑袋里嗡嗡作响，开刀处肚子上皮开肉绽。伤口感染，很久治愈不了。本来一片尿布就可解决，可现在得插根橡皮管才能排尿。知道快要死了，还是舍不得放下手中的漫画报纸。病房里的孩子们只能读到两种东西，漫画报纸和《圣经》。瘦子吉姆、布布·麦克纳特、诺亚方舟、夏甲、以实玛利等等，像漫画里的色彩，统统混到了一起。芝加哥的冬天寒冷无比，早晨起来，窗玻璃上结了霜，一道道冰痕，像圣像金色的光芒，电车轰轰隆隆、吱吱嘎嘎。他挣扎着出了院，几位老姑妈在家伺候他，给他喂食骨头汤、热牛奶、黄油酱和扑克牌一般大小的饼干。到了纽约，旧病复发，伤口又开始散发出恶臭，尿布底下又安插了橡皮管子，因卧床太久而浑身溃烂，就像又回到八岁，还得重新学习迈步。生命力侵蚀着身体，一种过早却逼真的感觉，又痛苦又艰难却难以名状的化学—电力转化组合，流淌着纷呈的异彩，奇妙无比，还有那气味，那怪味儿。这种种感觉混合在一起，让他头晕目眩，难以忍受，又搅动着他的灵魂，使他担惊受怕。众生之中，人类怪异无比，可这存在到底有何意义？胶质状的眼睛至少能在短期内清亮透明，看得清晰，看得见这砰砰跃动的宇宙，看得见人类无休止地发送和接收的信息。这骨头做成的暗箱，里面藏着思维、奇思异想和云雾遮掩的情感。这些浮游生物，将其他物种碎尸万段，加入调料，狼吐虎咽。这是一种蓄满了死亡信息、又充塞着欲望的生命存在。载特兰在寻思这一闪闪发光却恐怖异常的生命品相时，这一连串的怪异词句并不是他特意想出来的，而是自然而然地出现在他的脑海，挥之不去。

载特兰放下了那几本逻辑学著作，它们不再有任何意义。这些书跟他八岁时看过的漫画报纸堆到了一起。布布·麦克纳特不再有用，鲁道夫·卡尔纳普也不再有用。他问绿蒂："还有哪些书？"绿蒂走到书架旁，一一读出书名。读到《白鲸》时，他喊了一声"就这本"，绿蒂将这大部头的书递给他。读了不多几页，他便意识到自己永远不可能拿到哲学专业的博士学位。大海进入他的内心世界。他曾对我说，他的内心一瞬间变成了密歇根湖。高烧需要海洋的冰冷来降温。自觉已经被污染，却读出了纯洁。他已到达生命中一个醍醐不堪的境地，禁锢的自我、满腔的怨愤、生存的无奈。病入膏肓，必须逃之夭夭。这本书在他眼前射出一道强烈的光，淹没了他。他几乎要溺毙。可他没有溺毙，而是浮了起来。

他将这病恹恹的血肉之躯拖进了厕所。肠胃不适，坐在木板上，屁股对着瓷缸，瓷缸对着下水道。的确面尽失，可也是迫不得已。眼睛蒙眬，地板砖也在摇摇晃晃，就像铁丝围栏。海洋的紫色在药柜玻璃镜的斜角处闪烁，白鲸巨大的白色力量在浴缸里一闪而过。秽物还没冲走，恶心还在继续，但大肠畅通后的舒适感让他回到了童年，回到了往日的褐色。咳嗽不断，让他又是恐慌，又是甜蜜。高烧引起类似赤道地带的潮热。大海汹涌，浪头排空东来，到了哈德逊河，向左一转。大西洋就在眼前。

载特兰觉得，他生活里真正的使命是对宇宙的全局透视。在宇宙共性的相似理论方面，他已经下了不少功夫，对"相似"这个述语，他有自己独到的见解。但就此为止。一旦生病，便不再含糊。盗汗，咳痰。手捂在嘴边，眼珠向外凸出。他清了清嗓子，对坐在床边、替他托着茶杯的绿蒂说道："我看我不能在哲学系继续待下去了。"

"你的确很为这事儿操心,是不是?几个晚上,你睡梦中都在谈哲学呢。"

"有这事儿?"

"谈的大概是认识论,我不懂那东西,你知道。"

"哦,其实我也不大懂。"

"可是,宝贝儿,你不愿意做,就不必勉强自己。换个专业吧。我会一直支持你的。"

"啊,你真是个可爱的宝贝儿。换了专业,就没奖学金了。"

"多少钱?反正那些杂种给你的,连生活费都不够。载特兰亲爱的,别考虑钱的事儿。我看得出,你读了那本书,一下子就像变了个人似的。"

"哦,绿蒂,那本书,真是个奇迹。他可以带着你远离这纷扰的红尘。"

"你什么意思?"

"我的意思是说,这书可以带着你远离你大脑里的虚妄世界,远离这把你隔离起来的世故和陈规思维的虚妄世界。他给你最天然的自由。只有另一种虚构,就是艺术,才能把你带出这些将你隔离起来的社会和心灵虚妄。没有诗,就没有真正的人生。绿蒂,符号逻辑学,快把我学成死人了。"

"这么说,我也必须读读那本书了。"绿蒂说道。

可她只是说说而已。关于大海的书只属于男人,况且她也不是一个很爱读书的人。不管什么书,她不可能一口气读几个小时,她就这急躁的性格。这种书只属于载特兰。他可以把《白鲸》里她需要了解的给她大概讲讲。

"我得去跟艾德曼教授说说这事儿。"

"只要身体恢复好了,尽管去。放弃这专业。不妨放弃这专业。何乐而不为呢?当个教授又能怎样?啊,你瞧这狗!"喀秋莎跟邻家院子里的另一条狗干了起来,吠声不断,"闭嘴,你这婊子。有时我真恨死了这条讨厌的狗,我感觉她就在我的头里面狂叫个不停。"

"送给那个中国洗衣工吧。他喜欢狗。"

"他喜欢狗?他喜欢狗肉。听我说,载特兰。什么都不用你操心。逻辑学,滚蛋吧!好不好?你无所不能,会说法语、俄语、德语,你是个天才。我们的生活也不需要太多的钱。我不需要奢侈品,我在联邦广场买东西,那又怎样?"

"我拥有一位绝世无双的马其顿美女,"载特兰说,"克莱因的铺子顶得上世界上最高档的时装店。愿神保佑你的酥胸!你的腰肢!你的美臀!"

"周末你高烧退了,我们去乡下吧。去季定思和格特鲁家。"

"老爸若知道我从哥大退学,会气死的。"

"怕什么?我知道你爱他,可他总是怨这怨那。你怎么做他也不会高兴的。好了,他也滚蛋吧。"

俩人于一九四〇年搬到了市中心的布里克街,住了十多年。很快成了格林尼治村的名人。当年在芝加哥时,他们就是前卫艺术家了,只是自己还不知道。在格林尼治村,载特兰被看作是文学上的前卫派、政治上的激进派。苏联入侵芬兰那年,政治激进派变得格格不入。马克思主义者在工人执政的国家会不会演化成帝国主义这一问题上争论不休,在载特兰看来,都是一派胡言。不久,纳粹与苏联签署了条约,再不久,就打起仗来了。康斯坦汀就是在战争年代出生的,是绿蒂给他起的这个巴尔干风格的名字。载特兰想参军,只要他一心想做一件事,绿蒂都全力支持。在这问题上,两口子合起来跟老爸彻底闹翻了,因为老载特兰反对儿子参军。

(脱剑鸣 译)

遗留黄房子

邻居们——关莲草荒漠湖总共住着六个白人——你一言我一语，相互议论，说老海蒂再也没法独自过活了。即便房子里有个鼓风炉，有卡车从城里运来的罐装液化气，对她来说荒漠生活仍然过于艰难。该县比海蒂老的女人有的是。二十英里之外就有个金矿工人的寡妇艾米·沃尔特斯。她是个吃苦耐劳的老妇人，比起海蒂来，身子骨更加精瘦、硬朗。一年到头每天都要在冰冷的湖水里洗一次澡。艾米财迷心窍，也掌握理财之道，海蒂却不是这样。海蒂不是严格意义上的酒鬼，但也算得上一个酒糟头。现在她遇到了麻烦，即便是最要好的邻居，她指望得到帮助也有个限度啊。

不过，大家挺喜欢她的。你禁不住要喜欢海蒂的。她是个大块头，乐呵呵儿的，虚胖虚胖的，又能逗人，又爱吹牛，生得背宽腰圆，长着两条硬撅撅的长腿。本世纪开始之前，她就从精修学校① 毕业了，又在巴黎研习过风琴，可现在她把音符与长柄平底煎锅② 都分辨不出来了。她打牌时爱发脾气。她那一头金色秀发的残余蜷曲成一些灰不溜秋的小发卷儿，一绺贴在脑门子上。她的抬头纹倒不算多，不过皮肤青白青白的，就是脱脂牛奶的那种颜色。尽管屁股笨重，走路步幅却很大。她耸起肩，躬着背，向前推进，把鞋子的橡胶平底都亮了出来。

---

① 为已经接受过普通教育的青年女子进入社交界作准备的一种私立学校，教授音乐等课程。

② 这里指五线谱上音符的图形像长柄平底煎锅。

一星期总有一回，她用同样乐呵呵的给人添堵却又心不在焉的样子，脱下她的短裙和那件脏兮兮的飞行员毛领夹克，换上一件紧身褡，套上一件连衣裙，蹬上一双高跟鞋。站在这双高跟鞋上的时候，她那副肥胖苍老的身子骨抖起颤来。她戴一顶棕色的伦勃朗式的宽顶无檐圆帽，一枚从一毛店里买来的饰针，活像一只眼睛，仔仔细细地别在正中央，她用口红在嘴上画了一条直线，留下上嘴唇的部分灰白灰白的。她开着自己的塔楼形老爷车，开得貌似有板有眼，但速度快到危险的程度，穿越四十英里多山的荒漠去买冻肉馅饼和威士忌。她先去自助洗衣店和美发厅，然后在阿林顿餐馆吃午饭，要了两杯马提尼酒。随后，她常常光顾贫民区附近的米勒街上玛丽安·纳博特开的银矿旅馆，跟她的老伙计们聊天，喝酒，打发一天剩余的时光，这些人都是像她一样离过婚在西部定居的老女人。海蒂从来不跟任何人赌博，对电影也不感兴趣。到了五点钟，她以同样的速度驱车回家，心情平静，缭绕的香烟使她的视力有点迷离。雷打不动地烟不离口熏得她的眼睛经常泪汪汪的。

罗尔夫两口子和佩斯两口子是她在关莲草荒漠湖仅有的白人邻居。还有萨姆·杰维斯，可他只不过是个在她家菜园里做点零活的老季节流动工，她没有把他当邻居看。她也没有把达利当成她的邻居，他只不过是个为佩斯家干活的度假牧场的牛仔，还有报务员瑞典人，她也不把他当邻居看。佩斯有个接待客人的牧场，而罗尔夫两口子很有钱，已经退休。因此，湖畔就有三幢好房子，海蒂的黄房子，佩斯的房子，罗尔夫两口子的房子。其余的居民——萨姆，瑞典人，工段工头沃奇塔，以及那些墨西哥人，印第安人和黑人——都住在木屋和棚车里。这里树木稀少，不外乎是些三角叶杨和桦叶槭。至于别的，直到湖畔，都是些三齿蒿和杜松。湖就是原来覆盖火山的一片古海的遗留。北面有几处钨矿；南面十五英里的地方是一个印第安人村落——都是些胶合板和铁路枕木搭建的木屋。

就在这穷乡僻壤之地，海蒂已经生活了二十多个年头。她的第一个夏天不是在一座房子里,而是在湖畔的一间印第安草棚里度过的。她常说她就是在这间几乎没有屋顶的棚子里看星星的。离婚以后,她就和一个名叫威克斯的牛仔好上了。他们俩没有一个有钱的——那是大萧条时期——他们住在牧场上,靠设圈套捕捉郊狼为生。一个月他们进一回城,租一间屋子饮酒作乐。海蒂说起此事总是黯然神伤,但也沾沾自喜,难免要加枝添叶一番。她无论遇到什么事情,总会眼睛一眨,老母鸡变鸭。"我们碰上了一场狂风暴雨,"她说,"于是拼命地把车开到湖畔,敲了敲黄房子的门——现在是她的房子了。""艾丽丝·帕门特接纳了我们,却让我们睡在地板上。"其实当时只刮狂风——并没有下暴雨——而且他们离这座房子并不远;艾丽丝·帕门特知道海蒂和威克斯没有结婚,就让他们分床睡;可是海蒂趾高气扬,高声大嗓地说道:"干吗要把两套被单弄脏呢?"于是她和她的牛仔便睡在艾丽丝的床上,艾丽丝只好睡沙发。

后来威克斯走了。从来没有任何人有他那样的床上功夫;他是在一座妓院里长大的,女孩子们教得他面面俱到,样样精通,海蒂说。她并不真正明白自己在说什么,但她相信,她正在具备西部豪气。她一心向往的莫过于被人看作一个粗豪老练的西部女人。尽管如此,她也算是一位女士。她有上好的银器和上好的瓷器,还有雕印信笺,但是她的起居室的书架上存放的是蚕豆罐头,水果罐头,金枪鱼,瓶装调味番茄酱和水果色拉,都是优质头等货。床头柜上摆放着《圣经》,是她虔诚的哥哥安格斯——另一个哥哥是个搅棒子——送给她的;不过在五斗柜小门后面有一瓶波旁威士忌。夜里醒来时,抿两口好重新入睡。在她的老爷车的贮物箱里放着路上应急的一些小瓶样品酒。老达利在她出车祸后才发现它们的。

车祸并不像她总是担心的那样发生在遥远的荒漠里,而且发生在离家很近的地方。一天晚上,在罗尔夫家喝了几杯马提尼,当她开车回家横过铁路道口时,她对车失去了控制,驶出了道口,冲向铁轨。她给出的解释是，她打了个喷嚏，于是眼前一花，便猛打了一下方向盘。马达关掉了，四个轮子一下子卡在路轨上。海蒂从高高地离开路基的车门里爬下来。她惊恐万状——担心车，担心未来，不仅担心未来，而且推而广之，对过去也感到惊悚——于是迈开两条硬腿，急匆匆地穿过三齿蒿丛往佩斯的牧场赶。

这时佩斯两口子出去游猎，把牧场交给达利经管；他正在那间追溯到快马邮递①时代的老屋里经营酒吧，这时海蒂冲了进来。当时里面有两名顾客，一个钨矿工人和他的女友。

"达利，我遇到麻烦了。帮帮我，我出了车祸啦。"海蒂说。

当一个女人有坏消息告诉一个男人时，男人的脸面会有怎样的变化啊！现在瘦老头达利遇到的正是这种情况；他两眼发呆，一副很不情愿的神情，下巴进进出出地游移，布满皱纹的面颊开始泛红，他说："怎么回事嘛——你出什么事啦？"

"我卡在铁轨上了。我打了个喷嚏。一时车失去了控制。帮我拖开吧，达利。用皮卡车。趁火车还没有来。"

达利把毛巾一扔，把高跟靴子一跺。"看你去干了些什么事？"他说，"我跟你说过天黑了就在家里待着。"

"佩斯在哪儿？拉火警铃，把佩斯找来。"

"牧场上就剩下我一个了，"瘦老头说，"我不应当让酒吧关门，这一点你跟我一样清楚。"

"求你了，达利，我不能把车子撂在铁轨上呀。"

"太糟糕了！"他说，尽管如此，他还是从吧台后面挪过身来，"你说是怎么回事？"

"我跟你说过了，我打了个喷嚏。"海蒂说。

她后来是这样说的：达利，矿工和矿工的女友，个个都醉成了一

---

① 通行于19世纪60年代美国西部。

摊泥。

达利一瘸一拐地把酒吧门锁上了。一年前他把佩斯的一匹母马往拖车里装的时候,被它尥了一蹶子,踢断了几根肋骨,再也没有长好。他老天拔地的,却装出一副不痛不痒的样子。那双高跟窄帮的靴子起了帮衬作用,他疼得直不起腰来,看上去倒像是牛仔躬身曲背的常态。不过,达利倒不是个真正的牛仔,不像佩斯那样是在马鞍上长大的。他是个从东部来的后辈,四十岁前没有碰过马脊背。在这一点上,他和海蒂倒像一路人。他们都不是真正的西部人。

海蒂催他穿过牧场大院。

"该死,"他对她说,"我已经从那傻小子身上捞了三十块,还会把他的全部工资都从他身上糊弄出来,如果你不来搅局的话。佩斯会气炸的。"

"你得帮帮我。咱们都是邻居嘛。"海蒂说。

"你住在这里就不合适。你不能再住下去了。再说,你总是喝得醉醺醺的。"

海蒂没法回嘴。想到她的车还在铁轨上,她都急疯了。如果现在开来一列货车,就会把它撞得稀烂,他在关莲草荒漠湖的日子就要完结了。那她会去哪儿呢?她不适合在这个地方居住。她压根儿就不够格,只不过看上去够格而已。而达利——他干吗要对她说那种伤人心的话呢?因为他自己都是六十八的人了,也没有别的地方好去;再说佩斯待他又不好。达利之所以待在这里,是因为另一个唯一能去的地方就是退伍军人收容所。更何况,东部来牧场度假的女人仍然会往他的床上爬。她们想要一个牛仔,认为他正好就是这么一位。嘿,他甚至早上从床上爬都爬不起来了。他还有什么地方能够搞到女人呢?"度假季节一过,"她想对他说,"你又得去老兵医院叫人修理零件了。"但现在她不敢得罪他。

月亮该升起了。好像是他们驱车驰过未筑平的土路向铁路道口开去，海蒂的塔楼形小汽车正在那里的路轨上卡着呢。车开得飞快，达利把皮卡车来了个急转弯，把土扬到开车紧跟在后面的矿工和他的女孩身上。

"你坐到方向盘后面掌握方向。"达利对海蒂说。

她爬到驾驶座上。抓着方向盘等着时，她把脸一抬说道："如果运气好的话我没有把轴别弯，也没有把油底盘弄破。"

当达利爬到海蒂车子的保险杠下面的时候，肋骨一阵疼痛，突然把他的气憋住了，所以他没有把拖链对折成双股，而是按全长拴上了。他站起来，穿着夹脚的靴子小跑回到卡车跟前。活动似乎是消除疼痛的唯一妙方；即便狂饮再也解决不了问题了。他让皮卡车进入牵引状态，开始拉起来，海蒂的车一侧掉到路基上，弹簧跳动了一下。她坐着，脸上显得暴躁、恐惧、内疚，使马达快速空转着，直到它溢出油来。

钨矿工人喊起来："你的链子太长了。"

由于车轮倾斜，海蒂被高高地举到空中。她不得不摇下车窗，让自己出去，因为门把手从里面卡死好几年了。海蒂在抬起的一侧挣扎着爬了出来喊着："我最好找一下瑞典人，最好让他发个信号。有一趟火车该来了。"

"那就去吧，"达利说，"反正你在这里没有用处。"

"达利，当心我的车子。小心点儿。"

古老的海床在这个地方又平又低，她的车灯的光，卡车的灯光，钨矿工人的雪佛兰车的灯光在二十英里以内照得四外通明。海蒂吓慌了，根本就没有往这里想。她能想到的无非是，她是一个迁延时日的老太婆；她靠延误过日子；她曾经打算戒酒；她把时间延误了；现在她又把车子毁了——一种可怕的结局，对她的一种可怕的天罚。她下到地面上，撩起裙子，迈开双腿要跨过拖链。为了证明链子不见得非要缩短不可，为了把整个事情搞定，达利再次把皮卡车往前一冲。链子猛地拉了上去，打在海蒂的膝盖上，她摔了个狗吃屎，一条胳膊折断了。

她喊了起来："达利，达利，我受伤了，我跌倒了。"

"老太太叫链子绊倒了，"矿工说，"把车倒过来，我替你把链子折成双股。你这样子行不通。"

矿工醉醺醺地在路基黑沉沉、软绵绵、红赤赤的煤渣上躺下，达利把车倒过来好把链子放松。

达利也把矿工弄伤了。没等链子拴紧，他就把车往前一冲，结果把矿工手指头上的一些皮撕掉了。矿工没有抱怨，用他的衬衣下摆包住了自己的手，说道："她现在就要完事了。"那辆老爷车从轨道上下来，停在路肩上。

"这就是你这辆该死的车。"达利对海蒂说。

"还好吧？"她说。她左半身沾满了土，但还是将就着爬起来，靠一双硬腿支撑着站住，驼着背，身子死沉死沉的，"我受伤了，达利。"她竭力让他相信这是真的。

"伤了活该。"他说。他相信她这是在演戏，无非是想逃避责难。肋骨上的疼痛使他对她特别不耐烦。"天哪，如果你再照顾不了自己，你就别出来到这里惹事。"

"你自己也老了，"她说，"看看你对我干了什么。你也是一喝就醉嘛。"

这话可大大地惹恼了他。他说："我把你带到罗尔夫两口子那儿去。他们首先让你喝个够，让他们操心你去吧。你的废话我可听厌了，海蒂。"

他飞车上山。链子、铁铲、撬杠在皮卡车的两面车帮上撞击，丁丁当当响个不停。她心里害怕，托起她的胳膊哭起来。她进大门时罗尔夫的几条狗跳过来舔她。她退缩着喊道："下去，下去。"

"达利，"她在黑暗中喊道，"看好我的车。别让它停在路上。达利，请你关照关照它。"

然而达利戴着他的高顶宽边呢帽，一张猪腰子脸皱纹满面，显得瘦小而又愤怒，肋骨又疼得火辣辣的，便驱车高速飞驰而去。

"上帝啊，我怎么办呐。"她说。

罗尔夫两口子坐在他们烧着多脂枕木的火旁喝饭前的最后一巡酒，这时候海蒂推开了门。她的膝盖在流血，眼睛由于受了惊吓而小得出奇，一副灰头土脸的样子。

"我受伤了，"她绝望地说，"我出了车祸。我打了个喷嚏，对方向盘失去了控制，杰里，关照一下那辆车吧。它还在路上。"

他们包扎好她的膝盖，然后送她回家，把她安顿到床上。海伦·罗尔夫在她的胳膊上裹了一层保温垫。

"我不能要垫子，"海蒂抱怨说，"开关时开时关，每次都启动我的发电机，把煤气都用光了。"

"啊，海蒂，"罗尔夫说，"现在可不是抠门儿的时候。早上我们送你进城仔细检查一下。海伦会给斯特劳德医生打电话的。"

海蒂想说："抠门儿！嘿，你们才是抠门儿的人呐。我只是什么也没有捞到。你和海伦打牌时为了两毛五动不动就互相掐起来呢。"不过罗尔夫两口子对她倒挺好；他们是她在这里仅有的真正的朋友。达利会让她在大院里躺一个通宵的，佩斯会把她卖给收骨头的人。他为一块钱把她卖给收购老马死驴的人。

所以她没有对罗尔夫两口子回嘴，不过他们一离开黄房子，披着皎洁的月光，走到桉叶槭阴影广阔的边缘下面，向他们的旅行车走去的时候，海蒂就关上了开关，于是发电机沉重的轰隆声便戛然而止。顿时，她就感到胳膊上真正的疼痛，深入骨髓的疼痛，她直僵僵地坐着，用手暖一暖受伤的地方。她似乎觉得她能摸到骨头顶了出来。离开之前，海伦·罗尔夫给她盖了一床被子，这是海蒂的亡友茵荻的遗物，茵荻死后，海蒂继承了这座小房子和里面的一切物品。茵荻死的那天夜里，这床被子是不是就在她的床上？海蒂尽力回想，但她的思绪像一团乱麻。她大致肯定临终床上的枕头在阁楼上，她相信她把茵荻死亡时的床上用品统统装进一只皮箱里了。那床被子又怎么掏腾出来了呢？她现在拿它没有办法，只有把它拉开，不让它挨上她的皮肤。被子暖了她的腿。这一点她接受，但她不想它贴得更近。

海蒂越来越看见她自己的一生，从出生到目前，每时每刻好像都被拍成了电影。她想入非非：死了以后，她将在另一个世界看这部电影。届时她就会知道，她是怎样从后面显现出来的，给花草浇水，在浴室里洗澡，睡觉，弹风琴，拥抱——一切的一切，甚至今晚，疼痛不堪，几乎是最后的疼痛，也许因为她再也无法忍受更多的疼痛了。生活还有多少迂回曲折要向她展示？剩下的电影不会很多了。躺下睡不着，动这些脑筋是世界上最糟糕的事情。死亡也比失眠强。海蒂不仅热爱睡眠，而且信奉睡眠。

第一次接骨的尝试不成功。"瞧你们给我做了些什么。"海蒂说，并向探视者坦露出变了色的胸膛。第二次手术过后，她神志恍惚了。只好把她的病床侧挡竖起来，因为在神志失常的时候，她在各个病房到处游荡。护士们把她关进去的时候，她就破口大骂："在一个民主国家里，未经审判，你们不能关押人的，你们这些母狗。"她是从威克斯那里学会骂人的。"他张口就骂，"她常说，"我不知不觉就灌进耳朵里来了。"

有好几个星期她脑子犯糊涂。睡着的时候，她的脸了无生机；她的双颊鼓了起来。嘴再也张不大，露齿笑一笑都办不到了，而是嘬得又圆又小。海伦看见她就叹息了一声。

"我们是不是要联系一下她的家人？"海伦问医生。医生的皮肤白而厚实。一头栗子色的头发，浓密，但很干燥。他有时会对病人解释一下原因，"战争期间我得过热带病。"

他问："有家属吗？"

"老哥。侄儿侄女。"海伦说。她试想该把谁叫到自己的床边（她也老到干这种事的年龄了）。罗尔夫一定会设法好好照顾她的。他会雇私人看护的。海蒂却办不到。她已经入不敷出了。费城的一家信托公司一月给她八十元。她有一个数额很小的储蓄账户。

"我寻思,我们应该想办法把她从火坑里搭救出来,"罗尔夫说,"除非在墨西哥的那个老哥来。我们不妨给哪一位老兄打个电话。"

到头来,用不着叫亲属了。海蒂开始复元了。最后,她能认出前来探视的人了,尽管心智紊乱。发生过的很多事她都想不起来了。

"他们得给我输多少夸脱的血?"她问了又问,"我好像记得输了五次、六次、八次,次数不一样啊。天光,电光……"她想笑,却没法显出一张可人的脸。"我会怎么付款呢?"她说,"一夸脱二十五块。我的一点点钱就会彻底勾销了。"

她老把血挂在嘴上,血成了她的一块心病。谁来探望她,她总要说:"非要把那种血统统置换掉不可。他们给我灌了好多加仑。好多加仑呀。但愿它都是些好血。"尽管身子很虚弱,但她还是咧开嘴笑一笑,甚至纵声大笑一阵子。她的笑声里,嘶嘶的声音比以往多了;病侵染到了她的胸部。

"不许抽烟,不许纵酒。"医生告诉海伦。

"医生,"海伦问他,"你是不是指望她脱胎换骨?"

"反正我有责任交代清楚。"

"对她来说。活着不喝酒等于虚度时光。"海伦说。

她丈夫哈哈大笑。罗尔夫纵声大笑的时候,他的一只眼睛就迷糊了。他那张爱尔兰人的脸就涨得通红;他那又小又尖的鼻子的鼻梁上的皮肤就变得白煞煞的。"海蒂像我,"他说,"她会经商的,直到她被清洗出去。如果关莲草湖变成威士忌,她也会不遗余力拆掉她的老黄房子,去造一个木筏子,在威士忌上漂游。所以干吗还谈戒酒的事呢?"

海蒂清楚地认识到他们之间的这种相似性。他来看她的时候,她说:"杰里,你是唯一的一个能听我诉苦的人。我该怎样理财呢?我有霍奇基斯保险。我一月付八美元。"

"那对你没有多大好处,海特。没有蓝十字会①的吗?"

"我十年前就退保了。或许我还能卖掉一点儿贵重物品。"

"你有什么贵重物品呀?"他说。他笑得眼睛都开始垂下去了。

"嘿,"她不服气地说,"多着呢。首先有茵荻留给我的那块美丽珍贵的波斯地毯。"

"壁炉里掉出来的煤把它烧了好多年了,海蒂!"

"地毯的品相堪称完美,"她说着双肩气愤地一歪,"那样一件美丽的东西是永远不会失去它的价值的。那张来自西班牙修道院的橡木桌是三百年的古物了。"

"能卖二十块就算你走运,从这里拖出去就要花五十。你该卖的是房子。"

"房子?"她说。不错,这倒是她一直惦记着的事。"我非卖两万不可。"

"八千倒是个公平的价格。"

"一万五……"她火气上来了,声音恢复了劲头,"茵荻两年之内就投进去了八千。别忘了关莲草湖是世界上最美的地方之一。"

"可它在哪儿呀?离旧金山五百多英里,离盐湖城二百英里。谁想住到这么偏远的地方,除了几个像你和茵荻这样的怪人?还有我吧?"

"有些东西你是不能贴价格标签的。美的东西。"

"呵,吹牛吧你,海蒂!你对美的东西一窍不通。还不如我知道的多呢。我之所以住在这里,是因为对我而言,这样做自有一番道理,你住在这里,是因为茵荻把房子留给了你。而且又恰好在紧要关头。如果没有它,你自己连把水壶也不会有。"

---

① 蓝十字会是美国一种非营利性的健康保险组织,会员或其家庭可享受医院的治疗保险。

他这番话说得海蒂恼羞成怒,不仅如此,她听了还胆战心惊。她一时哑口无言,随即仔细琢磨起来,因为她喜欢杰里·罗尔夫,他也喜欢她。他有见识,明事理,更重要的是,只有他才说出了她的心里话。至于茵荻的死和房子,他说得可算是一语中的。但她转念一想,他并不是无所不知。仅仅构想出那么一座房子,你就得给旧金山的建筑师付一万美元。他还连一条线都没有画呢。

"杰里,"老太婆说,"我怎么才能把血库里的血置换掉呢?"

"你是不是要我给你一夸脱,海特?"他双目低垂下去,闭上了。

"你不行。两年前,你得过肿瘤。我想达利应当给一点儿。"

"那老头?"罗尔夫冲着她哈哈大笑,"你是想要他的命?"

"哼!"她大为气恼,把她那张大脸一扬,说道。发烧和出汗磨散了鬈发的刘海;脑袋后面的头发纠结成了毡片,所以必须剃一剃了,"达利差点儿要了我的命。我现在这种处境,正是他的过错造成的。他身上有的是血。他追娘儿们——老少全要。"

"行啦,你当时也喝多了。"罗尔夫说。

"我醉驾了四十年。问题出在喷嚏身上。杰里啊,我有膏血被挤干了的感觉,"海蒂说,显得面容憔悴,佝偻着身子坐在床上。然而她的脸却被她那莫名其妙的咧嘴嬉笑劈开了。她不是一个长时间悲悲切切的人,她有一个大难不死必有后福的人所具有的那种表情。

每隔一天,她就去看治疗专家。这位年轻女子为她调治胳膊;这对海蒂来说反倒是一种快乐而又舒畅的体验;海蒂倒乐得把全部的治疗工作由她包揽下来。然而。她还有一些别的锻炼要做,而这些活动就不是那么容易了。他们给她装了一个滑轮,海蒂必须抓住一根绳子的两头,看着绳子穿过那个咯吱咯吱的小轮来来回回地移动。她翘起屁股深度弯腰,边抽烟,边咳嗽。但她把最重要的锻炼绕开了。这项锻炼要求她把手掌平贴到墙上,跟她的屁股在一个水平线上,然后慢慢移动指尖,使手上移到肩膀的高度。这样做痛苦难捱，她常常忘了做了，尽管医生警告她，"海蒂，你不想黏连，对吧？"

一丝绝望的光掠过海蒂的眼睛。于是她说："啊，斯特劳德医生，买下我的房子吧。"

"我是个光棍。要房子干吗？"

"我认识一个女孩，跟你是天造地设的一对儿——我堂哥的女儿。魅力十足，又有头脑。刚刚拿到博士学位。"

"你自己准有不少求婚的吧。"医生说。

"倒是有几个荒漠疯耗子。他们追我。可是，"她说，"等我把账付清了，我的情况就一塌糊涂了。如果至少我能把血库里输的那些血置换掉，我就会感觉轻松一点儿。"

"如果你不按治疗专家的叮嘱去做，海蒂，你就需要再做一次手术。你知道什么是黏连吗？"

她知道。可是海蒂思量，我还得继续照顾自己多久呢？听到他说再做一次手术，她就气不打一处来。她一时感到惊恐，但她掩饰过去了。这个年轻人皮肤已经厚得像脱脂乳，栗子色的头发干得像死人，跟他在一起，她总扮演着一个孩子的角色。她细声细气地说："是的，医生。"但心里却火冒三丈。

然而，无论白天还是黑夜，她总是念叨来念叨去："我曾身陷幽谷。但现在我还活着。"她身体弱，她年龄大，她不能顺顺溜溜地进行一连串的思考，她觉得头晕。不过她还在这里；这里有她的身体，它填满了空间，一个大块头。尽管她有烦恼，有困惑，偶尔她的胳膊的感觉好像是它要给她的痛处捅最后一刀，一了百了。虽然她的头发乱糟糟、老苍苍的，活像洋葱根，梳几下子还是零零散散不像样子，但是她还是坐着跟探望的人一起寻乐子；她咧着大嘴的嬉笑把脸劈成了两半，每听到一句宽心话，她的心就暖洋洋的。

她寻思，大伙儿会伸出援手的。瞎操心没有一点儿用处。有福之人不用忙，最后福会从天降。玛丽安爱我。海伦和杰里爱我。哈芙·平特爱我。他们绝不让我一败涂地的。而且我也爱他们。如果事情倒过来的话，我也绝不会让他们趴下的。

在海蒂偶尔独自个儿游历的一种袋状的茫漠之境里，茵荻的面容，她的阴魂，有时会在天边冉冉升起。茵荻一副愤慨加责骂的声势。不凶恶。真不凶恶。对海蒂真正凶恶的人寥寥无几。可是茵荻对她生气了。"花园越来越糟糕，海蒂，"她说，"这些丁香树全都枯萎了。"

"可我有什么办法呢？水管烂了。破了。够不着了。"

"那就挖条沟吧，"茵荻的幽灵说，"叫老萨姆挖条沟，但要保护好丁香树。"

我还是你的仆人吗？海蒂暗自嘀咕。不。她想，任凭死人埋葬他们的死人。①

可是她现在公然与茵荻作对的情形并不比跟过去她们一起生活的时候严重。海蒂应当让茵荻滴酒不沾的，可是早饭后她们俩往往都开始往醉里喝。她们忘了穿衣服，只穿着自己的衬裙，她们俩就醉醺醺地在房子周围转悠，往往相互撞个满怀，她们由于一直身体衰弱而感到万念俱灰。后响，她们常常坐在起居室里等着太阳落山。太阳在群山嶙峋的岗峦上把自己燃尽后，就缩回去了。日头一过，天光的暴烈就结束了，山的表面显得更蓝，断裂得更厉害，活像一群煤崖。它们不再使人想到还有坡面。东方开始显得单纯，湖也多了一点儿人情，少了几分傲气。最后茵荻会说："海蒂——该开灯了。"海蒂就会把好几盏灯的拉链开关一拉，好给发电机一种强劲的推力。她也会把几盏十八世纪式的颤动灯打开。这些灯的灯罩从它们细长的灯体上伸出来，活像蜻蜓的翅膀。棚屋里的小引擎就沙沙地启动，然后噼啪作响，接下去就是突突突和砰砰砰的声音，于是第一线微光就在灯泡里忽明忽暗地闪现了。

---

① 语出《圣经·新约·路加福音》，第 9 章第 60 节。

"赫地!"茵荻喊道。她喝过酒就悔过,然而她的悔过却叫海蒂吃不消,她的脾气越坏,她的口音就英国味越浓。"你到底在哪儿哟赫地!"茵荻死后,海蒂找到了她写的几首诗,在诗里,海蒂被情意绵绵地、甚至动人心弦地提及。这是一种好事情——文学。教育。教养。然而海蒂对理念的兴趣不大,而茵荻却对世界各地了如指掌,谈起来如数家珍。茵荻习惯谈精英社会。茵荻想和她讨论东方宗教,柏格森①,普鲁斯特②,而海蒂就没有这方面的头脑,所以茵荻就把自己饮酒的习惯归罪到海蒂身上。"我没法跟你交谈,"她常说,"你不懂宗教,又不懂文化。我之所以待在这里,是因为我不适合在别的地方待。我再也不能在纽约生活了。对于一个我这样年纪的女人,夜里醉倒在大街上太危险了。"

而海蒂跟西部的朋友谈起茵荻时,总说,"她是一位贵妇"(言外之意是她们才是一对儿),"她是个富有创造性的人"(所以她们发现彼此志趣投合)。"可是个四体不勤的书呆子吧?彻头彻尾的这路货。嘿,她连自己的紧身褡都穿不上。"

"赫地!过来。赫——地!你知道什么是懒散吗?"

不穿衣服,茵荻坐在床上,她那只皱皱巴巴、戴着戒指的醉手拿着香烟,在毯子上烧了不少窟窿。在海蒂的自尊心上,她也留下了很多小小的伤痕。她把海蒂当仆人使唤。

茵荻后来哭哭啼啼乞求海蒂原谅。"赫地,求你不要在心里咒我。原谅我吧,亲爱的,我知道我坏。可是我干坏事对我自己的伤害比我对你的伤害还厉害。"

海蒂摆出一副正颜厉色的架式。她把长着鹰钩鼻子、肿泡眼睛的脸一扬,说道,"我是个基督徒。我从来不记恨别人。"她把这话三番五次地重复,实际上是让自己原谅茵荻。

---

① 柏格森(1859—1941),法国哲学家,生命哲学和现代非理性主义的代表。

② 普鲁斯特(1871—1922),法国小说家,其长篇《追忆逝水年华》(七卷)闻名世界。

当然，海蒂没有丈夫，没有孩子，没有技艺，没有积蓄。如果茵荻不死，不把黄房子留给她，她会怎么办呢，没有人知道。

杰里·罗尔夫私下里对在城里做生意的海蒂的朋友玛丽安说："海蒂没办法照顾自己。如果一九四四年的暴风雪期间，我不在附近，她和茵荻两个都会饿死。她一贯漫不经心，好喝懒做，现在她连一头奶牛也赶不出院子了。她太虚弱了。她该做的事情就是到东部找她该死的哥哥。要不是茵荻，海蒂早就在那个穷农场里了结了。不过除了那座该死的房子，茵荻还应当给她留下一些钱的。她却没有运用她该死的脑袋瓜子。"

海蒂回到湖畔以后，暂时住在罗尔夫家里。"嗯，老水手，"杰里说，"现在你身上多了点儿生气。"

此话不假，眼里闪着欣喜，嘴上叼着香烟，头发新近烫卷，挂在脑门上，她似乎又扬扬得意了。她面色苍白，不过她时而咧嘴一笑，时而咯咯地轻笑两声，而且端着一杯波旁威士忌；用一颗樱桃和一片橙子配制成了古典鸡尾酒。她喝酒是限量的，罗尔夫两口子一天只让她喝两杯。她的背，海伦注意到，比原先驼得更厉害了。她的两膝略微向外拐，可是两只脚的内踝快挨到一起了。

"啊，亲爱的海伦，亲爱的杰里，回到湖畔我太感谢，太高兴了。我又能关照我的住处了，我在这里观赏春色。它比以往更加绚丽了。"

海蒂不在的时候下过几场大雨。只有在湿润的冬天过后才开花的关连草，从松散的泥土里，尤其在泥灰坑周围，冒了出来；甚至在晒黑的花岗岩上面，它们好像也长了出来。荒漠桃开始挂果了。海蒂的院子里，玫瑰丛变得茂盛起来。玫瑰开的是黄花，繁丽丰硕，清香四溢，好似潮茶叶的气味。

"趁天还没有热到响尾蛇出没的时候，"海蒂对海伦说，"我们应当开车到马吉的牧场上去摘一些水田芥叶子。"

海蒂要干的事情多着呢，可是那一年天热得早，由于没有电视吸引她醒着，所以大半天她都在睡觉。她现在能够给自己穿衣服了，不过她再能干的事情就不多了。萨姆·杰维斯把滑轮给她安装在门廊里，她偶尔记起来，就使用使用。早晨，她有力气的时候，就信步溜达到自己的房子里去，察看各样东西，神气活现，给萨姆·杰维斯和万达·金厄姆下命令。万达是个肖肖尼人①，九十岁了，仍然是个优秀的女裁缝和房屋清洁工。

海蒂把停在一棵三角叶杨树下的那辆汽车仔细察看了一番。她试了试引擎。行，这老饭桶还中用。她一腔傲气，满心欢喜，听着推杆发出的噪音；烟从后面冒出来，又干又老的管子瑟瑟发抖。她试图换一换挡，转一转方向盘。这事她暂且还干不了。但很快就能行，她信心满满。

房子背后，污水池上方的土塌陷了一点点。顶上的几根老铁路枕木朽了。不然的话，各样东西情形都还好。萨姆一直在照看花园。佩斯的几匹马——也许是因为他从来没有钱给它们喂干草——曾经破门而入，萨姆发现它们在吃草就把它们赶了出去，此后，他就给大门装了个新门闩。幸好，马没有糟蹋她的多少花草。一时间，海蒂对佩斯怒不可遏。他把马放进她的花园吃白食，她断定。不过怒气持续的时间不长。它被消融在包围她的金子般的喜悦感中了。她没有多少力气，但仅有的一点对她来说也是一件喜事。所以她甚至宽恕了佩斯，就是这个佩斯，他一直想骗走她的房子，他总是利用她，让她难堪，打牌时糊弄她、诈骗她。他干的这一切无非是为了他的那几匹夸特马②。他养马可是个笨伯。这些马将会把他毁掉的。赛马是一种百万富翁的娱乐。

她看见他的牲口在远处吃草。卸掉鞍子后，母马就像没穿衣服一样；它们使她想起裸女们身子光溜溜地在盘绕地面的关莲草上漫步。花

---

① 美国西部的印第安人。
② 善于短距离冲刺、原用于四分之一英里比赛的马。

儿微黄,宛如冬天的羊毛,但香气四溢;母马们,赤身裸体,文质彬彬,在花丛中漫步。她们的步态,她们的完美,她们的蹄子踩踏石头的响声,触动了海蒂天性的堂奥。她爱马、爱鸟、爱狗,这是人尽皆知的。狗独占榜首。这会儿从一条绿毯子上剪下的一绺儿毯条使海蒂想起了她的爱犬利奇。这条毯子就是它撕破的,她把破毯子剪成条,垫在几扇门底下挡风。在这座房子里,她发现了利奇的更多痕迹:它脱在家具上的毛。海蒂要借用一下海伦的吸尘器,可是电流强度实在不够,没法使它正常吸尘。在茵荻房间的门把手上,还挂着那条狗项圈。

海蒂已经决定,当大限到来的时候,她要挪到茵荻的床上。干吗要有两张死过人的床呢?一丝险恶的目光进入她的眼睛,她的双唇紧闭,使人望而生畏。我随后就来,她用心声冲着茵荻说,所以不用担心。现在——不久——就该轮到她离开这座黄房子了。她走进客厅时,想到遗嘱,不禁叹息了一声。很快,她就要处理此事了。茵荻的律师克莱本会帮她经办这一类事情的。她在城里暂住在玛丽安家里的时候,已经给他打过电话,跟他商讨过各种情况。他答应想办法替她把房子卖掉。一万五是她的底价,她说。如果他找不到买主,或许他能找到一名租户。她定的租价是一月两百元。罗尔夫大声笑了。海蒂把一瞥他就会惹火她时总带着的那些傲慢、昏沉的目光投向他。她盛气凌人地说:"要在关莲草湖消夏?这价钱天公地道。"

"你这是跟佩斯的牧场竞争。"

"嘿,那里的食品臭烘烘的。他又欺骗那些度假客,"海蒂说,"他总在打牌时糊弄人家。你永远也见不着我跟他再玩二十一点[①]了。"

那她该怎么办呢?海蒂想,如果克莱本把房子既租不出去,又卖不掉的话。这个问题她一甩开,过一定时间照样又返了回来。我不可成为别人身上的包袱,海蒂想,从前有很多很多回,情况看上去很糟糕,但

---

① 类似我们玩的"推十二点半"。

当大难临头时,我总能化险为夷。反正我是应付过去了。但是她又跟自己争辩:多少回啊?多长时间呀?上帝啊——一个老东西,虚弱,对谁都没有用处?谁说她有哪门子拥有财产的权利?

她坐在她的沙发上,这都成老古董了——茵荻的沙发——八英尺长,腰子形状,胀蓬蓬的,光秃秃的。下面的粉色一闪一闪地从绿色包皮上透了过来;包在下面的弹簧顶起一个又一个的包,活像狗爪子的肉掌,包与包之间夯出一撮又一撮的毛。海蒂把身子歪靠在上面,歇着,两膝叉得很开,嘴上叼着一支香烟,眯着眼睛,却望着远处。群山似乎不在十五英里之外,而只相距一千五百英尺,湖宛如一条蓝色的带子;尽管玫瑰还含苞未放,但茶叶似的清香已经弥漫在空气里,因为萨姆正在大热天浇灌它们。海蒂心怀感激,喊了一声:"萨姆!"

萨姆老天拔地的,全身上下好像只长了两条长干腿。两只脚就显得很大。由于弯腰曲背,他那件旧铁路夹克就紧绷在脊背上面。他把一根指甲又大又宽的弯指头按在软管嘴口上,水喷出来便雾蒙蒙一片,细小的水珠儿晶莹闪亮。他见到海蒂喜出望外,便把那掉光了牙的长下巴和一双似乎弯回去要深入鬓角的长长的蓝眼睛转过来(转过来的只是他的脸,不是身子),说道:"啊呀,海蒂。你今儿个回家来了?欢迎,海蒂。"

"来一罐啤酒,萨姆,拐到厨房门口来,我给你一罐啤酒。"

她从来不让萨姆进房子,因为他有皮肤病。他的下巴和耳朵后面有一些红肿的斑块。海蒂怕他接触传染,因为她断定他得的是脓疱病。她给他的是罐装啤酒,从来不给他杯子,而且在使用园艺工具前,先把手套戴上。因为他不拿她的钱——万达·金厄姆一天收一元工钱——她叫玛丽安在城里给他找些旧衣服,她把给他的食物放在他住的有一股子潮木头味的棚车门口。

"老翅膀咋样了,海特?"他说。

"快好了。转眼间我又要开车了,"她告诉他,"到五月一号,我又要开车了。"每个礼拜她都把日期往前移。"到阵亡将士纪念日① 我指望又能独立自主、自由行动了。"她说。

然而,到了六月中旬,她仍然不能开车。海伦·罗尔夫对她说:"海蒂,杰里和我定于七月的头一个星期去西雅图。"

"嘿,你从来没有给我说过这事呀。"海蒂说。

"你该不是告诉我这是你头一次听说这件事的吧,"海伦说,"从一开始你就知道这事——打圣诞节以后。"

海蒂难以迎视海伦的目光。她立即把脑袋耷拉下来。她的脸变干涩了,尤其是嘴唇:"好啦,别操我的心。我在这儿没问题。"

"谁会照看你呢?"杰里说。他是个直言不讳的人,也容不得别人把话藏着掖着,除此之外,正如海蒂所知,他事事尽可能地体谅她。可是谁会帮她呢?她的朋友哈芙·平特靠不住,其实玛丽安也指望不上。她一直求助的只有罗尔夫两口子。海伦极力保持镇定,凝神注视着她,脑袋做出伤悲的、不由自主的动作,时而点点头,时而做出似乎不敢苟同的表现。海蒂暗自骂她:一双狐媚子眼。我做不出她的那副媚态,因为我老了。那样实诚吗?然而她还是挺赞赏海伦的眼睛。甚至眼睛周围的皮肤,尽管下面略微有点儿皱纹,有点儿厚重,但仍然动人、美丽。她的胸脯也有种与眼睛的厚重相互谐和的厚重,仿佛有相得益彰的效果。她的头、她的手和脚本应选取一种更加苗条的身段。海伦,海蒂说,是她在世上拥有的最接近姐妹的一件东西。然而没有理由去西雅图——没有真正的事情。到底干吗去西雅图呢?那只不过是闲着没事去逛逛,去度个假而已。真正的理由是海蒂自身;这是他们耍的手段,借此告诉她:她指望他们替她做的事情是有个限度的。海伦神经质的脑袋摇晃着,但她的思绪是稳定的。她知道海蒂在动什么心思。像海蒂一样,她也是个无所事事的女人。她无所事事的权利为何就好一点儿呢?

---

① 在五月最后一个星期一,为法定假日。

因为钱？海蒂想。因为年龄？因为她有个丈夫？因为她有个在斯沃斯莫尔学院读书的女儿？然而一个有趣的情况突然浮现在心头。海伦不喜欢无所事事，而海蒂还乐此不疲呢：一种无所事事的生活是她能过的唯一的生活。这种生活一路上坡，艰辛无比，因为瓦戈纳跟她离婚的时候，她身上没有一分钱。她甚至迫不得已把威克斯养活了七八年。除了马，威克斯对别的一窍不通。后来，她只好寄人篱下，仰茵荻的鼻息。我是这样一个人，海蒂心里断言，我要知道怎样处理海伦的利益。她只能得到利益受活罪。如果她不想再做一个无所事事的女人，她干吗不能从我、她的邻居这儿做起？海蒂的皮肤尽管胖乎乎的，却被怒火烧得热辣辣的。她对罗尔夫和海伦说："别犯愁，我有办法对付。不过，要是我非得离湖而去，那你们可要比从前孤单十倍了。现在我就回家去。"

她把那张宽阔的老脸一扬，但难受得像个孩子似的撇着嘴。她是个一言出口、驷马难追的主儿。

然而，这麻烦绝不是一般的麻烦。海蒂自己意识到：她信步胡逛，随口乱说，经常忘记名字，还有自言自语的习惯。

"我们不能光是管着她呀，"罗尔夫说，"更重要的是，她身边应当有个医生。她给滑膛枪老装着子弹，这样一来，她万一在房子里遇到什么状况，就可以开枪。可是谁知道她会射中什么呢？我就不信打死她那只短毛猎犬的人是杰卡马雷斯。"

她搬回黄房子后的那天，罗尔夫把汽车开进院子说："我要进城去。如果你乐意，我可以给你带一些吃食来。"

尽管一肚子的火气，但她没法拒绝这番好意，于是她说："好啊，给我从山街市场带些东西来。记在账上。"冰箱里只剩下几只冻虾和几罐啤酒了。罗尔夫走后，她把那包虾拿出来让它消冰。

在西部，人们通常都是患难与共的。海蒂现在把自己看作拓荒队伍中的一员。现代派是后来者。她毕竟像个老江湖一样，一直生活在牧场上。威克斯打猎备好他们的圣诞晚餐的料，她下的厨——鹿肉。他是在居留地里被打死的。如果叫印第安人抓住了，要给的钱就老鼻子了。

天气热，广袤的天空中，云团滞重而宁静。地平线如此辽阔，线里的湖好似一碟牛奶。一些牛奶！海蒂想。中心有两千英尺深，深得任何尸体也找不到。一具尸体，他们说，随着激流转来转去。湖底还有尖牙利齿状的岩石、温泉，以及永远也不会被捉住的无色的鱼。由于白色的鹈鹕正在做窝，他们就巡查岩石，看有没有蛇和其他的偷蛋贼。它们体形硕大，飞行缓慢，你不禁会想象它们是群天使。海蒂再也不去湖岸了；走这一趟会耗尽她的体力。她把力气省下，好在下午上佩斯的酒吧。

她脱掉鞋袜，光着脚丫子从房子的这一头走到那一头。在陆地的一侧，她看见了万达·金厄姆坐在铁道附近，而她的重孙子则在软绵绵、红糊糊的砾石上玩耍。万达披着一条紫色的大披巾，长着黑头发的脑袋上没戴帽子。她的四周——空空如也，海蒂想；因为她已经喝过一次酒了，破了自己的规矩。空空如也，除了群山，推出来，活像一个个男人的身体；三齿蒿就是他们胸口的毛。

暖风从泥灰坑里刮起了灰土。这种白色粉尘冲淡了她的天空的蓝色。在湖水的一侧，是那群鹈鹕，纯洁得好似精灵，徐缓得如同天使，它们展开巨翅飞翔，把空气变圣洁了。

她应不应该叫萨姆把烟囱上的藤蔓清理一下？麻雀在里面做了巢，对此她倒是乐在其中。可是整整一个夏天王蛇都在追随它们，她都害怕在花园里走动了。麻雀刨着地找种子吃的时候，它们总要蹦一下，真逗，它们先挺硬两条腿，再用两只爪子往后刨土。海蒂在她的那张西班牙修道院老古董桌子旁坐下来，瞅着它们在这多云暖和的一天活动，她双手十指交叉紧握在一起，轻声笑着，却黯然神伤。花枝上密密麻麻开满了黄玫瑰，其中一半现在已经枯萎。蜥蜴在阴影间窜来窜去。水平静得像空气，炫丽得似丝绸。群山颓堕萎靡，热得睡着了。海蒂也犯困，便在沙发上躺下，沙发的那些衬垫她总觉得像狗爪子。她撑不住，便睡着了，一觉醒来，已是午夜；她不想开灯，怕惊动罗尔夫两口子，于是借着月光吃了几只消了冰的虾，然后去了趟洗手间。她脱下衣服，爬上了床，躺在那里摸了摸那只疼痛的胳膊。她现在才知道她是多么思念自己的狗。狗事的前因后果沉重地压迫着她的灵魂。一想起它，她就忍不住泪水盈眶。在隐痛的折磨下，她又睡着了。

我寻思我最好还是想办法打起一点儿精神来，海蒂早上神经兮兮地想道。我总不能光睡大觉混日子。她知道她难在哪里。一遇到什么严重问题，她就心虚。心慌意乱，或者心乱如麻。她暗自思忖，我看见的是明亮，感觉到的却是昏暗。我估摸我再也不是那么精力充沛了。指不定我的精神有点儿错乱，就像母亲那样。可是她还没有老到母亲干莫名其妙的事情的那个岁数。八十五岁时，她母亲就得让人守着，否则就会光屁股跑到街上去的。我还没有糟糕到那种地步。感谢上帝！对了，我进过男人的病房，但那是我发高烧的时候，何况我还穿着睡衣。

她喝了一杯速溶咖啡，它加强了她要自立自强的决心。普天之下，她唯一能找的就是她哥哥安格斯。她弟弟威尔日子过得艰难；他是个老搅棒子，而现在他见谁撵谁。他脾气太坏，海蒂想。再说，他还因为她与威克斯一起生活了那么久生她的气呢。安格斯会原谅她的。可是他和他妻子跟她不是一类人。跟他们住在一起，她不能喝酒，不能抽烟，她让自己把嘴夹紧，而且早饭前他们总要念一章《圣经》，在此期间她只好等待。海蒂忍受不了坐在桌子旁边等着开饭。况且，她终于有了一座自己的房子。她干吗非得离开它不可？先前她从未有过一件自己的东西。现在又不允许她享用她的黄房子。但是我要守住它，她怀着叛逆情绪对自己说。我对上帝发誓，我要守住它。嘿，我才刚刚得到它。我还没来得及享受呢。然后她出去到门廊上运作滑轮，她要采取措施防止她那条胳膊出现黏连。她确信黏连已经形成了。我该怎么办？她对自个儿喊道。我该怎么办？干吗我那天夜里要去罗尔夫家——我干吗在道口上失去控制了呢？现在她没法说"我打了个喷嚏"。她甚至记不得发生了什么事情，只记得她看见了卵石和弯弯曲曲的蓝色的铁轨，还有达利。

怪达利。他本身就是个老病包儿。他成事不足，败事有余，他嫉妒她有房子，还嫉妒她过着女人的平静日子。她出院以后，他甚至没有来探望过她。他只说了句："见鬼，我替她难过，不过事故全怪她。"最伤他感情的是她说他就是不会喝酒。

逞凶斗狠，对上帝赌咒发誓都是白搭，她依然故我，是个作风拖拖拉拉的老太婆。她有封从霍奇古斯保险来的信要回，可是来信却漂游得不见踪影。她要给律师克莱本打个电话，可是这事旋即就溜出了她的脑海。一天早晨，她向海伦宣称她相信她要给洛杉矶一家接手老人财产并替他们代管的机构提出申请。他们给你一种海上公寓套房的权利，还包你的餐饮和医疗。你得签约把一半财产转让。"这倒够公平的，"海蒂说，"他们这是在冒风险。我可以活一百岁呢。"

"我倒不会感到惊讶。"海伦说。

然而，海蒂从来没有花点儿力气寄信给洛杉矶去索要情况介绍手册。倒是杰里·罗尔夫责无旁贷，给她哥哥安格斯写了一封信，介绍了她的境况。他还驱车到沃尔特斯堡跟金矿工人的遗孀艾米·沃尔特斯商谈。这位老婆婆把这个地方叫沃尔特斯堡，这座堡就是矿上的一个老焦油纸建筑物。有了矿井，污水池没有存在的必要了。自从她的第二任丈夫死后，再没有人挖山找金子了。路附近的一堆石头上安置着一块深红色的招牌：**沃尔特斯堡**。后面是一根旗杆。美国国旗天天都在这里升起。

艾米穿着已故的比尔的一件衬衣，正在菜园里干活。比尔挖了一条水渠替她把水从山上引下来，好让她栽种桃树和蔬菜。

"艾米，"罗尔夫说，"海蒂出院了，一个人独自过活。你没有亲人，她也没有。咱们就不绕弯子了，你们俩干吗不一起过日呢？"

艾米的脸极其敏感。她冬天在湖里洗澡，她喝菜汤，她在柴炉旁的大钢琴上弹圆舞曲自娱自乐，她读凶杀故事直到天黑才不得不把书合上——她的这种生活使她拒人于千里之外。她看上去敏感，却毫不影响沉静，她是不会动心的。这种现象非常奇怪。

"海蒂和我习惯不同，杰里，"艾米说，"再说，海蒂也不会喜欢我作伴的。我不能陪她喝酒。我是个滴酒不沾的人。"

"那倒是实话。"罗尔夫说，回想起海蒂把艾米说得像鬼魂一样。他不能对艾米谈及她必将面临的孤魂野鬼般的死亡前景。今日碧空如洗，万里无云，艾米身上没有一丝死亡的影子。她显得平静安详，全身上下似乎饱含着一种纯净的活命水，它会发挥潜移默化的永年功效。

他说："对于一个像海蒂那样住在那座黄房子里的女人，什么样的事情都有可能发生，谁也不会知道。"

"这倒是实情。她不知道如何照顾自己。"

"她就没法子照顾。她的胳膊还没长好呢。"

艾米没有说她听到这种情况十分难过。随之而来一阵沉默也许就有这种含义。接下来她说："我一天可以到那儿去几个钟头，但她得给我付费。"

"嘿，艾米，你一定和我一样明白，海蒂没有钱——不外乎她那一点儿养老金。只有那座房子。"

艾米立即接上话茬说："我愿意照看她，如果她同意把房子留给我的话。"

"你是说把它留到你手里？"罗尔夫说，"还是管理管理？"

"立下遗嘱。房子归我。"

"嘿，艾米，你要怎么处置海蒂的房子？"他说。

"它将是我的财产，仅此而已。我要它。"

"指不定你会立下遗嘱，把沃尔特斯堡留给她呀。"他说。

"不会的，"她说，"我干吗要干这种事？我又不求海蒂帮助。我不需要。海蒂是个城里女人。"

罗尔夫不能把这种提议带给海蒂。他是个聪明人，永远不会向她提遗嘱的事。

可是佩斯对她的感受就不是那么细心了。到六月中,海蒂已经开始定时定点地光顾他的酒吧了。她要考虑的事情太多,所以无法待在家里。有一天,佩斯从院子里走了进来——他一直在收拾他的马拉拖车的轮子,这会儿正在擦手指上的油——他像往常一样单刀直入地说:"一月给你五十块,给你养老送终你看怎么样?"

海蒂正端着她一天的第二杯古典鸡尾酒。在酒吧里她装成遵守限度的样子;可是她已经在家里喝酒了。午饭前一杯,午饭期间一杯,午饭后一杯,她咧开嘴笑起来,指望佩斯开个玩笑。然而他戴着那顶勺子形的西部帽子,平静得像个贵格会教徒,他已经把下巴拉了下来,这表示他不是开玩笑。她说:"那敢情好,到底是什么鬼把戏?"

"不是鬼把戏,"他说,"这是我们要做的正经事,我给你五百元,一月再给你五十元生活费,你让我安排几个度假客在黄房子里睡觉,你再立遗嘱把房子留给我。"

"这算哪门子交易?"海蒂说着脸色变了,"我还以为我们是朋友呢。"

"这是你会搞到的最上算的交易。"他说。

天气闷热,但直到现在海蒂认为天气挺好。她一直迷迷糊糊,但又十分舒畅,这会儿正要开始享受一天的凉爽;可是现在她觉得残酷和不公一直在伺机攻击她,所以死在医院里也比万念俱灰强。

她嚷起来:"人人都想把我推出去。你是个骗子,佩斯。天哪!我了解你,捉弄别人去吧。干吗偏要我当冤大头呢?就因为我碰巧近便好得手吗?"

"嘿,别介,海蒂,"他说,现在尽量要留个心眼了,"这只不过是个商业报价嘛。"

"干吗不给我一些血好置换血库输的血呢,如果你真够朋友的话?"

"唉,海蒂,你酒喝得太多,无论如何你不应当一直开车。"

"我打了个喷嚏,这你是知道的。整个事情之所以发生,是因为我打了个喷嚏。这事尽人皆知。我不会把房子卖给你的。我宁肯把它捐赠给麻风病人。你会把我弄走,绝不会给我一分钱的。你是绝不会给任何人钱的。你甚至再也不能按批发价进货了,就因为谁也信不过你。我是遇着坎儿了,如此而已,只不过一时迈不过去罢了。我一个劲儿地说,这是我在全世界唯一的家,这是我的朋友们的所在,天气总是好得不能再好,湖美到家了。不过,我巴不得这个该死的空落落的老地方下地狱。它没有人情味,你也一样。等县治安官把你的马牵走的那一天,我可要到这里看热闹——你可千万不要想不通!我会拍手叫好的!"

于是他告诉她,她又喝醉了,她还真的醉了,可是还不止于此呢,尽管她觉得脑袋天旋地转,她还是决定立马回家,料理一些她一拖再拖的事情。就在当天,她要给律师克莱本写信,确保佩斯决不能得到她的财产。她认为他有可能在法庭上起誓,说茵荻曾许诺把黄房子给他。

她坐在桌子旁,纸笔备齐,斟酌怎样措辞。

"我要立此存照,"她写道,"当我想到他是怎样诱骗我上当时,我恨不得踢自己的脑袋。我给他当了上万次的替死鬼,就像那个醉鬼把他的见习飞机撞毁到湖岸上的时候一样。在验尸陪审团面前,他让我承担全责。他说我给他干活的时候他已经指令我千万不要接待任何醉鬼。这个飞行员是喝醉了。他只穿一件T恤和一条百慕大短裤,他正从萨克拉门托飞往盐湖城。在验尸团面前,佩斯说我违背了他的指令。厨娘出了乱子时,情况又是这样。她是个荡妇。他从来不雇正派帮工。他在酒吧账单上骗了她,又诱过了我,于是她操起一把砍肉刀追我。她之所以憎恶我,是因为我指责她穿着她那件白色连衣裤泳装在酒吧陪度假客喝酒。他撺弄她对我撒野。他暗示他陪侍过茵荻。她可绝不会让他碰她一根手指头的。他太平庸,给她提鞋都不配。绝对不能说茵荻言谈举止方方面面不是一位贵妇人。他自认为他是世界上最了不起的床上艺术大师。事实上,马才是他唯一的所爱。他压根儿没有对这座黄房子提出要求,无论是口头的,还是书面的。我要你坚持这一点,有我的签名为凭。他对自己的第一任妻子'腌奶头'非常残暴,他对那个迷人的女人,现任妻子,也是一样。我不明白她干吗要逆来顺受。那一定是无可奈何。"海蒂心里嘀咕,我估摸我还是不要把这信寄出去为妙。

她怒气未消。她的心在里面咚咚直跳。强烈的脉搏,像刚洗过热水澡一样,在大腿后面猛跳。外面的空气里点缀着透明的微粒。群山红得像炉渣。鸢尾叶子像扇子把儿——它们夸出来像黑鬼们的头发。

临了,她总要向窗外望一望那片荒漠和那片湖,就算完事了。它们把你从你自己身上拉走,但是把你拉走以后,它们怎么处置你呢?要找出办法,为时已晚。我永远不会知道。我也不必知道。我不是那种人,海蒂反思道。对于女人,无论年老还是年轻,有些事情也许过于残酷。

于是她站起身来,站起来以后,她有这样一种感觉,那就是,她逐渐逐渐变成了一个盛自身的容器。你老了,你的心,你的肝,你的肺,似乎个头都扩大了,你的体壁便向外扩张,膨胀,她想,你就呈现出一个老水罐的形状,越靠近罐顶越宽。你胀了一身的泪水和肥油,连她自己再也闻不出一点儿女人味了。她那张由于睡觉多皮上留有压痕的脸,隐隐约约还像自己的——宛如一团变形了的云。它是一张脸。它成了一个线团。它飘来游去脱开了。它四零五散乱无头绪。

我反正从来就不是一件东西,她想。从来不是我自己。我只不过是暂时借调给了我自己而已。

然而这件东西还没有了结。其实,她也不确定它什么时候会了结。你只听别人说死亡是如此这般。我怎么知道呢?她挑衅地问自己。她的怒气已经使她清醒了一会儿。现在她又醉了……本来就奇怪。现在仍奇怪。也许还要奇怪下去。她进一步想,过去我比现在更向往死。因为我本来就一无所有。头上有了自己的一片屋顶后,我就变了。可现在呢?我非走不可吗?我原以为玛丽安爱我,但她已经有了一个姐妹。我还以为海伦和杰里永远不会抛弃我,可他们已经溜之大吉了。现在佩斯又侮辱了我。他们认为我没望了。

她向食橱走去——她在那里搁着那瓶波旁威士忌,如果每次她不得不站起来打开食橱门,她就喝得少一点。如果好像有人盯着她,她就倒一杯一饮而尽。

在这种空寂中,有人瞅着她,这种想法与另一种想法联系起来。她从生到死正在被拍成电影。这种情况人人都遇到过。尔后,你就能观览你的一生。一部未来的电影。

海蒂现在就想看其中的一些场景,于是她在沙发的狗爪子座垫上坐下,两膝叉得很开,脸上浮出一抹渴望与恐惧交加的微笑,便把滚圆的背躬下来,点燃叼在嘴上的一支香烟,看见了——巴黎的圣稣尔比斯教堂,那是她的风琴老师带她常去的地方。它看上去就像乡下的石墙,但竖得很高。向外倾斜的却是塔楼。她非常年轻。她懂音乐。她怎么能那么聪明,她真是百思不解。但她确实知道这是事实,她能读懂所有的音符。天灰蒙蒙的。看过这一段后她看了一些她喜欢逢人便讲的引人入胜的事情,她是个年轻的妻子。跟婆婆一起住在艾克斯莱班,他们同一位英国将军和他的副官在一次泥浴期间打桥牌。泳池里掀起的是人造波浪。她把泳装丢了,因为尺码太大。她是怎么出来的呢?啊,就没有你出不来的坑儿。

她看见了她丈夫瓦戈纳第四代传人詹姆斯·约翰,他们在新罕布什尔,被大雪困在一起。"吉米,吉米,你怎么能把老婆甩掉呢?"她问他,"难道你把爱忘了?难道我喝得太多——烦你不成?"他再婚了,还有两个孩子,他对她厌倦了。尽管他是个没有引以自负的资本的自负之人——貌不惊人,才不出众,只不过是费城的一个世家子弟而已——可她偏偏爱上了他。她也是个势利眼,对她在费城的姻亲沾沾自喜。放弃瓦戈纳这个姓?她哪能呢?正因为如此,她一直没有和威克斯结婚。"你好大的胆子,"她对威克斯说,"胡子也不刮,穿件脏衬衫,浑身大粪,就来了,来就来了呗,还要向我求婚,如果你要求婚,先把自己刷洗干净再说。"嫌他脏，只不过是个托辞而已。

把瓦戈纳换成威克斯？她肩膀一摆再一次问自己。她想都不肯想这种事。威克斯是个优秀的男人。可他是个牛仔。没有任何社会地位。他连书都看不懂。但是她在她的电影上看到了这种情况。他们在雅典峡谷，在一座板条箱模样的房子里，她给他朗读《基督山伯爵》。他死活不肯让她停下来。她一边走着舒展舒展腿，一边读，他跟来跟去地听，一个字都不放过。毕竟他是非常珍爱她的。那样的一个男人！现在她看见他从马背上跳下来。他们正在牧场上生活，安夹子捕郊狼。只见一片灰蒙蒙的暮色，阴沉沉的天空，正是太阳落山后的时段。夹子夹住了一只野兽，他走上前去杀它。他不想在这些野物身上浪费一颗子弹，而是穿着靴子一脚踢死了事。这时候，海蒂看见这只郊狼浑身雪白，嗥叫着龇出的一嘴牙，白色的颈背。"威克斯，它全身雪白！白得像只北极熊。你不会杀它，对吧？"这只野兽平趴到地上。它连嗥带叫。它扯不开，因为夹子太重。威克斯杀死了它。它还能怎么办呢？这只白色的野兽躺着，死了，它的脑袋和下巴上几乎看不见有威克斯靴子上的土。血从鼻子嘴巴里流了出来。

这会儿在海蒂的电影上出现了她唯恐避之不及的一幕。杀死她的狗利奇的人正是她。正如罗尔夫和佩斯警告她的那样，它很凶、脑袋瓜又不正常。她呢，因为总是偏向所有不会说话的活物，所以当利奇咬了与杰卡马雷斯一起居住的那个窝囊废女人后，反而护着它。说不定如果她把它从幼崽时养起，它就不至于攻击她了。她抓养它时，它已经一岁半了，她就无法荡除它的积习了。然而，她却认为只有她才理解它。罗尔夫警告过她："你要吃官司的，你知道吗？如果你的狗出来追咬比杰卡马雷斯的那个灵光的女人，你只有吃不了兜着走了。"

海蒂看见自己把肩膀一摆，说道："乱弹琴。"

然而，当这条狗在门廊里向她扑过来时，她感受到的是魂飞魄散般的恐惧。突然间,借助它的脑壳,借助它的眼睛,她才看出它杀气腾腾。她冲着它尖叫了一声"利奇!"她对它做了些什么呢?它成天卧在煤气灶下面干号,不肯出来。她试图用笤帚把它挑拨出来,它却用牙把笤帚死死咬住。她把它拖了出来,它便丢开笤帚把儿,对她撕咬起来。现在,作为这一场景的看客,她的眼睛睁大了,在鼓胀的窗帘和泥灰土的气浪后面,夏天的雪,在水面上飘飞。"啊,我的上帝!利奇!"她的大腿被它一口咬住,它的牙穿透了她的裙子。她觉得就要倒下了。她会跌倒吗?那样一来,狗就会扑向她的喉咙——然后就是黑沉沉的夜,臭烘烘的嘴,脖子上,撕破的血管里,血如泉涌。当牙齿咬进她的大腿的时候,她的心一抽,她一秒钟再不能耽搁了,于是顺手从钉子上把她那把亮闪闪的小斧头拿下来,使劲攥住那光溜溜的木头把儿,死命朝狗砸了下去。她看见了这一猛砸。她看见狗立马断了气。然后满怀着愧悚之心她把尸体藏了起来。夜里她把它埋到院子里。第二天她指控杰卡马雷斯。她把狗失踪的责任硬是赖给了他。

  她站起来,不声不响地自言自语,这是她养成的习惯。上帝,我该怎么办?我杀生害命了。我编造瞎话了。我做伪证了。我身陷困境了。现在我该怎么办?没有人愿意帮我一把。

  突然之间,她下定决心要去做她几个星期一拖再拖没有做的事情,也就是,检验一下自己开车的能力,于是她蹬上一双鞋,走了出去。蜥蜴在焦渴的土地上在她前面乱窜。她打开了灼热宽大的车门。她把那只受伤的手搭到方向盘上。她把右手远远地伸到左边。使出全身力气转动方向盘。然后她起动马达,试图开出院子。然而用那木锉模样的操纵杆松不开紧急刹车。她把她那只好手,也就是右手,伸到方向盘下面,并且把胸脯压到上面,用劲。不行,她不能换挡,驾驶。她连下面的手刹车也够不着。皮肤上突然冒出汗来,她用力太猛。她深受胳膊上的疼痛伤害。车门又脱开了,她转身离开方向盘,把两条僵硬的腿从车门上悬出来时,她哭了。现在她能做什么呢?她为自己一生的毁灭而哭天抹泪过后，便从那辆老爷车上下来，回到房子里。她从食品橱里拿出波旁酒，找到墨水瓶和一沓纸，坐下来写她的遗嘱。

"我的遗嘱。"她写着，又暗自悲咽。

自从茵荻死后，她把这个问题问了无数次，给谁？我死后，谁会得到这份遗嘱？她曾无意识地审查鉴定过一些人，想发现是否有人够格。这就使她比以前更加苛刻了。

现在她写道："我，海丽雅特·西蒙斯·瓦戈纳，心智健全，现年七十二岁（一八八五年生），独居于关莲草荒漠湖畔，由于前景难料，现责成我的律师，派乌特县法院大楼的哈罗德·克莱本按下述条件起草我的遗嘱。"

她现在纹丝不动地坐着，想听取内心的裁定，谁会是这个幸运儿，谁会继承这座黄房子。为了这座黄房子，她苦等过。是的，等着茵荻一命呜呼，她叫嗟来之食噎住了，因为她当了一个富婆的奴婢和替死鬼。然而谁为她海蒂做了她为茵荻做过的事情呢？除了茵荻，谁又向她伸出过援手呢？好心。不错，哪里都有好心人。但是她脑袋里的这个字眼不是好心，而是救急。谁这么做过呢？救急？只有茵荻。如果做不到救急，至少有人把她摇一摇，说出这样一番顺心话也好啊："再别画地为牢了。别做那样一个磨磨蹭蹭、拖拖拉拉的入定老修女了，"再说，对她做好事的也只有茵荻。她主动救了她的急"赫——蒂！"那张醉脸皮说，"你知道什么是懒散吗？你真该死！慢慢磨的老不死！"

然而，我在等待，海蒂明白。我在等待、思索。"青春是可怕的、令人胆寒。我要把它熬过去。男人呢？男人残暴、强壮。他们要的东西我给不了。"我没有孩子，海蒂想。不是因为我不会爱孩子，而是我天性使然。谁会为此而责怪我呢？我的天性？

她喝着古典鸡尾酒杯里的酒。里面没有橙子，没有冰块，没有苦味汁，也没有糖，只有蜇口、清纯的波旁威士忌。

难道，望着那干燥、饱受太阳践踏的土地，以及红色的野桃树上的那些斑斑驳驳的残花,她接着想,要和安格斯两口子一起住?必须在早饭前听完一章《圣经》?再次住在那座房子里——不是一个生客的,也许跟生客差不离?在别的房子里,在别人的房子里,等着开饭是对她终生的惩罚。她的喉咙和胃里总有这种感觉。看来她要受两茬罪了,而且这罪要一直受到咽气才算完。然而,她必须想出个人来,好把房子留给他。

首先她不想亏待家人。他们哪一个做梦也不曾想到,她,海蒂,居然会有什么遗赠之物。一直到几年之前,看样子她会穷得死无葬身之地。可是现在,她是他们当中最值得自豪的人,所以能抬起脑袋做人了。一想到这里,她那张长着阔鼻子、胜利眼的脸还真的扬了起来;就算她的头发已经变得像洋葱根一样凌乱难看,哪怕她的后脑勺圆溜溜、光秃秃的活像楼梯端柱,那又有何妨?她的心体验到了一种孩童般的荣耀,七十二年后还乐此不疲。她也算得上有所作为了。走归走,我要借此做件好事。她想。现在我相信我应当把它留给、留给……她又回到原来的那个纠结点上了。她做了多少次的决定,又改变了多少次的主意。她仔细琢磨,谁会从这座黄房子里收益最大呢?要想通这个问题可是件伤脑筋的事儿。如果它不是房子,而一件她抓在手里的易碎的东西,那么她最后的一招就是把它摔碎算了,于是乎这东西和她本人就会物我俱亡。然而动这个脑筋也是白搭。她应该把它留给谁呢?她的兄弟?不行。侄儿?一个是潜艇艇长,另一个是在国务院工作的单身汉。然后,开始点堂兄弟姐妹的名。默顿?他在康涅狄格有一座庄园。安娜?她有一张热水袋似的脸。那就剩下乔伊丝了,她是她的堂兄弟威尔弗雷德的孤女。乔伊丝是最有可能的女继承人。两年前,海蒂已经给她写过信,要她在感恩节到湖畔来。可这个乔伊丝又是个怪人;三十开外,好人一个,不错,文文静静,开始发福,一个学者——在俄勒冈的尤金,十年寒窗,攻读学位。海蒂的看法是,这是懒惰的另一种表现形式。然而,乔伊丝还希望结婚。跟谁?不可能是斯特劳德医生。他没有这种意愿。可乔伊丝仍抱有渺茫的希望。海蒂知道情况会怎样。起码有一个她可以与之争论的男人。

出事以来现在她比以往任何时候都醉得厉害。她又把杯子斟满。难道你们有眼看不见？① 睡着的人们当醒过来。②

她两膝大叉开坐在暮色中，思索。玛丽安？玛丽安没有再要房子的必要。哈芙·平特？她不知道如何处置它。路易斯兄弟成了下一个考虑的人选。他是个老演员，有座专门供雅典峡谷印第安人使用的教堂。默片时代的好莱坞明星们把自己的睡袍送给了他；他把它们改了一下，穿上在讲坛上布道。印第安人喜爱他的节目。然而当比利·沙瓦经过两星期的饮酒作乐，一枪把自己的脑浆都打出来后，他们还是拆毁了他的板房，把木板都翻了个里朝外，好祛除他的鬼魂。他们有自己古老的宗教。不行，不能给路易斯兄弟，他会在黄房子里给该部落放电影，或者把它改造成印第安顽童的托儿所。

现在她开始考虑威克斯。最近的消息是他在加利福尼亚主教城南面死谷附近的一家酒馆里打杂儿。听到这个消息的不是她，而是佩斯。自打她在158号线上开汉堡包铺子——当时她沦落到如此低贱的境地——以后，她再没有亲眼见过他。那间小小的快餐铺养活了他们两张嘴。威克斯在末端的那张凳子周围转悠，一边卷着烟卷儿（她在电影上看到的）。然后就吵翻了。事态急转直下。他开始发泄不满，横挑鼻子竖挑眼。最后对吃的也挑毛拣刺儿。他这番表现，她看见了，也听见了。"海特，"他说，"汉堡包我实在吃腻了。""哼，你当我吃的是什么山珍海味？"她说着，肩膀干脆利落、盛气凌人地一摆，她自认为这是她的特有招式（彻头彻尾的我，她想）。然而，他还是把收银机打开，取出三毛钱，跑到街对面的肉铺里买回来一块牛排。他把它扔到平底锅里。"煎一下。"他说。她照办了，并且瞅着她大快朵颐。

---

① 参见《圣经·旧约·诗篇》第115篇第5节："他们……有眼却不能"。
② 参见《圣经·新约·以弗所书》第5章第14节："你这睡着的人当醒过来……"

他吃完以后,她再也按捺不住一腔怒火。"现在,"她说,"你肉也吃了。滚出去。永远别回来。"她在柜台下面藏着一把手枪。她操起枪,扳起扳机,对准他的心脏。"要是你再踏进这个门,我就一枪崩了你。"

这一切她都看见了。我确实受不了,她想,落到这种下贱的地步,竟然给一个不争气的牛仔当牛作马。

威克斯说:"别啊,海特。估摸着我太离谱了。你做得对。"

"你永远没有弥补的机会了,"她喊道,"滚!"

他应声消失了,此后她再也没有见过他。

"威克斯,亲爱的,"她说,"听我说!我很难过。不要在心里诅咒我了。原谅我吧。我这是咎由自取,害人也害己。我总是长着一个十足的白痴脑瓜。我天生就呆头呆脑。"

她又哭了,因为威克斯。她太自负了。一个势利眼。本来是可以一起住在这座房子里的,老朋友,简单朴实。

她想,他确实是我的好朋友。

可是威克斯一个人又如何处置这样一座房子呢?如果他活着而且比她活得久的话?他钢筋一样的身子骨,软床、安乐椅是吃不住的。

她就是那个对茵荻以直撅撅的口气说过这番话的人:"我是个基督徒。我不会记恨别人。"

啊,是的,她对自个儿说,我发现自己屡屡犯错。这种状况能继续多久?于是她开始想,或者努力想,想到她堂兄弟的女儿乔伊丝。乔伊丝像她一样,一个独身女人,渐渐地上了年纪,笨嗤嗤的。或许从来没有被人睡过。太糟糕。现在她恨不得拿出很多很多,去救乔伊丝的急。

然而,现在她似乎觉得,救急也一直是个故事。开头,你听到的是纯净的故事。随后你听到的是龌龊的故事。两个都是故事。她已经付出好多年了。时而给一个影子,时而给另一个影子。

乔伊丝会来这里住这座房子的。她有一点儿微薄的收入,能将就她会像海蒂生活过的一样生活，孤零零一个人。在这里她会堕落，开始喝酒，有可能，天天读书，夜夜睡觉。看在这儿生活多美？它把你耗光，好空啊！它把你变成灰。

我怎么能注定一个年轻女人过同样的生活呢？海蒂问。这种生活是像我这样的某个人过的。我年轻的时候，这样过是不对的。可现在，完全对。只有我才适合住在这里。这是供我养老的，让我安度晚年。如果我那天晚上没有让杰里把我灌醉——要是我没有打喷嚏！由于这条胳膊，我只好去跟安格斯一起生活。离开我唯一的家，我的心都会碎的。

她现在醉得一塌糊涂，她还在心里念叨，上帝送来的要悉数全收，他给的礼物没有粹而不杂的。他是在放债。

她又开始给律师克莱本写她的指示信。"按照下述条件，"她第二次写道，"因为我遭了很多罪。因为我最近才收到我必须送出去的东西。我承受不起。"醉酒的血直冲她的头脑。但她的一手字依然清晰。她写道："太快了！太快了！因为在我心里并不像我会希望的那样，感到需要关照什么人。遭人抛弃，孤苦伶仃，在我所在的地方不做害人的事情。情况为什么竟然是这样？这伤透了我的心。除了别的，为什么我一定要操心这个，就因为这是我必须留下的吗？我被折磨得精神错乱了。尽管由于我自己的过错，我把自己逼到了这种境地。而我不乐意在这上头放弃。不，还不行。所以我要告诉你是什么事情，我把这家产、土地、房子、花园、用水权留给海蒂·西蒙斯·瓦戈纳。我！我认识到这是糟糕的，也是错误的。不可能。但这是我真正想做的唯一的事情，但愿上帝怜惜我的灵魂。"

这是怎么回事呢？她琢磨了一下她写下的内容（最后确认没有选择的余地）。"我醉了。"她说，"所以不知道我在干什么。我要死了，一了百了，就像茵荻，就像那棵紫丁香树一样死了。"

随后她想，有个开端，还有个中途。她怕想那个最后的字眼。她又开始想——、一个开端。随后,就有早中途。然后中中途,晚中途,全晚中途,其实我只知道中途。剩下的仅仅是一种谣传。

只不过今晚我不能把房子送人。我喝醉了,所以我需要它。明天,她向自己许诺,我要重新考虑。我要解这个问题,一定。

(蒲隆 译)

今天过得怎么样？

卡特琳娜·戈里格满脑子的困惑，可还是按捺不住骚动的心，稀里糊涂地出门了。她本不该踏上这条路的。她到底怎么了？为什么会这样匆匆忙忙到处乱跑？离异，一个人带着两个孩子，住在环境不错的郊区。难道真的人到中年，一天不如一天了？陪伴她半生的美颜将要一去不返？她已没有多少选择？是不是因为这些她才变得如此烦躁？美貌应该还未褪尽，她依然魅力四射，黑发飘飘，眼睛里神采飞扬。身材丰满，或者说略略发福，可她精于养生，体态依然楚楚动人。维克多·乌尔比，她生活中真正唯一的男人，就喜欢她现在这个样子。若要指出她最大的缺点，那便是，她有些笨手笨脚。不过，只要把握得当，笨手笨脚也可以让她显得天真纯情，像回到少女时代一般。遗憾的是，卡特琳娜没有几件事可以把握得得体。所以用几个字来概括，可以说，她长得基本过关，举止笨拙，而且非常好动。

平心而论，她的行动越来越受到这个乌尔比的限制，这倒并不是因为他表现得专横任性，他自己也有很特别的烦心事让他疲于应付：健康每况愈下，身体有几处残疾，年纪也大了，更要命的是，他名气太大。名副其实的大人物，世界级的知识精英，在艺术领域声名显赫，而且，早在浪荡艺术家还没有变得家喻户晓的时候，就已经成为彻头彻尾的浪荡艺术家了。文明世界，没有不知道乌尔比的，大凡谈及现代绘画、诗歌等重要话题，乌尔比是你绕也绕不过的存在。

这是深冬季节，伊利诺伊的埃文斯顿天寒地冻。将近子夜时分，卡特琳娜的电话响了。维克多请求她,更确切地说是通知她:"赶明早我得在这儿见到你。"

"这儿"指纽约州的布法罗。维克多近来就在那儿作演讲。

卡特琳娜顾不上考虑常识,也顾不了自己的脸面,马上说:"我坐早班机过来。"

卡特琳娜如果是在跟一位年轻一点儿的男人玩这种风流韵事,她完全可以一笑了之:"你疯了吧?这种天气往外跑,好玩儿得很,是不是?你一声召唤我就得来,我的孩子谁照看啊?"她也许会继续说,前夫正在打官司,要抢走两个女儿的监护权。她自己明天还得进城跟一位法院指定的心理医生见面,这位心理医生得向法院汇报她的健康状况。她可以再说几句笑话,外加一句挑逗:"咱们星期四见面吧,我会好好为你补偿的。"可对于维克多,她没有拒绝的自由。她不可能对他说一个不字。"身体不好",那是委婉的说法,他去年差点儿就一命呜呼了。

好几个理由让她没法拒绝,她也并不为此感到委屈。维克多当属伟人之列,现代文化史上绝对有他一席之位。你得记着,多年之前,他就在《过渡》和《猎狗与号角》上发表文章了,那时候,卡特琳娜还没出生呢。她还在婴儿围栏里牙牙学语的时候,维克多就已经作为前卫艺术家名震天下了。如果你觉得他已江郎才尽、不可能再有惊世之举,那你就大错特错了。普通人到了七十岁,也许会这样,可维克多·乌尔比绝对不会,就连他的死对头,那些把他恨得要死的人,也不得不承认,他依然属于一流。说起多少美国人能拥有像萨特一样的思想领袖,梅洛-庞蒂和汉娜·阿伦特曾说:"向您致敬!您是天才。"梅洛-庞蒂对维克多关于卡尔·马克思的文章赞不绝口。

维克多长得也让人过目难忘。那张脸!那个身材!用不着有意夸张,便有一派王者的威严,一个略显怪异,却具有典型纽约风格的王者,十足的美国风范,脾气温存、和蔼可亲,但他身上那种威严气势却显而易见,不容忽视。他容不得任何人在他面前胡说八道。可就在去年,他七十五岁的时候,突然倒下了。当时他正在哈佛,被送往麻省总院,立即开刀,总算被从坟墓边上拉了回来。或许,是他自己一脚踢开坟墓站起来的。当时,他缠着绷带,鼻孔里插着管子,用药到最大剂量。看他躺在病床上的样子,你绝对不相信他会从医院大门走出来,可他的确走了出来!

如果维克多当时没能活过来,卡特琳娜会怎么做?她越想越糊涂。她的姐姐多萝西娅,什么事儿都想管一管,自然不会不发表意见。她从来口不饶人,说起维克多的死,直截了当:"这可是你生活中的大事。傻丫头,这一次你算是拼上命了。"(拼命,似乎与卡特琳娜体态不符,毕竟,她是位胖乎乎的美人儿,平时说话都柔声细气的。)"他要真死了,你麻烦就大了。你肯定明白,你俩在一起的日子不会太长久。"卡特琳娜知道姐姐要讲什么。大概意思无非是说,你把丈夫一脚蹬了,就是为了跟维克多有这一番韵事,出于性方面的刺激,也不排除社会地位的考虑。你不就是想混进上流文化圈吗?我不知道你自己觉得你得为此付出什么代价。要用咱爸的话说,你不过就是芝加哥北郊来的一个智力平平的傻丫头而已。他虽然到了另一个世界,但是还会这样说的。

还真是,老爸比利·威格尔活着的时候,不就是把自己的两个女儿分别叫作"一号傻丫头"、"二号傻丫头"吗?他把两个女儿送到香槟-乌尔班纳的州立大学学习拉丁系语言,她俩加入了该大学的女学生联谊会。两丫头想学法语?好啊。想学戏剧艺术?为什么不能呢?老爸威格尔总是说,学那些玩意儿没太大用处。他自己是从政的,其实不过就是芝加哥一名税务官员,只是跟当地民主党内的某些头面人物有些来往罢了。妻子也智力平平,不过照传统,女子无才便是德,没有多少才智,反而衬得他很聪明,所以老威格尔颇是自在,虽说不免有些猥琐,但还能显出自己大男子的威势来。维克多指出(高学问莫不出自维克多),这是一种古老的中产阶级僵化意识,其中所蕴藏的色情成分不言而喻:女人无知,便可激发自以为强悍的男人的性欲。高级别的大人物,如波德莱尔，也曾建议远离有学问的女人。女子有才、有地位，会让男人阳痿，艺术家应该只与平民妇女为伍。

卡特琳娜自小就受到这样的教养，须把自己看作一个智力欠缺的女人。她自己明白她并非如此，这源于她深谙女性的一种观念，虽然她从不示人，可她知道这一点至关重要。所以，多萝西娅如此调侃他与维克多的暧昧关系时，她并未否认。多萝西娅说："我得提醒你从各个角度去看待这问题。"言下之意，姐姐想从各个角度来戏弄她。"先说这个事实吧，你作为阿尔弗雷德·戈里格的太太，芝加哥没人会注意到你。戈里格先生请人来，向他们滔滔不绝地炫耀自己收藏的象牙、玉石和各种各样的真假宝石的时候，你不过就是一个端茶倒水的角色。他跟那帮抒情歌剧院的戏子、所谓的艺术家、学者，还有我也说不清的什么混蛋们一起鬼混的时候，你在他们眼里也就是个家庭妇女。跟乌尔比在一起，你转瞬之间成了毛瑟维尔、罗申伯格、阿什伯利、弗兰肯泰勒等名流的座上客。跟你一比，芝加哥这小地方上的文化人个个都成了尘土里的爬虫。如果你那位老巫师死了，你又会是谁呢？死了丈夫的女人，除非自己会钻营，谁会把你记住？那些只会为男人做情妇的，最终什么下场，就更不用说了。"

维克多来西北大学做系列演讲，题目是《美国绘画》，戈里格夫妇把他视若神明。阿尔弗雷德走南闯北，一会儿孟买，一会儿里约，搜罗各大洲的宝石、古董、艺术品、首饰、瓷器、货币、陶罐、雕塑，恨不得马上步入艺术世界。他不是那种任老婆摆布的丈夫，他在巴西、印度随心所欲，想怎么玩儿就怎么玩儿。可他如果认为卡特琳娜是家中乖宝宝，除了选购壁纸、去小学开家长会以外，再不出门，那他就看错人了。维克多真是神人！在埃文斯顿一大帮崇拜者当中，悠闲自在地喝着马提尼，品着甜点心，这会儿还与那急于成名的丈夫周旋，下一刻就会想法把他漂亮的妻子弄到手，那是个极有可能一鸣惊人的女子。他看得出来，这个卡特琳娜不是一般女人，若要脱颖而出，绝对会让众人目瞪口呆。现在，只是迫于生活，她才显得不那么起眼，即使承受如此压力，她也颇有强者风范，生存压力只是她放出来的烟幕弹。她接近乌尔比时，就像一个得了近视眼的人，非得你把她拉进怀里她才能把你看得仔细。她就在你眼皮底下，你可以感觉到她的呼吸。她突然间垂下眼皮，那么固执地盯着你，就那么一瞬间，你就明白那一瞥中蕴藏着多么明显的性的暗示。最明显不过的，是她出场时那种局促，她看着你时那种近视眼的迷惘。第一次握手，乌尔比就感觉到一种托付，一种倾情。他看得出这女人已准备就绪。乌尔比小胡子底下的嘴巴闭得紧紧，像刀刻一样，可他领会了这些信息，他只需回应。他想要做的正是如此。

刚开始，他只不过是一个上了年纪、被人宠坏的社会名流充当了一名救火队员，他俩之间也不过是偶尔调调情而已。可乌尔比是大人物，不会满足于小打小闹。他是知识精英，一丝不苟，他几乎成了一种象征。年过七十，依然思路清晰，说话绝不会出现让所谓的读书人鄙视的逻辑混乱。如果缺乏透视现实的能力，看不清一场凑合的婚姻，如果不明白什么叫装腔作势，如果无法接受说谎（例如，在某些场合，有人说："他真可爱！"谁会真心地说维克多可爱呢？），那你还能把自己看作现代思想家吗？他的缺点不能说成缺点，应该是经过深思熟虑的判断。不管一开始维克多是怎么想的，他们的关系还是这样固定了下来。对这位能把维克多这样的巫师拴在自己身上的女人，你该作何评价？她肯定不是一个来自郊区、胖乎乎的、走起来笨手笨脚的骚女人！对于这个（突然间）上了年纪的男人，这个举世瞩目的伟人，他们之间这事儿也不能说是荒唐，自甘沉沦，或者囿于情色。

离婚官司打得很让她窝火。戈里格怒气冲天，全部发在她身上。他把整个房子几乎搬了个空，所有的东方珍奇、玉石、水晶、墙上装饰、大象彩塑、骨瓷，一个不剩，连他送给卡特琳娜的首饰也全部拿走。她竟然缺乏先见之明，没有把那些宝贝寄存到银行里。他本打算把房子也夺走，毕竟这房子很不错，值很多钱呢。无奈他没有获得孩子的监护权，房子自然不能归他了。两个孩子一点儿都没有注意到家里的宝物，那些来自印度、威尼斯的古董，一件件都不见了，可在法庭上，卡特琳娜的律师还是强调戈里格搬走这么多东西，对孩子的心灵造成了很大的创伤。多萝西娅说起这两个外甥女时，很有感慨："我倒想看看这两个神秘的小鬼会有什么结果。至于阿尔弗雷德，这绝对是一场豁上命的战争。"她还说，卡特琳娜一心二用，不配作个战士。"你到底看见了没有？"

"当然看见了。我盯着呢。哪儿有拍卖，他就往哪儿跑。家里都不待几分钟的。他那种人，当年去印度，谁知道他到底干了些什么勾当？"

维克多打来电话的时候，卡特琳娜正在吃晚饭。一起吃饭的还有位客人，克雷格斯坦警督，警察局的。天气不好，他来得很晚，啰里啰嗦说了一阵儿汽车如何栽进雪堆里出不来，如何等待拖车来救援，等等。他声音都哑了，说自己被冻成一块冰，需要一个钟头才能融化。他是卡特琳娜家的老朋友了，不经允许便自己从地窖里抱上一堆柴火，点着壁炉。这座房子是芝加哥建筑技术最辉煌的时期修建的（克雷格斯坦说，就像斯特拉迪瓦里造的提琴一样精致），壁炉上曲线优美的壁砖（"真是古时候匠人的手艺！"）色泽亮丽，有如翡翠。

"以前也见识过糟糕的天气，可今天这风雪真是无与伦比。"他一边说，一边要来红魔鬼牌子的酱汁洒在咖喱饭上，然后端起大杯喝了几口伏特加。脸冻得发紫，还没有恢复，眼睛在桌子上飘来飘去。"哎呀，生了火，我的脊背舒坦多了。"他说。

"可千万别把你的枪烤得走火了。"

警督身上挂了三支枪。是所有的便衣警察都得武装成这样子，还是因为他个儿太小不得不带这么多武器？他那派头又文雅又威风。你敢跟他作对，就等着瞧他怎么收拾你吧。维克多曾说，你这位警察朋友脑子看似正常，可常常会越界。"他是孤独的放牛娃，同时站在格兰德河的两岸。"不过，总体上，他对克雷格斯坦还颇有好感。

布法罗现在应该是午夜时分了。卡特琳娜没有想到他会在这个时候打电话。他对这位巨人的行为了如指掌,所以马上意识到他这个傍晚肯定过得很失望,极有可能不耐烦地躺在希尔顿饭店的客房里,衣服随意扔在地板上,旁边还有半瓶黑标威士忌,"好让辅助动力机不至于熄火"。这一路可真辛苦,远远超乎他的预料。妻子贝拉叫他别去,可她的话没用。一个小部门的经理咋能对董事长的行为指手画脚?他就是来见卡特琳娜的,演讲不过是个借口。"我跟那帮人早说好了。"他说。当然,也不全是借口。伟人到哪儿都是抢手货,自然出场费很可观了。今晚在州立大学演讲,明天还要去芝加哥为一批公司负责人作个报告。在布法罗,公事私事好几桩。乌尔比的小女儿瓦奈萨在那儿上大学,出了点问题。别人家可以有家庭问题,乌尔比家是不能有的。他不能容忍这一点。瓦奈萨近来情绪极不稳定,他非常恼火。

电话铃响的时候,卡特琳娜说:"是维克多。都这时候了。你稍等会儿。"对克雷格斯坦,她没有必要客气。饭吃完了,如果她电话停不下来,他可以自己走人的。卡特琳娜身材高大,体型也不错(当然不能再胖了),是个美人儿。她迈着大步离开餐厅,随手把厨房的活动门关上。克雷格斯坦自然不会走,他还想偷听呢。卡特琳娜的风流事不是秘密了,克雷格斯坦在这事上把自己看作她的知心。他有这资格:他是职业警察,哪有瞒得过他的事情?还是太平洋战争中的英雄,卡特琳娜算是他的红颜知己。他坐在沙发上,伸开两条大腿,粗短的双臂交叉着放在毛衣上,红红的脸转向壁炉,竖起了耳朵。

"怎么样,维克多?"卡特琳娜对着电话问道。这次冬日之旅到底有多艰辛,卡特琳娜可以从他的声调和措辞中听得出来。肯定艰辛异常。想象一下,他那么大的个头,膝盖不久前做过手术,要在飞机场熙熙攘攘的人群中拄着拐杖穿梭,那是何等的艰辛!头戴一顶希腊船长的帽子,在人群中更是醒目。不管走到哪儿,他都一副泰然处之的神态,一副聪明机智的面孔。对于身体的残疾(天天忍受痛苦,年复一年),他欣然接受；独自出门，他毫无怨言。别的名人，都会有随行帮手的。卡特琳娜听说过，亨利·摩尔竟然有六个帮手。维克多一个都没有，他的生命力如此强烈，他不需要与别人分享。当然，保密也是少不了的一个原因。在这看似显而易见的事实当中，最神秘的是，他到底为什么这样？卡特琳娜的回答是，爱。维克多不说，他拒绝回答。或许他还没有找到问题的实质。

卡特琳娜觉得维克多长相也很神秘。在那顶希腊式或者列宁式帽子的帽檐底下，是他那双延伸到太阳穴的细长眼睛，和眼睛周围千足虫一样缠绕着的皱纹。脸颊永远是红红的，哪怕得了病也面色不改，从来没见过他脸色苍白。那副优雅毫无做作，让人倾心。走起路来，步伐稳健，没有一丝老态。他不是那种人高马大的体格，但风度翩翩。你可以把他看成是一位放荡不羁的老艺术家，但仅此而已，维克多不属于任何类型。

名人出行本是很令人厌烦的一件事。下了飞机，迎面过来一群你不认识的人，个个都想让你记住他，想方设法吸引你的注意，好听的话一堆一堆，没话找话，拍马逢迎，都为一个目的，这会让你筋疲力尽。出了机场，他们把你塞进汽车，兜圈子一个多钟头。然后便是喝酒，一场又一场的喧闹。酒过几巡，你被带进餐厅，放在两个女人中间，一个比一个无聊，可你还得记住她们的名字，跟她们没话找话地聊天，时间还得把握好，不能照顾了一个，冷落了另一个。就像竞选什么狗屁官员，逢人握手，直到指头麻木。吃最好的牛排，喝最好的葡萄酒，可等你走上讲台，准备开口时，你已经累得快要趴倒地上了。维克多说，这都是规矩，你不能不遵守。不遵守规矩，只能让你垮得更快。但一般说来，维克多很善于应付这种喧闹的酒局和与陌生人的谈话，而且往往让人难忘。他肚子里有货，不管什么人来，他都会滔滔不绝，让对方甘拜下风。即使在最喧闹的鸡尾酒会上，他也会听清别人的话，并把自己的想法灌到每个人的耳朵。说到关键处，他那一副男高音嗓门就像一支笛子一般清脆响亮。说他口才好，那是贬低了他的本事。

演讲后若有讨论，他会半夜不睡，一边喝酒，一边说个不停。他就喜欢这样，如果午夜前上床，那无疑就是一遭失败，所以，他要么很例外地感到疲惫，要么一个晚上拖得很久，如果发生这种事，肯定是有人说了蠢话。这就是他，一位跟安德烈·布列顿、杜尚等同时代大腕人物来往密切的学者，这会儿在天寒地冻的布法罗（你可以想象尼亚加拉大瀑布几乎成了冰雕）耗费着体力，电话的另一头是伊利诺伊埃文斯顿的情人。还不算酒店客房里百无聊赖的时光让他讨厌，卡特琳娜不止一次见过他脱了裤子，把衣服鞋子卷成一团，扔向墙壁。他会怨气冲冲，尤其是一个晚上没见过一个聪明的脑袋，没遇着一件让他赏心悦目的事情，更会使他怒不可遏。现在，他拨通了卡特琳娜的电话，是出于抚慰，还是出于怨愤，她不甚明白。他极有可能刚喝过几杯酒，脱得一丝不挂，躺在床上，手指抚弄着胸毛，似乎只有这样才能让他稍稍静下心来。他那副模样，除了袜子，真有些类似毕加索后期雕版画中的老色鬼。毕加索于一九六八年在他的法国之家穆然小镇创作过一系列画家与模特主题的作品，有粗线条勾画出的色情艺术家和袒胸露乳的宫廷嫔妃，有满脸皱纹的老国王透过窥视孔欣赏屋内的群交。维克多就这些作品还写过几篇评论文章（他自己就身兼几重角色，又是画家，又是淫棍，又是老国王。）。卡特琳娜优美而倾斜的身段极有可能会符合毕加索的口味（维克多却并不非常赞赏毕加索。）。

"布法罗的演讲不是很成功吗？"

"布法罗！真见鬼，这世界上竟然会有这么个鬼地方。"

"可你说过你要去看看瓦奈萨的。"

"这也是一桩烦心事，我宁愿不见她。说好了，明天七点一起吃早饭。"

"演讲怎么样？"

"我宣读了一篇关于马克思《雾月十八日》的文章，我猜，来的都是大学生吧……"

"明天肯定更重要、更有趣。"卡特琳娜说。

维克多受邀为董事协会做一次报告,听众多半是银行家、经济学家、退休的总统顾问和国家安全委员会的成员。他告诉卡特琳娜,这个机构要比三方委员会重要得多,三方委员会在媒体上渲染得很厉害,其实只是一个包括前任总统和过气明星的幕前组织,目的是吸引人们的注意,以掩盖实际的幕后操作。邀请他来芝加哥的人希望他讲讲"东西方文化与政治"问题,但维克多说,他们对艺术和文化兴趣更大。只是这帮人觉得文化与政治问题不能不谈,世界列强们争端不休,原因就在这里。虽说还没有迫在眉睫的担忧,但他们得知道知识界是什么看法。维克多说:"他们已经听过一批又一批的大教授、伪专家的报告了,但是还是觉得应该请一位犹太人,看看犹太人会有什么说法。只要掏个大价钱,这犹太人就会毫不隐瞒地告诉他们一切。"这帮董事长个个牛气冲天,威风十足,但维克多并不把他们放在眼里。他说,这些人都是纸老虎。话虽这么说,他们能邀请他来演讲,他还是满怀感激的。他们要找的是精英中的精英,竟然选中了他!应该出于很现实的判断,绝无拉虎皮撑面子的虚荣。卡特琳娜估计这次他可以拿到上万元的出场费。"我不指望拿到跟基辛格或者黑格一样的报酬,尽管我要说的要比他们说的有价值得多。"他对卡特琳娜说道。他没有提到具体的数字,但看人不会看花眼的多萝西娅说,天底下没有他不谈的,没有他不会谈的,唯有一样他绝不开口,那就是钱,他挣多少钱。

其实,多萝西娅这样说,也不值得大惊小怪。她说话时,满腔"阶级仇恨",这是卡特琳娜用在她身上的一个字眼,就是说,纯粹出于一肚子的怨气。像多萝西娅这样的女人对维克多那样一个被她称作"跛脚巨人"的大人物,能有多少了解呢?即使他是世间无人能比的美男子,对多萝西娅能有什么影响呢?即使他长着灵巧的手指头、精致的脚趾头、光滑如丝的阴囊,现在正一手拿着电话,一手摸着自己的阴囊,搓着阴囊上最长的那几根毛（他躺在床上就有这下意识的习惯），那跟多萝西娅又有什么关系呢？再说，就算他对现代人类的需求和兴趣了如指掌，世间万事万物他无所不知，满脑子的智慧，多萝西娅知道了又能怎么样呢？女人跟这种非凡的男人交往，可以获得空前的自由和独立，可像多萝西娅这种女人哪能体会得到呢？近朱者赤，多萝西娅怎么能明白呢？

"对了，维克多，"卡特琳娜说，"你还记得你在电话里口述让我写下来的那些笔记吧？是不是明天可以用得着？我已经打出来了。如果有用，我就带上，明天一大早在芝加哥欧哈雷机场见面时给你。"

"我改变主意了，"维克多说，"你直接飞到这儿，怎么样？"

"我去布法罗？"

"对。你先到布法罗，我们一起去芝加哥。"

卡特琳娜本来很心热，听了这话一下子凉了半截。心底里突然升起一种无以名状的凄凉。如果维克多明天早晨坐飞机去芝加哥，她便有足够的时间准备，泡个热水澡，穿上那件墨绿色维梵迪针织衫，洒点儿他最喜欢的琥珀牌香水。可现在，她得连夜打扮，两点以前都不能睡觉，还得取消一次约会。闹钟得定到五点。天还不亮就得起床，她最讨厌这个了。

维克多总得给个理由吧？可她不忍心问一声"咋回事儿？你不舒服了？"她也有自己的问题，但她极不情愿去想：我得送他去医院？凭什么是我？他女儿不是在布法罗吗？要不要急诊？做手术？当年发生在麻省总院的一幕难道要再演一遍？因激情、亲吻、拥抱而开始的爱，难道要以钡餐 X 光、大剂量药物、令人窒息的臭气而终结吗？我照顾他，可来控制局面的只会是他那位阴沉着脸的妻子？

卡特琳娜极力克制自己，不要这么说走就走。她思前想后，颇费了一番脑子。他独自一个外出，担心在飞机上突然发病。维克多这样的男人，习惯了亲王式的待遇，现在到了这般年纪（用他自己的话说，"快要废了"），打电话给一位姑娘。在维克多心目中，她的确只是一个姑娘，许许多多姑娘当中的一位，尽管她很漂亮，艳压群芳。他到了这般处境，求助于一位姑娘（"我改变主意了"），把他的病痛一股脑儿地倾诉给她。

此时此刻，她说话得保持冷静。所以当维克多说："我让前台给你订了票，如果你来的话。喂，你听着没有？"她回答道："等一下，我找支能下水的笔。"电话机旁边挂着一支很好用的笔，可她需要时间镇定下来，仔细想想。想也白想，卡特琳娜哪有这等好脑子？实在没有借口，只好把维克多念给她的机票号码一笔一画的写在纸上。心事重重？的确是。她得从最坏处考虑自己的处境：一个来自北岸的女人，婚姻破裂，独自带着两个孩子，现在竟然像个应召女，随叫随到？当然要看对方是谁了。过去的确犯过大错，见了不该见的人，可现在，对方是维克多，老天赐给她的一个礼物。

她曾与精神医生多次长谈（现在不需要了），从他那儿明白了她的父亲在自己性格的形成（或者畸形发展）过程中扮演了怎的角色。十岁以前，除了父亲的溺爱，她一无所知。到了青春期，问题接踵而至。父亲生气的时候，骂她长了一副豚鼠的脸，还说她天生就是一个花言巧语的骗子，像个乡下女子，见了江湖贩子便跟着跑。"看你那副傻瓜相！一打是十一还是十三，知道不知道？十三岁的傻姑娘会干什么你知道不？当心着，随便来个不认识的人，都会把你拐骗到黑屋子里，扒了你的裤子。"多亏了您，好爸爸！就是你，给一点儿大的我心中埋下了这粒种子。她真的变得奸猾，善于偷情，如老爸所预言的，成了一个见了江湖贩子就跟着跑的乡下女子！后来，一天天长大，一点点成熟，变成了现在这个卡特琳娜。再后来，真是老天开眼！好事就来了，她竟然惹得维克多这样的前卫派名流垂涎欲滴。她这副骚样子，正是维克多梦寐以求的。小资性感（最多也只是退化了的小资），碰巧让维克多激情澎湃。就这么一位来自郊区的女人，应了老爸当年的预言，你怎么说都行、妖精、浪子、脑子里一团糨糊的骚货、只会劈腿的白痴。她那表情，嘴巴半张半合，欲言又止，似乎承诺了一切，又似乎什么都没说。笨拙中流露出来的优雅，简直就是一剂春药，让这位现代文化大亨欲火焚身。多萝西娅曾经暗示说，维克多正是因为年迈、体能衰退才把她拉入自己的生活，她的出现也正好遇上他老朽到力不从心、性生活到了绝望的时刻。可卡特琳娜一直不愿意这样想。现在看来，姐姐说的还真没错，大地随时会裂开一道沟，维克多随时会被吞没。

不过，维克多虽然青春不在，似乎浑身蒙了一层尘土，但他依然精力惊人。脸色还那么滋润，头发还那么浓密。偶尔间会有那么一丝力不从心的苦楚，可只要坐下来，端起酒杯，侃侃而谈，他的嗓音便会清亮无比，他的举止便会自信如初，谁也不会相信，这样的人会从这个世界消失。卡特琳娜时不时地会对自己说，维克多不仅仅是她的情人。她在接受维克多的再教育，维克多俨然成了她的导师，而且是秘传导师，别人想都别想。

"号码记下了。"

"你得去坐八点的航班。"

"我开车去机场，车停在奥灵顿。我白天不在家，可不能把车放在屋子前面。"

"随你。你去贵宾休息室找我。飞机下午一点起飞，我们还有时间在那儿喝一杯。"

"只要下午三四点左右能回来就行。你口授的材料我带上。"

"好啊，"维克多说，"我本来要跟你说，那些材料是少不了的。"

"明白了。"

"我叫你来见我，是不是有点儿像东方传奇？就像某个苏丹告诉自己的妃子骑着大象、带着乐师，出城迎接他的归来……"

"你真好，能提到大象。"卡特琳娜突然警觉起来。

"这次只是芝加哥到布法罗，再到芝加哥。"

卡特琳娜曾经想以大象为主题写点儿什么，这让她头痛了不少日子。维克多知道后斜着眼睛看着她，一副不耐烦的神情，所以她再也没提过此事。今天他能重提，算是一种少见的让步吧。不过，他在召唤卡特琳娜到布法罗来的时候，提到这事儿，似乎是在暗示，他这举动跟卡特琳娜挣扎着以大象为题材搞创作一样无聊，一样缺乏艺术性。

卡特琳娜在这问题上没有继续往下说。她只是说："真希望明天我能听听你的演讲。我想知道你对那帮董事长们说些什么。"

"没这必要。"维克多说，"我在床上给你说的，要比我讲给那帮人听的好几十倍。"

还真是这样，他们在一起缠绵的时候，他的确妙语连珠，不过谁也不知道维克多会把卡特琳娜看成是有多高智商的一个女人。他天生就是个演说家，不说话那就不是维克多了。俩人躺在床上，维克多放开思路，滔滔不绝（大多数情况下是他在自言自语），他从来不会停下来去解释，他要么百分之百地相信卡特琳娜的理解力，要么就权当对牛弹琴，总比没人听好一些。无论哪种情况，维克多都把她当作知音，无所不谈。谈着谈着，他就会锋芒毕露，刻薄至极。有人会被他骂得一钱不值，有人会被他撕得粉碎。某某就知道剽窃，却不知道该偷什么不该偷什么。某某想当哲学家，却只会人云亦云。某某的脑袋就像一大桌饭，上了六道开胃冷盘，却没有主菜。维克多和卡特琳娜躺在床上，抽烟，喝酒，互相摸摸身体（算是偷欢时的柔情蜜意），放声大笑。有时也陷入沉思。天哪，他们还会在这个时候陷入沉思！维克多常常把她带进一个完全陌生的思想世界。他活着，就为了思想。卡特琳娜能不能听懂？他不指望她能听懂。他不可能指望她听懂。别人不理解他的思想，会让他黯然神伤。但在卡特琳娜这一特殊情况下，这是无法改变的事实。但是维克多坏起来，卡特琳娜却能百分之百地理解，他绝对没有浪费他的伶牙俐齿。有位姓方思定的，他的对手，一直谋算着要把他整倒。维克多说："他满脑子廉价的想法，就像堆满杂货的一元店，还恬不知耻地强迫大家接受。"卡特琳娜后来把这些妙语记了下来,一边记,一边祷告,求上帝别让她出什么差错。所以,维克多说得没错,的确,她在床上听到的要比别人在大礼堂听到的精彩得多。有时候,整个一下午,他都会对着卡特琳娜尽情地表演,忘我地表演,一整天,无休止地乐此不疲。可是当他开始写文章的时候,会一整天一言不发,忘记卡特琳娜的存在。其实这个时候,任何人都不再存在了。

明天的事儿已安排妥当,他要挂电话了。"你得提前打电话问问航班情况,"他说,"电视上看,芝加哥明天天气会很糟糕。"

"是啊,克雷格斯坦的车都陷进雪堆里了。"

"你是说他跟你一起吃饭的?还在你家?让他帮你干点儿什么吧。"

"干点儿什么?"

"遛狗呀。替你干些杂活儿。"

"他会很乐意的。那就晚安吧。我过来了,咱们再热乎。"

挂了电话,她想,刚才说"热乎"两个字是不是声音太大了(克雷格斯坦就在餐厅听着呢),维克多会不会因为这种过时的字眼而不耐烦,毕竟这都是六十年代流行过的黑话,只在女学生联谊会里才用。影射过去的事儿倒不会让维克多在意,他才不在乎卡特琳娜上大学时跟什么人睡过呢。只是他对于措辞的考究历来不厌其烦,常常让对方感到泄气。一般人听到粗话会不舒服,维克多如果觉得你言谈、措词缺乏品位,就会大为光火。有一次,在旧金山,卡特琳娜推荐他去看《流动医院》:"我看过了,维克,这电影你不能错过。"就为这事,她撞上了大麻烦。好几天,维克多都不屑于跟她说话了。真是奇耻大辱!她一辈子都忘不了。冷淡了好一段时间,俩人才和好。这事儿给她的教训是:"我决不能跟普通人一样。"

再说说克雷格斯坦。在人类这座宏伟的大厦里,克雷格斯坦所占据的一角可谓奇特。"这么说,你准备出门一趟了?"他说。他显得很忧郁、很冷静,坐在壁炉旁,全心全意为卡特琳娜的问题着急,而卡特琳娜总觉得他是个十足的傻瓜。可是,如果真是个傻瓜,怎么会成为她的朋友?这样说吧,世上人物各色各样,傻瓜也应有一席之位,总得有人当傻瓜吧。别忘了,他可是位战斗英雄。你要弄清萨米·克雷格斯坦是什么样的人物、什么样的货色,绝非易事。个儿不高,很壮实,秃顶,粗陋,一看就知道是个当警察的料儿。偶尔会说他在刑警队,过几天又说他专门负责谋杀和毒品,再过几天就只字不提,似乎他的工作属于绝密。"亲爱的,我可以这样对你说,如有必要,我有权在街道上使用最先进的火焰喷射器。"早在太平洋战争前,他就参加过"金手套"拳击锦标赛,脸上的疤痕就是明证。更早的时候,他是街上的打手,打起架来不要命,所以名震四方。看似凶猛,他同时却是一位谦谦君子,对朋友温柔备至。卡特琳娜第一次约他喝酒,他却只喝茶,滴酒未沾。但茶几上摆满了他的枪,腋下夹着一把大家伙,皮带上别着一支小步枪,大腿上还绑着一支手枪。他把这些全卸下来摆在茶几上,让两个小姑娘拿着玩儿。他说:"绝对安全,为什么只能让街上那帮流氓持枪?"有次在鹦鹉酒吧,他给卡特琳娜讲了形形色色的案子,有刀砍,有剖腹,有飞车追逐,有乱枪射击。还有一次,酒吧里一个彪形大汉看他像个呆子,他马上掏出枪,厉声问道:"哥儿们,你是不是想让我在你脑门上再给你开个屁眼?"从这几件事上,克雷格斯坦总结出一套理论,他对卡特琳娜说:"你们这些人(指维克多)应该多了解现实,看看外面的世界有多么野蛮。乌尔比先生在他那篇关于《死屋》[1]的文章中,提到所谓的'绝对罪犯',可在目前的美国,问题严重得多。一百年前,俄罗斯还是个宗教气氛很浓的国家。可现在的美国,罪人横行霸道,圣人寥寥无几……"警督能认识维克多那样的名人,自觉高人一等,很是得意。他自己六十岁后,弄到一个犯罪学专业的博士头衔,加入了学者行列,所以不管说到哪行哪业,他都会头头是道,发表一番自己的见解。

---

[1] 陀思妥耶夫斯基的小说。

维克多觉得这人很有趣,为他起了个绰号,携带危险的圣诞老人。他还说:"克雷格斯坦是美国式陈词滥调黄金时期的代表人物。"

"你想说什么,维克多?"

"提起这个人,我最先想到的他带着兜风的那些女人,那几个离过婚的女人,你看他那个殷勤样儿。给这个送一把糖果,给那个送一束花儿。或者,不是古驰披肩,就是犹太年卡。她们的生日他都记得清清楚楚。"

"我明白了。的确,他常常这样。"

"他一半君子,一半无赖。他想充当巴尔扎克小说中的……叫什么名字来着,对了,付特兰①。"

"那你说,他到底是什么样的人?"卡特琳娜问道。可是在维克多看来,克雷格斯坦是什么样的人根本不值得他去多想。卡特琳娜打完电话,回到餐厅时,身后那扇双绞门合上时发出的声响提醒她,她还得依赖某个人。她的确需要一个人帮忙。现在,克雷格斯坦自告奋勇前来献身,至少他那样子让人感觉他乐于献身。能做到这一点的人不多,连装个样子、摆个姿态也不愿意,姐姐多萝西娅可不就是这样的嘛。

"又出什么事儿了吧?"克雷格斯坦一脸严肃相,"你别无选择。他是不是又病了?"

"他没说。"

"他怎么会说呢?"克雷格斯坦皱起了眉头,更加严肃。那张脸,真像木板上旧漆还未完全脱落,却刷了一层新漆,或者一块锈迹斑斑的铁皮上涂了一层红漆。

"我必须去。"

"那样的话,你是得去了。不过没太大影响,对吧?好在那位黑老

---

① 巴尔扎克《人间喜剧》系列中的人物,其原型从前作恶多端,后来当了巴黎警察局的局长。

太太会把两个姑娘照顾得好好儿的,她当年照顾你和你姐姐真是无微不至啊。"

"听起来的确是。多少年了,伊索尔应该靠得住。你觉得……"

"她能靠得住?"

"这老太太真让人捉摸不透,她越老越难猜透她心里咋想的。本来嘴就刁得很。"

"她对你有意见,你说过的。她不赞成你离婚,时时监视着你。你不是怀疑她拿了阿尔弗雷德的钱,替他当内线吗?可毕竟,她自己没生过孩子。"

"我们小时候,她对我们可好了……"

"她对你好,能保证她对你的孩子也好吗?我不明白她的动机到底是什么。"

卡特琳娜心想:我这是在跟谁说话?灯光下,克雷格斯坦那个秃头、那张一根胡子都不长的脸,真像爱德华·李尔打油诗集中变了形的鸡蛋。他还装出一副丘吉尔式的悲天悯人的姿态来,"命运的铰链"①。他说,千万不要一时头脑发胀,做了错事。大凡名人,无论艺术家、思想家,都不会像凡人一样悄悄退出。想想九十多岁的卡萨尔斯,想想伯特兰·罗素,等等。还有快要咽气的弗朗西斯科·弗朗哥。伺候弗朗哥的医护告诉他,有位加西亚将军前来向您告别,他竟然问道:"怎么?加西亚要出远门吗?"

卡特琳娜听到这里,想笑一笑,可这么多的烦心事一并涌来,便打消了这个念头。

警督说:"我会尽力帮你,你放心好了。不管什么,尽管说。"克雷格斯坦一贯考虑周到,对她毕恭毕敬,他说这话,显然是想让她明白,在她的生活中,他想扮演更亲密的角色。卡特琳娜不乏追求者,他是其

---

① 丘吉尔六卷本《二战回忆录》之第四卷书名。

中最谦卑的,谦卑归谦卑,也是追求者。他分寸把握得十分得体,倒让卡特琳娜不知如何应付。

卡特琳娜说:"我得给法院指定的心理医生打个招呼,取消预约。"

"这是第二次了吧?"

"阿尔弗雷德把维克多也扯进来了。他说我们的关系让两个孩子受到了伤害。医生对我态度极其恶劣。在这种人看来,我们做父母的个个都是罪犯,他对我态度很粗暴,多萝西娅甚至觉得他已经被人收买了。"

"心理医生有时候对双方都很粗暴,他们这样做,是想显示自己不偏袒任何一方。"警督说道,"不过,你姐姐的怀疑也不是毫无根据。你跟律师说过你姐姐的想法了吗?"

"他不愿表态。哪个律师会向你说实话?只有他们同行之间才有这可能吧。"

"那医生考虑的是道德方面,这样一来,问题就更麻烦了。我当年在瓜达卡纳尔岛上当兵的时候,有位战友常说,居心叵测者往往装得像正人君子。医生那边我去跟他说,我手续齐全。"

"哦,你千万别去。"卡特琳娜说。

"说实话,我可以给他拿出充分的理由。"

"你只需给他的秘书打个电话,再约个时间,周五、周六随便哪一天。"

多萝西娅一直警告卡特琳娜,要防着这个克雷格斯坦。那次喝茶时,他把枪摆了一桌子,她就是那天认识这位警督的。"我可不想跟这号人来往。他是个疯子。他到底是不是警察?会不会是个冒牌货?"

"他怎么就不是个真警察呢?"卡特琳娜反问道。

"或许就是个值夜班的保安罢了。不对,如果他只值夜班,他怎么会勾搭上那么多的单身中年妇女?还带着她们去参加高中生的舞会。你查过他的底细没有?带着三支枪,他有持枪证吗?"

"枪不算什么问题。"

"或许只是个交警。但我百分之百肯定，这人是个疯子。"

克雷格斯坦这时突然问道："你给心理医生说过没有，你正在写一本儿童读物？"

"没有。我没想过要给他说这事儿。"

"明白了吧？你对自己不公。你得把你的优点都表现出来才是。"

"萨米，你帮帮我吧，替我遛遛狗。可怜的东西，好久没出门了。"

"哦，这没问题。"克雷格斯坦说，"我早该想到了。"

他带着苏姬走过门廊，积雪在他脚下咯咯作响。新装的路灯发出清新的金光，雅致漂亮，大家都看在眼里。只是在夏天，这些灯光会乱了鸟儿的小脑袋，让它们误以为太阳已经升起，便叽叽喳喳个不停，折腾得它们筋疲力尽。冬天里，这些灯光似乎从天外而来。克雷格斯坦穿着厚厚的大衣，跟着那只胖乎乎、慢腾腾的狗，一路走着。维克多说他是个"幻想家"。除了维克多，还会有谁用这种字眼？"是个幻想家，却没有创新的脑袋。"这是维克多的话。但是作为保镖，警督还是很称职的。他曾护驾卡特琳娜去麦克考米克广场车站见到了尤里·布林那。——要说实话，真正让卡特琳娜感到安全的，是他身上那三把枪。她的确受到了保护。克雷格斯坦作为朋友，毫无疑问做到了忠心耿耿的分上了。

警督走后，卡特琳娜跟姐姐通了电话。她俩经常在半夜通话。这天，她把她对克雷格斯坦的想法又对姐姐说了一遍。

多萝西娅丈夫死后，她把位于高地公园的大宅子卖掉，带着她与丈夫温斯洛在旧金山甘普家具城购买的中式婚床，搬到了时尚的老城。卧室很小，一扇窗子朝着后街。她舍不得离开那张中式婚床，现在就一手举着话筒，很惬意地躺在它的雕木框架里。在卡特琳娜眼里，这张布满雕花的床无异于一顶荆棘冠，难怪多萝西娅常常喊失眠、偏头痛。现在，倒是姐姐苦口婆心，劝导妹妹要迷途知返："这场风流恋情不可能有任何结果，你却执迷不悟，我行我素。唯一实实在在的、能给予你安全的男人，就是那个傻瓜警察。你却要疯疯癫癫地去什么布法罗。"

"克雷格斯坦是个正派人。"

"他是正派人？差远着呢。"

多萝西娅长着一头狮子狗毛一样的头发，精瘦精瘦的，胳膊腿细得像麻秆（老爸当年就这样说的），黑溜溜的眼珠子大得出奇，像要随时从脸上跳出来一样。说话很刻薄，抱怨起来嘴不饶人。

"姑娘们明天可以跟着邻居家的大孩子一起去上学。伊索尔十点到。"卡特琳娜说。

"就因为你那位大人物要你去，你就豁了出去，腾云驾雾，非要到他身边不可。你说你没有选择，我看你是很乐意呀。你让我想起了主日学校里那个女人，'两脚不蹬自家门'。咱俩毕业后能去法国留学一年，是件大好事，可也是件大不幸。这就是我的想法。老爸在税务局辛苦，搂了那点钱，都让你我花在巴黎了。他觉得只要能把我俩培养成巴黎淑女，钱花就花了，总比花在其他地方好一些。他那是在炫耀。而我俩却被丢在巴黎，没人留意我们。那笔钱要是留到现在，就能派上大用场了。"

唉！多萝西娅，你又是吹嘘，又是哀叹，看你长了几个嘴巴？她的丈夫生前经营一家塑料加工厂，死的时候，厂子已经快要倒了。现在她急急忙忙地要把那些塑料制品卖出去。儿子正在攻读工商管理硕士，可上的却是一所名不见经传的学校。处在她那地位，得住个像样的地方，可老城那幢房子租金高得出奇。"掏这么高的价钱，他们本可以把老鼠消灭干净。我只签了两年的租期，房东都笑话我了。"她本来不是做生意的料，可不得已而为之，说起话来越来越像老爸。忙忙碌碌的日子她过不惯。让她出个差，做件事，真会要了她的命。早上起床她也无法忍受。勉强起来后，一边煮着咖啡，一边咕咕囔囔地骂人。咖啡壶一响，那双凸出的大眼睛就会燃起两团怒火。梳头时，抓着梳子的手得憋足了劲儿。她常说："就像拉辛戏里面那女人，'人人都想置我于死地，而且还合起来置我于死地.'①"(站在芝加哥，骂法国教育；学点儿法语，又来骂芝加哥)"只是菲德尔换了你，傻丫头，相思让你昏了头。"

多萝西娅把自己逼出家门，身体还在发抖。让她去拜访连锁商店和各种机构的采购真是难为了她。她设法在电视上为她的产品打上了广告，自称女董事长搞到了电台伦理道德节目组的邀请。有时候，快要晕倒，眼皮都睁不开了。但只要上了电视荧幕，就会像打了鸡血一样，精力充沛，魅力无穷。有人招惹她，她会奋起反击，毫不留情。"乌尔比如果病了，他自己不会回家吗？他老婆为什么不来把他弄走？"

"你别忘了，去年维克多差点儿就永远离开我了。"卡特琳娜说。

"什么？他差点儿……差点儿永远离开你了？"

"我知道那几天你也做了手术，可我不能不放下你去照顾维克多，毕竟你还没有到病危的程度，多萝西娅。"

"我不是说我，我是说他老婆。那个可怜的女人，被你、被他其他的情妇们，害得够呛。只要她不得不离开病房，这位埃文斯顿的疯婆娘就会乘虚而入，爬到那老男人的身上。"

是不是该告诉多萝西娅，说话时不要这么粗野庸俗？可有什么用呢！卡特琳娜静静地听着，有些被动，但也有种满足，甚至有种快感。可以称作"源于不安的快感"。多萝西娅停不下来："一个有地位、有威望的人，利用自己的地位、威望去勾引一个土包子丫头，这是不应该的。这是桶里抓鱼。你是不是想告诉我，你天生魅力无穷，由不得他春心荡漾……"

"不是我有意要干什么，多萝西娅。可这事儿恰巧就落到我头上了。我的静脉曲张，我见了人都想藏着，可他就是喜欢。我牙龈不齐，半辈子都为这烦恼，可他也喜欢。连我的泡泡眼，他也喜欢得不得了。"

"天哪，我说得没错吧。"多萝西娅猛地火气十足，喊道，"你好运

---

① 拉辛悲剧《菲德尔》中女主人公的台词，原文为法文。

来了。他可是遇着仙女,身不由己了。"

  卡特琳娜暗自思忖:她无法理解我,我对她说这些私密的话,有什么意义呢?太可悲了。可再一细想,多萝西娅暴躁、易怒、嫉妒,完全可以理解,不必为难她,毕竟她生意不好,没有丈夫,生活里看不到一点儿希望。卡特琳娜想,她现在不可与我同日而语,这事实她是很难接受的。这四年来,我接触过的名人不计其数,约翰·凯奇、布吉·富勒、德·库宁,等等,回家后给她讲述我跟杰奎琳·奥纳西斯、富朗索瓦·德·拉·郎塔如何天南海北地聊个没完,而她只能给我说说卖塑料袋多么艰难,那些采购多么猥琐可恶。

  多萝西娅没有耐心说下去了。早些时候,她觉得卡特琳娜与维克多的恋情只是一粒火星,闪一下就会熄灭,所以还颇有些宽容,愿意听听。卡特琳娜甚至劝说她读了几篇维克多写的文章。先尝试了一篇简单易懂的《从阿波利奈尔到 E. E. 康明斯》,随即又读了几篇艰涩难懂的,如《保罗·瓦雷里和他的完人》《法国现代思想中的马克思主义》。马克思撇到一边不管,她俩的法语不错,足以研究瓦雷里的《泰斯特先生》,所以有一天,她们约好一起到老果园购物中心吃早餐,探讨这本奇异的书。先转着看了看服装,毕竟几十亩大的购物中心,奢侈品琳琅满目,要想马上坐下来专注地研究泰斯特怎么可能?卡特琳娜多年来想尽办法,扩大自己的视野,武装自己的头脑。她花了几年时间学习飞行技术,还真的拿到了单引擎飞机的驾驶执照。小时学过钢琴,可荒废了二十年,又捡了起来。也学吉他。还去安大略街法语中心继续提高自己的法语。有一阵,情绪极差,就去学开外国赛车,在北郊毫无目的地转圈子。拉丁语尽管没有多大用场,她也学了不少。还有一阵,她心血来潮,打算混入法律圈子,为此还以优异的成绩通过了资格考试。总之,她一心想着能让自己臻于完美。这天,逛完老果园的商场,卡特琳娜和多萝西娅面对面坐在餐厅的小隔间里,抽着烟,钻研起瓦雷里的书来。"完人"到底什么意思?是具备"完整意识的人"?泰斯特先生把自己的老婆作为实验对象来研究，她为何还觉得很幸福？难道被人研究和被人爱恋能让她获得同样的幸福感？她为什么将丈夫称作"纯粹意识之天使"？要搞懂瓦雷里的思想实在不是一件容易的事情。乌尔比那篇关于瓦雷里的文章简直就是天书，让多萝西娅如坠云里雾中。她要求卡特琳娜为她作一番讲解："他把泰斯特先生比作卡尔·马克思，到底有何用意？"

"这样说吧，"卡特林娜绞尽脑汁思索了半天，说，"咱们回到前面那句话。是这样说的：'思想来自虚无，从外界带着明晰的线索，进入这奇妙纷繁的尘世……'"

多萝西娅喊了起来："来自什么样的虚无？"她那狮子狗毛一样的发型，蓬松地盖在头顶，似乎是要掩饰（其实就是承认）她小得出奇的头颅。不过，这或许就是她一种有意识的策略，因为她玩小聪明还是很在行的。脑袋小，胸腔却够大的。她对妹妹的各种感情，有担忧，有怨愤，混杂在一起，如沸腾的一锅粥，全都塞在那里面。她对卡特琳娜的容忍持续不了多久，很快就会大喊道："你跟那些臭文人之间到底是怎么回事？是不是因为我们在皇家大桥饭馆吃饭，①那些哲学家就不屑于跟我们来往，所以你迫不及待了？还是你中了邪偏要跟那老头子的老婆比一下智商？"

不是这样的，贝拉·乌尔比不会虚荣到这一步的。伟人的老婆只扮演老婆的角色，而且扮演得极有尊严。她身段粗壮，皮肤黝黑，自有她的魅力，会让你联想到阿拉贡的凯瑟琳②，虽受尽屈辱，却依然威严不减。她自己算不上知识分子，却知道当一名知识分子该如何摆谱，那才是关键。她够聪明的。

卡特琳娜试图继续回答姐姐的问题："这奇妙纷繁的尘世就是撞击

---

① 法式饭馆。
② 亨利八世的第一任妻子，被迫离婚，屈辱地过了半生。

到人类懵懵懂懂的思想的文明史……"

"算了吧,我们玩不了这些,"多萝西娅打断她的话,"这不是我们这种人能理解的,卡特琳娜。他感兴趣的不是你的脑袋。"

"我确信我还是有资格读这类文章的,我有我自己的方式。"卡特琳娜很固执,很想控制住谈话的主题。姐姐所说的"我们这种人"刺到了她的神经,她感觉眼泪都快要掉出来了。每当她快要流泪,或者快要哭出声来的时候,她都会表现出一种她自己称作"肌肉状态"的神情:两颊鼓起,突然浑身无力,软瘫在椅子上。多萝西娅说话刻薄,那是遗传了市政府上班的老爸的习性。她说:"我就这么个烂女人,只想着把那一堆一堆的塑料袋卖出去。买家个个都是色鬼,总想着跟我睡觉。"卡特琳娜心里明白多萝西娅想说什么。她说自己是个烂女人,不就是提醒她:"你也一样,好不到哪儿去。"多萝西娅接着说,"别再给我扯什么'奇妙纷繁的尘世'了。对了,你的大象怎么样了?"

这真是要命的一击。卡特琳娜早些时候想写一本关于大象的儿童读物,希望以此发点儿小财,经济上就不再依赖别人了。把这计划告诉多萝西娅,真是大错特错。她之所以有这打算,是因为当年家里常常讲这故事。"爸爸当年不是常给我们讲大象的故事吗?我要把它写成一本书。"可不知为什么,至今也没有一点儿成书的迹象。多萝西娅拿这事儿戳她的伤口,真是太下作了。老果园购物中心里关于瓦雷里的讨论就此不欢而散了。

当然了,今晚电话里,她还是必须把她要去布法罗的事儿告诉多萝西娅。多萝西娅直挺挺地坐在中式雕花床上,举着话筒,说:"如果你俩真的上钩了,你是不是要我替你在阿尔弗雷德跟前打个掩护?"

"不会到那一步的。不过为了保险起见,还是给我留一个明天下午我能找到你的电话号码吧。"

"我可能到处跑呢。对手们想把我的化工技师挖走。他要是走了,我就得关门停业了。眼下厂子快垮了,只要再不出什么差错,我就能顶过去。卡特琳娜，你听着，你就真的不担心吗？万一法院把孩子判给阿尔弗雷德……"

"我不会接受的。"

"你或许不会太介意，我是说，当年妈妈对你对我一点儿关爱都没有。她用在裙褶上的心思都比用在你我身上的多。现在，她住在湾港岛，还是那老样子。你会说，你跟咱妈不一样，可是过去的事儿你是不是都忘了？"

"这与咱妈有什么关系？"

"我就是说说，事情往往就是这样的。孩子到底归谁，现在还没个准儿。房子也是大问题。阿尔弗雷德把能拿的都拿走了。即使你能得到房子，再装修一番也会花不少钱。再说，万一阿尔弗雷德拿到孩子的监护权，你该咋办？你是不是得搬出去，跟东区那帮画家艺人们一起睡？他们有什么？除了文学、艺术，不就跟叫花子差不多了吗？维克多那帮……"

"维克多不跟任何人结帮。"

"他屁股后面不是跟着一大帮人吗？你可以公开跟他在一起，如果你得不到孩子的监护权，那就只能怪维克多了。趁他还没死……"

"多萝西娅，咱们这样说话，我想起了女人们常说的：'有个姐姐该多好哇。'"

多萝西娅大笑起来。"有姐姐的女人不说这话。我作个好姐姐，就是尽量给你把事情摆在明处。你迟迟不要孩子，生孩子的时候你都老了。阿尔弗雷德为这事儿很生气。他是那种遇事绝不拖沓犹豫的男人。做珠宝生意，必须得这样。在他那个圈子里，他也是个了不起的人呢。钻石只要瞅一眼，就知道该出什么价。你那时候不想要他的孩子，对吧？你想多几个选择，对吧？你一直等着，想碰上个大主儿，对吧？阿尔弗雷德如果有机会，早就把你整死了。"

你说得没错，卡特琳娜暗自想道，这要把我吓死了。但我既然做了,就绝不后悔。她说:"我得挂电话了。得把闹钟上好。"

"我给你几个号码,明天下午可能会找到我。"多萝西娅说。

五点半,闹钟响了。大冬天的,这么早就得起床,卡特琳娜极不喜欢。她情绪很低落,可也得在衣橱里翻腾翻腾,找件合适的衣服穿上。套装是绿色的,里面得穿一件黑色开司米毛衫,再找条颜色差不多的长筒袜。她躺在一张太妃椅上,两条腿翘得高高的,拉上长筒袜。鸵鸟皮制成的靴子是她从南州大街一家为黑人专供城市牛仔用品的商店里买来的,饰有斑点的鸵鸟皮光滑漂亮,只是尺寸嫌小,那是为苗条女子的细长腿设计的,穿在她的粗腿上绷得紧紧的。腿粗又咋地?这两条粗腿不是也让维克多神魂颠倒吗?

她抽出十五分钟时间带着狗出门走了一圈。冬天里,伊索尔懒得带它出去。年龄大了,万一在冰上滑倒,她可吃不消。她常问:"我屁股摔骨折了,你会照顾我吗?"卡特琳娜喜欢带着苏姬外出走走,正像多萝西娅说的"两脚不蹬自家门"。这"自家门"的确没有什么可留恋的。阿尔弗雷德把地毯、桌椅、印度瓷象、中国卷毛狮子,都搬走了,屋子里空荡荡的,卡特琳娜看着就心痛。她不喜欢做家务,她喜欢运动,遛狗也算一种运动,遛狗时还可以与其他狗的主人聊几句。有时候他们说的话让她吃惊,他们常给她出一些很变态的主意,只是她并没有放在心上,所以不妨听听,也算是个乐子。至于苏姬,它活得够长了。兽医几次向她暗示,这狗又老又瞎,早该处理掉了。也许,克雷格斯坦可以帮这个忙,把这畜生带到森林自然保护区,一枪给了结了。俩姑娘会不会伤心?可能会,也可能不会。她们有话都憋在心里,谁知道咋想的。她们看着妈妈的一举一动,却一句话都不说。克雷格斯坦说,这两个孩子了不得啊,可爱极了,可卡特琳娜总觉得,这两个姑娘不是那种人见人爱的类型,大人的朋友不会喜欢上的。这种类型应该属于美国式陈词滥调的黄金时期吧。克雷格斯坦曾建议给她们报个班,送她们去学武术,卡特琳娜应该多鼓励她们,改改她们的性格,让她们学得好斗一些。他还想说服卡特琳娜，让他带着两个孩子去警察局的靶场练习射击，卡特琳娜说，千万别，枪声会把她们吓傻的。他说，正相反，练习射击会非常有益于她们的性格。多萝西娅每每提起两个外甥女，都会说她们是"神神鬼鬼的小家伙"。

遛狗不能走得太快。这老狗一身黑毛，脊背凹陷，性情温和，雪地上只要有其他狗留下的屎尿，它都要一一细细地嗅一遍。它绕着那些污渍转个圈儿，然后像想起了什么别的事儿。撒到哪儿？撒错了地方，就会破坏事物的平衡。世间万物，无不各司其职，唯有如此，才能奏响本能的伟大乐章。这是维克多说的。虽然天寒地冻，脚下的冰雪咯咯作响，老狗却不慌不忙，悠然自得。太阳像长了一层毛，出来晃了晃，树枝上的积雪发出耀眼的光，可很快，厚厚的云就卷了过来。又是阴沉沉的一天。

卡特琳娜叫醒两个姑娘，催着她们穿好衣服，下楼喝粥。妈妈要外出开会，隔壁的吉娣八点来带你们去上学。俩姑娘似乎根本没听。卡特琳娜偶尔会自问，她们到底在哪些方面像我？嘴巴的确是我的，常常半张着（也可以说半闭着），很妩媚的样子。维克多从来不提她俩，他有意避开这个话题。但对于下一代，他有自己独特的理论，他说，这一代人到这世界上，就是来蹂躏父母的，因为父母是无权无势的小人物，他们得跟着过一种可怜巴巴的生活，父母不免心生悲凉，满怀歉意。他们认为父辈是失败的一代，所以一旦翅膀硬了，就立刻远走高飞。你会觉得维克多得出这一结论会很难过，其实不然，他依然精神饱满，整日里乐呵呵的。不能说他忽热忽冷，他性情很平和。

卡特琳娜穿好羊毛衬里的大衣，马上要出门了，又走进厨房，两个姑娘磨磨蹭蹭的，燕麦榛子粥还没喝完，牛奶已经变色。"告诉伊索尔，我在留言板上写了条子。放学后我来接你们。"没人回话。卡特琳娜走出家门，似乎松了一口气，总算要离开一阵儿了，很快会到达欧哈雷机场，即使维克多在布法罗躺在病床上，她能乘坐飞机出去逛一趟，也是极其美妙的一件事情。她不愿承认自己会有这样的心态，可还是欣然接受了。

喷气式飞机吞吸着冰冷的气流，咆哮着跃入空中。灰色的大地渐渐滑向身后，停机库、厂房、水池、小矮楼、足球场、雪地里蜿蜒的火车轨道，一一从眼底飞过。紧接着，城南的高楼大厦跃入眼帘，远得看不见的人行道上，你的两个小姑娘正在上学的路上，或许还能听见飞机的轰鸣，可不知道她们的妈妈就坐在上面。最后一眼是大湖灰色的水面，风过处，涟漪、白浪，一层一层，一圈一圈。再见了！穿过云层后卡特琳娜心绪突然放松，平静了下来。她每次乘坐飞机，都有这种感觉。忽然间，从无垠的宇宙深处（据说是冰冷的黑暗）横空而来的阳光穿透窗户，机舱内色彩斑斓，温暖如春。有一天，她在维克多的书房里看到康定斯基的一本书，里面写道，他身处俄罗斯偏远的一隅，室内装饰得犹如教堂，突然灵感迸涌，感觉一幅画也应该像封闭的室内，画家本人只是站在门口的迎宾，他的任务就是引导观众入内。谁会过其门而拒绝入内？飞机飞越密歇根，卡特琳娜呷一口咖啡，享受着属于自己的一刻宁静与奢华。乘客不多，座位多半是空的。

偶尔，她还会想想大象的故事。是不是应该坚持把它写完？

在她构思的故事里，这头母象是一家百货商场五楼玩具店租来推销他们的印度玩具的，谁想到的这点子？很专业，很聪明，很有创意。可问题是，象夫要把大象弄进大楼的升降电梯，颇费周折。一只脚刚踩进去，电梯便摇摇晃晃，大象自己就害怕了，不敢迈进第二步。象夫尼洛德连哄带骗，总算让它上了电梯。到了五楼，大象就像到了天堂，备受崇拜，玩具被一抢而光，它自己也上了报纸。它本名麻吉，报纸上叫它拉吉，即大块头。商场经理乐不可支。一个月后，大块头麻吉完成使命，得离开玩具店，到了电梯口，它死活不愿踏进一步，怎么哄怎么骗，软硬兼施，它就是不从。从此，华拔士大道的百货商场顶楼就养了一头大象，谁也没有办法让它下楼。管理层开了无数的会，一批一批的专家来现场勘探，各种奇思妙想蜂拥而至。揭开楼顶，动用吊车？拆除侧面一堵墙，请搬运钢琴的专业人员？打一针将它麻醉，趁它失去知觉时推进电梯？可是它没知觉的时候谁能弄得动它？而且动物保护协会也极力反对。麻吉是从马戏团租来的，马戏团演出结束也该走了，与百货商场签了合同。象夫尼洛德如热锅上的蚂蚁，大块头麻吉也备受熬煎，失眠多日。有没有办法解决这难题？卡特琳娜想象力不足，不知道这故事该怎么往下写。绞尽脑汁，还是一点儿灵感都没有。克雷格斯坦提议，或许可以动用军队，他们有巨型直升飞机。要么，这家商场会不会有马歇尔广场百货公司那样的楼顶长廊或者井道？卡特琳娜想问问维克多，跃跃欲试两三次还是没敢张口。你怎么能拿你这种无聊的东西去骚扰维克多呢？维克多与克雷格斯坦毕竟是有天壤之别的。

　　如果维克多真病了，那芝加哥的演讲就肯定已经取消，他召唤我去布法罗，显然就是思念我、想见我（还会是什么原因呢），要么就是无聊，想有个伴儿。这样一想，她心里便很踏实。一个小时的飞行，翱翔在阳光明媚的空中，她感觉自己已经进入画中。刚过克利夫兰，天色便黯淡了下来，看样子飞机开始下降了。又是一片黑暗。下面是伊利湖，她听过有位环境学家把它比作露天粪坑。飞机滑进灰蒙蒙的布法罗，她开始有些焦躁不安。维克多喊她来这儿，到时有什么目的？他虽然裹着一层不朽的光环，可毕竟年事已高，病魔缠身，而这次奔波于旅途，纯粹是出于她的原因。他的确是因为思念卡特琳娜才不顾一切，跑这么远的路。出门不带助手（亨利·摩尔和那些与他同样级别的名流，谁不带几个助手），那是为了保密，婚外恋情不能搞得尽人皆知。况且，阿尔弗雷德正盯着她呢。他本来比卡特琳娜精明得多，可这次竟然被她戴了绿帽子，恼火万分。如果阿尔弗雷德赢了这场官司，维克多就得接手卡特琳娜。他会吗？卡特琳娜感觉没有这种可能。

　　下了飞机，她走进盥洗间，对着镜子，发现自己脸上脂粉太厚，眼神急躁不安，所以极不满意自己的形象。又补上一层唇彩（想象一下，阿尔弗雷德正醋意大发、怒火中烧，她却在这儿涂口红呢），梳了梳头发，走出盥洗间，循着标志步向贵宾休息室。

维克多出行从不坐头等舱。浪费那钱有什么必要？但头等舱乘客所使用的贵宾休息室还是不能不用。大董事长们才坐头等舱，他不属于那种类型的人，他是艺术家，因此只能坐后舱。因为膝盖做过手术，他要求跟老幼病残提前登机。虽然看上去一点儿都不像残疾，可为了腿的缘故，他需要坐在靠过道的位子上。他总是要求各种便利，好像他是总统一样，就因为这，多萝西娅怒不可遏，说起来一副义愤填膺的口气，他妈的什么东西！"他认为人人都得伺候他，理所当然。上次来西北大学——真他妈的不想再提这事儿！——借了一辆老爷车，可连五十块的电瓶钱都舍不得掏，天天打电话让一个个马屁精带着电线来给他充电。这人光在现代绘画界，身价也超过一百万了吧！"

"我不知道，"卡特琳娜说道。她倔强起来，眼睛就不由得朝下看，你看她表面上像是在向你屈服，其实心里叛逆得很，"维克多的确是倡导人人平等的。我觉得，他现在身体不好，给他一点儿额外的照顾，不算过分吧。"

在宴会上，只要维克多一出场，大家就会自觉地给他让出一条道来，有人会马上往他的座椅上铺块垫子，也有人会立刻递给他一杯酒。这都是事实。他接过酒杯，连一句谢谢都没有，该说什么还继续说什么。甚至那帮腰缠万贯的巨富也心甘情愿为他效力，替他叫车，安排豪华套间（就像华尔道夫大酒店），可他并不一定去住。维克多是格林尼治村的老一辈，住在苏里文街的一个单间里，隔壁都是意大利人。写作的时候，只需一块菠萝伏洛干酪、几片面包，耐热玻璃杯里面有什么喝什么，威士忌更好，咖啡也成。那张床，床单被褥大概一年换洗一次，他躺上去就是为了理清思路，思想经过他的大脑，就像经过一连串高能室。他看重的是思考。他思考的时候，乌黑的眼睛在浓密的睫毛背后闪闪发光，眉毛紧蹙，凶神恶煞，表情威严而不失和蔼。他双眼深陷在面颊里，形成一个奇特的角度，这角度所蕴含的意义千姿百态。住在苏利文街，他不需要别人照顾，亲自去意大利人开的杂货店买蒜味腊肠、干酪、香烟，扛着一步一步沿楼后的台阶爬上三楼，伏案工作到渴得不得不停下来喝一口。所有这一切，他都不依靠任何人。要想外出，随便谁的车，他搭上就走。有次，他搭着一位柏林来的百万富翁的劳斯莱斯进城，半个小时的路程，俩人在隔音玻璃后边说个不停。卡特琳娜就在旁边听着。三十年代，他因合成橡胶技术拿到不少专利，纳粹上台后，逃离柏林，还以低价买了不少马蒂斯的画。维克多跟他谈得很认真，卡特琳娜也听得很仔细。从七十六街到华盛顿广场，他们谈了不少内容：从神圣罗马帝国到签订《苏德互不侵犯条约》期间的现代德国政治，超现实共产主义的实质，吉斯勒的建筑特色，汉斯·霍夫曼对美国绘画的影响，自由民主制度对艺术发展的局限。还有四五个很精彩的话题，卡特琳娜都记不起来了，大概还涉及经济危机、冷战、形而上学、性生理等等。这位有幸从柏林逃出来的犹太人，脑袋长得像一块很不规则的酸面包，上面扑了一层面粉，却很聪明，提的问题个个恰到好处，维克多的回答也颇有见地。这倒不是因为他搭了人家的车，就必须说些他喜欢听的话。维克多从来不做这种事。

多萝西娅总是绞尽脑汁地想找到最坏的字眼来形容维克多。她说："这人嘛，纯粹是一个答尔丢夫[①]。"

"你不是说我是包法利夫人[②]吗？"卡特琳娜说，"答尔丢夫和包法利夫人配成一对，是个什么样子呢？"

多萝西娅，你的硕士学位，的确货真价实。可现在，你是个卖塑料袋的。

这种评价，差点儿就要从卡特琳娜的嘴里蹦出来了，可她还是忍了

[①] 莫里哀《伪君子》主人公，伪君子的代名词。
[②] 福楼拜《包法利夫人》女主人公，荡妇的代名词。

忍。话没出口，可嘴角那副神情，谁都看得明白。要说穿了，那就是，维克多是个名副其实的大人物，她为此而自豪，她也为她与维克多之间的亲密关系而自豪。维克多信赖她，对她无话不说，她也理解维克多的思想。卡特琳娜和维克多，一对志同道合的恋人。维克多对世间万物都可以熟视无睹，漠不关心，尽管多数人会趋之若鹜，就是这样的一个人，竟然跟我卡特琳娜，如胶似漆！在这个思想自由的国度，维克多有自己独特的思想。卡特琳娜被纳入其翼下，犹如一名学徒，她自然得缴纳学费，但她心甘情愿。

他俩的关系，概括起来，应该就是这样的吧？这是卡特琳娜最乐于接受的一种。

卡特琳娜穿过机场镶嵌着玻璃的过道，抬头望着天空。厚厚的云层像得了疝气，垂得很低，风卷着雪片在水泥地上打滚，啪啪作响。她讨厌这种天色。飞机起降倒也正常，一架接着一架滑了过来，驶向跑道。天色虽说难看，但是你不能把你自己的心绪移植到天气里。不过，你走进贵宾休息室，不管什么天气，都被关到外边，立刻与你无关。这种特殊的区域一般都藏得很深，灯光幽暗，一片宁静、祥和。饮料都是免费的。维克多，手端着玻璃杯，两条腿搁在茶几上，拐杖插在身边沙发的垫子缝隙里。看样子，他没喝多少酒，酒精的热度还远远不够，因为他的灯芯绒大衣拉链、扣子都没解开，显然是为了保暖。她上前递过去一个亲吻，衣服、披肩、喉咙里散发出来的香水味儿随之荡漾，她自己都能闻到。俩人互相盯着对方的脸，仔细端详着。卡特琳娜发现，维克多并没有得病，他一点儿都没有患病在身的样子，也没有病人身上常常散发出来的气味儿。她很熟悉那种气味，上次维克多病倒时她已经领教过了。可以放心，至少他没有得病！没什么害怕的了。但是，很明显，他情绪不佳，肯定有什么事情让他烦躁，是担忧，还是厌恶？卡特琳娜很了解，维克多闷闷不乐、一句话不说的时候，心里其实憋着一股强大的力量。沙发旁边胡乱放着几样东西。那个圆筒形的行李袋她再也熟悉不过了，厚帆布做的，脏乎乎的，就像管道工的工具袋。还有几样东西，放在角落。

好了，你让我来，我就来了。真的需要我，还是你情绪太糟糕？

"准时赶到。"卡特琳娜说着，转了转手腕上的表。

"好。"

"再要做的就是准时赶回去。"

"我看不出这有什么不可以的。没有让你很麻烦吧？"

"只是取消了跟法院心理医生的约见，还冒着被阿尔弗雷德知道的危险。"

"这都什么时代了，"维克多说，"你那丈夫怎么还要横插一杠子，他是什么大领导吗？他怎么举止像个歌剧里面的疯子？"

"维克多，你明白，阿尔弗雷德一直很自信，现在跟你作情敌，他的自尊心受不了。"

维克多从来不关心源于性格的问题。只要与性格有关，他不在乎任何人的烦恼，甚至连自己的烦恼他都可以置之度外。

"那个旅行袋旁边是什么？"

"先来一杯威士忌，一边喝我一边对你说。"一大早就喝酒可不是他的习惯，肯定是有什么意外，他得用酒精鼓鼓气。他手一扬，就是命令，谁也不能违抗。女招待立刻跑了过来。在古老的地中海地区，或者亚洲，维克多这种身材的人大有人在，魁伟，却有些跛脚。跛脚，是因为腿的缘故。卡特琳娜一直没有弄清楚他这条腿到底得了什么病。为了导液，两处打了空，是从肌肉当中钻下去的。钻孔周围有时还有后遗症状，小小的颗粒，像红糖一样。过了不多久她也习惯了。他常常拿自己的大块身材开玩笑，他说，他身材太大，习惯为普通人做手术的外科医生不敢向他开刀。他说自己就是古时候的猛犸象，由于身材太大没有幸存下来，早早就绝迹了。他还说大多数天才都是矮子。笑话归笑话，其实心底里，他还是很为自己的伟岸而自豪。维克多绝不是猛犸象。这世界上长相能比得上他的人寥寥无几,而且卡特琳娜也应该明白,大脑反应之迅速,这世界上也没有几个能与他相提并论。维克多那张脸,绝对可以印在古代人类历史教科书的封面上。几道横向布局的线条充满力量:额头,颧骨,机智的长眼睛,由于年长而变得怪异的眉毛,几撮簇拥起来的毛尤显顽皮,嘴很大,上唇上精心修剪过的胡髭也是长长的一道。他讲话时,尤其是需要加强语气的时候,整个脸都会突然放大,你会觉得他是某种思想上的独裁者,容不得不同意见。颧骨处皮肤红红的,像化了妆的演员,那种鲜艳的色彩即使在他病危的那一刻也未曾减褪。要说他生命垂危,那肯定是医生诊断错误。医院病床都一个规格,他那身材躺在上面,你会觉得成人躺在婴儿床上。但是他睁开眼睛,也就是打开那两道细长的视觉河道时,里面的信息却明确无误:"我要死了!"出院两个月,他便又生龙活虎一般,到处演讲,大吃大喝,奋笔疾书。这个维克多·乌尔比,真不愧伟人!他走路一瘸一拐的样子,也是伟人派头,似乎不是拖着腿往前挪动,而是走一步,踢走一个障碍。维克多只看得上能够践行自己思想的人,因为每个人,不管自己是否意识得到,都有可以称之为思想的东西,或崇高或卑微,或精明或愚蠢,但能践行思想者并不多。他一出场,尽显王者的风范,或许就是"犹太人之王"吧。慢慢地,你就会感觉到维克多身上那种上下对比,他不是从上头来的,他是从下头来的。① 用俗话说,他的鞋破破烂烂,衣服穿得歪歪扭扭,可两杯酒下肚,浑身热起来,脱掉灯芯绒大衣,便会露出只有他才会穿的那件衬衣。像保罗·克里的那幅画,一个又一个的方格,绿色、红色、黄色、紫色,连成一片,衬衣虽然已经有些褪色,但依然。他那巨大的身躯就是一件暖色调的艺术品。毕竟,他是艺术界的带头人、权威,他位高权重,连他的怪异习惯也(自然而然地)蕴藏着

---

① "犹太人的王"指耶稣,"上下"一句出自《圣经·新约·约翰福音》第 8 章第 23 节:"你们是从下头来的,我是从上头来的;你们是属这世界的,而我不是属这世界的。"即,人属于人的世界,耶稣属于神的世界。

无比的力量。凭他一副王者风范，一股艺术家的气质，一腔民主的热情，他无处不受欢迎。虽然像一棵大树，因年代久远而开始枯萎，但追求他的女人还是源源不断。

喝了酒，有了底气，他就开始滔滔不绝地说起来了："瓦奈萨说是她的老师给她施压，让她叫我来做报告的，但我知道那是她自己的主意。可她没有出席，她去演出了，有个室内乐演奏会。"

"你见到她的古巴男朋友了吗？"

"正要说这事儿呢。他比其他几个好多了。"

"这么说，宗教不成什么问题了？"

"嚷嚷了一阵子，说要当个拉比，想进入希伯来联盟学院，遇到了麻烦，现在她再也不喊这事儿了。她似乎想当犹太人的首领，当然是成年人了，走进他们的教堂，站上他们的讲坛，对着他们喊叫。这帮犹太人大多脑子出了毛病，不仅默认有人对着他们大喊大叫，还以此为荣，到处炫耀呢。这什么时尚呀！你把他们臭骂一顿，他们还会登报渲染，就像被人在脸上踢了一脚是多么伟大的进步。"

"这姑娘竟然爱上了一个古巴来的学生。古巴人在卡斯特罗统治下还是天主教徒吗？她约你来演讲，自己却开音乐会去了。"

"还不止这些，"维克多说，"她让我把她的小提琴带到芝加哥去修理。一件很贵重的乐器。我得替她背到美术楼的贝因-富歇琴行[1]，不敢让布法罗的人折腾。这可是一把瓜奈利[2]呢。"

"你们一起吃过早饭了吧？"

"吃过了。她还带我去见了那古巴孩子的父母。没想到这孩子还是一个神童，阿基米德式的人物。逃难来的，可能靠救济生活着。从古巴蜂拥而来的不是小偷就是杀人犯，没想到里面还混了一个天才……"

---

[1] 位于芝加哥的国际著名琴行。

[2] 意大利著名提琴品牌。

"你真那么肯定,他就是个天才?"

"这不是我空口说的。他连续四年拿到了全额奖学金,学习生理学。我没记错的话,他的几个兄弟都在饭馆打杂儿。瓦奈萨就跟这家人混在一起。老太太精神不大好。"

"她把小提琴给你,让你替她跑腿儿?"

"我帮她跑跑腿,可以避免她干蠢事儿。这把琴是我掏钱买的,价格不菲,现在翻了五六倍了吧?我想让贝因-富歇琴行给估个价,这样傻丫头就不会把它给卖了。她想从那位古巴老太太那儿买人家的儿子,就那个劳尔。没准还会私奔呢。谁知道……我俩一起去贝因琴行吧。"

卡特琳娜也有活儿干了!维克多为了见他这位情人,他的包法利夫人,吃完早餐就把瓦奈萨支走了。

"琴就放在座位底下。我猜来听你演讲的都是左派学生吧?"

"为什么这么说?来听我报告的人多了,不止那些学生。从雾月十八日的视角来谈美国政治和社会……法兰西第二帝国的闹剧。这些话题都很适时。"

"在我看来,这与美国没多大关系。"

"那让我讲什么?难道日本电子工业、德国汽车制造、法国厨艺,还有堪萨斯的老挝难民就与美国有关系吗?"

是啊,她看得出来。她也明白这题目为何如此对维克多·乌尔比的胃口。乌尔比,出生于纽约东区,小时候流浪街头,对各色人种混杂的移民群体、外来群体有着天然的同情;女儿交了一位古巴男友,他也听之任之;他自己长着那么一张脸,本来就不像个美国人,头上戴着一顶希腊船长的帽子,帽子多半还是台湾做的。

维克多说个不停。他说在酒店时收到一封信,是多年前认识的一个熟人写来的。有惊无喜。"他信中那口气,就像我们是故交一样。三十年没见,他现在正好在布法罗,能见我一面真是至幸。还是当年在格林尼治村的时候认识的。本来就不是什么朋友,过了这么多年,想恢复关系，我烦死了这种人。话说回来，他现在是名人了。"

"能告诉我他叫什么名字吗？"

"拉里·蓝格尔。最近因《宇宙毁灭记》名闻遐迩。那电影跟《二〇〇一》《星球大战》一个类型。"

"知道，"卡特琳娜说，"就是那个蓝格尔，《名人》杂志上有篇关于他的特写。算是大器晚成吧。十年前他可是专拍色情片的。真有意思。"卡特琳娜上次在旧金山一句话说得丢了脸，所以现在开口非常谨慎。她不知道，维克多会不会因为她推荐《流动医院》而生气至今。这事儿在他大脑深处留下一个污点，或许现在还没有清除。维克多曾经说过，品位太低，无异于犯罪。"他一定发了一大笔财。《名人》杂志里说，他那部电影总收入高达四亿。他来听你的演讲了吗？"

"他信里说有点儿急事，可能会晚到一阵儿，还说结束后一起喝一杯。他留了电话，我没打。"

"没打？你是……累啦，还是不高兴？"

"过去在一起的时候，只要他说话，十分钟就不忍再听了。他自以为是什么大人物，大家都得听他的。他越认真，你就越烦。中西部哪个州来的，到纽约大学读了哲学，喜欢跟文人雅士混在一起，不是去雪松酒吧见画家，就是到哈德逊大街见作家。我记得他的样子，个儿不高，很精明，喜欢标新立异，举止怪兮兮的。我记得他当时靠给漫画杂志写连载挣钱养活自己，《伯克·罗杰斯》《蝙蝠侠》《闪电戈登》，等等。夹克衫的口袋里随时带着笔记本，一有想法就马上写下来。后来就失去了联系，我也没兴趣跟他联系。卡特琳娜，芝加哥董事长协会发来的邀请函里面，我发现有些问题，我有点儿担心。"

"会有什么问题？"

"我发现，演讲委员会有位顾问布鲁斯·贝德尔，就是他给我发邀请函的，而且还强调我一定得去。他明明知道我讨厌他。他是个投机钻营的小人，原来在英语系教书，后面跑到华盛顿混成了一个文化政客。

尼克松执政初期,他很看好副总统斯皮罗·阿格纽。他常常对我说,阿格纽喜欢读书,而且读的都是正经书,还常到他那儿借阅古代典籍。阿格纽喜欢读书!真能扯。你想看透贝德尔想什么,最好使用直肠镜。可我突然发现,他就在今晚演讲人的名单里。还有呢,更稀奇的是,今晚做主持准备介绍我的人是路德维希·费尔舍。你没听过这名字,他可是个很老的老前辈了。一九一七年前,一批俄罗斯人移民到美国,革命后,列宁让其中的一些人替他筹集资金,就是阿曼德·哈默式的人物,这帮人精明极了,把自己的生意与政治连在一起,大发其财。这个费尔舍把圣彼得堡宫廷博物馆的名画弄过来倒卖,替布尔什维克筹集资金。约瑟夫·迪文①和伯纳德·伯伦逊②对这些宝藏标价极低。"伯伦逊当年得罪过维克多,所以他虽然已经死了,维克多对他仍怀恨在心。

"看来你的这些哥儿们个个来者不善哪。况且,你独来独往惯了,不喜欢跟别人平分讲坛。"

维克多双手扶起那条病腿,挪了挪位置,让自己感觉舒坦一些。换了坐姿后,他口气更尖刻了。"我以前领教过不少皮条客,见怪不怪了。可今天要跟这帮××人物一起出场,真是无法忍受。就为了挣那几千块钱吗?不值。我知道这个费尔舍是什么玩意儿。从格伯乌到克格勃,他跟美国资本家的亲密关系谁都看得出来。现在老了、秃了、脸红红的,像个脓包,就等着你用刀子戳一下。不管你是谁,只要腰缠万贯,大人物就会把你搂在怀里。他们竞选时,你给了赞助,去莫斯科时,你捎了口信儿,那么,回来后总统办公室里就会有人等着拥抱你。"

进了贼窝,烦躁不安。维克多喊卡特琳娜到布法罗来,原来就因为这个。她还以为他突然怀疑自己癌细胞扩散了呢。

"我真不希望见到贝德尔。满脑子的鱼泡,有什么值得一听的?浑身充满邪恶、诡计,真不明白那些董事长怎么会愚蠢到这地步,竟然请

---

① ② 俩人都是当时著名艺术品收藏家和商人。

了这么一个人物！"

卡特琳娜为他鼓劲儿，让他继续说下去。她交叉着两条穿着高腰靴子的腿，一手握着拳头，顶着下巴，面带一副专注无比的神情，侧耳恭听。

"由这么一伙人发起的演讲会，我恨得牙齿痒痒。我毫不保留地告诉你，真的。"维克多说道。

"维克多，你可以一人战胜他们所有人，让他们尝尝你的厉害。"

只要他愿意，他肯定会。毫无疑问，虽然也得花点儿力气。但是，维克多不像现在大多数知识分子，神经过敏、胆小怕事、与邪恶串通一气。他已决意跟这种知识分子一刀两断。卡特琳娜看维克多，多从两个视角。其一，他是一个喜欢恶作剧的小丑角色，像卓别林电影中的形象，涂着浓浓的眉毛，为了点支雪茄，不惜将路灯的头折断。其二，他情感丰富、敏感多疑，性格中有多重微妙的差异，卡特琳娜从来都没有看得清楚过。自从生病后，他常常说他得积蓄精力，去做真正重要的事情。那帮约他去演讲的董事长们有多重要？去他妈的，他才不在乎那些人呢。他说，大通银行、国际货币基金组织、国家安全委员会里面的各种渠道对他来说一文不值。他从来没有主动找过这些人，是他们要求他来作演讲的，好像他们不知道他的观点一样。就今晚的主题，他以前不止一次撰文说明自己的立场，他说，无论东方还是西方，只要高高在上的，不可能有真正的人才。东西对垒，两个超级大国有足够的力量厮杀、灭绝人类，可双方高层领导人却没有一丝高尚的人性，因为权力都掌握在弄臣和半人半鬼的角色手中。世界之堕落，究其原因，在于艺术被忽视、被贬低、被抛弃。维克多演讲时一旦激情被调动起来，就会在那些董事长面前大谈特谈人生只有与艺术结合，只有在艺术积极的作用下，才会有价值、有意义。可他现在病魔缠身、情绪低落，思想也是一片昏暗。就他现在这情况，他觉得真不该大老远跑到这儿来。寒冬季节，他坐在布法罗的机场，坐在这间休息室里，到底为了什么？马上要乘机去芝加哥，去芝加哥做什么？每逢这种晦暗的日子，他就感觉无法控制自己的经验，有些感觉本应该彻底关闭，可他做不到。他就像一个人质，被某种无法辨认的邪恶力量牢牢控制。

他说："这个蓝格尔，有一点我倒是挺喜欢。他可以反着拉小提琴。因为是左撇子，琴弦全部倒着排列，音柱也调换了位置。那年代，有点特长很重要。但他才气不高，所以拼搏了多年，才成为一名一流的科幻电影编导。"

招待为卡特琳娜端来一小瓶帝王威士忌。她慢慢将酒倒入玻璃杯，举起杯子，迎着灯光，细细端详，似乎酒中有某种精灵，一圈圈旋转着上升，如云似雾。过了片刻，她说："是不是应该看看我替你打出来的演讲提示？"

"好的，看看吧。"

她只要看字，就得戴副眼镜。维克多眼神好，用不着。在有些方面，他真是一点儿也不显老。虽然块头很大，但他依然举止优雅。虽然上了年纪，但他还是充满青春活力。克雷格斯坦有一点说得没错：多思想，不衰老。这话他肯定是从什么地方听来的，要么就是从《论坛报》的妇女栏目里捡来的。就凭他那脑子，不可能有如此精辟的见解。

贵宾休息室装潢得犹如飞机的机舱，光线从头顶斜射下来。维克多得把那几张纸举得高高的，才能看清上面的字。"大概过一下就可以了，我没打算从这当中得到什么有价值的东西。'人们为什么说真理会比虚构更加离奇？'我说过'离奇'吗？会不会是'奇异'？因为倾向于自由派的民主思潮会导致一种软弱无力的自我意识。对了，下面这话是谁说的？'在我看来，公众世界虽然险恶，虽然有各种弊端，我也不愿抛弃它，换来一个闭塞沉闷的私人世界。'软弱的自我意识，作为虚构也经不起推敲。缺乏'理念'。那些专业团体，律师呀、医生呀、工程师呀、等等，各有其预制的集体'思想'，却缺乏至高的'理念'，所以造出一种幻影，称其为'标准'，还把这种幻影设置成它们各自行业的道德规范。在自欺欺人却不自知。在他们看来，迈向'稳定'的第一步，就是消灭每个人的个人道德判断，并用虚构的人格来承担领导的权力。"

"你是不是觉得我们的领袖都是虚构的人格？"卡特琳娜问道。

"难道不是吗？"

维克多脸色不大正常。脸颊上的红晕变成了一种由于暴怒而导致的绯红，大有一触即发的危险。他用他特有的神情盯着卡特琳娜，似乎再次审查她是否有资格听他说话。卡特琳娜感觉到一种羞辱，可还是接受了他的怀疑，并投向他一副同情的眼神。这个时候，最好还是让他畅所欲言，哪怕是对牛弹琴，卡特琳娜也甘愿作牛。他微微低下头，就像角斗场上的公牛，试探着该不该给对方一击，然后抬起头来，继续滔滔不绝地讲了起来。卡特琳娜最喜欢听他骂人，听他恶语攻击他的敌人。每逢这种时候，他更是妙语连珠。他说，某个人头里面装的不是脑子，而是鱼鳔。他如果严肃起来，卡特琳娜便会感到紧张，这阵儿，他那模样就显得非常严肃。他说，那些笔记、那些演讲提示一点儿用处都没有。他说，那次关于马克思的演讲，笔记也没有派上用场。

维克多还认为自己是位马克思主义者吗？卡特琳娜拿不准。她意识到自己这种提问未免鲁莽，可也更害怕被维克多视作愚钝。"我这样问，是因为你常说起阶级斗争，可你也认为共产主义国家个个都归于失败。"

他的确这样说过。他年轻时候熟读马克思的作品，骨子里渗透了马克思的学说，马克思对他的影响不能说不深。怎么不会呢？读了《雾月十八日》，他更是深信不疑，马克思主义完全符合目前的美国国情。这一阵的维克多一条腿伸得直直的，活像纳尔逊元帅的大炮筒，只是多了一层布裹着，浓密的眉毛下，炯炯有神的眼睛发射出耀眼的光芒，一字一顿地说，今天布法罗的演讲和明天晚上芝加哥的演讲在主题上是紧密相联的。工薪阶层、中产阶级和专业技术人员，一旦找不到自己的物质利益所在，他们就会游离出历史（我这话你明白吧），非阶级利益便会乘虚而入，到了这地步，社会就会彻底崩溃，沦为一种全社会性的神经衰弱。演戏时代就会开始，广泛的社会革命也就会被那帮演员的扭捏作态所掩盖,小丑、蹩脚演员粉墨登场,操纵一切。看表象,这社会就是一出闹剧,而深层的现实绝对不会如此热闹,可人人视而不见。

维克多本人思想深邃,仪态非凡,与众不同(卡特琳娜暗自思忖),他自己就是一名演技卓越的演员。而在谈话间歇处,比较随意的时候,他会显出自己的本相,那个维克多本人就会活过来。卡特琳娜这时候才会说:"我为你担心了整整一夜呢,维克多。"

"担心什么?因为我喊你到这儿来,你就担心了?芝加哥那帮人让我恶心,我想跟你聊聊这事儿。打电话那阵子我情绪很糟糕,没一点儿精神。"

卡特琳娜想,维克多胸中积郁,却因为高高在上而不愿告诉别人,只能找我倾诉。他就像个孩子,但我俩的关系远远超越这个层次,我自己的孩子也不一定愿意向我敞开心扉。作为母亲,我差不多就是一件人工制造出来的产品,是不是因为在我自己的孩子面前,我不能展示性欲?她对维克多说:"我猜,这阴沉的天气和长途旅行把你给折腾垮了。"

哦,阴沉!的确如此。他盯着卡特琳娜的脸,想着"阴沉"二字对他却意味着另一码事。他说"没一点儿精神"的时候,也不是指情绪低落。一点也不低落,反而很高涨,高涨得让他自己讨厌,高涨得有种无所适从的危险。他很清醒,超级清醒,他一直希望自己能保持这种清醒,可也知道为这种清醒,他得付出代价。大地在你脚下张开巨口,即将把你吞噬的时候,也是你头脑最清醒的时候。面临肉体的死亡,灵魂会豁然开朗。我从不奢求长生,可也没有预料到今日这状况,至于今日这状况到底为何物,我也说不清楚。它清晰无误,却又如云遮雾罩。就是在这种状态下,卡特琳娜给予他实实在在的支持,一种肉体的支持。她丰乳肥臀,线条分明,墨绿色的针织衫裹着上身,粗壮的腿上穿一双黑色鸵鸟皮的靴子,靴子表面鸵鸟毛孔被撑成一个个气泡。展现在他面前的,是一副女人健壮的躯体,肉乎乎的脊背、叉开的大腿,无不充满肉欲。她那坐姿更让维克多春情萌动。她自己难道就没有意识到吗？她真的不知道她整洁的装扮让维克多欲火中烧吗？维克多没有说出他的想法。卡特琳娜自然也就不知道她那双手有多大的魅力，尤其是指节上的褶皱和那几根生来只会玩弄阳物的指尖。维克多看着她的指头，不由得想入非非，但还是没有说出口来。卡特琳娜尽管一脸担忧，滑稽可笑，可她就是维克多的色欲之神，正因为如此，他可以容忍她的愚蠢，克制因为她的低能而产生的恼怒。有时，她的言行让维克多怒火中烧，他会不禁自问，与她消磨时光，到底是否值得？为什么不将这蠢笨的臭娘们一脚踢开？难道没有更好的度过晚年的方式？会不会是他已气数殆尽？想当年，命运之神也不过是他手中玩物，可现在，他似乎已无力掌控这一切。他细细回想这些年他俩关系中的几个步骤：开始，她是他的"一块"爱情，逢场作戏，各得其乐。后来，这关系变得滑稽可笑，因为他在卡特琳娜身上感觉到他的色欲只不过是一种维多利亚式虚伪，外加几件廉价的装饰。再后来，就是波德莱尔式的情爱：

　　……你熟悉这抚摸
　　让死者重返人间……

　　只是维克多不相信有如此奇迹。再说，他的性能力还远未到达"死者"的地步。他对这类纯属幻想的无稽之谈避而远之。可卡特琳娜这女人，确有点石成金、妙手回"春"的魅力，如果维克多真的已死，她也会将他拉回人间，只是这里面没有巫术，没有性虐待的黑暗力量。维克多的性取向，跟常人没有多大区别，他也不会因为这种"寻常"而感到羞耻。卡特琳娜让他欲火不熄，他也不得不承认，如果没有这股力量，他的确不知道会发生什么。所以，他便豁出一切，与卡特琳娜尽情享受在一起的乐趣。他不愿放弃。他不在乎死亡。在他看来，死亡不就是跟在他屁股后边哼哼唧唧的几只狗崽子吗？

说起这阴沉沉的冬季,维克多对卡特琳娜说:"我没法让身子暖和起来。听说吃辣椒有用,有助于微循环。昨晚太难熬了,我用热水泡了脚,穿了两层袜子,还是冷。"

"我可以帮你暖和暖和。"

真了不起!女人竟然有如此力量。

"瓦奈萨,今天早晨你不是见她了吗?她怎么样?"

"嗯,"维克多说,"这些孩子,他们不得不服从的,还要你也服从。正好,老一辈人也好说话。那位古巴老妈妈有些不明白,我从她眼里能看出来。'你们这些年轻人到底想要干什么?'她没说,我知道就这意思。"

"哦,你还见着她了?"

"是啊。今天早晨一起吃的早饭,小伙子给我俩翻译。他智商很高。他妈妈说她对瓦奈萨没什么意见。瓦奈萨跟他们全家相处得已经很融洽了,就像一家人一样。替他们削土豆皮、洗坛坛罐罐的。两个人从不在街上吃饭,也不看电影,这小伙儿自己没那么多的钱,可也不让瓦奈萨掏腰包。所以就不分白天黑夜地学习,成绩很好,俩人都上了优秀学生名单。可我觉得我女儿没必要插这一杠子。那小伙儿是他们全家唯一的人才,弟兄姊妹几个,加上妈妈,都指望着他能带着他们脱离苦海呢,瓦奈萨却要把他从他们身边拐走。"

"可她说过她爱那小伙儿,还一边说一边用她那双跟你一模一样的眼睛盯着你看呢。"

"这孩子是个小妖精。我发现她竟然给她妈妈出点子,如何利用色相呢。她教她妈妈说,现代社会里,作妻子的应当如何如何取悦丈夫,丈夫老了,你得学会如何让他高兴。说什么地方有本同性恋百科全书,可以学到很多,还说不用买,只给了她妈妈书店的地址,让她到书店里翻开那几页,读一读关于性交前如何刺激男人的段落就可以了。"

卡特琳娜没觉得这多么有趣,反而突然醋意大发:"她用书上的方法来找你玩儿了？"

"你说贝拉？她要真这样，无非我们俩都疯了。"

不会，绝不会，贝拉绝不会这样做的！要知道，她一直把自己看作女主人，合法的妻子，她有那种自豪感。就像印第安人的老婆永远是老婆一样，她有那个权利，也自以为有那个尊严。她性情忧郁（有维克多这样的丈夫，她能不忧郁吗？谁都明白这一点），就像切罗基酋长的内人，又像咱们前面说起过的凯瑟琳·阿拉贡。她的衣服都是自己设计的，有种既华丽又忧郁的特征，也正好符合那两个女人。她不说话，可表现在举止中的那种自尊，无人能敌。你觉得这种高傲的女人，会照着书里面的性技巧指南来在男人身上做实验吗？绝不可能。即使这样，卡特琳娜还是觉得心痛难忍。无礼！邪恶！对于贝拉，也是无礼之举，贝拉忍受折磨也很长时间了。贝拉心底里也算得上慷慨大度。卡特琳娜明白这其中的滋味。

"这一代人哪！"维克多接着说，"想想那些事，似乎都在说，人工流产是正当的。她是我最小的孩子，也是三个孩子中最野的一个。她已放弃作拉比的打算，可那模样越来越像个犹太人了，耳朵边上还留着两绺卷卷的头发。"

很奇怪，维克多对待家人也不夹杂丝毫个人情感。妻子、父母、孩子，这样的分类不会影响他对任何人的评判。他说起自己的女儿，就像探讨任何一个题目一样全神贯注，一样妙语连珠，一样不含个人情感。不能说他不够有爱心，也不能说他以个人为中心，卡特琳娜不知道该用什么样的字眼来描述他。

说什么都不要紧，现在，他俩在一起，卡特琳娜百分之百地拥有维克多，足矣。这是她最快乐的时光。维克多一旦走上纽约街头，大家都能认出他，他的读者拦住他签字合影，画家们（现在画画儿的人怎么会这么多！）缠着跟他说话。可今天在这儿，布法罗机场贵宾休息室幽静的角落里，卡特琳娜不会受到任何人的骚扰。错了，她想错了！就在这个时候,有一个人走了进来,边走边张望,一看就知道他是在寻找什么人。还能寻找谁?只有维克多了。她轻轻抬了抬头,给维克多一个示意,维克多小心地转过身,一副忧愁的表情,轻轻地说:"就是他!那个给我写信的人物。"

"哦哦。"

"看样子他不见我不死心……那件裘皮大衣不错呀。肯定是 F.A.O. 施瓦茨设计的。"① 似乎这话一出口,他的情绪就突然好了许多。他笑了笑。

"那大衣贵着呢。"卡特琳娜说。

这衣服的确制作精良,华丽耀眼,但穿在这人身上,松松垮垮,并不显得有多好看。皮毛一圈一圈的,像米其林轮胎,很长,快要拂着地了。拉里·蓝格尔身材瘦小,秃头长得出奇,两侧斑白的头发乱糟糟的,就像洗完澡还没干就躺倒在枕头上蹭的。大衣上还披着一条脏兮兮的白色真丝围巾,围巾下面一块印花手帕打成的结。这件裘皮大衣肯定是他出远门才穿一遭的,因为在南加利福尼亚,一年四季都用不着这样的衣服。细长瘦削的脸一副古铜色,皮肤拉得展展的。卡特琳娜推测,他或许做过拉皮手术。光秃秃的头皮上长满了加利福尼亚人特有的黑斑。眉毛很浓,弯弯的,很精致。嘴唇很薄,看上去话不多,但很精明。

维克多一边跟他握手一边说:"昨晚没来得及给你回复。"

"我知道,所以也没有专门等着。"

蓝格尔拉过来一把瑞典式现代椅子,大衣也没脱,就坐了进去。不脱大衣或许就是他弥补矮小身材的诀窍:你比我高大,我比你壮实。

蓝格尔说:"昨晚,我猜您被人围住了,耽搁了很久吧?肯定已经疲惫不堪了。这么冷的天,能来那么多人,真是了不起。"

---

① 此为美国玩具品牌,维克多在讽刺该人的穿着。

蓝格尔不会只顾跟男人说话而冷落了旁边的女人。他一边说话，一边细细打量着卡特琳娜。他肯定心里在犯嘀咕，维克多怎么会挂上这个女人，成群结队的女大学生都在追求他呢。

　　卡特琳娜心里很快就跟蓝格尔达成了和解，他个头不大，是个小聪明，还有些傲气，但算不上敌人。他只是想跟维克多见见面、说说话，期待很久了。而维克多，身体不好，心情也很糟糕，肯定是在盘算着如何尽早把他打发走。

　　蓝格尔不停地改变话题，不想浪费时间，他得尽早找到能让维克多感兴趣的内容。他说起了纽约的雪松酒吧、第八大街的艺术家俱乐部，又提到威廉·巴齐奥特①、阿西尔·高尔基②、高尔基在联合广场公园附近的阁楼。他还回忆说，高尔基常把沃特·惠特曼的名字搞错，念成乌特曼。他提到帕克·泰勒③，泰勒那本关于帕维尔·切利乔夫④的书，说起切利乔夫，又不能不说起他的情人伊迪斯·西特维尔⑤。乌尔比听到伊迪斯·西特维尔的名字，一脸不屑的神情，说："就那个写叮叮当当诗行的女人？马脖子下挂着的铃铛。"蓝格尔大笑起来，可笑声藏不住他的紧张。腼腆却机灵，使他眼睛眯成两条缝，似乎要嘲弄什么人一样。看得出，他极力要装出一副学识渊博、脾气温和的样子，可怎么装也装不像。卡特琳娜是取悦维克多的行家，她真想提醒蓝格尔一句，你错了。维克多这时候已经是满腔怒火，早已失去耐心，只是碍于情面，不得不克制自己。卡特琳娜知道蓝格尔问题在哪儿，他太正儿八经了。这个蓝格尔实在是不自量力，因为他也是个名人，便不愿意放下架子轻

---

①② 威廉·巴齐奥特（1912—1963）、阿西尔·高尔基（1904—1948），均为当时著名画家。
③ 帕克·泰勒（1904—1974），美国诗人。
④ 帕维尔·切利乔夫（1898—1957），俄裔美国画家、设计师。
⑤ 伊迪斯·西特维尔（1887—1964），英国女诗人，作诗强调音乐性，所以不为当时批评家所看重。

松一下。

仔细看，便会发现他那件本应该一尘不染的白色裘皮大衣上，竟然斑斑点点，沾满了吃喝时留下的污渍。他这么有钱，真不明白那块真丝围巾竟然肮脏不堪。不过，这些都不影响卡特琳娜对她越来越多的好感，因为他说话的时候，时不时地还能照顾到维克多身旁这个女人。例如，他提到基亚罗蒙地或者巴雷特时，还补充道："就是他们圈子里最有名望的那个。"或者"就是那个把德国现象学介绍到美国的那个人。"等等。

维克多对这些几十年前的纽约旧闻没有多大兴趣，他问道："你这次来布法罗有何贵干？不在加利福尼亚好好待着，跑来受这份罪干吗呢？"

"我这次来的目的，给您说您会觉得滑稽。"蓝格尔答道，"您知道，有一帮临床心理学家经常给我提供线索，灵感来自医院里精神病人们的幻想。所以我每年都要到各地疯人院里走几趟。这次在布法罗，我会见了几位年轻的电脑狂人，当然，都是被关在疯人院里的。"

"这绝对是件新鲜事儿，"维克多说，"我原以为你不出加利福尼亚就可以拍电影了呢。"

"您的意思是，世界上的疯子都集中在加利福尼亚？"

"现在不一定是这样了。"维克多说道。下面这句话真是太具有维克多特色了，"要让现实显得真实，必须认认真真地从政一段时间。这国家某些地区小脑软化症越来越严重，南加利福尼亚从一开始就成为美国人脑疾病得到最大化开发的地区。他们开发疯子的怪异念头跟种植莴苣和橙子一样卖力。"

"此言不假！"蓝格尔说道。

"至于知识分子所起的作用……可以这样说，在这方面，加利福尼亚和麻萨诸塞倒没有多大区别。他们跟所有人一样都在从事这种活动，我是说知识分子。他们不可能抵挡得住。其实，知识分子文化程度太低,连是非好坏都难分清。罗马皇帝维斯帕锡安征收厕所税时也得说明理由:钱没有臭味儿。可现在我们竟然沦落到'唯有钱才没有臭味儿'的地步。"

"您说得对。现在的知识分子真是不要脸到了无以复加的地步……"

卡特琳娜觉察到蓝格尔的眼珠子变成碘的颜色,连眼白上也染上了碘的颜色。

"有钱人看不起知识分子,我是说尤其那些专门为娱乐界出点子、以深化公众大脑僵住症或者歇斯底里症的那帮哥儿们。"

蓝格尔谦虚地听着。他似乎把维克多说过的话仔细思考了一遍,然后说出来,让对方再进一步思考。"当然,那些银行……"他说,"为了拍大片,他们不惜投资两千万元,然后获得百分之三百的利润。要说钱,我记得杰克逊·波洛克①当年在东汉普顿的树林子里,一边飙车,一边跟姑娘调情。他要是活到今天,肯定不会靠救济生活的。他玩女人,玩艺术,玩死亡,最后聚来万贯财产。他那些臭画儿现在能卖什么价钱?"蓝格尔说话口气平稳,不慌不忙,似乎停不下来。"自然了,那些没思想的投资商们只是把我看作摇钱树,他们不喜欢我,我也不喜欢他们,我明确地说,我不喜欢他们。"他转向卡特琳娜:"昨晚维克多的演讲您听了吧?四十年了,我第一次像个学生一样边听边做笔记。"

卡特琳娜还搞不清楚维克多对这位蓝格尔到底什么看法。他要是听烦了,就会马上站起来走人,他才不会听小丑们喋喋不休地说个不停呢。可是这阵儿,还没有一点儿迹象能表明他要把这个人赶走。卡特琳娜为此很是高兴,因为她发现这个蓝格尔挺能逗趣,她非常小心地转了转手表的带子,又极其谨慎地拉起袖子瞅了一眼时间。孩子这个时候也快要吃饭了,沉默的珠儿,寡言的苏丽!她讲过那个大象的故事,可俩孩子兴趣不大。如果她俩反应强烈,这故事或许早就写成了。卡特琳娜

---

① 杰克逊·波洛克(1912—1956),美国抽象派画家。

怎么努力，也激不起两个姑娘的兴致。克雷格斯坦警督甚至掏出自己的三把枪来逗她们玩儿，她们也无动于衷。克雷格斯坦卷起裤腿，想让她们看看绑在那条粗短的腿肚子的手枪时，俩姑娘或许感到困惑。还有，他一天戴着假发，一天不戴假发，更使俩姑娘迷惑不解。

维克多还是决定让蓝格尔接着往下说。如果真是浪费时间，他就会收拢两条腿，站起来，倒提起拐杖，就像提起一根马球棍，然后一走了事，如珠儿一样沉默，如苏丽一样寡言。谈话是他平生的最大嗜好，如果谈到一半儿就转身离去，那明显就是一种大不敬的行为，他对对方的态度便不言而喻了。"昨晚您的演讲对我启发很大，"蓝格尔说，"您讲到路易·波拿巴和他那一群下流坯搞起来的所谓革命，还有那件事儿与当下的关系，您用了一个词儿，叫'无产阶级化的当下'，都是精辟至极。"他掏出一个笔记本，卡特琳娜认出来了，那是古驰的产品。他翻开笔记本，念道："您是这样说的，'无产阶级化，即人被剥夺了之前人之所以为人的一切人性。'"

不用去管这家伙昨晚是怎么想的，维克多关心的是如何调整自己现在的身体，他换了一下坐姿，尽量坐得舒服些，免得肚子上的伤口导致两条大腿疼痛。去年做完手术，伤口至今还隐隐作痛，肚子里常常发胀，还有硬块状的东西，肚皮上的汗毛像箭头一样刺得他难受，难道汗毛开始打弯儿，朝着肚皮里面生长不成！伤口周围的神经末梢就像裸露在外的电线头。跟他一比，这蓝格尔倒显得很健康。上了年纪，却毫无老态，看似弱不禁风，却耐力十足，也许是吃素的缘故。维克多捉摸着，他究竟属于什么样的类型，应该介于黑格尔古典思想和当代漫画杂志之间的某个角色吧？维克多脑子里闪现出《卡岑亚默尔小兄弟》中的快乐流氓和船长两个漫画人物。这画册的主色调为一道道中国朱砂和大块的墨绿，颜色对比悬殊。维克多坐在那儿听他滔滔不绝，心里一团乱麻，可神态庄重如王者。蓝格尔眼睛红红的，显然昨晚没睡好。脸上表情复杂多变，一会儿玩世不恭，一会儿悲戚伤感，一会儿如饥似渴。

那条丝绸围巾不由得让你联想到将伊萨朵拉·邓肯[①]置于非命的那条飘巾。他越说越来劲儿。马克思的《雾月十八日》他早就读过,他可以证明。法国革命为何会以罗马方式进行?因为那些革命家都读过普鲁塔克[②]的作品。马克思认为他们的灵感来源于"古代的诗歌"。"古代的传统犹如噩梦,萦绕在活人的胸中。"

"看得出你是悉心钻研过马克思的著作了。"

"了不起的杰作!"蓝格尔不想生气。卡特琳娜对他顿生同情,他真会克制自己。他接着说:"看看我能不能把我的想法跟您的见解连贯起来。我们当下所面临的依然是历史的重负,依然得与其搏斗到底。就像法国人所言,'活人继承死者的遗产。'[③]您说过,现代前卫派艺术家们希望与这种已死的传统彻底决裂。艺术变成一种生命向艺术家提供原材料的活动,艺术家反过来动用自己的想象将这些原材料改造成属于自己的全新世界,这个世界与古老的人文传统没有丝毫联系。"

"嗯,说得好。然后呢?"维克多问道。

卡特琳娜感觉蓝格尔深为自己而自豪,他或许在想自己正在通过博士论文答辩。"您又说,一八五一年的革命,本是一场闹剧,却有后来的模仿者,这种模仿预示着现代的欺骗政治,即一群小丑们利用大众娱乐媒体进行统治。一群编造出来的人物,一系列虚假不实的事件。"

卡特琳娜开始为他担心了,她屁股往前挪一挪,心想是不是应该站起身来,一走了事,这样就可以让蓝格尔停下来。"您这样全国各地飞来飞去,就是为了跟心理医生说说话?"她问道。

她想打断蓝格尔的宏论,显然不受欢迎。但蓝格尔还是很有礼貌地

[①] 美国著名舞蹈家邓肯在敞篷车里飙车时,脖子里的丝巾卷入汽车后轮,将其活活勒死。

[②] 普鲁塔克(46—120),希腊传记作家,有《希腊罗马名人传》传世,下文"古代的诗歌"即指他的作品。

[③] 原为法文。

说了声"是这样"。

"你把精神病患者也动员起来参与大众娱乐的制作,这方法的确很好。"维克多说。

"不让他们参与,说不过去。"蓝格尔口气变得有些僵硬,"在底特律,我会见了一个叫福克斯的名人,他刚刚出版了一份来自某个名叫达米安、有时也叫勃列辛斯基的人写的一本书,这个达米安据说已经找不着了,失踪了。书里记载了他发现的一件很危险的事情,即地球被一种外层空间来的力量所操控。福克斯先生这本书里就这样说的。这种外层空间来的力量通过一个名叫集体—组织—思维的程序对地球人类进行改造、控制。他们拥有自己的中央数据库,截至目前,已经对各大公司、银行、政治精英做到了有效的控制,这里面包括大卫·洛克菲勒、斯通-韦伯斯特集团的惠特尼·斯通、阿科石油公司的罗伯特·安德逊。他们制定了宏伟的计划,要摧毁地球上的生态系统,然后将人类集体转移,搬离地球,搬到一个更适合人类居住的星球上。"

"那这个地球怎么办?"卡特琳娜问道。

"这个地球将被改造成地狱,那些被认为不值得转移到其他星球的人渣,将被继续留在这儿。勃列辛斯基说,量子时代开始其长久的统治,人类就只能接受人工智能,神性思维将让位于技术思维。"

"你是不是深受启发,开始构思一部电影了?"卡特琳娜问道。

"如果他们不索要太高的版权费用,我会有这个兴趣的。"

"你打算如何拯救人类,我是说如果要拍电影的话?"维克多说道,"或许马克思主义能为你提供灵感,让你找到一个角度,将它跟神性思维联系起来。"

卡特琳娜担心蓝格尔会被维克多问得理屈词穷,可事实是,他依然条理清晰,头头是道。一味地遵从于大人物不会有什么结果。你想让他说出有见地的想法,那就得迎头而上,跟他拼命。蓝格尔说:"我忘了,作为作家的马克思真是了不起,他所提出的宏伟蓝图无人能比!罗马帝国的鬼魂就游荡在新时代的摇篮旁边，中产阶级的革命如暴风骤雨，一个胜利接着一个胜利。'狂喜是每日的精灵'，'天人合一，宇宙生辉'。但是，革命如果仅仅从古老的诗歌当中寻求灵感，那必定会以挫折、无聊而告终。真正意义上的革命不是模仿，不是演戏，而是实际行动。"

"啊，好吧，"维克多说，"你迫不及待地想对我说你是怎么想的。那就——道来，我听着呢。"

"我的问题在阶级斗争方面。"蓝格尔说，"社会各阶级的最终归宿。您说过，阶级麻痹会导致幻觉效应，如说谎，如欺骗，如假象。这些看起来都像真实的，可真正的真实是隐藏在幻象底下的混乱。您这是将欧洲的观念强加在美国人身上了。"

卡特琳娜想，哎呀，他要来真格的了，他还真想跟大人物斗一斗。卡特琳娜担心蓝格尔会被维克多驳斥得体无完肤，他面子上会受不了的。

"那依你的高见呢？"

"是这样的，"蓝格尔回答道，"有位朋友说，上帝为人类创造的灵魂，具体说吧，就是美国人的灵魂，已经不复存在。上帝创造的灵魂被人工灵魂取代，所以人类在评判是非的时候不具备真实的参照系，人类只靠具体的'理由'而活着，他们自行制定各种行为准则。"

"这就是勃列辛斯基所谓的人工智能吧？"维克多说。

"与勃列辛斯基无关。勃列辛斯基提出这个论点是很晚以后的事儿了。"

"你这位朋友是加利福尼亚人吧？会不会是什么精神领袖？"

"可惜我没有时间跟他深谈。"蓝格尔说，"您总是很看重思想，维克多。我记得很清楚。我个人觉得，这得从几个方面来说，我深信大多数思想是毫无价值的。对于'真实'的思想其实就是'真实'所形成的形象，真正的思想也是一幅真正的画面，伴随着真正的情感。不谈及这些，我们的思想全都是死尸……"

"哦，天哪！"维克多抓起了拐杖。卡特琳娜真担心他会抡起拐杖朝蓝格尔砸下去。没有，他只是扶着拐杖站起身来。他的动作很复杂，先往前挪挪身子，用指关节整了整衣服，抬起那条瘸腿，脸色红得可怕。别忘了（卡特琳娜当然没忘）他有病，一直身受病痛的折磨。

卡特琳娜一边拎起行李箱和小提琴盒子，一边解释道："我们得赶飞机了。"

蓝格尔一脸无奈，但还是堆着笑，说："我明白。起飞时间谁也改不了的。"

维克多从脑后整了整帽子，径直向门口走去。瘸腿迈得很开，步伐很显精神。

出了休息室的门，卡特琳娜说："还有半个小时呢。"

"被逼出来了。"

"他很失望吧。"

"当然了。他一路东来，可不就是为了跟我吵架吗？或许他的精神领袖告诉他，他力大无比。他一开口说起帕克·泰勒和切利乔夫，就已经把他自己的真实意图表露出来了。你知道，切利乔夫骂过我的。他说，他对这个世界有自己的设想，而我所倡导的抽象绘画只是一个疯婆娘，在医生到来之前把臭屎涂满全身，好让自己显得迷人。臭屎就是一剂春药。蓝格尔提到切利乔夫，不就是想提醒我他骂我的这句话，顺便刺我一下吗？"

从加拿大跨境的北风，夹着雪片，一路南来。但这种骇人的天气并不会妨碍飞机起飞。维克多第一个登机。他特殊的身体状况，需要靠过道的座位，所以享受这点特权合情合理。可是，卡特琳娜踏进空空的机舱，却有一种莫名的忧郁。窗外的天空也肮脏不堪，她不由得心绪烦躁。座位在最后，靠着卫生间。她把小提琴塞进头顶的行李仓，拉链包放到座位底下。维克多蹲着身体坐了进去，舒展了两条腿，放下靠背，闭上了眼睛。也许他累了需要休息，也许他要思考，不想被打扰。

飞机坐满了。虽说天气不好,可这些满脑子现实的人们毫不怀疑飞机会正点从布法罗起飞,正点在芝加哥降落,一切正常运行,所以个个心里都很踏实。上帝掌控一切,但日常的旅行倒也没有什么意外。卡特琳娜跟其他旅客一样,表情坦然,但心底的疑虑不知道该如何处置,她说不清这些疑虑从何而来,也无法将其彻底排解。多萝西娅有一点说得很准确:卡特琳娜为了跟维克多在一起,会抓住一切机会,不惜常常离家远走。哪能不会呢?维克多即使在生病期间,即使死神就在他周围盘旋,即使他的生命维持不了多久,也是与众不同,卓尔不群。多数人临近死亡,都会感觉置身于荒凉之境,犹如被剥夺了一切,周围没有空间,没有空气,徒有一身人的躯壳。维克多不一样。维克多反而熠熠生辉,光彩照人。蓝格尔竟然不自量力,装腔作势,真是又愚蠢又卑鄙。还来正儿八经地交流思想,想把自己装扮起来,真是滑稽可笑,一个冒牌货!但是,他引用别人的话,说,'狂喜是每日的精灵','天人合一,宇宙生辉',等等,卡特琳娜的确明白了他在说什么。他说,流水不畅,无聊与挫折会接踵而至,卡特琳娜更是听出了这话中之话。坦率地说,这些话她自己也想说出来,可她不具备那样的脑力和口才。如果有人引导着她,她也许会偶尔间出口成章,妙语连珠。自然都是女人说的话,要么便是男女之事,可能很重要,可能会必不可少,但绝对不会新颖,不会独出心裁。可她幻想起来,倒是颇具匠心。她还异想天开,想写一部大象的小说。可那部《流动医院》的电影给了她致命的一击。电影院本身就是她灾难的开始。那天,电影院里坐了一大群嬉皮士,年龄都不小了,前排有个满脸胡子的吧嗒吧嗒地舔着一支果味冰棒,身子一侧,噗的一声放了个大屁。维克多说:"别看他吃进去的是阳春白雪,放出来的依然是下里巴人的屁。"① 卡特琳娜当时怎么也不明白这话什么

---

① 当时嬉皮士自以为思想独立,高人一等。

意思。维克多站起身来，说："我不想在这臭气熏天的鬼地方多坐一分钟。"到了街上，卡特琳娜意识到自己竟然逼着维克多来看《流动医院》这种低级趣味的电影，还跟旧金山这帮堕落的文人雅士坐在一起，她真是羞愧难当，恨不得一头撞向刚从马克·霍普金斯酒店前的大坡上疾驰而来的电车。

这一刻，维克多望着窗外的停机坪，卡特琳娜一只手放在额头，从维克多身上移开视线，向远方望去。这见鬼的大象故事到底该如何收场？有人会对运动员施催眠术，能不能请他来对大象催眠？人们发现大型哺乳动物智力远远高于其他动物。比如鲸会唱歌，竟然还彼此面对面唱歌，有人发现它们甚至懂得声韵。它们还会吹起一排排的气泡，建起一堵墙，把成千上万的虾围起来。如果有位满脑子奇思异想的动物学家来到商场大楼，会不会就有了出其不意的点子？在想不到好办法之前，商场管理人员得首先买来大捆大捆的草料，因为这大块头拉的屎能堆成山，那食量一定也会很大。它的忧郁症已经相当严重，杏子一般大的泪滴哗啦啦地落个不停。训象师要求商场弄来一摊泥巴，因为麻吉再不好好地打个滚儿，就会暴怒，几脚把整个五楼踩个稀巴烂。阿贝克隆比-费奇公司（芝加哥分店还在吧？）愿意派一名专打大型动物的猎人前来支援。如果真的把麻吉解决了，那不就是替他们做了大大的一个广告吗？可是，动物保护主义者会怒不可遏，大发雷霆。要不，还是让一名女中学生前来解决这个问题？最好是个中国女生。中国神话里，曾经很长时间，地球的主人不是人类，而是大象。可下一步呢？

维克多的脑子也没闲着，只是那还算不上思考。他感觉有种软绵绵沉甸甸的东西裹着全身，就像做Ｘ光透视的时候他们盖在你身上的那层铅制围裙。在一种温柔的死亡重压下，他被拉展四肢，就像刚从沉睡中醒来，无力举起胳臂。在这冬日的夜色里，停机场上等待起飞的飞机静静立在那儿，比空气还要苍白。整个机场被雪围住，像一幅钢板蚀雕画。他想起了一九一二年左右的曼哈顿东南区。一群男孩（现在如果活着,都到了耄耋之年了)一起诵读《摩西五经》。街道污秽不堪,也像一页希伯来经文,你有一种要翻译出来的欲望,可惜没那能力。雅各躺在地上,做梦登上了天梯,上帝的使者踩着天梯上上下下,络绎不绝。维克多并没有因为想到此处而感到吃惊。那时他几岁了?六岁吧?那不是他在做梦,是雅各在做梦,维克多很清醒,正抱着一本书呢。也不是"很久很久以前"的事,而是现在,一切都像是在眼前。位于地下室的教室有一个细长的窗户,与街面一般高低,你抬头朝外望去,勉强可以看到被雪覆盖的救生梯,中国人开的洗衣店铁栅门上的镀金招牌,救生梯上还有上上下下的天使。用不着解释,半清醒半梦幻状态下就会自然出现在你面前,就像铅制围裙盖在你身上时你感觉到的一样。飞机开始滑行,不一会儿,"禁止吸烟"的指示灯也会熄灭。维克多本想吸一支烟,可双手沉重,无法动弹。

维克多不是那种轻易沉浸到回忆中的那号人,尽管那些回忆的确藏在脑海,挥之不去,而且近来还频频闪现。这会儿,他想起来,母亲宰了鹅以后,将鹅的气管放在荷兰煤炉子上烤干,送给他,他又用父亲的剃须刀在上面割开一道缝,做成了一只口哨。做成后,他却不爱了,因为那种血红色很是可怕,即使已经干透,那颜色还不褪去。还有,手感很粗糙,气味很大,吹一阵儿,满嘴一股腥味儿。这不是马克思所说的人类必须从中解放出来历史噩梦。那种生鹅肉的腥味儿的确让人厌恶。相比救生梯上的天使们却让他满心欢喜。虽然已经四千年了,他对这些天使的感觉却犹如当下。那时候,他还没有接受过关于时空的各种概念,世界只是一束无所不包的光,每个人都在这光的当中,你自己也在这光里,周围是你的父母、祖先、天使、上帝。维克多不想探个究竟,这只是一个半醒半梦的状态,或许源于劳累,或许源于病痛,或许二者兼而有之。他突然想到了麻省总院,就是在那里,一块肿瘤从他的肚子里被血糊糊地掏了出来,他提醒自己现在只是一个还未彻底痊愈的病人,也提醒自己波德莱尔曾说过,艺术家本来就是灵魂上还未彻底痊愈的病人（今天还真是一个波德莱尔日，就在刚才，那一触就让死者重获生命。）。刚刚从死亡的阴影中走了出来，兴高采烈地大口大口吸着飞机里各种人的体味儿。污染不算什么，未愈的病人就是一个孩子，陶醉于眼前的五颜六色之中。创作者的意志，只需动用一口气，就会让童年的力量重新回到你的身上，这就是天才。这不是天才还能是什么？维克多对此了如指掌。成人的力量（分析能力）与孩童的狂喜结合起来，便会发现"新"。上帝暗示着犹太人（上帝自己的子民）必须用坚韧不拔的毅力（加上成熟的聪明才智）去实现成人世界神圣的许诺。这样一来，全世界都会把他们视作敌人。他们永远是古人，他们也永远是现代人。随后再细说。

想一想，现阶段并非大病初愈，而是另一种现象，他踏上旅途，并非因为他在恢复，而是因为他正崩溃。他的确正在土崩瓦解。卡特琳娜出场，恰到时候。她的抚摸让维克多起死回生，或者说，让他身上那些分崩离析、支离破碎的零件重新组合起来。他自问：卡特琳娜让我欲火迸发，意味着什么？是我真心爱着她？还是她本来就是那种让男人欲火迸发的女人？他不情愿问这样的问题。但他正经历着纷繁的感觉，对于冬日数不清的感受，似乎七十年的冬日累加起来，一股脑儿地压在他的心上。这冬日的世界带给他一种声音，不是对着他的耳朵，而是对着某个其他的器官。这声音模糊不清，无法接收，不过也没有接收的必要。这声音只是每个人持续不断的生命中的一个片段。每个人，的确，每个人的心中都塞满了被压抑的场景，在他毫不知情的情况下，一个片段接着一个片段积累起来，你生病的时候，这些堆在一起的场景就更难以驱散。

"给你说，维克多，飞机升起来了，我也就放心了。之前我都没把握能不能回去。"机身倾斜着，他们可以看得见右下方的伊利湖绿茵茵的水面。随即攀升进入夹着雪片的深灰色云层。顶头风很凶猛，飞机颠簸得厉害，"我给你说过我管家的丈夫没有？他是个黑人，年龄不小了，但还是很帅，从前在火车餐厅工作，可惜现在竟好上了赌博。人长得的确很帅气。伊索尔害怕他。"

"我们为什么要谈起他?"

"我不知道该不该跟她丈夫说说。如果伊索尔从我前夫阿尔弗雷德那里领了钱,帮他盯我的梢,那问题就严重了。阿尔弗雷德的律师肯定会让她出庭作证,她伺候了我半辈子,对我了如指掌,别人都信她的话的。"

"这女人难道真的这么想整你吗?"

"嗯,她一直很古怪,她曾经自称是个巫婆,精得很,心眼很坏。"

"真不明白飞机为什么总在这个高度飞行。按说应该飞到云层以上了。"维克多说。

飞机在敞亮的空中飞行了十五分钟,又一头栽到乌黑的云层里。"是啊。咋这么慢?"卡特琳娜说,"几乎没挪几步啊。"

安全带指示灯亮了,飞行员在喇叭里通知:"由于天气关系,欧哈雷机场临时关闭。我们将于五分钟后降落到底特律。"

"哦,绝不能被甩在底特律!"卡特琳娜喊道。

"淡定淡定,卡特琳娜。芝加哥现在还不到一点呢。我们可能会在地面上等一会儿,再起飞。"

突然间,停机坪又出现了,仓房、飞机库、高速路、水面。卡特琳娜常常在地面上看飞机着陆的样子,现在也是这般模样:起落架到位,飞机肚子突然张开,黑色的内脏掉了下来,让人毛发直竖。维克多喊住一位忙忙碌碌的空姐,她说,芝加哥天气不是一般的糟糕,"被雪突然袭击① 了。"

一下飞机,就发现成群的旅客滞留在机场。混入这样的人群,你会担心再也走不出去。维克多没有表现出仓皇失措的样子,真让卡特琳娜松了一口气。他一颠一颠地迈着大步,穿梭在人流里,眉毛蹙得高高

---

① 原文为德语。

的，像长在树干上的扁平蘑菇。卡特琳娜很紧张，各种标识对她都失去了意义。"行李提取处"，没有行李。瓦奈萨的宝贝小提琴就在她的肩上。"出口"，维克多急匆匆地奔向出口，可被挡了回来，又向另一门走去。怎么回事？"应该有问讯处，有专人负责旅客的提问。"

"没门儿。这儿就没这种机构。"维克多说，"电话跟前也到不了，有十几个人排队等着呢。先找个座位坐下来，再想想办法。"

人群流动得很慢。从大门口刮进来的冷风和空调机送出来的热风，轮番扑过来，打着他们的腿和脸。只找到一个座位，维克多自己先坐了下去。他天生具备一种遇到意外或惹上麻烦后的沉着冷静，他希望卡特琳娜也能具备这种品质。贝拉似乎早已学会了如何分享维克多的冷静，可卡特琳娜还没有掌握这其中的奥妙。维克多膝盖靠着圆筒行李袋，小提琴夹在两腿之间。他很机敏地将拐杖横在前面，挡着过往的人流，免得被踩着。

卡特琳娜想问问到底怎么回事。她发现一个身穿蓝灰色制服的男人，看上去像飞机上的机械师。他交叉着胳臂，靠在墙上。卡特琳娜注意到那人的皮鞋擦得亮晶晶的，脸上神采奕奕。或许这人能告诉她点儿什么。她说："请问！"可那男人理都没理她，脸转向另一侧。卡特琳娜说："请问，我的班机迫降在这儿，谁能告诉我到底是怎么回事儿？"

"我咋知道！"

"您穿着这身制服，我还以为……"

那男人猛地一巴掌击在她的胸口，把她推得老远。"你这是干什么？"她大喊一声，感觉眼泪都要流出来了，脑子一片混乱，胸口一阵刺痛。"你是怎么啦？"接下来发生的更可怕。他盯着卡特琳娜的脸，突然一脚踩在她的脚背上，眼睛都不往下看一眼。他就踏在卡特琳娜的脚上。他面无怒色，一点儿都没有，而是另一种情绪，一种特别强烈却不知为何物的情绪。卡特琳娜想看清他胸牌上的名字，可还不等她看清楚，那男人就甩开腿走了。她想：我竟然沦落到这一步！随便一个人都可以欺负我，而且欺负完就一走了事！难道我离开埃文斯顿是为了作恶？难道我的脸上就写着"我专事作恶"几个字？那人肯定是一个穿着制服的变态狂、厌女者。一股怒火从脚背上骤然升腾，穿过肠子，涌上胸口，再从喉咙冒出，烧到了脸上。虽然深受屈辱，卡特琳娜还是绞尽脑汁为那男人开脱。会不会是因为他这职业不受人尊重，机械师被当作机舱服务员，受人随便欺负，才导致他脾气如此暴躁！要么就是那阵儿，他正满怀一肚子埋怨，想找人出口气，我正好碰上了？维克多要是在场，一定会举着拐杖，朝他的脑门上狠狠敲一顿。别看他身体不好，他脑子可清醒着呢。

　　排队向问询窗口走去，她竭力不去想这不愉快的一幕，想让自己镇定下来。那人或许也来自郊区，从他的穿着看，应该是某个小康家庭里长大的。不过照维克多高谈阔论时的用词，他属于"人形大众动物"，或者按他喜欢的某个作家的说法，那人无疑就是"身处黑暗而不觉，心怀叵测而不知，身有定所而心无定向的群体"中的一位。维克多就喜欢这类高大上的字眼。卡特琳娜想，多亏自己穿了一双鸵鸟皮靴，要不然，那人一脚踩下去，她该折几根骨头了。

　　该到她了，可柜台后边那女人什么都不知道，只说只要欧哈雷机场开放，马上就会有另一班飞机的。"等到那时候，人们抢着买机票会挤破头的。我能不能现在就买两张头等舱的票？"卡特琳娜问道。

　　"我没法给您预定。电脑上没有任何信息，我怎么敲都没用。"

　　"那这样吧。我还是想预定两张头等舱的，我用信用卡记账。如果没有班机，还可以退。"

　　她从旁边走向维克多，发现他一脸从容愉悦的表情，不说话，呆呆的，但很满足的样子。他戴着鸭舌帽，露出脸庞的下半部分，只有这样才可以看出他已上了年纪，下巴缩短了，两侧的棱角凸了出来。从侧面看上去，老年人的迹象更明显，不由得让人心生怜悯和伤感。卡特琳娜不觉得自己这张丰满的脸、刚刚涂过口红的双唇，还有高挺的胸膛能暴露自己的年龄，可哪怕这样，她还是情绪很低落。维克多那状态、拥挤的人群、被人踩到了脚、被撂在旅途的半道上，这一切都让她烦躁焦虑。维克多从正面看上去，一点儿不显老态，但这也不会给卡特琳娜增添多少力量。在底特律，乌尔比的崇拜者不计其数，如果他们知道他现在就在机场，一定会开着车、排长队前来膜拜，这些崇拜者自然比一个扭着他的胳臂强行拉他去看《流动医院》的女人更有见他的资格。他们会有说不完的话向他倾诉，会为他唱歌，会把他带回自己的家，而卡特琳娜呢？她只能回到自己的起点——小镇埃文斯顿，迫不及待地想出人头地，不仅不会引人注目，反而使她显得愚钝呆板，没有一丝创意。

你很少能看到维克多惊慌失措。他满不在乎的样子，至少目前没有什么能打搅他。"你饿不饿？我有点儿饿了。"他说。

"你该吃点儿什么了。"

"我们去找个快餐什么的填一填。"

"总得找个能吃饱的东西吧？汉堡包我看还是算了。"

"不能太饱，今晚还有宴请呢。"

他俩开始做人流中的急行军。维克多走起来依然雄赳赳的，那条伤残的腿并不影响他的步伐。可这里人流密集，加上到处都是行李车、扫地车、轮椅，穿行起来并不顺利。卡特琳娜说："这个走法，能到哪儿去？芝加哥现在都已经一点过了。"

维克多说："那也没必要担心。你的老管家在吧，还有你姐姐，你那位警察朋友。"

"我姐姐才不会管我呢。"

"你常提起她动不动就说你这不好那不好的，但毕竟是你姐啊，不会让你失望的。"

"遇到困难，我始终对她不离不弃。去年夏天，她来找我，车里还带着一把铁锹，说要去公墓把她丈夫挖出来。她说她必须再见她的丈夫一面。我带她去了我家院子，把她灌了个大醉。趁着酒兴，她说我好让她失望,她在医院动手术呢,我却跑到波士顿跟你玩儿。他们从她的子宫颈里取出了一个瘤子。"

维克多一点儿没有吃惊的表情,只是一边听着一边点头。没了男人的老婆真可怜、歇斯底里的姐姐真难对付。如果有人把这一切写成书,写成一本很像样的书,读起来一定很有趣,可听你讲述这些事儿,真是无聊至极。卡特琳娜想说说把姐姐灌醉真是一件可怕的事儿,那么热的天,姐姐满头大汗,可她找不到合适的字眼。只要闻闻脚下的泥土味儿,你就会有种站在坟墓边上的感觉。不敢想象,多萝西娅要真是带病挖掘,超不出几分钟,就会昏厥过去。

维克多学贯古今,世界历史中那些邪恶、战争、华沙集中营转运场、西贡撤退时的惨状等等,他都了如指掌,要想象多萝西娅举着铁锹从墓里将她丈夫的尸体刨出来,这对维克多不算什么太难的事情。但是要把想象转化成如此级别的现象,如何才能实现,还的确是个谜。他在书中曾经写到,现代社会之一大特征即是"非人",具体体现在现在人类的懦弱无能、卑鄙狭隘、宁醉不醒和由此所引发的艺术与政治的堕落。他对现代极端思潮的透彻分析让他闻名遐迩,无数画家、作家都拜他为师。卡特琳娜细细钻研过他的每一本书,可现在,你也看到了,她与这些书的作者的关系也仅仅停留在个人的层次,而且,即便在这个人层次,维克多对她能说的也只是艺术如何能拯救荒芜的灵魂,如果能掩盖裸露的现代人性,却不会谈到个人之间的鸿沟如何填平,或者说,他俩关系之中的缺陷如何能够弥补。再进一步,维克多是无法预测的,他常常有出其不意的想法让你目瞪口呆。

"我看你总是喜欢左脚用力。是鞋夹脚吗?"

"有人踩着我了。"

"你撞到别人身上了?"

"我去打听情况时,遇到一个长得还不错的男人。我想问他,他却猛地转身走了,走前还狠狠地踩了我一脚。"

维克多猛地站住，低头盯着她："你为什么不去举报？"

"他一溜烟就不见了。"

"疯子越来越多，这世道已经变得……想当年，泰坦尼克沉没时，女人小孩优先获救。粗俗之风气盛行，中产阶级的君子风度一去不返了。"

"伤得不厉害，就是脚背有点疼。维克多，看看找点吃的有多困难，这么多时间白白过去了。难道我们就走不出这里了吗？"

"我给负责今晚安排的人打个电话。钱包里应该有他的号码。"维克多把拐杖挂在肩头，从裤兜里掏出一个军用皮夹，"有了。大陆银行，霍拉斯·金莱克。就给他打个电话吧。他如果不想耽误我今晚的演讲，就会想办法把我们从这儿救出去的。卡特琳娜，还是你打电话比较方便。"

"你想让我跟他说？"

"咋不行？他跟联航或者美航的上层一定有关系。你带你的电话信用卡了没？"

"带着呢。"

"各大机场过去都有电话服务，就连纽约中央车站也有接话员。找一找，看能不能找到电话。"他俩正要迈步，维克多突然抓住了卡特琳娜，说，"看谁来了？咱们的老朋友蓝格尔。他正朝我们走过来。"

"他肯定早看见你了。你那么鹤立鸡群的。"

"如果他……他是说过要来底特律，是吗？"

"当时你一气之下就走了，我很尴尬，没听清楚。"卡特琳娜说。

"他没必要追我到休息室呀。"

"我看是这样的，他从加利福尼亚一路赶来，就是想听你演讲，跟你说话的。"

"来算老账的，是不是？这年月，一切都发生得如梦一般。"维克多说，"法国有句老话咋说的？'鬼要来敲门，何必等天黑。'"

"金莱克的电话号码给我。"

真是太奇妙了！维克多没有有意识地躲避蓝格尔，蓝格尔在人流中发现维克多竟然也满脸喜悦。按理说，他应该怒气冲冲才对。可他一点儿也没有生气的样子，倒是和颜悦色地迎上前来："您没说您也要来底特律呀。"

"本来没那打算。芝加哥天气不好，飞机临时着陆。"

"哦这样。那您得等等了。咱们一起吃午饭，怎么样？"

"真希望能跟你一起吃午饭。"卡特琳娜回答道，"可我们得找个电话。有急事儿。"

"从饭馆打电话方便多了。我刚刚看见一家不错的烤肉店。"

这家烤肉店场地很大，但屋顶很低，显得黑乎乎的，是都铎时期的装饰风格。女招待刚一出现，卡特琳娜就发现蓝格尔塞给她一张十元钞票。花这点钱算不了什么，那部《宇宙毁灭记》就为他赚了四亿呢。马上就有一个皮沙发小隔间让给了他们。维克多坐在角落，那条伤腿搁在左边的一把小凳子上。"喝点儿酒不？"蓝格尔问道，"夫人，咱们先点，点完了再去找电话。"又转头对着女招待："请让这位女士使用一下你们的电话。"随即又转过头来："亲爱的，您要点儿什么？"

"来一个火鸡肉三明治，鸡脯肉，面包片要烤过的。"

"我要橙汁鸭。"维克多说。饭馆里灯光昏暗，别人吃什么谁也看不见，卡特琳娜本打算替维克多点个简单点儿的。天花板上幽暗的灯光照在蓝格尔的光脑袋上，也照在他那身白色的裘皮大衣上。

"最好让金莱克本人接电话。"维克多对卡特里娜说。

这个提醒太重要了，因为金莱克往往不会接电话的。电话转了好几次，他的声音终于出现了："我是金莱克。"卡特琳娜立刻觉察到这是一个精明熟练的管理人员。卡特琳娜从维克多那里学会了对付故作文雅的商界大亨的有效方法，那就是要比他们更目中无人。明知对方的客气是装出来的，但卡特琳娜还是觉得很受用。"迫降底特律了？哎呀，这可不是件好事儿啊。报名要来的两百多号人呢,全国各地都有。如果乌尔比先生来不了,那可真是一场灾难……我也很着急啊。真遗憾,没有早点儿的航班吗?"他妈的!到关键时刻,乌尔比把事儿搞砸了!对方肯定是这么想的。

"芝加哥天气真那么糟糕吗?"卡特琳娜明知故问。

金莱克是在私人餐厅里接电话的。作为大老板的他,身居七十层高楼的办公室里,怎么会知道街面上是什么样的天气?他只是听过报告,说有暴风雪。"不管怎样,我们会设法把乌尔比先生弄过来的。我让我的王牌助手想办法。半小时后听消息。"

"您打底特律的这个电话就能找到我们……不知道,欧哈雷机场一整天都得关闭吗?"

"还有米德威和美格斯两个机场呢。"

卡特琳娜半信半疑地回到小隔间。冒着风险,跟维克多干着这样出格的事情,就是说作大人物的情妇,这就是她现在的处境。但是,当她从侧面看到维克多那副模样(就是被机场机械师踩了脚背,感觉有眼泪还得憋着的时候),她突然有一种全新的意识,自从他俩结为一对儿,维克多已经越来越虚弱。

两杯酒下肚,维克多明显好了许多。他举起那只又厚又阔的玻璃杯,要求再添一回。这正是他的身体所急需的,一顿饭、一杯酒、一张沙发。他本可以自己带着卡特琳娜到这儿来的,只要塞给招待十块钱,便可打个电话。但是,他不会这样做的,这样做便是放弃原则。正因为这样,突然见到蓝格尔,他便异常兴奋。蓝格尔的出现为他解决了一大难题。橙汁鸭好极了,但更让他满足的,是有个跟班的,有个仆从这样伺候着他,还为他慷慨解囊,支付一切费用。卡特琳娜意识到,这一点对维克多至关重要。

卡特琳娜把电话内容汇报了一番后,维克多说:"那就不用担心了,等着他打电话吧。等会儿我亲自跟他说,说说今晚的安排。宝贝儿,坐下吧,喝杯酒。"卡特琳娜在他旁边坐了下来。瓦奈萨的小提琴就立在他俩身后。蓝格尔的出现也让卡特琳娜感激不尽,她真的需要有人帮她一把。这个维克多情绪极不稳定,忽高忽低,用《现代心理学》杂志上的术语,就是"心境不定"。他的确心境不定。维克多本人也因为蓝格尔的出现异常喜悦。他似乎已经忘了切利乔夫那桩事儿。卡特琳娜想,蓝格尔或许根本就没有听说过切利乔夫斥责维克多的那几句话,维克多或许真的觉得切利乔夫拍的电影会毒害整个国家的思想(也毒害着全世界人们的思想),但这一阵儿,他们没有考虑那类电影的问题。他们讨论的是色情电影,因为蓝格尔说他从来没有参与过这些肮脏的勾当。"那玩意儿不需要脚本。"

"是吗?"维克多说,"就是说,让几对来自不同种族的男男女女直接上阵干就可以了?"

"您能不能让服务员给我来一杯红玛丽?"卡特琳娜插话道。

"没问题。"蓝格尔答应道。他接着说,"给您说说早些时候离开格林尼治村以后我的工作情况吧。我接手过不少写作的事儿,最好玩儿的是跟得克萨斯一帮人一起,替约翰逊总统编回忆录。"

"怎么会干这事儿?"卡特琳娜问道。

"有次在面包会议上,碰到几个华盛顿来的记者。还有罗伯特·佛洛斯特,几个哈佛来的先生。迪克·古德温推荐我,我就进了奥斯汀的约翰逊传记写作班子。那时候他已经卸任了。"

"是怎么写成的,我是说那本书?"维克多问道。

"开始是一大帮人一起洗脑。我们聚在奥斯汀联邦大厦的楼顶上,楼是约翰逊任期最后那一年盖的。楼里面有他自己的豪华套房,他一般是坐直升机从他家农场过来,飞机就落在楼顶平台上。他下了飞机,跟我们一起一待就是一整天。他向我们讲述他的经历,一遍又一遍,细节都刻在我们的脑子里了。构建传奇的人您见过吧?他们就是这样不停地重复,对你进行催眠,你只有听的分儿,听完了就一句不落地记下来。

罗伯特·佛洛斯特也属于这种钦定版本的传记人物。他们说啊说啊，永无休止，一遍一遍地说，说得你的大脑里容不下任何不一样的内容。约翰逊还带我们到他家农场游玩，他开一辆林肯，从绿地上开过去，保镖也开一辆林肯，在后边跟着。他要喝酒的时候，就把窗玻璃摇下来，保镖马上开上前来，跟他的车并排走着，一杯威士忌隔着窗子就倒了进来。我们大家都很怕他，这事儿只有我这种人才能忍受，维克多，你绝对是受不了的。"

"哦，我试过一次。那是在伯伦逊家的别墅里，那位大名鼎鼎的老妈妈也出场了，跟我一样，也是个立陶宛犹太人。我从小受到的教育是见了老年人得彬彬有礼，可那么多的文化大腕儿们一起朝我压下来，我真是受不了了。"

"那句拉丁名言……"卡特琳娜提示道。

"对了，lacrimae rerum[①]，哎呀！如果靠舔保护人的屁眼就能成就大事的话，B.B. 就会把眼泪流干的。他还说他知道我在纽约格林尼治村的浪荡艺术家当中颇有名气，我回答道，你把我叫作浪荡艺术家，就等于把施洗者约翰叫作水疗师。我还打算跟他谈谈现代绘画呢，自然，那是不可能的了。"

这个点谈得非常投机。马上两点半了。中午时，卡特琳娜还担心因为蓝格尔说了一句"大多数思想是毫无价值的"，维克多会举起拐杖狠狠砸向他的光脑袋呢。现在俩人相处得竟然如此融洽。

"您不是在说您就是施洗者约翰的角色吧？"蓝格尔说。

"当然不是。只是他们一副我的保护人的架子，把我给逼疯了。"

这个时刻，维克多表现得可爱至极。"大多数人都知道怎样表现得可爱一些。"他曾对卡特琳娜这样说过，"就连那种粗陋之人也有他粗陋的可爱之处。有些人时时刻刻都显得可爱，就像富兰克林·德·罗斯

[①] 众生的眼泪。

福。时时刻刻都可爱的人和永远可爱不起来的人在雅尔塔会面的时候，永远可爱不起来的人轻而易举地获得了胜利。"维克多心底深处排斥可爱的举止。品位，是的，品位不能没有，但可爱的举止却会搅浑你的思想。维克多现在在蓝格尔面前表现得可爱，拿施洗者约翰开玩笑，那是因为他不希望蓝格尔再次掏出自己的古驰笔记本，大声朗诵关于《雾月十八日》的关键句子。

很明显，是蓝格尔极力想把他跟维克多的谈话继续下去，发展下去。正是出于这种动机，他才不辞辛劳从大陆的西海岸洛杉矶风尘仆仆地来到布法罗。卡特琳娜开始从他的身上看到一种无与伦比的高效和坚韧不拔的毅力。他能挣得腰缠万贯，绝非偶然。他在维克多面前表现出一副"快乐的谦恭"，但卡特琳娜还是能够觉察到他固执己见、不肯放弃的性格。无论是过去，还是今天，维克多都不把他放在眼里，认为他属于那类不具备"甲等"思想的人，可蓝格尔一直信心十足、干劲十足，非要把自己的档次提高几个台阶不可。他认为自己本来就是高档次的，理应受到承认。卡特琳娜这会儿就是这样想的。这个穿着北极狐狸毛皮大衣的男人貌似羞羞答答，其实精明得很。他已经完全让维克多·乌尔比服了自己。维克多已经日薄西山，但蓝格尔并未察觉。维克多还是那样器宇轩昂，几杯酒下肚，更是一副王者风范。其实，维克多已远非昔日的维克多，他坐在机场灯光暗淡（有意为之）的荒凉饭馆里，把桌上的芝麻饼干一扫而光。他将一只手从背后伸进卡特琳娜的毛衣，卡特琳娜感觉到她丝绸内衣上面只有一种冰凉、痛楚的感觉。

饭刚端上桌子，电话就来了。维克多亲自去接，蓝格尔让招待把饭端回厨房加热。

维克多向右倾斜着身子，免得招待看见他腰间的饰品，一串拴在镀金链子上的玩意儿。他跟着招待来到电话前。

"您不知道，"卡特琳娜显然不想把话题转向维克多，便开口说道，

"听说您早先时候是为漫画杂志创作科幻故事的,我很感兴趣。您的灵感一定来得很快。我多年来一直想写一本儿童读物,内容是一头大象被弄到芝加哥一家百货商场。您不知道这故事让我绞尽脑汁。刚进电梯的时候,电梯被它一脚踩得摇摇晃晃,它就害怕了。训象师好不容易把它哄了进去。商店因此红火了一个月。可到了它该下楼的时候,它又踩了一下,然后就拒绝走进去。"

"这大象把他们都难住了?弄不下来了?"他笑了笑。这一笑像似紧张,又像似有意克制,"您怎么想的?"

"钢琴搬运工,消防队,麻醉药,催眠术,拆一堵墙,楼梯上搞个木头斜坡。"

"建筑队的起重机怎么样?"蓝格尔说。

"我也想过,可那得把楼顶揭开。"

"必须这样。即使有升降舱口,楼顶也得揭开。这样行不?用临时钢条加固电梯地板,看他信任什么人,让这人先进电梯,手里举些干草、棉花糖诱一诱。诱进去后,采用机械让电梯全速下降。等它下来了,再拉到密歇根大道上游行。"

"哇,您这点子真不错。绝妙!"卡特琳娜说。

"只是它踩进一只脚的时候,电梯地板一定得坚固。"

"妙极了!大象喜欢棉花糖吗?您真是个奇才,这点子妙极了。我知道该怎么往下写了。您看,我还是没经验啊。"

"我很乐意帮忙。您要是写不下去了,打电话。这名片上有我所有的电话号码,可以找到我。"

"您真是太好了。谢谢。"

"您这书是给孩子们看的,想法太妙了。美极了。我希望它能大受欢迎。"

卡特琳娜一时兴起,想对蓝格尔说,如果能够独立干成一件事情,对她来说无疑意义重大。蓝格尔虽说已经功成名就,可这阵儿却表现出一副历经过磨难、遭受过挫折、有过差点儿置他于死地的绝望的奋斗者的模样，所以卡特琳娜不由得无所不谈。在这阴沉寒冷的下午，这种感觉让她眼前一亮，浑身一暖，就像突然间发现了百年不遇的真情。但是，真要向他敞开心扉，那便有失体统。蓝格尔在大象问题上是帮了她一把，可她还得考虑维克多的感受。这蓝格尔或许会通过她的嘴，探得维克多的情报，掌握那些别人无从得知的隐私信息。他或许在这方面早有打算，而且嗜好不同寻常，贪得无厌，甚至到了变态的程度。

"维克多真是了不起。"蓝格尔说，"我对他佩服得五体投地。绝不夸张。第一次见他时，我还是个孩子，当然不会引起他的注意。我跟他已经建立起了一种长久的关系，只是他还不知道。我专门研究他的思想，您明白吗？我一门心思扑在他身上，甚至有点儿钻牛角尖了。我读过他所有的书，收集了他所有的文章。"

"他觉得您大老远到东部来，就是想见他一面，跟他说说话。"

"的确是这样的。他能猜出我的心思来，我一点儿都不吃惊。他去年得过病，是吗？"

"差点儿死了。"

"我能看得出，他跟往常不一样了。"

"我猜您没有想过要改变他的思想吧，蓝格尔先生。"

"谁，我？他咋会听我的？我有自知之明。"

"我不想让您觉得，如果您对我说了，我会转达给他。"

"我怎么会有这种想法？我有想法的话，可以给他写信啊，那很容易。您可能不会相信，加雷格①女士，我对他那是一种敬爱。"

"三十年没见过面，还敬爱？"

"灵魂自有其一张不同的日历。"蓝格尔说，"您还没有明白，认识维克多的人没有不想谈论他的。关于他，要谈的话题多了。"

"要说跟什么人讨论维克多，那真是数不清了。有受他影响的画家，

---

① 应为戈里格，蓝格尔发音有误。

有诸如克莱门特·格林伯格、肯尼斯·伯克、哈罗德·罗森博格等,这样说吧,任何一位现代艺术理论界如雷贯耳的名字,哪个不以谈伦维克多而引以为荣?当然了,还有数不清的名门闺秀、大家太太们。"

"您带着小提琴,一定是乐师吧?"

"哦,这是维克多小女儿的琴,我们要带到芝加哥去调一调。我要是拉琴的,为什么会写一部关于大象的小说呢?我知道您常拉琴。"

"维克多不知还记得不,我用左手捣鼓?我的琴是很特别的。"

"对了,刚才您打算说维克多什么来着,蓝格尔先生?"

"我想说,维克多绝对是个伟人。聪明绝顶!思想深邃而精妙,且有独立精神。也不是随波逐流者。上周我拜访了我当年纽约大学的老师西德尼·胡克先生,讨论了纽约老一辈的激进分子。西德尼对他们一概不屑一顾。这些人很不严谨,思想没有定型,无法掌控现代思想界,比不上欧洲左派。他们只是满足于夸夸其谈,谈列宁,谈罗萨·卢森堡,谈德国法西斯,谈人民阵线,谈里昂·布鲁姆,谈托洛茨基对于《苏德互不侵犯条约》的看法,还有詹姆斯·伯纳姆,他们谈得太多,我无法一一列举。他们一辈子就这样谈呀谈呀,永无休止。只要自己觉得自己的观点正确,就足以踌躇满志。纯粹就是一帮精神上的蜂鸟,趴在鲜艳无比的花心里,不管能不能造出蜜来。就这样,只要表现得足够机灵,只要能绘制一张足够大的画面,可以说世上没有谁能画出这样宏大的画面了,他们就满意了。胡克先生的这种观点按照维克多中午在布法罗所言,要让现实实实在在,须有严谨的政治家……"

卡特琳娜装作不懂的样子,似乎蓝格尔正在对牛弹琴。"我一点儿理论常识都没有。"她说道。一边说着,还一边将头伸向前去,似乎要让蓝格尔特意看看她的脑门儿,要他看清,这个脑袋里面不可能有真正的思想。她一个农夫的女儿,不知道一打到底是十一还是十三。可她马上发现蓝格尔不出声的冷笑。他脸上的皮肤绷得紧紧的,究竟是不是在加利福尼亚做过拉皮手术?卡特琳娜从他嘴角露出的嘲弄的线条里看得出来，他绝对是糊弄不了的。

"维克多的文章对那些大画家有着绝对的支配力，他告诉这些人他们在画什么，应该画什么。这社会忙于其他的事情，对艺术不闻不问，艺术便沦为知识分子们的玩偶。真正的画家、真正的画作实在太稀缺了。成千上万的文化人，整天叫喊着应该有诗、有哲学、有艺术，可他们自己对此一窍不通，既不从事创作，也不在乎它们的存在，更不会为它们做出任何牺牲，甚至不愿意抽出一天当中的一两分钟去阅读，去观赏，去倾听。他们真正关心的只是挣钱、提职、往上爬、玩女人。他们不以艺术为生，他们不与艺术共存，他们不会浸淫于艺术当中，但是他们却乐于头顶艺术的光圈。那些所谓的权威人士就是这样干的。他们对着艺术家们说三道四。真可谓，动嘴皮子的领导着动手的。有点儿像救世军的头头威廉·布斯将军率领军乐队，引领着艺术家们走向虚无缥缈的天堂。"

"蓝格尔先生，您真是妙语连珠。您是不是说维克多不过就是一个扛大旗的？"

"我没这意思。维克多有色彩、有力量、有思想。他不同于现在流行的那帮冒牌批评家，他是一个有灵魂的人。真的。要说他扛大旗，也对，但是他如果没有真本领，那是绝对不可能走在最前沿的。百分之百的纯真是一种什么样的状态？一点儿做作、一点儿虚饰都没有，你能干成事吗？我不是说维克多就是个虚伪的人，我只是说他不会在白痴身上消耗时光。他很明白，在美国这地方，当个白痴不算什么大不了的事儿，只要安安稳稳，舒舒服服，脑子一团糨糊又算得了什么呢？自然，这种状况对于艺术、对于文化，却是致命的伤害……"

"您这是在提醒我，维克多已经堕落到何等程度了？"卡特琳娜问道。好气恼，更气恼的是她竟然不知道如何理清思绪。是不是立刻让蓝格尔滚蛋？听他这么胡言乱语，是不是意味着对维克多的不忠？可她还是忍不住想继续听下去。她竟然想到了对维克多的不忠，这要是让维克多知道,他肯定会认为她也属于白痴之列了。维克多会觉得这类关于道德的事情均属于鸡毛蒜皮,像他那样的大人物只会不屑一顾。但是,蓝格尔趁着维克多不在场的这段工夫,毫无忌惮地对他品头论足,太聪明了。卡特琳娜觉得她竟然用自己的大象故事来打搅他的思路,真可谓十足的笨蛋一个!

蓝格尔明显想引起卡特琳娜的注意,所以放开了只管说(难道他也想勾引我不成),看得出,他对维克多的激情绝对货真价实。

"维克多是扛大旗的,不错。但他实实在在、技艺高超。他从不虚饰。他对于艺术当中的重要问题研究得细致入微,艺术与技术的关系、艺术与科学的关系、艺术在大众生活时代的作用等等。他知道,美国不是养育艺术的国度,所以艺术官能会遭遇怎样的障碍。没人严肃对待艺术,人们对待艺术还不如对待天花。甚至在那些专业人士、批评家、博物馆馆长、编辑等人的眼里,艺术也不过是一种扯淡而已。艺术应当像空气一样,你随时在呼吸,像水一样,你天天在饮用,它应该是一种基本的需求,像营养,像真理。维克多懂得问题的本质是什么,你若问他现在到底出了什么事儿,他会回答你,缺了艺术,便无法评判生活,无法理清这世界的来龙去脉。而这个'现实世界',这个'规划师'、将军、舆论制造者、总统等人活动的场所,就像你睡觉的床垫一样,可触可摸,实实在在。我得说,维克多的真正兴趣是政治,但是他的政治见解很幼稚,跟法国学生运动中的那些活跃分子一样,他竟然赞同萨特的看法,认为我们现在面临着一场真正的、激动人心的革命。他是昏头了。他的那种政治观点只能导致粗俗的艺术。在政治上,维克多还处于感伤主义者那个级别,满脑子宏伟的思想,对人性的错综复杂深感同情,但他不会像普鲁斯特那样,为贡布雷上空的云彩所吸引。① 他面对

---

① 蓝格尔指的是《追忆似水年华》中的情景,暗示维克多不是普鲁斯特小说主人公那样真正敏感的艺术家。

山楂花、教堂的尖顶会视而不见,他横穿马路也不会被汽车撞死,因为他那个时候眼睛会亮得出奇。"

"我要是站在维克多的角度看,真不知道听了您这番宏论,我会做何感想。"卡特琳娜说道。

"您再听我说。电影《巴克·罗杰斯》主人公形形色色的生活中,有好几处暗示维克多·乌尔比的。"

就是这个矬子,作为名人被登在《人民》杂志的封面上。固执、敏感、容易激动,彻头彻尾一个怪胎。在火焰般的电灯泡黄色的光里,他的脸上交织着敏感、固执和喜悦。

他开始谈起自己的儿子,他唯一的孩子。"是我第二个妻子生的,"他说,"比我第一个妻子年轻。我儿子汉克今年二十一了。一开始就让我头痛,天生就是个捣蛋鬼。有些孩子吸毒、有些孩子偷车,这都不算大毛病。如果他只是冒我的名开支票,我可以在我的户头里少放些钱,这好说。他竟然把这个家整得一团糟,还把自己的妈也赶出门了。他妈受不了,现在跟别人生活在一起。汉克十四岁就开始搞非法交易,被警察追着到处跑。还把毒品贩子的钱扣下来,惹得那帮人四处追杀他。我俩之间没法沟通,他满脑子乌七八糟的东西。现在被关进监狱里,我还不能去探视。他们对待犯人就像对待婴儿,吃婴儿的饭——谷粉,戴婴儿的尿布。他们的理论是,问题出在婴儿阶段,所以必须重返婴儿期,从头开始。那里面的心理学专家就是这样理解人生的。"

"好让人伤心!"卡特琳娜说。

"我可伤心不起。我家出了这么一个逆子,他妈跟他断了关系。她有时候找我谈,从不跟儿子说一句话。汉克跟他妈长得很像:金色的头发,细高个儿。天生是一个机械师,喜欢玩汽车。把我的保时捷拆成一堆零件,摆在地上,可再也装不回去。"

"他恨不恨你?"

"他没说过。"

卡特琳娜心想，不宰了你就算他心好。对儿子百依百顺的人，往往就得用自己的生命做代价。

"不说这些了，"蓝格尔说，"还是继续说说维克多吧。他对我的影响，不在于他的艺术观，而在于他的为人。其实他的观点我倒不一定完全喜欢。过去，我常常在脑子里把他跟富兰克林·罗斯福相提并论，我很佩服罗斯福的为人，虽然并不赞同他的政策。"

与罗斯福相提并论！再自然不过了，两个伟人，一对瘸子。卡特琳娜脑子很快闪过一系列的对比：贝拉就是埃莉诺·罗斯福，她自己，卡特琳娜，就是那位李晗德小姐姐。卡特琳娜还记得早年听人讲这位李晗德小姐姐跟罗斯福有过一段浪漫经历，后来病了，默默无闻地死去。死的时候，罗斯福正忙于打仗，她这点儿鸡毛蒜皮的小事儿根本顾不上考虑，甚至连打听一下她的消息也没有工夫去做。罗斯福伟大得无人能比，也冷漠得无人能比。维克多也常说起人的冷漠、人与人之间的隔阂，他说这是现代人的通病。现代人面临的实际情况就是这般严峻。跟一位中产阶级出身的妇女谈情说爱，得满足她的温情，但这种温情缺乏历史的现实性。这话听上去好残酷啊！现代男人生性野蛮、可怖。你想否定现代男人的非人化倾向，那是徒劳无益的。维克多像毕加索画笔创造出来的裸体老色鬼，躺在床上时，就常常这样说。而你，一个成熟的女人，身材丰满，散发着女人特有的体味儿，缓缓地铺开，横陈在他身旁。这时候的你，或许对他的了解会很深刻，比他对自己的了解还要深刻。

卡特琳娜和蓝格尔同时看到维克多打完电话，走了回来。蓝格尔马上示意招待端上午餐来。橙汁鸭浇上一层糖汁，亮闪闪的，像要从盘子里溢出来一样。兑了调料的肉汤上漂着一圈圈油脂。维克多显然饿急了，抓起来狼吞虎咽，几口就下肚了。手指头上的油腻又沾到了威士忌杯子上，留下了指印。他将面包撕成碎片，泡到盘子里，又用勺子将沾满油脂的面包盛起来送进嘴里。他看上去很烦躁，蓝格尔作为东道主，没话也得找着话说。他说起卡通片和抽象概念之间的联系时，维克多盯了他一眼，准确地说，是瞪了他一眼，那眼神儿不算邪恶，但至少也让人高兴不起来。人们说到"明晰"的概念，是不是就意味着还原到初始？若以还原法推论，人类也只能被再现为"事物"，且只有好玩儿才能得到接受。假设创作者本无让你觉得好玩儿的意图，就像人形常常被简化而再现的那样，那么，你就会得到现代主题的抽象浓缩。以作为漫画家的毕加索和多米埃为例，也算是对研究他俩人的大专家维克多的一点儿恭维吧。公平地讲，多米埃处理的大都是社会主题，中产阶级、法院，等等，毕加索则不然。在毕加索的画作中，你看到的更多是越来越严重的抽象和与生俱来的虚无色彩。蓝格尔包在皮毛大衣里，下巴底下衬着一块丝巾、一条印花棉手帕，显得很拘谨，说话声音颤巍巍的，脸上的肌肉也在不停地抽动。

"那对于理性，你又是怎么说的呢？"维克多问道，"你中午刚说过思想是琐屑不堪的，可现在又要跟我探讨思想。"

"这不矛盾啊。我要说的是抽象的思想和漫画结合起来……"

"我对这种讨论不感兴趣，"维克多说，"你还是留着等回到加利福尼亚再去探讨吧，好不好？"

"那好吧。"

"好了，就把这话题收起来，藏起来，现在免谈。"

"很遗憾，我在科幻电影方面的成就限制了我，对我很不利。我本来是学哲学的，而且学得还不错。"

"好了，我现在也不想谈哲学。我也不想为那种伴随理性的与生俱来的虚无主义白费工夫。你这些年拍了不少有关星际物理学和神性搅和在一起的电影，还因此出了名，我想你拿着你的这些乌七八糟的电影把成千上万观众的脑子折腾得够呛吧？你的毛病在于你还想把这种电影整得正儿八经的。好了，在这方面你已经做出了很大贡献，你的伟大业绩已经载入史册。"

"维克多,别忘了你自己也曾写过'神性的病态'。我敢说,这世界上任何一种生物,只要曾经受过罪,只要它付了代价,不管它在世俗里处于什么地位,都已经拥有一张入场券,至少一张。"

维克多已经听不下去了。他的脸上露出嘲笑和凶相,一副要置人于死地的表情,卡特琳娜都不忍心盯着他的脸再看一眼。不过,她更不忍心不看,因为维克多那种表情实在太不同寻常,实在太罕见,以前从未见过他有这种脸色。他将嘴唇向两侧拉紧,露出牙齿,像哑剧演员一样装出说个不停的样子,却又没有一点声响,又伸出舌头来,像狗喘气一样上下扇动着。眼睛闭得紧紧的,只能看见千足虫一样的眉毛和睫毛。马上又伸开双手的大拇指,举到头的两侧,其他几根手指像狗尾巴一样摇摆着。做完这些怪动作,他便倏地一下,出了小隔间,提起背包,迈开步子,朝大门走去。卡特琳娜也立刻起身,抓起瓦奈萨的琴,说:"如果您不知道他现在的情况,我代他向您道歉。他身体极度不适,蓝格尔先生,想必您能看得出来。去年大伙儿差点儿失去他,做完手术后,一直疼痛难忍,天天如此。您记着这些吧。我很抱歉。别再惹他朝您发火了。"

"吃一堑长一智嘛。当然,我很伤心,不过我看得出来,他身体的确不好。是啊,很遗憾。"

蓝格尔伤心极了,卡特琳娜满心的同情。"谢谢您。"她说着,转身离去,心想从背后看,她不至于太笨拙吧。

维克多在大厅人群中等着她。卡特琳娜一副很生气的神情,对他说:"你太不讲礼貌了。我可不希望被人看作你这种人的同伙。"

"他用多米埃、毕加索来攻击我那阵儿,我就无法忍受了,一分钟都不愿意再听下去。"

"你自己情绪不好,对着他出气。"

他没说话,算是承认了。

"你对我的态度也不好。你跟金莱克通完电话回来,对我一个字儿也不说。到底能不能离开这鬼地方,你总有个话吧。"

"他派公司的飞机来接我们。他说没啥问题。"

"你知道,今晚要是还耽搁在底特律,我麻烦就大了。"

"你不会耽搁在这儿的。飞机来接我们。"

再次钻进成千上万的人流中。卡特琳娜想不出究竟是什么让她在这人流里如此沮丧难过。维克多站在一家仿真珠宝行的橱窗前,低头看着她的脸。他在说话,可卡特琳娜什么也听不见,耳朵仿佛被堵死了。

"你早就应该告诉我。你知道我担心被耽搁在这儿。"

"我为什么要忍受蓝格尔那号人渣?"维克多说道,"多少人都盯着我,朝我奔来,想从我这儿得到关于自己行为的辩解,要么就是指望我去彻底改变他们的行为。他们想得到听上去更美妙的废话来维持自己的生命。蓝格尔这种人,身处他以前从没有期望达到的位置,所以必须换一个'自我'。他当年在格林尼治村现身的时候,通过反拉提琴,通过为漫画杂志编故事,引来众人的瞩目,他真正的生活应该是与黑格尔、帕斯卡尔这类人一起混的。可现在他走上了另一条路,成了一名大众明星,所以一时间不知所措,晕头转向了。还穿一身北极狐皮大衣!也行,如果你没本事直面生活,如果你没有足够的力量和精明面对生活中这一切,那你就只好认命,在某种虚幻当中苟延残喘吧。想对这种虚幻进行解释?你也不过一介匹夫罢了,能解释出什么样子来。一介匹夫,芸芸众生中再寻常不过的一员,他们会为此痛不欲生,想尽办法要摆脱这种平庸,想变得与众不同,想让人刮目相看。你看见了吧,蓝格尔为了达到这个目的真是不惜一切!他想让我收养他,作他的精神伯父,叫什么都行,叫父亲,我年纪太大了。前一段时间,有位自称艺术家的,是个消防队员,给我写了封信。他说他的职责是保护人类的灵魂不受邪恶的纵火犯的袭击。他一直在画画儿,可除了灭火器外,什么也画不出来。他想得到我的'保佑'。我可没有秘密警察保护我,我得自己当心,防着这伙人。"

"不说这些了……飞机还没来，我们该做些什么呢？"

"楼上就是宾馆，不远，但算是躲开这个疯人院了。金莱克为我们订了一间房。"

"谢天谢地！我真是不能再忍受这人群里的推推搡搡了。"卡特琳娜说。又问道，"他们派了一架什么样的飞机？"

"就是一架飞机呗。我咋知道什么样子的？你是不是过度紧张了？这点小事算什么呀！你那个黑老太婆不会把孩子扔了的，还有你姐姐呢。"

"我给你说过几次了，我姐姐差不多就是个疯子。"

"我跟金莱克说了那个准备在大会上介绍我的费尔舍。让他出场，简直是丢人现眼。现在要换人来不及了，可我还是得把我的意见说清楚。"

"维克多，咱去宾馆吧。你去休息休息，我打个电话。"

俩人走向宾馆前台。已经订好的，维克多只需签个字。他谢绝了服务生，说："不需要帮助。没多少行李。我们只是等飞机，就一会儿。"服务生去，就是替你开个门罢了，还得给一块钱的小费，何必呢。

进了客房，维克多立刻直挺挺地躺到了床上。卡特琳娜为他脱了鞋。这双鞋足有十六码，可维克多那双脚却长得极其灵巧。鞋脱下来，立刻从里面散发出一种人的气味儿，热乎乎的。卡特琳娜拿起一个枕头，垫在维克多头下。维克多挪了挪身子，想躺得舒服一些，马上感觉到肚子上伤口处神经末梢像针扎一样的刺痛。手术后遗症。神经末梢暴露出来，像铜丝一样，又像汗毛倒插进肉里。

"我给我姐姐打个电话。别担心，我让接线员注意，如果有进来的电话，就让他接过来。"

卡特琳娜拿着多萝西娅给她的一长串电话号码，一个接一个试着拨。有的人接通后，马上就挂了，态度很粗暴。后面几个更糟糕。好不容易找到了，多萝西娅说她现在在离家十五英里之外的南郊，离埃文斯顿有二十五英里。开车很危险。"雪很大,路上不好走。"她说。可是,她的声音里流露出来的是满意,而不是同情。

"你给埃文斯顿打电话了吗?伊索尔在家吗?"

"伊索尔问我你在哪儿。她觉得你不在肖姆伯格。她还说克雷格斯坦打过几次电话。他的确很关心你的。他爱着你呀,卡特琳娜。"

"他就是个朋友。"

"你到底在哪儿呢,现在?"

"飞机迫降到底特律了。"

"底特律?天哪!我听说欧哈雷关闭了。你能回来吗?"

"要晚一些回来。晚不了太多。伊索尔说过没有,阿尔弗雷德打没打电话?心理医生已经告诉律师我不能去他那儿。如果他的律师知道这事儿,我的律师也应该知道了。"

"你给克雷格斯坦的暗示太多了。"多萝西娅说。

"我只是他的女人当中的一个。他同时向十个女人献殷勤呢。"

"他也这么说,只是吸引他的只有你一个。维克多死了以后,他就会节节逼近。到那时候,你就没有力量抵抗他了。"

"多萝西娅,你对我说这么狠的话!"

维克多把枕头盖在头顶,活像一顶烟囱盖子。他闭着眼睛说:"别跟她扯了。克制一下你自己吧。"

"那我挂了。有个客户打进来了。"多萝西娅说。

"我还指望着你能够……"

"今晚去埃文斯顿显然不可能了。有人约我吃晚饭,我答应人家了。"

"昨晚你都没说起过这事儿呀。"

"我跟几位生意伙伴聚一聚,"多萝西娅说,"六点到八点之间,你可以给家打电话。"

"那好吧。"卡特琳娜说。她听了维克多的话,静静地挂上了电话。

"宝贝儿听话,把空调关了吧,卡特琳娜。我最讨厌宾馆里面这种人造气流了,噪声要把我烦死了。这种地方怎么越来越像殡仪馆了!"

卡特琳娜关掉空调。她的脸上一块一块地发红,姐姐的话刺痛了她。"多萝西娅天生就是我的死对头。我遇上麻烦,她不但不宽慰我,反而会让我更不痛快。"

"没她,你照样能把一切处理好。他们公司会派飞机送我们,然后你坐汽车回埃文斯顿。"维克多安慰她道。随后又说,"孩子们喜欢下雪,她们出门玩一会儿,高兴高兴,也无妨。这边我会让你高兴的。"维克多说这几句话时,语气极其温和,连他自己都觉得不可思议。他觉得自己心肠好软,就连对着蓝格尔做鬼脸的时候,也不是存心刻薄,而是一副游戏心态。看到这一幕你有什么想法:印第安的意福堪老酋长①,身着飘带飞扬的长袖宽袍,头戴染得红红的羽毛,像雄赳赳的大公鸡一样。这叫什么?野人的魅力。乌尔比就这看法。肚子上的伤口疼得没有那么厉害了。卡特琳娜电话后半截他没有在意听,那是她跟伊索尔的通话。这阵儿,他不由得思考起来一个司空见惯而他自己只是最近才开始留意的问题,界限。现在,他前后左右都触到了界限:"你也派定他的界限,使他不能越过。"②对于这位美利坚充沛的精力和脚踏实地的行动的代表人物,这些无所不在、近在身旁的界限显得又滑稽可笑,又可怜可悲。处于弱势的"野人"是什么样的野人?突然成名的人需要力量,信奉行动的哲人须有行动的能力。乌尔比老早就对无能为力有着深切的感受(《圣经》中所谓"派定他的界限"其实并不重要,那些都是从另一个生命向你派定的,即 yivrach katzail,翻译过来就是"飞去如影,不能存留"。这些都是他小时候学过的。)那条伤残的腿对他不是界

---

① 诗人华莱士·史蒂文斯《松树林中的大公鸡》中的虚构人物,自命不凡,趾高气扬却又滑稽可笑的典型。维克多在此暗指蓝格尔。

② 《圣经·旧约·约伯记》第14章第5节,下文"飞去如影,不能存留"出自同一章第2节。

限，相反，却是一种优势，升华了他，就像俄狄浦斯的跛脚。可就在三年前，他那辆破旧不堪的庞蒂亚克车临时充当救护车，他把母亲放在后座上。一位亲戚刚打过来电话说，你把你妈扔在养老院，现在话都不会说了，所以他要亲自去看看这可怖的去处。他将母亲的衣物塞进一个大提包，连人带物一起扛了出来，放在车上。那天下午，太阳火辣辣地烤着，他开车带着母亲满大街乱窜。母亲一个人被锁在车里（外面很不安全），他一家接着一家疗养院逐个查看，拖着伤残的腿，一级一级楼梯爬上爬下，看卧室，看厨房，看卫生间，还得跟那些疯子一样的"院长们"讨价还价，说这些人是院长，真不如说是"见钱眼开的精神病患者"更合适，因为他们简直是明抢。（他倒真没有为一块钱跟那些人争吵，他只是说，"你们这是合法的抢劫"、"十恶不赦的行骗"）都快四点了，他还没有找到一处合适的地方来安置他那辆破车后座上的老妈，那个半清醒半糊涂的女王。他开着车穿梭在阿斯托利亚和杰克逊高地的大街小巷上，幻想着有个女人，卡特琳娜也开着车尾随在他身后，一起穿过死气沉沉的红墙夹道。在他的想象中，这位卡特琳娜只穿一件大衣，大衣底下一丝不挂，随时解开扣子，便可以与他云雨销魂。他停下车，一颠一跛地爬上楼梯，在想象中看见卡特琳娜也停下了车，那件雅格狮丹牌大衣底下蜜意横流。他心里明白，这种幻想再也普通不过，但他也喜欢。显然，他需要这种幻想，他需要他的脑海里洋溢着女人的气息，那种潮乎乎、黏糊糊的气息。而且也只有他，才能随着这种幻想而心潮澎湃。终于找到了一个好地方，或者说，他不想再继续找下去了。他在写支票，有人过来把母亲从车里抬了出来。老太太这会儿似乎一切都无所谓了。不过几个月，她便一命归天，留下维克多一个人尽情地思考，尽情地旅行，尽情地徜徉在花街柳巷。多么激动人心！一个尾大不掉的人物，到处阐述自己尾大不掉的思想，发表尾大不掉的文章。母亲死后不久，他自己就被送进了麻省总院。死里逃生，但意识到思考人生界限的必要。这人生，就像一条大河，突然间需要改道。滔滔不绝的密西西比河，突然间得为自己找一个新的河床。城市一座座都得被水淹没，高楼大厦得从地基抬起，一路漂向墨西哥湾，漂呀漂呀，漂到委内瑞拉，再浮出海面，停泊在陌生的沙滩。

"你究竟在哪儿，卡特琳娜？"伊索尔问道。

"我在肖姆伯格参加一个会议，暂时抽不出身来。"

"那好，"伊索尔说，"你把你肖姆伯格的电话号码给我吧。"卡特琳娜没有说话。伊索尔接着说："你嘴里就没有一句实话。"

想象一下这情景：这两个女人之间隔着一大片暴风雪肆虐的寒冬。又矮又胖的黑人老太太低垂着肥得变了形的屁股，电话压在耳朵旁边，耳朵周围头发花白。这老太太人生经历丰富，要比卡特琳娜精明多了。她那黑乎乎的鼻子和深褐色的嘴唇天生就是一副乐相，现在听着卡特琳娜矫揉造作地撒谎，暗地里也乐不可支。卡特琳娜心里思忖，如果我告诉她，我跟维克多·乌尔比在底特律一家酒店的客房里，乌尔比刚从床上爬起来，进了浴室，她会怎么想？伊索尔在电话那头还在说："你那位警察朋友，还有你姐姐，都来过电话了，看我在不在呢。"

"我要是五点还赶不回来，克雷格斯坦来了，你就给弄点儿喝的，留下来一起吃晚饭。"

"今晚我们有宾戈游戏的，这是固定时间。我们在教会吃晚饭。"

"我付你五十块钱。在教会，你一晚上可挣不了这么多。"

伊索尔还是拒绝了。

卡特琳娜又一次感到，不管什么人都比我厉害，都可以支配我。阿尔弗雷德想着要整我，法官、律师、心理医生、多萝西娅，连两个女儿，都跟我为难。他们个个都坚持原则，那种屁也不顶的原则，可针对我，都是不容更改的条条框框。就是因为这个，我才投入了维克多的怀抱，维克多绝不会容忍任何人对他设置各种条款。在他面前，只有别人做出让步。我就要做这样的人！可惜我不具备维克多那样的自我，那是高山一样岿然不动的自我。现在轮到伊索尔跟我作对了！"伊索尔，你这是故意为难我呀!"她说。

"卡特琳娜,别说五十块,你给我五百,我也不干。今晚我偏要跟这个克雷格斯坦斗一斗。你说,你打算啥时候回家?"

"尽快。"

"孩子不会有事儿的。我把门锁好,她俩看电视。"

伊索尔挂断电话后,卡特琳娜想,她们会恨我们的,她们会非常非常地恨我们。

她眼睛痛得很厉害,需要滴点儿眼药水。每到冬天,她的眼睛就会发炎。她猜想这都是因为冬天气温低,汽车尾气无法散去,紧贴着地面,冬季的空气也就有股刺鼻的气味儿。她坐在床边,打开手包,在一堆钥匙、粉盒、纸巾、钞票、信用卡和指甲锉中间翻腾起来。

"我看,你打了一通电话,没打出个什么结果来。"维克多说。他高高地站在卡特琳娜旁边,手指插在她的头发里。每次维克多准备温情脉脉地亲近她时,心里总有一种莫名的犹疑,仿佛是怜悯,或者遗憾,怜悯卡特琳娜有多少事情无法理解,遗憾他自己有多少事情无法完成。随后便漫无目标地说些闲话,多半是自言自语。他又说起了空调,想关掉却找不到开关在哪儿,这让他想起了多年前,还是个孩子的时候,腿上开刀前医生给他注射了麻醉剂,他迷迷糊糊地听见手术室里机器的嗡嗡声。半昏迷状态中,他看见一轮满月,鲜亮无比,一个老女人正在试探着爬过一个栏杆,栏杆的长度正好是突突跳跃着的月亮直径大小。这老女人若爬了过去,他自己就必死无疑。"这些机器就像我的心跳,所以从此以后我脑海里总有无形的机器嗡嗡作响。你该知道在这样的地方,有多少我们看不见的机器,飞机起起落落,还有无数装着硅片的计算机……好了,卡特琳娜,咱们做点什么吧。对,就是皮带底下。把你那只可爱的小手伸进去吧,我好渴望你的抚摸。我还能指望什么呢!"

卡特琳娜照他的吩咐做了。要求一个成年女人做这点事儿,不算过分。卡特琳娜这样做,也算尽了一份朋友之谊。欲望总是那样说来就来,从不迟到。

"来个速战速决,如何,卡特林娜?"

"电话随时会响的。"

"那更好,有点紧张气氛更刺激。"

"我还没脱靴子呢。"

"裤子拉下去就可以了。"

维克多俯下身子,脸颊一寸寸地贴过卡特琳娜暴露出来的每一块地方,温暖的嘴唇对着她温暖的身体。大腿,肚皮,肚脐眼,肚脐眼以下那层淡淡的卷毛。电话悄悄的,没有响。他们就这样慢慢儿地赢得时间,赢啊,赢啊,赢啊。赢了!

维克多就是这样总结的:"我们赢回了理应属于我们的那部分。"

"我们很长时间没有这样过了,"卡特琳娜说,"真好。我快要晕过去了。"

"多躺一会儿吧。别起来。俄国有句老话,已经来不及,索性慢慢走。咱们现在这样最好。飞机要是来不了,金莱克会打电话的。"

"现在是不是已经太阳落山了,维克多?"

"我们在这儿咋能知道?我们在楼里面,一层墙又一层墙,跟外边隔着。担心什么呀?迟一点儿罢了。他们总得想办法把我弄过去的。缺了乌尔比,不会有好戏。对他们来说,没有我,那是万万不成的。把我接过去是有些困难,但他们必须克服。"

俩人躺在床上,腿搭在床边。维克多抓过卡特琳娜的手,吻着她的指头。他平常一副王者气派,动辄玩世不恭,可在今天这场合,跟卡特琳娜躺在一起,他把玩世不恭的姿态完全收了起来。卡特琳娜觉得这是一个不同寻常的标志:维克多很在乎她,非常在乎她。他俩躺在一张床上的时候,维克多显得更健谈,卡特琳娜甚至还记得过去这种时候他都说些什么有趣的事情,至今难忘。"你脱了鞋,用你粉粉的脚后跟儿在键盘上敲打,这样敲出来的文章也要比方思定(维克多的一个对手)的文章好出几十倍。要不，撩起裙子，光屁屁蹲在打字机上，兴许会才思泉涌。"

维克多说起了蓝格尔："他想跟我套近乎，拉关系。"

"他很尊重你，应该说崇拜。"卡特琳娜说，"他说五十年代时他刚进入格林尼治村，还是个孩子，而你就已经可以和富兰克林·罗斯福并驾齐驱了。他说你天生就是个伟人。"

"我知道他趁着我去打电话，会跟你谈很多的。卡特琳娜，我不用跟你谦虚（谦虚？还谦虚什么呢？两个人躺在床边，肚脐眼到膝盖之间还一丝不挂呢。维克多的胳膊压在卡特琳娜的脖子底下）。在某些方面，我知道……我曾经想过，如果掌握权力，我会做些什么。那些知识分子从来不考虑权力。就因为这，我比他们都高出一筹。他们不考虑权力，所以就不懂得如何思想。我本质上比他们都有内涵。我的思想有权威，那是因为我站在权威的角度去思想。这是我的性格。"他停顿了一下，接着说，"这是我过去的性格。我得改改我的性格了。我过去一直喜欢看问题不带任何个人情绪，我觉得有理由继续……"

"刚做完爱，你就说这些？"卡特琳娜说道。

"我若处在领导者的位置，肯定会做得很好。我性格当中有作领导者的天分。遇到责备，我不会退缩。天生就是一个政治家。我对那些对权力无动于衷的人有一种与生俱来的鄙视。权力必须体现在思想里，权力必须融合在绘画里。对于生存真相的解读，也必须融进权力的因素。一种形而上的激情。只要你有勇气去研究去接触，你就会得到相应的真理。"

除了我，谁还会听你唠叨这些玩意儿？卡特琳娜时不时地这样想。她为维克多感到失望。如果手头有几张纸，她或许会把他说的记录下来。毕竟，他所说的，卡特琳娜还是有那么一点儿可以明白。

"人类的思想就像朝地心挖掘，挖到最深处，便会感觉到一种死寂，不情愿接受也得接受。正是这种死寂，给我们带来无比的痛苦。有的人挖得最深，但你是从他的脸上看不出来的。我常想：'这些人，无论男女,只是在很卖力地挖掘,每人一个通道,互相平行,永远不可能相交。谁也不知道其他人挖到了什么地方。'人类之痛苦,莫过于此。我们所谓的'原创性'之所以奇形怪状,丑陋不堪,其根源应该也就在这里。"

"蓝格尔说的那些话,难道没有一句在理的?"

"我倒是极有可能对他的精神导师感兴趣,我能感觉到他所说的没有一句是他自己的原创。看得出来,他那脑子里能有什么货?如果真是关于世界末日的,关于文明末日的,那么各种迹象就会清清楚楚,明明白白,只要是长脑子的,都能意识到。在我们真正的思想当中——我是说思想,不是嘴里说出来的,说出来全是胡话——在真正的思想里,长脑子的人都能觉察到周围发生的一切。蓝格尔说的那些话,当然大多是重复他的精神导师的话而已,可能有些是有点儿道理,例如真实思想所造就的人与人之间的关系。任何一个真实的思想,都有一个与其相对应的真实的形象。他这话没错。你知道我跟他为什么谈不到一起?那都是我在思考的问题,他一个加利福尼亚来的人在重复我的话,而且重复得很蹩脚,我听着能痛快吗?卡特琳娜,我很烦恼。六十多年来我创造出来的这些理论似乎并不能帮我解决问题,不能消除我的烦恼。我下了很大的力气,想说得明晰一些……"

"可你说明晰了吗?"

"我是说思想上的明晰。在印象方面,我已经足够明晰了,就像梦境,就像幻觉,无不透彻明晰。但我缺乏思想上的明晰。"

"你到底想说什么?"

"我是说,我们在某些方面拥有同样的思想,但互不说穿。就像我刚才说的,挖掘平行的通道,却彼此互不了解对方挖到了什么地方。"

"能举个例子吗?"

"比方说那些挥之不去却又神秘莫测的想法:死者并未真正死去。换句话说,思想不是我们创造出来的,就像那个拍电影的讨厌鬼所说的。思想本来就在那儿，实实在在，真实的思想会主动找上门来。我想我明白为什么这事就发生在我身上。从事艺术多年，你会觉得生命的价值与艺术的价值息息相关，难以割裂。事实就是这样，可你找不到理性的依据，所以你便会怀疑，是不是这种'理性'缺乏真实的意义。而理性则会反过来提醒你，那是因为你的官能已经衰退，你才会有这种想法。这种提醒实在愚蠢至极。"维克多尽量不提这里面所涉及的性的因素——充满魔法、充满美感的性欲，也不提这性欲最后的昙花一现到底意味着什么。可能意味着他用他最后一丝力量去证明那明晰的印象，通过性行为来证明，他还活着。但是，这种力量只能让你继续欺骗你自己，让你保持 mauvaise foi①，让你对自身现实产生一种虚假的归属感。维克多没有对卡特琳娜说出这些他不愿意明示予旁人的想法，因为这意味着（就像当年对马克·安东尼一样）大力神赫拉克勒斯已经远去②。

维克多不想继续说下去，便把话题引开。他说："蓝格尔把我比作罗斯福，可真是个一个大笑话。"

罗斯福也是在最需要力量的时候死的。他在温泉山庄因脑溢血而一命归天的那一瞬间，不是也有一个女人陪在他身边吗？

"你自己没这样想过吗？"卡特琳娜问道。

"有过这种想法，但我不喜欢。罗斯福一会儿去德黑兰，一会儿去雅尔塔，就是这几次会议要了他的命。对他身体的摧残太大了。"

卡特琳娜圆圆的脸凑了过来，就像一个少女要拍摄"情人照"一般，脸贴着脸，说："冷不冷呀你？要不要我把被子拉过来给你盖上？不要吗？那就把手伸到我身子底下暖一暖呀。"

她转过身，好让维克多的手尽情地抚摸她一番。她知道这一手屡试

---

① 原文为法语：错误的信念。

② 安东尼活着的时候，被罗马人誉为大力神赫拉克勒斯，此句影射莎士比亚剧作《安东尼与克里奥帕特拉》中的台词，"赫拉克勒斯背弃了安东尼"，即安东尼大势已去。

不爽：圆圆的屁股光洁如玉，白得像生奶油。每次她将自己的身体这样捧送过来，维克多都会哈哈大笑几声，然后张开那双精美的大手。他很擅长这当中的技巧，尤其是随着年龄的增长，他会使出一些出其不意的手段，就像毕加索画中将手伸向裸体美女的老色鬼一样。维克多一双手肆意玩弄着她身体上一处处凸起的肉块，她会感觉到一种来自贵族的体贴和温柔，这让她心醉神迷。她对自己的屁股充满自豪，甚至到了一种痴迷的程度。两个屁股蛋上各有一处胎记，维克多便将它们捏起来，撮成两只眼睛的样子。"现在你成斜眼了，这下你又成对眼了，哈哈，这一阵儿你又在玩儿什么鬼心眼了。"停了一会儿，他又说，"蓝格尔所谓漫画和抽象，也不过就这个样子吧？就像你的屁股蛋一样在做鬼脸。"又将她的屁股抚平，说："你这身段美得好夸张，我不知道拿什么言辞来形容了。我可没有夸张。"

这时，电话响了，一声接一声，好执着的样子。是前台打来的。飞机正在着陆，高级轿车就在门口等着。他们必须五分钟后下楼。

他俩站在明晃晃的灯光下，冷风吹得他们浑身发抖。维克多挂着手杖，头戴水手帽。那副俊俏的脸庞，嘴唇上又长又宽的胡子，还有遇事不惊的绅士风度，让他俨然一副王者思想家的气派。卡特琳娜很笨拙地站在他身旁，她那副模样永远达不到维克多的标准。烦人的小提琴她得随时拎在手里，一把她自己不会演奏却得时时小心守护着的玩意儿。卡特琳娜感觉自己就是当年白人雇来替他们扛行李的土著苦力，如果把琴盒顶在头上，那就更像了。就这样，两个人站在底特律的郊区，站在一片细碎的灯光下。底特律，跟其他任何一座北方城市——布法罗、克利夫兰、芝加哥、圣路易一样，一片废墟上闪烁着美丽的金光。

"这哪是什么高级轿车？"汽车停稳了，维克多一脸不快，说道，"不就是辆破本田嘛，又小又窄。"

但他没有再发一句牢骚。他打开门，手扶顶沿，慢慢儿地把自己安置到前坐上。那条硬梆梆的瘸腿先伸了进去，快伸到司机的位子边上，几乎要踩到刹车上了,再轻轻将脑袋探了进去,等着身子全挪进去,头差不多触到汽车的顶子上了。然后,他很有耐心地、也很灵巧地调整身体,安安稳稳地坐定。这一系列动作做得好费劲儿,就像刚才在宾馆客房里的插入。刚一坐定,卡特琳娜也刚刚在后面坐稳,他便打开了话匣子。是为自己今晚的演讲做热身?还是在排练?"我给你的那本塞利纳的书,你读完了没有?"

"你说《夜游》①?总算读完了。"

"书写得不怎么样,但算是一部重要作品。法国人写的玩意儿,就这本我还一直记着。"

"还有波德莱尔?"

"对。"司机很快把车开上了一条没有灯光的岔路,路边还有栅栏。维克多坐在窄小的前座上,很费力地扭过身子,望着后座上的卡特琳娜。显然,他不仅想用言语,还想拿脸上的表情来告诉卡特琳娜他的想法。"你不觉得塞利纳很可怕吗?他使用街头巷尾的平民语言,表达的也是普通百姓的思想和情感。"

"上次咱们说起这本书的时候,你说过正是这些思想导致一九四〇年法国的崩溃。你还说德国流行的也是同样的思想。"

"我当时可不是这样说的。要说虚无主义……"

他当时为什么会让卡特琳娜读那样的书?小说的结尾简直就是一场噩梦,一个名叫罗宾逊的冒险家拒绝对爱着他的女人说一句"我爱你",那女人盛怒之下,一枪干掉了他。在出租车里,女人拿着枪对着他,威逼他说出那三个字,他就是不肯。"深爱着他"的女人是个疯子,而这个男人,即"爱人",尽管自己也不是什么好东西,只是一个游手好闲的骗子,一个杀人犯,但是,他却不愿放弃那唯一的一丝自尊,也就是这一点儿自尊要了他的命。宁死也不愿意对着那个女魔头说一句"我爱

---

① 法国作家路易-费迪南·塞利纳的小说。

你"，不愿被迫与她厮混一生。卡特琳娜感到震惊的，并不是书里面的情节，而是维克多竟然让她读这样的书！当然，维克多就是这样的一个人，他永远都在尽自己最大的可能将历史现实推及眼下，为此目的，整个宇宙都在他的掌控之中，供他随意调遣使唤。维克多，彻头彻尾的世界主义者，思想的巨人，占领思想界的核心地位，主宰着整个思想界。他常说："直面这毁灭一切的现实吧。不可救药！"

"那本书充满暴力，跟凶杀集中营没两样。"卡特琳娜说。

"我不否认。"

"在宾馆的时候，你说过，只要是长脑子的人，不管在什么地方，都能认清同样的现实。可塞利纳这本书里，却不是这样。你自己也不是这样，维克多。"

来不及回答了。汽车停在私家飞机登机楼前。司机从车里冲了出来，去为卡特琳娜开门。她发现这男人的脸难看得厉害，就像变了形一样。也许是天太冷的缘故吧。维克多抬起屁股，头又撞到了车顶，身体往后倾斜，把那条瘸腿拉了出来。

他们步入一个灯亮明亮无比的简易房子。服务台上电话不停地响着。卡特琳娜走上前去，报了乌尔比的姓名。那人说："对，你们的赛斯纳就在停机坪上，几分钟后就滑过来了。"

她把话传给维克多。维克多只是点点头，并没有停止说话。"我敢这样说，法国人就栽到自己那些意识形态里面了。意识形态是统治阶级撒下的一张由咒语织成的网，充满谎言和欺骗，却有极大的约束力。人民一旦意识到这一点，就会狂怒。塞利纳的书之所以充满暴力，就是这个缘故。"

"你说人民？应该只是一部分人吧？"

你跟一个女人谈情说爱，却又让她读一本否定爱情的书，这应该是人世间最极端、最荒唐的事儿了吧？给情人这样的礼物，也真是够特别的。

卡特琳娜走在维克多的前面，登上了这架赛斯纳飞机，她那双鸵鸟皮靴没有让她显示出一点儿优雅。她感觉笨拙、迟钝，胸前抱着瓦奈萨的小提琴，一点儿都没有女人应有的风度。机身上极速旋转的红色灯光照着，她看见有人搀扶着维克多走进了飞机。机组就两个人，对维克多和卡特琳娜照顾得体贴入微。从事接送董事长一类大人物的专职人员受过这方面的培训，知道乘机者都是座上宾。要不要喝点咖啡？尝尝刚出炉的面包圈，裹了糖的柏林油炸饼？还是更喜欢威士忌？他们离开芝加哥时，最新报纸还没有印出来，但这儿有《巴伦财务周刊》、《华尔街日报》。座位是豪华型的，前面空间很大，要看报纸的话，头顶就有很柔和的灯光，开关控制板就在这儿，您需要就随便用。可两位乘客这阵儿都没有心思看报纸。

机师说："我们在米德威机场降落，再转坐直升机去美格斯。"

"好，这很好。"维克多说，"看见了吧？"卡特琳娜听到"看见了吧？"四个字，就明白他是说他说话算数。维克多把她喊过来，也会将她安全送回去。他有这权力，答应过的绝对会兑现。维克多举起一杯威士忌，为我们俩人干一杯吧！他的脸上闪过一丝似笑非笑的表情，但也明显看得出他郁郁寡欢，那双细长的眼睛里露出受过伤害后的愠怒。尽管有如此的权力——打一个电话就能招来一架飞机，一挥手就可以享受各种特权，可他还是觉得不值一提。这些不过都是金丝雀笼子上的花边装饰而已。"哦对了，你也是机师呀。"他突然想了起来。

"我哪能开这种飞机。"卡特琳娜说。她抬起手臂看了看手表。这个点，伊索尔早就走了。

突然间，一声巨响打破了机舱里的宁静，什么都听不见了。那是飞机在冰冻的跑道上跌跌绊绊地准备起飞前的加速。几秒钟后便平稳地跑了起来，又过了几秒，（谢天谢地）飞机升空了，从密歇根湖上空往西南方向疾飞而去。云层很厚，看不见湖面。机舱整整齐齐，就像一间客厅，给人一种绝对的安全感。卡特琳娜喝了一口咖啡，是冻干咖啡，不烫。又咬了一口夹着果冻的面包圈，油炸的面包圈味道极好，但挤出来的果冻冰冰的，她不喜欢。

维克多当时送她塞利纳的那本小说，或许并没有特别的用意。如果真是这样，他今天为什么要提起此事？再想想，瓦奈萨为贝拉太后推荐那本同性恋前戏的书时，太后又是怎么想的？这家人个个都好读书，是不是这么回事？不过你不能这样想贝拉，那就误解了她。你不能用小人之心去度维多利亚女王之腹，你也不能用你小人之心去度贝拉之腹。维克多从来不指名道姓地说起贝拉，他只说"某种类型的妻子"。

"某种类型的妻子最大的乐趣，是限制丈夫的行动自由。"言下之意，一个年过七十的人，在麻省总院差点儿丢了性命，还长着一条残废的腿，就应该待在家里，哪儿也别去。尼亚加拉大瀑布，你能限制得了吗？不要夹杂一点儿嫉妒或者内疚，客观地评价贝拉，可以说，她的确是一位不卑不亢、举止得体的女人。在麻省总院里，贝拉看着维克多似乎摆脱不了死神，便问道，你要不要见卡特琳娜最后一面，她就在外边的候诊室里躲着呢。维克多说要，贝拉便立刻将她喊了进来，自己退了出去，好让他俩单独说声再见。俩人紧握着对方的手，维克多已经说不出话来，卡特琳娜哭成了泪人儿。卡特琳娜说她会永远爱着他，维克多抓着她的手，说了一句："就这样吧，宝贝儿。"他说话口齿不清，但很认真，态度明确。卡特琳娜至今还记得一清二楚。从那以后，卡特琳娜就一直认为维克多肯定了卡特琳娜对他的要求，承认了他对卡特琳娜的感情。这样一来，他俩的关系就不能算是通奸，卡特琳娜也不能算作维克多花花心肠喜欢过的女人当中的一个。人之将死，其情也真。卡特琳娜冲进病房时，就已经哭出声来，她极度的痛苦，得到维克多的承认，便顺理成章地拥有了合理性。俩人的关系"合法化了"，病房里这一幕无疑是一种画押签字的仪式。最后说声再见。他就要死了。维克多松开她的手，意味着她现在就得离开。他不忍心让她看着自己死去，一个小女人哪能承受如此痛苦！她抹着眼泪走出病房，看见贝拉远远地站在那儿,一副女王的姿态,在盯着她看,或者说,在研究她的神态。

维克多摆脱死神,又站了起来,贝拉的宽宏大量换来的是什么?对于这对情侣,事态显得更加简单明了。这时候,他们那位诡异、淘气、拉着小提琴、到处胡折腾、还想当拉比的女儿,竟然为快七十岁的母亲推荐了一本同性恋前戏的书,让她学会如何调情,如何使用最下流的床上戏法("这个不要脸的小婊子,我真想把她的琴扔进湖里!")!贝拉使出浑身解数,保全了自己的尊严。谁让她嫁了这么一个丈夫!用古人的话说:"世人皆须遵守评判,唯你一人不受约束!"① 到终了,维克多对"爱情"做出了最可怕的终极判决——世间肮脏之物,莫过爱情;犹如一块腐肉,狗见之也唯恐躲之不及,而所谓"情侣",敷"温柔"之汁于其上,形似美味,献与王者。他竟然将这样一本书送与卡特琳娜!

他在麻省总院,死神压在他头顶上的时候,他不会这样说的。

卡特琳娜突然觉得,维克多的目标就是让她变得麻木,这样一来,他死了——他感觉他快要死了——卡特琳娜就不会过分痛苦。

他以前也玩过野的。几年前他曾说有个乔某某的年轻诗人喜欢上了她,此人很帅,但才情平平。"你觉得你会喜欢上他吗?"他问这话可能只是想试探一下,也可能想乘机甩掉她。维克多对乔某某才情的评价(坦率说,他根本没有什么才情)其实也是告诉卡特琳娜他是怎样评价她的:一个风骚女人,矮矮胖胖,牙龈萎缩,还有静脉曲张,除了大腿内侧光洁如奶油以外,再没有任何优点。她身上这些怪异之处正对维克多的胃口。有怪癖,也有现实的标准。维克多奇迹般地康复以后,再也没有提过给卡特琳娜介绍男人的事儿。他甚至不无嫉妒之心地怀疑,他把这女人领进了光怪陆离的文化圈子,正好为她提供了寻找男人的机会。如果说维克多用那样的言语侮辱蓝格尔,并连她也带上一起侮辱,是因为他把蓝格尔看作自己的情敌,欲除之而后快,那么卡特琳娜绝不

---

① 原话来自马修·阿诺德诗作《莎士比亚》,略有改动。

会吃惊的。这个维克多心机太深!今天下午宾馆里面的一段柔情蜜意,到底是欲望还是贿赂?不,不能这么说。连多萝西娅也说过:"只有你,才能把他的欲望调动起来。"这是事实。是她,让维克多再生。"那温柔的抚摸,让死者复生。"这男人因性欲而复活。

机师座舱的门开着。从机师肩膀上望过去,可以看到仪表台上闪闪的灯光。副驾驶时不时地回过头来张望一下两位乘客,然后说:"有些颠簸,最好系紧安全带。"是一股气流?可气流不会这么厉害。飞机被猛烈撞击着,就像大浪撞击着快艇。维克多一直一声不吭,这下竟然也有些失控。他伸手抓住卡特琳娜的手。副驾驶关上了机师座舱的门。俩人脚下,塑料杯、酒瓶、面包圈哗啦啦地朝着左侧滑了过去。

"你感觉到了吧,维克多,飞机倾斜得很厉害。"

"肯定是在飞过气流。要是坐在大飞机上,你颠簸不会这么厉害。我俩今天真的遇上了最糟糕的天气。"

"我不信。"

头顶的灯光越来越暗,卡特琳娜脸上的阴影时深时浅。维克多脸颊上的红晕就像是用画笔涂抹上去的一层颜料。"会不会是断电了?维克多,你觉得呢?"

"我不信。"维克多一如往常,脑子里勾勒出一幅图像来,里面也有卡特琳娜,细节详尽,无所不包。他们这一阵儿坐在一架赛斯纳飞机上,是因为维克多收到一份演讲邀请函。这趟旅行本来可有可无,也极有可能致他于死命(他本人倒是能够坦然处之)。对卡特琳娜来说,这本就是一趟毫无必要的出行。维克多为她感到内疚。卡特琳娜之所以坐在这架飞机上,完全是因为他维克多。他突然深深意识到,他真的不能理解有人会过着一种与他自己完全不同的生活。为什么会有人过着卡特琳娜这样的生活?我知道我为什么过着我这样的生活。可她知道她为什么过着她那样的生活吗?这问题听上去很有喜剧性——它的确有很浓厚的喜剧色彩,但其实很邪恶。他提这样一个问题,不知不觉间让自己陷于一种让他很痛苦的评判之中。可以设想，他的生命具有深刻的意义，产生了真正的思想，这些思想促成知识界和艺术界的巨大变革。这一切都是很严肃的事情。可卡特琳娜呢？她的行为有一丝严肃性吗？没有。离婚，追求名人，是在追求激情？追求至高无上的快乐？这种陈词滥调的玩意儿，有何严肃性可言！可现在，他俩在一起，飞机在倾斜，他们的身体也在倾斜。如果有什么不测，他们便会有同样的命运。卡特琳娜能坐在这架飞机上，完全是因为维克多。维克多能在这儿，也是因为卡特琳娜，只是这种关系太不直接，太隐晦。瓦奈萨让卡特琳娜大为恼火，这或许是因为俩人都是女人的缘故。可现在，卡特琳娜还得用自己的膝盖（即使到了这种关头，她的膝盖还是那样性感）紧紧夹住瓦奈萨的琴，以免碰坏。维克多常说，也自然这样认为，理解男女之间关系是比政治更棘手、更重要的问题，他也很明白卡特琳娜对他俩的关系有着多么可笑的想法——把他从贝拉身边夺过去，伺候他一辈子，爬上社会顶层，当当文化沙龙的女主人，等他死了，再变成一个知识渊博、敏感精明的传奇女性。卡特琳娜就这样一个女人，想法很多，有些合乎人之常情，有些却像魔幻世界，极不现实。面对这种女人，连他这样的语言专家也觉得无言以对。他宠爱这女人，也只是因为，因为她说优雅却有些笨拙，说笨拙却也有些优雅，也因为她那几根指头的确让他兴奋异常，当然，也因为她双膝夹着瓦奈萨的小提琴时那种哀婉动人的样子。这世界上，又有哪一把小提琴能享受如此的待遇！好了，现在谁能说说，所有这一切跟维克多·乌尔比的思想有什么关系？他对蓝格尔大发雷霆，不就是因为这个人不知天高地厚，竟然说大多数思想都是无足轻重的鸡毛蒜皮，言下之意，维克多的思想也是鸡毛蒜皮了。如果维克多无法解释卡特琳娜为何有如此巨大的性的吸引力，为何竟然能让一个快要被埋进坟墓的人活了过来，那么，蓝格尔的话是不是也有些道理？卡特琳娜作为思想的对象，当然无足轻重。在你思想中可以忽略不计的事物当中，最糟糕的莫过于忽略自身的存在。忽略自身的存在，便意味着你已迷失自我，意味着你已经听到你的祖先大力神赫拉克勒斯离你远去，将你抛弃，还剩下什么？剩下的只有清晰，最终的、无与伦比的、完全透明化的清晰，等你快步入死亡的时候，你就会意识到这种清晰一览无余。现在，每时每刻，他都可以看到生死边界的另一方呈现一幅什么样的情景。

维克多曾不止一次听过飞机穿越气流时那种刺耳的噪音，但今天这种金属碰撞的声音还是头一次，就像老式的领扣一个个突然松动。机翼很轻，即使在风和日丽的天空中，微微颤抖，你也会觉得它们不过就像两块熨衣板而已。

"维克多，飞机又朝另一个方向倾斜了……我还从没有经历过这种情况。"

维克多没说话。这不很明显吗？有什么好说的？飞机就像一张扑克牌，在空中飘落。

"如果我们真的一头栽下去……"

"都怪我，我把你叫来的。"

飞机开始平稳飞行了。可过了几秒，又开始急剧下降。维克多感觉很奇怪，他的心跳没有加速，也没有喘不过气来，更没有浑身大汗。

"看样子你满不在乎。"卡特琳娜说。

"我当然在乎。"

"维克多，你听我说。如果随时都会死，如果飞机坠落到水里……我想问你一句话。"

"别瞎闹，卡特琳娜。"

"很简单，你只需告诉我……"

"住嘴，卡特琳娜。都这时候了，需要考虑的事情很多，你竟然问这个，你想问我爱不爱你，对不对？"突然间的暴躁让他的声音变得尖利。他的嘴向两边咧开，胡子显得更宽，似乎要暴跳如雷了。

卡特琳娜马上插嘴道："你别这样对我发火了，维克多。如果飞机要坠毁,你说一句难道不应该吗?"

"你这是趁机挟持我。"

"如果我俩之间没有爱,那我们这是在做什么?怎么会走到一起?"

"我们走到一起,就是因为你是女人,我是男人。就这么回事。"

他有种奇怪的想法:不敬神的人在死前接受终傅。妻子旁边威逼,他不得不点头。为什么不呢?

过了片刻,他们感觉飞机又在控制之中,平稳飞行。已经摆脱了气流,现在又归于平静。卡特琳娜仍然处于紧张当中,但刚才失神落魄的状态已经过去,慢慢地恢复了正常。

"现在没事儿了。"维克多说。

卡特琳娜并没有感觉到"没事儿了",相反,她心中一片狂澜。她想,天哪!我已输得一败涂地。

机师舱门滑开了,副驾驶探出脑袋,问道:"没事儿吧?那股气流太厉害了。不过放心,我们快到南芝加哥了。"他们能听见米德威机场传来的说话声和噼噼啪啪的信号声,却听不清具体说些什么。

维克多一声不吭,但脸上看心情好多了。他这人真能沉得住气!他不会对你做出荒唐的事来,永远都那么文雅。比方说《流动医院》那件事。再比方说,"我爱你"这种话不会轻易出口,因为那是 mauvaise foi(错误信念)。即使死亡就在眼前,他也不会屈从。飞机慢慢地降落,卡特琳娜脑子里反反复复思考着她自己说过的话,维克多说过的话。直升机载着他们向美格斯机场飞去,头顶的桨叶啪啪作响,她还是无法从思考中摆脱出来。女孩子不是从小就受这样的教育吗?别担心,宝贝儿,爱会解决所有的问题。好好修身养性,自然会有人爱你。这世间,人人都是疯子,却不至于疯得不可救药,所以你至少不会被一枪毙了,你会好好地活着。做妈妈的个个都好蠢啊,教给女儿的尽是这些道理,你就是听着这样的教诲,走向现实。

维克多对她说:"你看看这些大经理、董事长们就是这样做事的。"

"什么？都六点了。我回到埃文斯顿至少得晚两个钟头。"

"他们把我放下，就会送你回去。我会告诉他们的。你帮帮我，把琴先带回你家。"

"好吧，我带着。"明天她又得跑一趟，把它背到贝因琴行。

到了美格斯机场，卡特琳娜一点儿也不喜欢看他那一张脸。要是往日，飞机送她到此，她会非常激动。地面上的蓝色灯光亮得眩目，旋转的红色灯光在雪的映衬下更是刺眼。维克多慢腾腾地走下直升机，卡特琳娜心里极为不快。过来一个人与他握手，是金莱克。金莱克把俩人送进一辆很宽敞的轿车，车到了水族馆与博物馆中间地段，拐了出来，继续往前开，路的两边，又气派又奢华，像是去参加什么人的葬礼一样庄重无比。过了兰道夫街，再经过密歇根林荫道，便到了第333号楼前。维克多一路不说一句话，紧紧地攥着卡特琳娜的手，到下车才松开。

"明天？"他问道。

"明天，但愿是好天气。别让那帮人把你给耍了。"

"别担心。一切在我掌握之中。"维克多说。

不错，一切都在维克多的掌握之中。他不是把卡特琳娜安全送到芝加哥了吗？

卡特琳娜坐在一辆舒适温暖的豪华轿车里，一路向北。她脑子里想象着，维克多这一阵儿正站在一座专供大亨们享用的镀金电梯里，一路向上，向上。她感觉有一只爪子，在她的心里、所有内脏里不停地又抓又挠。很可惜，这种感觉那个男人一点儿也体察不到。他当然不会有这种感觉。时间紧迫，他要思考的问题太多。他的思想永远不会停下来，永远不会。如果他知道卡特琳娜因为他的缘故，心里有一种被抓被挠的感觉，他会很不高兴的。

可话说回来，你非要逼着那样一位大人物说一句"我爱你"的废话，是不是有些过分？不过，维克多有一点很好，就是不会把你这些轻微的罪过放在心上，尤其是女人所犯的过错，他更不会计较。可是，可是，在当时那种情况下，你就说一句，说一句我想听的话，让我高兴一会儿，又有何妨呢？你不必担心我日后会利用你的一句话去要挟你。

汽车沿湖滨大道行驶，湖面上，白色的浪花从几百里以外的黑暗中一路奔来，冲击着沙滩和沙滩上的木桩。几十分钟前，他们刚在这湖面上空坐着赛斯纳飞掠而过。

到了霍华德街上，路旁白色的陵墓和陵墓上凯尔特人的十字架正对着湖水。这样一处美的所在，竟然被陵墓霸占，实在是大煞风景。卡特琳娜很讨厌这段路，对司机说："警察一般都会藏在这一路段，专等超速者。"司机没心思接话。她又说："请你把我送到奥灵顿。"

她在车库开上自己的车，往家驶去。到了家门口，发现路上积雪无人清扫，只好将车停在不远处别人的车压过的地方。

屋子里没有灯光，也没有人。她第一个念头是，阿尔弗雷德来过，把两个孩子全部抓走了。她走进温暖的过道，推开厚重漂亮的白色大门，她感觉一个有生命的物体挡在门后。只能是苏姬，可怜的老狗，耳朵还没有聋到听不见主人钥匙开门的地步。

打开灯，她发现起居室桌子上摆着苏丽和珠儿放学后的剪纸作业。也许是伊索尔逼着她俩剪的。两姑娘有这毛病，你不逼，她们是不会主动做作业的。她们去哪儿了呢？卡特琳娜走进厨房，希望在留言板上找到一张便条。什么都没有。餐厅桌子上也没有。她拨通了阿尔弗雷德的电话，可没人接，或许不愿意接。又拨通了多萝西娅的电话，响了两声，传出了她的留言录音："锣鼓声停后，请留下姓名口信。"多萝西娅想幽默一下，却显得太做作，卡特琳娜听了厌烦至极，她还从没有像今晚这样讨厌这声音。那锣鼓声来自中国，跟她的床一样。卡特琳娜对着电话说："多萝西娅，孩子去了哪儿？"说完马上按了通话结束键。待机声响后，她又拨通了克雷格斯坦警督。没人接。是不是应该给律师打个电话？可他非常不喜欢客户往家打电话。最好别打。即使打通，她又能说些什么呢？难道说孩子的父亲趁她不在家来把孩子劫持了？如果律师问,那你去哪儿了?难道该说我跟情人坐飞机约会去了?

苏姬跟着卡特琳娜进了厨房,身子紧紧地贴着她,想让她带着出门走走。卡特琳娜心不在焉地轻抚着它的脖子,毛很厚密,却一点儿不柔软。卡特琳娜决定带它出门溜溜,顺便想想该怎么办。她给苏姬扣上牵绳,出了门。邻居们家家门前干干净净,只有戈里格家门口堆满了雪。狗一出门就拉屎撒尿,显然它已经憋了整整一天了。卡特琳娜摆着大屁股、慢悠悠地走到一个拐角处,帽子推到脑后,太累了,竟然感觉不到寒冷。一天的劳累让她感觉脸颊隐隐作痛。伊索尔带着孩子去她家了?去教堂玩宾戈游戏了?这不大可能。

刚转过身,她就发现一辆车停在家门口,车灯直射向她,看不清是谁的车。她那双穿着鸵鸟皮靴的脚跑了过去,一只手还抓着狗绳,边跑边朝后喊:"快点儿,宝贝儿,快。"

有人抱着孩子出现在雪堆上边,然后放在人行道上。她认出了克雷格斯坦的尼帽,随即也看清了他那件又肥大又厚重的棉大衣,最后,也能辨别清楚他走路的样子了。

"你们去哪儿了?也不留个条子。"

"带孩子吃饭去了。"

"苏丽,珠儿……你们今天过得怎么样?"卡特琳娜问道。

孩子没有作声,克雷格斯坦回答道:"我们去伯格辛吃饭了,玩得很开心。这家饭馆的肉不是油炸的,而是烤的。路过巴斯金·罗宾斯冷饮店,又进去买了巧克力果冻。好吃。"

"你到家的时候,就她俩在家吗?"

"没有,我是从你那位黑老太太手里接过孩子的。你给她打过电话,是不是?"

"当然打过。"

"我计划好要过来的。"克雷格斯坦说,"她没有跟你说吗?"

"她说她五点走,我也就信了。"

"这老太太真爱开玩笑。"克雷格斯坦说,"我早跟她说过,让她给你说一声我会来的。"

"多谢了,萨米。"

进了过道,克雷格斯坦帮她脱了大衣。卡特琳娜实在太累,连独自脱掉大衣的力气都没有了。

卡特琳娜的脑子还在想着今天的事儿,一个很有意义的类比。维克多为什么得说"我爱你"?他这一路劳顿,不就是为了见我一面吗?还能有其他原因吗?如果把他比作罗斯福,斯大林逼着他一趟雅尔塔,一趟德黑兰,非要把他折磨死不可,难道自称一心爱着维克多的这个女人也要用斯大林的方式去折磨他吗?

"谁的小提琴?"克雷格斯坦问道,"我从来没有在你家见过小提琴啊。"

克雷格斯坦脱下棉大衣,卸下手枪背心,搓了搓那张就像被水煮过一样的脸,又揉了揉被寒风吹得发红的眼睛。

在赛斯纳飞机上她说过"你什么都满不在乎"。这话没错,可维克多死不认账。可他还能做什么?卡特琳娜现在想,他渴望死亡,只有死亡才能揭示一切隐藏起来的事实,有些思想与死亡有关,也只有死亡才能让其昭示大白。他或许已经拖延得太久。尽管他爱着我,但他不能拖得更久。

"你给心理医生打过电话了吧?"她问道。

"不只是打电话,卡特琳娜。他的秘书说,你不去,钱你照样得付。所以我亲自跑了一趟,跟那家伙面对面交涉了。"

"我付?应该是阿尔弗雷德付的。他跟你说话了?"

"相信我吧。我如果装哑巴、没这点本事,怎么可能混到警督这位子上的?你放心,我让他深信你的心理很正常,没有任何问题。他和我有共同语言,我毕竟也是个犯罪学博士,我说的他明白,他说的我明白。我说你去了妇科急诊,今天来不了。我是你家的老朋友,专程来跟他说这事儿。我当警察多年了,什么样的坏女人没见过?吸毒的、性变态的、卖淫的、酗酒的。我向他保证,你绝对正常。"

"我去厨房做些甜点。俩姑娘该吃甜点了。"

桌子上摆好了碗和小勺儿,卡特琳娜给每人的碗里盛了巧克力果冻。俩孩子没有问:"妈妈,你去了什么地方?"她没必要找见证、编借口。两张小小的脸蛋儿,一模一样的刘海,什么话也不说。但她们的眼睛却充满质疑,就像科幻电影中外星人的眼睛,从遥远的地方闪烁着亮光,对你构成威胁。蓝格尔肯定也见过那样的眼睛。那是从遥远的外星来的种子,撒落在某个星球上长出来的生命,脑壳里充满了金属铱,到地球上来刺探我们人类的秘密。维克多说得好,《星球大战》这类电影整坏了所有人的脑子,在人们的心中植入了对于同类血肉之身的猜疑。不说这些了,至少我现在知道该用什么方法把我的大象从商场五楼弄出来了。

卡特琳娜的思绪回到了眼前。他对克雷格斯坦说了声谢谢,然后就向他道别。可这位警督还想多待一会儿,想继续陶醉在卡特琳娜的感激之中。"您能一直帮我,我感激不尽。"她说,"伊索尔吓了我一大跳,我还以为阿尔弗雷德来把俩孩子抓走了。"

"为了你,卡特琳娜,我做什么都心甘情愿,"克雷格斯坦说道,"近来你一门心思想的都是维克多。他怎么样了?我对你一片忠心,但并不索求任何回报。没有附带条件……"

是啊,卡特琳娜不得不承认,多萝西娅说到点子上了。克雷格斯坦的确把自己看成维克多的后继者,虽然毕恭毕敬,却坚持不懈。或许他还真是个警察,而不是什么腰里别着枪的疯子。用他那一行的话说,先推定其无罪。假设他是个货真价实的警察,很快就能拿到犯罪学的博士学位,当上警察局的头头,再高升为联邦调查局的首脑,连埃德加·胡佛在他面前也自惭形秽。可不管怎么说,他还是个疯子。阿尔弗雷德把家中的艺术收藏搬了个精光,这房子已经家徒四壁。可只要克雷格斯坦这样的男人在,卡特琳娜真正感觉到什么叫一片荒芜。

"萨米,你要是真懂得怎样体贴我,就赶紧悄悄地从这儿出去,让我一个人静静待会儿。我要给门上锁了,然后去泡个澡。我必须好好泡一泡,让孩子睡觉,我再吃一粒安眠药。"

"对不起,"克雷格斯坦说,"现在你的情绪这个样子,我真不好再说什么亲密的话了……"

卡特琳娜站起身,把他的棉大衣递了过去。"你再说一句亲密的话,我就要彻底垮了。"她用双手捂住耳朵,说,"你别再这样看着我了,我真的该崩溃了。"

(脱剑鸣 译)

莫斯比的回忆录

鸟鸣声不绝于耳。咈唯，咈唯，噗嗤——咈唯。它们正干着博物学家所说的它们常干的所有事情。表达出你死我活般的深仇大恨，只有人类——愚不可及的人类——听起来怪天真烂漫的。我们觉得万事万物都是如此天真烂漫——因为我们的阴险邪恶是如此可怕。啊，令人毛骨悚然！

威利斯·莫斯比先生，午睡醒来后，向山下俯视着瓦哈卡城，那里一切还在小睡——嘴巴，臀部，印第安人黑油油的长发！爱森斯坦[①]在《墨西哥上空的惊雷》中通过摄影手段赞赏过的古拙美。莫斯比先生——实为莫斯比博士；一肚子学问，甚至可以说到了博大精深的程度，思路广，成就大——犯了一些一个人在二十世纪能犯的最有意思的错误。目前他在瓦哈卡写他的回忆录。他有一笔从古根海姆基金会申请到的专项经费。为什么没有呢？

九重葛沿山坡倾泻而下，蜂鸟在呼呼地打着旋儿。震耳的旋转，迷眼的色彩，扑鼻的香气，大有摧枯拉朽之势，莫斯比感到病魔缠身了。活跃、美，似乎非常危险。致命的危险，或许午饭时龙舌兰酒（还有啤酒）喝过量了。在大自然红红绿绿的背后，似乎浓笔重抹上了阴沉的黑色，活像镜子的背层。

[①] 爱森斯坦（1894—1948），苏联电影导演和电影艺术理论家，最大的贡献就是"蒙太奇"手法。

莫斯比觉得不大舒服；他紧咬牙关，这就使肌肉在他那漂亮的老年发黑的下巴颏儿上凸现出来。他有一双秀气的蓝眼睛，怕光，耿直，聪明，伶俐，怀疑一切；头发依然浓密，从正中间分开；眉心、鼻下、颈背等部位都有沉重、垂直的沟纹。

　　是时候了，该往回忆录里注入一些幽默了。迄今为止，它的内容有：密苏里州基要主义①信徒的家庭——父亲。成功的建筑商——早年上学情况——州立大学——罗德奖学金②——知识界的友谊——师从科林伍德③教授的获益——帝国与不列颠的精神活力——对约翰·洛克④的非正统解读——在西班牙为威廉·伦道夫·赫斯特⑤工作——佛朗哥将军的人格——纽约的激进派友谊——战时为战略情报局服务——富林克林·D.罗斯福的有限眼光——重温孔德⑥、蒲鲁东⑦和马克思——再论德·托克维尔⑧。

　　这里没有一点风趣的内容。然而成千上万的学生和其他人等总会告诉你，"莫斯比具有一种了不起的幽默感"，会告诉他们的子女，"这个战略情报局的莫斯比或者威利斯·莫斯比在阿尔卡札宫⑨陷落时和我在

----

① 基督教新教的一种神学主张，其核心为：承认《圣经》字句无错谬；耶稣基督是神；耶稣是童贞女马利亚所生；基督为人代死而使人类同上帝和好；人类终将身体复活且基督将以肉身再次降临人世。

② 英国殖民者塞西尔·罗德斯（1853—1902）创设于牛津大学，以英联邦各国和美国学生为一年一度主要授奖对象的奖学金。

③ 罗宾·乔治·科林伍德（1889—1943），英国哲学家、历史学家、考古学家。

④ 约翰·洛克（1632—1704），英国唯物主义哲学家。

⑤ 威廉·伦道夫·赫斯特（1863—1951），美国报业巨头。

⑥ 孔德（1798—1857），法国哲学家、实证主义和社会学创始人。

⑦ 蒲鲁东（1809—1865），法国小资产阶级激进社会主义者、经济学家、无政府主义创始人之一。

⑧ 德·托克维尔（1805—1859），法国政治家、历史学家，著有《美国的民主》《旧制度与大革命》等。

⑨ 西班牙摩尔人国王的宫殿，托莱多为西班牙省的省会。

托莱多，把我逗得笑死了""我永远不会忘记莫斯比对哈罗德·拉斯基①的看法""对最高法院安插亲信的看法""对希特勒的看法"。

所以现在确实该做点事情了。他对此已经有所考虑。当他们从酒店吧台把他的冰送下来的时候（他住在主楼下面的一座单幢小楼里，上面鲜花堆叠；真有点羡慕马德雷山脉那些未受阻碍的群山），当他冷却过他的龙舌兰酒——温吞吞时，尝起来臭烘烘的——以后，他总说，他要写 1947 年的事情，当时他正在巴黎生活，认识相当多的奇才异能之士。他认识米纳-克雷维伯爵，此公在"世界公民"加里·戴维斯②当众焚烧了自己的护照之后，对这位"世界公民"予以庇护。他认识在联合国教科文组织任职的朱利安·赫胥黎③先生。他与列维-斯特劳斯④先生讨论社会理论，但没有受邀参加晚宴——他们在人类博物馆吃了一顿便餐。萨特⑤拒绝同他见面；他认为美国人，黑人除外，统统都是特务。而莫斯比则怀疑住在国外的俄国人一概为苏联国家政治保卫局效力。莫斯比精通法语，能说一口流利的西班牙语；德语也很好。然而法国人看不见外国人身上的创见。这是一种旧文明的祸因。法国是一颗更重的行星。它最卓越的英才必须加足自己的马力，方能克服传统的引力场。能飞的人为数寥寥。飞离笛卡尔⑥，飞离一七八九年以来死抱住左中右派别分析法不放的过时论。莫斯比发现这些法国人陈腐透顶。这些法国人又觉得他瘦叽叽、紧巴巴的。一身定做得无可挑剔的行头雅致而干巴，

---

① 哈罗德·拉斯基（1893—1950），英国政治家，曾任工党主席。

② 加里·戴维斯（1921—2013），美国和平主义者。

③ 朱利安·赫胥黎（1887—1975），英国生物学家、科学哲学家，《天演论》作者 T. H. 赫胥黎的孙子，曾任联合国教科文组织总干事（1946—1948）。

④ 列维-斯特劳斯（1908—2009），法国社会人类学家。

⑤ 萨特（1905—1980），法国哲学家，存在主义代表人物，拒绝接受 1964 年诺贝尔文学奖。

⑥ 笛卡尔（1596—1650），法国哲学家、自然科学家，解析几何的奠基人，提出"我思故我在"。

他那身漂亮的西部人的皮肤，灰眼睛，楞鼻子，端正的嘴巴，刚劲的皱纹。Un type sec①.

　　双方——也就是莫斯比和法国人——成见都很深。双方，他最近才开始承认，都有错。可能离真理都同样的远，但处于谬误的不同地段。法国人更加糟糕，因为他们的错误是集体的。而我的，莫斯比相信，至少是独有的。对于 La France Pourrie② 一九四〇年的垮台，对于他们尚武精神的欠缺，对于左右逢源、明比为奸，对于对大规模的排犹浪潮听之任之（丹麦人，甚至保加利亚人都抵制驱逐犹太人），最后一点，对于被盟军解放遭受的羞辱，法国人感到气急败坏，在美国战略情报局任职的莫斯比拥有的情报支持了这一类观点。在国务院他也有大学的同事——从前的学生和老熟人。他指望着战后会被任命担任一个高职。譬如说，出任拉丁美洲反间谍机构的主任，对此他不仅能够胜任，而且又合乎情理。然而迪恩·艾奇逊③本人不喜欢他。杜勒斯④也不同意。莫斯比，一个热中于理念的狂热分子，惹恼了体制内的权贵。他说过驻外机关事务局收罗的全是权力机构弃之不用的货色。毕业于东部名校的青年才俊的作为赶不上华尔街的律师，却被允许在国务院的官僚中阐释所谓的他们阶级的利益。在驻外领事馆里他们居然能对被迫流落异国的同胞野腔无调，纵容他们的乡间俱乐部式的排犹主义，这种主义即便是在真正的乡间俱乐部里也正在走向绝灭。此外，莫斯比对伯纳姆⑤在管理主义上的立场表示同情，在战争期间宣称纳粹之所以节节胜利，是因为他们搞过革命管理。同盟国的联合体是无法用他们老掉牙的工业主义征

---

① 原文为法语：一具干标本。
② 原文为法语：腐朽的法兰西。
③ 迪恩·艾奇逊（1893—1971），美国国务卿（1949—1953）。
④ 杜勒斯（1888—1959），美国国务卿（1953—1959）。
⑤ 伯纳姆，美国企业家。

服一个达到新的历史地位、不可避免开发出事物的能量的国家的，等等。后来莫斯比又在华盛顿，在苏格兰精英分子的酒会上高谈阔论时断然声明，无论集中营多么悲惨，它们至少表明了德国政治理念的理性观点。美国人没有那样的理念。他们不知道自己在干什么。没有现成的设计。英国人也好不到哪里。用火焰炸弹摧毁汉堡，他用自己清脆快速的风格、宣言公告式的语句争辩，暴露了西方领导的愚昧无知和漫无目标。最后，他还说，艾奇逊擤鼻涕的时候，手绢里都有蛆①。

处在战败的法国人中间，莫斯比承认，他有一种被擦伤的心情（他的玩笑开得不算太坏）。不用说，他酒没有少喝。他研究马克思和托克维尔，他也喝酒成瘾。他不会停止思想斗争。米内-克雷维伯爵（莫斯比自己根据一个高贵古老的名字的临时编造）把他拴在军人服务社里狂饮，并在黑市上替他兑换货币。此公描述自己的骗局而且说得妙趣横生。

哈罗德·尼科尔森爵士②、桑塔雅那③、伯特兰·罗素④这三位作家写的回忆录他推崇备至。现在，他想用他们某一位的口气说，一九四七年的巴黎，活像半个诺亚方舟，等待着每一个物种的第二次来临。什么东西总有一个。诸如此类的情况。尤其在美国人中间。这个城市病恹恹、阴森森的。塞纳河看上去、闻起来都像药水。在一个美国人的聚会上，一个来自明尼苏达的从前的法语学生，现在经营着一家见不得人的公司，一个专门从事贿赂、打探别人隐私、替要人物色二奶的服务机构，此人就"人之城"，就欧洲对美国人的意义，以及美国人谋求维护人的级别的努力失败等问题，讲了一些令人激动不已的事情。不能忽略对人

---

① 原文为 maggot，这个英语词又有"怪念头"的意思。
② 哈罗德·尼科尔森爵士（1886—1968），英国外交官作家，著有关于1930—1964年英国社会和政治生活的《日记与书信集》等。
③ 桑塔雅那（1863—1952），西班牙哲学家、文学家，1872年移居美国，著作有《理性生活》等。
④ 罗素（1872—1970），英国哲学家、数学家、逻辑学家。

的衡量。他还时不时从兰德尔①的《现代思想的缔造》或《欧洲思想史解读》上拾来牙慧。"我忍不住，"莫斯比打算说（盛在一个玻璃罐子里的冰连同冰夹子一起送来了；本地人不再穿过去的那种脏兮兮的白色长内裤了）"忍不住……"，他把突出得像瞭望车后背一样的脑门抹了抹。"要告诉这个满嘴余唾的小醉鬼和大骗子，原先的和平主义者和素食主义者，上明尼艾达大学时追随甘地②，现在开着漂亮的本特利到银塔酒店吃用橙子调味的鸭子。忍不住要说，'对，不过我们跨越大西洋来到这里就是为了追踪过去，放松一下。回想回想埃兹拉·庞德③曾经说过的话。我们要在泽西沼地，在我们喜欢的任何时候，再造一个威尼斯，仅仅为了得到一点刺激。玩一玩。在将要来临的巨大时代消遣消遣。什么都可以再造。受过训练会划船的狒狒将会用凤尾船送我们去讨论天体物理学。在当下人们焚烧垃圾、饲养肥猪和废弃老机器的地方，我们将下船听一场音乐会。'"

思想家莫斯比像其他忙人一样，从来没有工夫欣赏音乐。诗歌也不对他的脾味。议员、阁僚、组织高管、五角大楼的策士、党魁、总统都没有那种雅兴。他们不能葆其本真，也不能放任自流读艾略特④的诗，听维瓦尔迪⑤、奇马罗萨⑥的音乐。然而他们的计划是别人可以享受这些东西，而且借助他们的权力受益。莫斯比或许与政界领袖、参谋长联席会议和总统们有更多的共同之处。至少，他们出现在他脑海里的次数要

---

① 兰德尔（1899—1980），美国思想家。
② 甘地（1869—1948），印度民族解放运动领袖。"非暴力不合作运动"的倡导者，享有"圣雄"称号，在个人生活上奉行禁欲和苦行。79 岁时被印度教一名极右派分子开枪暗杀。
③ 埃兹拉·庞德（1885—1972），美国诗人，翻译家、理论家，意象派诗歌代表人物。
④ 艾略特（1888—1965），英国诗人、文学理论家，现代派文学的代表人物。
⑤ 维瓦尔迪（1678—1741），意大利作曲家、小提琴演奏家。
⑥ 奇马罗萨（1749—1801），意大利作曲家。

比奇马罗萨和艾略特多。带着恨铁不成钢的心理,他估量着他们的错误、他们的浅薄。讲授洛克让他们蒙羞。除非借助多数人的意愿毫不含糊地表明,没有合法的权力。在美国(也许在全世界,尽管谁能知道在数十亿的心灵中间到底有何想法)唯一的彻头彻尾的民主主义者就是威利斯·莫斯比。尽管他有精练、干巴、不容异说的谈话(更确切地说,查问)风格。尽管他有修长、威严的仪表,尽管他有一身贵族风骨。黑洞洞的长鼻孔暗示出受过种种挫折,它们正好需要你从他下巴上看得出来的那股子倔强。最后还有那双怕光的眼睛。

一只最独特、最灵巧、最饥饿、最有抱负,而且伤透了心的动物,由于自称为"人",就以为他能逃脱他的本真。归根结底,重要的不是关于他的定义,而是关于他的本真。让他随意去说吧。

纷纷列国,不过是一堆堆泥土:
我们的粪土养育着人类,也养育着禽兽;
生命的高贵就在于这样的行为①。

这样的行为就是爱。或者其他任何崇高的选项(无论如何,莫斯比懂得他的莎士比亚。这就与总统有所不同。关于副总统,他说:"他给我炮制一丸药我都信不过。一个过了时的药剂师!")。

他用节制的嘴唇呷着龙舌兰酒,仆人穿件粗布橙色衬衫,金属纽扣使其增色不少,他提醒莫斯比四点钟有车来送他去米特拉参观遗迹。

"Yo mismo soy una ruina."② 莫斯比开了个玩笑。这个壮实的印第安人仅仅对他憨乎乎地一笑——仅此而已——不声不响、恭恭敬敬地退下了。或许我在钓鱼上钩,莫斯比想。想叫他说我不是个遗迹。但他怎么

---

① 引自莎剧《安东尼与克莉奥佩特拉》第一幕第一场第35—37行。
② 原文为西班牙语:我自己就是个遗迹。

能呢？看样子在他的心目中，我果真是这样。

或许，莫斯比并没有一种轻灵的笔触。但他依然认为他的确具有一种洞察某种喜剧的慧眼。他必须找到一种手段，把这样描述他的思想斗争的严厉笔锋缓和缓和。况且，他还真能记得，那时候在巴黎，人们接二连三地把自己暴露在一种喜剧光照之下。他当时就是这样观察事物的。雅各布大街，波拿巴大街，迪巴克大街，德韦纳伊大街，大学酒店——充斥着滑稽人物。

他从选定一个名字入手：勒斯特加滕。对，这正是他需要的人选。海曼·勒斯特加滕，一名马克思主义者，或者前马克思主义者，新泽西人。来自纽瓦克，我想。他当过鞋子推销员，参加过许多歪门邪道，信仰过列宁主义、托洛斯基主义，后来又追随胡戈·厄勒①，再后来转随托马斯·施塔姆，最后又紧跟一个名叫萨利姆②的意大利人，此人却放弃政治，摇身一变成了一名画家，一名抽象派画家。勒斯特加滕也放弃了政治。他眼下要当一名成功的商人——发迹暴富。相信他开夜车研读过《资本论》和列宁的《国家与革命》后，会使他在生意场上锋芒逼人。我们同住一家酒店。起初我搞不懂他们夫妻俩在干什么。很快我就明白了。黑市。这在当时是无可指摘的。战后的欧洲就是这种局面。难民，冒险家，美国大兵。甚至米-克伯爵。欧洲还因为受到重创而瑟瑟发抖。政府都是新的，不稳定，不坚强。没有尊重它们权威的理由。美国士兵大行其道。投机生意热火朝天。机器，整个工厂，被偷被盗，奇珍异宝船运回家。一位做木柴生意的美国上校着手把黑林山③的树木锯成截截，送到威斯康星去。当然，纳粹把他们的集中营赃物藏匿起来了。珠宝沉入奥地利的湖泊里。艺术品被藏起来。在灭绝集中营从牙齿上剥下的金

---

① 胡戈·厄勒（1903—1983），美国社会活动家，共产党人。托马斯·施塔姆也是类似人物，但观点不同。

② 安东尼奥·萨利姆（1892—1995），雕塑家，曾为肯尼迪等名人制作雕像。

③ 在德国西南部。

子被熔成金块,像砖一样砌进房墙里。大发横财,数目大得令人难以置信,勒斯特加滕打算也发一笔。不幸的是,他没有能耐。

你一眼就能看出,他不会害人。尽管他有大胆的革命联想、凶狠毒辣的信条,有把阶级敌人斩尽杀绝的理论意愿。然而勒斯特加滕在小便池里甚至抵不住莽汉的冲撞。出奇的胆小怕事,体格壮实,皮肤黝黑,为人和善,老咧开两片桑葚般的嘴唇,笑嘻嘻的,一张蛤蟆嘴,弯弯的,总在耳根和咧开的嘴之间堆起一条条鱼鳃似的皱纹。或许,莫斯比想,此人之所以在墨西哥屡屡出现在脑海里,是因为他那副托尔特克人①、米克斯泰克人②、萨波特克人③的模样,矬墩子、黑头发、鹰钩鼻子,每当他友善的微笑被人接受了的时候,那对黑洞洞的鼻孔便怯生生地张大了。对生活的背叛行为、畏惧心理让他觉得有点儿难受,但还是百折不挠,令人肃然起敬,一定要得到他应得的一份。追求效率是他的风格——雷厉风行,当机立断,然而有一种极度的无能在心里打颤。错误的行当。错误的选择。一个严重的错误。但他还是百折不挠。

他在餐厅里的一番谈话把我逗乐了。他对自己的革命活动感到骄傲,他的主要工作就是摇蜡纸油印机。内部公告数千页给组织成员发放的针对学说细则出的艰深的考试题。美国工人阶级是否应当给西班牙忠于共和的政府提供物质援助。你得反对佛朗哥。当然,没有什么物质援助可给。然而如果有一点的话,该不该给?这种纯理论性的问题造成了分裂。我总是随时了解这些稀奇古怪的宗派主义的惨痛斗争,莫斯比写道。西班牙共和主义者做出的要在美国购买武器的唯一努力却遭到那位自由的朋友富兰克林·德拉诺·罗斯福的阻挠,他允许一艘名为坎塔夫里科海号的船装货,但又派海岸警卫队跟上,迫使它折回港口。我相

---

① 10—12世纪在墨西哥占统治地位的印第安人。
② 居住在墨西哥南部的印第安人。
③ 居住在墨西哥瓦哈卡州的印第安人。

信,负直接责任的是那位外交天才科德尔·赫尔①先生,然而,决定当然提交给了罗斯福,休伊·朗②戏称他为富兰克林·得了,喏!然而也许这些极左的内部讨论最精妙的,也就是由那个吉米·希金斯③,即木桶身材、忠心耿耿的党务工作者勒斯特加滕在机器上印出来的一些文件,与芬兰战争有关。作为一个宗派观察家,我对此大为欣赏。然而,对于很多宗派主义者来说,这是一种关于老外的微妙问题。他们毕竟是美国人。归根结蒂仍是些实用主义者。这对勒斯特加滕来说,只有望洋兴叹的分儿。战后,他决心当个(此举应当不难)富翁。拿上自己的积蓄,而且,我相信是他老婆说的,还拿上他老妈的积蓄,到海外发财去了。

不到一年,他赔了个精光,他被骗了。尤其被一个德国合伙人骗惨了。而且他在走私时又被比利时当局抓获。

莫斯比遇见他的时候(莫斯比说到自己时用第三人称,就像亨利·亚当斯④在《亨利·亚当斯的教育》中做的那样)——莫斯比遇见他的时候,勒斯特加滕正为美军效力,雇他的是坟墓登记处。做些置办十字架之类的事情,或者是监管草坪。被官方雇用给了勒斯特加滕到军人服务社消费的权利。他靠倒卖香烟重起炉灶,打下了经济基础。他还倒腾汽油票,法国政府由于急于弄到美元,如果你以法定汇率兑换你的钱,它就给你汽油票。黑市上有汽油票买卖。勒斯特加滕两口子劝莫斯比也干过一回。他为他们把存在银行里的美元兑现,而没有找米内-克雷维。情况似乎十分严重。莫斯比推测勒斯特加滕必须立马开车去慕尼黑。在那里他跟一名德国牙科医生做牙科器材生意,可现在此人断然否

---

① 科德尔·赫尔(1871—1955),美国国务卿(1933—1944),获1946年诺贝尔和平奖。
② 休伊·朗(1893—1935),美国参议员(1932—1935),路易斯安纳州州长(1928—1931),后被暗杀。
③ 吉米·希金斯,美国工合运动的倡导者。
④ 亨利·亚当斯(1873—1918),美国历史学家、作家。《亨利·亚当斯的教育》是他的自传。

认他们什么时候做过合伙人。

　　勒斯特加滕（穿着国际阴谋家的军装式防雨大衣，很不合身；脑袋、脖子、肩膀以一种蛙式曲线向后倾斜）和他老婆之间有过多次协商。他老婆是个年轻女人，穿一件镶小圆孔花边的短上衣和黑色平绒裙子。浑圆而健美的脖子上扎着一条平绒带子。在银行的圆形地板上夫妻俩分开站着，勒斯特加滕做着解释。汗往外冒，血向上涌。给特鲁荻苦口婆心讲道理，是非曲直纤悉无遗。这可把可怜的勒斯特加滕的耐心消磨殆尽了。双手软弱无力地做着规劝动作。因为她净问一些充满妇人之见的问题，或者提一些叫他要不厌其烦、晓之以理的异议。只不过事情开始就无理性可言。也就是说，他原本就没有跟德国人做生意的合法权利。这一类的安排统统要得到军政府的许可。那是一种黑市合伙生意，一旦出了有利可图的苗头，德国人就把勒斯特加滕扫地出门。他们所谓的泼赖没治。全德国已经看出：与犯罪的无限可能性相比，所有的文明惩罚体制都是有限的。就在勒斯特加滕和特鲁荻之间做这些解释的那家巴黎的银行，有一种带点红色斑岩模样的内景，活像生肉。资产阶级的法兰西似乎赋予了这种颜色一些有关权势、勇气和壮丽的理念。在伤残军人宫①内，拿破仑的石棺也是用抛光的红岩凿成的，一个巨大的、陡斜的、抛光的摇篮盛着小小的、栩栩如生的尸体（关于颜色，我们有波拿巴派的历史学家里多先生的佐证）。至于活着的波拿巴，莫斯比与奥古斯特·孔德有同感，觉得他是一个时代的落伍者。革命是历史的必然，是匡时济世。在政治、经济层面上，是向工业民主前进了一步。然而，拿破仑式的戏剧本身属于一种过时的个人野心、封建战争理念的范畴。比封建主义还古老。比罗马还古老。身为三军统帅——宣扬战争毫无理性可言。社会由于在它的组织上越来越合乎理性，所以不需要战

---

　① 法王路易十四于1760年在巴黎为伤残士兵建立的庞大机构。它包含一座器物博物馆和引人注目的圣路易教区教堂，教堂里有拿破仑和其他一些要人的坟墓。

争。然而人类显而易见是渴望战争的。战争是一种奢侈的欢乐。如果承认了快乐论的第一前提,你就必须也接受其余的。现代性的理论基础被人巧妙地作为越来越猖狂的非理性的发射台接受下来。

莫斯比用一种也许从风景中榨出来的蓝绿色墨水写这些反思。就像他的酒是从龙舌兰绿色的尖刺,也就是从那种满山遍野的植物的奇异、锐利、深绿色的、肉质的叶片里榨出来的一样。

美元、法郎、汽油票,像 W.C. 菲尔兹投资的牛排色矿坑般的银行,以及正往停在湿漉漉的巴黎街道上的自己的小车里钻的缩头缩脑但又不屈不挠的、身心阴暗的勒斯特加滕。那时候巴黎的轿车为数寥寥。停车场地绰绰有余。大街小巷要么黄蜡蜡的,要么灰溜溜的,不是皱巴巴的,就是阴森森的。但即便在那个时候,法国人还气焰嚣张地向世界宣称他们有 savoirvivíe,① 那种 gai savoií②。美国人由于受新教伦理的困扰,只好听信这种说法。我的上帝——坐下,呷口酒,尝尝奶酪,掰块面包,听听音乐,体会体会爱情,甭再东奔西跑了,向欧洲学学古老的人生学问吧。不管怎么说,勒斯特加滕扣紧了他的军装式防雨大衣,把他那顶阿飞戴的大号浅顶软呢帽往下一拉。他的背在座位上隆起来。一双棕色的小手把住那辆"辛加八"的方向盘,咧嘴笑了一下,绝望地挥了挥手。

"一路顺风,勒斯特加滕。"

他那只萨波特克人的鼻子,那嘴白石榴籽似的牙齿。车挡呜咽了一声,他启程前往惨遭蹂躏的德国。

重建是笔大买卖。你毁坏一个社会,减少人口,你又闹腾起来。新的财路,身为犹太人,勒斯特加滕也许已经感觉到,他有权在德国腾飞中发财致富。所有的犹太人对莱茵河彼岸都有天赋的权利要求:在犹太

---

① 原文为法语:处世之道。
② 原文为法语:快乐的本领。

人的骨灰养肥了的土地上。坐在一张沙发上，你永远不能肯定，它没有塞上或装潢上犹太人的头发。他不肯用德国肥皂。他洗手，特鲁荻告诉莫斯比，用的是从军人服务社买的"救生"皂。

特鲁荻，毕业于新泽西蒙特克莱尔师范学院，会法语、学过作曲，她的初心是跟纳迪亚·布朗热①那样的人共事，但最后只能不得已求其次。勒斯特加滕怀着一种明知凶多吉少、只能忍泣吞声、敢于赴汤蹈火的悲壮心情，在雨水浸泡透的街道上驱车离开，与此同时，特鲁荻从银行邀请莫斯比到普莱耶尔大厅去听一位捷克钢琴家演奏勋伯格。此人，长着男人特有的秃头，奋力敲击着键盘。他从事的这种事业的艰苦是昭然若揭的——文化修养，为保存悲剧性欧洲的艺术吃尽的苦头，勤学苦练。特鲁荻一见音乐会就满面春风。身上有一股宜人的气味。她光彩夺目。在她的左半边脸上一只眼睛不停地转悠。铁石心肠的莫斯比总拿骨肉情缘、总拿这些小小的人性及其关于善恶的简短细账逗乐开心。可怜兮兮的捷克人身穿钉着雕花纽扣的亮色上装，额头上的肌肉高高隆起，似乎在抗议那块白板，那一毛不生的头颅。

在那些场合，莫斯比总能做到顾左右而专想自己的心事。把钢琴置之度外。继续思考孔德。走开，古代的祭司们，封建时代的士兵们！走开，神学和形而上学！在实证时代②，知识女性将开始扮演自己的角色，警觉，阻止新社会的管理者们滥用自己手中的权力。支配至善的劳工。

点染着树木的墨西哥鸟群瞅着莫斯比。那只蜂鸟由于好色而格外圆滑，发出细微的震颤声，地上的那只蜥蜴用自己的肚子啜饮着热气。祝福小动物被认为是真正的善举。

---

① 纳迪亚·布朗热（1887—1979），法国作曲家、指挥家，长期执教于巴黎音乐学院，法国枫丹白露的美国音乐学院。
② 孔德提出知识发展的三个阶段：一，神学阶段；二，形而上学阶段；三，实证阶段。

是啊，这个勒斯特加滕是个怪有趣的人。在德国受骗了，被合伙人剥了个精光，又嫌在坟墓登记处晋升过慢，所以决定进口一辆凯迪拉克。在欧洲战后新发迹的百万富翁中，对凯迪拉克的需求量极大。法国政府动作迟缓，还没有采取措施应对那些要快速转手的进口货。1947年，没有任何税收阻止那种买卖。勒斯特加滕叫他在纽瓦克的家人船运一辆新凯迪拉克过来。为此，他哥哥、他母亲、他舅舅筹集了四千来美元。车启运了。买主立等着。定金也付了。可望得到一笔双倍的利润。只不过，车在勒阿弗尔卸货的当天，一些新规定生效了。这辆凯迪拉克不能卖。勒斯特加滕脱不了手，成了一颗烫手的山芋。他甚至连汽油都买不起。有一天人们看见勒斯特加滕两口子从旅馆搬出来，住进车里。勒斯特加滕太太到搞音乐的朋友们那里住去了。莫斯比慨允勒斯特加滕使用他的洗涤池洗脸刮胡子。疲惫的勒斯特加滕终于因他自己的恣意妄为一败涂地，意气消沉，提心吊胆，早上他刮着胡茬子，发出不大不小的蛐蛐儿叫的声音，同时又在唉声叹气。所有的钱——母亲的积蓄，哥哥的养老金。难怪他的眼皮子变青了。而他的笑容，宛如老处女的香囊，放在从未用过的妆奁里，最后的一丝幽香早就跑光了。然而他那张长长的蛤蟆嘴依然笑嘻嘻的。

　　莫斯比意识到应当有悲天悯人之心，然而夜里经过那辆锁着的、发着微光的车子，看见蜷缩着的勒斯特加滕，盖着两件外套，睡在那豪华的车座上，活像鳄鱼肚子里的约拿①时，莫斯比不能实话实说：他体会到的就是同情。他反而反思这个鞋子推销员在美国依恋外国信条，身在新世界心在欧罗巴，而眼下，在巴黎，睡在凯迪拉克里，装在从底特律来的这种华丽的"费希尔车身"②里。在家里为域外客，在欧洲是美国佬。他总把握不好时机。他自己也认识到了这一点。但在总体上相信，他起步过早。一名先行者。举个例子吧，他用一种胆怯加武断造成的吭

---

① 参见《圣经·旧约·约拿书》第1—2章。
② 美国的费希尔兄弟的公司，专门为凯迪拉克等名牌轿车制造车身。

吭哧哧的声音说，法国人现在才开始做马克思主义者。他早就是曾经沧海的过来人了。"我发现了！"他用一种高昂的声音说。说到底，就是冷战。因为如果美国输了，法国的知识分子就准备与苏联合作。如果美国赢了，他仍能成为美国保护下的自由放任、目空一切的激进分子。

"听你说话的口气，好像是一个爱国者。"莫斯比说。

"哼，何止像，在某种程度上就是，"勒斯特加滕说，"不过我日渐走向客观。有时候我对自己说，如果你置身于世外，如果你，勒斯特加滕，不是作为一个人存在，你对这种形形色色的事物有何高见？"

"遗身物外的真理。"

"我猜就是这样。"

"你怎么处置那辆凯迪拉克呢？"莫斯比说。

"我要把它送到西班牙去。我们在巴塞罗那能把它卖掉。"

"可是你必须把它弄到那里去呀。"

"途经安道尔。一切都安排就绪了。车由克朗斯基开。"

克朗斯基是酒店里的一个波兰籍比利时人。勒斯特加滕的一个伙伴。生性奸猾，莫斯比想。一头鬈发，一双皱纹围绕的眼睛，活像两颗希腊橄榄，猫鼻子，猫嘴巴。他穿一双俄国靴子。

然而，克朗斯基刚一启程前往安道尔，勒斯特加滕就接到一个买车的惊人的出价。乌得勒支的一个资本家立马要车，而且愿意承揽一切税务问题。他掌握所有需要的信息，有通天的本事。勒斯特加滕打电报给安道尔的克朗斯基，要他停下。他乘夜班火车赶过去，找到了那辆凯迪拉克，并且立即扭头往回开。真是机不可失，时不再来。然而，在快车上熬了一个通宵后，勒斯特加滕在比利牛斯山的温暖中犯起困来，于是便趴在方向盘上睡着了。他还算幸运，后来说，因为车子滚下一座山坡，可能差点儿未撞上挡住它的石墙。他只差一步就填了沟壑，他被冲撞声惊醒了。车毁了。没有给它上保险。

勒斯特加滕吊着腕带，拄着拐杖，仍然笑眯眯地来到圣日耳曼大道上莫斯比的咖啡桌旁。坐了下来。从黑又亮的头发上把帽子一摘，要求允许把他那只伤脚搭在一把椅子上。"这是私密的谈话吗？"他说。

莫斯比一直跟一位美国诗人阿尔弗雷德·罗斯金聊天。罗斯金虽然掉了几颗门牙，但话说得清楚、流利。一个魅力十足的男子，嗜理论成癖。举个例子，他一直在说，法国枪毙了一批通敌的诗人。美国匀不出挨枪子儿的诗人，只好把埃兹拉·庞德投入圣伊丽莎白精神病医院。他仅仅把勒斯特加滕瞧了一眼，就算打了个招呼，便接着往下说。美国从来没有历史，不是一个历史的社会。他的证据来自黑格尔。按照黑格尔的说法，历史就是战争和革命史。美国只有一次革命，战争少之又少。因此讲历史，它空空如也。几乎是个真空。

罗斯金也使用莫斯比在酒店里的方便设施，因为对左岸区①阿尔及利亚人聚居的穷街陋巷里他们自己的厕所太挑剔。他从浴室出来的时候，铁定要来一句主题句。

"我发现了克尔恺郭尔②的主要缺点。"

或者，"帕斯卡尔③被宇宙的空虚吓坏了，然而瓦莱里④却说，宇宙空间与瓶子里的空间的差异仅仅是量的差异，量并没有什么本质上吓人的东西。你有何高见？"

我们不在瓶子里生活——莫斯比的回答。

罗斯金走了以后，勒斯特加滕说，"这家伙是谁？他向你讨要咖啡喝。"

"罗斯金。"莫斯比说。

---

① 左岸区，巴黎的塞纳河左岸，即南岸地区，是大学生、作家、艺术家之类的人的汇集之地。
② 克尔恺郭尔（1813—1855），丹麦哲学家、神学家，存在主义先驱。
③ 帕斯卡尔（1623—1662），法国数学家、物理学家、哲学家，概率论创立者之一。
④ 瓦莱里（1871—1945），法国诗人。

"那就是罗斯金?"

"对,怎么啦?"

"我听说在我住院期间,我老婆一直跟着罗斯金出去厮混。"

"噢,我倒不会相信那一类谣传,"莫斯比说,"也许就是一块儿喝杯咖啡,喝杯开胃酒的事儿。"

"一个男人背运的时候,"勒斯特加滕说,"再不给他添乱的就是难能可贵的女人了。"

"听了这番话让人难过。"莫斯比答道。

此时此刻,莫斯比在瓦哈卡,他把座椅挪了挪,避开了太阳——因为他已经红不楞登的刺眼,他的面孔、骨头、眼睛,似乎干渴得出奇——他回想起勒斯特加滕说:"这是一种可怕的经历。"

"这还用说,勒斯特加滕。肯定吓得人魂飞魄散。"

"毁掉的是我的老本。它连累了一家人。某种意义上我没有送命反倒是一件大坏事。如果我死了,我的保险起码可以弥补我哥哥的损失。可还有我的老妈和舅舅呢。"

莫斯比见不得一个男人哭天抹泪的。他也不愿意坐着熬完这些痛苦的时刻。那种未加控制的情绪是令人深恶痛绝的。尽管或许这种厌恶的暴烈可以告诉莫斯比一些关于他自己的心理素质的情况。或许勒斯特加滕不想让自己的脸抽搐。或者竭力缓和自己的激动情绪。因为从莫斯比的严肃、并不是不和善的沉默上看得出来,这不是他的作派。莫斯比从情趣上讲是一个塞内加①派,至少他崇尚西班牙人的阳刚之气——洛尔卡②的varonil③。那种clavel varonil,男人味康乃馨,具有光荣的自制力的

---

① 塞内加(约公元前4—公元65),古罗马政治活动家、悲剧作家、哲学家,生于西班牙的科尔杜巴。他认为听从命运是人类的美德,人应当坚定地忍受命中注定的各种痛苦和灾难。

② 加西亚·洛尔卡(1898—1936),西班牙诗人、戏剧家,内战时遭法西斯分子枪杀。

③ 原文为西班牙语:男人味。

纯粹的、经典式的硬骨头精神。

"你把那破车当废品卖掉了吧,我估计?"

"克朗斯基在料理。注意,莫斯比,这种事我已经一刀两断了。我在医院里只管读书,思考。我不远万里来这里就是为了发财。就像淘金热。我现在真不知那时我中了什么邪,特鲁荻和我在战争期间只是懒洋洋地闲坐着混日子。我要应征入伍,已经年龄过大,可我们俩都需要有所作为。她投身音乐。或者生活。刺激。你知道,在蒙特克莱尔师范学院梦想着一夜走红。我想帮她美梦成真,与世界齐头并进,如此等等。然而其实——在病床上我意识到——我平生第一次算做对了。我现在是一个社会主义者。一个天生的理想主义者。读着有关艾德礼①的书刊,我又有了踏实舒畅的感觉。情况逐渐明朗了,我现在仍然是个政治动物。"

莫斯比想说:"不,勒斯特加滕,你就是个把黑囡囡放在膝盖上颠着逗乐子的保姆。你就是个扛大个儿——一个听人吆喝的马仔。你就是个和蔼可亲的犹太老阿爹。"但他什么也没有说。

"我还读了,"勒斯特加滕说,"有关铁托的书刊。也许铁托的选择是讲求实际的。或许社会主义的希望就在工党和南斯拉夫型的领导之间的什么地方。我觉得做一番调查研究,"勒斯特加滕告诉莫斯比,"对我来说是责无旁贷的。我正在考虑去一趟贝尔格莱德。"

"以什么身份?"

"其实,那才是你能施展手脚的地方,"勒斯特加滕说,"如果你肯眷顾的话。你不仅仅是一位学者。你写了一本论述柏拉图的书,我听说。"

"论《法篇》②。"

---

① 艾德礼(1883—1967),英国首相(1945—1951),工党领袖(1935—1955),他的政府对英国大工业实行国有化并创为国民保健事业。

② 《法篇》是古希腊哲学家柏拉图的著作之一。

"还有其他著作。此外,你了解'运动'。认识很多人。联络比配电盘还广……"

四十年代的俚语。

"你认识《新领袖》里的人吗?"

"不是我这个类型的报刊,"莫斯比说,"我其实是个政治上的保守派。不是你们所谓的'腐败自由派',而是一个彻头彻尾的保守派。我握过佛朗哥的手,你要知道。"

"是吗?"

"握过元首的手的正是这只手。你想亲手摸一摸吗?"

"我干吗要这么做呢?"

"得啦,"莫斯比说,"这也许还是有点儿意思的。握一握这只握过那只手的手。"

当时,非常奇怪的是,勒斯特加滕伸出了几根虚胖、黝黑的手指头。他的神情有几分诡秘,又带几分病容。他咧开嘴笑着说:"现在我终于接触到真正的政治了,不过关于《新领袖》的事我是认真的。你或许认识博恩吧。我需要去南斯拉夫的证明材料。"

"你给报刊写过文章吗?"

"给《战斗者》写过。"

"你写的是什么?"

愧疚于心的勒斯特加滕没有把谎编圆。莫斯比拿这种情况取乐就未免显得没心没肺了。

"我在什么地方有个报纸剪贴簿来着。"勒斯特加滕说。

不过没有必要给《新领袖》写信了。两天以后在大道那家猪肉铺邂逅勒斯特加滕时,他已经拿掉吊腕带,也不大需要挂拐杖了。他说:"我要去南斯拉夫。我受到了邀请。"

"谁的邀请?"

"铁托,政府。他们正在邀请感兴趣的人来作客游览该国,看看他们正在怎样建设社会主义。噢，我知道，"他赶快说，因为预见到了标准的学说上的异议，"这就把我带回到我的初恋——激进运动。我从来没有打算当个企业家。"

"也许吧。"

"我感觉到了某种希望，"勒斯特加滕怯生生地说，"而且也是到那个时候，就会变成春天。"他戴的是一顶厚重的驼鹿色鬃毛帽子，还带着另外许多漫无尽头的冬天的标记。一名复活的候选人。一次生活的恩惠自我显现的机会。也许，莫斯比想，像勒斯特加滕这样一个人，除非得到神助，是永远不会以一种适当的形式存在的。

"而且，"勒斯特加滕动情地说，"这也会给特鲁荻重新考虑的时间。"

"你们俩的事情就是这种局面吗？我很难过。"

"我倒是希望把她带上，但我无法跟南斯拉夫人把这件事摆平。有几分要人聚义的味道。我估计他们想影响外国的激进派。将会有一些辩证法研讨会。我倒是喜欢这种场面。可那不是特鲁荻的长项。"

莫斯比在他的庭院里手稳稳地用夹子夹上冰，再倒上一些用 qusano de maguey——具有鲜味的蠕虫或蛞蝓调过味的龙舌兰酒。这些涉及勒斯加滕的札记令他欣喜。回忆录写到这里揭示新的深度是绝对必要的。前面的几章有些滞重。就政治理论的状况发表了一些不落窠臼的议论。保守派信条的弱点啦，美国保守派选择余地的欠缺啦，对风行的自由主义抵制的不足啦，等等。作为一个亲自出马竭力为疲惫的知识分子创造更加严苛的环境的人，竭力迫使他们先做好自己的功课的人，竭力夯实政治思想范畴的人，他意识到站在右边和站在左边一样都是没有什么好结果的。荒诞不经的是，美国的高等学府培养出来的低能儿向往一种按欧洲模子打造的真正的左翼运动，他们仍然做着这样的梦。说起荒诞，右翼的白痴们也毫不逊色。你在煤矿里种不出玫瑰来。莫斯比自己的右翼研究生使他大失所望。只不过是一伙电视演员而已。只配做萨斯坎德①访谈节目的坏种。他们把老师在辩论中尖酸优雅、逻辑紧凑、事实严谨、撕心裂肺的风范转化成一种浅薄的诺埃尔·科沃德②的俗套。真正的、原始的莫斯比治学态度给莫斯比招来了仇恨,莫斯比落下个被炒鱿鱼的下场。普林斯顿大学给了莫斯比一大笔钱让他提前七年退休。十四万美元。因为他的讲话方式使学术界伤透了脑筋。没有人邀请他上电视节目。他就像内战中的游击队员莫斯比③。他长驱直入后,敌军被杀得片甲不留。

莫斯比极其仔细地研读过桑塔雅那、马尔罗④、萨特、罗素勋爵等人的回忆录。不幸的是,没有一种是值得信赖或始终如一的杰作。这些人曾献身于思想,这些人曾竭尽全力治理公众生活的乱象,将它置于某种心智权威之下,用理念去拯救人类或者给它提供精神援助让其自救,突然之间,他们变成了令人深恶痛绝的白痴。想把人赶尽杀绝,譬如说,萨特号召俄国人把原子弹扔到美国的太平洋基地上,因为现在可以推定美国是穷凶极恶的国家。并敦促黑人屠杀白人。好一个道德哲学家!或者罗素,第一次世界大战时的和平主义者,在第二次世界大战后反而鼓吹西方消灭俄国。有时候,在他的回忆录里——也许他老糊涂了——不合逻辑得离谱。在伦敦上空,一架齐柏林飞艇被击落了,人们看见一个个德国人的身体掉下来了。街上的野蛮人欢声雷动,令人感到惊悚,罗素哭了,如果那天夜里没有一个美女在床上安抚他,人类的这种狼心狗肺会把他彻底击垮。遭到忽略的却是这样一个事实:从齐柏林上掉下的那些德国人是来轰炸这座城市的。他们要炸飞街上的野蛮人,对情侣们也照炸不误。这种景象莫斯比都看在眼里。

---

① 戴维·萨斯坎德(1920—1987),电视节目脱口秀的主持人。
② 诺埃尔·科沃德(1899—1973),英国剧作家、演员、作曲家,擅长写风俗喜剧。
③ 约翰·辛格顿·莫斯比(1833—1916),美国南部邦联游击队最勇敢、高效的领导人。
④ 马尔罗(1901—1976),法国作家、政治活动家。

有种热切的希望——这是龙舌兰酒力图侵扰他的语言了——那就是，莫斯比会逃脱知识分子的共同命运。这段有关勒斯特加滕的跑题情节应当有所帮助。借助调笑冲淡高傲。

离司机来接人去米特拉参观遗迹还有三十分钟。莫斯比还有时间继续往下写。说九月份重现的那个勒斯特加滕样子怪吓人的。他掉了至少五十磅膘。被太阳晒得黑黢黢的，一脸的褶子，穿一套脏兮兮的、油渍斑斑的西服。两只眼睛烂糟糟、红唧唧的。他说他拉了整整一个夏天的稀。

"他们给外国要人吃了些什么？"

勒斯特加滕有苦难言——那张瘦脸，那双烂眼，体现了一种精神境界，它与先前莫斯比与勒斯特加滕联系时他表现出的任何精神境界都有天壤之别——他说："那只不过是用铁链连在一起的劳改队、苦工，我弄不懂这种聚义。我以为我们是受邀请的，这我给你说过。可到头来我们成了外国来参加建设的志愿者。一支劳工队。在崇山峻岭上。从来没有看见达尔马提亚海岸。几乎连过夜的窝棚也没有。我们在地上睡觉，吃的是臭油煎的屉屉。"

"那你们干吗不跑呢？"莫斯比问。

"怎么跑？往哪儿跑？"

"回贝尔格莱德。至少去美国大使馆呀。"

"怎么能呢？我是个客人呀。是他们掏钱请来的。回程票在他们手里。"

"没有钱？"

"你是在开玩笑吧？身无分文。在马其顿。斯科普里附近。蚊虫叮，肚子饿，整夜整夜地跑茅房。成天成天在路上受苦，眼睛都化脓了。"

"没有急救吗？"

"他们也许有急救，但没有二次急救。"

莫斯比觉得还是最好不提特鲁获。她已经跟勒斯特加滕离婚了。

同情，不用说。

莫斯比摇了摇头。

勒斯特加滕带着一种皮相的尊严扬长而去。他自己似乎也对他的这些与资本主义和社会主义的对峙感到好笑。

结了？不完全是。还有个尾声：事情总得有模有样。

勒斯特加滕和莫斯比再次相遇。五年之后。莫斯比跨入纽约的一部电梯。直达四十七楼，兰杰利基金会经理餐厅。还有一位乘客，就是勒斯特加滕。咧嘴笑着。他依然故我，又发福了。

"勒斯特加滕！"

"威利斯·莫斯比！"

"你好吗，勒斯特加滕？"

"好极了。情况完全不同了。我幸福。成功。结婚了。有了孩子。"

"在纽约？"

"不想再在美国生活了。可怕极了。没有人性。我是来访问的。"

电梯内恒光逼人，一眼不眨，运行飞快平稳，绝无磕卡。调节精准的电能。只有我们俩的电梯飞速直上。还是那个勒斯特加滕。满口豪言壮语，嗓音有所不逮，萨波特克人的鼻子，下面还是那抹蛤蟆笑容，那副和善的腮帮子。

"现在你要去哪儿？"

"去《幸福》社，"勒斯特加滕说。"我想把一篇故事卖给他们。"

他上错了电梯。这部电梯不去《幸福》。我告诉他实情。或许我自己也没有变。一个多年来看见别人有差错总要告知人家的声音说道，"你还得下去。上另一套电梯。"

我们一起出现在四十七层。

"你目前在哪里安家？"

"阿尔及尔。"勒斯特加滕说。

"我们在那里有一爿自动洗衣店。"

"我们?"

"我和克朗斯基。你还记得克朗斯基吧?"

他们遵纪守法了。他们在洗阿拉伯长斗篷。他与克朗斯基的妹妹结了婚。我见过她的照片。酷似克朗斯基,一个猫脸女人,脑袋上恶狠狠地扣着一片拳曲的头发。在不同层面上显现出的毕加索画面上的眼睛,尖牙利齿。如果鱼在礁石里打盹儿,做了噩梦,它们才会有那样的牙齿。孩子们个个也是小克朗斯基。勒斯特加滕在他的北非皮制的钱夹子里夹着他们的快照。他粲然一笑,莫斯比看出,那种成功的得意是勒斯特加滕的鸦片,他的人造乐园。

"我想,"勒斯特加滕说,"《幸福》也许会喜欢一篇我们怎样在北非发愤图强的文章。"

随后我们又握了握手。我的手就是那只握过佛朗哥的手——他的则是趴在凯迪拉克方向盘上睡大觉的手。亮堂堂的电梯间为他敞开。他跨步进去。门关上了。

当然,此后阿尔及利亚人赶走了法国人,驱逐了犹太人。犹太—阿爹—勒斯特加滕肯定离开了。父子情深。他爱那几个孩子。对柏拉图而言,生儿育女是最低层次的创造力。

不过,莫斯比,借助酒力,想道,我的父母就像两人互助组一样生下了我。

尽管他意识到去米特拉的车已经到了,一个亮晃晃的交通工具在等候,但他凝视着午后的群山,一种疏离感油然而生,便草拟出了下列文字:

直到他好几岁的时候
人们还把他悉心呵护
给他凉汤,唱歌,逗乐子,
把他的长袜拉上去,

  睡着了就把他背上楼。

  在碧绿的湖畔,他回想起

  父亲幽暗的肚脐,

  毛丛中狗眼似的乳头

  紫藤似的青筋突露的母亲的大腿。

  他们命赴黄泉之后,

  他处理自己的事务

  比上不足,比下有余。

  可他当下在这里,在墨西哥抽着烟

  凝视着棕色的群山

  它们的胖膝摇晃

  在全族人的脑壳上。

  两位威尔士女人是他的游伴。一个年尊身长。女游客中的威灵顿[①]。或者像经常在印度题材电影中指挥廓尔喀[②]团的演员 C. 奥布里·史密斯[③]。一只大鼻子,一个尖下巴,一片皱嘴唇,一抹引人注目的髭毛。另一位年轻一些,脖子上有点儿小垂肉,但双颊浑圆,深色的眼睛很机灵。令人满意的一对儿。恰切的词就是得体。英国特色。像很多美国人一样,莫斯比自己就向往那种特色。是的,他对这两位威尔士女士很满意。尽管导游不称职。太自以为是了。他那对胖乎乎的腮帮子是一种红陶色。他又把车开得太快。

  第一站是图莱。他们下车去查看教堂庭院里的那棵大名鼎鼎的图莱

[①] 威灵顿(1769—1852),英国元帅,战功显赫,曾任首相(1828—1830),以在滑铁卢大败拿破仑闻名,有"铁公爵"之称。

[②] 即尼泊尔山民英勇善战,所以英、印军队中有他们的专门建制。

[③] C. 奥布里·史密斯(1863—1948),出生英国的名演员,身材高大,浓眉厚髭。

树。这座植物生长的丰碑,盘根错节,茂密丰茸,一株翠柏,两千多年的树龄,根扎在一片消失了的湖底。比这个白刷刷、阴森森的小坨子,这座迷人的农民教堂的宗教还要古老。在宜人的尘土中,一条狗在睡觉。轻慢无礼,但无心无意。那位老太太,不声不响,无所畏惧,扎了一条围巾,进了教堂。她那动作僵硬的跪拜却是真心实意的表现。她肯定是个基督徒。莫斯比端详着图莱树的深奥。它本身就是一个世界!它能装下好多部门。其实,如果他回想一下他的杰拉尔德·赫德①,应当有一棵原始树,占有它的是先祖们,也就是居住在那些吸引人的、斑斑驳驳、宽敞舒适、美不胜收的有机体里的人群。事实似乎并不支持这种关于包罗万象的乐园的金色神话。先人也许在地上瞎跑,残暴凶狠,见什么都要赶尽杀绝。然而这种温文尔雅的梦,这种对巢居和平宁静的向往,对于不计其数的杀戮者的后代而言,是个不小的成就。对于他的宗教而言,这棵树就够用了,莫斯比想。没有适合他的教堂。

  他走时感到依依不舍。他本来可以住在那里的。当然是在树顶上了。在下面鸟会把屎拉到你身上。可是那两位威尔士女士已经上了车,而且那个专横的导游也摁起了喇叭。热得等不及了。

  去米特拉,一路畅行无阻。炙热使风景产生了一种扭曲的美。司机懂点地质、考古。他信息多得讨人嫌。地下水位啦,大洞穴啦,三叠纪啦。别再给我卖弄学问啦!别再用这些鸡零狗碎的东西惹我心烦。我现有的东西都用不上!米特拉在望了。右岔道直达特万特佩克。左岔道把你引领到"灵魂镇"。老帕森斯夫人(埃尔茜·克鲁斯·帕森斯,莫斯比的记忆检索系统告诉他)曾在这里写过人种志,研究过这些土坯房与堆满水果垃圾的、太阳烘烤着的街道上生活的印第安人。阴凉处有一股扑鼻的尿臊味。一头长腿猪拼命地拽着拴绳。一头母猪。从后面,观察力敏锐的莫斯比一眼就认出了它的粉红色小阴门。粪土像喂养人一样喂

---

① 杰拉尔德·赫德(1889—1917),英国出生的美国历史学家、哲学家。

养着畜牲。

然而,这里有引人入胜的神庙,几乎完好无损。这地方西班牙的神甫们没有拆毁。其他的他们统统夷平,在原址上修建教堂,用的也是拆下来的石头。

一个旅游市场。粗制的棉布衣裳,印第安刺绣,挂在面粉白的帆布篷下面,土产陶器,黑陶萨克斯管,上釉黏土黑盘子,统统积满了灰尘。

跟在那两位游客和那名导游后面,莫斯比又做了一种古怪而复杂的白日梦。他梦见他死了。他已经死了。他却又继续活下去。他的命数就像莫斯比一样,把日子熬到头。在这场白日梦中,他把这看作他的炼狱。可什么时候死的呢?几年前的一次撞车事故中。他当时认为那是劫后余生。两部车都撞了个稀巴烂。真莫斯比撞死了。可是另一个莫斯比被人从车里拽了出来。一名骑警问:"你没事吧?"

对,他没事。他扔下破车走了。但他仍有一摊子事要做,一步接一步,一瞬连一瞬。可现在他听见一只鹦鹉喋喋,孩子们向他乞讨。女人们卖力向他兜售,他的鞋子满是灰土。他一直在搞他的回忆录,而且提供了一段关于滑稽人物——勒斯特加滕——的有趣回忆。用的是哈罗德·尼科尔森爵士的手法。诚然,不是那么字斟句酌,刻意修饰,而是按照一定的套路,语言充满外交辞令,充满带有官腔的反讽。然而,某些事实还是被省略了。莫斯比本来安排,譬如说,看见特鲁荻和阿尔弗雷德·罗斯金在一起。因为就在勒斯特加滕横跨莱茵河的当儿,莫斯比在床上搂着特鲁荻呢。跟罗素勋爵的美貌女友有所不同,她没有安慰莫斯比去面对他遇到的灾难(精神支持)。但莫斯比并没有劝他离开勒斯特加滕。他不想横插一杠子。然而,他把勒斯特加滕看作一个滑稽人物的看法还是传递给了特鲁荻。她不能做那样一个滑稽人物的妻子。但他就是,他确实就是个滑稽人物!他就像孔德眼里的拿破仑,一个时代的落伍者。愚蠢就愚蠢在他一心想当个大人物,一个拿破仑式的人物,赚几百万，征服欧洲，从希特勒的垮台中大发横财。想象力贫乏，毫无创意，重炒旧观念，绝对行不通。勒斯特加滕不见得非出现不可。所以他就是滑稽。然而，特鲁荻也够滑稽的。她腆着好大的肚子呀。因为个别人有时候出生于一种双胎受孕，也就是那种带着发育不全的弟弟或妹妹的有机体——有时候充其量是一个额外的器官，一只埋藏在腿里的未成形的眼睛，或者一只肾，或者背上什么地方一只耳朵的萌芽——莫斯比常想，特鲁荻体内还有一个小妹妹。在他看来她就是个小丑。这倒不一定意味着鄙夷。不，他是喜欢她的。那只眼睛好像在一个半球上流浪。她不知道怎么使用香水。她的无调性乐曲傻呵呵的。

在这个当口，莫斯比还一直在取笑人。

"为什么？"

"因为他必须如此。"

"为什么？"

"因为！"

导游讲解说这些建筑物是不用灰泥竖立起来的。祭司们的数学计算完美到家了。切割石头的精确度无以复加。几个世纪后你找不到一丝裂缝，你在任何地方也塞不进一片刀片。这些几何体由它们自身的重量保持平衡。祭司们就生活在这里。墙壁是染过的。胭脂虫或仙人掌上的昆虫提供染料。这里是祭坛，观众坐在你们现在站的地方。祭司们使用的是黑曜石刀。帅小伙吹笛子。看来笛子坏了。鲜血淋漓的刀就在行刑者的脑袋上一抹。头发肯定黏结成毡片了。在这里，是达官贵人的墓。阶梯直通下去。萨波特克人，最后阶段在阿兹特克人的影响之下采用这样的献祭方式。

这位威尔士干枯老太好厉害。她令人佩服。在这些坑洞里进进出出，不需要任何帮助。

当然，你没法把自己硬变成一个人见人爱的主儿。如果对要做的事情不管不顾，你是无法如愿的。强制性的任务，强制性的理解，畸形凶恶的责无旁贷，当仁不让。在那种必需的压力之下，人会变成丑类。这一个成了间谍头目。那一个当了杀人魔王。

为了放松他的回忆录细针密缕的质地，莫斯比便召来了一个勒斯特加滕，他的酸甜苦辣便是这种令人咧嘴开心的喜剧。一个不一定非要出现的勒斯特加滕。不过他本人莫斯比，也是一项另类创造，一件成品，站在太阳下的大石块上，站在直下这个深坑的阶梯上，他是完整无缺的。他已经把自己完完整整地描绘成这种深思熟虑、不苟言笑、石心铁面、荒诞不经的形象。

处理完了一切人间事务后，他该见上帝了。

这会发生吗？

不过这样处置后，有什么样的上帝可见呢？

但是他们这时已经被领下去，进了陵墓。有一个笨重的栅栏，也就是大门。石头巨大。墓穴局促。他感到压抑。他心里害怕。非常潮湿。精心刻画着之字形图案的墙上是细之又细的日光灯灯管。一浅箱一浅箱的石灰面儿搁在这里吸潮。他的心都瘫痪了。肺也吸不成气了。天哪！我透不过气儿了！被关在这里了！要死在这里了！假如一个人死了！不像在一了百了的事故中死的，还算不上完完全全的一了百了，存在。绝对死了。躬下身子，他寻找天光。对，它在那里。光在那里。生命的恩惠仍在那里。要么，如果不是恩惠，那就是空气。走吧，趁你还行的时候。

"我必须出去，"他告诉导游，"女士们，我发现气都出不来了。"

（蒲隆　译）

狗嘴里吐不出象牙

亲爱的罗斯小姐：我差点儿要称呼您"我亲爱的孩子"，因为三十五年前我对您的所作所为让我俩从某种意义上互为父子。只是一句玩笑，却让您深受其害。时常想起这件事，不免忐忑不安。近来，更是深刻意识到我那一句话何其恶毒、猥琐、粗陋、无礼、冷酷、野蛮，即使再过千年，也难以让您忘怀。这伤害，您得承受一生。我突然明白，我对您的中伤无缘无故，真是罪该万死。只是偶然相识，几乎算是陌路。现在，有人谴责我冷酷无情，显然对我怀有偏见，存心要惹我生气。即便如此，我读了他的指控，还是极为震惊。收到他的信时，我恰好身体很不舒服，跟多数老年人一样，天天吃不完的药，因为高血压和心脏病，服用心得安和奎尼丁。心理也很不健全，抑郁，缺乏自我防御。

近几个月来，我常去拜访一位上了年纪的女人，她是斯威登堡的忠实读者，还涉猎其他神秘学作家的著述。告诉您这个，您或许就明白我给您写这封信的动机了。她说，（人过了花甲之年，很难对这类劝诫置若罔闻）人有来生——等着瞧吧！还说，每个人在此生给他人造成的伤害，到了来生，都得亲身去体验。死后，祸福倒转，你今生让别人痛苦，来生，你便得尝尝这痛苦的滋味。今生是你的亲朋，死后你便会进入他们的灵魂，他们也会进入你的灵魂，从你体内感知你、评判你。就外在世界的不确定性而言，这加拿大老女人还真是说到了点子上，所以我必须把这事儿也对您说清楚。那一年，我倒并非存心要置您于死地，可我对您的伤害的的确确昭然若揭。

（我将在下面滴水不漏地说出事情的原委，当然也要做些修改，只把应该让她知道的寄给罗斯小姐。）

在我生命的起点与终点之间，我还有机会进行补偿……

真不知道，在您的记忆中，我是不是就只是那个伤害了您的男人，除此之外没有别的印象。提醒一下，我个头很高，肤色按当时的标准算是很黑，上唇有一撮胡子（不太浓密），长相与众不同，想想骆驼长什么样儿！性格中也有滑稽的成分。您若还能记得当时的肖沐特，您就大概知道他现在什么模样。戈雅为他的一幅蚀刻版画起名《老者的屈辱》，画的是一位老者挣扎着从马桶上起身，裤子掉到了脚踝处。哈姆雷特对于老年人至为刻薄，他不无恶意地对波洛尼厄斯说道："两条腿已颤颤巍巍。"除了上面提及的病痛，我还患有牙病，牙根断裂，压槽骨膜发炎，得常服抗生素，抗生素导致腹泻，腹泻又导致痔疮，已有核桃般大小，手指上还有慢性关节炎。我待的这地方，英属哥伦比亚，冬天阴沉潮湿，我躲难而来，随时有可能被引渡。有天早晨一觉醒来，发现右手中指出了故障，关节不能屈伸，指头弯得像个蜗牛。新增一病，痛苦难当。真见鬼，老天对我开了一个大玩笑。引渡之事千真万确，传票已经收到好几次了。

所以，给您写这封信，至少能让我来生的苦难折掉一桩。

您或许会觉得，三十五年过后，我跪在地上，对着您埋怨我一生的厄运，事实并非如此，您马上就会明白。

我是通过利比耶学院的达苏萨女士找到您的地址的，四十年代后期我们都在一起共事，她现在还在那儿，马萨诸塞州。十九世纪的传统在那个地方依然坚不可摧。她在报纸上读到有关我那些既让人难堪又愚不可及的闹心事儿的报道后，给我写了一封信。这女人心地善良，又很聪颖（是不是跟您一样），没结过婚。给她回信时我满心的感激，又问了问您的近况，这才知道您已经从图书馆馆员的位子上退了休，生活在佛罗里达的奥兰多。

我没有羡慕过别人退休,但那是你可以自由选择可退可不退的时候的事儿了。现在,我没有这种选择的自由。哥哥死后,我在法律和经济上两头受困,这事儿经过报纸添油加醋的报道已经闹得沸沸扬扬,我不想在此重提,以免让您心烦。只需一句:他恶贯满盈,我却愚蠢透顶,也可以说,我也心术不正,导致我穷途末路。听了律师的谗言,逃到加拿大避难,这一逃,罪上加罪,法院绝不会饶过我。不至于蹲监狱,可也得劳改到死,至死也得套着缰绳,想想吧,像个牲口一样脖子上套着绳子,拉着重负向那个永远到不了的山顶挣扎。我老爸喜欢给我们讲那则古老的寓言,一匹羸马被赶车人皮鞭虐待,路人看不过,说:"它背负太重,山路又太陡峭,你这一顿皮鞭抽打又有何益?你又何苦为之?""做马是它自己的选择。"赶车人回答道。

我一生都对这类犹太式幽默怀有好感,对您而言,却是没有意义的胡言乱语,一是,您出身于苏格兰和爱尔兰家庭(达苏萨女士是这样说的),二是,作为图书馆员(电子计算机还没有发明出来),您生活在另一个世界,一个平静如水、只与杜威式十进制分类法打交道的世界里。图书馆员这个词儿曾经被看作是修女、牧羊女的代名词,想必您对她们的那种生活是深恶痛绝的吧?这种生活让您远离现代"动感"——色情、毒品、刺激、危险、粗俗,所以您会对其心怀不满。也许,您讨厌有人会来图书馆借阅那种描写无法无天的犬马人生的书,您也极不情愿把那种邪恶的书(您听我说,罗斯小姐,那种书多半都是赝品)递给借阅者。请允许我做一番假设,您属于那种老派人物,不至于因为过一辈子实用的人生而暴跳如雷。如果您不属于老派人物,我当时说过的那句话就不会把您伤得这么厉害。摩登女郎不会因为我的一句愚蠢的玩笑而耿耿于怀四十年的。她会说:"滚!"

您想知道到底是谁指控我冒犯了您?艾迪·华里士,就是他。据我了解,他现在是密苏里州高校人文学科调研项目的主要规划者,干这事儿他非常在行,简直是个天才。虽然生活在密苏里,可似乎对马萨诸塞往日的一切念念不忘,他自然也忘不了我当年的恶迹,我作恶(算不算"恶"现在就不追究了)时,他就在场,写信说:"我必须提醒你,你那天把卡拉·罗斯伤得有多厉害。只有你才会做出这等事来!她好心好意,你不仅不领情,竟然当着别人的面让她脸上无光,给她难堪。我碰巧了解到你伤害了她整整一辈子。"(开明无比的美国语言竟被用作折磨人的刑具:"只有你才会",那不明摆着是说,我,肖沐特是个十恶不赦的坏蛋吗?)我问您,罗斯小姐,您真的被我伤害了整整一辈子?华里士怎么就"碰巧了解到"这情况的?是您告诉他的,还是这纯粹是流言蜚语?如果是后者,可真是应了我的推测。不知道您是否还确切地记得当时的场景,您要是忘了,那可就是天大的仁慈了。我今天可不想揭开那块旧伤疤,勾起您不快的记忆。如果我那天的确残酷无情地损了您的面子,有没有办法避免回想起那桩往事呢?

还是回过头来,想想当时在利比耶学院那一幕吧。华里士和我很要好,都是讲师,他教文学,我教美术,方向是音乐史。当然这些对您不算什么新闻。我那本关于佩尔格莱西的专著每家图书馆都有收藏,您不可能没见过。况且我还在电视上做音乐方面的节目,收视率不是一般的高。

那是四十年代。劳工节刚过,新学期刚开始,我也刚上讲台。上了七八周的课,我依然兴奋异常。先说说新英格兰美丽的环境吧。老家芝加哥,在印第安纳布卢明顿拿的学位,初到新英格兰,第一次见到白桦树、路边的银蕨、茂密的松树林和白色的教堂尖顶。这样的一个人,与周围环境格格不入,也是太正常不过了。别人喊我"肖沐特博士",我总是忍不住笑出声来。很怪异,就像一只骆驼徜徉在村子里的草坪上。我是个大个儿,上身短下身长,自觉形体不合比例,荒唐可笑。对利比耶学院我深感陌生,觉得它不像一个地道的新英格兰大学,倒像是纽约的纨绔子弟躲避他们无法适应的一流大学而到这儿来过一种花天酒地生活的场所。

闲话少说。艾迪·华里士和我正路过学院图书馆，秋日的香醇和温暖在周围密林寒气的包围中格外醒目，我能感觉到的就是这些。图书馆是一座复古的希腊式建筑，门廊处苔藓和阳光融为一体，苔藓闪烁着明亮的绿色，阳光投射下来，像一片片树叶，柱子上也长满了地衣。我有些小激动，甚至狂热，感觉要飘起来的样子。那时候，我与华里士的关系颇为简单，相处融洽，没有隔阂，没有阴影。第一次踏进这么一所先进的大学，第一次来到东部，第一次有幸接触我早已耳闻的东部社群，自然感觉学习的兴趣正浓，希望好好从他身上学点儿东西。究竟怎么回事？有位女生，本来我被指定为她的导师，可她要求师从别人，理由是我没有经过心理测试，而且无法跟她沟通。就这天早晨，我参加了两个小时的学术委员会的会议，商量一门历史学方向的课程是否应该为艺术类学生必修。绘画系教授托尼·伦尼策尔指出："让学画画的学生了解一下国王们的事儿，对他们会有什么坏处吗？"来自布鲁克林的托尼，当年从家里出走，先在一家马戏团打杂儿，后来专职设计海报，再后来成名为一位抽象表现主义大师。华里士劝我说："千万别可怜托尼，他娶了个大富婆做夫人，人家为他建了一幢米开朗琪罗才配拥有的画室，他不好意思在里面画画，只在里面削木头。刻了两只大木球，放在鸟笼子里面当摆设。"华里士自己毕业于哈佛，是嬉皮士的先驱，最初总觉得我的无知是故意装出来的。个头不大，有些跛脚，看我的时候得仰着脑袋，嘴角带着精明和对我的怀疑。这人出身芝加哥，在印第安纳布鲁明顿拿的博士，怎么会这么落伍？不是装出来的才怪呢。他虽这么想，可我还是一个可以依赖的好伙伴，慢慢儿地，他便对我敞开心扉，说（对别人还保密吧？）他虽然来自马萨诸塞的格洛斯特，却不是个地道的东北人。他爸是二代移民，没受过多少教育，当过机械师，已经退休。老家伙曾给他写过一封信，信里说："你那可怜的母亲，医生说她的子工①里长了一个肿流②，得动手术。她被推进手术室时，我真希望你和你姐姐能在这儿，跟我站在一起。"整个社区有两个瘸子，姓氏很像，另一个姓华里奇，名爱德蒙，是治安法官，走路拄着拐杖。我们这位艾迪，患有脊柱弯曲，不喜欢拄拐杖，却喜欢穿脚底垫高的鞋子。矫形医生警告他，穿这样的鞋子，他的脊椎可能会像多米诺骨牌一样坍塌，可他满不在乎，根本听不进去，依然一颠一颠地走来走去。自由自在地跛脚是他的风度，他走在路上，毫不掩饰，你不能不注意到他的出现。就因为这，我把他佩服得五体投地。

罗斯小姐，您正好走出图书馆，两臂交叉，头斜靠在希腊柱上，想吸口新鲜空气。华里士为了显得高一点，梳着一头翘翘的浓发，你想让他戴顶帽子那是不可能的。而我那天正好戴着一顶棒球帽。罗斯小姐，您笑眯眯地对着我说："喂，肖沐特博士，您戴着那顶帽子，活像个考古的。"我想都没想，就回答道："哦，您倒很像我刚挖出来的古董。"

糟糕！

我和华里士一路小跑，匆匆离开图书馆大楼。艾迪屁股两边不在一条线上，跟着我跑，显得很费力的样子。到了您视线不及的地方，我发现他诡秘地对着我笑，热乎乎的脸仰起来对着我的脸，兴奋异常，还带着一丝让人觉得好笑的钦佩。他刚才目睹了一件大事，这大事到底是什么，是出于好玩儿？病态的心理？还是邪恶？谁也说不准，但至少他从中获得了快感。虽说他马上把自己从这罪孽中摆脱出来，可还是很欣赏这种调侃，这就是他想要的那种乐趣。他喜欢马科斯兄弟③那种杂耍，喜欢说话时不时插入佩雷尔曼④式的幽默。我自己早已冷静了下来。一如既往，说了胡话后，从不自鸣得意，倒是跟所有人一样，为说过的话

① 子宫，他父亲文化不高，常写错别字。
② 肿瘤，错别字。
③④ 均为美国喜剧演员。

深感震惊。用医生的话说，我那种行为显然是精神失常的症状。我以前总觉得自己绝对正常，可慢慢儿地意识到，在某种状态下，我的笑声听起来跟歇斯底里没有两样，这种异常连我自己都能听得出来。华里士心里明白，我一发病便难以自控，他一旦感觉到我要开始发病，便极力火上浇油。他高兴够了，就会面带潘·萨提洛斯那种淫笑，对我说："肖沐特，你这杂种可够狠的！你一句话能戳到别人的心上，虐待狂啊你！"看出来了吧，他小心翼翼，不会让自己落得个"从犯"的嫌疑。

我的玩笑连小聪明都算不上，更不是"灵机一动"，纯粹是邪恶，十恶不赦。如果是灵机一动，怎么会让我如此愚蠢？我随口说的那些话真是愚蠢透顶，邪恶至极。华里士常说："你一个典型超现实主义者，不想做也由不得你。"他这话的意思是，我出身于低贱的移民家庭，费了百般周折，爬到了中产阶级的地位，可我还是不甘心，非要报那一箭之仇：由于本能健康，我不得不忍受折磨，不得不装腔作势；为了获得别人的尊重，不得不扭曲自身；为了往上爬，不得不承受压力，等等。他的分析的确聪明、精当，这是那个年代格林尼治村司空见惯的思维，华里士显然也学到了这一手。他上个月写给我的信里充满了这样的远见卓识。人们在自己最得意的岁月里积累起来的思想资本，大都是不愿轻易丢弃的。艾迪现在六十好几的人了，可还是表现得像格林尼治村的芳华少年，平时交往的尽是少男少女。我不一样，我承认我的确老了。

手指患有关节炎，写字很费力。我听从了我的律师（我去年过世的妻子的小弟弟）的馊主意，来到英属哥伦比亚，多亏从日本海过来的暖流，这里仲冬季节还鲜花盛开，空气也很清爽。雪地里有报春花开得正艳，可我这双几近残废的手让我很是担心，如果没有好转，屁股上或许就得挨针。尽管这样，我还是烧旺壁炉里的火，坐在摇椅里，专心思考怎样给您写信，因为我不想拿我的那些事情浪费您的时间。如果华里士说得没错，您从那天开始就一直因为受到高高在上的中产阶级淑女不该受到的屈辱而浑身抖个不停,真是成了被侮辱被损害的典型了。①

从我自己的角度说,我得承认,要装得像个风度翩翩的君子实在太难,倒不是因为我生性粗陋,而是因为我所处的地位让我惴惴不安。有一段时间我也想过,若要有所成就,就得学会跟其他人一样戴上面具,我也努力学得尽量体贴、毕恭毕敬、温文尔雅。但我做过了头,出身好的人只需把自己消灭一次,而我却把自己消灭了两次。即便如此努力,这种自我修身的策略也没能持久。我制定了计划,却一把将它撕碎,扔进了熊熊燃烧的火堆。

我得告诉您,华里士在信中对我毫不客气。他问道,别人说话时正在想方设法寻找合适的词句,而我却立刻接过话茬,补上他们说不出来的下半句,这不是一种穷凶极恶的卖弄还能是什么?他强调说,我那是炫耀,企图抖掉低微的出身,讨好文人雅士,把自己装扮成一个艾略特梦寐以求的理想基督教社会所能够接纳的犹太人。华里士心目中,我就是一介贱民,幻想着往上爬,孜孜不倦地寻求与上层社会的亲密关系,卖力程度绝不亚于基督徒寻求上帝的救赎。他还说,我达不到目的,就变得复仇心切,动辄匪气冲天,言语里处处带刺。他说的都很在理,可我们一起共事时,他一句没说,一直攒到现在。在利比耶学院的时候,我们彼此很有好感,算是朋友,可后来,不知怎么的,他竟决意作我的死敌。他一直装模作样,在我面前亲亲热热,让我忘乎所以,时机成熟,便反手一击,要置我于死地。我在音乐学方面的成就极有可能让他无地自容,从而对我产生不满。

艾迪把我对您说那句话说给了他的妻子,其实,他逢人便说,整个学校都传开了。听的人乐不可支,我却郁闷得很。后悔呀!您,面色白皙,臂膀纤细,苔藓、地衣、石灰石的颜色都会侵入您的肌肤。图书馆厚重的门敞开着,里面,台灯发着绿茵茵的光,灯下,厚重的桌子擦得

---

① 《被侮辱与被损害的》,俄国作家陀思妥耶夫斯基小说名。

亮闪闪的，成堆成排的书一直摆到走廊。有几本阳春白雪般的书，也有不少颇能给你提供信息的，但大多数只能让你的脑子塞满糨糊。我认识的那位深信斯威登堡教义的老女人说，天使是不读书的。何苦呢！我想象中，图书馆员也不怎么读书。他们拥有太多的书，成了负担。满屋子的书架堆得满满的，散发着一股诱人的气味，让你心定，又让你蠢蠢欲动。这气味里也隐隐潜藏着一种能置人于死地的气息，像毒药，又像世界末日。人整日里待在图书馆里，必死无疑。得有人给他们提个醒儿。您是这座神殿里的女祭司，偶尔会出来，抬头看看天空。还有您的上司，吕佩克先生，一位文质彬彬的难民，也会一起出来，可常常被他自己的那条老态龙钟的大狗绊倒，站起身来还会对着那畜生说一句："哎哟，对不起！"（他说话时齿擦音很响。）

（小注：罗斯小姐从来就没漂亮过，甚至连法国人所说的"丑美"也谈不上。所谓丑美，就是那种房中术足以让她的丑也变成一种调动性欲的力量的女人。丑美，法国人很欣赏，那应该是一种性欲如磨盘一样转个不停的境界。罗斯小姐不具备这种力量，她的身体没有那个基础。放在五十年前，罗斯小姐就应该是那种专吃莉迪亚·平克汉姆[①]牌子的化合蔬菜的人物。话说回来，即使她的确看上去很青涩，也会有男人爱上她的，爱她怯生生的柔情，爱她竟然敢来恭维我的帽子的勇气。三十五年前，我或许会再说几句好听的，来弥补那一刻的尴尬。我会说："罗斯小姐，您想想吧，考古学家都从地底下挖出了多少稀世珍品：米洛的维纳斯、亚述的人面翼牛。米开朗琪罗甚至把自己的一件雕塑作品深埋地下，让它看上去像是千年古董，再将它挖出来示人。"可这种献殷勤的话现在说已经来不及了。我真是丢人丢到家了。就因为我对一个不算漂亮的单身女人

---

① 20世纪二三十年代美国一家专营有机蔬菜的公司。

开了一句玩笑,可恨的人们便对我嘲笑不止,而可怜的罗斯小姐也半辈子陷于绝望之中。)

艾迪·华里士尽管脊柱弯曲,可不愿把自己当个残废。虽然直不起身子,走路时总是左脚挡在右脚前面,可还是很有派头的样子,风度不减。一身名牌,英国造粗花呢衣裤,劳埃德-海德短靴。他自己还说,这世界上受虐狂女人太多,甚至会让男人心甘情愿地自残,某一类型的女人就喜欢跟残疾男人玩儿。罗斯小姐,您用来恭维我的言辞,满可以用在他身上,而且更恰当,只是当时他妻子怀有身孕,而我单身一人。

那一学期开始的几天,只要天好,我俩都会一起出门散步。那时我就发现他这人很神秘。

我常想,这个(突然间)成为我亲密朋友的人,到底是谁?这具奇怪的躯体,站在我身边矮我半截儿,硕大无比的头颅,头发浓密,翘得高高,还有两撮儿毛,斜斜地,从耳朵里长出来,这究竟是怎样一个人?学校里有位我的熟人,一位女士,曾建议让我跟他说说,把耳朵里的毛发剃掉。我吃饱了撑的?即使他剃了耳朵里的毛发,这女士也不会喜欢他多少,她只是幻想着或许会喜欢上他。他笑起来,像一件木管乐器发出来的声音,更像双簧管而不是单簧管,其实他笑的样子应该是双管齐下,不仅那张刻南瓜一样的嘴角在笑,他宽大的鼻孔两侧也在笑,那模样很像《疯狂画刊》封面上的丑角阿尔弗雷德·纽曼[1],培克坏男孩[2]之后最有名的丑星。虽说就这长相,他那一双温情脉脉的眼睛倒很吸引我,我俩竟然越走越近,但我最想要的东西,那眼睛绝不会给我。我希望博得他的好感,虽说不很信任他,却也满怀爱意,便用我最擅长的俏皮话讨好他。他能言会道,一副紧跟时尚的后现代存在主义的精明派头,看上去也很友善。他似乎样样精通,喜欢布莱希特和魏尔的

---

[1][2] 均为美国喜剧演员。

戏剧，能唱他们的《三分钱歌剧》里的"麦克刀谣曲"，还能在立式钢琴上砸出它的旋律。不过这曲子也只是一时的应景之作，那是二十年代德国的餐馆爵士乐，是柏林人对堑壕战、对人性泯灭所做出的回应。艾迪赶时髦，无人可以匹敌！他紧追时尚，永远都是前卫。"垮掉的一代"诗人们一出现，他便成了他们的追随者，艾伦·金斯堡那句有名的"美国，我竭尽了全力"就是他首次念给我听的。

正是因为艾迪，我才开始欣赏金斯堡的诗，并从中学会了机智的表达。罗斯小姐，您也许会觉得不可思议（我自己也这样想），我怎么会从一开始就喜欢上了金斯堡。请允许我从他最近的一本书里举个令人难忘也很逗趣的例子来说吧。他写道，瓦尔特·惠特曼跟《爱的成长》一书的作者爱德华·卡朋特睡过觉，卡朋特后来又跟我们那位不太有名气的总统切斯特·亚瑟的孙子搞到了一起，嘉文·亚瑟老了好上了旧金山某位同性恋者，这位同性恋者又跟金斯堡抱在一张床上，这么一来，一个完美的循环就完成了：卡姆登的圣人① 跟他的嫡传和继承者② 有了真正的联系。怎么听上去像是潘格罗斯在讲述自己如何染上梅毒一样。③

罗斯小姐，请您原谅我这么啰嗦。为了把当下这问题说清楚，我们似乎得拥有关于人类的一切知识，这不仅会破坏您的心情，也让我很是头痛。您那天，鼓足了勇气，笑眯眯地、抖抖嗦嗦地，对着我如此动听地打了个招呼，对我，还有我们大家，表达了您的祝福，可您忘了提前搞清楚，您是对一个什么样的人说话。我的回答虽说不无幽默，却也愚蠢至极，这是我爱开玩笑的天性使然，那句话是从我一大堆莫名其妙的想法中蹦出来的。若不是华里士寄信到加拿大，我差不多要把整个事

---

① 指惠特曼。
② 指金斯堡。
③ 伏尔泰的《老实人》中，盲目乐观的潘格罗斯认为梅毒是殖民主义的副产品，用不着大惊小怪。

件忘之九霄云外了。提起那封信,我不得不说,那是一部鸿篇巨制,像《以斯帖》经卷,只是里面的坏蛋哈曼①变成了我。可以想象,他一定是满怀怨愤,对我的性格苦思几十年,反反复复、仔仔细细地勘察我灵魂的深处。他将我的缺陷、罪孽列了一份清单,描述之详尽,例证之广博,归纳之精当,真是让我不由得推想,早在我们还是情同手足的温馨年代,他就已经开始搜集、整理、归类、润色我的材料了。罗斯小姐,我恳求您想一想,收到这么一份材料,对我影响有多大。恰逢我一生最不幸、最屈辱、最难熬的时刻:妻子刚刚离世,我悲痛欲绝(您说怪不怪,我那位骗子大哥的死也让我泣不成声!),又要经历戈雅画中"老者的屈辱",中指无法伸展。掐指一算,快到古稀之年,辛苦悲凉就在眼前。亲爱的,我们所处的时代,人们对于昭示于光天化日之下的罪恶早已熟视无睹,不会吃惊,也不会愤怒,可我还是一遍又一遍地自问,艾迪·华里士为什么要花三十多年的工夫把我的罪状罗列出来,对我横加指摘?这问题激发了我的好奇,我竟然在心底里厉声尖叫,这颇具喜剧色彩的事件让我半夜里承受苦思冥想的痛苦。身处加拿大一座隔音不能再差的黑箱一般的房子里,我得强忍着才不会喊出声来,要知道,邻居们最需要的就是深更半夜有人大喊大叫。在整个英属哥伦比亚,我没有一个人可以倾诉。唯一的熟人,格莱斯威尔太太年纪很大(应该说太老),熟读各类惊悚小说,我的这点小事儿根本没必要与她分享。我们之间的谈话都集中在理论问题上。她倒是说过一句话,对我很有帮助:"人性之龌龊者,何也?《诗篇》云,'我为虫蛆,非人也。'人性之高尚者,能明察者鲜矣。故众生每每相互诋毁而不自知。"

华里士的材料(控告)不止一处是金斯堡的诗文启发灵感的,所以我向旧金山城市之光出版社发了份订单,花了几个不眠之夜,把他那些我没有读过的书一一翻了一遍。说实在的,他还真是出了不少小册

---

① 《圣经·旧约》中的人物。

子。金斯堡倡导敏感和坦诚，真正的坦诚便是将拉屎撒尿和生殖器的细节毫无掩饰地暴露在读者面前，他喜欢自由交媾的温暖，不管是男人与男人、女人与女人，还是男人与女人，不管是床上，还是路边，只要充分自由，便是人性的体现，当然，也免不了要做一番祈祷或者冥想。他将我们的"塑料文化"①视作洪水猛兽，总是与中央情报局联系在一起。不止是中央情报局，还有不少其他的间谍机构，甚至埃克森石油公司、美孚石油公司、加州标准石油公司，还有与克里姆林宫关系暧昧的西方石油公司（不可否认，这家公司想想都怪异）。超级资本主义，连同它可以导致癌症的石油化工技术，都与情报机构的一位高级官员詹姆斯·耶稣·安格尔顿有关，还通过他与他的一位哥儿们托·斯·艾略特扯上了瓜葛。安格尔顿青年时是一家文学刊物的编辑，曾发誓要复兴西方传统文化。金斯堡与艾略特的鬼魂曾在死亡之水上的一艘扇尾形的轮船上做过面对面的交谈，鬼魂交代，他的确为安格尔顿做过一些零碎的谍报差事。金斯堡针对这帮黑暗之子列出了一长串的名单，里面有印度教主、美髯僧侣、追随布莱克和惠特曼的诗人、修道院里那些怪异的圣人，还有感情丰富却头脑简单的同性恋者。秘密警察用电脑监视着他们的一举一动，在他们中间安插了线人，还想方设法用海洛因将其一举歼灭。这种近似精神病人的看法，因为在现实中太恐怖而让人动情，也因为其中反映了对善的向往、对美近乎狂热的捍卫，我本人对它颇为欣赏，相比，华里士却不以为然。我欣赏金斯堡怪诞的看法，也很能理解。他关于七月四日焰火的诗中充满了色情的暗示，我读到此处，不由得嘿嘿发笑。但马上，我便对他的意淫深表同情，我一边用指甲尖儿搓着胡须，一边想象着他作诗时的模样，我的眼睛也猛地亮了起来。艾迪迷恋金斯堡，夹杂着不少情感因素，我却能冷静地思考。打个比方，艾迪来到赌桌前，扛着一杆搂钱的耙子，他就是为赌场干活儿的，他从中

---

① 即20世纪六十年代美国针对主流文化的所谓庸俗文化。

拿到好处。他喜欢金斯堡的诗,也是因为可以从中揩油。

华里士最大的问题,也是他摆脱不了的毛病,就是他的犹太特征太过明显。某些人对他怀有戒心,甚至无缘无故地对他充满敌意,怀疑他是在设法把自己装扮成百分之百的美国人。他们总是问他:"你现在姓华里士,之前姓什么?"犹太人常常会被问到这种问题,似乎提问者觉得这种厚颜无耻的公然挑衅会施与他们某种力量,而力量无疑是受欢迎的。其实,他父母是北爱尔兰新教教徒的后裔,妈妈的娘家姓巴拉尔德。签字时,他用爱德华·巴拉尔德·华里士。对于别人挑衅性的问题,他装作满不在乎,遭受迫害让他对犹太人充满了善意,至少他自己是这么说的。我对他的这种友谊不抱偏见,且颇为欣慰,所以就对他说的话信以为真。

没想到,他跟我秘密地玩了这么多年的跷跷板,竟然得出我是傻瓜的结论。公众开始注意我了,他便变得很不耐烦,友情化作了深仇大恨。我在电视上做节目,讲音乐史,露脸机会多了,才招致这等灾祸。我能想象得出,他坐在电视机前,穿着一件脏兮兮的羊毛睡衣,左手扶着右边的胳臂肘子,右手扶着牙齿间的烟卷,看着我一边讲海顿最后的日子,或者莫扎特与萨列里,一边在古钢琴上弹奏乐句,他就会暴跳如雷,骂道:"你成超级明星啦?狗屁!蠢货!"或者"天哪!看你那装腔作势的样子!"或者"笨蛋!卑鄙!"

我家的姓,肖沐特,显然老早以前就被改过,那还是我父亲来美国之前由他的哥哥贫尼耶改的。贫尼耶戴着夹鼻眼镜,为音乐家沙洛姆·塞昆达作抄谱员。那时候我家极有可能姓沙姆斯,或许更下贱,姓温特沙姆斯①。所谓温特沙姆斯,在当时的欧洲犹太教礼拜堂里,是地位不能再低的人了,人家想用你就留着,不想用就一脚踹开。在大家的眼里,这种人都是些什么活儿都干不了,到处混吃混喝,胡子邋里邋

---

① 沙姆斯是"教堂勤杂工"的意思;温特沙姆斯,即比勤杂工地位还低。

遢，身上还得一些可笑至极的毛病，疝气啦、老鼠疮啦，等等，总之是连叫花子都看不上的一类人物。"可怜得像条虫子，"我父亲常说，"就一片浆布而已。"浆布是裁缝做衣服衬里、固定板式时所用的一种材料，由亚麻和马鬃混合而成，便宜极了。说一个人穷得叮当响，就用这比喻："他穷得只能穿浆布了。"裹尸布还要比它好一些呢。可在美国，肖沐特竟然是马萨诸塞州一家银行的名字。您瞧瞧，简直不可思议！关于意第绪语，您或许听说过它某些可爱、迷人、浪漫的方面，但是我告诉您，罗斯小姐，意第绪语绝对是一种硬邦邦的语言，直来直去，不拐弯抹角，呛起人来毫不留情。的确，它有时也很细腻可爱，但用来骂人绝对有爆炸性。"看那脸，简直一个泔水盆子。""你那张脸，像猪食盆子。"（猪常常被用来骂人，给意第绪语平添了特殊的力量）如果造物主激我动粗口，那么这充满暴力、不留情面的意第绪语绝对可以为我提供灵感，为了这，我得好好儿地报答造物主才是。

我给您啰嗦这些事儿，想必您很乐意继续往下读，为此我感激涕零。我在温哥华孤孤单单，没人说话，当然这都是我自己的错。刚到不久，有人邀请我参加当地音乐家的聚会，我竟然砸了场子。加拿大人见了美国人惯常问的问题：我是不是赞同里根的主张？我当然不赞同。下一个问题更关键：萨尔瓦多会不会演化成另一个越南？我回了一句，当场就有一半人愤然离我而去。我说："绝对不可能。北越的部队有几百年的作战传统，训练有素，很难对付。萨尔瓦多是一帮印第安乡巴佬。"我咋没有闭紧嘴巴？越南与我有什么关系？我身边只剩下两三个与我臭味相投的人了，可我说了下面的话，连这两三个人也不理我了。英属哥伦比亚大学一位教授说他很赞同亚历山大·蒲柏这个说法，从形而上的最高层面上讲，邪恶纯属子虚乌有；在理性的人看来，这世界上本无所谓邪恶。我看这教授纯粹是在扯淡，扯一些高不可攀的闲淡，所以回了一句："是吗？照您这意思，纳粹的毒气室也是一处光明所在？"

场子就这样被我砸了。现在，我天天只好一个人散步。

这的确是好地方，有白皑皑的雪山，有静悄悄的港湾，风景无与伦比。据说港口吞吐有限，货轮都得等着（一天得缴纳一万块钱），看着它们静静地卧在水里，我很是惬意，让我联想到波德莱尔的诗句《邀游》和《远离尘世》。好一个干净、文明的城市，往北，无数清澈的湖泊，再往北，无边无际的荒野，荒野尽头是挺拔的松树林，树林绵延万里，直到冰雪覆盖的北极。

可这小地方的文人雅士们竟然因为我的一点怪癖而大为光火，真是太不幸了！

罗斯小姐，您千万别以为我这人一直没事找事，大打出手。免得让您误解，您听我说，我其实时常是别人的靶子，被大师们、被比我更伟大的艺术家们，打得落花流水。已故的音乐学教父级人物基朋伯格在科莫湖赛尔贝罗尼山庄举办的一次学术会议期间，邀请我晚上去他的客房，他想提前看看我的论文。说"邀请"有些言过其实，是我自己巴不得见他一面。我提议的，他没好意思拒绝。教父身材魁伟，身着宽松的黄绿色丝绒宴会装，脸色略显苍白，聪明的脑袋大得出奇，仿佛是用起重机吊起来，再安置到他的躯体顶端的。他属于那种被称作"瘸腿魔鬼"式的人物，虽然拄着两根拐杖，可走起路上没人能赶上。多年前，他就出版了一本关于罗西尼的专著，名气大振。罗西尼本人也是说讽刺话的能手，例如，论起瓦格纳，他说："个别段落的确动听，但大半时间枯燥透顶。"基朋伯格在山庄占着一套客房，十八世纪风格的套间，平纹丝绸沙发布，织锦被褥。各种石雕冰凉滑润，丝织灯罩温暖宜人。我进屋的时候，仆人已经合上了窗帘，客厅显得有些闷热。我开始读我的论文，基朋伯格一身绿衣，仿佛巨人坐在我的面前。他精于世故，学识渊博，长长的嘴巴闭得恰到好处。他的眼睛长得很奇特，分别在脑袋的两侧，似乎能同时看见左右两边，眉毛就像从智慧树上爬过来的毛毛虫。我读着我的论文，他点着他的脑袋。我说："教授，我这东西让您昏昏欲睡了吧?"他说:"没有,没有,正相反,听您读您的大作,我想睡也睡不着。"这真是天才开口!虽说让我承受难堪,可再一想,能让天才开口也是我的荣耀啊!他庞大的躯体扶在两条拐杖上,仿佛是在滑雪,沿着陡坡径直滑入梦乡。就在这似睡非睡之间,他的意识即刻就要消失,竟也拥有如此奇异的能力,让他说出如此令人目眩的警句!我走遍天下,也不一定能领受到如此精彩的羞辱。

扯远了,咱们还是回过头来,再说说华里士吧。华里士一家住在学院分给他的一幢小别墅里,周围有树木环绕,可在那个季节,依然尘土飞扬。您生活在佛罗里达,应该还没忘记,在干燥的秋季,新英格兰的树林是什么样儿的吧?花粉搅和着木材燃烧时的浓烟,落叶烂成碎片,枯枝上缠绕着蜘蛛网,网上沾着死蛾子翅膀化成的粉末。我们每次到了华里士家门口的石柱下面,如果发现送牛奶的放在门口的奶瓶,就会一把抓起来,大喊一声,扔到树林子里。牛奶是为怀有身孕的华里士夫人佩格订的,可她闻到牛奶就反胃,一口都不肯喝。佩格比他社会地位高出许多,不过话说回来,那个年代,谁都有可能比他社会地位高。比他低的只剩下黑人和犹太人了。他那长相又颇似犹太人,所以这一点点优势也保不住了。没办法,只有他那种浪荡艺术家的风度才能为他增添些底气。佩格很欣赏丈夫身上的这种浪荡艺术家的气质,至少她是这么说的。在她眼里,我本该是个讨厌鬼,可我关于佩尔格莱西和海顿的电视节目让她对我另眼相看,况且我还是她丈夫的好伙伴儿呢。您得相信我,华里士缺了我这个好伙伴那是万万不成的,他患有抑郁症,他老婆担心得要死。她盯着我看的时候,眼神儿百分之百像盯着一服良药。

佩格·华里士高高的个子,仿佛是喝了仙境灵水的爱丽丝。虽说有些皮包骨头,可也算精致,有些像无声电影明星柯玲·穆尔,眼睛圆圆的,刘海随意飘着,十足的纯情少女。怀孕四个月了,还每天去飞琳地下商城上班,艾迪本来开车送她到车站,可现在不愿早起,卧在百衲被窝里,能睡一整天。粉红色,如果不鲜亮,不活泼,便会让人看着心生绝望。华里士的被子就这颜色,我去找他时,看见他床上那条被子,心里不由得发沉。房子的护墙板是胡桃木的颜色,屋子里见不到阳光,厨房里更是阴冷。他睡在楼上,露在被子外面的只有一颗脑袋,尖尖的下巴,厚厚的犹太嘴唇,那模样又可憎又可怜。醒着的时候,还能强打精神,摆出一副自信,睡着了,这点自信也就杳无踪迹了。这年月,大家都懵懵懂懂,似醒非醒,华里士却时时刻刻保持警觉,并引以自豪。他的前提是,不能被任何人给耍了。可是,他睡着的模样一点也不见得有多机灵。

我叫醒他,他有些尴尬。看来他还不是百分之百的浪荡艺术家。都到后下午了,还昏昏沉沉的,一副呆相,他自己也感觉很难过,嘟嘟囔囔个不停。麻秆腿伸出被窝,我俩便一起进了厨房,端起了酒杯。

佩格三番五次地要华里士去普罗维登斯找个心理医生看看,这事儿他一直瞒着我,后来才承认他需要调理调理,心理上需要一点儿小小的整改。当了父亲后,他的生活彻底乱了套。老婆一胎给他生了两个儿子。这都是些琐事,我给您讲这些并没有出卖朋友的内疚感,况且,我也不欠他什么,倒是他那封信让我沮丧到了极点。他可真能瞅时机!三十五年没说过一句动气的话,让我完完全全相信了他的友情,突然间来这么一手!什么时候暗算朋友?什么时候递给他一盅毒药?不能太早,太早他还年轻,恢复得太快。华里士等啊等啊,等到终了,当然是我的终了。他信里说,他还年轻,有事实为证。他还能对远在密苏里的女同性恋者产生浓厚的兴趣,只有他还能进入她们的心灵深处,她们也允许他插入她们的身体。她们说了,华里士是她们唯一的男性伙伴,很特殊的一个例外。就像当年麦戈文乔装入藏,成为唯一进入那片圣地的西方人,华里士是唯一进入女同性恋者身体的男人。只青睐青春的她们竟然加宠于他,可以肯定,他依然年轻。

他整理的这份材料一下子就把我撂倒了。客观讲,我承认我的性格中不存在很突出的成功要素。马虎大意，精神懒散，常常三心二意。他说，我还有意表现得豁达，似乎懒惰是什么美德一样。比方说，饭馆吃了饭，我从不在乎招待有没有算错账；对于退赔税，我也懒得计算；过于"清高"，不愿亲自理财，只委托给专家（换个词说，就是"骗子"）。相比，华里士却很务实，分分毛毛也不含糊。钱财对他是原则问题，绝不能马虎，就像荣誉对于莎士比亚书中的英雄。信用卡刚刚流通，佩格也赶了个时髦。华里士把利息和服务费算到小数点后四位，然后将她的卡撕了个粉碎，扔进了水槽。每年到了退税的月份，他都得跟税务官一决雌雄，不管是州政府的还是联邦政府的，谁也休想占艾迪·华里士的便宜。在精打细算上，他常把自己与那几位铁公鸡大富翁相提并论：开辟金钱帝国的洛克菲勒，给小费就一毛钱；腰缠万贯的盖迪，在豪宅招待客人，客人打电话还得投币。不能说华里士小气，他只是精明、苛刻，手捏得紧，比蛤蟆的屁眼还紧。这不仅关乎原始资本主义，他一方面崇拜布莱希特的戏剧，一方面又彻头彻尾地拥护列宁和斯大林的强硬。我如果在钱财问题上（表现得）含含糊糊，他就会说我是在耍花招，明显是在施展一种"半无意识的策略"。他是不是在说，我一个犹太人，却视金钱如粪土，那是别出心裁，企图出人头地？想跻身比我优越的上流社会？换句话说，想同化成地道的美国人？只是我从来不认为，那些排犹主义者能比我优越多少。

在理财方面，我倒不是有意无意地装出一副天使的模样，好像不食人间烟火。罗斯小姐，事实是，我根本就没那本事。我经常胡言乱语，被骂作狗嘴里吐不出象牙，源于一种歇斯底里综合征，而不善于理财显然是这种综合征的一大症状。这病折磨我很久了，如今依然在折磨着我。现在这位华里士已经忘了当年他一睡就是十八个小时不醒，为此还去找了心理医生，我那时就告诉过他我很理解他的病因。为了安抚他，我还说："天好的时候，我可以神志清醒半个小时，然后就又昏昏沉沉，谁都可以把我踩在脚下。"我们大多数人，除了零星的几个瞬间可以头脑清醒,大多时间要么昏昏沉沉,像在做梦,要么骚动不安,像被大浪裹着。我当时说的就这意思。我从没有想过要施展什么策略。前面给您说过,偶尔我也觉得有必要戴副面具,可马上就放弃这主意。但是,华里士总觉得每个脑子灵光的现代人都是自己与时俱进的发明,所谓与时俱进,就是能折腾自己,就是为自己制定一个目标,一天演一出戏,一句话,得会装扮。那么,你信赖自己的亲人,结果发现他是个骗子,或者你听了自己老婆的话,让她的弟弟接手了你的案子,结果却栽到了自己内弟的手里,这应该是哪一出戏?别人都寡廉鲜耻,一副花花肠子,这位内弟又多占了一条,疯狂。您别急,慢慢听我道来。

　　华里士信中说:"我认为你该清醒地认识到你是什么样的一个人了。"接下来便对我的品行作了一番别人很难听到的总结。我逢人便动粗口,极尽辱骂之能事。我不能容忍别人发表意见(他尤其痛恨这点,信中提过不止一次),把自己的观点强加于别人,别人话还未尽我就抢过话头,导致人家忘记该说什么,人家绞尽脑汁想好的话到我嘴里都成了陈词滥调。他说,我简直就是"一间移动货仓,里面塞满了中产阶级的零部件",这意思是说,我脑子里充斥着毫无逻辑、疯疯癫癫的想法,一经出口,便会催促这本来就已经可恶可憎的社会机车急速滑向无底的深渊。等等等等,不一而足。至于我出类拔萃的音乐爱好,那只是一种假象,真正的肖沐特是一个老奸巨猾的推销商,那本《音乐欣赏入门》被各大院校采用(显然不是自愿的),为他赚得百万元的稿费。他把我比作基辛格,一个没有任何政治资本,没有几个支持者,却善于投机钻营,再利用名人效应而一跃混入体制之内的犹太人……华里士不可能明白成功所需要的人格魅力和性格中所固有的力量,不可能理解(耳朵里长满毛,压在枕头上,短小的身材弯弯曲曲,像一条狭小的防火通道,缩在粉红色的厚被窝里)一个受过良好教育的人需要怎样的力量才能在一帮半文盲政客当中站稳脚跟。还有,这种比较也未免牵强,在公共广播公司的电视上作关于十八世纪音乐的讲座,与制定美国的对外政策、对付国会和总统府里面的酒鬼、骗子是完全不同的两码事。

那么，谁才是诚实的犹太人？非忏悔者金斯堡莫属。金斯堡从来不隐瞒事实。反犹者们在他们近似神经病的幻想中为犹太人强加了不少恶行，金斯堡对这些恶行作一番夸张处理，于是深得反犹分子的钟爱。他描写疯狂和智障，描写三明治里面发现某人的屁眼，描写将人造阴茎插进自己的身体，刺激得反犹分子们欣喜若狂，仿佛嗑了药一样。美国人就喜欢这种冲破底线、实实在在的色情描写，认为这就是真诚、不造作。他们就是在这样的水平上跟你说"掏心窝"的话，自己嘴里冒出来的变态和淫秽则必须说成是别人的，那些"不男不女的"同性恋或者外来的瘾君子。我给您一个忠告：如果他们到你身边，说要与您"掏心窝"，千万记着，把您的钱马上塞进鞋窝里藏起来。

我在金斯堡身上还发现了一些东西。的确，他略带喜剧色彩的自我作践，跟传统犹太人所充当的角色没有两样。犹太人在古罗马时代、甚至更早，就擅长这角色。还有一点，同样历史悠久。在这种无所隐瞒的坦率（或者说严重的自残）底下，隐藏着一颗纯洁的心。身为美国犹太人，他也必须肯定民主的价值并为其摇旗呐喊。天降大任于美利坚合众国，它是人类所能成就的最辉煌的硕果之一，一个包容各种民族的国家（同性恋民族岂能被排斥在外？一个也不能少）。惠特曼早就预言到，美利坚将是一首最伟大的诗篇。现在，美国超验主义唯一的嫡传就是这位胸前堆着肥肉、脑袋上没长几根头发、脸上却毛发浓密、戴着一副脏兮兮的近视眼镜的同性恋者，他的邋遢正体现着他的纯真。罗斯小姐，用"肮脏的外表纯洁的心"来描述他，真是再恰当不过了！在这个财神弥达斯统治的地球上，泥土里的死尸也会长出金灿灿的果实，金斯堡就是这个地球上的犹太人微观世界，他身为犹太人，但不会亲赴以色列与利未人拼命，替同性恋者打抱不平，他是美国、他自己的祖国培养起来的佛教徒，对佛陀、对同性恋有着同样坚定的信念。石油大亨们是他天然的敌人（这敌人不仅需要宗教上的救赎，更需要性的救赎），可是遇着这样一位小丑，谁不会大声喝彩？恰好，金斯堡和我同一个星座，俩人的母亲得了同样的疯病，俩人也同样擅长凭灵感说一些惊世骇俗的名言，只是我不愿意太看重色情，我不相信手淫和鸡奸能引导我走向真理。他有坚定的信念，而且始终如一，这是他的长处，我却很难做到。我俩比起来，他更像个美国人，他是美国文学艺术院的院士，而我连提名的资格也没有。他可以指名道姓地说某某总统吸毒成瘾，可没人敢收回他所得的各种奖金奖牌。他骂得越厉害（林·贝·约[①]用麦角乙二胺吗？），得的奖就越多。所以我说，跟我比起来，他更靠近美国主流。我长得就不像个美国人（其实，金斯堡也不咋太像），虽说出生在印第安纳哈蒙德（禁酒令颁布前，我老爹在那儿还开过酒馆呢），我祖上却来自基辅，我没有胡西尔人[②]的身材，个头儿很高，却总是挺不起来，屁股也比别人长得高一截儿，给人的印象是上身短下身长，不合比例。造我的那个神看来不懂力学。除了黑人和山民，哈蒙德就全是外国人了，乌克兰的、芬兰的，但这些人个个都长着美国人的模样。我却不同，我的长相倒是跟俄罗斯教堂里面圣像中的那些人物很是相似：脸很紧凑，眼睛圆而小，拱形的眉，头顶上一毛不生。在一些非常严谨的场合，本来需要美国高阶层管理人员所具备的那些品德，如审慎、如稳重，可我却管不住自己的臭嘴，像阿拉伯人常说的，脑子变成了舌头的奴隶。

罗斯小姐，前面所说都颇为轻松。我意思是说我只就事说事，没有做过多的剖析。应该直入正题才是。我得向您道歉，可就在这事上也有神秘之处（或许就是格莱斯威尔太太所说的报应吧）急需进一步说明。人们出于什么动机非要说这些话，就像我非要跟您说的一样？这么

[①] 指林登·贝恩思·约翰逊（1908—1973），美国第36任总统。
[②] 即印第安纳州人。

说吧,某人出游,恰遇美妙的晴明天气,美妙到不做些什么就感觉浑身不自在的地步,他身不由己,非要干出一些与这美妙的时光相匹配的事情来,否则,便觉得无异于困于轮椅中的残疾人,任凭海边景色摇荡心旌,却迈不出半步,身旁护工还不停地唠叨:"坐着别动,看看这浪花吧。"

我那位已故的妻子身材苗条纤细,性格温柔亲和,仿佛严格按照中世纪的标准造出来的。我惹她生气的时候,她会双手托着下巴,就像为我祷告,粉粉的面颊渐渐变成深红。我一发病,她就会异常难过,然后像所有称职的妻子一样出面替我补救,向被我伤害了的人下话求情,从而保全我的声誉。她长着一头棕发,面色和润,不过她脸蛋上光鲜的神采究竟是来自健康的身体还是容易激动的性格,我无法判断。她眼球略略凸出,但绝没有到达畸形的地步,相反,在我看来,还平添了不少美感。出生在奥地利(格拉茨,不是维也纳),逃难而来。跟我一样体魄的女人我从来没喜欢过,想象一下,两口子,一对大高个儿,那将是何等不可思议的错乱!我还偏好自己寻找喜欢的对象,上小学的时候,对女老师没有产生过一丝性方面的兴趣,倒是迷上了班里个头最小的一个姑娘,小时候这种嗜好促使我长大后娶了一位凡·德·威登[①]和卢卡斯·克拉纳赫[②]画中的女人。那种玫瑰色不仅仅只局限在她的脸颊上。其实整个面部的表情都有一种非现世的格调,她对优雅的理解也可以追溯到某个遥远的时代。她举手投足之间总有一种垂拂的姿态:走路时,整个身子垂拂;做饭时,双手从手腕处开始垂拂;用餐时,上半身垂拂;你告诉她某些紧要的事情时,她头颅垂拂,还微张着嘴巴,全神贯注的样子,似乎想要听懂你话中的全部含义。遇到原则问题,却固执到极点,即使她的想法荒唐至极,你也休想把她扳过来。死神把盖尔达从我身前身后领走了,她被包裹起来,存放到某个再也见不着的地方。那

---

①② 分别为15世纪荷兰画家、16世纪德国画家。

红润的身体，那粉色的胸脯，那略微突出的蓝眼睛，永远也见不着了。

我那天经过图书馆门前时对您说的话，如果让她听见，一定会惊得她魂飞天外。我处处得罪人，她总是耿耿于怀。再举个例子吧。那是多年以后，在另一所大学（算是名校了），有天傍晚，盖尔达为一大帮学界朋友做了一顿丰盛的晚餐，我家那张斯堪的纳维亚樱桃木桌子的三块活动桌面都摆满了。来了些什么人，我自己也弄不清楚。主菜过后，不知谁说起了一位姓舒尔泰斯的教授，大家都知道那是个牛皮吹得很大、标榜样样精通、让所有人都不舒服的人物。中国菜肴、粒子物理、班图人与斯瓦希里的关系（有没有他都能扯上）、纳尔逊勋爵喜欢威廉·贝克福德的原因、电子计算机的发展动向，等等，没有他不知道的，而且说起来滔滔不绝，容不得别人插嘴。他个头高大，满脸胡子，肚子挺得高高的让你无法近身，手指尖后翘，如果我会画漫画，一定会把他画成一个胡须上翘、指尖后翻、放开公鸭喉咙嘶叫的歌者。有位客人告诉我，舒尔泰斯教授忧心忡忡，因为现代人个个不学无术，他担心死后没人会替他写出一篇像样的讣告。我回答道："不知道我够不够格，但如果能让他心里舒坦一些，我倒很乐意担当此任。"舒尔泰斯太太就坐在我对面，只是盖尔达摆在桌子中间的鲜花挡住了我的视线，她正准备用甜点。我说的话她听到了没有关系不大，只是有五六个客人鹦鹉学舌，把我说的重复了几遍，我发现她挪了挪身子，避开鲜花，狠狠地盯着我看。

夜里，我想说服盖尔达，我当时真不是故意要伤害谁，安娜·舒尔泰斯也不是那种轻易会受到伤害的人。她和丈夫闹别扭，教授没来我家，她一个人跑来干什么？况且，她到底是咋想的，有什么感受，也很难说，因为她脑子里的某些"粒子"（显然与舒尔泰斯教授粒子物理学懂得太多有关）显然是错位的。我这解释不仅没有让盖尔达释怀，反而把事情整得更糟。她没说，但躺在床上一副僵尸的样子。用呼吸表达沮丧，盖尔达绝对称得上是位完美的艺术家，做得尽善尽美。长吁短叹，自然说明难以入睡。我也仿照她的样子，挺得直直的，装成一具僵尸，分担她的愁苦。我生来不喜欢与人通奸，即使真的做出这等事来，内疚的程度也不会比这更强烈。第二天早饭时，我喝着咖啡，听见盖尔达与安娜·舒尔泰斯通电话，约她共进午餐。周末有一天，她俩竟然成双成对去听了一场交响音乐会。不出一个月，盖尔达和我便到了舒尔泰斯肮脏不堪的家里，做了他们孩子的保姆。她家本来是学校分给他们的一栋小别墅，经过这家人的经营，现在变成了石器时代的垃圾堆兼厨房。和好了，盖尔达才算放下心来，我却另有想法：一个人既然能厚颜无耻地说出那种话来，就完全可以死守到底，没必要屈从于良心，话刚说完就去与人讲和。他应当像基朋伯格一样，装得像个国王，根本不用向别人低头认罪。这肖沐特呀，究竟哪个才是本真的肖沐特？是那个狗嘴里吐不出象牙、处处得罪人的人，还是那个娶了个无法容忍丈夫出口伤人的老婆的人？

您或许会问：你娶了这样一个老婆，心甘情愿地拼死去保护你，让你免受被你伤害过的人的报复，那么你是不是变态到有意到处闯祸，好给老婆足够的机会发挥她保护神的作用？我的回答是，绝不是！不只是因为我爱盖尔达（她这一死，更加说明我爱她爱得要死），还因为我说那些话，并非出于变态或恶意，也并非恶意如酒瘾，我作恶成习自甘沉沦，而是因为我觉得那是一门艺术。我再说一遍，绝不是。的确，是必须有某种刺激才会让我说出那种话来，但是我受刺激时所发生的一切之所以发生，是因为大地在我脚下突然裂口隆起，而在天堂的两端同时传来两声巨响，让我鼓膜破裂。耳朵聋了，只好张开嘴巴。盖尔达头脑简单，以为只要她去赔罪就可以抵消我臭嘴里冒出来的言辞所产生的恶果，所以精心策划，图谋赢回别人的善意，争取那些不可能回心转意的人回心转意，她哪知道，这些人脑子里缺乏最核心的"粒子"，根本不具备与人为善的品德，对善意没有一丝一毫的兴趣。她给这个送去杜鹃，给那个送去海棠，把自己园子里的花儿剪下来插到别人家的花瓶里，还自掏腰包招待别人的老婆共进午餐，回来后一本正经地把听到的事儿一一向我传达：她们的丈夫如何被克扣了薪水，她们的父母如何病得卧床不起，家里什么人精神失常，谁家十五岁的孩子入室抢劫、吸毒成瘾……

我说狠话，从来不会针对盖尔达，我只对那些刺激我、挑衅我的人才会如此口无遮拦。唯一未经刺激就信口胡说的，就是对您那次，所以我才写这封道歉信，之前没有过，以后也不可能有第二封。因为您，我开始自我检讨。等会儿我再细说，我现在满脑子还是盖尔达。为了她，我曾努力克制自己，最终明白了闭紧臭嘴的价值，也弄懂了不能随意让灵感中得来的言词脱口而出，而应该让这种邪恶（如果真是邪恶的话）烂到肚子里，只有这样你才可以获得力量。我猜，这可能就像佛教徒所说的"口吐花香"。"口吐花香"应该属于语音生理学范畴了吧？但是，语言文字本身已经堕落得粗俗不堪，你却在字斟句酌，这究竟有多大的意义？如果拉·罗什福柯还魂来到人间，我猜想他一句话还没说完，大家就会打着哈欠，转身离去。这年月，谁还能听得进去他那种咬文嚼字的格言？

舒尔泰斯夫妇是我的同事，盖尔达还能设法说服他们，可也有她保护不了我的时候。比方说，有次学校举办正式晚宴，我恰好被安置在一位老太太身边就座。这老太太钱多也出手大方，为几家歌剧院和交响乐团送去了几百万元的捐款。那天晚上，我刚刚指挥演出了佩尔格莱西的《圣母悼歌》，还穿着燕尾服，打着雪白的领花，俨然宴会上的一颗明星。《圣母悼歌》算得上是十八世纪最动人心魄的音乐，您也许会说如此音乐绝对可以涤荡灵魂，让我至少在睡觉之前这几个钟头里散发出高贵的气质来。可事实是，没有。几分钟不到，我便开始胡闹起来，惹得鸡犬不宁。我坐到佩尔加蒙太太右边绝非偶然。今晚她要宣布一大笔捐赠，有人甚至幻想拿这笔钱组建一个教堂合唱团，并希望我能够促成此事（当然得讲些策略，不能直来直去地说明）。高潮在后头。坦率地讲，我对提议组建教堂合唱团的那几个人并不怎么感冒，一帮杂种，拿了大笔的捐款就会显得大权在握，目中无人。佩尔加蒙死的时候给他的老婆留下了巨额财富，这么多钱突然间让这老寡妇变成了圣人。我刚刚指挥完一出圣乐，短时间内身上也沾有一点儿圣人气，这么说来，真是圣人对抗圣人。佩尔加蒙太太对着我喋喋不休，满嘴只有一个字，钱，只字不提《圣母悼歌》，也不对我的诠释说句评价的话。虽说在我们这个合众国，钱，永远是占绝对地位的第一话题，但今晚毕竟是个特殊场合，绝不应该撇开音乐不提。老女人对我说，大凡顶级慈善家，都有一个共识，四个伟人平分天下：卡耐基、洛克菲勒、梅龙、福特，国外还有各种各样的罗斯希尔德基金、大众汽车基金，而佩尔加蒙慈善机构的主要对象是音乐事业。她说她已经在电子作曲、计算机音乐方面投入了不少，这两个领域正是我本人所深恶痛绝的。我强迫自己拿出基辅人的传统礼节，满脸堆着基辅人的笑容来面对她，已经窝了一肚子的火了。刚才还看到校园路上停着她的豪华轿车，市警察局的警察围了一圈，还不够，又调来一帮校警协助保安。她胸前的钻石就像夹在两座山中间的芬格湖泊。我不能不承认，她不停地谈钱，对我产生了奇异的效果，应该说，渗透到我灵魂的最深处。我那位已故的哥哥也是一辈子只有一个心思，钱，他可是我母亲的心肝宝贝，母亲九十多岁了，心里依然只有这一个宝贝儿子。这一阵儿，我听见佩尔加蒙太太说，打算写本回忆录，我立刻问道（尼采一定会说我这问题来自我内心深处的"命运"）："您打算用打字机，还是点钞机来撰写您的回忆录？"

我怎么能说出这样的话来？真是从我的嘴里说出来的吗？再想这些已无济于事，太晚了。暴风雨已经来临。她盯着我，很平静。她是大人物，我是精神病院跑出来的疯子。她那张苍老松弛的脸上毫无表情，眼镜背后，那双蔚蓝色的眼睛显得又大又亮，我倒突然觉得她根本没有听见或者没有听懂我说的话，但无论如何，我的罪孽昭然若揭，无法雪洗。我试图改变话题。我听说过,虽然她对音乐事业情有独钟,但偶尔也为科学研究慷慨解囊,报纸有过报道,她曾经为一项癫痫研究捐过不少钱,所以我不失时机地把话题引到了癫痫。我说,根据弗洛伊德的一篇文章,一个人癫痫发作是他父亲死亡后他心灵中的剧烈表现,所以最明显的病症就是浑身僵硬、面无表情。天哪,我本想摆脱窘境,没想到越说越不像话,这不明显的是在血口喷人吗?我只好沉入意识的最底层,静静地坐着,一言不发。我努力静下心来,去思考尼采所说的"命运"。命运,就是每个人的身上,都有一种无法更改、无法修正的东西,这东西也可以称作"虚无",极有可能建立在"权力意志"之上,而"权力意志"不是别的,正是"存在"本身。我被《圣母悼歌》所感动,用年轻人的话说,被石头砸得晕了过去,伟大的圣母却不愿帮我一把,我便稀里糊涂地从我的"命运"深处发言。事情过了多年了,现在我觉得当时的确有些以小人之心度君子之腹。佩尔加蒙太太能与我谈钱,那是信得过我,甚至是宽宏大量,能够理解佩尔格莱西的人一定精神很丰富,可以与她平起平坐。虽然我胡说八道了一通,却没有影响她的捐赠活动,组建教堂合唱团的资金还是有了。总不能因为一个脑子有病的人在饭桌上胡言乱语,就把实施义举的伟大事业给毁了吧?她这把年纪了,什么样的疯子没有见过?或许当时我说了那句话,受了惊吓的不是她,而是我自己。

罗斯小姐,佩尔加蒙太太表现得真是太有风度了,而我却一直想超越她,想在某个危险的转弯处冲到她前头。是一场权力的决斗吗?这意味着什么?我要权力做什么?对了,或许权力对我真有用处,站在权力的位置,你便可以想说什么就说什么,掌握权力者得罪了人也是无可厚非的。说说丘吉尔的事儿吧。一次,丘吉尔说起一位名叫德莱堡的议员:"他这人哪,把鸡奸的名声也给搞坏了。"德莱堡不仅没有暴跳如雷,反而觉得受宠若惊。还有一位议员说,丘吉尔这话是说他的,不是说德莱堡的,德莱堡反唇相讥道:"说你的?温斯顿怎么会看得上你这么个只会舔别人屁股的小人物？"这场争执让伦敦各界开心了好几个星期。丘吉尔就是丘吉尔，马尔博罗的出色儿子和传记作家，国家的拯救者，被他侮辱也是一种荣耀，你也可以因此而名垂青史。毕竟，丘吉尔还算是文明时代的产物，哪怕是最后一位也依然属于文明时代。至于我们，这些身处美利坚的人们，我们是一个多种因素组合而成的群众文明，有美德，却缺乏品位。正因为美国社会容不得品位（那种伏尔泰、吉本意义上的品位，那种圣西门、海涅所表现出来的品位），像我这种人才有可能信口雌黄，结果伤害的只有我自己。得罪一个人，并不是因为你说话犀利，而是因为你话中暗藏"恶意"。在大家看来，我这个人属于那种心理怪异、性格扭曲的类型，他们懒得从我的人生背景去完整地考察我。严格意义上的"人生背景"已经离我们远去，我们个个都像刚孵出来的鸡仔，在庞大的偶像脚下，在至高无上的权力面前，扇动脆弱的翅膀。

那么语言到底是什么？我的第一位律师（第二位是盖尔达的弟弟），就是那位在我哥哥不动产案件中作我代理的那位律师，可以标为一号律师，姓克劳森，在起草一份重要函件时，对我说："肖沐特，你自己写吧。你是语言天才。"

"你是十个男人一起上也无法满足的婊子！"

这话我没说出口。他大权在握，我还得仰仗于他。我害怕得罪他。

可得罪他是免不了的，很快，这就成了现实。

我没法告诉您原因，说来真有些神秘。那天我对佩尔加蒙太太提到弗洛伊德关于癫痫病的那篇论文时，我是想说我本人就常常莫名其妙地发作，颇像得了病一样。但那不只是脑子里的病，不只是脑损伤或癫痫大发作，而是一种变态的心理快感。出于报复，还是出于亵渎？也许都有吧。会不会是魔鬼附身？会不会是中了邪？会不会是酒神狄奥尼修斯作祟？有天，在克劳森律师气派的俱乐部吃了一顿让我心灰意冷的午饭，原因是满屋子坐着的都是无赖，他在席间对我横加侮辱，这光景很像杜米埃漫画中的场景。他否决了我不下十次，我的建议他一概不予采纳，我给了他两万五千元的预付金，他却连我的案子最基本的情况都没弄清楚。吃完饭，我俩一起走过大厅，大厅里坐满了联邦法官、重量级政客、道路承包商、董事会老总，等等，都在嘀嘀咕咕地商量着什么，突然听到一声巨响，几个工人正在拆除一堵墙。我问接待："出什么事儿了？"她回答说："这栋楼在重新布线。电路都太陈旧，天天断电。"我说："趁着他们在这儿施工，可以顺便安排一下，在这个餐厅里把那帮吃饭的人统统处以电刑。"

第二天，克劳森便通知我，由于某种原因，他不能做我的代理了。我跟他难以相处。

明智之人逍遥于世俗权力之外，不受约束，毫无疑问是无可厚非的。可我去找克劳森，是想寻求他的保护，我选择他，是因为他是个大人物，高高在上，就像我哥哥的遗孀雇的那几个律师一样。我已故的哥哥欺骗了我，我是不是应该把属于我的钱要回来？我这样做算是反击还是胡闹？到了法庭，脸皮越厚越好，要么目中无人，要么趁早滚蛋。佩尔加蒙太太高不可攀，克劳森也高不可攀，盖尔达的那点儿小伎俩找不到用武之地，她不可能给人家送鲜花，也不可能请人家吃午饭。加上她已病入膏肓，临死还为我的未来操心。她责备我说："你何必去戳穿他？那是个不可一世的大人物。"

"我就这毛病，天生的，改不了。我到底咋回事啊？是不是人品太好，作不了伪君子？"

"伪君子这词儿对你过分了……只需说几句好话。"

我真不该说下面的话，她身体还是那个状况，可我没忍住："说好话和舔屁眼有多大区别？"

"唉，可怜的亨舍尔，你本性难改呀！"

她当时因为白血病已经奄奄一息，我必须向她保证把这案子交给她的弟弟汉瑟尔处理。她相信，汉瑟尔看在姐姐的面子上，肯定会为我的事儿尽心尽力。的确,他爱姐姐,对姐姐一片赤诚之心,可作为律师,他纯粹是一场灾难,不是因为他对我不忠,而是因为他天生没那本事,而且还是个疯子。

律师,律师。您会问我,我为什么非要找律师?因为我爱我的哥哥爱得太深。因为我俩一起做生意,做生意不能没有律师。律师们在这个社会最核心最强大的位置、在这个金钱主宰一切的社会中心,确立了自己坚不可破的地位。华里士在这封信中最令人心旷神怡的段落里,提到了我这件惨不忍睹的案子。他写道:"我早就知道你是一个十足的笨蛋。"而他自己,他说,他尽了一切努力总算避免变成笨蛋。我找律师,不是担心谁也不能百分之百确定自己的慎重会万无一失,雇用律师,就是在证明你没有聪明到永远不会上当受骗的程度。所以,在这一点上华里士说得很是中肯。

我哥哥菲利普为我提了一条做生意赚钱的建议,这说起来也是我自己的错儿,因为我竟然把我那本《音乐欣赏入门》挣了多少稿费告诉了他,我真是愚蠢透顶。他听了后便打起了我的主意,他对妻子说:"特雷西,你猜猜,谁发大财了!"又问我:"你这么多钱,打算怎么处理?税这么高,通货膨胀这么厉害,你没想过怎么保值吗?"

我真佩服他。不是因为全家人都夸他是个"极具创造性的生意人",这一点对我没多大意义,而是因为……其实也没有什么"因为",只有事实,一种与生俱来的感情,一种说不清楚的神秘。他对我的存款兴趣高涨,也让我兴致勃勃。这是他唯一一次这么严肃认真地对着我说话,说得我得意忘形。我说:"我从没想过要发财,现在竟然被钱埋住了。"我说这话显然有些虚伪,您也可以说我是在撒谎。这口气也是致命的错误,似乎是在暗示我赚钱并没有多难。哥哥菲利普为了赚钱,被折腾得筋疲力尽,弟弟哈利竟然只消动动一支笔,就轻轻松松地腰缠万贯!回想起来,我那时大嘴一张,脑子都没过,夸出来的海口简直就是明目张胆的挑衅。他听了自然心里不畅，以为我在骂他无能。我甚至能看见他脑子是怎么转的。

小时候，我俩睡在一张床上，他很胖，我感觉跟一头海牛挤在一起。后来他加强锻炼，身上的肉紧致了不少。从侧面看，他的脸盘很大，还有两个眼袋，结实的身躯架着一张严肃的面孔。我这位已故的哥哥很有心计，擅长放长线钓大鱼。我不主动靠近他，他便趁机占我便宜。我心底里爱他，这倒成了我的致命弱点，一个成年男子对自己的哥哥怀有这样的柔情蜜意，是要被人笑话的。他跟斯本塞·特雷西有些类似，但比她野心大，比她有闯劲儿。皮肤黝黑，那是得克萨斯的太阳晒的，头发天生地有"型"，不是理发馆做出来的。十个指头上戴满了墨西哥产的戒指。

我和盖尔达去休斯敦他的豪宅里作客，那个阔气我只有看看的份儿。他带着我到处参观，说："我每天一大早睁开眼睛，就会对自己说，菲利普，你这是住在一处公园的中心啊，这整个公园都是你的。"

我说："跟芝加哥的道格拉斯公园一样大。"

他打断我的话，不想听我说那破破烂烂的西部，枯燥乏味的老家：罗斯福大街两旁一排排鸡窝一样的房子，鱼肆门口犹太教徒用来碾碎辣根的磨盘，独立大道上肖沐特家的厨房里日日上演的情景剧。他讨厌我重提往事，他已经成了一个地道的美国人了。可话说回来，他并不属于这得克萨斯的豪宅，谁也不曾属于它。不知有多少败落的生意人在他之前就住在这公园里，建起这座豪宅的就是其中的石油大亨和土地开发者。这些人后来要么死在监狱里，要么死在疯人院里，你会有种感觉，他们的鬼魂时时刻刻游荡在菲利普所（貌似）拥有的这硕大无比的海市蜃楼里，发出歇斯底里的诅咒。他自己其实不怎么喜欢这宅子，住在里面有些迫不得已，一方面由于某些象征性的原因，一方面迫于他妻子的压力。

他偷偷地告诉我，他找到了一种万无一失的投资方式。多少人怀揣上千万的资金来找他，希望能合伙入股，但他为了照顾我，把那些人统统拒之门外。他总算有机会能帮自己的兄弟一把了。接下来就是条件。第一，不能问这问那，他做生意就这原则，当哥的绝对会保护弟弟的利益，我没必要担心，也容不得我质疑。在这片洋溢着花香的种植园里，他一反常态，突然改说意第绪语（就一句），他决不允许我把健全的脑袋搁在病床上，意思是说，决不允许我聪明人做傻事儿。马上又改回英语，说，他的妻子堪称世界上最杰出的女人，信誉的典范，她会对他的安排言听计从，她对丈夫有着狂热的忠诚，万一他发生意外，也会严格按照他的吩咐去处理一切事宜。她那种狂热的忠诚是出自心灵深处的。他说，你不了解特雷西，任何人要了解她都不容易，但她绝对是真正的女人。我们的合作协议中不会有任何一个条款与她有形式上的关系，如果有，她会很不高兴，他自己也会很不高兴的。罗斯小姐，您可能不相信，我哥哥的这些屁话当时竟然感动得我声泪俱下，我就像他那双蹬着漂亮皮鞋的肥脚底下的汽车油门，经他一踩，满腔热血扑通通地流向浑身各处。我情绪高涨，满口应承了他的所有条件，好！好！就听你的。他的规划是这样的：建立得克萨斯州最大的汽车拆卸中心，将零部件出口到南美洲和中美洲。德国和意大利的汽车缺少配件是出了名的，我自己也经历过，有一次，我的宝马前轮稳定器出了故障，需要更换，可美国竟然没有，我等了整整四个月。不过，罗斯小姐，真正让我晕头转向的，不是他这个生意上的建议，而是我们弟兄俩终于可以携起手来，这可是我们一辈子前所未有的大事。既然我俩在佩尔格莱西的音乐里没有机会共同创业，那么在生意领域共同奋斗便是理所当然的了。有种心情，等了半辈子也没机会表达，现在终于莫名其妙地开始触动我的心弦了；这种心情应该是很早很早就已经潜入我的心底，现在突然爆发了出来，准备将我拖进万丈深渊。

盖尔达问我："你们拆了汽车，再做何打算？想到过那些油腻、金属、噪音了吗？"

我说:"国家税务局凭什么拿走我稿费的一半?他们为音乐做过什么吗?"

罗斯小姐,我妻子是个读书人,她开始把过去看过的某些书翻开重读一边,睡觉前向我讲述里面的内容,大多是巴尔扎克的小说,《高老头》说的是女儿如何对付自己的亲爸,《邦斯舅舅》里面一帮贪婪的亲戚觊觎舅舅收藏的艺术品,如何坑蒙拐骗,整惨那位天真的老人。都是自家人骗自家人的,而且骗起来毫不留情。还有那位可怜的香水商人塞萨尔·比洛多,没有心机去防范别人,结果被骗得身无分文。盖尔达还拿来马克思的书,给我念了里面关于资本主义如何消灭人间血缘关系的段落。但我从来没想到,读了这样的书,书中描写的邪恶便会降临到自己身上。我也读过不少关于性病的书,但我也没有得上性病啊。当然,已经生米做成熟饭,再警告我也来不及了。

我最后一次到得克萨斯的时候,专程去看了看那个冒着黑烟的拆卸大车间。回菲利普豪宅的路上,他告诉我,他妻子现在专门饲养比特犬。您或许听说过这种狗,它们曾让美国动物爱好者震惊不小。这是狗当中最凶猛的品种,由猎狗和英国斗牛犬杂交而成,皮肤光滑,胸脯宽大,体格健壮,见人就咬,不分大人小孩。攻击前不出声,所以让人防不胜防。只要咬住你,不要了你的命它不会松口。警察遇到它们咬人,会毫不犹豫一枪将其击毙。在斗狗场上,它们会拼命搏斗,最后战死,从头到尾不叫一声。狂热的观众押赌时往往一掷千金。斗狗本来非法,可谁在意呢?动物保护主义团体和民权组织不知道如何为这些恶狗开脱,也不知道如何保护养狗者的合法权益。华盛顿有一帮厅外议员曾建议将其灭种,但狂热的养狗者却在不停地做着各种各样的实验,想尽办法要培育出世界上最恶的狗种。

菲利普深为自己的妻子感到骄傲。他说:"特雷西真是个天才。养这种狗绝对可以赚一大笔。你得相信她,她能在全国掀起一场比特犬潮流。已有人从各地慕名而来,求购她培育的狗仔。"

他带我来到养狗场，向我炫耀。我们经过栅栏的时候，它们扑了上来，前爪撕扯着铁丝网，张开嘴露出尖利的牙齿。我没有从这次参观中得到任何乐趣，我的牙齿都在打颤。看得出来，菲利普也不怎么舒服。他是狗的主人，狗是他的财产，但这些狗并不听他的。特雷西站在狗群里，一句话没说，只是对我点了点头，几个黑人雇工正给狗喂肉，菲利普两口子不怎么喜欢他们，但也只能忍着。菲利普说："你看看，特雷西才是它们的神。"

当时我肯定被狗吓着了，因为我脑子一片空白，想说句挖苦的话，或者骂人的话，竟然一个字也想不起来。在那一段愁苦的日子里，我一心想着为盖尔达带回一些乐趣，可这天我一点儿有趣的事儿都没记住。

我本性中有一种胡乱联系的嗜好，那天我就将饲养恶狗与国家气氛联系了起来。该不该养狗，养狗有何利弊，这些争执让我们看清了美利坚合众国的精神风貌。不久前，有位女士给《波士顿环球日报》写了封信，指出，我们的开国元勋们在创建民主制度的时候，由于时代的局限性，没有考虑到猫和狗应该享有的权利。她还说，这些开国者们对于人类的邪恶表现了过多的仁慈，《人权法案》应该包括保护那些被迫依赖于人类的无辜生命的条款。我首先想到的是，平等观念正在延伸到猫狗，但这也不是简单的平等观念，而是在消除不同物种之间的界限，人与其他动物之间的区别逐渐变得模糊不清。一条狗会给你带来你的情人或者父母无法给予的心灵真谛。我突然回忆起（或许是从莱昂内尔·艾贝尔的回忆录里看来的）在三十年代，法国超现实主义诗人安德烈·布列东因为拜访流放中的列昂·托洛茨基而备受谴责。俩人正在讨论世界革命，托洛茨基的狗钻进了他的怀抱，他一边抚摸着它的毛，一边说："这才是我唯一的真正朋友。"托洛茨基竟然也像资产阶级分子那样对一条狗表现出如此感情，无论如何不能不让人感到震惊。当今的心理分析家也许不以为然，他们见过许多病人，被问到最爱的人是谁，回答就是："我的狗。"这样的人还越来越多。照这速度发展下去，狗入主白宫也不是没有可能。当然不能是穷凶极恶的比特犬,而是那种温驯可爱的金毛猎犬,它的保健兽医就必须荣升为国务卿了。

我没有把这些想法告诉盖尔达。为了不让她担惊受怕,我也没有告诉她菲利普得病了。他近来一直在求医问药。特雷西安排他参加了一个健身项目。每天一大早,他便走进他主卧室旁边的侧屋去锻炼身体,那里面有最新式的健身器材。穿着低过膝盖的丝质拳击裤衩(上面印着橙子切片的图案,就像车轮,我猜那是酸威士忌主题),时而用粗壮的胳膊把身体挂在闪闪发光的单杠上,时而在带有计步器的跑步机上踏个不停,时而用力一上一下练习举重。他跨上健身脚踏车,裤衩上的橙子车轮图案随着他腿的动作幻化出无数车轮的视觉形象,可他一步也没有往前挪动过。他感觉作为富翁,他做的这些动作好滑稽,他所处的位置好荒唐!几个未成年孩子脖子晒得红红的,就像当地的农家小子。几丛铁兰随着震耳欲聋的摇滚乐微微颤抖。一群嗜血成性的狗在旁边等待着时机。看样子,我哥哥唯一的工作就是伺候老婆孩子。

尽管这样,他还非要我坐在旁边看他锻炼,似乎要向我炫耀他那一身力量。做俯卧撑的时候,他那一对低垂的乳头赶在下巴前面,先碰到地板上,我本想就这调侃他几句,可一看他那副严肃的脸,马上取消了这个念头。我被召唤到他眼前,就是来目睹在那一堆堆肥肉底下,潜藏着一股原始的力量;在那庞大的躯体里面,跳动着一颗坚强无比的心,脖子里延伸着两条粗大的血管,脊背上横着一块块坚硬的肌肉。我说:"你那些器械,我一个都不会玩儿。"罗斯小姐,我说得不假,我的确不会。我的屁股软软的,就像一个带子松动了的帆布背包。

我不能对他的样子妄加评论,因为我是他的生意合伙人,有六十万元的钱投到了他那一堆破破烂烂、锈迹斑斑的废旧汽车里。他家花园背后二里之外,矗立着几台起重机、压实机,几百亩的地上,敲击金属的声音混着漫天灰尘此起彼伏。我这时候才明白这偌大的厂子,真正拿实权的是菲利普的妻子,那个身材矮小、满头金发、脸蛋浑圆、自负得跟男人一样的女人,像流星一样让人捉摸不透,看上去心不在焉,马马虎虎。不对,马马虎虎的人应该是我,这女人工于算计,心底里精明透顶。

而我对妻子角色的理解,则来自我的盖尔达,她温柔体贴,天天为我这张臭嘴担惊受怕。

这是我最后一次去菲利普的家,我还试着让他想起我们的母亲。她对母亲几乎没有一丝的关心,说实在的,他是一个一点儿家庭观念都没有的人。当然这样说也太绝对,对他自己的小家还是关怀备至的,只是对上辈人,他毫不在乎。他说他一点儿都回忆不起来印第安纳的哈蒙德,对芝加哥的独立大道也没有丝毫印象。"我牵挂的只有你。"他对我说。他还知道有两个过世的姐姐,至于她们叫什么名字,他一概想不起来。他用不着努力,就已经超越了安德烈·布列东,而且在这条道上,谁也休想追上他。超现实主义不是纯粹的理论,只要你朝着未来瞥一眼,它就实实在在地摆在你面前。

"小叮当叫什么名字来着?"他问我。

我笑出声来。"怎么,海伦的名字你都忘了?你装的吧?她丈夫叫啥,你是不是也忘了?还记得克郎姆吗?你的第一条裤子可就是他给买的。萨碧娜没忘吧?你在大环投机商行的那份工作还是她给你找的呢。"

"越来越模糊了,"他说,"这些鸡毛蒜皮的破事儿,我记着有啥用?需要的时候,我找你就可以了,你记性好。可又有啥用呢?"

罗斯小姐,随着年纪的增长,我不会去反驳这种想法和见解,我会仔细想想。的确,那时候我真指望着菲利普没把我给忘了,我希望他还记着我是他的弟弟。我把钱交给他的时候,就盼望着这是一桩保险的投资,我以后便可以靠着那一堆堆废旧汽车颐养天年。夏天去科西嘉度假,到了伦敦音乐季开始的时候,顺便去一趟伦敦。盖尔达和我还盘算着在伦敦肯星顿买一所公寓房呢,谁料到阿拉伯人一来,伦敦房价就被炒了起来。我们等啊等啊,就是见不着一分钱的分红。菲利普总是说:

"生意好得很,明年就可以再次抵押,你我二人各自可以分到一百万。在这之前,只要能免税,你就应该满足了。"

我开始跟他谈我们的姐姐小叮当,我迫切希望这能激起他的手足之情。铁兰的枝叶在摇滚乐的电声中颤抖,屋后,那一群恶狗在嗜血成性的暴力中默不作声。我想,这些东西总不至于将他心中的手足之情淹没得一点儿不剩吧。我还能记得起,在独立大道我家的老屋子里,我们各自听着不同的音乐。小叮当在钢琴上弹奏《吉米手中五分钱》,其他人跟着唱副歌,也有大声乱叫的。不知菲利普你还记得不记得,克郎姆推着汽水车晃来晃去(他喜欢海伦,才给她起了个外号小叮当),他能在装满汽水瓶的箱子顶端开个口,做成一个通天金字塔。不是埃及那种金字塔,而是台阶式金字塔。

"啥叫台阶式金字塔?"

我解释道,就是亚述人和巴比伦人盖的那种,一层一层,有台阶,越往上越小,但没有尖顶。

菲利普说:"送你上大学就是个大错误。不过除此之外,我不知道你还能有什么本事。我们其他人高中毕业就到头了……我想,克郎姆是个好人。"

我说,他的确是个好人。小叮当让克郎姆支付了我的大学学费。克郎姆当过兵,你还记得吗?他个儿不高,很壮实,脸圆圆的,皮肤光光的,长得像个萨摩亚人。黑黝黝的头发贴着脑袋,平平的,那是电影明星瓦伦蒂诺和乔治·拉福特的发型。我们家的一切费用,连同房租,都是他支付的。那是大萧条时期,老爸去密歇根北部的乡间,向那里的农妇推销地毯,挣不了几个钱,别指望他能付得起房子的租金。这么大的一个家,里里外外都是母亲一手操持,早些年,她脑子就有些不太正常,行为夸张得很,过了五十,似乎就彻底疯了。她管理这个家,有些军人的作风,厨房就是她的指挥台。克郎姆替我们全家掏钱,理所当然就得在我家吃饭,他饭量大得惊人,母亲光为他一个人就得煮一大锅白菜、一大锅杂碎。他吃饭不用盘子，一大桶的饭菜几秒钟就灌进了肚子，倒置凤梨一般大小的蛋糕，他也不让别人，只顾自己吃。母亲的工作天天如一：买菜、洗菜、切菜、煮菜、炒菜、烤肉、烤面包、摆桌子、洗锅碗。克朗姆把自己吃成了傻子，到了夜里，只穿一件睡衣，迷迷糊糊地到处乱窜。我记得有年夏天，他几步直奔冰箱，取出橙子，切成两半，乱咬一通。梦游中，一会儿工夫，十几个橙子就被他吞下肚子。然后，我看着他眼睛也没睁开，只靠挺起来的肚皮就能找到卧室的门，进去便倒头大睡。

"还去一家赌场玩钱，我记得那赌场的名字，钻石马蹄铁·柯兹·劳伦斯，"菲利普说道。他并不想真正地回忆往事，只轻轻地笑了笑，但大部分时间还是一副若有所思的样子，阴沉着脸，一句话不说。

当然了，他已经在心底里盘算着如何行骗了，而且还是最宏伟的一次。

他换了个话题，问我是不是不喜欢特雷西经营这庞大地产的方式。她就像个魔术师，不需要专业室内设计师，她一个人就把这一切搞得妥妥当当。床上用品全为葡萄牙所产，花园井井有条，亲手栽培的蔷薇得了大奖，家电一样也没出过故障，还做得一手好菜。孩子难管教倒是真的，可这年月，谁家的孩子不是这样的？她懂心理学，所以这帮混蛋们让她调教得不至于太出格，跟所有美国年轻人一样。菲利普最满意的就是一切都能按照美国方式进行，他能这样想，也是彻头彻尾的美国产物。

在他家这些天，只要我催一催厨房，早饭还是有的。他家的黑人雇工会给我端来一杯冻干咖啡、一片惊喜牌面包。这位雇工，你问什么她都不回答。有没有鸡蛋？有烤面包片吗？能给我一勺子果酱吗？她一句话都没有。我吃不饱，心里很憋屈。这黑女人进屋前，我心里捉摸着对她说点什么，需要一个字一个字地斟酌，因为我想讽刺几句，但又不能太过头，还得有些人情味儿。毕竟，跟雇来的用人计较是毫无意义的。

罗斯小姐,您看得出来,我这客人当得无足轻重,没人听我的。我似乎可以听见他们这样吩咐仆人:"摆出你们本来的懒散样儿吧。""该怠慢处尽管怠慢。"《李尔王》中高内利尔的话。还有,他们安排我住在他家女儿小时候住过的一间卧室,现在孩子大了,屋子显得太窄小,便搬到其他屋子去了。壁纸上印的是《鹅妈妈》里傻瓜西蒙和呆子甘德的漫画,当时看上去很不合时宜,现在回想起来,真是太合适不过了。

我哥哥不停地吹嘘自己的老婆,我还得硬着头皮听,装作津津有味的样子。他不厌其烦地说,那女人如何聪明如何贤惠,天底下没有第二个这样的贤妻良母,没有这样好客的女主人,连当地最富有、最杰出的绅士淑女都对她敬重得五体投地。她还能给你提供最精明的建议(对此,我深信不疑),他心情烦躁的时候,老婆便是最温柔最贴心的知音。作为情人,她活力冲天。最让他感恩戴德、刻骨铭心的,是她可以带来安宁,那是他结婚前从来没有得到过的东西。罗斯小姐,我的六十万压在他这儿,除了洗耳恭听,还能怎样?我就像个呆瓜一样频频点头。他一次次行骗,我被迫一次次签字;他出售汽车零件的每一笔账单上都有我的签名;他念一句,我复述一句,他没念的,我也得念完。(华里士又该偷着乐了)亚热带的空气中弥漫着花香(木兰、忍冬、橙子,还有些见鬼我叫不上名字的),拂着我们的脸面,可我感觉那是死神的气息灌进俩兄弟荒唐至极的头颅。最荒唐的,莫过于菲利普的自信,都到这时候了,还这么自信,自欺欺人!他又改用意第绪语,对我一个人说道,两个姐姐叫唤起来就像学舌鸟,现在总算清静了,这才是一家人应有的祥和。清静个屁!几个大喇叭吼着摇滚乐呢。

休整过后,他突然改变主意,想美餐一顿。这是减肥锻炼后的一种报复心理吧。我们开着两辆捷豹,来到一家中国餐馆。地方很大,像个剧场,呈圆形,一个圆圈套着一个圆圈,桌子很醒目,像一排排定音鼓。这真是菲利普丢人现眼的好地方。他点了满满一桌子大菜,菜上齐后,他唤来经理,大声责骂他怎么能这样欺骗顾客。云吞、蛋卷、烤猪排,他各点了一份,怎么上了两份?经理拒绝收回多上的一份,菲利普便端着蛋卷猪排,满场子边走边喊:"谁要?白送了!我请客!"只要到了餐馆,菲利普就激动异常,得意忘形,这一回,特雷西喊着他乖巧下来:"够了,菲利普,我们是来吃饭的,不是来得高血压的。"可刚过了几分钟,他毛病又犯了。说冷盘里发现一粒石头,大喊大叫起来。他这把戏我早领教过,石子儿就装在他的口袋里,就为了玩这一手。几个孩子都看不惯了,其中一个说:"叔父,别信他的,他经常玩这个。"能让孩子喊我叔父,我倒是吃惊不小。

  罗斯小姐,请您宽恕我这般啰里啰嗦。我尽可能早点把这事情说完。您知道,在温哥华,除了格雷斯维尔太太,再没一个人能跟我说话。跟她在一起,我也只能说一些云里雾里的事情。菲利普说菜里面的石头磕了他的牙,突然间从妇女杂志(每期每页都是夫妻相敬、家庭和睦、生活水平世界一流)里面的美国男人典范转变成一个乡下土包子,对着餐厅里的东方人狂吼不止,又命令自己的孩子拿起餐馆柜台上的电话召唤自己的律师马上前来。这是什么?美国暴发户野蛮霸道、缺乏教养的性格特质。现在不一样了,你想表现得缺乏教养,没有很高的学识,那是做不到的。你得把你所厌恶的那些品性完全吸收到你的学识里。好了,现在讨论"伪意识"等等扯淡的概念没有多大意思。菲利普为了变成地道的美国人,把自己全盘交给了特雷西,为了获得这(已过时的)特权,他豁出去连自己的灵魂都不要了。其实他从来就没有想过还有灵魂这一说。他最讨厌我的地方,就是我常常暗示灵魂的存在。我是谁呀?改宗派教会里的拉比吗?佩尔格莱西的音乐,菲利普两分钟都听不下去,除非在葬礼上身不由己。我当时(不用再说佩尔格莱西了)不也是只想着把钱投出去,获得丰厚的回报吗?

  菲利普没活多久就一命归天了,他死后,您或许在报纸上看到过,他一直跟中西部的地下拆车厂、跟偷车贼沆瀣一气,将偷来的名车拆成零件出口到拉美和其他第三世界国家。当然,地下拆车厂并不是他一手经营，这桩罪算不到他的头上。我们俩人合股，以我的钱作担保，公司拥有买卖土地的权利，可许多地产缺乏明确的归属，便出现了很多留置权的纠纷。不少买方感觉被他诈骗，向法院起诉，菲利普大祸临头，被判诈骗罪，他不服判决，进行上诉，获得保释后，一溜烟逃到了墨西哥躲了起来。有一天，他在恰普泰开公园跑步的时候被人绑架。他逃走后，被他骗得两手空空的几家合作公司悬赏可观，非要把他抓回，那些绑架者就是为了得到赏金而将他逮住的。罗斯小姐，您兴许明白，只要有人掏大价钱，便会有专门从事这一行的铤而走险，哪怕非法绑架也在所不辞。他被带回得克萨斯后，墨西哥政府以非法劫持为由启动了引渡程序，事实上，他的确是被非法劫持的。我可怜的哥哥，在圣安东尼奥监狱的院子里放风的时候，一口气做了几十个俯卧撑，最后一次趴下去再也没有起来。他充满传奇色彩的奋斗史就这样画上了句号。

给他办完后事，我就开始想办法从他的地产中挽救一些损失，可马上发现，他名下已经一分不剩。他早早地就把所有的资产转移到他妻子孩子的名下了。

虽说给菲利普判的诈骗罪不会转嫁到我头上，可我是该公司主要合伙人，那帮债主们便向法院起诉，要求我替菲利普还债。我雇了克劳森律师，可那次在俱乐部大厅一句"把所有吃饭的人全部处以电刑"的玩笑彻底得罪了他。我承认，这玩笑开得有些过头，但绝对没有他们想的那么可怕。但专家们认为，即使虚无主义者也有不可做之事，作为当事人，我怎么能对着律师说出如此大逆不道的混蛋话来！克劳森因此拒绝为我辩护。盖尔达死后，我身不由己地把案子交给了她那位精力使不完、脑子却不够用的弟弟汉瑟尔手中。经过周密思考，他认定我上法庭不符合条件，建议我一不做二不休，立刻行动，结果，我就落到现在这步田地。真他妈见鬼！两个兄弟，一双逃犯！一个往南跑，一个往北跑，随时会被引渡。好在那些债主没有为我悬赏，我太渺小，他们还看不上我呢。汉瑟尔满口答应，只要我跑到加拿大，就会万事大吉，他说为我这点小事，没必要亲自翻阅法律条文，只吩咐一位女秘书查了查，这女秘书长得漂亮性感，脑子又活，所以她查阅的结果，汉瑟尔也觉得没必要仔细过问。

一帮内行专家对我颇感同情，问我哪个律师给我出的这主意，我说汉瑟尔，他们便说："汉瑟尔·格纳尔？那可真是个聪明人。你应该不会有事儿的。"

汉瑟尔打扮得时髦，一身香港产的正装、衬衣。身材苗条，举手投足，一副小提琴手的架势。那翩翩风度（只要你把它看作仅仅是风度）足以让每个人为他倾倒。看在姐姐的面子上（"她跟你过了一辈子幸福日子，到死她都这样说"），他会且绝对会保护我的。我，一个可怜鬼，死了老婆，没什么本事，意外发了一笔财，可傻乎乎地轻信别人，结果被骗了个精光。"你哥哥伙同他老婆把你给耍美了。"

"他老婆也参与这事儿了？"

"你长脑子干啥用的？你给她写信，她回了吗？"

"没有。"

罗斯小姐，她还真是一封信都没回过。

"哈利，我给你分析分析，你听好了。"汉瑟尔说，"菲利普是个怕老婆，却要得到老婆欢心的人。出于害怕，他设法让老婆拥有大笔的钱。那女人对菲利普只有她才是他在这世界上唯一的亲人，要证明菲利普信任她，他就得舍下父母兄弟，她会说：'我给了你梦寐以求的新生活，你得为我割了你弟弟的脖子。'菲利普配合得很称职，钱财一堆一堆地攒下来，我觉得他心底里也不那么乐意，可还是把所有的产业都划到老婆的名下。所以，他死的时候，唉，他万万没想到自己会死……"

聪明的脑袋是汉瑟尔的一把乐器。他运弓娴熟，优雅体面，在这位笨头笨脑的姐夫面前，分析得头头是道，就像剖析一首奏鸣曲的结构，一个乐句接着一个乐句，细致入微。可他这番呕哑嘲哳对我又有何用？

天哪！就没有一个人真正为我撑腰吗？我哥哥利用我的信任和爱戴玩弄我，一如你随手揪着兔子的耳朵将它提起。负责我这案子的汉瑟尔，分析我哥哥如何出卖我，细致到手足之情的最微妙环节，这是不是意味着他完全站在我身边为我说话？他把合股时的所有条款、账目翻阅了一遍（我当初懒得细看），指出菲利普早就为我挖好了坑："你懂了吧？他以形式上的产权所有人，就是他妻子的名义出租土地，使用者是汽车拆卸公司。这头猪每年都会把九万八千元的租金装进自己的腰包。这里面也包括属于你的那部分利润。从这几张决算表上看，类似交易还有很多。你这笨蛋还做梦去科西嘉度假呢。"

"我知道，我天生就不是做生意的料。"

"你那亲爱的哥哥却天生就是骗人的高手。他本可以专设一项特殊服务，骗子热线。而你，你天生一张臭嘴，到处惹祸。克劳森把案子转给我的时候，把你说的那些气人的恶心话都给我说了，就因为这个，他决定不再做你的律师。"

"可我预付给他的钱，他一分也没返还给我呀。"

"从今以后，你的事都交给我来处理，盖尔达过世了，只有我一个人看着你别把事情搞得一团糟，我们三个里，就我还是个成年人。我的当事人当中，那些读书读得太多的，没一个不是一屁股的臊。你想知道的话，我告诉你，你们这些读书人，满脑子的所谓文化，只能让事情整得更混乱，只能妨碍你们的发展。我看你那样子，似乎永远也不会明白你是怎么让你的哥哥害到这个地步的。"

罗斯小姐，虽说菲利普设陷阱把我套了进去，可我自己靠近他的时候，也是满脑子想着发大财。我也不是一点没错。如果说，菲利普和他那一帮人，会计、经理、他老婆，强迫我像他们那样去感觉，把他们的现实强加在我的生活中，甚至把他们平日里的情绪也强加于我，一心让我遭受他们所必须遭受的罪，那也是我自己心甘情愿的。是我想着要利用他们。

我再也没见过我那位嫂子、几个侄子侄女、他家的大院子，还有那一群比特犬。

"那女人在法律上精得很呐。"汉瑟尔说。

他接着说："我建议你最好把剩下的那点钱，那些信托账户里的存款，转到我的银行账上，让我替你守着。我跟银行的几位负责人都熟得很，他们办事效率高，也绝不会耍弄你，你尽可以放心。"

罗斯小姐，以前我哥哥也说过我尽可以放心。华里士说起"情感生活"和那些靠情感生活的人，可真是说到点子上了。情感跟梦一样，而梦是躺在床上做的。很显然，我这一生都是在寻找一个能够安全躺着的地方。汉瑟尔主动提出为我安排一个安全的地方，这样我就用不着为财务问题、法律问题忙得焦头烂额了，他说这些问题深不可测，的确会让人不得不承受很大的压力，甚至会把一个人的生活整个给毁了。我接受了他的提议，来到他的银行，面见一位负责人。银行像一座古色古香的学堂，铺着东方地毯，厚实的雕花家具，十九世纪的油画，十几亩地的空间似乎都笼罩在一股钱的氛围里。汉瑟尔和那位准备替我理财的副总裁对我讲了一大堆商品市场的情况，又说到市政府大楼上的刺山柑花，芝加哥公牛队的前景，和他们在璐仕街酒吧里的艳遇。看得出来，汉瑟尔极力想转入正题，可几次都未成功，虽然大家都不明说，我还是能感觉得到，所以我便开口了。马上就有一大摞表格摆到我面前，我一一签字。我签字的兴致正浓，他们却递给我两张卡，我只好刹住车。我问副总裁这卡是干什么用的，他说："万一您抽不出身来，或者短期内不在当地，这两张卡就会授权格纳尔先生为您交易，从您的账户里为您买卖股票。"

我把两张卡塞进口袋，说，我得先带回家，随后再寄给银行。话题转入另一个项目。

出了银行大门，汉瑟尔就暴跳如雷。他一把把我抓进大环一个小巷里，站在一家汉堡连锁店的厨房背后，狠狠地教训了我一番。他说：

"你让我的脸放哪儿去?"

我说:"咱们没有提前说过什么授权的事儿啊。你给我搞突然袭击。你咋能这样呢?"

"你这是在说我捣鬼?你如果不是盖尔达的丈夫,我他妈的早就让你滚蛋了。你把我的一个生意伙伴给赶走了。跟你自己的哥哥你不会这样干吧?他跟你亲兄弟又咋啦?我跟你的关系比那亲密多了。你这个呆子!我如果替你进行股票交易,还能不提前向你告知吗!"

他被我气得快要哭了。

"看在老天的分上,咱们还是离这个换气扇远一点儿吧,"我说,"吹出来的烟太让人受不了啦。"

他大喊一声:"那就滚远点儿吧,滚出去!"

"可你还站在里面。"

"还能有什么鬼地方可以去的?"

罗斯小姐,您明白我们这话的意思吧?我敢肯定,您一定明白。我们是在说那个漩涡,或许法国人用的那个词更动听一些,"陀飞轮",就差不多是龙卷风。我身处其中,挣扎着想出来。亲爱的,这就像得了方向障碍症一般。我知道我们每个人都有一种适合自己的状态,只要我不在适合我的状态,也就是不处于我本应该、或者命定的那个状态,我就会因为自己迷失方向而为别人带来不幸,我得为此负责。这个问题不解决,错误就会一个接着一个。换句话说,我对方向感、或者无差错视觉的渴求一直在嘲弄着我,因为它向我暗示,我(以及其他所有的人)生活于其中的这个世界只是一种伪造,一座不能给你提供娱乐的娱乐场,有点像我哥哥家的私人花园,从外在迹象看,这花园足以证明他已经步入真实世界的中心。他用骗来的钱对其里里外外进行装修美化,可其实,没有任何实实在在的东西属于他。他被迫逃亡在外,又被赏金追逐者绑架,等等等等。他那体重,又待在海拔那么高的地方,跑步也跟自杀没有多大区别。

我对汉瑟尔说:"我不能买卖股票,你还看不出来吗?我那帮债主通过合法程序掌握了我所有的股票清单。"他马上为自己开脱道:"主要是债券。在这方面那帮人绝对玩儿不过我。两星期前,他们抄走了你的股票清单,现在都放在他们律师的公文夹里,短期内,至少两个月内,他们不会再去查看你的股票。他们以为抓住了你的尾巴,我们下一步要做的是,把那些旧的债券全部售出去,再买进新债券。编号也换成新的。你只需掏几个经纪费。等他们发现的时候,他们掌握的那些债券早就不是你的了,新号码他们没办法查到。到那时,我早就把你弄出国了。"

他说到这儿,我开始头皮发麻。那不是错上加错、罪上加罪吗?我预感到更大的恐惧。但同时,我也预感到更大的诱惑。那帮人快要把我整死了,我还一点儿回击的举动都没有。我想,现在不豁出去大干一场,还等何时!我俩就站在市中心两家公司大楼中间的一条狭窄的巷子里(汉堡店夹在一个小小的角落),布林克证券公司的大车要从这两道巨型的黑色楼壁之间穿过,也得费一番周折。

"你是说,我把旧的卖了,换成新的,我到了国外也可以随时交易?"

汉瑟尔发现我开始尝到了他的计谋的甜头,笑得像开了花儿似的,说道:"当然可以。你以后就靠它生活。"

"这主意不保险吧?"我说。

"可能不保险,但你愿意后半辈子天天在法院里折腾吗?我还是建议你远走高飞,拿着你剩下的这些钱在国外过个清闲日子。找个美元吃香的国家住下来,后半生想搞音乐研究就搞你的音乐研究,想另外找个事儿做,也行。盖尔达人走了,愿上帝保佑她!你还有什么牵挂的?"

"还有我老母亲。"

"都九十四岁了,一个植物人。把你那本教科书的版权转到她名下,版税就足够她花的了。咱下一步就是查一查国际法。我的事务所有个很性感的妞儿,她在《耶鲁法学学报》兼任编委,这方面没人比她更精。她会给你找个去处的。我回头让她对加拿大做个调查。英属哥伦比亚怎么样?加拿大人退休了都去那儿生活。"

"那儿我一个熟人都没有,跟谁说话呀?债主们追到加拿大咋办?"

"你剩下几个钱?你对他们已经失去了价值,他们很快就会把你忘了。"

我说我考虑考虑。我得先去疗养院看看母亲。

疗养院经过精心装潢,想给人一种家的印象。她那屋子跟任何一家医院的病房没多大区别,摆着几盆塑料蕨类植物,挂着防火窗帘。椅子看着像花园里的铸铁坐凳,坐下去才知道也是塑料,轻轻的。我对蕨类过敏,但我很讨厌必须伸手去摸才能判断是真是假。这让我想到我与现实的关系,也一样模模糊糊,难以辨认。母亲不认识我,这比我不认识真假植物更复杂。

我总是吃饭的时候来探视,这给我一个给她喂饭的机会。给母亲喂饭对我来说意义非凡。这本是护理的工作,我接了过来。我早就不再对她说"我是哈利",也不指望通过喂饭的方式重新确立与她的关系。

我原先总觉得我身上这种疯疯癫癫的习气和对生活的挚爱都是从她那儿遗传来的,可现在想这些都毫无意义了。饭端来了,护理给她系上围嘴。我给她一勺一勺地喂着胡萝卜粥,她吃得津津有味。我鼓励她,她点点头。认识我吗?不可能。两张来自基辅远古的面孔,同样的尖脑门。身穿病号服,嘴唇上涂了一层淡淡的口红。脸颊上的皮肤皲裂,显得有那么一丝儿血色。她不甘沉默,絮絮叨叨地说着自己的家庭,可就是一句也没提到我。

"您有几个孩子?"我问。

"三个。两个女儿,一个儿子,儿子叫菲利普。"

三个都死了。说不准她现在已经跟他们联络了。现实在这个生命里已寥寥无几,在另一个生命里,他们或许早就缔结了关系。在这个活人的世界，没人能记起我。

"我儿子菲利普是个商人，他很聪明。"

"哦，我知道。"

她盯着我，却没问我是怎么知道的。我说话的时候还点了点头，似乎是告诉她我认识很多很多的人，对她，这已足够了。

"菲利普很有钱。"她接着说。

"是吗？"

"是个百万富翁。我这儿子可了不起了。他常常给我钱，我把钱放到邮政储蓄所里。你有孩子吗？"

"没有。"

"我女儿也来看我，但还是我儿子最好，他付了所有的费用。"

"您在这儿有朋友吗？"

"没有。我不喜欢这地方，浑身疼，屁股疼，腿也疼。有时候疼得厉害，可受罪了，我真想从窗子上跳下去。"

"您不会那样做的，对吧？"

"唉，又一想，跳下去摔不死，摔成瘫子，我儿子女儿可就受苦了。"

我把勺子放回碗里，大笑了一声。笑声很突然，也很刺耳，竟然让她盯着我看了好久。

当年，独立大道上我们家的厨房里就充满这种鹦鹉一般的大喊，大都是女人的叫声。那时候，肖沐特家的女人就挤在厨房，做着大锅大锅的饭菜，煮白菜，炖牛胸，烤炉里凤梨蛋糕浸着红糖闪着亮光。所有人说话都尖着嗓子。就像一笼子的鸟，你如果不尖声嘶叫，没人会听见你，我一点儿大的时候，就学会了尖叫，放开嗓子像歌剧里的花腔女高音。母亲现在听到的，就这声音，跟他女儿的一样尖利。只是我没有蓬松的发髻。我头顶光秃秃的，但嘴唇上边却有一绺胡子，我也没画眼线。他盯着我，我用纸巾擦了擦她的脸，接着给她喂饭。

"妈妈，别动弹，你会伤着的。"

这里的每个人都喊她妈妈，她不会觉得我跟她有什么不一般的关系。

她叫我打开电视，她想看连续剧《斯黛拉·达拉斯》。

我说还不到时间，我给她哼唱《圣母悼歌》中的片段："圣母，爱之泉水……"佩尔格莱西的室内圣乐（跟他为那不勒斯教会写的严肃弥撒不同）并不合她的口味。当然，我爱我的母亲，她也曾经爱我。有一次，她用橄榄香皂给我洗头，皂液进了眼睛，我被蜇得大喊大叫，她也一副极其心痛的样子。这情景，至今历历在目。还有一次，她给我穿上一件府绸短裤（中国丝绸做的），送我参加一场惊喜聚会，高兴地抓着我一口一口地亲，亲个不够。这些事儿好遥远，就像发生在义和团运动前的中国或者六百年前的锡耶纳。母亲为孩子洗澡、梳头、穿衣，在脸上亲吻……都像又遥远又古老的仪式。随着我长大成人，这些仪式就再也见不着了。

我上大学的时候（他们送我去学习电气工程，我却改学音乐了），同学们一起聊天，说自己家里的轶事，我经常开玩笑说，我是安息日前夜出生的，当时我母亲在厨房做饭，忙得顾不过来，是我姑姑替她生的我。

我亲吻了老母亲一口，感觉她轻得像个竹篮子。我在想，我到底做了什么，她竟然把我忘得干干净净，而那个坏事做尽的大屁股菲利普却是她的心肝宝贝儿、唯一的儿子。对了，菲利普没有在她想看《斯黛拉·达拉斯》的时候说谎，没有出于私心故意挑动她的情绪，没有试图用基督教音乐（十四世纪达·托迪用拉丁语写的词）唤起她母性的回忆。我的母亲（已经三分之二入土）、我的哥哥（谁知道他老婆把他埋在什么地方）都对现代美国社会忠心耿耿，对美国活跃异常的物质潮流趋之若鹜，所以菲利普说话，母亲句句听到心上，而我说话，母亲则充耳不闻。我在台上挥动长臂、指挥莫扎特《大弥撒》、亨德尔《所罗门》

时，身心都随之飘荡起来，进入神圣崇高的境界，而与母亲谈话时，却语无伦次、出言乖张，我有什么值得她记在心里？早在五十年前，我就拒绝分享她的厨房中心运动。她追随当时世界范围内的"斯坦尼斯拉夫斯基母亲"潮流。① 二三十年代，在整个文明世界，从意大利萨洛尼卡到美国圣迭戈，妇女坚守厨房阵地，声势浩大，她们对自己的女儿们发出告诫：男人个个都是强奸犯，但结婚后，女人应该以妇道为重，严格顺从自己的丈夫。我告诉她我要娶盖尔达为妻，她掏出钱包，扔给我三块钱，说："你要是实在憋不住，去窑子里找一个吧。"当然了，这只是说说而已。

"意识到我们遭受何等苦难"（金斯堡在《祈祷文》中指出），我越发感到心灵地狱般的折磨。我出面为妈妈做出决定，这过程中极有可能因为自私而捣点小鬼，我常想："这些年来，一直是我在照顾着这位恍恍惚惚、痛苦不堪、尖声叫唤的母亲，而不是菲利普。菲利普为了跻身美利坚帝国而忙忙碌碌地为自己积攒财富，哪有闲工夫来看她一眼！"罗斯小姐，我是这么说的，也是这么想的，还有比这更难听的话呢。菲利普的成就便是对我的摧毁，他是鱼雷，我是被弄到水位线以下的一条船，他轻轻一击，我便千疮百孔。我的财富在爆炸声中变成了献给特雷西和他几个孩子的牺牲品，而我自己则沉入水底，等待打捞。

罗斯小姐，您听我说实话，遭遇不公让我变得疯狂。我不仅被人家给耍了，而且还被当成一个十足的笨蛋，一块笑料，我想在这两个方面，您都会同意我的看法。得克萨斯菲利普小女儿卧室墙纸上的那个傻瓜西蒙应该就是以我为原型画的吧。

当年我惨无人道，无缘无故伤害了您，现在我把我的老底全揭开展示给您，把我目前的状况也毫无保留地告诉您，您该满意了吧？

---

① 此处提到俄罗斯戏剧家其实与戏剧无关，只是因为斯氏母亲育有九个子女，且对女儿施以传统教育。

随便一个人，上了年纪以后，都会为自己曾经伤害过的人提供一个解恨的机会。只要为他展示一件件真实的生活情景，一串串痛苦不堪的经历，那人就该心满意足了。但是，我再补充一句，我的确复仇心切，而且有充分的理由，但我并没有陶醉其中。相反，我却越来越坦然，越来越有底气，我的情感过程一路稳定，没有忽冷忽热的波动。

得克萨斯那个合股企业，不知道还剩多少，由菲利普的律师处理，我每次写信询问，他都用电脑打印回复。从账面上看，还有一定的资产收入，所以我还得纳税。如果我坚持打官司，剩下的三十万元就会花个精光。既然这样，我决定听从汉瑟尔的建议，一走了事，哪怕这笔钱如"众神的黄昏"①烟消云散，也在所不惜。您听不懂我这些啰里啰嗦的解释也没关系，这倒省得您心烦，还可以保持您的天真和安宁。汉瑟尔对我说，你该回击了。他说话的时候那一脸狡黠，真是太典型了。人们常说，把狡黠戴在脸上的人往往并不是搞阴谋的行家，其实，这话也不准确。他笑起来，脸上堆满皱纹，皱纹之间全是很深的心机和奸诈，不过这倒让我对他的计划充满了信心。我的原告（也就是债主们）记录在案的债券信息都被改头换面，他们找不到我的账户。我胜利逃亡加拿大！加拿大虽说是外国，可他们说话跟我一样，至少差不多，我交流起来没有障碍。美国的钱拿到加拿大花，也算占了便宜，所以我可以在这儿安度晚年了。一段时间过去，我与加拿大之间也开始情意缠绵。要让边界线把两个国家彻底隔开也非易事，加拿大人的主要娱乐便是盯着电视看美国人做什么，没别的节目（可怜呐，能有别的选择吗）。他们一整夜一整夜坐在黑暗里，在一闪一闪的荧屏上观赏着美国人。

"你既然一切处理妥当，我就可以给你说了，"汉瑟尔说，"你能奋起反击，我为你感到自豪。坐等那帮无赖找上门来欺负你，绝对是奇耻

---

① 瓦格纳系列歌剧《尼伯龙根指环》最后一部。

大辱。"

　　别看汉瑟尔忙忙碌碌的，其实他是个疯子，我在飞往温哥华之前就已经觉察到了，只是心想他私下那些怪异的行为不至于影响他的职业。可在我逃走之前，他突然来找我，提出了五六条荒唐的要求。他说，我没有让他利用我在文化圈的声望，他很生气。我不明白他说什么，他接着说，我应该主动推荐他加入高校俱乐部。我请他在那儿吃过一顿午饭，他说他对常青藤联盟、对他们高品位的酒吧、对酒吧里面的皮沙发、餐厅高大的窗户、镶嵌着各大学院校徽的彩绘玻璃都非常感兴趣。他毕业于芝加哥德保罗，也是一所颇有名气的大学吧，所以一直等着我问他是否愿意加入高校俱乐部，而我要么太自私，要么太势利，竟然装作不懂，让他颇为失望。现在，他救了我一命，我怎么说也得有所表示，应该动动我的影响力了吧？好吧，我明白他的意思，很心甘情愿地、甚至满怀相见恨晚的感激之情，为他写了一封推荐信。

　　接下来，他提出要我把他引荐给一位女士。"他们家来自肯伍德，办了一个邮购公司，发了一大笔财。这家人个个都有艺术天赋，音乐修养很高。芭比特长得很迷人，不久前丈夫得癌症死了。说实话，我有些担心，不想步他后尘，但我可以抵抗，我不会也得上那种病的。芭比特亲眼看过你指挥音乐会，也读过你的一些音乐评论文章，还在电视第十一套节目上听过你的讲座，总之，她对你印象非常好。她在瑞士上的大学，懂好几国语言。因为这个，我想借用一下你文化人的光环。我的意思是，你请客，约上她和我，到流浪者聚一次。那地方不错，没有锅碗瓢盆的噪音，是几个人说说心底话的好去处。以前我请她到罗马屋顶吃过一次意大利餐，没想到，里面摔盘子砸碗的，太吵闹。这还不算大事，更要命的是，他们做牛肉竟然放味精，芭比特吃了没给毒死算命大。所以，这次你就请我们去流浪者吧，餐费从你下次付我的代理费中扣除。我一直觉得，你上课能吸引那么多学生，你哪来的这本事？一定是从我姐姐身上学来的。这不明摆着吗？你们家的人都是从俄国来的小商小贩,你哥还是个地道的骗子。我姐姐不只是爱你,她还提高了你的品位,增加了你的风度。还有,总有一天,所有人都会意识到,如果当年他妈的那个罗斯福没有把德国流亡出来的犹太人拒之门外,这国家今天就不会遇到这么大的麻烦,美国就会有数不清的基辛格。谁也说不清,多少个天才科学家在集中营里烧成灰、冒成烟了。"

唉!罗斯小姐,那天晚上在流浪者酒店,我又发作了一次。第二天就要坐飞机离开这国家了,你应该能理解我有多激动,激动起来就很难把握自己。我就像一只装满酒的坛子,只要一倾斜,就会泼溅出来。汉瑟尔看中的那位小寡妇长得还真不赖,你不承认只能说明你瞎。让我着迷的主要是,下嘴唇这么厚的人,怎么会如此伶牙俐齿。我还不得不说,遗憾得很,她的个头儿也有些偏高,让人看着极不顺眼。我的盖尔达,身材纤小,妩媚动人,我的品位就是从她身上培养起来的。当然了,做这种比较实在没有多大意义。

平时,只要有人提到与音乐有关的问题,我都会很认真地一一回答。他们说我在这方面是木头脑袋,直来直去,又可笑又愚蠢。芭比特也是学音乐出身的,她家的人是芝加哥抒情歌剧院的赞助者。她问我对蒙特威尔迪《波普厄的加冕》一剧的演出效果有何看法,我还没来得及开口,她就接过话题,自己回答起了自己的问题。也许,刚刚死了丈夫,她有些神经质,说起来滔滔不绝,没完没了。饭桌上有人说个不停,省得你顾不上吃饭,我一直视之为幸事,可这位芭比特,长着个地包天的嘴唇倒不是什么大问题,说起话来实在让人难以忍受。一分钟都不停,重复来重复去,一句话能说八遍。光芝加哥有线电视网专属权问题,她就能做长篇大论,接着讲电影,也是一片宏论。我不常看电影,我妻子对电影没有一点儿嗜好。芭比特不管有没有人听,只是自顾自地说,一会儿导演,一会儿演员,一会儿处理男女关系问题的新动向,一会儿媒体发展中的社会政治观念的演进。汉瑟尔似乎被她的夸夸其谈搞得晕头转向,我一句话没说。我想到死亡,想到我这个年纪的人都在考虑的问题,想到任何事物到了生命的最后阶段都会变得开阔、宜人,想到生命之城的郊外。至于芭比特喋喋不休地说什么,我真的没有在意,只是觉得她的穿着打扮颇有品位,那件伯格道夫牌子的宽松外衣显得很是迷人,那些白紫相间的条纹也很是讲究。她坐姿优雅,看得出来,肩膀有些宽大,不过真配得上她的厚嘴唇。对汉瑟尔来说,这些都无关要紧,他想的是这寡妇的万贯家产一定能配得上他自己的聪明才智。

我心里默默祈祷,到了加拿大,可别犯病。没人会照顾我,没有谨小慎微、温柔备至的盖尔达,也没有喋喋不休的芭比特。

那天晚上,我一点儿也没有预感到我会犯病。吃完饭,我们一起到了衣帽存放处那扇半开半掩的门口,汉瑟尔对服务员说,刚才存了一件半长黑貂皮女大衣,芭比特说:"我意识到今晚就我一个人在说话。您是不是感觉我话太多? 真是对不起……"

"没关系,"我说,"您其实什么也没说。"

罗斯小姐,您最有资格评判我这句话会产生什么样的效果。

第二天,汉瑟尔一见我就大发一通脾气:"哈利,你这人太靠不住了。你天生是一个背信弃义者。我同情你,替你卖了汽车家具,还有你那些破书。我看着你被你哥给骗了,老母亲又半死不活的,我可怜的姐姐也死了,才帮助你,可你不懂感恩,不为我着想,你让所有的人丢尽了面子。"

"我没有想到会伤了那位淑女的面子啊。"

"我俩的婚事快要成了,眼看着胜券在握。可我真是个白痴,昨晚竟然把你带上。告诉你吧,你又多了一个敌人。"

"谁? 芭比特?"

汉瑟尔不屑于回答我这问题,他一句话不说,阴沉着脸,我弄不懂他在想什么。他似乎这才发现我这十恶不赦的毛病,眯缝着眼,恍恍惚惚地盯着我,仿佛在说,他对我的善意已从根本上不复存在。在这个世界上,我得罪了所有的人,本来还有一个汉瑟尔可以信赖,现在也没有了。罗斯小姐,事态的发展让我极为痛苦,虽然我已不相信我的妻弟品性有多端正,我还是不得不说,我为这事儿备受煎熬。按照美国生意圈关于稳重可靠的标准来衡量,汉瑟尔也算得上是个十足的怪物。脑子缺乏逻辑暂且不论,他自诩为天生的提琴手,他也不配。那双手看上去好尊贵,榛子色的指甲剪得整整齐齐,一双眼睛就像热带丛林漆黑的夜晚某个闷热的猩猩窝里射出来的未成年猩猩的眼神,泛着夜色的昏暗。阿-美石油公司会有哪位总裁聘他做自己的律师吗?汉瑟尔的大脑里只有貌似狡诈的幻想、永不停歇的心计,却没有一点儿理性的规划。那些幻想、那些心计,像癞蛤蟆一鼓一鼓的嘴巴,又像一个一个的气泡即刻消失得无影无踪。

至于他说我让所有的人丢尽了面子,我得解释一句,我从来没有故意要让谁丢脸。有时候我觉得用不着开口去作践别人,只要我在场,就已经对别人构成了侮辱。我得出这一结论,心里实在很难接受,因为,老天作证,我一直认为自己是一个具备正常社交本能的人,从来没有想着故意去伤害谁。我试图用不同的言词向您解释,例如发病、狂喜、着魔、迷狂、命运、神启,甚至微观太阳风暴。品性越好的人,越不会为我的这些天赋(也可以说是诅咒)而生气。我有一种直觉,您不会像华里士那样苛刻地评判我。他说过一句话,的确没错,您没有得罪我,您温顺得像只羔羊,却遭到我无缘无故的伤害。这就是我伤心欲绝的原因。不止这些。他写这封信为我提供了自我反省的绝好机会,您以善报恶,我更觉得欠您太多。我臭嘴一张,让您深受其害,三十五年后,这倒成全了我俩之间的一次神交。

还是说说我的现状吧。一个老眼昏花的小人物,满身的病痛,弄丢了所有的朋友,等着引渡,未来一片昏暗,但那是我应得的报应(是不是应该在我母亲病房的床边再摆一张床,然后以患病在身、无力出庭为借口请求法院免于处罚)。

今年冬天,我徘徊在温哥华的大街上,想着是否应该编一本"带刺的胡言乱语"辑录,也算让我的命运还清它的债务。可我情绪低落,一点提不起精神来干这事儿。我来回于我这临时的家和超市之间的路上,曾经读过的书、经历过的事,都以记忆的碎片频频向我袭来。我去超市购物,也只是一种排遣,可加拿大的超市让我烦心。他们货架上的物品摆放方式与美国不大一样,标牌也很少,像生菜香蕉这样的小东西几乎看不见价格标签,冷冻三文鱼这类美国的贵重商品也便宜极了。冷冻三文鱼再便宜我也拿它没办法,放不进炉子;想把它剁碎,我这双患有关节炎的手也举不起刀斧。

只言片语在我的大脑里进进出出,赶都赶不走,有灵机一动得来的警句,也有随口而出的骂人脏话。法国总理克莱蒙梭骂起与他共事的总统普安加雷,说,他穿着高档皮靴,却患有脑积水。伊丽莎白二世加冕仪式上,汤加女王坐在一辆四轮马上经过,有人问:"那个身穿海军上将服装的小个子是女王的配偶吗?"丘吉尔回答道:"我看那是女王的午餐肉。"

迪斯累利首相快死的时候,床边伺候的男仆说,维多利亚女王要来看望他,现在就在接待室里,首相说:"女王陛下只是想让我替她给她亲爱的丈夫阿尔伯特捎个口信儿。"

这类俏皮话本来会让人感到身心愉悦,可惜现在它们一个接一个狂袭我的大脑,我也因为无力招架而深陷绝望。

"教授甲,您脸色苍白,看样子很疲惫。"

"我不正在跟教授乙磋商问题吗?精力就这样耗尽了。"

比这更糟糕的是我停不下来的一种很能伤人神经的文字游戏。

"这女人(好几个小时没吃饭),真是穷凶极'饿'了。"

"他脑子好,心中有'鼠'。"

"哪根筋?"

"白费'筋'。"

"你可真是我的'呕'像啊!"

罗斯小姐，要崩溃的脑子就尽想着玩这类游戏。极有可能是高血压的症状，也有可能是小人物想跳出国家法律的手掌的一种下意识行为（只有小人物死了，这手才会缩回去）。

难怪我要跟格雷斯维尔老太太厮混得这么紧密。在她家响着梅森牌钟表的客厅里，几把破椅子硬邦邦的极不舒服，可我只要坐下来，感觉比坐在自己家还自在。她守寡四十年了，满脑子的奇思怪想，只要跟我在一起，就高兴得不得了。她讲起圣灵，没人爱听，只有我一个人听得入神，一边听一边思索她那些神秘有趣的描述。她说，在我们这个时代，圣灵已经从这个可视的外在世界撤出去了，但它早先的创造还在，而且一目了然，你周围都是它创造出来的各种形态。但是，尽管自然进程永远不会停下脚步，神性却已退避三舍。它的创造依然神圣，但神性并不在其中活跃。这世界的庄严宏伟在一点儿一点儿地褪色。她一脸严肃地告诉我，这就是我们目前身处其中的世界，神已经离去。但是在这片被遗弃的美景里，人类自身仍然作为一种弥漫着神性的存在而生活着。人以"神形"存在，但体内的"神性"之光已经熄灭，要将其重新点燃，只取决于人（我们）自身，除非有某种黑暗的力量前来阻挠。人类崇尚智力，但智力只能引导人类进入自然科学，自然科学虽然伟大，却不完整。从自然中获得救赎须来自情感的力量，来自被唤醒的"心之眼"。她说，肉体受制于重力，而灵魂则为"轻纯"扶持。

我洗耳恭听，一点儿说俏皮话的冲动都没有。这老家伙，以后见不着，我肯定会想念她的。亲爱的罗斯小姐，您该理解，我胡闹了这么多年，现在真的想听听正儿八经的东西。我没有多少时间了。联邦法院的执行官随时都会从西雅图出发，朝我奔来。

（脱剑鸣　译）

就凭这也得记住我

你发现世事纷杂,远非你能忍受,或许便会乐意认定,其实并未发生特别的事情,生活不过就是一张转盘而已。某一天,你心中的这张转盘,这张光滑平整、转速稳定的转盘竟然是个漩涡,一个永无休止的涡流。我对那波澜壮阔的日日夜夜所能隐约成就的事物的了解始于一九三三年,具体日子对你无关紧要。但是,我还是觉得这些隐约成就的事物对我意味着什么,还是必须让你知道,毕竟你是我唯一的孩子,你小时候对家史也很感兴趣。你很快就会明白,我现在要告诉你的是不能说给小孩子听的。现在的人们对死亡、漩涡尽量避而不谈,更不能当着孩子的面去谈。我们那个年代,父母在孩子面前谈论死亡、谈论垂死的人,都无所忌讳。他们不谈性。现在正好相反。

我还小的时候母亲就去世了,这事儿我给你提过不止一次。我没有告诉你的,是我明知她要死去却不愿意这样想。对你而言,不过一张转盘罢了。

那是二月。再说一遍,具体是几号对你无关紧要。我得承认,我自己也很不情愿记起确切的日子。

芝加哥的冬天笼罩在灰色的冰层里,天空,低得不能再低,脚步,沉得不能再沉。

我正上高中最后一年,对什么都满不在乎,没人喜欢我,纯粹一个背景人物。公共场合唯一露面的机会就是跳高的时候。本来也不在状态当中,只是到了最后那一分钟,身体弹起来,或者说,猛地抽搐一下,便越过了跳竿,很怪异的感觉,就这,全校师生竟然都看在眼里。

不大喜欢上课,但读起书来废寝忘食。家里的事儿我很少跟别人谈起,我是说,我很不情愿让别人知道我母亲的状况。况且,我还找不到言词来描述我自己那些怪异的爱好。

不过,现在我倒是可以对你讲讲那个二月上旬某一天所发生的至关重要的事情。

这天,跟任何一个芝加哥的冬日都没有两样,照常上学,照常阴沉沉的。气温零上两三度的样子,窗玻璃上结着冰花,像一丛一丛的树木,街上的雪被堆成两行,路面上冰层又厚又硬,街道整条整条被铁一样的天空连成一片。早饭照常一碗粥、一片烤面包、一杯茶。照常出门很晚,我站在母亲的门口,望着她的病床,走近一步,说:"我是路易,上学去了。"她好像是点了点头。眼圈发黑,脸色比眼圈稍好一些。我背起书包,匆匆出了门。

我走到公园边上的林荫大道时,两个小个子男人,扛着来复枪,从家门口冲了出来,枪举在头顶,四面张望,对着房顶上的鸽子扣动了扳机。几只鸽子径直掉在地上,他们捡起来,跑进了屋子。这是两个黑皮肤的矮子,白色衬衣松垮垮的,在风里一张一张。萧条时期的狩猎者,城市街头的猎物。几分钟前,警车慢腾腾地驶过,这两个男人就是等着他们远去才动手的。

这事儿与我无关。之所以提起来,不过是因为它的确发生过。我绕过那几摊血迹,穿进了公园。

小路的右侧,丁香树枯干的枝子背后,雪块哗啦啦地崩裂。就是在这棵树下,我和斯蒂范妮整夜缠绵,我的双手伸进她的浣熊皮大衣、羊毛衫、衬衣。两个年轻人亲起嘴来无所顾忌、没完没了。她的皮帽子滑到脑袋背后也顾不上戴回去。她解开香喷喷的衣服扣子,让我贴得更紧。

快到学校了,我得跑起来,才能在上课铃声停下来之前冲到教室门口。家里人早就告诫过我,不许跟老师发生争执,不许让校长传唤家长,尤其是在这个非常时期。虽然不爱上课,可我从来不违反纪律。我的所有零钱都花到哈默斯马克书店里,我读过《曼哈顿车站》《巨屋》《艺术家画像》,还是法语角、高年级论坛的成员。论坛今天下午的讨论主题是"冯·兴登堡为何选择希特勒组建新政府",可我目前不能参加他们的讨论,放学后我还有一份工作。是我父亲强行让我干的。

放学后,再去上班的路上,我顺便回家切了一片面包,夹了一块威斯康星奶酪,又看了一眼母亲,想知道她是睡着还是醒着。她最后的日子里,天天都是一动不动的,话也很少。床边放着一只巨大的方形玻璃瓶,里面装满了清亮的红色耐波他镇定液。这溶液每时每刻都这颜色,似乎容不得一点阴影。坐不起来,没法洗头,只好把头发剪得短短的,这倒让她的脸显得更加细长,嘴唇显得更加冷静。呼吸受阻,喘起气来很艰难,干巴巴的。窗帘半开半掩,底下呈扇贝状,还有白色花边。街面上结着灰暗的冰,树干旁堆着扫起来的雪。所有的树木都一个颜色,铁一样的黑。一个冬天都站在露天,穿着鳄鱼皮一样的盔甲,身上积满了煤灰。

母亲即使醒着,也没有力气说话。只能比画。家里除了护理工,没有别人。父亲有生意,姐姐在市中心上班,几个哥哥也忙忙碌碌。大哥阿尔伯特在大环一家律师事务处做文档工作,伦尼给我找了一份西北市郊列车上的杂活儿,有一段时间,我就在列车上卖巧克力和晚报。母亲嫌我下班太晚,不让我干,我又找了份其他的活儿。今天,我正要去北大街为一家商店送鲜花,还要坐着电车满城跑,为人们递送花圈花环。花店老板贝伦斯付我五毛钱,算是一个下午的工钱,加上小费,我能赚到一块钱。我还能匀出足够时间预习三角学功课,到了深夜,跟斯蒂范妮约会后,还有时间读几页书。大家都睡了,一片沉寂,我便坐在厨房里看书。窗外,雪花飘舞,楼下,门管的铁锹在水泥地上噌噌作响,碰着炉子的铁门咣咣当当。我看的大都是禁书,只是在同学之间私下传阅,有政治宣传册子,有《普鲁佛洛克》,有《毛勃利》,还钻研奥术书籍,太艰深,没人能跟我一起探讨。

坐在电车(外地人叫有轨电车)上,我也在读书。读书让我对外界视而不见。说实在的,外界可真没有什么值得我看的,一切都千篇一律,换个地方也是千篇一律。商店门面、车库、货仓、狭长的砖砌排房……

城市布局规矩划一,像个巨型网格。每里八个街区,每四个街区一条电车线路。昼短夜长,街灯昏暗,雪面上落了灰尘,但在黄昏时分依然可以照明。我揣在手套里的手指间捏着备好的车票钱,几枚钢镚儿混着手套衬里脱落的线头。我带着一束百合花赶往北区,花儿裹在厚厚的纸里,用别针固定着。贝伦斯面色苍白,戴着夹鼻眼镜,向我口述收件人的地址。店里百花争艳,老板是唯一一个没有颜色的东西,可能这正是他为作为人类的一分子所支付的代价。他说话从不啰嗦:"这一趟,看这交通情况,来回各需一个钟头,今天就这一单了。我账本上有名字,但你得记着让他们在单子上签字。"

走出花店,离开这潮湿的泥土气息、密密麻麻的苔藓、带刺的仙人掌和插满兰花、栀子花、专供探视病人的玫瑰花的玻璃瓶,我真说不明白为什么会大松一口气。我更偏爱大街上、人行道上和火车钢轨上的枯燥乏味。我把滑冰帽的三个尖角帽檐拉得低低的,拖着笨重的花束来到罗比街。电车轰隆隆地北上,靠近门口的长凳空着,我赶紧坐了过去。乘客衣服都扣得紧紧的,个个冻得发抖,又那么警觉,把自己捂得严严实实,看上去一副可怜相。我带着一本书,一本残缺不全的书,封面已经脱落,五六十页只靠几根装订线和残留的一点糨糊连在一起,我把它装在羊皮夹克的口袋里。只有一只手闲着,显然没法看书。中央大街到克拉克一线,车晃得厉害,也很拥挤,我得小心翼翼护着花儿,根本不可能读书。

到了安斯里街,我把那个绑得像风筝一样的花束举得高高的,下了车。要去的公寓房有一个院子,围着铁栅栏。普普通通的过厅,中间部位贴着地砖,有些塌陷,砖缝间积满污垢,一排黄铜制成的信箱,装有听筒和送话口。我压了压按钮,没人回应,只是锁子嗡的一声,开了个口,又咣当一响,我便从冷风嗖嗖的前厅走进了暖烘烘也臭烘烘的内厅。上了二楼,一扇门开着,门口墙根处堆着各式胶鞋、套靴。一进门就发现一群人在喝酒,挤在明亮的灯光下,虽然天还没黑,屋子里所有的灯都开着。凳子上、沙发上胡乱地扔满了大衣。那年代,威士忌属于禁品,喝酒自然就是违禁了。那是一群守孝者,我把花举过头顶,穿行在他们中间。我差不多算是办公事的。只听有人喊道:"让这孩子过去。小伙子,一直往前走。"

长长的过道上也挤满了人,餐厅里却空空的。就在餐厅中央,有一口棺材,里面躺着一个姑娘。天花板破破烂烂的石膏间拉了一根缠着胶带、曲里拐弯的电线,电线上挂着一盏灯泡,正对着她的身体。我真是没有想到我会往棺材里面看那一眼。

就这么一位姑娘,没有经过殡仪馆美容师的处理。年龄看上去比斯蒂范妮大一些,没她胖。浅色的直发稀稀疏疏,平放在肩膀两侧。没有一丝生命的轻快,整个重量被从底下支撑着,很难说她是躺在里面,而是深陷在这口灰色的长方形容器里。她的脸颊上有类似酒窝一样的下陷,我看得出是指头压的。她生前漂亮与否似乎都不用再考虑了。

厨房里走出一位身穿黑衣的女人,长得很壮实,显然是死者的妈妈。她看见我定定地站在尸体旁边,便用拳头示意我往前走,我感觉她在生气。我走过她身旁,她两只拳头在胸前挥动,让我把花儿放在水池边,她自己去掉别针,卷起包装纸。胳膊好粗,小腿也是一副力大无比的样子,头发在头顶绾起一个很大的髻,鼻子又短又窄,还红红的。贝伦斯习惯把百合花包成细细的几束,一点也不会受损。

水池的滴水板上,一只大盘子周围放着一块烤火腿和面包切片,一小坛法国芥末酱,几根用来抹芥末的木制压舌板。我一眼又一眼地看着。

在这女人面前,我尽量表现得谨慎、礼貌。我低头看着地板,不想让她发现我那张满是怜悯的脸。可她怎么会在乎我的谨慎?我碰到这一幕,不就是因为我只是一名送花的、一个下人吗?她若看不见我的举止,我装出这副模样又是让谁看的?她所要做的不就是付我花钱打发我走吗?她拿起钱包,放在胸前,就像刚才举着两只拳头一样。"我得给贝伦斯付多少?"她问我。

"他说您只需签字就可以了。"

她不愿意接受这种善意,说:"不必了。"她又说:"我不想欠别人的。"她递给我五块花钱,又加了五毛钱的小费。我趴在光洁如釉的水槽边上,在收据上替她签了字,折叠成一小块。我的手藏在羊皮夹克的口袋里,摸着怀表,不忍心伸手去接那几块钱,毕竟,不远处就躺着她死去的女儿。虽说她脸色阴沉并非我的缘故,可她那一副面孔还是让我胆战心惊。她看着墙、看着门,也是这样的目光。可是,这与我有什么关系!又不是我家死了人。

出门时,我再次将目光投向棺材里面,似乎要从这姑娘的脸上读出点什么。下楼的时候,我从羊皮夹克的口袋里掏出那本破书,到了过厅,便翻到前天晚上读过的那一页,找到这几个句子。对了,就这几句:

> 在自然的法则体系里,她无法容忍人类的形态。人类一旦受她支配,就只配变成尘土。我们这形态是地球上最完美的,可视的世界支撑着我们,直到生命离我们远去。然后,它便彻底将我们摧毁。如此,创造人类形态的世界又在何方?

你吃得饱饱的,然后死了,这本来会滋养你生命的食物却会加速你在死亡中的分解。

这意味着，自然并不会创造生命，它只是收容生命。

那几年，我读过不少类似的书。可前天晚上读的这一本在我心里深入得最为彻底。我的孩子，我唯一的孩子，你很明白我这一生始终向往着另一个世界，也始终沉浸在另一个世界里。过去，我说起精神，或者灵魂，还有精神与自然的合一，都会让你感到索然寡味。你受的教育太高，理性到让人另眼相看的地步，所以很难接受我说的这一切。我再说一句，援引某位大学者的话，可信，不必事事需要明证。我不想深入这个话题。但我还是要说，如果我放弃这本意义深远的书，我要告诉你的肯定会残缺不全，因为这本书不是凭空论证，而是事实记述。

接着说那天的事。我把那本残缺不全的书装回羊皮夹克的口袋里，然后竟不知该做什么。四点钟了，已没有送花的任务，可我还是不愿径直回家。脚踩着积雪，慢慢向安盖尔街走去。我的姐夫在那条街上开了一家牙科诊所。我想等他下班后一起回家。我找了一个说头："我去北区送花，遇着一个姑娘的葬礼，发现离你不远，这就来了。"我的行为本来无可厚非，可为什么还要找借口为此解释？是因为我天天思考的都是一些不合理的问题？是因为我天天都受到指摘？是因为我满脑子一串又一串怪异不经的想法？算了吧！我曾经的确迷恋于反省自己，可现在竟感觉如此令人厌恶。

我姐夫的诊所在一座没有电梯的两层大楼里，挂着"菲利普·哈迪斯牙科博士"的牌子。楼角处有三个飘窗，可以朝东从大街望到湖面，一览无余，甚至可以看见湖面上漂浮的大小不一、参差不齐的冰块。门开着，我走进那间狭小的没有窗户的候诊室，却没见菲利普，他本应该坚守在那架后背斜倾的庞大的椅子边上。我猜他大概去了实验室。他也是位技师，诊所一切活儿都亲自动手，这为他省下了一大笔钱。

菲利普个儿不高，可块头很大，长得很壮实。白大褂的袖子一直卷到胳膊肘上面，露出粗壮的前臂。拔牙的时候，他的臂力就派上了用场。很多人都是经熟人介绍来他这儿拔牙的。

没事儿可做的时候,他常常一个人坐在椅子上,研究赛马信息,身旁一边是钻牙机折成几截的长腿、煤气小炉,一边是绿色玻璃痰池,上方一个小龙头,扑哧扑哧地喷着水。雪茄烟的气味充满整个屋子,很浓很浓。工具柜的中央立着一块钟表,上面有玻璃铃铛,底座上旋转着四个镀金的压铁。这钟表是我母亲送他的礼物。中间窗户看出去,风景被一条铁链分成两半,这铁链很细,跟当年把大英帝国的军舰挡在哈德逊河道上的那条差不了多少。牙科诊所的大牌子——镶嵌在一连串的电灯泡中间的混凝土和铁柱子拼成的图案——就靠这链子悬着。这阵子阳光也没多少了。中午时分,阳光尽情倾泻,过了四点,有些力不从心。一头是堆积起来的雪,蓝莹莹的,另一头是一排商铺,光亮射向对面的雪堆。

诊所的实验室在一个密闭的房间内,菲利普日常不大讲究,有时就对着它的下水撒尿。要去楼的另一头上厕所,还得走一阵子。过道除了两堵长长的墙,光秃秃的,简直就是石膏砌成的一个隧道,地上铺着一长条镶着铜边的地毯。菲利普不情愿就为了撒泡尿走这么长的路。

实验室也没别人。菲利普可以在楼下杂货店兼药店的自动汽水机上买一杯咖啡带上楼来,他也可以跟与他分摊套屋的另一位大夫马尔切克,一起消磨时光。两个诊所之间的门从来不上锁,我以前还常过去坐在马尔切克的转椅上翻看他的妇科类藏书,仔仔细细地研究书里面的彩色插图,还顺便记住了不少拉丁词术语。

马尔切克的窗玻璃上绘着星星,很暗,我猜里面应该没人,便走了进去,这才发现有位一丝不挂的女人躺在检查台上。她没有睡觉,只是在休息。突然发现进来一个人,她有些吃惊,不过还是不慌不忙地伸手把胡乱堆在马尔切克办公桌上的衣服取了过来,动作里没有一点儿惊慌失措的意思。她从一堆衣服中找出衬裙,盖在肚子中间,甚至懒得把衬裙拉展。是她服用了药物,神志不清?不,她一举一动,都慢悠悠的,似乎一切都是享受,那种懒散很能撩人。几根电线把她光洁如玉的手腕连到一台带着轮子的医疗设备上。

我本应该立刻退出来,可已为时太晚。况且,这女人也没有表现出一丝尴尬的迹象。她没有把衬裙拉上来遮住乳房,甚至没有把叉开的两条大腿合拢。覆盖着大腿间部位的毛发从中间分开,屋子里散发着一种又咸又酸、又昏暗又甜蜜的气味儿。这效果太直截了当,我立刻激动不已。她的额头上亮光光的,眼睛周围有一圈疲惫。我确信我已猜出她刚刚做了什么,但屋子里很暗,我不想继续往下想。疑惑或许更妙,含混也许更能引人入胜。

我记得菲利普漫不经心地说过,隔壁在进行着一个"研究项目"。马尔切克大夫在定量分析性行为过程中双方的反应。"他从大街上领回几个女人,把她们拴在台子上,假装在测量,在收集仪表读数。纯粹是找乐子,什么科学!狗屁!"

这么说来,那位一丝不挂的女人竟然是一个科学实验的对象。

我本打算向菲利普说说安斯里街上那位死去的姑娘,可这个时候,那口棺材、厨房、火腿、花束等等,都像湖面上的浮冰,又像水里刺骨的寒气,已经离我远去。

"你从哪儿来的?"那女人问我道。

"隔壁,牙科诊所。"

"大夫马上要把我手腕上的电线解开,我也该轻松轻松了。你能不能看看,这些电线怎么才能解开?"

即使马尔切克在里间,听到我们说话的声音也不可能过来了。女人举起胳膊,好让我解开环扣,两堆乳房在胸前摇摆起来。我俯下身去,她上半身的体味儿让我联想到了巧克力包装盒里面那层有皱褶的棕色软纸,巧克力已经吃完了,只剩下一丝余香,隐隐掺和在硬硬的纸板里。我心不由己,脑海里突然闪过我母亲做过癌症手术后那残缺的胸部,伤口处粗糙不堪的肌肉组织。我又有意识地想了想斯蒂范妮迷醉紧闭的双眼和亲吻我时那红扑扑的面颊,想尽量逃避这年轻女人裸体的诱惑。我从她身上卸下那一串串的电线、环扣，感觉不是在为她解开束缚，而是在把我自己套了进去。诊所光线越来越暗，我渴望她的手伸进我的羊皮夹克，解开我的裤带。

她的手摆脱那一串电线后，马上用纸巾擦了擦手腕上的胶装物，开始穿衣。先套上胸罩，很费力地将两只乳房塞进罩杯里，双手伸到背后挂扣针时，整个身体向前微倾，就像从树下经过，低头躲开低垂的枝条一样。这时候，我身体里的每一个细胞都变成一只只蜜蜂，一寸一寸地沉入色情的蜜浆之中（真希望这能改变路易爷爷的体态，我记忆中他的形象变化多端，但从来没有过一窝色情蜜蜂的诱惑）。

即使到今天，我也不能不对这女人的举止视而不见。显而易见，她精心设计了这一切。我能看见她的脸，虽然只是侧面，虽然她低着头，我依然能确切无疑地感觉到她的微笑。用三十年代的时髦话说，她这是在逗我。她知道我是块软骨头。她的上衣至少有二十粒小小的纽扣，她就这样故意慢悠悠地一粒一粒地扣着，下半身还是一丝不挂。两个人虽说都是小人物，我，一个中学生，她，一个妓女，可我们都拥有玩这游戏的庞大器具。再往前走一步，不管发生什么都不会超出这间诊室。只有我和她，没有第三者知道。冒牌实验者马尔切克肯定在隔壁等待时机呢。这位私家医生，年龄大了，一定满脸羞涩，火气冲天。况且，我姐夫菲利普随时都有可能回来。

女人从皮桌子上滑下来时，紧紧抱住一条腿，说腿抽筋儿了，然后脚踩到椅子上，抓着小腿肚子又搓又揉，一边低声骂着脏话，一边四处张望。穿好裙子，绑好袜带，蹬上布鞋，一瘸一拐地绕着椅子转圈儿，一只手仍然抱着那条抽筋儿的腿。她说："劳驾你帮我取一下大衣，给我披上。"

她那件大衣也是浣熊皮做的。我从挂钩上取下她的大衣时，心想着那要是别的什么该有多好。斯蒂范妮那件比这新，也比这重多了。皮子干巴巴的，毛也很薄。我把大衣披到她的肩膀上时，她已经迈开步子要出门了。马尔切克诊所还有一道门，通往过道。

到了楼梯口，女人提议让我扶她下楼。我说当然没问题，只是我还没有见我姐夫一面呢。她拿一条羊毛围巾裹在下巴底下，朝我笑了笑，眼角露出东方人特有的鱼尾纹。

没跟菲利普见一面就走，怎么也说不过去。我希望他这阵儿正好迈着大步、漫不经心地从过道那头儿往回走。你大概记不得你姑父菲利普了。上大学时就是一名橄榄球高手，现在还一副铲球员的模样，前臂结实粗大（在现在的南芝加哥橄榄球场上，他不显得结实；可那个时候，他绝对算得上大块头）。

长长的过道就像两堵墙挤成的峡谷，一条地毯从这头铺到那头。没人来救我。我又转身回到诊室，哪怕有一个病人，他也会站在那儿朝他的嘴里望去，我也就能走上正道，找到借口摆脱那女人的挑衅。要另找借口，就只能说，菲利普等着我一起坐车去东北区，所以不能陪她了。诊室里空空的，我一边想着怎么编谎，一边低下头免得看见那没有一丝声响、不急不躁转着指针的钟表。我在菲利普的记事簿上写了"路易，我来过了"几个字，放在椅子上。

这女人已经穿上了那件像学生装一样的浣熊皮大衣，屁股裹着厚厚的皮毛，斜靠在扶手上，举着一面小镜子，前照照后照照，我出来时，她啪的一声合上镜子，塞进了手包。

"腿还在抽筋儿？"

"腰也是。"

俩人慢慢往楼下走去，下台阶的脚步也很合拍。我在想，如果我亲她的嘴，她会有什么反应。或许会笑话我。已经走出了那四面墙壁围起来的屋子，不是想干什么就可以干什么了。大街上，空间没有边界，我不知道到底走了多远，还能走多远。她只是嘴里喊着腿痛腰痛，可我心里痛苦难当。她让我用一只手扶着她的腰，我顷刻间感觉到她那一对屁股竟有如此无以名状的魔力。之前在一次晚会上，我偶然听到一个老女人对另一个说:"我知道怎样能叫他们欲火焚身。"就听这一句,已经让我难以自持了。

对于一个十七岁的小伙子,无需动用特别的技巧,哪怕不让他扶她的腰,不让他感觉她的腰上那难以名状却性感十足的功夫,也足以把他征服。在马尔切克诊所的检查台上,我已经把这女人看得透透彻彻,她的身体靠着我的时候,换句话说,她把自己女性的本原完全向我展露的时候,我也清清楚楚地感受到她的分量。况且,她也明白我心里怎么想。我神思恍惚,满脑子是这女人,而这恍惚的神思竟是在这样的瞬间找到了对象,这对象竟也明白自己被找到!她知道我的欲望,她,活生生的,就是我的欲望。我不能断言她是个妓女,是个浪子,我宁愿她是位良家妇人,只是一时荡性萌发,红杏出墙,想在我身上找个乐子而已。在那年月,一夜私情,瞬间作乐,是再寻常不过的事情。

"我们去哪儿?"

"你要有事儿,我就自己走了,"她说,"我就住在维诺那街,谢立丹路的那一头儿。"

"没事儿,我送你去。"

她发现我口袋里那几页残书,便问我是不是学生。

经过一家水果店,一个跟我差不多年龄的小伙子正把满筐的橘子倒进亮着灯的橱窗。在灯光里,我发现这女人虽然浓妆重彩,可那两只眼睛黑黑的,显然是远东人种。

"你应该十七岁了吧?"她问道。

"正好。"

她脚穿布鞋,走在雪里,每一步都小心翼翼的。

"准备做什么?打算好职业了吗?"

职业对我没用。一点用都没有。救济所门口端着碗等着喝汤的人里面,会计师、工程师多得是。全世界都这萧条样儿,职业顶个屁用。只要自由自在,便可以自谋生路。如果不是因为她把我撩得欲火焚身,我本可以对她说，我坐着电车在这城市里南来北去，并不是为了挣那一块钱，也不是为了养家糊口，而是为了仔仔细细地把这枯燥乏味、萧条丑陋、无边无际、散发着恶臭的城市看个分明。当时我没有这样的想法，只是现在才明白，我的目的是为这地方找个辩解、寻个说头。这城市力大无比，可我也是力大无比，只是还没有显现出来。我绝不相信，这里的人们都在干着自己以为正在干的事情。大街小巷里的生活只是表象，底下还有另一层生活。能够看得见的每一张脸也是表象，里面还有另一张脸。听得见的声音和言词也是表象，背后还有另一种声音，另一种信息。当然，这些话当时我并没有说，而且也没能力说得出来。不过，那时的我，确确实实是一个阳春白雪式的少年，我哥哥阿尔伯特常常一副挑剔、讽刺的神色，把我戏称作"小——白——脸——儿"。年轻人有远大的抱负，常常会被人这样挖苦。

就在这一刻，一位魅力四射、性感十足的女郎正拖着我在大街上前行。我不知道会被带往何方、走多远，不知道她会给我什么惊喜，也不知道会有什么后果。

"你是说牙医是你哥哥？"

"是我姐夫。跟我们住在一起。你是想问我他什么样儿的？他可是个好人。星期五门一锁就去赛马场，还带我去看拳击。那家药店背后，还有一间牌屋……"

"他可从来不会出门时口袋里装着一本书。"

"是啊，他不。他常说：'有个屁用？要学的东西太多了，花上一千年都学不完，何苦把自己搞成那样子？'我姐姐叫他到大环开个诊所，可那样的话，就太辛苦。他很懒惰，只满足于做手头那些事情，多一点儿都不愿意。"

"那，你看的是本什么书？啥内容？"

我不打算跟她讨论任何问题。不可能讨论。我满脑子只有一件事。假如那时我能够与她讨论，毕竟她是在诚心问我问题，我哪能拒绝回答？或许会说："女士，您知道，这是一个可视的世界，我们住在里面，呼吸这里的空气，食用这里的物质。可我们死后，物质重新变回物质，我们了无踪迹。那么，我们到底属于哪个世界？属于这个物质的世界，还是另一个向物质发号施令的世界？"

不是大多数人都喜欢讨论这类问题，这些概念甚至让斯蒂范妮颇不耐烦。她会说："你死了，就死了。死了就是死了。"她只喜欢乐呵。如果我不带她去市中心的东方大剧院，她会毫不犹豫地让别的男孩儿带她去，回来了，还给我讲一些剧院里听来的污秽不堪的笑话。我觉得东方大剧院应该是美国国家娱乐行业里的一员，吉米·萨沃、娄·霍尔茨、索菲·塔克常在那儿登台。在斯蒂范妮看来，我这人太正经。她模仿吉米·萨沃的腔调唱"江河啊，离我的大门远点儿"时，笑得身体都站不直了，可我还是无动于衷，笑不出来，这让她很是失望。

你或许会说，我口袋里那本书，准确的说是那几页残书，是童话故事里的护身符，可以为我打开城堡的大门，带我飞上高高的山顶。可那女人问我的时候，我心猿意马，竟然不知如何回答。别忘了，我的手还扶在她的屁股上，她走一步摆一下屁股，让我备受煎熬。我正在亲身体验晚会上那个老女人说的那句话："我知道怎样能叫他们欲火焚身。"我自然没有一点心思去讨论"自我"呀、"意志"呀、血液的秘密。是，我相信高层次的知识应该为全人类所共享。能够维系人类大家庭和睦相处的，除了日常意识背后那隐形的力量，还会是什么？可现在这种情形下，要让我思绪连贯，简直比登天还难。

"你不能跟我说说吗？"

"这是我一分钱从旧书摊儿上买的。"

"你的钱就花在买书上了？"

我猜她大概意思是，我竟然没有把钱花在泡妞儿上。

"那牙医人不错，虽说懒点儿，可脾气很好，"她接着说，"他都给你说些什么呀？"

我开始在脑子里搜索，菲利普·哈迪斯都说过些什么？他说过那东西硬起来便没有是非之心。我当时就只能记起这一句。他跟我说起话来，自己就先乐了，真是个活宝。要说菲利普很娇惯我，我的哥哥，就是你过世的伯父阿尔伯特，相比就严厉多了。他如果信任我，或许还能教我点儿东西。他上夜校，学习法律，同时又为一个骗子议员罗兰作助手。他就是替罗兰提钱袋子的。罗兰雇他不是为了在法律事务上帮他，而是为了集资。菲利普怀疑阿尔伯特也跟着罗兰捞油水，因为他穿着很时髦，头戴圆顶呢帽（有个土话外号叫巴尔的摩散热器），身穿驼毛大衣，脚蹬黑手党成员那种尖头皮鞋。阿尔伯特看不起我，常说："你懂个屁！永远不会有出息。"

很快就到维诺那街。到了她楼下，用不着我扶了，即将打发我走。我只看见玻璃一闪，她就进了大门，开始在手包里找钥匙。不用再扶她的腰了，我便打算轻声说一声"再见"。突然她将头往侧面一甩，示意我进去，我大吃一惊。回想起来，那一刻我本来想着（被淫欲污染了的想法）她会把我扔在大街上。我跟着她穿过一道贴了地砖的过厅，进了一个小门。楼梯间被煤气供暖系统烤得热乎乎的，三层楼顶上的天际线摇摇晃晃，壁纸脱胶，爆了起来，一块又一块的皱褶。我吐了一口气，这热气真的不能吸到肺里。

这楼本来是为银行家、经纪人、富有的专业人士们修建的，很是豪华，可现在只有临时租户住着。前屋很大，有法式落地窗，那是一间赌博场所，有人正在里面掷骰子。隔壁，有人喝酒，有人在长沙发上打盹儿。她领着我走过一处曾经是私人吧台的地方，装潢家具还没撤走。我跟着她穿过厨房，其实我怎么窜来窜去也无妨，什么也不用问。厨房里没有做饭的痕迹，没有水壶，也没有碗碟。油地毯破破烂烂，褐色的线翘起来，像一缕一缕的头发。她带着我又穿过一条跟主过道平行、但更狭窄的过道。"我住的地方过去是女仆的卧室，"她说，"能看到后街，风景不错。但浴室是我专用的。"

就在这儿，几乎空荡荡的一个空间。妓女们（假设她就是个妓女）就是这样工作的：没有毯子的地板、窄窄的一张床、窗边一把椅子、靠墙一个歪歪扭扭的衣橱。我站在灯下，她转到背后，仿佛在观察我。突然间，她从身后抱住我，轻轻地亲了一下我的脸，这一亲，倒更像是个允诺，而不是真正的吻。我这才闻到她脸上的脂粉，也许是唇彩，散发出一阵未成熟的香蕉味儿。我的心跳得很厉害，还从来没有这样跳过。

她说："我去浴室一会儿，准备一下。你脱了衣服，在床上躺着吧。看样子你整洁惯了，不想把衣服扔在地上，那就叠起来放在椅子上吧。"

我浑身发抖，似乎这是这栋楼里最冷的一间屋子。开始脱衣服。先蹬掉因冬日干旱而起皱的靴子，羊皮夹克挂在椅子的背上，袜子塞进靴子里面，光脚踩到粗糙的地板，急忙缩了回来。我脱得光光的，仿佛只要这样，我的衬衣、我的裤衩，就不会与将要发生的事情有任何瓜葛。如果说负罪感，就只让我赤裸的肉体独自承受吧。负罪感自然是免不了的。钻进被窝时，我猜想布莱德维尔监狱里犯人的床也不过如此吧。没有枕套，头就搁在枕芯上。朝窗外望去，各种电线悬挂在电杆之间，就像乐谱上的五条线，玻璃绝缘瓷弧儿像一堆堆音符，只是这些线都松垮垮地往下垂着。女人没提钱的事儿，因为她喜欢我。我真不敢相信我有这等运气，夹杂着一丝灾难兆头的运气。我顾不了布莱德维尔的监狱铁床，显然不是供两个人睡的。感觉如果她半天不从浴室出来，让我就这么瞎等，我会撑不下去的。一个女人在浴室里面会干些什么呀？脱衣服？冲澡？洒香水？再换上一身新衣？

突然间，她走了出来。她不过是在等待，什么也没做。还是那件浣熊皮大衣，连手套都没有摘掉。她看也没看我一眼，急急忙忙走到窗前，几乎是跑过去的，打开窗子。窗子哗的一声，一股冷风涌了进来。我从床上站了起来，可已为时太晚。她抓起椅背上我的衣服，从窗子扔了出去，掉到后街上。我大声喊道："你干什么？"她不回头，一条围巾扎在下巴底下，冲了出去，门也没关。我能听见她的布鞋踏着过道的地板，以两倍于来时的速度，越走越远。

我没法去追。难道要我光着身子，让楼里的人们观赏？她早料到我不能去追她。进来的时候，她或许就已经跟同伙递过眼色，这阵儿他可能就在后街等着呢。我爬到窗口，发现我的衣服早被收拾干净，有个人胳膊下夹着一摞衣物，正慌慌张张地穿过两个车库之间的小道。我真想穿上靴子（她把靴子留下了），从一楼窗户里跳出去，可我知道我追不了多远，不到几分钟，赤身裸体的我就会在谢立丹路的某处被冻僵。

我曾见过一个身着连衫裤的酒鬼，被一群人打伤，满头的血，在大街上蹒跚、喊叫。可我这时候连一件衬衣、一条裤衩都没有。这一刻的我，跟刚才躺在马尔切克诊所检查台上的那女人一样，被剥了个精光，送花时收来的那五块钱也被拿走。那件羊皮夹克是我母亲去年给我买的。还有那本书，那本残缺不全、没有封面所以不知道名字也不知道作者的书。在这世界上，还有哪样东西的损失比这书更惨重！

现在，我可以静下心来，思考我身处其中的世界，不管是这个世界还是另一个世界。

我关上窗户，又走过去关上门。屋子似乎没人住。可万一有房客，这时候突然闯进来，会不会狠狠揍我一顿？好在有门闩，我把门闩套好，又在满屋子转了转，看有没有可以穿的衣服。那个歪歪扭扭的衣橱里，除了几个铁丝衣撑，空无一物。浴室里只有一条擦手毛巾。我从床上扯下毯子。撕开，从头上套下去，倒很像一条披肩，可它太薄，这冰天雪地的，绝不可能保暖。我把椅子拉到衣橱前，站了上去，发现背板后面有件女人的裙子和加厚睡衣。在一个棕色纸袋里面，又找到一顶棕色的针织帽子。我把这些全都裹在身上。还有什么办法？

我猜大概是五点钟了。菲利普上下班没个定时，这个点儿有人害牙痛来看病可能性不太大，他自然不会白白耗在诊所里。最后一位病人走了，他便锁门离开。他不急着回家，但若要追上他，我还得紧跑几步。就这样，裹着裙子、睡衣，戴着针织帽，脚蹬我自己的靴子，我走出了这座公寓大楼。一路上没人理我，都懒得动眼珠子看我一眼儿。人比我进来的时候多，菲利普把那帮人都称作流动人口。那个抱走我衣服的男人这时候也极有可能回来混在其中。楼梯上暖气热得让人焦灼，壁纸一股被烤焦的味儿，似乎马上就要起火。到了街上，北极的寒风袭来，身上的裙子和棉绸睡衣就像一层薄纱。我拼命奔跑，没工夫去感受刺骨的冷风。

菲利普肯定会问："那婊子是谁？她在什么地方把你套上的？"菲利普不会轻易激动，他总是那么软绵绵的，我做任何事都会让他觉得好玩儿。安娜常常拿她几个野心勃勃的兄弟作为榜样来刺激他，他们都勤勤恳恳，喜欢读书。菲利普觉得开心，你总不能责备他吧？我猜得出，他会说："你弄成了？没有？这至少不会让你染上淋病。"我现在一无所有，连坐电车的七分钱也没有，只能指望遇着菲利普了。我敢肯定，见了面，他绝不会对着我大谈道德，只会急忙给我找衣服穿，要么向邻居讨件毛衣，要么带我去中央大街的救世军商店，只要还没下班关门。他会缩着脖子，表现出一副不慌不忙、深思熟虑的样子。跳舞也不会让他加快脚步，跟安娜跳狐步舞时，贴着她的脸，两个拍子并作一个来适应自己的舞步。他笑起来也很平和，一个表情能持续很长时间。这表情我找到一个词儿，私下里想过，"猫态"，菲利普真的跟猫一样，肥肥胖胖却很健壮，健壮却也懒散，说话时声音柔和却也时常夹杂几句笑话。他要动手打你前，总要舔一舔嘴角，就因为这动作，我觉得他有"猫态"，但我从来没有大声说出来过。

我在街上飞奔，水果店、点心店、裁缝店的橱窗一个个一闪而过。我可以指望菲利普帮忙，我父亲脾气暴躁，肯定不会容忍我这副模样。个子没有儿子高，但很帅气，皮肤白得像大理石（我就这感觉），我们家的土皇帝。他要是看见我现在这副狼狈相，一定会气炸了肺。的确，我这一天来欠缺考虑的事儿太多：母亲半死不活，天寒地冻，很快就有一场葬礼，还要挖墓，还得从圣地弄一把泥土来撒到寿衣上。如果我穿这身脏兮兮的衣服让他撞见,这已经被生活重负压得快要趴下的老家伙一定会像《旧约》里的神,不分青红皂白,狠狠地把我揍扁。我从来不把这看作家庭暴力,我觉得这是一种虽然古老却经久不变的传统。就连我那位鼎鼎有名的律师哥哥阿尔伯特,也时常被老家伙揍得鼻青脸肿,虽然气得脸青脖子粗,也无可奈何,还得乖乖忍着。我家任何人都没有觉得老父亲禀性残暴,倒是我们自己越了轨,被惩罚一顿,那是无可厚非的。

菲利普·哈迪斯牙科诊所里没有灯光。我奔上楼梯,有彩绘星星的玻璃门紧锁着。那时候毛玻璃不常见,厕所门、私密空间的窗子都用这种绘着星星的玻璃。马尔切克——现在有个时髦词就是说他这号人的,"窥淫狂"——也已经生着气关门走了,是我把人家的实验搞砸了。我想撬开门,好在那张牛皮检查台上,也就是裸体女人刚刚躺过的那张床上,凑合着过个夜。而且,只要能进去,还可以打电话。有几个狐朋狗友,但愿意帮这个忙的可能没几个。真不知道,如果电话打通,该怎么解释我现在这狼狈的处境。他们或许会觉得我在骗他们,要么就是恶作剧。"我是路易,被妓女抢了衣服,现在在北区,一分钱也没有,坐电车的钱都没了,还穿着女人的裙子。家门钥匙也被弄走了,回不了家。"

我冲向药店,或许菲利普在药店背后的牌屋里打扑克呢,他时常到那儿试手气,然后才坐电车回家。我认识店主凯亚儿,但他不记得我。他怎么会记得我呢?他问道:"您要点儿什么,小姐?"

他真把我认成女孩儿了?还是把我当成了街头浪子?或者算卦帐篷里的吉卜赛女人?这样的女人满大街都是。但是,哪怕真的是吉卜赛女郎,也不至于不穿大衣而只裹一件棉绸睡衣在这样天气里出门吧!

"我想问,牙医菲利普·哈迪斯在不在后边?"

"你找哈迪斯大夫啥事儿?牙疼啦?还是有别的事儿?"

"我得见他。"

店主个头不大,圆圆的秃脑袋很敏感的样子,让人看着难受。正因为敏感，我猜他应该能看得出我现在的窘迫样儿来。可他的眼镜背后透出来的，却是两道谨慎的光芒。这凯亚儿一旦有了主意，谁也难以改变他的想法。他那张嘴长得真奇怪，小小的，像个婴儿。他在这条街上混了多少年了？四十年有了吧？四十年应该已经阅尽沧桑，还能有什么新鲜事情可听的呢？

"哈迪斯大夫跟你有约吗？你是他的病人？"

他明知故问。他看得出来这是私人关系，也知道我不是来看牙的。"没有，可我既然到这儿来，他一定想知道是怎么回事。我就想跟他说一会儿话。"

"他不在这儿。"

凯亚儿已经走到了调剂台的铁栏杆后面。我不能让他走开，他走了，我再问谁？所以我又说："凯亚儿先生，我有急事。"他等着我细说。我不想传闲话，免得菲利普难堪。凯亚儿不开口，他真是等着我先说话，等着我公开身份。他这人，显然嘴巴很紧，轻易什么也不愿透露，而且以此引以自豪。为了撬开他的嘴，我只好说："我遇上麻烦事了。早些时候给他留了个条子，刚过去，他已经走了。"

我立刻意识到自己说错了。药剂师大都是别人求着他的，药片、药瓶、灯具、药品广告，来的不是怪兮兮的流浪汉，就是要饭的，都是些想从他这儿揩点油的，个个都说自己遇上麻烦事了。

"你还是到福斯特大道的局子里去吧。"

"您是说警察局？"

我也这样想过。我可以向他们诉说我的悲惨遭遇，他们自然要细查一番，把我收留起来，等着有人来认领。极有可能会是阿尔伯特，他就喜欢干那个。他会对我说："哎呀，你人不大，色胆倒不小。"他还会逗着警察乐一乐呢。

我对凯亚儿说："这么冷，到不了福斯特大道，我就冻僵了。"

"不是有巡逻车吗？"

"菲利普·哈迪斯即使不在后边,也应该离这儿不远。他不会直接回家的。"

"他常去尊尼·库伦拳击场看比赛。不过还早。你去肯摩尔街的地下酒店试试吧,一座英国式大楼的地下室,从侧面下去。入口处的栅栏边上有盏灯,守门的叫木斯。"

他都不愿意送我一毛钱做路费,我知道他钱柜子里面一毛票子多得是。如果我说菲利普是我姐夫,我现在很狼狈,他或许会给我一毛车费的。但我还是没有敢说,这可真的让我付出了不小的代价。

我两只胳膊缩在睡衣里面,只用肩膀把门顶开,走了出去。穿着这样的衣服跟光着身子没有多大区别,寒风刀子一样割着我的双腿,我跑了起来。好在不太远。刚跑了半条街,就看见铁管子顶上亮着一盏灯泡。过了街其实就看见了。那种非法经营的地下酒店很容易就能找到,大家都找不到,他们还怎么经营下去?走下四五个水泥台阶,就到了。我还没来得及敲门,门就开了。第一眼看到的不是守门者的眼睛,而是他的牙齿。

"你是木斯?"

"嗯。你是谁?"

"凯亚儿让我来的。"

"进来吧。"

我感觉一下子掉进了一座铺着水泥的宽大温暖的地窖。什么也看不见,一个简易吧台,几个吊柜,冰激凌店里搬来的几张桌子,几把铁丝靠背的椅子。透过这栋英国式大楼的窗子,可以看到街面,但玻璃上涂了一层黑乎乎的焦油遮着光。其实,即使想看,也没什么可看的:一个院子,一道木头门廊,一条晾衣绳子,一些电线,一条胡同,胡同里堆着垃圾。

"小妹妹,你哪儿来的?"木斯问道。

木斯其实不是什么要紧角色。这里的关键人物是酒吧的老板,他把我喊过去，问道："宝贝儿，你有什么事？你是来给谁送口信的？"

"不是。"

"哦？你是酒瘾犯了，从床上蹦起来，直接到我这儿来了？连穿衣服的工夫都没有？"

"不是这样的，先生。我来找人。菲利普·哈迪斯，就是那个牙医。"

"这儿只有一位客人。是他吗？"

不是。我的心一下子沉了下去，就像陷入河床上的污泥里。

"你找的不是个酒鬼？"

"不是。"

那个酒鬼坐在高高的椅子上，两条腿耷拉着，胳膊伸向前边，头斜靠在吧台上。一堆酒瓶，玻璃杯，一只啤酒桶。老板身后，立着一个餐柜，显然是从谁家的墙上扒下来的。柜子上嵌着一块长长的镜子，边儿是椭圆形的。管子上吊着曲里拐弯的纸做的飘带。

"那您认识我说的那位牙医吗？"

"或许认识，或许不认识。"老板说道。这人个子很高，坠着肥肉，一张长脸，加上那个肚子，活像一只袋鼠。他说，"这个点儿不是人多的时候。这是晚饭时间，你该知道。只有附近住的人才来我这儿喝酒。"

这地方只是一个地窖，老板也只是一个百无聊赖的大个子希腊人。也正像我自己，路易，一个光着身体的男人，仅仅裹着一层女人的衣服。当初，你用最简单的方式为世间万物命名，它们便不再蕴涵任何深层意义了。店老板掌控这地方的一切，光光的胳膊前倾，全身重量就凭两只伸开五指的大手支撑着。满屋子散发着啤酒发酵的气味儿。他问道："你住这附近？"

"不，坐电车得一个钟头。"

"说具体点儿。"

"我家旁边就是洪堡公园。"

"那你要么是乌克兰人,要么是波兰人,或者是斯堪的纳维亚人,犹太人?"

"犹太人。"

"我知道芝加哥啥样的,我是本地人。你出门不会穿成这个样子的,十分钟就会把你冻死。这是卧室穿的,不是大冬天在外面穿的。你那身材也不像个女人,没屁股。你衣服底下有奶子吗?我敢说没有。说说你的故事吧。你是双性人?听我说,大萧条也有它的优点。没有大萧条的话,你就不可能知道这世界上有这样好笑的事情。有件事我绝对不会相信,我绝不相信你是个妞儿,不相信你大腿中间长着个樱桃小口。"

"你这话说得没错儿。可你不知道,我现在身无分文,买车票的钱都没有。"

"谁把你整成这样子了?某个女人?"

"在她卧室里,我脱了衣服,她抱起来就从窗子扔出去了。"

"你光光的,想追也没法追……要是我,我先把她扳倒在床。我敢说,你没弄成吧?"

真没有。我暗自思忖。我真该一进门,不用等她脱衣服,就把她按倒在床上,把她扒光。这店老板肯定会这么干的。他天生就这料,而我不是。老天没有把我生成他那样子。

"我就知道是这么回事儿。一个专业团伙把你给抢了。那女人设了圈套,盯上了你。犹太人一般不会主动去招惹婊子的。你出了家门,走进这个世界,就跟任何人一样,想干点啥。就这么回事。这花里胡哨的衣服从哪儿搞来的?我猜你当时肯定翘着鸡巴站在那儿。能找个衣服穿,算你运气。她长得还漂亮吧?"

她躺着的时候,一对乳房形状的确不错,没有向两侧垂下去。两条腿内侧线条分明,大腿肉乎乎的紧贴着。毛发黑黑的,打着卷儿。是啊,我得承认,的确是个美人儿。

这黑酒店的老板,跟药店老板一样,看到这一切也乐不可支:一个年轻人狼狈不堪,穿了一身女人服装,又破又脏,还裹着一件人造丝或者棉绸的睡衣。多亏这阵儿没几个顾客,要是生意好,他绝不会费工夫跟我扯这些。"一句话,你遇上了一只鸡,被她给耍了。"

就这事儿,我绝不会自怜。我承认我是自找的。我一个心高气傲的犹太高中生,心太高,不愿流于正统,自以为命运另有安排。在家,有古老的家规约束;出了门,却遇上形形色色的生活本相。生活本相轮番向我袭来,首要的结果便是嘲弄。将我衣服扔向窗外的胡同,是那女人对我开的一大玩笑。药店老板面对别人的苦楚满是同情,只是另一番作弄。现在黑酒店的老板,在施舍给我七分钱的车费之前,也要先将我好好戏弄一番,从中获得乐趣。我那有可能再也不能与我交流的母亲早说过,我的鼻梁下方有一道自负的线,那是愚人的印记,她看得清清楚楚。

我无法预测她的死将意味着什么。

酒店老板不让我走,好美美地嘲笑我一番。木斯(希腊人喊他木塞)也凑了过来,不想错过这么精彩的娱乐。希腊人的袋鼠嘴巴两角上翘,一只手穿过乌黑、直挺挺立着的浓发,挠着头皮。有人说他们那些希腊人天天喝橄榄油,所以头发又浓又黑。他说:"好吧,给我讲讲牙医的事儿吧。"

"我来就是找他的。可这阵儿他应该在回家的路上了。"

他这阵儿应该就在回家的电车上,在从中央大街到克拉克的车上。正举着一份桃色的《美利坚晚报》,大大的脸盘上噘着一只天真无邪的嘴巴,细细研读赛马信息呢。安娜把他打扮成职业者的模样,可他自己却让衬衣、领带、扣子随意地开着。安娜为他选了一双修长款的皮鞋,可他的脚背又肥又高。只有毡帽戴得工工整整,其他方面,他满不在乎。

安娜下班回家开始做饭。菲利普踏进家门,我父亲会问:"路易呢?"

"哦，送花去了。"他们会这样回答父亲。天一黑，老家伙就开始为孩子们担心了，还不回来，他就会熬夜等着，在长长的过道里走来走去，对了，不能说走来走去，跳来跳去更合适。你偷偷地溜进门，他会一把抓住你，揪着你的领子。虽然身材瘦小，穿着整洁，像个绅士，可脾气火爆，跟大多俗人没有两样。他对于人性邪恶了如指掌。早年生活在敖德萨，后来又在圣彼得堡住过很长一段时间，可他对那些地方没有一点耐心，鸡毛蒜皮的小事都会让他发疯。如果看见我这身装扮，他一定会立刻失去理智。我看见那女人两腿之间的小沟和两侧一层层的粉肉，看见她举起双臂让我卸下那些电线环扣，摸着她的肌肤，闻着她的体香，我也立刻失去了理智。

"你家人，你爸爸是做什么的？"酒店老板问道。

"他做生意的，给面包房送柴火。从密歇根北部由货车拉来，也有从威斯康星的博南伍德运来的。他在哈里斯镇东面的大湖街有个货场。"

我尽量说得仔细，现在绝不能让人家怀疑我胡编乱造。

"我知道那地方。野鸡野鸭就聚在那一片。你想你可以向你老爸告诉实情，告诉他你被一只野鸡打劫了，抢了你的衣服？"

他这话一说，我脸上的肌肉立刻紧张起来，耳朵里也嗡嗡作响。地窖突然变得又窄小又遥远，像个玩具，却不能玩儿。

"你老爸会怎么待你？会揍你吧？"

"会狠狠地揍我一顿。"

"会一个又一个耳光？你麻烦大了。裙子底下是啥？灯笼裤吧？"

我摇了摇头。

"屁股光光的吧？你该尝尝穿着女人衣服晃来晃去是啥滋味儿了。"

希腊人肌肉很丰满，像一块块面团。可以想象，摔跤时让他给你一个夹头，会是什么感觉。黑社会就喜欢雇这号人，卡波内家的人掌握着实权。在希腊人看来，来喝酒的顾客不过都是一些电影里的丘比娃娃，他自己则是电影里的袋鼠拳击手，轻轻一跃，就可以跨过栏杆。他自己倒更喜欢当个小丑，嘴角向上翘起来，活生生卡通里面的小丑那副乐呵呵的脸。

"你到北区来干啥？"

"送花的。"

"放了学还这么忙忙碌碌的，可脑子却像个骚胡羊。小伙子，你还太嫩了，得学着点儿。好了，这个就不说了。木塞，拿手电筒到地下室后边看看，给这个倒霉蛋找件羊毛衫什么的。够这个看门老头翻腾的了。要是耗子在里面做了窝，提起来抖抖，把耗子屎抖掉就行了。可以不让你冻死在路上了。"

我跟着木斯来到地下室的里屋，比外面暖和多了。手电筒照着几只洗衣盆，上面搁着手摇式拧干机，还有几个挂着锁子的木头箱子。"把这几个纸板箱子翻过来。都是些破衣服，我猜。都倒出来，这最简便。"

我把几只大纸箱全倒空。木斯用手电筒前前后后照了一阵儿。"我说了吧，没几样有用的。"

"这儿有一件法兰绒衬衫呢。"我喊了一声。我真想跑出去，烂麻袋堆里面散发出一阵恶臭，难以呼吸。这衬衫是唯一能穿的一件衣服。还有一件套头衫，一条裤子，还是算了吧。回到酒吧。我穿上这件让我恶心的衬衫（我出身于一个很讲究的家庭，个个都有洁癖），老板说："听着，你把这酒鬼送回家去。木塞，是他该回家的时候了吧？每天晚上，他都醉得像头猪。你把他送回去，给你五毛钱。"

"没问题。"我说，"可也得看他家住哪儿。如果太远，我可能半路上就冻死了。"

"不远。维诺那街，谢立丹路的西面，不远。我告诉你怎么走。这家伙在市政府工作，没具体的活儿，在区委的某个委员手下。有两个女儿要他养活，他竟然是个酒鬼。不喝酒的时候，还能替女儿做顿饭，其实，要说他照顾女儿，真不如说女儿在照顾他。"

"我得先替他保管好钱，"老板说，"我可不想让人抢了他的钱。我不是说你，只是我得为顾客负责。"

满脸胡子茬的木斯把那人的衣兜翻了个遍。钱包、钥匙、折断的香烟、一条脏兮兮的红色大手绢、火柴盒、几张钞票、几枚钢镚儿。他把这些东西一股脑儿地堆在吧台上。

现在回想起来，脑子里有一种彻悟，逐渐成熟，或许也免不了有些歪曲事实，这种彻悟里有忘不了的记忆，也有根本不值一提的破烂事情。我还记得酒店老板一只大手把酒鬼的财物刨进打牌时存钱的罐子里，就像他自己赌博赢的一样。我想，大个子袋鼠把酒鬼背着送回家，也比我扶着他回家快得多。可老板还是说："吉姆，我替你找了一个非常好的护卫。"

木斯领着他来回走了几步，确保他的腿脚还没有被酒灌瘫。酒鬼肿胀的眼睛睁了一下，又马上闭上。木斯对我说："迈克凯因，维诺那街和谢立丹街西南角，街南第二栋，二楼。"

"你回来我付你钱。"老板说。

街上冷极了，走在雪上，听着就像踩在金属箔片上一样。冷风吹来，迈克凯因应该清醒了很多，可还是挪不动脚步。我得抓着他，所以就戴上了他的手套，他的手就塞在大衣的口袋里。我尽量躲在他身后，让他的身体替我挡着冷风，没用。他的腿不听使唤，我得扛着他往前走。我搂在怀里的不是美女，而是个醉汉。母亲快死了，我竟然在干这个，真是羞愧难当！这时候，楼上邻居、自家亲戚都应该聚在我家，站满厨房，坐满餐厅，眼睁睁盯着垂死的病人。我也应该在家，而不是这遥远的北区。即使挣了车费，要坐着这每里四个站的电车赶回家，也得一个钟头。

到了最后，我几乎是拖着迈克凯因。我用背顶着大门，用胳膊将他拖进昏暗的过厅。

两个小姑娘早早就在等候，听到响动马上下了楼。她们扶着里面的门，我就像一个消防员，扛着她们的爹上了楼，把他放在床上。两个孩子显然已经习惯了，所以很干练地替父亲脱掉衣服，只剩下一条内裤，然后一声不吭地站在床边，一边一个。对她俩来说，生活就是这样的，不可思议的事情，她们能坦然接受。我把大衣盖到了她们爸爸的身上。

遇上这事，我对迈克凯因没有丝毫的同情。我可以告诉你原因：他已经醉得昏过去不知多少次了，他还会这样，一次又一次，永无止境，除非他死了。醉酒乃寻常之事，众人熟视无睹，见怪不怪，坦然接受，酒鬼们以此为借口，认为无人非难便是容忍，便可以继续过他们醉醺醺的日子。相反，如果你的困境乃世间稀罕之物，不为常人所熟知，你便无以为靠。酗酒早已成为传统，多半是由酒鬼们自己发扬光大。酗酒的基本原理是，人的意识至为可怕，意识的最低层次，那被剥夺了所有财富的层次，则是恶中之恶。血肉之躯没有支撑，弱不禁风，一点儿震动都能让它顷刻间坍塌崩溃。我的子孙，你们现在听见路易爷爷的声音，不是在讲述他答应给你们讲述的人生故事，而是在布道，是就高层次人类意识这一重大主题对你们进行的宣教。你们可以要求他遵守自己的诺言，你们有权利提出这个要求。

年龄大一点儿的那位姑娘对我说："那人打电话了，说有个男人送爸爸回家。还说如果爸爸醒不来，你可以帮着做顿饭。"

"是，可是……"

"只是你不是男人啊，你穿着女人的裙子。"

"只是看着像，不是吗？别担心。我们一起做饭。"

"您是女人吗？"

"你什么意思？你看像什么？好了好了，我是女人。"

"你跟我们一起吃吧。"

"领我去厨房吧。"

我跟着两个姑娘穿过一条本来就不宽，还塞满了杂物的过道，成箱的罐装食品、饼干、沙丁鱼、汽水。经过卫生间时，我连忙进去想撒泡尿。卫生间的门没有钩子，也没有门闩，顶上的装饰板线条脱落，插线板上插了一盏小小的夜灯。灯光昏暗，真是谢天谢地！我撩起裙子，掀开盖板，正准备撒尿，突然听见其中一个孩子就跟在我身后，回头一看，发现是那个小的，我转身背对着她，说："别进来！"可她已经挤过去，坐在浴盆的边沿上，咧着嘴对我傻笑。我发现她到了换牙的年纪。今天，只要是女人，都对我开这样色情的玩笑，连一个孩子也显得这样下流。我没法撒尿，放下裙子，说："你笑什么？"

"你如果是女的，早就坐下了。"

这孩子想让我明白她已经知道我不是女人，她早就发现了。她手指头放在嘴边，还在笑。我转过身，走出卫生间，进了厨房。

大姑娘正在厨房里，双手举起一口黑乎乎的铸铁平底锅。一张油纸上，摊开摆着几块猪排，旁边是一坛梅森牌猪油。使用煤气炉我很在行，可这架炉子积满了多年的污垢，肮脏不堪。我不愿意用指头去碰猪肉，只用叉子叉了几块放到嘶嘶作响的猪油里。猪排让我反胃，我不禁暗自说："我自作自受啊，这下躲不了啦。"躺在床上的酒鬼，昏暗神秘的厕所，煤气炉上发红的钨丝火架，滚烫的猪油溅在手上，火辣辣的。大姑娘说："这够你吃的。爸爸看样子是不吃晚饭了。"

"不，我不吃。我不饿。"我说。

我从小所受的训导，那种恐怖，突然间冒了出来，堵塞了我的喉咙，肠子也绞痛难忍。

两个孩子坐在长方形的烤漆桌边。桌上摆着厚厚的盘子和玻璃杯，蜡纸包裹起来的白面包片，一瓶牛奶，一大块黄油。烧热的猪油气味充溢整个房间。两个姑娘坐在油烟里，把猪肉切成小片。我从炉架上给她们递过去盐和胡椒。她俩一声不吭地吃了起来。完成了工作，也可以说尽完了义务，无事可做，我便说："我得走了。"

我进卧室又看了一眼迈克凯因。大衣早被掀掉，落到地上，内裤也不知什么时候被脱掉了。脸像被烤过一样，鼻子又短又尖，喉结一动一动的，显示他还活着，脖子就像断了一样歪着，肚皮上一层黑乎乎的毛，两腿中间那个短短的柱状物松弛着皮，像个螺旋，小腿白白的，闪着亮光，两只脚一副惨不忍睹的可怜相。床头柜上有一堆硬币，我拿了买车票的钱，可没有口袋装。过道有个衣橱，我在里面翻了翻，看能否借一件大衣一条裤子暂时穿穿。不管穿走了什么，明天菲利普都会拿回来托给酒店老板的。我从衣架上取下一件军用大衣，一条长裤。这是我今天第三次穿上陌生人的衣服，根本顾不上是条状还是格子花纹，也顾不上仔细做标记。我不顾一切地逃了出来，到楼梯口，使劲儿蹬上裤子，把裙子塞到裤腰里，一边往楼下冲，一边套上大衣，系紧裤带，最后把一把硬币塞进口袋里。

到了街上，我忍不住朝那条胡同走去，想看看那女人房间的灯是不是亮着，顺便再找找那本残缺不全的书。那个小偷儿，皮条客，极有可能把书扔在原地，也有可能，在他抓起羊皮夹克的时候，书会掉出来。窗子黑黑的，地上也没有书。你或许会说我这举动近乎痴迷、偏执，是对文字、印刷品不可救药的依赖。但是你得知道，那时候大街上没有救世主，没有引路人，没有告解神父，没有慰灵者，没有启蒙者，没有领受圣餐者，所以无处寻求帮助。无论在哪里，只要有教诲，就得接受。市中心图书馆的圆顶底下，有一句马赛克砌成的弥尔顿名言，颇具感染力，却没有屁用，也许还会在你现有的困难上雪上加霜。是这样说的：好书，乃伟大灵魂之宝贵的生命之血液。

这都是再简单不过的事实，必须说得明明白白。别忘了，这就是新世界，我们就生活在它最神秘的一个城市里。我本应该径直去赶电车，却跑到一条胡同里，寻找一本不可能找到的破书。

我回到中央大街（名副其实，真是一条主要的大街），站在安全岛上等电车。一辆红色的电车咣当咣当地响着开了过来，在轨道上一摇一摆的，铁器时代的一件技术品。电车上的双人座位由藤条编制而成，外围有黄铜边条加固。高峰期早已过去。我坐在窗边的一个座位上，往家驶去，满脑子的思绪像信号弹射向辽远的夜空。好似战争时代伦敦的夜空。回了家，我该怎么解释？我不打算解释。我没有解释过。我说什么他们都会觉得我在说谎。我虽然信仰荣誉，但也时常撒谎。生活中没有谎言，可能吗？撒个谎要比解释容易多了。父亲有他的一套假定，我有我的一套假定，从来没有对应的前提。

我欠贝伦斯五块钱。我知道我母亲的存款藏在什么地方。我喜欢看书，无书不翻，所以知道她把钱藏在她的《祷告书》里，就是那本在犹太新年或者赎罪日等重要节日里诵读的经书。可到目前为止，我还没有拿过那里面一分钱。那些钱她攒到现在，是想去欧洲看望她的母亲和姐姐的，可竟然一病不起，难以成行。等她死了，我打算把这钱拿出来交给父亲，当然自己得扣下十块钱，五块给花店，五块再去买冯·胥格尔的《永生》和《作为意志与理念的世界》。

等我到家，晚饭后才过来的那帮客人、亲戚也该散去了。父亲应该等着我回家。天黑后后门一般都是上锁的，厨房门只是虚掩着，门闩不会关上的。我可以翻过楼梯与门廊之间的隔墙爬进去，我常这样。只要脚踩到门的把手，便可轻而易举翻过隔墙，跳下来也不会闹出声响。然后盯着厨房，等来回走个不停的父亲过去了便无声无息地溜进去。我们弟兄仨共睡一间卧室，就在厨房隔壁。明天一早只要把伦尼不穿的那件大衣借来，就万事大吉了。我知道那件大衣挂在哪个柜子里。如果让父亲撞见，我的脑袋上、脸上肯定会被打得留下道道血迹，当然了，如果母亲今晚凑巧死了，他就会饶过我的。

白天那轮慢悠悠的、让人心满意足、催发睡意的转盘就这样转着，一直转到深夜，变成一个大旋涡，一个越往底下越黑不可测的旋涡。只有我的羊皮夹克口袋里面那本残缺不全、不知作者为何人的书，才能为我阐释这旋涡的奥秘。它告诉过我，宇宙的真谛刻在我们的骨头里，人的骨骼本身就是一套象形文字，我们在这个世界上所了解的一切在我们死后会马上向我们显现，我们对世界的体验是有秩序的宇宙有意安排的，也是这宇宙循环往复不断更新的必备条件。

我觉得，这本书如果没有被抢走弄丢，不会完全说服我，也不会改变我现在已有的生活状态。

我现在之所以把这些都记下来，写出来，是为了回应大地发送给我的那奇怪的信息，那在我身体里不断膨胀的要求。

可我辜负了母亲！这对于你，对于正在阅读这本记述的你，我唯一的孩子，却了无意义。

我自己明白，在这庸俗卑劣的年代，麻木不仁有着多大的力量。

在回家的电车上，我为自己鼓足了劲儿，可这一切准备都像沙漠里的洞穴，轰然坍塌。在北大街站下了车，避开商店橱窗里我的影子。经历一场死亡，所有的镜子都立刻被遮盖，我说不清这迷信，如此众多的人都深信不疑的迷信，它真正的意义是什么。是你死后的亲人的灵魂真被映射在镜子里面？还是这传统只是为了阻挡你不要陷入生活的虚无？

我沿着一条胡同极速跑回家，蹑手蹑脚踏上木头楼梯，脚踩着白色的瓷质门把手爬上隔墙，无声无息地翻了过去，跳落在门廊里。我没有按照原来的计划去躲开父亲。厨房桌子边上坐着几个人，我径直走了进去。父亲从椅子上跳起，朝我走来，拳头捏得紧紧的。我脱掉帽子，自己也说不清到底是针织女帽还是贝雷软帽，他一拳击在我的脑门上，竟让我心里顿生万般感激。如果母亲死了，他会很温存地将我搂在怀里。

现在，他们一个个都走了，我也做好了走的准备。我没有给你留下豪宅，只能写下这段文字，作为留给你的遗产。

（脱剑鸣　译）

后 记

有位日本先贤（我记不起他的名字了）曾对门徒说过："写作，越短越好。"上世纪英国有位才智过人的牧师西德尼·史密斯也说过类似的话："看在上帝的分儿上，简短，再简短！"六十年前，我在芝加哥上学时的作文老师，一位活泼可爱的单身女士弗格森小姐，在讲台上一边跳着舞，双手打着拍子，一边用亨德尔《哈利路亚》大合唱的调子哼唱道：

要
具
体

弗格森小姐见到冗长、啰嗦、绕来绕去、夸张浮华的行文，绝不客气。她教导我们一定要写该写的，多余的一概避免。我听她的话了吗？我遵循她的教导了吗？恐怕没有。我早期的书写得都很臃肿，现在读起来自己都无法忍受。倒不是因为缺乏趣味，而是因为我不得不删除很多内容，精简句子，甚至砍掉成段成段的文字。

喜欢丰腴身材女人的男人常说（都是很久以前的话了）："好东西，多多益善。"可现在谁都明白，正因为是好东西，才会做过头。还得再加一句，那些钟情于女胖子的男人，没有一个把自己的苗条老婆喂得肥硕不堪，他们结婚时，她已经就是胖子了。

这世间最优秀的小说当中，有好多都是大块头。小说是一种流行艺术，涵盖面很宽，不少已成经典的作品便是成堆成堆的文字堆砌，似乎只有这样才能达到作家想要的效果。几十年前，萨默塞特·毛姆灵感触发，出版了几部名著的精简版。可这种实验并未成功，大部头作品被裁剪后，书中有些内容不复存在。像《小多丽》这类书便无法精简，除非你疯了才会去冒此风险。文字的海洋就是海洋，那是一股自然之力，我们需要它保持这种力量，恢宏，博大，非如此不足以孕育生命。倘若它的恢宏博大让读者疲惫不堪，那也是可以原谅的。宁愿这样，也不能让它以另一副面孔出现。

可是，我们都会赞同契诃夫说的这句话："很奇怪，我现在竟痴迷上了简短。我读任何作品，我自己的还是别人的，都会觉得不够简短。"我的意见跟他不谋而合。现代人都有这种嗜好，卡夫卡、贝克特、博尔赫斯等，无不以简短见长。当然有人能写出鸿篇巨制来，而且都是上品，但越来越多的读者却认识到简短是件好事，甚至是至高无上的品质。突然间，我的脑子里涌现出大堆理由：一个千年快要结束，我们没有多少时间了，大家都这么说。手头要做的事情很多，需要更广阔的见识、新的术语、更深层次的理解。

自然，在我们这个时代，要引起大家的注意远比过去困难。人们的空闲时间多了，但同时能看到、能听到、能懂得的事物也多了，竞争突然变得激烈起来。今早《纽约时报》国内版头版上有条报道，说迈克尔·杰克逊，就是那位在世界各地拥有数不清拥趸的大明星，跟索尼软件公司签订了一份价值十亿的新合同，计划"制作故事片、戏剧小品、电视节目，并为这家日本大公司的美国娱乐界子公司创造一种崭新的唱片商标"。作家没有如此奢望，作家也不会被娱乐界所左右。有趣的是，这报道中所讲的事实涉及成千上万的大众，评论这事儿的是一位头号"媒体分析家"。头版报道还不过瘾，在后面的生活艺术栏目里有更详尽的分析，跟特朗普离婚案放在一起。同一个版面上还有电视节目预告、桥牌、园艺、巴黎时装展等内容。而对一本新出版小说的评论只登在副刊第二页上。

千万别以为我是想说,作家应该对其他行业的存在方式指手画脚。

法国漫画家多米埃画过一幅妙趣横生的画,上面是一位表情严肃的知识女性坐在咖啡馆里,怒气冲冲地翻阅一张报纸。"不是体育就是打猎,我的小说,竟然没人说一句话。"她颇有些愤愤不平。

我是想说我们这些人(作家)一定得明白这世界上能吸引大家注意的、能让人们兴高采烈的事情实在太多,得学会如何对付。世界危机、热战冷战、生存威胁、饥饿、犯罪,等等,你不能把这些事都理解成你的"竞争对手",你那样想就太可笑、太荒唐了。我只想说,这些事情会产生针对人类生存的某种心理、某种态度,艺术家不能不考虑。

这话题不容易说得清楚,我还是说件另外的事儿吧。几年前,罗伯特·弗洛斯特和我互赠签了名的书,我送他一本小说,毕恭毕敬地写上献词。他送我一本诗全集,除了签名,还写了一句:"想读就读,不必强求。"弗洛斯特可真逗!他不能保证会读我的小说。他的诗我可是再熟不过了。在芝加哥,你若背不出他那首《补墙》就休想拿到高中文凭。弗洛斯特或许是在暗示,他要做的很多,读我的小说并不是最要紧的事儿。要说读书,他可以读别人的,为什么非要读我的?话说回来,要说读诗,我也可以读别人的,诗人多的是,为什么非要读他的?

印刷物多如森林中的树木,我们迷失在里面不辨方向,这是再明显不过的事实了。每天光报纸就有厚厚的几摞,巨人般的报刊亭塞满了形形色色的杂志。至于书,对了,有位叫弗·劳·卢卡斯的英国学者早在五十年代就说过:"光英国一年之内就有两万本书出版。好书,不管新旧,被滥书淹没的危险太大了。照这样发展下去,图书馆就会把我们都挤得掉进大海里。可这么多书,大部分本可以写得简短一些,简短反而会更好。我确信,多数可以删减,我不是说砍掉某些章节,而是说去除句子中没用的字、段落中没用的句子。"换言之,提高质量,以解决数量问题。这想法很迷人,可是不切合实际。因为已经为时太晚,三十年前我们就被逼进大海里了。

现代读者(观众、听众,可以说所有的人)已不堪重负。用时髦的话说,各种强大的力量都已"瞄准"了他们的注意力。本来不想一一罗列,但还是举几个例子吧。汽车和医药界大亨、有线电视、政客、演艺界、学术界、操控舆论者、色情影视、忍者神龟,等等。罗列这些其实很枯燥,因为天天浸淫于这些东西,已经司空见惯。我们的意识已变成一个集结待命的地方,一块任何行业都可以肆意妄为的场所。我们的确有思想的自由,可我们应有的独立思想被无数强加给我们的观念所包围,有些来自影响巨大的老师,有些来自所谓的"创意专家",还有广告商、媒体人、专栏作家、主持人,不一而足。能自我调制的人,或者受过一定教育的人,也许可以避免被这乌烟瘴气的舆论所污染,可谁也不会在这种环境下过得轻松自如。不管哪行哪业,人们的脑子里塞满各种貌似客观事实的东西,需要通过专业学习、专家点拨才能分清谁是谁非,可这工作得花时间,或许一辈子搭进去都不够。人们大脑的一部分,甚至绝大部分,是敞开的,是面向公众问题的。我们会身不由己、不知不觉地去关注中东、日本、南非、东德西德的合并、石油、裁军、纽约地铁、流浪者、市场、金融、各大团体、政府新闻。还多着呢:暴乱、电影、审判、医学发现、说唱演员、种族冲突、国会丑闻、艾滋病的传播、青少年犯罪,哪一样能让你省心?美国的公众生活让人眼花缭乱,你哪有工夫静下心来!

有些人把这一切看作一种挑战,对保持自己内心宁静的挑战。有些人却爱上了这种混乱,心甘情愿地接受脑袋昏昏沉沉的处境。还有一些人,觉得受此混乱的刺激,正是满足这社会需要的应有方式。对他们来说,混乱的程度越大,他们越受用。"看看吧,这世界,吵吵闹闹,疯疯癫癫,可谓史无前例!我们就是这混乱,这混乱就是我们!"

还有各种各样的机构,也在挖空心思吸引我们的注意。它们奸诈狡猾，无所不用。每十秒钟咬我们一口，我们的意识是它们赖以生存的食粮，它们靠我们而生存。想想，我们的意识就像拓荒时期的边疆，像俄克拉荷马的无人之境，任人抢夺、任人占领、任人肆意糟蹋。他们给我们的意识涂上色彩、配上音乐、装进镜框，我这样说还不能完全解释得明白。毕竟，意识要比俄克拉荷马广阔得多。

那么，作家到底是做什么的？他们用自己的方式来表现，他们向公众（准确的说，某一类公众）发问，要求他们注意。也许，作家脑子里并没有具体的公众，他只知道他想与其他人神交，进入他们的心灵，尽管他并不知道这些"其他人"都是些什么人。他理解这些"其他人"的精神状态，因为这也是他自己的精神状态。他也懂得，或者在直觉里发现，要想把这深受干扰的意识扭转过来，得花很大的力气，一种隐秘而不示人的力气，那得付出多大代价。这些"其他人"，或许无从知道他们的身份，或许会对他们一知半解，其实就是读者。他们在期盼着你，你得让他们确信读你的书不是浪费时间。他们不止一次上当受骗，有些作家承诺拿出有价值的东西来，却什么也没有。这些作家滥用了读者的关注，尽管读者并不吝惜这点阅读的时光。卡夫卡在日记里这样描述一个女人："她强迫自己放下身价，甚至牺牲尊严，只为……打开这扇门……"

一位作家一旦理解了这一点，理解他自己也经历过这一切，经历过同样的屈辱和艰辛，只要他明白人类的痛点在哪里，只要他觉察到恢复尊严需要多大的力量，那么，读者就会对你敞开胸怀。这样的作家不会拿自己的虚荣让读者生厌，不会故作姿态，不会装腔作势，自然也不会浪费读者的时间。这样的作家就会做到简短、具体。

是为后序。

（脱剑鸣 译）

索尔·贝娄年表

1915年 6月10日生于加拿大魁北克省的拉辛镇，被命名为所罗门·贝娄斯（Solomon Bellows），是从圣彼得堡来的俄国犹太移民阿布拉姆·贝娄斯（Abram Bellows）和列莎·戈尔丁（Lescha Gordin）的第四个孩子。1913年抵达加拿大时改姓"贝洛"（Belo）。阿布拉姆·贝娄斯从事纺织品进口生意，经营面包店，倒腾废旧物件。姐姐泽尔德（Zeld）比贝娄大九岁，大哥莫尔沙（Morscha）比他大七岁，二哥萨姆埃尔（Samuel）比他大四岁，都生于俄国。

1918年 举家迁往蒙特利尔的贫民区圣多明我街。（贝娄后来写道："一战刚过，我孩提时的蒙特利尔的贫民窟离波兰和俄国的犹太人聚居区并不遥远。那种地方的生活绝非寻常。"）父母说俄语和意第绪语；子女在家说英语和意第绪语；在街上说法语。贝娄后来声称停战日游行是他最早记忆中的事件之一。

1923年 患腹膜炎和肺炎在蒙特利尔皇家维多利亚医院住院治疗半年，他在医院阅读《圣经·新约·福音书》，深受影响。父亲成为私酒贩子，帮助把酒偷运到美国。

1924年 父亲去芝加哥，在亲戚的面包店打工。7月，家小偷渡国界与他会合。他们住在洪堡公园东侧。贝娄开始拉小提琴。先后上拉斐德学校和哥伦布小学。他读的书主要从北大道的芝加哥公共图书馆巴德朗分馆借。

1930年 从萨宾初中毕业，上图利中学，交的朋友有艾萨克·罗森菲尔德（Isaac Rosenfeld）、奥斯卡·塔尔科夫（Oscar Tarcov）和山姆·弗雷菲尔德（Sam Freifeld），他们日后都成为雄心勃勃的作家。

1931年　全家迁居洪堡公园西侧的芝加哥繁华区。

1933年　1月从图利中学毕业。2月，母亲因患乳腺癌病逝。秋天离家，在芝加哥大学附近的一座寄宿舍租房居住，这时他与同班同学艾萨克·罗森菲尔德一道被该校录取。

1934年　父亲续弦；他已是卡罗尔煤炭公司的成功的老板。

1935年　冬，卡罗尔公司的一名卡车司机遭车祸身亡。由于未投保，父亲只好赔付，因此再无力支付芝加哥大学每季100美元的学费。贝娄被迫辍学回家；秋天转入西北大学，主修英文与人类学，人类学的导师是麦尔维尔·J.赫斯科维茨（Melville J. Herskovits）。

1936年　第一篇发表的文章，《北岸的宠物》，一篇关于狗及其主人的怪诞速写，发表在《西北日报》上。大学报纸文学编辑拒刊他的一篇短篇小说。获"校园札记"故事竞赛三等奖；用新的名字Saul Bellow发表短篇小说："我想与每个人决裂，甚至我的家人，所以我选择了另外的名字，它是一个合法的名字，归我所有。"

1937年　成为《灯塔》月刊的副主编，他给该刊投过很多稿子。作为人类学和社会学的优等生获西北大学学士学位；在麦迪逊的威斯康星大学社会学与人类学系攻读硕士学位，艾萨克·罗森菲尔德在该校正攻读哲学博士学位。写一篇论法裔加拿大人的文化的论文，但很快泄了气（"每当我撰写论文时，结果总写成一篇故事"）。在年底前离校。

1938年　回芝加哥，与安妮塔·戈什金（Anita Goshkin）结婚。在哥哥莫里斯的煤场打工，但因旷工被解雇。秋，在南密歇根大道的裴斯泰洛齐-弗雷奥贝尔师范学院代课，教人类学和英语作文。他指定的阅读书目（在数十年的教学中基本上保留）包括劳伦斯、陀思妥耶夫斯基、德莱塞和福楼拜。执行"联邦作家计划"，这是"新政公共事业振兴署"的一部分；他的工作是编辑当代美国作家的作品概要。

1940年　夏天，去墨西哥旅行；读劳伦斯的《墨西哥的早晨》和司汤达（又译斯丹达尔或斯丹达）。8月21日抵达墨西哥城，发现托洛茨基在前一天被暗杀；在停尸房看遗体。短篇小说被《星期六晚邮报》和《肯庸评论》拒登。

1941年　《党派评论》(5—6月) 刊登短篇小说《两段早晨的独白》。写成一部题为《黑沉沉的树木》的长篇；遭到几家出版商的拒绝后，被科尔特出版社的威廉·罗思接受，稿酬150美元。

1942年　造访纽约，艾萨克·罗森菲尔德正在纽约大学学习。遇见文学批评家艾尔弗雷德·卡津（Alfred Kazin）；与诗人德尔莫·施瓦茨（Delmore Schwartz）相处了一段时间。征兵局让他缓期服役，一直拖到裴斯泰洛齐师范学院期末；6月，又将他推迟到7月中旬。威廉·罗思这时已经入伍，撤销出版《黑沉沉的树木》，给贝娄50美元的安慰金。贝娄将手稿付之一炬。

1943年　申请一笔古根海姆研究基金未果。夏天，向《时代》周刊求职，被该刊图书与艺术版主编惠特克·钱伯斯（Whittaker Chambers）拒绝。做《不列颠百科全书》的"共同话题"——一种"西方世界巨著"计划的两卷补编——的编辑工作。《一个晃来晃去的人的札记》发表在《党派评论》(9—10月) 上。

1944年　长篇小说《晃来晃去的人》3月由前卫出版社出版。埃德蒙·威尔逊在《纽约客》撰文说它"是对萧条时期和战争年代成长起来的整整一代人心理的一个最忠实的证明"。该书总共卖出1506本。4月，儿子格雷戈里（Gregory）出生。征兵局再次推迟贝娄入伍，因为他被诊断出腹股沟疝。米高梅电影制片公司摄制主管看到报纸上作者的照片，主动提出要把他打造成一名好莱坞明星，演"把女友输给乔治·拉夫特型或埃罗尔·弗林型[1]的人物。"

---

[1] 乔治·拉夫特（1895—1980）和埃罗尔·弗林（1909—1959），都是好莱坞影星，以演粗野角色闻名。

1945 年　4 月，志愿参加国家商船队，被分派到布鲁克林羊角湾的大西洋区总部。9 月移居纽约。住布鲁克林高地凤梨街，替出版商写书评和读后感；写作长篇《受害者》。

1946 年　第二次申请古根海姆研究基金遭拒。秋，出任明尼阿波利斯的明尼苏达大学助理教授；遇见诗人兼小说家罗伯特·佩恩·沃伦，他在写《国王的所有人马》。

1947 年　7 月，去欧洲旅行，游览巴黎、马德里、格拉纳达。为《党派评论》写"西班牙来信"。9 月，返回明尼阿波利斯。11 月，《受害者》由前卫出版社出版，售出 2257 册。

1948—1949 年　第三次申请古根海姆研究基金总算成功。有 2500 美元基金，又从他的新出版商维京那里预支下部长篇的稿酬 3000 美元，秋天他去巴黎旅行，一住就是两年。在他的芝加哥朋友哈罗德·卡普兰（Harold Kaplan）家里遇见了法国作家乔治·巴塔耶（Georges Bataille）、哲学家莫里斯·梅洛-庞蒂（Maurice Merleau-Ponty）和作家阿尔贝·加缪。其他的巴黎朋友包括美国小说家赫伯特·高尔德（Herbert Gold），女小说家玛丽·麦卡锡（Mary McCarthy），剧作家莱昂内尔·阿贝尔（Lionel Abel）和编辑威廉·菲利普斯（William Phillips）。写作第三部小说《螃蟹与蝴蝶》，关于一所芝加哥医院里的两个病号的故事。1949 年 10 月将其半途而废，开始写《奥吉·马奇历险记》。（后来写道："这本书不期而至。我要做的无非就是到场用桶子接住而已。"）《奥吉·马奇传节录》发表在 11 月号的《党派评论》上。12 月，造访伦敦；见到作家西里尔·康诺利（Cyril Connolly）、小说家亨利·格林和诗人斯蒂芬·斯彭德。

1950 年　夏，在萨尔兹堡美国研究研讨会上做演讲。游览威尼斯、佛罗伦萨和罗马，在罗马，他在博尔盖塞花园写了六个星期的《奥吉·马奇历险记》。见到意大利小说家阿尔贝托·莫拉维亚（Alberto Moravia）和伊尼亚齐奥·西洛内（Ignazio Silone）；10 月，返回纽约；

在皇后区森林山租住一套不大不小的公寓房。

1951 年　对奥地利心理学家威廉·赖希的性欲和情绪疗法产生了兴趣。开始跟切斯特·拉斐尔医生进行赖希疗法；一连几个小时坐在被认为能凝聚"生命力"的"生命力箱"里。被聘为纽约大学的兼职助理教授。申请延续古根海姆研究基金未获成功。向维京借款 500 美元。《评论》杂志发表他的短篇小说《寻找格林先生》。12 月，离开纽约去参加萨尔茨堡研讨会。途经巴黎停留。给他的萨尔茨堡学生朗读《奥吉·马奇历险记》的一些段落。

1952 年　2 月中旬返回纽约。西去华盛顿州和俄勒冈州的一些大学做演讲。在西雅图与美国诗人西奥多·瑞特克（Theodore Roethke）和英国诗人迪伦·托马斯（Dylan Thomas）相处一段时间。5 月，从《受害者》改编的戏剧在外百汇开演。收到美国文学艺术学院 1000 美元资助。在纽约州萨拉托加斯普林斯的雅多作家领地消夏。将艾萨克·巴什维斯·辛格的短篇小说《傻瓜吉姆佩尔》从意第绪语译成英语（辛格的作品首次以英语面世）。秋，在普林斯顿大学作为德尔莫·施瓦茨的助手从事创作工作，在那里他遇见了诗人约翰·贝里曼和他的妻子艾琳·辛普森。见到桑德拉·察克巴索夫（Sondra Tschacbasov）。12 月，患严重肺炎。《纽约客》选登《奥吉·马奇历险记》。

1953 年　9 月，接受位于纽约州哈得孙河上的安嫩代尔的巴德学院为期一年的工作。在巴德学院，与作家基思·博茨福德（Keith Botsford）和杰克·路德维格（Jack Ludwig）交为朋友。他临时的房东钱勒·查普曼（Chanler Chapman）后来成为《雨王亨德森》的主人公的原型。9 月，《奥吉·马奇历险记》出版。接受《纽约时报》采访。12 月，收到 2000 美元的版税支票。在纽约滨河路临时租住公寓套房度周末。

1954 年　《奥吉·马奇历险记》获全国图书奖。1 月，给《纽约时报》写"我怎样写奥吉·马奇的故事"："这本书本身写得极快。奇怪的是,我开始不受地域约束。对我而言,芝加哥本身变得有异国情调了。"与安妮塔·戈什金分居。6月,离开巴德学院;在马萨诸塞州韦尔弗利特消夏,在那里,他的朋友中有玛丽·麦卡锡,批评家哈里·莱文(Harry Levin)、艾尔弗雷德·卡津。再一次申请古根海姆基金会的经费。写作《一个私酒贩子的儿子的回忆录》,蒙特利尔贝娄斯家的一种小说式写照,其中一部分后来并入《赫索格》。

1955年 5月,父亲患动脉瘤去世。古根海基金会给了他第二笔研究基金。8月,造访伊利诺伊州的一些小镇,写旅行札记《假日》。接下来在内华达州的雷诺待了8个月,等待离婚。

1956年 2月,与桑德拉·察克巴索夫在雷诺结婚。继续写长篇《雨王亨德森》。4月,剧作家阿瑟·米勒和影星玛丽莲·梦露来访。完成中篇小说《抓住时机》,发表在《党派评论》夏季刊上。7月,童年时代的朋友艾萨克·罗森菲尔德心脏病发作在芝加哥去世,年仅38岁。借助父亲8000美元的遗赠在纽约州蒂沃利买房。在雅多度秋,与小说家约翰·契佛结为朋友。11月,《抓住时机》出版。

1957年 1月,次子亚当出生。接受明尼苏达大学春季学期的临时职务,在那里他与约翰·贝里曼相处了一段时间;贝娄不在时,黑人小说家拉尔夫·埃利森搬进他蒂沃利的住宅。在芝加哥遇见了23岁的菲利普·罗斯。在芝加哥度秋,在西北大学任教。11月,在《民族》杂志发表的《流氓大学》一文中指责英语系充斥着"沮丧之人,这些人昏昏然坚持一种耀眼的水准,掌控各种杰作,自己反而未受鼓舞。"

1958年 3月,完成《雨王亨德森》初稿。在蒂沃利自己的住宅里用六周时间给秘书口授修订稿。秋,回明尼苏达大学教学。跟一位临床心理学家进行治疗。

1959年 2月,《雨王亨德森》出版。获得福特基金会16000美元的资助。回蒂沃利消夏。写作剧本《最后的分析》。11月,与桑德拉·察克巴索夫分居。在雅多短暂停留,后在赫伯特·高尔德的纽约寓所暂住,然后应国务院之邀去欧洲在波兰和南斯拉夫进行一次讲学旅行。

1960年 2月,由贝娄、杰克·路德维格和基思·博茨福德合编的刊物《高尚的野蛮人》发刊(总共出了五期);撰稿人包括艺术批评家哈罗德·罗森堡(Harold Rosenberg)、拉尔夫·埃利森和约翰·贝里曼。3月,访问意大利、以色列和英国。3月,从欧洲返回;由性学专家艾伯特·埃利斯医生进行治疗。在蒂沃利消夏。6月,最后离婚。在7月的《泰晤士报文学副刊》发表的文章《宝藏》中,极力反对现代福楼拜式的唯美主义及其"对人才的失望,"宣扬一种可以更乐观地探寻普通内心生活"宝藏"的美国小说。

1961年 在波多黎各大学担任春季学期教学。11月,与苏珊·格拉斯曼(Susan Glassman)结婚。秋天在芝加哥大学度过,因为他在那里有临时教学任务。

1962年 稳步写作长篇《赫索格》。被授予西北大学名誉博士学位。5月,参加白宫为法国作家、政治家安德烈·马尔罗举办的宴会。《党派评论》夏季期选登《最后的分析》。接受芝加哥大学社会思想委员会教授职务,聘任期五年,于是搬进海德公园公寓。(在芝加哥大学一待就是30年。)刚荣获诺贝尔文学奖的约翰·斯坦贝克在一份题赠给贝娄的诺贝尔演说辞上写道:"下一位就是你。"

1963年 老学友奥斯卡·塔尔科夫去世,年仅48岁。巴德学院授予他名誉文学博士学位。11月,英国《文汇》月刊发表他的《关于最近美国小说的一些札记》。

1964年 3月,第三个儿子丹尼尔出生。7、8两个月在玛撒葡萄园完成《赫索格》和《最后的分析》。9月,《赫索格》出版,10月登上畅销图书排行榜榜首。同月,《最后的分析》在百老汇上演;一月后停演。将《奥吉·马奇历险记》和《雨王亨德森》手稿捐赠给芝加哥大学。10月,《赫索格》的维京出版社编辑和题献对象帕特·科维齐(Pat

Covici）因心脏病发作去世。

1965 年　由于《赫索格》畅销而财源滚滚，将蒂沃利的住宅给了巴德。3 月，《赫索格》获全国图书奖。6 月，出席在白宫举办的艺术节，他当众朗读《赫索格》片断。（艺术节由于越南战争而颇受争议，埃德蒙·威尔逊和诗人罗伯特·洛威尔退回了请柬。）最后接受为《巴黎评论》进行的采访。在马撒葡萄园消夏。

1966 年　获"国际文学奖"（福尔门托尔奖）。6 月，在纽约的国际笔会上发表主旨演说。宣布："我们目前有一个大文学团体，我们，因无更好的，可以称之为一种文学文化的东西，依我之见，是一种坏东西。"独幕剧三部曲《微恙》夏天在伦敦幸福剧院上演；10 月在纽约上演，不到两周停演。秋，在伦敦的美国大使馆举办讲座；去荷兰和波兰旅行。至年底，婚姻终结。从芝加哥公寓套房中搬出。开始写长篇《赛姆勒先生的行星》。

1967 年　6 月，去以色列为《新闻日报》采访报道"六日战争"，写了四篇系列文章。在东汉普顿消夏，在那里他见到了漫画家索尔·施泰因贝格（Saul Steinberg）和哈罗德·罗森堡。《怀疑主义与生活深度》一文发表在《艺术与公众》文选上。

1968 年　1 月，成为法国的"文学艺术骑士"。最大的犹太人互助组织 B'nai Brith（意为"立约之子"）授予"文学优秀成就犹太遗产奖"。春，在旧金山州立学院发表讲话，受到该院一名教师、小说家弗洛伊德·萨拉斯（Floyd Salas）的责问；将这件事的详细描写并入他的新小说。在科莫湖上的洛克菲勒基金会别墅塞尔贝洛尼别墅度过 9 月。10 月，短篇小说集《莫斯比的回忆录》出版。12 月，去伦敦探访他的出版人乔治·魏登菲尔德（George Weidenfeld）。

1969 年　继续写《赛姆勒先生的行星》，把它描述为"被疯狂的六十年代从我身上榨出的一篇平庸的戏剧性论文"。3 月，由海因茨·科胡特（Heinz Kohut）进行分析治疗。

1970 年 《赛姆勒先生的行星》出版。2 月，首次去非洲旅行，游览内罗毕、亚的斯亚贝巴。4 月，在普度大学发表演讲，题为《当前的文化：一些批评，一些嘲笑》抨击 1960 年代艺术中的先锋主义。5 月，接受纽约大学的荣誉学位。6 月，在以色列度过，参加特拉维夫美国文化中心的讨论会和耶路撒冷的一次宴会，犹太作家埃利·维塞尔（Elie Wiesel）和以色列总理戈尔达·梅厄在宴会上讲话。出任"社会思想委员会"主席（1975 年离职）。12 月，与基思·博茨福德再次合编新刊《旋即》出刊，仅出一期。

1971 年 因《赛姆勒先生的行星》第三次获全国图书奖。6 月，《最后的分析》在外百老汇重新上演；8 月 1 日停演。秋，去伦敦任布克小说奖评审主任；游览里斯本、都灵、都柏林。约翰·贝里曼写信给他："咱们合力干吧，无论力量大小，就像 1953 年冬天开始在普林斯顿那样，带着布拉德斯特里特[①]的热情和奥吉的欺诈。我们会大有可为的。"

1972 年 1 月，约翰·贝里曼自杀。4 月，访问日本和欧洲。11 月，在史密森学会发表演讲《技术时代的文学》。

1973 年 4 月，在罗德梅尔的修士居（弗吉妮亚和莱昂纳德·伍尔夫的故居）暂住几周，写小说《洪堡的礼物》。获哈佛和耶鲁的荣誉学位。开始参加"芝加哥人智学学会"的会议。

1974 年 11 月，与西北大学数学教授亚历山德拉·尤内斯库·图尔切亚（Alexandra Ionescu Tulcea）结婚。

1975 年 1 月，参加白宫为英国首相哈罗德·威尔逊举办的宴会。6 月，交出《洪堡的礼物》的校样，去伦敦见到研究鲁道夫·施太内尔（Rudolf Steiner）的人智学思想的英国学者欧文·巴菲尔德（Owen Barfield），此后跟他有长期通信往来。在英国出版商巴利·阿利森

[①] 布拉德斯特里特夫人（1612—1672），被文学史称为第一位美利坚诗人，出生于英国，因逃避宗教迫害，1630 年与丈夫一起迁居美洲，定居于马萨诸塞一座农庄。贝里曼有长诗"向布拉德斯特里特夫人致敬"。

（Barley Alison）的西班牙的太阳海岸的家中过了一段时间。8月，《洪堡的礼物》出版。10月，开始在以色列度3个月的假，为了写一本计划中的非小说著作，他采访了以色列作家A.B.耶霍舒阿（A.B.Yehoshua）、阿摩司·奥兹（Amos Oz）、阿巴·埃班（Abba Eban）、耶路撒冷市长特迪·科列克（Teddy Kollek），以及总理伊兹哈克·拉宾。12月，诗人路易斯·辛普森（Louis Simpson）在《纽约时报》上抨击《洪堡的礼物》，声称该小说对德尔莫·施瓦茨的小说化的写照诋毁了美国诗人。

1976年　访问斯坦福，在那里与约翰·契佛重修旧好。5月，《洪堡的礼物》获普利策奖（该奖在他的小说中嘲讽为"发给那些乳臭未干的小崽子的，不过是对那些招摇撞骗、不学无术之辈虚张声势的宣传而已。"）7月，《纽约客》选登《耶路撒冷去来》。芝加哥第一区法院裁定贝娄在他的申报收入上欺骗了苏珊·格拉斯曼，裁定他支付她诉讼费200000美元。10月，《耶路撒冷去来》出版。同月，按评委会的一致决定贝娄获诺贝尔奖。12月，在他的斯德哥尔摩演说中反对"新小说"的反人道主义，重申他的信仰：小说切不可"放弃文学与主要的人类事业的联系"。

1977年　3月，在人文学院发表杰斐逊演讲。写一部"芝加哥书"，一部报告文学作品，后来将会演变为小说《院长的十二月》。9月，被库克县法官裁定蔑视法庭，并由于未赔付苏珊·格拉斯曼的累加的离婚赡养费，被判监禁十天；由于不服判决，提起上诉，后来判决被撤销，所以贝娄从未被监禁。在波士顿度过一学年，在那里他和亚历山德拉·图尔切亚都在布兰德斯大学任教。

1978年　7月，参加哈罗德·罗森堡的纪念仪式，一起还有作家德怀特·麦克唐纳（Dwight Macdonald）、索尔·施泰因贝格、玛丽·麦卡锡。离开他30年的出版商维京，转投哈泼与罗（Harper & Row），从而得到为"关于芝加哥的非小说书"预支的大笔稿酬。12月，去罗马尼亚参加他的岳母、前卫生部长的葬礼。

1979年　在写作过程中将非小说"芝加哥书"改写成《院长的十二月》，里面将包括罗马尼亚场景。在佛蒙特州西哈利法克斯租夏居。

1981年　春，访问伦敦，10月，参加图利中学1931和1932级同学五十周年团聚。继续写作《院长的十二月》。

1982年　在加拿大不列颠哥伦比亚省的维多利亚大学春季学期当客座讲师。2月，《院长的十二月》出版，评论看法不一。6月，参加约翰·契佛的葬礼；告诉送葬者，"我们的友谊，一种营养液栽培的植物，在空中繁荣昌盛"。9月，访问伦敦和巴黎，上了伯纳德·皮沃特（Bernard Pivot）的文学电视节目《千呼万唤》。

1984年　写短篇小说；2月，《今天过得怎么样》（一篇对哈罗德·罗森堡小说化的写真）在《名利场》上发表。5月，中短篇小说集《狗嘴里吐不出象牙》出版。拉辛公共图书馆以贝娄的名字更名；6月10日，他的生日那天出席了该建筑物的庆祝仪式，并用法英两种语言发表演说："人的灵魂有自己的方式来宣布自己的自由，并且以自己的方式发展自己，说什么'让我看看你从何处来，我就会告诉你你是什么人'，是不真实的。"参观第八大道130号他的出生地。

1985年　3月，第一任妻子安妮塔·戈什金去世，接着大哥莫里斯5月去世，二哥山姆在6月去世。他跟亚历山德拉·图尔切亚的婚姻开始破裂。在纽约"伦理修养学会"发表演讲，他俏皮地说他的《赫索格》是想"对美国高等教育进行一次抨击"。

1986年　1月，参加纽约充满恶意的"笔会"大会，他与德国作家君特·格拉斯（Günter Grass）就贫困和美国的精神生活产生了激烈的争论。11月，离开哈泼和罗，转投威廉·莫罗（William Morrow）。

1987年　3月，芝加哥大学的同事和朋友阿伦·布鲁姆（Allan Bloom）写的由贝娄作序的《美国精神的封闭》出版，成为畅销书。在纽约，与艾萨克·罗森菲尔德的儿子有一种感情重聚。4月，去以色列参加海法大学讨论他的作品的会议，会上阿伦·布鲁姆、英国作家马丁·埃米斯（Martin Amis）、以色列作家 A.B. 耶霍舒亚和阿摩司·奥兹发表了演讲，《纽约时报》就阿伦·布鲁姆和多元文化的论争对他做采访，他说："谁是祖鲁人的托尔斯泰、巴布亚人的普鲁斯特？我倒高兴读一读。"6 月，长篇《更多的人死于心碎》面世。在佛蒙特消夏。

1989 年　3 月，用一本平装原版的中篇《偷窃》回归维京。5 月以 66000 美元将《赛姆勒先生的行星》的手稿卖给纽约公共图书馆。8 月，与詹妮丝·弗里德曼（Janis Freedman）结婚。秋季学期担任波士顿大学的教学工作。在佛蒙特布拉特尔伯勒附近建房，后来就成为夏居。12 月，中篇小说《贝拉罗萨通道》出版。

1990 年　亲友们，包括他的三个儿子，菲利普·罗斯，索尔·施泰因贝格，在佛蒙特西多佛聚会庆贺 75 岁华诞。10 月，市长理查德·M. 戴利（Richard M. Daley）在芝加哥艺术学院举办推迟的庆生会。11 月，接受"全国图书基金会"因为"对美国文学的杰出贡献"而授予他的奖章。阿伦·布鲁姆病倒。

1991 年　秋，中篇小说集《就凭这也得记着我》出版，其中包括《偷窃》和《贝拉罗萨通道》。10 月，在哈佛朗读书名小说庆贺新校长尼尔·鲁登斯坦（Neil Rudenstine）就任。11 月，去佛罗伦萨，在公共剧院发表关于莫扎特的谈话。

1992 年　10 月，阿伦·布鲁姆或许因患 HIV 引起的并发症去世，在最后几个月，贝娄天天去探视；贝娄在追悼会上致悼词。访问巴黎，看望芝加哥故交 H.J. 卡普兰。

1993 年　秋，在波士顿大学出任"大学教授"。

1994 年　散文集《所有的加起来》(*It All Adds Up*)（宋兆霖主编的蚊《全集》版将其译为《集腋成裘集》）出版。拉尔夫·埃利森去世。3 月，为《纽约时报》写专栏文章，题为《巴布亚人和祖鲁人》，力图修正他早先颇受争议的评论，并称赞非洲作家托马斯·莫福洛（Thomas Mofolo）的《查卡》，一部关于祖鲁人的小说，他当学生时就读过，是

"一部深刻的、难以忍受的悲剧作品"。4月,由于在圣马丁吃了遭污染的贝类染上鱼肉毒;患心力衰竭和双侧肺炎昏迷三周,濒临死亡。康复非常缓慢。

1995年 4月24日,在波士顿大学的寓所接见他的中国译者李登科(蒲隆),并与之交谈一小时余。短篇小说《圣劳伦斯河畔》发表在《老爷》月刊(7月号)上。年底回到芝加哥,在曼德尔大厅向一千名群众讲话,论述"民主制度下的文学"。开始与基思·博茨福德合编一个文学刊物《文坛新闻》。

1996年 2月,结束与文学代理哈丽特·沃瑟曼(Harriet Wasserman)25年的关系,聘用安德鲁·怀利(Andrew Wylie)当他的新代理。12月,苏珊·格拉斯曼去世,时年63岁。

1997年 4月,中篇小说《真情》出版。7月出席哥伦比亚特区华盛顿的国家画廊的画像揭幕式。哈丽特·沃瑟曼出版她跟贝娄关系的回忆录《真美》(*Handsome Is*)。

1999年 写作长篇《拉维尔斯坦》,一部他跟阿伦·布鲁姆友谊的小说化记述。12月,女儿拿俄米·萝丝出生。

2000年 《拉维尔斯坦》出版,由于描写了布鲁姆的同性恋,以及贝娄在一次访谈中说布鲁姆的死与艾滋病有关(这一说法遭到有些人的质疑,于是贝娄修订了小说的毛条校样,在出版的文本中删去了涉及HIV和AIDS的内容)。

2001年 3月,《中短篇小说集》出版,书前有詹妮丝·贝娄的序言。

2005年 4月5日在波士顿的家中去世,享年89岁。

(蒲隆 编译)

索尔·贝娄在中国四十年

1978 年　山东大学美国文学研究所所刊《现代美国文学研究》发表陆凡题为《索尔·贝娄和他的〈洪堡的礼物〉》的长文，这是中国大陆第一篇评介贝娄的重要论文。Saul Bellow 这个英语姓名，按商务印书馆出版的《英语姓名译名手册》的指导性译法，应当是"索尔·贝洛"，一段时间它曾被个别人采用过。介绍 Saul Bellow 早于大陆十来年的港台地区有"梭爾·貝羅"、"梭爾·貝洛"等不同译法，但陆凡的译名"索尔·贝娄"起了"一锤定音"的效果，很快就得到大陆地区学界的认同，早已固定下来。编者之所以特别提出这一点，是因为数十年，甚至近百年来，有不少外国作家的姓名一直存在多种译法，使人无所适从，如法国十九世纪大小说家 Stendhal，《中国大百科全书·外国文学卷》译为"斯丹达尔"，陆谷孙主编的《英汉大词典》也用这一译法，柳鸣九主编的《法国文学史》则译为"斯丹达"，《红与黑》等小说的作者名又被译为"司汤达"。陆凡先后组织她的多名在读研究生翻译贝娄的著作，并安排指导老师负责把关，她专门指导蒲隆翻译《洪堡的礼物》，还为贝娄的其他一些译本写序。上海文艺出版社出版的《外国文学作品提要》中的《奥基·马区历险记》、《赫索》、《洪堡的礼物》等贝娄的著作的"提要"都是她写的，所以在介绍贝娄方面，她无疑是一位功不可没的先行者，她领导的研究所在这一方面有突出的成绩。

1979 年　上海译文出版社出版的《当代美国短篇小说选》收入董乐山译的《寻找格林先生》；《世界文学》刊出汤永宽节译的《赛姆勒先生的行星》。

1981 年 《美国文学丛刊》第一期发表张健节译的《耶路撒冷去来》。江苏人民出版社出版中文译本《洪堡的礼物》(蒲隆译，陆凡校)；湖南人民出版社出版 Seize the Day 的中文译本《勿失良辰》(王誉公译，欧阳基校)。这个书名估计是由责编定的，因为编者的印象是：译者原来译的书名是《只争朝夕》，之所以这么译，是因为《毛泽东诗词》的英文本把"一万年太久只争朝夕"一句中的"只争朝夕"译为 seize the day, seize the hour！译者也许并不认可"勿失良辰"这个书名，因为译文后来收入"全集"本时，又改回当初的《只争朝夕》。再往后，胡苏晓的新译本则译为《抓住时机》。

1982 年 《现代美国文学研究》第二期发表晓真译的短篇《离别黄屋》；《外国文学报道》第一期刊登聂振雄译的短篇《银碟》；《外国文艺》第三期刊登贺哈定译的短篇《贡萨加诗稿》。

1983 年 《美国文学丛刊》第二期刊登短篇《来日的父亲》(孙筱珍译，王文彬校)。《现代美国文学研究》第一期发表出自同一译者和校译者之手的《莫斯比的回忆录》。孙筱珍将 The Old System 译为《老世道》(后来更名为《如烟往事》)发表在该刊第二期上。

1984 年 《美国文学研究》第一期刊出孙筱珍译的《冈萨加的手稿》。第二期发表原元摘译的《奥基·马区历险记》。

1985 年 漓江出版社出版中文本《赫索格》(宋兆霖译)。重庆出版社推出《雨王亨德森》(蓝仁哲译)。

1986 年 上海译文出版社出版《雨王汉德森》的又一个译本(诸曼译，章绮纬校)。原元、齐志颖合译的中篇《我们过的怎样的日子》在《美国文学》总第 17—18 期连载。

1987 年 袁华清将 Dangling Man 译为《挂起来的人》，由中国社会科学出版社出版。

1992 年 陕西人民出版社出版《绝望·奋争——奥基·马区历险记》(原元、齐志颖译，宋芯荃校)；中国文联出版公司出版李耀宗译的

《更多的人死于心碎》。是年10月,中国成为《世界版权公约》的成员国,此后出版社就不能随意出版贝娄作品的译本了。

2002年 河北教育出版社推出宋兆霖主编的十四卷本《索尔·贝娄全集》,内容包括第一卷:《奥吉·马奇历险记》(上),宋兆霖译;第二卷:《奥吉·马奇历险记》(下),宋兆霖译;第三卷:《雨王汉德森》,毛敏诸译,张子清校;第四卷:《赫索格》,宋兆霖译;第五卷:《赛姆勒先生的行星》,汤永宽、主万译;第六卷:《洪堡的礼物》,蒲隆译;第七卷:《院长的十二月》,陈永国、赵英男译;第八卷:《更多的人死于心碎》姚暨荣、林珍珍译;第九卷:《晃来晃去的人》,蒲隆译;《受害者》,蒲隆译;第十卷:《只争朝夕》,王誉公译,《莫斯比的回忆》,孙筱珍译、董乐山校;第十一卷:《口没遮拦的人》,王丽亚译,郭建中校;《今天过得怎么样》,郭建中译;《泽特兰:人格见证》,郭少波译;《银碟》聂振雄译;《堂表亲戚们》,石雅芳译;第十二卷:《偷窃》,殷惟本译;《真情》主万译;《贝拉罗莎暗道》,殷惟本译;《记住我这件事》,殷惟本、汪为良译;第十三卷:《耶路撒冷去来》,王誉公、张莹译;第十四卷:《集腋成裘集》,李自修等译。

2003年 浙江文艺出版社出版孙筱珍、董乐山等译的《莫斯比的回忆》;郭建中等译的《今天过得怎么样》。

2004年 《莫斯比的回忆》又由河北教育出版社出版;译林出版社出版胡苏晓译的《拉维尔斯坦》。

2005年 贝娄在4月5日去世后,中国主要媒体都做了报道。《北京青年报》等报刊不仅发了消息,还对宋兆霖、蒲隆等译者做了电话采访。蒲隆在当年的《译林》第4期上发表了怀念文章《十年前的一次会面——索尔·贝娄访问记》。

2006年 上海译文出版社推出"贝娄文集"四种,它们是:《奥吉·马奇历险记》(宋兆霖译)、《雨王亨德森》(蓝仁哲译)、《赫索格》(宋兆霖译)、《洪堡的礼物》(蒲隆译)。

2014年　浙江文艺出版社出版《寻找格林先生》(董乐山、殷惟本等译)。

2015年　上海九久读书人文化实业有限公司和上海文艺出版社联合推出的中文版"企鹅经典"丛书中收入《洪堡的礼物》、《奥吉·马奇历险记》和《雨王亨德森》。

为纪念贝娄诞生100周年上海九久读书人文化实业有限公司策划"索尔·贝娄作品系列"八种。

2016年　由人民文学出版社推出，它们是《奥吉·马奇历险记》(宋兆霖译)、《抓住时机》(胡苏晓译)、《雨王亨德森》(蓝仁哲译)、《赫索格》(宋兆霖译)、《赛姆勒先生的行星》(汤永宽、主万译)、《洪堡的礼物》(蒲隆译)、《更多的人死于心碎》(林珍珍、姚暨荣译)、《拉维尔斯坦》(胡苏晓译)。

浙江文艺出版社出版《晃来晃去的人》(蒲隆译)。

2019年　上海九久读书人文化实业有限公司与人民文学出版社相继推出贝娄著作五种:《晃来晃去的人》(蒲隆译)、《受害者》(蒲隆译)、《真情》(主万译)、《索尔·贝娄中短篇小说集》(脱剑鸣、蒲隆译)、《索尔·贝娄书信集》(杨晓荣译)。

至此，已结集出版的贝娄的作品(剧本除外)全部被译成了中文，有的还不止一个译本(这里不包括港台地区出版的同类译作)。四十年来，国内研究贝娄的论文、著作数以百计，不过其名录另有所编，不宜在这里罗列。

蒲隆　编

2019年8月